J. T. LeRoy **Sarah**

J. T. LeRoy

Sarah

Roman

Aus dem Amerikanischen
von Michael Schmidt

RECLAM
LEIPZIG

Originaltitel: Sarah
Originalverlag: Bloomsbury, London

Besuchen Sie uns im Internet:
www.reclam.de

2. Auflage, 2001
Umschlaggestaltung: Gabriele Burde | Kurt Blank-Markard
Autorenfoto hintere Umschlagklappe: © Joel Westendorf
Satz: Reclam Verlag Leipzig
Gesetzt aus Rotis serif
Druck und Bindung: Ebner Ulm
Printed in Germany
ISBN 3-379-00780-3

Für

Dr. Terrance Owens
Sarah
Dennis

Glad hält mir den Waschbärknochen über den Kopf wie einen Heiligenschein. »Ich hab da 'ne Kleinigkeit zu deinem eignen Schutz«, sagt er und beugt sich so dicht über mich, dass ich einfach auf die braunen Hautflecken starren muss, die sein vollkommen weißes Gesicht sprenkeln.

»Glad, du kultivierst wohl deine eigne Krebsplantage«, frotzelten seine Truckstoplizards mitunter. Aber ich weiß, was wirklich dahinter steckt. Glad hat es mir selbst gesagt. Es ist der Choctaw in seinem Blut. Darum hat er so gute Medizin. Darum ist er so ein guter Lude für seine Truckstoplizards.

»Diese braunen Flecken sind der Indianer in mir, so 'ne Art Markenzeichen«, verrät er mir bei einem Trucker-Spezialfrühstück im Doves Diner, das aus einem Berg Eiern mit Sauce hollandaise und bibeldicken Dattelpflaumenpfannkuchen besteht. Ich weiß, er will, dass ich für ihn arbeite. Sein Stall gilt von Küste zu Küste als der feinste. Glads Küken müssen nicht wie andere willige Lizards draußen im Freien am Truckstop herumstehen. Die Trucker rufen schon Monate im Voraus an, um Termine zu buchen. Echt anmutig sehen sie aus, all die Bordsteinprinzessinnen von Glad, die nur feinste Seide aus China, zarteste Spitzenwäsche aus Frankreich und geilstes Leder aus Deutschland auf der Haut tragen. Wenn man den Penisknochen des Waschbären nicht sehen würde, den sie um den Hals tragen, und wenn man nicht wüsste, was er bedeutet, käme man nie drauf, dass es sich um Jungs handelt. Die meisten sind entweder Ausreißer, die erst noch etwas auf die hohe Kante legen, bevor sie eines Tages mit irgendeinem Fahrer abhauen, oder sie sind wie ich, und jemand aus ihrer Familie schafft am Rastplatz an. Niemand stört sich an Glads Jungs. Einige Lizards meinen, er schmiere jeden, der was zu sagen hätte. Sarah hat mir erklärt, das liege daran, dass alle ehemaligen Knackis unter den Truckern Wert darauf legen, die besten Jungs von Glad zu kriegen, und wenn der Sheriff den Ex-Kriminellen wegnähme, was sie an die süßen Seiten ihres Knastlebens erinnert, würde er einen Aufstand riskieren. Aber ich weiß, es ist wegen dem Waschbärschwanz.

Er hält ihn mir über den Kopf.

Ich beuge mich vor und lasse mir von ihm die grobe Lederkordel um den Hals legen. Ich sehe immer, wie Glads Jungs im Diner richtig angeberisch an ihren Waschbärdingern herumfingern. Die müssen ihre Zeche nie bezahlen. Wenn die Kellnerin die Bestellung der Jungs aufgibt, höre ich immer, wie sie sagt: »Das is' für zwei von Glad mit diesen Riesenzahnstochern.« Und eine Rechnung kommt dann nie.

Die Lizards meinen, Glad zahle einfach ihre Zeche wie jeder Sugardaddy. Sarah sagt, alle Kellnerinnen seien heimlich in Glad und seine Jungs verliebt, und darum würden sie ihnen nichts berechnen. Aber Glad verrät mir den wahren Grund. »Sie wissen, das meiste Geschäft machen sie mit hungrigen Freiern, die nach einem Besuch bei meinen Jungs richtig Hunger kriegen, und sie rechnen damit, dass meine Jungs ihre Kunden in 'ne großzügige Spendierlaune versetzen.«

»Das is' besser als 'ne Polizeimarke«, sagt Glad, während er das Halsband auf meinem schwarzen Pulli zurechtrückt. Ich wusste, er würde mir heute meinen Knochen geben, darum habe ich mir einen schwarzen Pulli von Sarah geborgt.

»Kriegst dein' Knochen heute, hab ich gehört«, rief sie aus dem Bad in dem kleinen Motelzimmer, das einer ihrer Stammkunden bezahlt, der mit seinem Truck grüne Bohnen transportiert. Ich wusste, dass sie sich gerade in der Dusche einweichen ließ.
»Is' mir doch egal, wie billig Kost und Logis sind – eine Frau muss sich genau wie 'n Kohlekumpel einweichen.« Und dann verstopft sie immer den Abfluss mit feuchten Monatsbinden und drapiert Handtücher auf dem Rand des Duschbeckens, damit ihre improvisierte Badewanne ein paar Zentimeter höher wird. Sie kauert sich in die Ecke wie ein Waisenkind bei Hochwasser und lässt das Wasser auf sich runterprasseln. »Du wirst dir hier drin auch noch dein Arschloch einweichen, wenn Glad dich mal anschaffen lässt.«
Ich durchwühlte ihren stets halb gepackten Attachékoffer und fischte ihren schwarzen Pulli heraus. Ich drückte ihn mir ans Gesicht und atmete ihren vertrauten Duft nach abgestandenem Zigarettenrauch und Alkohol ein, den sie vergeblich mit einem Duftspray zu überdecken versucht, das nach Puder riecht.
»Mops mir bloß nich' meinen Lederrock«, schrie sie gegen das prasselnde Duschwasser an.
Ich steckte den Kopf durch den Spalt der Badezimmertür aus Pressspan. »Ich werd als Junge gehen«, brüllte ich zurück.
Ich hörte ihr ›Das glaubst du wohl selber nicht‹-Lachen. Ich trat gegen die Tür, härter, als ich eigentlich wollte. »Du bist nicht der Erste, der diese Tür eintritt.« Sie lachte wieder, und ich war erleichtert, dass sie nicht auf mich losging. Gleichzeitig war ich stocksauer, dass sie mich nicht einmal annähernd ernst genug nahm, um mir eine zu scheuern. Na ja, sie weicht sich halt ein, sagte ich mir. Ich konnte den

Babypuderduft ihres Schaumbads riechen und fand die Vorstellung erregend, wie ich nach einer langen Nacht des Truckerbumsens heimkäme und mir genau wie sie meine Einweich-Session verdient hätte. Nie durfte ich ihr Schaumbad benutzen. »Kauf dir doch selber eins, wenn du selber arbeitest!«, fuhr sie mich immer an, wenn sie mich an der Flasche herumfingern sah, die mit Bildchen von nackten Babyhintern beklebt war.

»Ich werd mir mein eignes Schaumbad mitbringen, wenn ich heimkomm!«, brüllte ich durch die Tür.

»Und lass die Schlüssel da, bis du mir die Hälfte von der Miete zahlst.« Sie hob die Stimme ein wenig, und das versetzte mir vor Freude und Angst einen Stich. Ich schnappte mir den schwarzen Pulli und öffnete die Zimmertür. Dann ging ich wieder zu der Badezimmertür aus Pressspan rüber und sagte, so laut ich konnte, ohne zu schreien: »Du bezahlst für dieses Zimmer ja nich' mal selbst, aber da ich *als Junge* mehr verdienen werd als du, geb ich dir 'n bisschen Kohle ab.«

Dann rannte ich los. Ich hörte, wie sie sich aufrichtete, noch bevor ich ausgeredet hatte. Ich knallte die Zimmertür zu und schaute nicht ein einziges Mal zurück.

»Dieser Knochen hebt sich toll von deinem Pulli ab«, sagt Glad, nachdem er ihn an mir zurechtgerückt hat.

Ich drehe mich um und schaue in die spiegelnde Fensterscheibe – da ist er, an mir, gelblich weiß wie die Zähne eines Kautabakfans. Ich wollte schon immer mal mit den Fingern über seine Rundungen fahren.

»Die Form erinnert mich immer an 'nen halben gewichsten Schnurrbart … wie die ihn in ihre Weiber reinkriegen, kapier ich sowieso nich'«, sagt er prustend und sprüht mich mit seinem Kentucky-Kaffeebaumdrink an.

Sorgfältig wische ich mir den Sprühnebel vom Gesicht. Ich habe Trucker hinter vorgehaltener Hand darüber reden hören, dass Glad ein paar Fahrer, die mit seinen Jungs eine üble Nummer abgezogen hätten, ermordet haben soll. Mit seinem Kaffeebaumdrink, sagen manche, die sich auskennen.

»Nur ein Yankee ohne Manieren und ohne eigenen Stolz würde einem wehrlosen kleinen Jungen wehtun, der bloß den Lohn einer Nacht verdienen will«, hörte ich einmal Big Pullsman Todd zwischen zwei Gabeln Königslachsfilet Wellington mit Trüffelkartoffelpüree sagen. »Yankeefahrer«, riefen etwa zehn andere Trucker verächtlich und spuckten in ihre Spucknäpfe, die einen halben Meter neben ihren Nischen montiert waren. Die meisten verfehlten sie wie üblich und hinterließen auf dem marmorierten Linoleum ihr eigenes Spuckemuster.

Hin und wieder saßen im Diner Trucker, die damit angaben, so eine kleine Schwuchtel fertig gemacht zu haben. Sie merkten gar nicht, wie es dann still im Raum wurde. Einmal, habe ich gehört, soll so einer aus dem Norden lachend dagesessen haben, um den Hals den Waschbärknochen von einem von Glads Jungs. Er sah nicht von seinem gebratenen Hühnermedaillon Ahi auf, als der Junge zusammen mit Glad reinkam – das Gesicht grün und blau und zermatscht wie eine zertretene Pflaume. Der Junge nickte in Richtung des Yankees. Glad übergab den Jungen Mother Shapiro, der Puffmutter, die ihn in einen seiner Wohnwagen brachte, die er den Jungs ohne eigenes Zuhause zur Verfügung stellt.

Der Lärm, habe ich gehört, soll ganz schlagartig eingesetzt haben, als alle sich wie ganz normale Stammkunden aufführten, so dass sie später behaupten konnten, sie seien so sehr in ihre Unterhaltung vertieft gewesen und hät-

ten gar nicht mitbekommen, dass da was Übles im Gang sei.
Aber alle hörten den Song. Er steckt mitten in der Jukebox, eine unscheinbare Nummer wie jede beliebige andere: 24B. Die A-Seite ist schon so abgespielt, dass sie immer »Bad, Bad Leroy Brown« überspringt.
Alle schauten geflissentlich woandershin, als Glad betont langsam durch die Schwingtüren in die Küche ging. Auf der anderen Seite der Durchreiche für die Bestellannahme taten sie so, als würden sie gar nicht sehen, wie Glad den Lederriemen um seinen Hals abnahm und einen von zwei gleich aussehenden Lederbeuteln löste, die er neben dem größten Waschbärpenis trug, den man je gesehen hatte. Bolly Boy, der gerade sein Thunfisch-Nudel-Soufflé kontrollieren wollte, hielt inne und nahm Glad den Beutel ab. Bekanntlich war Bolly früher mal einer von Glads Jungs gewesen, aber ausgestiegen, als er sich in einen Freier verliebte, der einen Truck in Sonderausführung fuhr. Er schwor, ihm treu zu sein, aber er war so daran gewöhnt, allen Truckern Freude zu bereiten, dass er wusste, sein Schwur würde nicht lange halten. Doch Glad stellte ihn als Koch ein und bezahlte ihm einen Kochkurs, so dass Bolly Boy keusch bleiben und dennoch Freude bereiten konnte, worüber alle glücklich waren. Bollys Stellvertreter, Paxton Maculvy, war auch einer von Glads Jungs gewesen und ausgestiegen, als er sich in die Gesichter verliebte, die die Fahrer aufsetzten, wenn sie die Kreationen verzehrten, die Bolly ihnen vorsetzte. »Kein Freier hat die Augen je so zum Himmel verdreht, wenn er mich vernascht hat«, seufzte Paxton. Also schickte Glad auch ihn auf die Kochschule, aber da Paxton Analphabet war, fiel er durch und lernte stattdessen bei Bolly in der Truckstopküche.
Der Yankee bekam nicht mit, dass die Trucker aus den Au-

genwinkeln verfolgten, wie Paxton hinüber zur Jukebox schlenderte und sie mit einem Spezialschlüssel öffnete. Wäre Bolly nicht so ein großartiger Koch gewesen, hätte der Kerl aus dem Norden vielleicht eine Chance gehabt, bei seinem Zwischengericht – Leberstrudel mit Crème fraîche – eine Pause einzulegen. Dann hätte er die unmerkliche Stille wahrnehmen können, die im Diner einkehrte, als Paxton mit einer Hand an seinem Waschbärpenisknochen herumfummelte, während er auf die Knöpfe drückte, um Song 24B zehn Mal hintereinander abzuspielen. Wäre Bolly kein so toller Koch gewesen, hätte der Yank nicht einfach bloß unbewusst den alten TV-Song mitgesummt, der plärrend aus der Box kam. Er hätte mitbekommen können, dass der *Davy Crockett*-Song gespielt wurde – wie das Kriegsgeheul von Indianern vor dem Angriff. Wäre die reduzierte Kalbslebersauce an frischem Maisragout nicht ganz so gelungen gewesen, hätte er ihn wie jeder Trucker im Diner im Geist vor sich gesehen. Davy Crockett mit seiner Waschbärmütze. Er wäre Hals über Kopf aus diesem Diner abgehauen und mit dem Leben davongekommen.
Alle riss es fast von den Stühlen, als Bolly, dessen Waschbärding dem Yankee beinahe ins Gesicht baumelte, sich höchstpersönlich vorbeugte, mit einem dumpfen Geräusch ein Pekannussflambee absetzte und es am Tisch des Mannes blitzschnell anzündete. Bevor der Yank einwenden konnte, er hätte dieses Zeug nicht bestellt, flüsterte Bolly mit seiner sanften Stimme: »Das geht auf Kosten des Hauses, Sir.«
Der Yankee wäre nie auf den Gedanken gekommen, dass dies die letzte Unterhaltung war, die er auf dieser Welt führte. Alle taten so, als hätten sie kein Auge für das Flambee, so dass der Tasse mit dampfendem braunen Kaffee, die Bolly beiläufig neben den Auflauf stellte, keine Aufmerk-

samkeit zuteil wurde. Und nur die Leute, die wussten, was sich in Glads Lederbeuteln befand, wussten, dass der dampfende braune Kaffee den Yank um die Ecke bringen würde und nicht Bollys kunstvolles Pekannusssoufflé. Wenn Bolly allerdings kein so toller Koch gewesen und das Soufflé nicht so üppig und doch so luftig und süß gewesen wäre, dass man einfach die Augen gen Himmel rollen und ein Dankgebet sprechen musste, nun, dann hätte der Yank eine Chance gehabt und bemerkt, dass der Kaffee ausgesprochen merkwürdig schmeckte. Wäre er Einheimischer gewesen, hätte er erkannt, dass er einen Ersatzkaffee aus den Samen des Kentucky-Kaffeebaums schlürfte, wie ihn arme Bergarbeiter trinken. Wäre er Botaniker gewesen, hätte er vielleicht gewusst, dass diese Samen und Blätter knackig braun geröstet werden müssen, denn sonst sind sie so giftig wie eine tiefe Grube ohne Abluft. Der Yank musste seinen Kaffee schlürfen, um Bollys reichhaltiges Dessert zu schaffen. Beinahe unverzüglich setzte bei ihm ein Magenkrampf ein, aber da glänzten in diesem Zuckergespinst noch immer Pekannüsse, die es aus dem weißen Pokal zu fischen galt, und daher aß er trotz allem Unbehagen gierig weiter.

Die Gespräche nahmen an Lautstärke zu, als der Trucker aus dem Norden, der einen gestohlenen Liebesknochen zu knapp um den Hals trug, seine Rechnung bezahlte und sich zu seinem Truck begab. Während sie ihn in sein Führerhaus klettern sahen, bemerkten alle, dass der Mann sich ein wenig vorbeugte und sich den Bauch rieb, als wäre er Aladins Wunderlampe.

Das Gesundheitsamt und der Sheriff statteten dem Diner einen Besuch ab, nicht lange nachdem sie den steifen Leichnam des Kerls aus dem Norden zusammengekrümmt wie einen Fetus hinten in seinem vollgekotzten Führerhaus gefunden hatten. Der Truck hatte einen Tag und eine Nacht am Rande der Interstate gestanden, bevor die Autobahnstreife ihn entdeckte. Wegen des Waschbär-Penisknochens schaltete sich der Sheriff ein, wegen der zerknüllten Servietten mit dem Aufdruck vom Doves Diner das Gesundheitsamt.

Der Sheriff nickte, als er mit einem von Glads Jungs sprach, der keinen Knochen trug. Der Junge erzählte ihm mit spuckefeuchten Augen von einer Liebesgeschichte und von einem Geschenk, das er dem Yankee gegeben habe. Das Gesundheitsamt sammelte Mäuseköteel und Küchenschaben ein, die so aufgedunsen waren, dass man sie als Rumbakugeln hätte benutzen können. Der Sheriff versuchte den Jungen zu trösten und gab ihm seinen Knochen zurück. Das Gesundheitsamt schloss den Diner für zweiundsiebzig Stunden und verhängte ein Bußgeld über siebenhundert Dollar. Niemand bekam je mit, dass Glad das Bußgeld bezahlte. Und niemand verlor auch nur ein Wort über die bekannte Tatsache, dass Bollys Küche sonst so blitzsauber war, dass viele Trucker ihn beim Wort nahmen, wenn er sie einlud, von seinem Fußboden zu essen.

Niemand verlor ein Wort darüber. Außer wenn sich die Leute hinter vorgehaltener Hand Klatschgeschichten erzählten, die man mitbekam, wenn man gute Ohren hatte.

Behutsam tupfe ich mir die restlichen Tröpfchen des Kentucky-Kaffeebaumdrinks von den Wangen. Ich wusste, dass Glad niemals einem seiner Jungs wehgetan hatte, auch wenn er allen Grund dazu gehabt hatte. Aber ich konnte beim besten Willen nicht sagen, wodurch sich die beiden Beutel an seinem Hals voneinander unterschieden. Und wenn er sich nun geirrt und nicht bemerkt hatte, dass er Bolly seinen Kaffee aus dem Beutel machen ließ, der die ungerösteten Samen und Blätter enthielt?

»Du lebst bei deiner Familie? Im Hurley-Motel, oder?«, erkundigt sich Glad, bläst in seine Tasse und besprüht mich aus Versehen schon wieder.
»Ja, Sir.« Ich nicke und tupfe mein Gesicht mit einer Serviette trocken. Ich weiß nicht, für was für eine Verwandte von mir man Sarah hält, und darum sage ich nichts weiter, und auch Glad verschwendet daran kein weiteres Wort.
»Ich hab sie auf den Parkplätzen arbeiten sehen. Hübsche Lady. Ich bin sicher, sie bringt's.« Glad nickt, und ich nicke. »Mädels, besonders hübsche blonde junge Mädels, können ziemlich gut anschaffen.«
Ich blicke wieder auf meinen Knochen hinunter. Hoffentlich haben alle gesehen, wie er ihn mir umgelegt hat. Ich kann wohl ohne Übertreibung sagen, dass ich hörte, wie die Lautstärke nachließ, als er es tat – nicht so sehr wie damals, als Glad den Yankee ermordete, aber irgendwie in der Art.
»Ich hab gehört, dass du in einem Lederminirock entzückend aussiehst«, sagt Glad.
Sarah zog mich immer selbst an. Sie kümmerte sich um mein Make-up. Ich sah ihr so gern dabei zu, wie sie ihren Finger befeuchtete und damit sacht unter meinen Augen entlangstrich. Es erinnerte mich immer an diese Tierfilme, in denen eine Vogelmutter Nahrung hochwürgt und in die Schnäbel der Jungen befördert, und das hinterließ in mir ein Gefühl der Sättigung, als ob sie das auch gemacht hätte. Wenn wir in den Läden klauten, war es besser, wenn ich als Mädchen ging, auch wenn ich nicht so hübsch war wie sie.
»Mädchen haben mehr Verstecke für Sachen«, erklärte sie und stopfte Zigarettenpäckchen unter mein Kleid in meinen leeren BH und kaltes, feuchtes Hackfleisch in meinen Slip. »Männer wollen nur ihr eignes Ding da reinstecken –

und kriegen überhaupt nie mit, was wir sonst noch so alles da drin verstecken!« Lachend sah sie die Wachleute an, die auf unsere Beine starrten, und ich lachte vor Freude darüber, dass sie mich durch ihr »Wir« einbezogen hatte. Aber dann hörte sie auf, mich anzuziehen, obwohl man es als zwei Mädchen leichter hat, in der Welt sein Glück zu machen. Wenn man in einem Diner sitzt und laut darüber jammert, dass es nur zu einem Jell-O-Salat reicht, während man Kohldampf auf einen Baconburger schiebt, kriegt man einen Mann viel leichter dazu, dass er sich rüberbeugt und sagt: »Ich kümmere mich schon darum, Schätzchen.« Man wird von Männern eher dazu eingeladen, die Nacht in ihrer Wohnung anstatt im Auto zu verbringen. Das meiste, was du auf dieser Welt willst, kriegst du leichter, wenn du ein hübsches Mädchen bist. Sie hörte auf, mich auszustaffieren, als es für diese Männer ein Einfaches wurde, aus ihrem Bett in meins zu kriechen.

Aber ich hörte nicht auf. Manchmal band ich mir Schleifchen in mein schulterlanges lockiges Haar und verwendete Gel, bis es seidig schimmerte, genau wie das von Sarah. Hin und wieder, wenn ich wusste, dass sie mit einem Freier beim Zocken auf einem Deltaboot war, schlenderte ich auf den Gängen zwischen den Trucks herum und benahm mich wie ein neues Mädchen beim Bummeln – ein neuer Rock im Angebot. Ich hielt mich hübsch im Dunkeln und lief weg, wenn ich von einem Freier oder einer anderen Lizard angesprochen wurde. Ich zeigte gerade genug von mir, um sie auf dieses geheimnisvolle Mädchen neugierig zu machen. Ich glaubte, dass niemand mich erkannte. Ich redete mir ein, ich sei so etwas wie eine Comicheldin, wie ich mich da in den Schatten verbarg und meine magischen Pfennigabsätze wie das Böse schlechthin davonklickten. Ich sah zu, wie die Lizards in die Trucks kletterten, und kicherte in mich hinein, wenn das Führerhaus plötzlich hin und her zu schaukeln begann, bis die Lizard genauso abrupt wieder aus dem Truck heraussprang, während sie sich Dollars in den Stiefel stopfte. Nur einmal bekam ich Prügel, weil ich Sarahs Sachen genommen hatte, aber nur weil ich nicht aufgepasst hatte und sie dahinter kam. Ich war in eine tiefe Pfütze getreten, und weil ich Zeitungen in ihre Schuhe gestopft hatte, um darin gehen zu können, verlor ich das Gleichgewicht und fiel hin. Ein Absatz brach ab, und das schöne Leder ihres Rocks, den ich mit Büroklammern hoch über der Taille befestigt hatte, bekam einen üblen Flecken und eine Schramme ab. Ich versuchte, alles in Ordnung zu bringen, aber sie bemerkte es gleich. Vor diesem Vorfall hatte noch nie jemand über mich geredet. Aber die Leute wussten Bescheid. Glad erzählt mir, wie sehr sich alle Männer freuen, wenn sie mich im Licht der Lampen wie einen Waldgeist vorbeihuschen sehen. Sogar die Mädels fänden mich süß, und ich würde echt eine tolle Lizard abgeben. Das hat ihn auf mich aufmerksam gemacht.

»Deine himmlisch goldenen Locken werden sehr bewundert«, sagt Glad, während er die Augenbrauen hochzieht und sanft den Kopf neigt – seine Art, mich darum zu bitten, sie berühren zu dürfen.

Ich neige mich zu ihm und ducke den Kopf wie eine Katze, während er mich streichelt. »Weich wie 'n Schweinebauch.« Ich falle fast vornüber auf den Tisch, als ich den Kopf in seine Hände drücke.

»Du bist mein Gast, wenn du hier isst, dann könntest du vielleicht auch 'n bisschen Fleisch auf die Rippen kriegen. Unsere Kunden mögen gern ein bisschen Fleisch an ihren Mädchen.«

Ich höre Sarah schon sagen: ›Ich hab's dir doch gesagt!‹

Also sage ich zu Glad: »Ich könnte doch auch ein Junge sein. Ich weiß, was ich tun muss.«
»'ne Menge Jungs wollen für mich arbeiten.« Glad nimmt meine Hand und hält sie graziös. »Was ein Mann bei einem Jungen sucht, ist etwas ganz anderes, als was er bei meinen Jungsmädels sucht.« Er schiebt seinen langen Pferdeschwanz über die Schulter. Ich mustere ihn verstohlen und versuche den Indianer in ihm zu erkennen. Er sagt doch immer, er sei Indianer, aber außer seinem langen schwarzen Pferdeschwanz und seinen Gesichtsflecken kann ich nichts davon entdecken.
Ich habe gehört, sein Haar sei sowieso gar nicht echt schwarz. Das sei bloß schwarz gefärbt. Seine Augen sind zu blau, auch wenn er das mit seinen schweren Lidern zu kaschieren versucht, indem er sie halb geschlossen hält. Seine Nase ist platt, eher die eines Iren als die eines Indianers. Aber man erzählt sich, seine Urgroßmutter – oder vielleicht war's auch seine Urur- oder Ururgroßmutter –, die sei eine Mississippi-Choctaw gewesen. Niemand wusste, welche, nicht mal Glad selber. Mother Shapiro war die Einzige, die die Wahrheit kannte. Sie ist die älteste und klügste Lizard, die es an irgendeinem Truckstop in irgendeinem Staat gibt, und es ist allgemein bekannt, dass der Sheriff hin und wieder in ihrem Wohnwagen verschwindet. Sie war vor langer Zeit aus dem Norden gekommen, aber niemand legt ihr das zur Last. Sie mag Sarah. Ich habe oft gesehen, wie Sarah und sie sich in einer der Nischen im Doves Diner aneinander kuscheln. Sarah lehnt sich dann immer an die von einer groß geblümten Hawaiibluse bedeckten Fleischberge von Mother Shapiro und isst eine Bananencrème brûlée, während Mother Shapiro ihre Locken streichelt.
»Sein Name ist Glading Grateful ETC... Das ETC ist in

Großbuchstaben, mit drei Punkten nach dem ETC wie eine Spur, die sich in der Ferne verliert«, hatte Mother Shapiro Sarah erklärt, als sie sich in Mothers Rundbett unter Gänsedaunendecken aus Ungarn aneinander kuschelten. Sarah hat mir alles haarklein weitererzählt. Und ich wusste, sie wollte mich bloß eifersüchtig machen, also tat ich so, als würde ich nicht zuhören, und rief immer: »Was? Was?«, bis Sarah eingeschnappt war und ich darum betteln musste, dass sie mir erzählte, was Mother ihr erzählt hatte.

»Mother Shapiro hat eine beglaubigte Kopie von Glads Führerschein gesehen«, fuhr Sarah schließlich fort. »Der Sheriff hat sie ihr gezeigt, weil er nicht glauben konnte, dass jemand ETC und drei Punkte an einen Namen hängen würde, nur weil er nicht weiß, vor wie langer Zeit der erste Glad gelebt hat.« Sarah erzählt gern Klatschgeschichten, wenn sie betrunken ist. Selbst wenn sie geschworen hatte, mich für immer und ewig zu hassen – wenn sie irgendwas über irgendjemanden an einer der Bars aufgeschnappt hatte, in die sie immer einkehrte, wenn sie die Nacht hinter sich hatte, dann unterhielt sie sich mit mir darüber. Und ich sehe mir alle Klatschsendungen an, um selbst genügend Stoff parat zu haben.

Sarah saß auf dem Bett, den Kopf zwischen den gespreizten Beinen, was sie vom Kotzen abhielt. Aber es hielt sie nicht davon ab, mir zu erzählen, was sie eines Abends bei Mother über Glads Urgroßmutter ETC… erfahren hatte.

»Ein Missionar hatte es sich zur Lebensaufgabe gemacht, sie von einer Choctaw zu einer Christin zu bekehren. Er unterrichtete sie, wie sie sich Christi Freude und Liebe zu Herzen nehmen konnte.« Sarah rollte mit dem Kopf auf und ab und bebte leicht vor Lachen, und mir war klar, dass sie Mother Shapiro imitierte. »Also machte er sich daran, sie zu erfreuen und dankbar zu machen und …« Sie lachte

und bebte mit ihrem ganzen Körper, als wäre sie so rund und wogend wie Mother. »Glading Grateful der Erste wurde rund neun Monate später geboren.«
Ich schob mich langsam an Sarahs Seite und bettete meinen Kopf behutsam an ihre Schulter. So saßen wir in der Dunkelheit in unserem Zimmer, das gelegentlich von den Scheinwerfern eines wegfahrenden Trucks taghell erleuchtet wurde. Ich ließ meine Füße unter die knubbelige Bettdecke gleiten, sachte wie eine Krabbe unter Sand, um ihr ganz nahe zu sein. Und so blieben wir, bis wir einschliefen.
»Also ich hätt schon sehr gern meinen eigenen Lederrock und mein eigenes Schminktäschchen mit Klettverschluss«, sage ich zu Glad.
»Ich kann dich noch mit was viel Besserem ausstaffieren«, sagt er und schlägt mit der Faust auf den Tisch.
Wir fangen in den Wohnwagen hinterm Doves Diner sofort mit meiner Ausbildung an. Ich versuche Glad klar zu machen, dass ich weiß, was ich zu tun habe, dass ich mit genügend Freunden und Ehemännern von Sarah zusammen gewesen bin und dass ich mir, wenn sie mich bezahlt hätten, eine ganze Alligatorenfarm kaufen könnte. Nichts für ungut, meint Glad, aber ich müsse die schlechten Gewohnheiten ablegen, die ich mir von betrunkenen Nutten abgeschaut hätte.
»Du musst lernen, einen Mann zu verstehen, und wissen, wann er bloß seinen Spaß will und wann er wirklich 'ne Schulter braucht, an der er sich wie 'n Baby die Augen ausweinen kann«, erklärte er mir, während wir Erdbeer-Yoo-Hoos tranken und auf handgearbeiteten, mit Satin überzogenen Sitzsäcken saßen. »Du musst lernen, wie man zuhört. In diesem Penisknochen ist eine Medizin, die dir dabei hilft zu lernen, wie ein echter Profi zu lieben.«
Ich nehme täglich Unterricht bei verschiedenen Jungs von

Glad, die einander zärtlich Baculum nennen, was auf Lateinisch so viel wie »kleine Rute« bedeutet, wie mir Glad erklärt.

Ich übe, wie ich einem Mann mit den Zähnen ein Kondom überstülpe, ohne dass er es merkt. Ich übe, wie ich einen Mann mit Haut und Haar in den Mund nehme. Das kannte ich schon. Ich hab das mit Sarah um die Wette gemacht. Wir lagen auf irgendeinem Motelbett nebeneinander auf dem Rücken, während wir unsere Köpfe über den Bettrand baumeln ließen, bis unser beider Mund, Speiseröhre und Rachen auf einer Höhe waren. Dann steckten wir uns eine Möhre rein, so tief wir konnten, ohne zu ersticken. Wir markierten die Möhre mit unseren Schneidezähnen und sahen anschließend nach, wer es mit dem Mund am besten konnte. Sarah gewann immer.

»Du gewinnst, weil du älter und größer bist«, sagte ich einmal zu ihr, und sie schlug mir so hart ins Gesicht, dass ich Sterne sah.

»Nenn mich nie wieder alt und groß«, sagte sie und lief weinend hinaus.

Ich eigne mir Tricks an, etwa Binaca in die rechte Hand zu sprühen, und wenn ein Freier es mit der Hygiene nicht so genau nimmt, kann man den Duft frischer Minze aus der Hand einatmen und an die verschneiten Alpen denken, statt seinen Ammoniakgestank zu inhalieren, der einen an einen dreckigen Nachttopf erinnert.

Ich lerne, wie man mit Männern umgeht, die Spitzen- und Rüschensachen anziehen wollen.

»Das ist das Schwierigste«, erklärt mir Pie. Pie ist ein Bastard – unehelich und noch dazu ein halber Weißer. Für seine chinesische Mutter aus einer traditionsbewussten chinesischen Familie, die das einzige traditionelle chinesische Restaurant in den oberen Ausläufern der Appalachen führte, war es eine Katastrophe. Sie versuchten ihn zu verstecken, indem sie ihn Tag und Nacht lange Bohnen schnippeln und bittere Melonen in Scheiben schneiden ließen. Pie wollte nichts anderes als eine japanische Geisha sein, und sobald er alt genug war, fuhr er per Anhalter quer durch die Staaten, bis er in San Francisco landete. Er kehrte nach Hause zurück, als seine Großtante Wet Yah im Sterben lag. Seine Großtante Wet Yah war die Einzige, die ihn ihre Seidenunterwäsche tragen ließ und ihm aus einem verbotenen Buch, das zufällig in ihren Besitz gelangt war, Geschichten über die großen Geishas vorlas. Wet Yah starb, und nun arbeitete Pie für Glad, um mit dem Ersparten wieder nach San Francisco zu ziehen und seine eigene Geishaschule für Männer zu eröffnen.

»Du musst sehr genau zuhören, wenn du mit einem Mann zusammen bist, der sich verkleiden will.« Pie bewegt die Hände beim Reden, wedelt damit anmutig vor und zurück, als wolle er einen Kuchen in der Luft glasieren. »Vielleicht will er dir nur zeigen, wie gut er in seinen pinkfarbenen Höschen aussieht, und dir sagen, wie sehr er es genießt, das glatte Material an seinem Geschlecht zu spüren. Oder er möchte eine Lesbe sein und dich lieben, wie eine Frau eine andere Frau liebt.« Pie windet seinen Körper in einem fließenden S und lässt die Seide seines Kimonos schlängelnd erbeben, um zwei sich liebende Frauen anzudeuten. »Oder der Gentleman möchte ein kleiner weibischer Waschlappen genannt, gehänselt und sonstwie gedemütigt werden.« Pie wackelt mit den Hüften und mimt einen femininen Knaben. »Du kannst dir oft was dazuverdienen, wenn du den Gentleman noch für andere Bacula bezahlen lässt, die ihn auslachen.« Ich nicke und schreibe mir alles in einem Notizbuch auf, das Glad mir gegeben hat.

»Die Gentlemen sagen dir oft nicht, was für eine Art von Transvestit sie sind. Du musst zuhören und auf ihre Hinweise achten.« Pie lässt sich auf einem Knautschsack nieder und mustert mich prüfend; die leichte Schrägstellung seiner Augen wird durch dick aufgetragenen Eyeliner noch betont. »Dein Job besteht darin, herauszufinden, ob sie so tun wollen, als ob du ganz und gar eine Frau wärst, ob sie dich lieb und sanftmütig haben wollen, ob sie wollen, dass du energisch auftrittst und ihnen ihren gierigen Schlund füllst, ob sie Missbrauch oder sanfte Führung haben wollen. Je schneller du das herausfinden kannst, desto berühmter wirst du werden.«
Und Pie ist berühmt. Die Transvestiten kommen sogar aus Antigua, um ihn zu sehen. Aber mir muss man nicht sagen, welche Jungs die besten sind. Ich brauche mir nur die Waschbärknochen um ihren Hals anzuschauen. Je besser die Nutte, desto größer der Knochen. Ich habe gehört, dass die größeren Knochen gar nicht echt sind, dass Glad einfach einen kleinen Knochen mit geschmolzenem gewachsten Zahnreinigungsband überzieht, bis er größer ist. Ich schaue mir Pies Knochen an – er sieht unverfälscht aus. Groß und echt.

»Du bist reif für dein erstes Date«, sagt Glad zwei Monate nach dem Beginn meiner Ausbildung zu mir. Ich habe schon einen ganzen Monat nicht mehr in dem Motelzimmer gewohnt. Ich lebe in den Wohnwagen. Sarah ist mit einem reichen Gauner von Frachtinspektor abgezogen, und ich sehe jeden Tag in dem Zimmer nach, ob sie schon wieder da ist. Der Plastikattachékoffer ist weg, aber ihr Schaumbad steht noch im Bad, und daher weiß ich, dass sie irgendwann zurückkommt. Ich habe vor, mein eigenes Schaumbad ins Regal neben ihres zu stellen, bis sie wieder da ist.

»Glaubst du, du bist bereit? Bist du okay?«, fragt Glad, während er mir in einen blassrosa Lederminirock hilft; ich muss ihn Sarah sofort zeigen, wenn sie heimkommt.
»So bereit wie 'ne Schere beim Bullenkastrieren«, zitiere ich Sarah. Ich lege letzte Hand an mein Make-up, wie Sarah es mir beigebracht hat. Glad achtet allerdings darauf, dass ich beim Make-up sparsam bin. Ich möchte mein Haar mit der Brennschere glätten, damit es wie Seide fließt, aber davon will Glad nichts hören.
»Du solltest eigentlich überhaupt kein Make-up tragen. Mit deinem natürlichen Aussehen machst du mehr Scheinchen als mit einer Gesichtspalette. Männer bezahlen für Sommersprossen und Löckchen«, sagt Glad und wischt mir mit seinem Taschentuch übers Gesicht.
»Glad, du bist ja schlimmer als eine Mutter, die ihre Tochter für den ersten Ball anzieht«, ruft Sundae lachend.
Sundae ist ein texanischer Blondschopf mit einem Knochen, der noch größer als der von Pie ist. Sundaes Spezialität sind Cheerleader. »Du würdest staunen, wie viele Footballspieler Cheerleader mit Schwanz wollen«, sagt sie und richtet sich die Miniaturbommeln in ihrem Haar.

Glad hat einen Trucker ausgesucht, den jeder kennt.
»Er ist ein netter Mann, der nur an dir rumfummeln will«, sagt Sundae.
»Denk daran, auf die Uhr am Armaturenbrett zu schauen«, ermahnt mich Pie und küsst graziös die Luft neben meinen Wangen. »Viel Glück.«
Glad ringt bloß die Hände, was mich nervös macht.

In den flachen weißen Sandaletten, die ich auf Glads Wunsch statt der von mir bevorzugten Pumps mit den Bleistiftabsätzen tragen muss, verlasse ich den Wohnwagenbereich, wo alle sich von mir verabschieden, gehe am Doves Diner vorbei und betrete den nächtlichen Fernfahrerrastplatz im fahlen Neonlicht. Der Truck des Netten Mannes steht genau an dem von Glad angegebenen Platz, fünfte Längs- und siebte Querreihe. Es ist ein normaler Truck, keine Spezialanfertigung. Ohne Firlefanz. Die Tür ist dunkelblau, und ich sehe, wie sich mein Gesicht darin spiegelt. Ich kneife die Augen zusammen und tu so, als sähe ich Sarahs Spiegelbild. Ich soll dem Netten Mann sagen, mein Name sei Cherry Vanilla, aber nachdem ich angeklopft habe und er gesagt hat: »Wer ist denn da?«, bringe ich einfach bloß den Namen »Sarah« heraus.

Zuerst habe ich Angst vor dem Netten Mann. Er erinnert mich an einen Voodoopriester aus New Orleans, denn seine Augen sind von einem dicken schwarzen Tattoo umrahmt. Doch als ich eine Weile auf seinem Schoß sitze und er mit seinem fast unverständlichen Appalachennäseln auf mich einredet, merke ich, dass er bloß ein ehemaliger Kohlekumpel ist. Es stimmt, was sie sagen – der Staub setzt sich wie eine neue Pigmentschicht in jeder Hautfalte fest.

»Bin zum ersten Mal mit zehn eingefahren«, sagt er und legt seine kohlezerfurchten Hände sacht um meine Taille.

Er stammt aus Mingo County in West Virginia. In West Virginia sind alle Leute, egal, wie schlecht es ihnen geht, zumindest dankbar dafür, nicht in Mingo County leben zu müssen.

»Ich hab nachts immer mit meinem Bruder wach im Bett gelegen, während meine Mama sich die *Christ Cure Radio Show* angehört und mein Daddy gegen seinen Friedhofshusten an einem Stück Kohle genuckelt hat«, erzählt er mir und wiegt mich zärtlich auf seinen Knien. Ich würde ihn am liebsten fragen, ob er auch die Predigten meines Großvaters gehört hat, da seine Show nicht lange nach der

Christ Cure Radio Show kam und in Mingo County sehr beliebt war. Aber da fällt mir ein, dass Glad mir eingeschärft hat, keine persönlichen Dinge über mich zu erzählen.

»Es verdirbt die Phantasievorstellungen, die sie von dir haben«, hatte Glad erklärt.

»Ich liebe Jesus wirklich«, sagt der Nette Mann und lässt seine Hände unter meinen pinkfarbenen Rock und zu meinem pfirsichfarbenen Höschen wandern. »Und du bist ein so liebes Ding.« Ich hoffe, er wird den Namen sagen, den ich ihm genannt habe. Ich möchte ihren Namen hören, während er an mir herumfingert. Ich schließe die Augen und lasse ihn mich wiegen und streicheln.

»Sarah«, flüstert er endlich in mein Ohr.

»Ich bin da«, flüstere ich zurück, »ich geh nicht weg.« Ich verdrehe vor Freude die Augen.

Sarah ist wieder da, einen Monat nachdem ich zu arbeiten angefangen habe. Der Grüne-Bohnen-Trucker hatte einmal, während sie weg war, eine kurze Rast eingelegt, um sie zu sehen. Doch als andere Lizards ihm bereitwillig erzählten, wo Sarah steckte, war er so sauer darüber, dass sie sich in irgendeinem anderen Staat herumtrieb, noch dazu mit einem Frachtinspektor, dass er unser Zimmer kündigte und alles, was sie dagelassen hatte, auf den braunen Rasen stellte. Jemand rief Glad an, und ich kam und sammelte die ganzen Sachen ein und schaffte sie in den Wohnwagen. Außer ihrem Schaumbad. Das ließ ich auf dem vergammelnden Rasen stehen.

Mother Shapiro bezahlte für Sarah, damit wir unser Zimmer im Hurley-Motel wiederbekamen, aber meist hält sich Sarah bei Mother in ihrem Wohnwagen auf. Sie sind im-

mer zusammen. Sarah tut sogar so, als würde auch sie sich für die Monatsblutungen der Lizards interessieren.
Mother Shapiro kennt die Periode aller Mädchen auswendig. Jedes Mal, wenn Mother im Doves Diner sitzt, brüllt irgendeine Lizard durchs Lokal zu ihr hinüber und will wissen, ob sie reif ist. Die einen wollen das wissen, damit sie einen Fahrer, den sie mögen, zwingen können, sich häuslich bei ihnen niederzulassen, weil ein Baby unterwegs ist. Andere wollen sichergehen, dass sie keins kriegen, damit sie sich was dazuverdienen können, wenn sie sich auf Sex ohne Gummi einlassen. Wieder andere wollen es bloß wissen, damit sie genügend Geld beiseite legen können, um sich rechtzeitig Hygieneprodukte zu besorgen. Mother Shapiro kann ziemlich gut erraten, warum eine Lizard es wissen will. Die Leute sagen, sie habe in dieser Hinsicht das zweite Gesicht. Da sie eine große Anhängerin von Kondomen ist, brüllt sie meist quer durch den Doves Diner: »Schätzchen, du bist so fruchtbar und empfangsbereit wie eine Zuchtsau!«
Das Problem ist nur, dass die meisten Mädchen wissen, wenn Mother Shapiro so übertrieben reagiert, dann will sie sie bloß schützen, und wahrscheinlich wird nichts anbrennen.
Und nun tut Sarah so, als würde auch sie die Daten kennen, und unterhält sich mit Mother über Blutungen. Am liebsten würde ich zu Mother gehen und ihr erzählen, dass ich Sarah schon zigmal habe schreien hören, wie sehr sie diese »Pest« von Regel hasse.
Mother Shapiro lädt mich zu einem Törtchen mit karamelisierten Kiwis und Walnüssen in ihre Nische ein, als sie mich in der Nähe herumlungern sieht. Mother Shapiro will von mir wissen, wie es mit meinen Dates läuft, und Sarah verdreht genervt die Augen, als ich antworte. Trotzig ver-

suche ich Sarah für eine nette Klatschgeschichte aus der *World News* zu interessieren.

»Heut steht in der Zeitung, dass Elvis eigentlich ein Hermaphrodit war.«

»Schon gelesen«, schnappt Sarah und rollt wieder mit den Augen.

»Na, na ...«, sagt Mother. »Ihr zwei solltet euch wirklich vertragen. Ihr seid doch eine Familie, oder?«

An der Art und Weise, wie Sarah zur Seite schaut, wird mir klar, dass selbst Mother nicht genau Bescheid weiß, wie wir miteinander verwandt sind.

Ich rutsche aus der Nische, und bevor ich weggehe, sage ich mit einem kleinen Lächeln laut genug, so dass es jeder hören kann, der gute Ohren hat: »Sie ist meine Mutter.«

Ich hoffe, dass Mother Shapiro mich holen lässt und mich in ihren Wohnwagen einlädt, um mit ihnen beiden unter den Gänsedaunendecken aus Ungarn zu kuscheln. Stattdessen bekommen wir wochenlang keine von beiden zu sehen.

Nachts brennen die Kerzen in Mothers Wohnwagen. Man sieht Mothers breite Silhouette hinter den heruntergelassenen Rollos herumtapern. Angeblich soll Sarah einen schweren Schock erlitten haben durch die Enthüllung, dass sie meine Mutter ist, noch dazu in aller Öffentlichkeit. Sie liege nur noch im Bett und stöhne, während Mother Shapiro sich um sie kümmere und versuche, sie zum Essen zu animieren.

»Sie hat einen Gefrierschrank da drin«, erzählt mir Bolly, »der ist so groß wie die Futterkrippe einer Stute. Ich füll ihn für sie immer mit Spezialitäten, für den Fall, dass mal eine Hungersnot ausbricht.«

Außerhalb ihres Wohnwagens rieche ich aufgewärmte Appalachen-Gänseleber mit Apfelscheibchen in grüner Sauce mit gegrillter zarter Mango und in Apfelwein marinierte, am Spieß gebratene Schweinslende mit gegrillten Feigen und Püree von süßen Vidaliazwiebeln aus der Mikrowelle. Paxton hat als Einziger einmal in zwei Wochen den Wohnwagen betreten, und das nur ganz kurz. Er brachte ihnen eine Tupperschüssel mit Ossiotr-Kaviardressing, das Bolly zubereitet hatte, wie Mother dank ihrem zweiten Gesicht wusste.

»Sie haben hunderte von Bienenwachskerzen angezündet«, berichtete Paxton mit ernster Miene. »Deine Mutter«, und deutlich hörte ich aus diesen Worten einen feindseligen Unterton mir gegenüber heraus, »befindet sich an der Schwelle des Todes.«

Als ich den Doves Diner betrete, merke ich, dass es deutlich leiser wird im Raum, was mich besonders beunruhigt, nachdem ich gelesen habe, dass es als Tagesgericht gefüllte Wachteleier, in frischen Heidelbeeren gedünstet, mit Zuckererbsenravioli und in Misobutter sautierten Artischockenblättchen gibt. Selbst von einem krachenden Auffahrunfall auf dem Parkplatz direkt vor dem Diner würde niemand Notiz nehmen, wenn es ein Menü wie heute gibt.

»Jemanden zu beschuldigen, die eigene Mutter zu sein, ist eine sehr ernste Sache«, sagt Glad streng zu mir, als ich in Tränen aufgelöst zu den Wohnwagen zurücklaufe.

»Werden sie Davy Crockett für mich spielen?«, will ich wissen und lege meinen Kopf auf Glads Schoß.

»Aber nein.« Seine Hände spielen mit meinen Locken. »Es dauert bloß 'n bißchen, bis jeder drüber hinwegkommt, das ist alles.«

Ich gebe mir große Mühe zu beweisen, dass ich nicht der rücksichtslose Schurke bin, für den mich alle halten. Ich strebe danach, die beste Truckstoplizard zu sein, die es je gegeben hat, so dass ich eines Tages den Doves Diner mit dem allergrößten Waschbär-Penisknochen betreten kann und das ganze Lokal vor Ehrfurcht und Respekt erstarrt.

»Weil du ein Greenhorn bist und noch nicht mal die Kurve zum Teenager gekratzt hast, ist es am besten so«, meint Glad, als ich ihn frage, warum er mich pro Nacht nur für ein oder zwei Dates hinausschickt.
Meine Freier tun nichts weiter als mich anzustöhnen, mich ein wenig zu befummeln, mich wie einen Lolli zu lecken und sich von mir wegen der fuchsienfarbenen französischen Unterwäsche, die sie unter ihren abgewetzten Jeans tragen, bewundern oder auslachen zu lassen. Ich werde nie die Chance kriegen, ein zweites Gesicht wie Pie oder Mother Shapiro zu entwickeln. Glad weiß immer, wer sie sind und was für ein Spiel sie spielen wollen. Sie bezahlen mich auch nicht. Das ist alles vorab geregelt, einschließlich meines Trinkgelds.
»Ich will, dass es im Führerhaus nur so rappelt, wenn ich da reingeh, wie bei der Nummer von ’ner *echten* Lizard«, beklage ich mich bei Glad. »Ich will Dollars in meine Schuhe stopfen.«
»Ich werd niemand mit dir nich’ spielen lassen«, sagt er, und damit ist für ihn das Thema abgehakt.
»Mein Penisknochen wird nie größer werden«, beklage ich mich bei Sundae. »Ich könnte für Glad eine Menge mehr Geld verdienen …«
»Tja, Glad hat zwar den Ehrgeiz, als Weltklasselude in die Truckerreiseführer zu kommen, aber er spielt eben auch gern den Weihnachtsmann. Das ist ’ne schwierige Kombination für ihn. Er leidet fürchterlich darunter«, sagt Sundae schwermütig.
Ich senke angesichts der widersprüchlichen Neigungen unseres Zuhälters respektvoll das Haupt.

»Manchmal, wenn du mehr Leine haben willst, musst du beweisen, dass du damit klarkommst …«, murmelt Sundae, während er sich seine Söckchen überrollt, so dass sie korrekt sitzen.
»Was meinst du damit?« Ich kauere mich neben ihn hin.
»Na ja, du musst dir halt Mühe geben, das zu kriegen, was du willst«, sagt Sundae zu seinem Schienbein, während er an seinem Spitzensöckchen zupft. »Es gibt schließlich mehr als einen Truckstop. Ein paar Fahrer würden dich schon hinbringen …« Sie drückt einen Finger auf ihre Lippen, ohne mich anzusehen.
»Ich sag kein Wort«, erwidere ich und lächle.

Mein Jeden-zweiten-Donnerstag-19-Uhr-Kunde nahm mich mit. Nachdem er seine schwarze Ben-Davis-Jeans über seinen ebenholzschwarzen, mit Riemchen und Spitzen verzierten Strumpfgürtel gezogen hatte, erklärte ich ihm, ich müsste den Jackalope sehen – den mit dem riesigen Geweih, von dem es heißt, dass fünfzig Trucker ihre Mützen auf die Spitzen hängen könnten, und es seien immer noch Geweihstangen frei.
»Wieso? Du hast es doch geschafft, mich weiter als ein Lama spucken zu lassen«, sagt er und knöpft sich sein rotschwarz kariertes Coldmaster-Angoraunterhemd über seinem Victoria's-Secret-Midnight-Miracle-BH zu.
»Ich weiß«, erwidere ich und wickle eine Locke um meinen Zeigefinger, wie ich es jedes Mal bei Sarah gesehen habe, wenn sie einen Mann darum gebeten hat, sie zu einer ehrbaren Frau zu machen. »Aber ich fühle, dass meine Kräfte etwas nachlassen, und wenn das der Fall ist, tja, dann könnte Glad mich für …«, ich seufze wie Sarah, »… für wer weiß wie lange vom Rastplatz nehmen, bis das bösartige Zehren an meiner Magie aufhört.«

»Bösartig, sagst du? So schlimm?« Er schüttelt den Kopf, während er seine schweren Stahlkappenstiefel über seinen Nylonstrümpfen zuschnallt, deren Nähte schnurgerade an seinen Waden hochlaufen. »Okay, einverstanden. Ich glaube, du musst den Jackalope streicheln, um den Zauber zu schützen, den du auf jeden Höschen tragenden Trucker in dieser Hemisphäre ausübst.«

Er fährt mich über den Cheat, und ich weiß, den wird Glad nie überqueren, um mich zu kriegen.

»Zu viel schwarze Magie«, sagt Glad immer, wenn ihm jemand vorschlägt, eine Filiale jenseits des Cheat Ridge zu eröffnen. »Schon so mancher Mann ist von diesen Bergen und diesem Fluss um sein Leben gebracht worden.«

Er würde nicht mal eine seiner Nutten, selbst eine, die ihre Göttlichkeit ganz und gar verloren hat, den Cheat für eine Pilgerfahrt überqueren lassen, damit sie vom Schutzheiligen aller Truckstoplizards, von Holy Jacks Jackalope, wiederhergestellt würde.

Als wir auf den gekiesten Rastplatz von Holy einbiegen, schlägt uns der wabernde Duft der französischen Eaux de Cologne und Parfüms aller Lizards entgegen, der so stark ist, dass er sogar den fauligen Gestank von der Kohlebrennerei hinter der Bar überdeckt.

»Na schön, ich werd mir dann mal ein paar Bourbons genehmigen, während du deine Fürbitte sprichst«, sagt er. Er überprüft noch mal seine Strumpfnähte unter seinen Hosenaufschlägen und verschwindet in der schummrigen Bruchsteinbar.

Ich gehe um die Ecke auf die andere Seite, wo ich eine Menschenschlange sehe, die bis zur Tür reicht. Die Lizards stehen in ihrem besten Abendfummel an, im knalligsten Pink, in Armageddon-Rot und geheimnisvollem Schwarz. Bevor sie mich sehen können, bleibe ich stehen, poliere

meine Sandaletten hinten an meinen weißen Kniestrümpfen und ziehe meinen karierten Rock ein wenig hoch. Ich krame meinen Lippenstift aus dem extra Make-up-Fach in der Lederreisetasche, die Sundae mir geliehen hat, und ziehe mir rasch die Lippen nach. Ich zupfe meine Locken zurecht und trete so nahe heran, dass sie mich sehen können. Die meisten schauen aus Gewohnheit herüber, mustern mich einmal von oben bis unten und wenden sich dann mit einem wegwerfenden Schütteln ihrer Locken ab. Sarah sagt immer, bevor sie auf Männerfang geht: »Ich seh so gut aus, wenn ich diese Bar betrete, dass ich all diese Nutten nervöser mache als langschwänzige Katzen bei einer Schaukelstuhlversammlung.«
Ein paar von den jüngeren Mädchen wenden den Blick nicht von mir ab und schenken mir sogar ein verlegenes halbes Lächeln. Keine will, dass man glaubt, sie habe es nötig, hier in dieser Schlange zu stehen, um sich vom Jackalope heilen zu lassen. Eine Truckstoplizard zu sein ist eines – versagt zu haben ist eine Schande.
Ich bemerke, dass viele Lizards dicke, verspiegelte Sonnenbrillen wie die Autobahnpolizisten tragen, und Palästinensertücher über ihren Dolly-Parton-Perücken.
Ich lächle zu angestrengt zurück, so dass nur das letzte Mädchen in der Schlange sich nicht überheblich abwendet, als sie meine offenkundige Erleichterung mitbekommt. Sie nickt mir zu, als ich am Ende der Schlange angelangt bin. Ich nicke zurück. Ich beuge mich vor und äuge in die schwach beleuchtete Bar. Unter einem Punktstrahler erkenne ich die Spitzen riesiger weiß gestreifter Geweihstangen, die wie die Arme von Jesus seitlich und nach oben ausgestreckt sind.
»Mein Gott, diese Tussis lassen sich ganz schön Zeit«, murrt das Mädchen vor mir, ohne mich anzusehen. »Schon

fast 'ne Stunde vorbei, und diese Schlange hat sich kaum bewegt. Da könntste fast glauben, dass Jackalope diese Tussis pro Minute bezahlt!«

Mir fällt auf, dass ihr linkes Auge hinter ihrer Hollywood-Sonnenbrille halb geschlossen ist zwischen schwarz und blau angelaufenen Schwellungen, kaum verborgen unter dicken Schichten von beigefarbenem Grundierungspuder.

»Der Trick besteht darin, eine gelbliche Grundierungscreme auf Ölbasis zu benutzen. Matten Puder darfst du nie nehmen!«, würde Sarah sagen und zusammenzucken, während sie vorsichtig mit dem Schwämmchen Bräunungsgel aufträgt. »Ich schwör dir, auf der Flasche müsste stehen: ›Benutzen Sie unter keinen Umständen Puder, um die Faustküsse Ihres Mannes zu verdecken.‹«

Das Mädchen bemerkt, dass ich ihr Veilchen anstarre, und berührt es wie einen Glücksbringer. »Ich wurde ausgezählt …«, sagt sie mit einem rauen Lachen.

Ich nicke wieder. Ein paar von den anderen Lizards drehen sich zu uns um und mustern uns böse. Niemand sonst spricht, es wird nicht mal geraucht. Stumm warten alle in der Schlange wie Doughnuts auf dem Fließband, die noch gefüllt werden müssen.

»Ich muss mehr anschaffen …«, sagt sie und bewegt den Mund nervös vor und zurück, als ob sie jeden Moment Listerin spucken würde.

Ich möchte ihr sagen, dass ich auf dem besten Weg bin, eine der Spitzenverdienerinnen von Glading Grateful ETC…, vom weltberühmten Doves, zu werden. Und ich möchte, dass alle Lizards in der Schlange das auch mitbekommen. Ich möchte sie wissen lassen, dass ich es nicht nötig habe, den Jackalope zu sehen, und dass ich nicht mal in diese Schlange gehöre. Ich bin ein Eindringling, wenn ihr die Wahrheit wissen wollt. Ich hoffe bloß, mir einen der größten Waschbär-Penisknochen überhaupt noch schneller zu verdienen.

»Ich weiß, was du meinst«, flüstere ich, damit sie zurückflüstert.

Sie lächelt mit heruntergezogenen Mundwinkeln und streckt mir die Hand entgegen. »Pooh. Nicht wie Pups. Wie Pooh der Bär.« Die Lizards drehen sich wieder zu uns um. Ein paar bedeuten uns, still zu sein.

»Hi, Pooh«, flüstere ich. »Ich bin Sar…«, beginne ich, aber dann fällt mir ein, dass ich meine Identität verbergen möchte und nicht will, dass Glad mich aufspüren kann. »Rrr«, murmle ich und versuche, mir einen Namen einfallen zu lassen.

»Cool! Hi, She-Ra!« Sie schüttelt mir wieder die Hand. »*She-Ra: Princess of Power* war mein Lieblingscomic!«

»Also bitte!«, zischt uns ein Kumpellizard an, der Lederhosen wie ein Kellner trägt.

Pooh verdreht die Augen und beugt sich zu meinem Ohr. »Ich hab sogar die She-Ra-Actionpuppe gehabt.«

»She-Ra?«

Sie nickt rasch. Die Schlange bewegt sich schrittweise vorwärts.

»Wo arbeitest du, She-Ra?«, erkundigt sie sich flüsternd.

»Äh, in der Gegend«, flüstere ich zurück.

Sie schiebt die Brille auf ihrem Nasenrücken hoch, der so kurz ist, dass die Sonnenbrille gleich wieder runterrutscht. »Ich arbeite im Three Crutches.« Sie zieht die Augenbrauen über ihrer Brille wie schnelle kleine Blinker hoch und neigt sich mir erwartungsvoll entgegen. Ich nicke.

»Du hast noch nie vom Three Crutches gehört?«, flüstert sie ungläubig. Ich zucke mit den Schultern. »Na ja, das ist bloß der raueste, härteste Truckstop in ganz West Virginia.«

»Oh, tut mir leid.« Ich schaudere voller Mitgefühl wegen der Schrecken, die sie wahrscheinlich ertragen muss.

»Ich schätze, du hast auch noch nicht von Le Loup gehört?«

»Nö.«

Sie beugt sich vor, legt ihre Hand um mein Ohr und flüstert hinein: »Er ist der raueste, härteste Lude in ganz West Virginia.« Ihr Atem riecht schwach nach Franzbranntwein. »Und er ist mein Mann.« Sie tritt zurück und schaut mich vorsichtig prüfend an, als könne mich das so beeindrucken, dass ich spontan platze. Ich möchte ihr von Glad erzählen.

Ich lege die hohle Hand um ihr Ohr, in dem ringsum so viele Silberringe stecken, dass es wie die Halterung eines Duschvorhangs aussieht. »Willst du von ihm weg?«, flüstere ich.

Sie tritt wieder zurück, schiebt ihre Brille hoch und schüttelt den Kopf. »Bist du bescheuert?«, sagt sie zu laut.

»Manche Nutten haben nicht den beschissensten Respekt«, murrt eine der Palästinenser-Dolly-Perücken.

»Ich bin sein bestes Pferd, und er liebt mich!«, fährt Pooh mich an. »Er hat mich aufgenommen und alles aus mir gemacht, was ich bin!« Sie dreht mir den Rücken zu.

Wir sagen nichts weiter, machen bloß winzige Schrittchen, während die Schlange mühsam zur steinernen Türöffnung vorkriecht.

Aus den Wäldern um uns herum ertönt ein leises Knacken und Rascheln wie aus allen Wäldern im beginnenden Frühling. Das schwache Tuckern der Brennerei mischt sich mit dem stetigen Lärmpegel der brummenden, johlenden und brüllenden Trucker und Zuhälter drinnen. Weitere Lizards stehen in der Schlange hinter mir, und ich bin stolz auf mich, dass ich dem Drang widerstehe, nach ihnen zu schielen. Pooh dreht sich nach jeder Neuen um, und ich hoffe, sie bemerkt, dass ich mich nicht umdrehe. Ihre Augen huschen über mich hinweg, als hätte ich mich in Luft aufgelöst. Ich stelle fest, dass sie die neuen Lizards anlächelt, aber an der niedergeschlagenen Art, wie sie sich wieder umdreht, um nach vorn zu schauen, erkenne ich, dass keine von ihnen ihr Lächeln erwidert hat, was mir ein selbstgerechtes Gefühl von Genugtuung verschafft.

Plötzlich geht in der Bar ein Schuss los, gefolgt vom Geräusch einer zerschmetternden Flasche, und alle Lizards erstarren erwartungsvoll. Sie beobachten die Bar, um zu sehen, ob ihr Zuhälter tobend herauskommt, um sie aus der Schlange zu zerren, wie wütende Eltern ihr Kind vom Spielplatz ziehen. Aber ein barsch gebelltes »Gentlemen, da hat sich nur versehentlich ein Schuss gelöst« besänftigt das Geschrei in der Bar, und die Schlange entspannt sich.

Ich starre zu den Lichtstrahlen hinauf, die wie lange Karottenstrünke durch die Hartriegelbüsche dringen. Aus Versehen verliere ich den Halt und trete hart auf den Fuß der Lizard hinter mir.

»Christus, hilf mir, denn ich habe gesündigt«, sagt sie, als ich mich umdrehe, um mich zu entschuldigen. Sie hat die Augen nach oben verdreht, so dass nur das Weiße zu sehen ist, und ihre blau gefärbten Lider zittern darum herum wie Wackelpudding. Ihre Finger sind gespreizt und angespannt.

»Oh, Scheiße!« Pooh lacht. »Jetzt siehst du genau wie sie aus! Kannst du noch verschreckter dreinschauen?!«

Ich lache, aber vor Erleichterung, weil Pooh wieder mit mir spricht, und darum ist mein Lachen ein wenig übertrieben, und sie beäugt mich misstrauisch.

»Wir sind fast da«, sage ich und deute zum Eingang des heiligen Jackalope-Schreins.

Sie dreht sich danach um. »Wird auch Zeit. Als ich den

Schuss gehört hab, war ich sicher, Le Loup würde mich aus dieser Schlange schnappen, bevor der Sheriff aufkreuzt. Und ich mach mir ins Hemd, wenn wir es tatsächlich schaffen, da reinzukommen.«

Eine Welle von Zärtlichkeit steigt in mir auf, weil sie mich einbezogen hat, und löst sich in der ärgerlich jammervollen Gewissheit auf, wie einsam ich mich gefühlt habe, als sie mich ignorierte.

»Hast du von Natur aus solche blonden Locken?«, fragt Pooh und fährt mir mit einer Hand durchs Haar. Dann rupft sie sich lässig eine Hand voll von ihrem kurzgeschorenen gebleichten Platinflor aus und wirft sie auf den Boden. »Ich bin immer eifersüchtig auf Mädchen, die Albinohaare haben.«

Sie kriegt mit, wie ich ihren Kopf betrachte. Sie gibt ein ablenkendes Geräusch wie ein Orang-Utan von sich und zupft an ihrem Haar herum, um die kahlen Stellen zu verdecken.

Ich räuspere mich auf freundliche Schimpansenart. »Ich bin kein Albino. Jedenfalls glaub ich nicht, dass ich einer bin.« Ich denke nicht daran, ihr zu sagen, dass ich eigentlich kein Mädchen bin.

Plötzlich werden wir von den Lizards um uns herum angefaucht, endlich den Mund zu halten. Pooh nutzt ihre überlegene Position in der Schlange, die hinter uns anstehenden Lizards anzufunkeln. Einige schnalzen mit der Zunge und ziehen die Luft durch die Zähne ein. Eine zischt: »Passt bloß auf, *Missies*«, was mir einen durchaus nicht unangenehmen Schauer über den Rücken jagt.

Stumm bewegen wir uns mit der Schlange weiter. Ab und zu dreht Pooh sich zu mir um und setzt ein Lizardgesicht in verschiedenen fiesen Sexakten auf – das »An einem Schweinsknochen würgen«-Gesicht, das »Sitzend am Hintern geleckt werden«-Gesicht und das stets beliebte »Penis von betrunkenem Trucker im Ohr«-Gesicht. Über das muss ich laut lachen, als ich es erkenne. Ich blicke zu Boden und warte darauf, beschimpft zu werden, aber da höre ich Pooh »JesusFuckShitFuck« sagen, und andere Lizards um uns herum murmeln das Gleiche in ehrfürchtigem Ton. Daher schaue ich auf und sehe die leuchtende Aura des Jackalope in der Bar keine zwei Meter vor uns, und so sage auch ich: »JesusFuckShitFuck.«

Pooh tritt durch den steinernen Türbogen ein, und ich schlage fast mit dem Gesicht dagegen, als ich ihr folge.

Ich hab gehört, dass viele Bars versucht haben, Holy Jack zu kopieren, indem sie einen Jackalope aufhängten und effektvoll beleuchteten. Aber nur weil ein auf einer Windschutzscheibe platt gedrücktes Ungeziefer wie die Jungfrau Maria aussieht, heißt das noch lange nicht, dass es Bitterlikör in Brandy verwandeln kann.

Ich hab gehört, dass der Barkeeper im Holy Jack's irgendwo oben im Norden zur Schule gegangen ist und einfach nur die cleveren Tricks angewendet hat, die man nun mal oben im Norden lernen muss, aber ich sehe keine versteckten Scheinwerfer, die von den Kiefernsparren baumeln. Auch keine Heißluftventilatoren oder rot glühende Teslaröhren. Außer den Kerzen, die alle Lizards zu seinen Füßen anzünden und brennen lassen, sehe ich nichts Übernatürliches, das das überirdische Leuchten und die intensive Wärme erklären könnte, die vom heiligen Jackalope auf uns herabstrahlt. Er strahlt so sehr, dass die mit den Sonnenbrillen nicht mal daran denken, sie abzunehmen.

Mir und Pooh bleibt der Mund offen stehen, als wir uns in den kleinen Nebenraum begeben, vorbei an den Lizards, die schluchzend im Gänsemarsch zur Bar ziehen.

Ich hab auch gehört, dass Frauen ihre Ehemänner mitgebracht haben, die nicht aufhören wollten, ihr Haarspray und ihren Nagellackentferner zu trinken. Mamis haben ihre Tagebaubabys mitgebracht, die mit Armen geboren wurden, die ihnen wie Kaninchenlöffel aus dem Kopf wuchsen. Großeltern haben ihre Enkel mitgebracht, die vom Masturbieren erblindet waren. Nicht ein Einziger wurde je geheilt.

Man erzählt sich, die Autobahnpolizei habe diesen Jackalope angefahren und getötet, und ein Rudel abtrünniger Truckstoplizards habe das überfahrene wilde Tier in den Armen gehalten, seinen blutenden Kopf an den entblößten Busen gewiegt, seine Pfoten unter den Röcken und in den Muschis gewärmt und mit geschminkten Mündern an seinen noch winzigen Geweihstangen gesaugt. Und als der Jackalope verschied, hatten die Lizards nicht nur den ersten echten Orgasmus ihres Lebens, sondern wurden auch plötzlich in die begehrtesten Rastplatzlizards verwandelt, die es je an einem Truckstop gegeben hat. Wie dieser überfahrene Jackalope hierher gelangt ist, bleibt ein großes Rätsel, aber sein wundertätiger Zauber für ausgelaugte Truckernutten sprach sich bis zu jeder Truckstoplizard auf der ganzen Welt herum.

Ich muss meine Augen gegen sein Leuchten abschirmen, aber langsam nehme ich ihn wahr. Er springt einem mit seiner Länge von viereinhalb Fuß förmlich entgegen. Stahlträger halten ihn an der Wand. Jeder abgefuckte Lude hat schon mal versucht, diesen Jackalope zu stehlen. Darum sitzt ein echter Pinkerton-Wächter neben ihm und mustert uns missmutig.

Der Jackalope hat das himmlischste Lächeln auf seinem Gesicht, und seine verschleierten Augen haben die Farbe von Wasabi. Sein üppiges silberbraunes Fell sieht so versöhnlich und edel aus, dass jede Lizard im Raum einfach ausgiebig danach greifen muss.

Aber was alle höchst erstaunt – auch das Team der landesweiten TV-Nachrichtenshow, das hier gefilmt hat und mit gerahmten Autogrammpostkarten verewigt ist, die der Pinkerton-Mann ebenfalls bewachen muss –, das sind die Geweihstangen. Allem Anschein nach wachsen sie weiter. Ich hab gehört, das Dach musste fünf Mal angehoben werden, nur um das Wunder zu beherbergen. Ich kann sogar die phosphoreszierenden Knospen neuer Geweihstangen erkennen.

Die rauchgeschwängerte weihevolle Luft vermischt sich mit verschiedenen Alkoholdünsten und den balsamischen Flüssigkeiten illegal gebrannten Whiskeys und verdichtet sich um die höchsten Geweihstangen zu echten Unwetterwolken. Und als Pooh und ich unsere Münder lautlos wie Fische auf- und zuklappen, beginnt plötzlich reiner Tigerschweißwhiskey aus einer der Geweihwolken auf unsere Zungen zu regnen.

»Ah, jamjam.« Pooh leckt sich die Lippen und reißt den Mund noch weiter auf, um möglichst viel von dem geweihten Whiskeyregen zu erwischen. Was mir in den Mund tropft, brennt wie Lauge, und darum spucke ich es aus, so respektvoll ich kann.

»Ich spüre die Kraft des Jackalope. Du auch, She-Ra?«, stöhnt Pooh.

Ich nicke in Zeitlupe. »Ich auch, Pooh.« Ich merke, dass sich meine Arme nach oben recken, genau wie die Poohs und wie die aller anderen Lizards.

Was ich dann verspüre, ist eine langsame, harte Welle seidig schmeichelnder elektrischer Ströme, die alle anderen Lizards und mich wie auf einer Versammlung der Erweckungsbewegung erbeben lässt.

Einige weinen, andere wimmern. Alle, sogar die männlichen Lizards, werfen die Unterwäsche, die sie zuletzt bei einer Nummer getragen haben, ins Opferfass. Ich hab gehört, dass diese Unterwäsche die Basis eines regen Versandhandels bildet, mit dem das Anheben des Dachs für die Geweihstangen finanziert wird.

Gleich darauf ertönt ein gedämpfter chinesischer Gong, und der Pinkerton-Mann sagt, ohne einen Muskel zu rühren: »Okay, Ladys und Gentlemen, Sie haben noch fünf Minuten, dann müssen Sie sich in die Bar begeben. Danke.«

Alle verschließen fest die Augen und sprechen ihr Gebet. Ich lange unter meine Bluse, ergreife meinen Waschbär-Penisknochen und umklammere ihn. Innerlich intoniere ich: »Bitte, o göttlicher Jackalope, ich möchte eine echte Lizard sein. Ich möchte mir einen Riesenknochen *verdienen.*« Ich öffne die Augen und starre hinauf in seine toten trüben Augen. »Mach mich zu einer besseren Lizard als Sarah«, sage ich stumm, mit einer Kraft, die mich zugleich beflügelt und erschreckt.

Erneut ertönt der gedämpfte Gong, der Pinkerton-Mann räuspert sich, und die Lizards rücken zur Bar vor, um ihre neu erwachten libidinösen Kräfte zu begießen.

Irgendwelche alten Hasen legen »Jake Leg Blues« von Daddy Stovepipe und Mississippi Sarah aus der Jukebox auf, um sich über einige Lizards lustig zu machen, die vorübergehend von der Kraft des Jackalope gelähmt sind und nun herumtorkeln, als ob sie schlechten illegalen Whiskey getrunken hätten.

Alle Zuhälter, die noch geradeaus schauen können, stolpern zu ihren Lizards hinüber, um ihre aufgefrischte Ware zu begutachten. Ich sehe, wie mein Jeden-zweiten-Donnerstag-19-Uhr-Kunde, der mich hierher gefahren hat, in einer Ecke herumhängt, während ihm ein Spuckefaden wie ein Eiszapfen aus dem Mund baumelt.

»Le Loup!«, kreischt Pooh und wird von den offenen Schößen von Le Loups langem Ledermantel umschlungen wie ein kleines Nagetier, das eine Fledermaus sich geschnappt hat. Er hebt ihren kleinen Körper hoch und wirft sie in die Luft, bevor er sie wieder absetzt.

»Es war phantastisch!« Sie klatscht in die Hände.

Le Loup nickt bloß. Pooh winkt mich zu sich. Ich gehe zu ihnen hinüber und spüre, wie meine frisch erworbenen Fähigkeiten mich durchwogen.

»Oh, ich werd dich nie wieder nich' enttäuschen. Ich schwör's dir. Ich bin verwandelt, verwandelt, verwandelt. Es hat geklappt!« Pooh hat Tränen in den Augen. »Keine Dates werden sich jemals wieder über mich beschweren.«

Ich schiebe mich neben sie. »Oh, Le Loup, das ist She-Ra. She-Ra, Le Loup.« Behutsam berührt sie ihr blaues Auge.

Ich schaue in das struppigste Gesicht, das ich je gesehen habe. Zum größten Teil ist es von einem langen, schwarzen, buschigen Backenbart bedeckt. Die Augen, die über dieses Gesichtsgestrüpp linsen, sind so klein und dunkel wie die aus dem Gesicht eines Lebkuchenmannes gemopsten Rosinen.

Er nickt und fährt mit der Hand durch sein angeklatschtes öliges Haar, dann nimmt er meine Hand in die seine. »Freut mich, dich kennen zu lernen, Miss She-Ra.« Er neigt sich vor und küsst mir die Hand. Seine Hand fühlt sich so feucht und glatt an wie der entblößte Bauch eines Hundes, der sich gerade auf den Rücken gewälzt hat. Er schenkt mir ein breites Lächeln, ohne die Zähne zu zeigen. Während wir durch die Bar gehen, bemerke ich aus den Augenwinkeln, wie er mich mustert. Beifällig wackelt er mit dem Kopf, und ich spüre, wie ich vor Freude rot werde.

»Ui, und du wirst auch noch rot«, sagt er und geht in die Knie, so dass sein Kopf in Höhe meiner Brust ist.
»Ich werd auch rot!«, ruft Pooh eifrig. »Ich mein, wenn mich was verlegen macht – ich schätze, das hat seit einiger Zeit nichts geschafft, aber ich glaub –«
»Schttt!«, macht Le Loup, so dass wir beide zusammenfahren. »Tut mir leid, Schätzchen, hab ich dich erschreckt?«, fragt er und streichelt mir die Hand. »Deine Freundin Pooh lernt's einfach nie, wann sie die Klappe halten soll.«
»'tschuldige, tut mir Leid«, flüstert Pooh. »Tut mir Leid …«
Le Loup wendet den Blick nicht von mir ab.
»So hübsch«, sagt er, und ich merke, wie ich erneut rot werde. »Ich mag deine Goldlöckchen … Mit wem bist du denn hier, Schätzchen?«
Ich zeige zu meinem Jeden-zweiten-Donnerstag-19-Uhr-Kunden hinüber, der in der Ecke vornüber auf dem Tisch liegt.
»Ach, der – sieht ja aus, als ob er da rumhängt wie 'n Haar auf'm Brötchen.« Er lacht, Pooh lacht, ich lache.
»Is' das dein Daddy?«, erkundigt er sich lächelnd.
Ich schüttle den Kopf.
»Arbeitest du für ihn?«
Ich schüttle den Kopf. Er lächelt breiter.
»Für wen arbeitest du?«, fragt er an meinem Hals. Sein Atem riecht nach Lakritze.
Ich zucke mit den Schultern.
»Was für 'ne verwöhnte Prinzessin du doch bist …« Er lacht, Pooh lacht, ich lache. Ich bemerke, dass die Nähte an den Schultern seines Ledermantels aufplatzen.
»Da schaust du mich an, wie ich dieses Frage-und-Antwort-Spiel mit dir spiele, und dabei musst du doch am Verhungern sein, wenn du seit Stunden in dieser Schlange gewartet hast!« Er lässt meine Hand los und steht auf.

Pooh reibt sich den Magen. »Ich hätt wirklich gern 'ne Hillbilly-Limo und 'n großes Chicken-fried-Steak, weil ich –«
Le Loup wirft ihr einen scharfen Blick zu. Er greift mit seiner Hand nach meiner, und ich nehme seine Hand. Ich lasse mich von ihm in den Speiseraum geleiten.
»… am Verhungern bin«, murrt Pooh hinter uns.

»Was bist du doch verwöhnt«, sagt Le Loup, nachdem ich den schwarz verbrannten Knorpel von dem halben Chicken-fried-Steak abgeschnitten habe, das ich mir mit Pooh teile.
Ich möchte ihnen am liebsten vom Doves Diner und von Bolly und von der hohen weißen französischen Kochmütze erzählen, die er sich verdient hat. Ich möchte so gern meinen Knochen rausholen, ihn vor ihren Augen baumeln lassen und ihnen sagen, dass ich mir den allergrößten verdienen werde. Aber ich sage nichts.
Le Loup wirft geröstete Erdnüsse in die Luft, und ich schwöre, ich kann sehen, wie sich seine Zunge wie die von einem Leguan ausrollt und sie sich mitten aus der Luft schnappt.
»Willste 'n bisschen West-Virginia-Brunnenwasser?« Pooh will mir etwas von der klaren Flüssigkeit aus einem Marmeladeglas einschenken.
»Bring sie bloß nich' auf diesen Fusel!« Le Loup schlägt nach ihrer Hand.
»'tschuldige …« Pooh kippt einen großen Schluck und hustet.
»Also, wie ich gerade sagte …« Seine Hand streichelt mein Haar, und ich muss mich einfach in seine Berührung schmiegen. »Wenn du für mich arbeiten willst« – sein Finger streift über die Spitze meines Ohrs, so dass sich die Härchen in meinem Nacken aufrichten –, »kriegst du 'ne

Million Barbiepuppen. Magst du Barbie? Wie viele Barbies hab ich dir besorgt, Pooh?«

»'ne ganze Menge«, sagt Pooh und spuckt aus, wobei sie darauf achtet, dass Le Loup nicht zu ihr hinschaut.

»Ich besorg dir alle Kostüme. Hab Pooh gerade den schönsten Pelzmantel besorgt, der nur für Barbie gemacht ist.«

Pooh verdreht die Augen.

Ich nicke.

»Was du willst, für nichts.« Seine Finger tasten sich unter mein Kinn und kraulen mich so, dass ich unwillkürlich das Kinn zur Brust drücke und seine Hand dort festhalte. Er lässt sie liegen. Dann schiebt er sie in meine Bluse und über mein Herz.

»Ich bin der beste Daddy, den du jemals haben wirst«, sagt er mit verhaltener Stimme, halb flüsternd, halb knurrend.

Ich schaue hinunter und sehe, wie seine Hand sich mit meinem Atem hebt und senkt. Ich schließe die Augen. Die Wärme seiner Hand durchdringt mich. Le Loup lacht und presst sie noch stärker auf mein Herz.

Ich schlage die Augen auf und sehe, wie sich sein Gesicht zu einem gewaltigen Lächeln verzieht, und diesmal zeigt er die Zähne.

Reißzähne mit Goldfüllungen, in die Wikingermuster eingeprägt sind.

»Willkommen an Bord!« Er lacht.

Wir quetschen uns in Le Loups violetten Trans Am. Pooh klettert über mich hinweg, um neben Le Loup zu sitzen. Wir rasen über gewundene Nebenstraßen, dass die Reifen quietschen und dicke Schwaden von rotem Staub hinter uns herziehen. Ich nippe an der klaren Flüssigkeit aus Poohs Marmeladeglas, und sie brennt in meiner Kehle wie tausend Feuerameisenbisse. Meine Augen werden so schwer, dass ich sie nicht mehr auf halten kann, während die orangefarbenen Rücklichter und die gelben Augen von Rehen und Pumas an uns vorbeirasen. Ich lehne mich an Pooh, dann fällt mein Kopf auf ihre Schulter. Energisch schubst sie mich weg, bis ich an die Tür gelehnt einschlafe.

»Es wird ganz schön schütten …«, sagt Pooh.
Langsam fokussiere ich meine Augen auf die solide Steinmetzarbeit des Vatikans.
»Wach bloß auf, Le Loup hat gerade 'ne schwarze Schlange mit dem Bauch nach oben auf den Mittelstreifen gelegt.«
Das Gesicht von Papst Johannes Paul II. ruht mitten im Vatikan, hübsch arrangiert auf einem Beet voll verschlungener Fuchsienherzen.
»Auch wenn der Himmel bestimmt blauer aussieht als Eier am Monatsende«, sagt Pooh.
Als ich den Kopf vor und zurück wiege, zwinkert Papst Johannes Paul II. mir zu und scheint mir Kusshändchen zuzuwerfen.
»'ne schwarze Schlange, mit dem Bauch nach oben, macht es bestimmt so nass wie die Muschi einer Lizard am Zahltag«, sagt Pooh.
Respektvoll versuche ich Papst Johannes Paul II. eine Kusshand zurückzuwerfen, aber mein Mund zittert bloß.
»Du kannst dein' Schnaps nich' bei dir behalten.« Poohs Gesicht taucht über mir auf und versperrt mir die Sicht auf Papst Johannes Paul II. und den Vatikan. Ich versuche, an ihr vorbeizuschauen.
»Du hast ganz schön gekotzt.« Pooh lächelt, dann bricht sie plötzlich in ein laut bellendes Lachen aus und entblößt dabei einen Mund voller schiefer grauer Zähne. Ihr zerschlagenes Gesicht scheint sich zu verflüssigen und zu brodeln wie Gulasch. »Wie du es geschafft hast, den gan-

zen Wagen innen zu versauen und dabei selbst keinen Spritzer abzubekommen, das muss ein Werk des Herrn sein.« Sie bellt erneut. »Nicht einen Spritzer … aber dein Atem …« Sie wedelt mit der Hand vor ihrem Gesicht. »Pantheratem!« Pooh deutet auf das Poster an der Decke über uns. »Le Loup hat dich sogar unter Seine Heiligkeit gelegt. Du solltest deine Taufe bekommen, aber er musste mal an die frische Luft …« Pooh wedelt wieder mit der Hand und verzieht säuerlich das Gesicht. »Le Loup ist ein frommer Katholik, verstehst du. Er salbt seine ganzen Mädchen hier. Er hat die geweihten Satinzebralaken ausbreiten wollen, aber ich hab ihm gesagt, dass du wieder kotzen könntest, also hat er stattdessen einen Müllsack unter dich gelegt.« Pooh blökt wieder los.

Ich rolle den Kopf auf die Seite und nehme nur mit Mühe wahr, wie er wieder zum Stillstand kommt.

»Ich bezweifle, dass er dich rauswirft, ohne dich zuerst zu nehmen.« Pooh klettert von mir runter. Langsam sehe ich mich in dem Zimmer um. Alles ist voller Fell.

»Aber wegen der Schlange wird es ein Unwetter geben, und wenn es ein Unwetter gibt, bleiben alle Trucker in ihren Trucks … wir werden viel zu tun kriegen!«

Alles in dem kleinen Zimmer ist mit Fell bedeckt. Dickem, glanzlosem, braunem Bärenfell. Die Couch, der Couchtisch, sogar die Wände.

»Ich denke mal, dass er den Jackalope in uns testen will – darum hat er die schwarze Schlange hingelegt …«

Sie sitzt auf der Fellcouch und schnappt sich ein kleines Marmeladeglas vom Fellcouchtisch. Sie bläst über die klare Flüssigkeit im Glas, aber kein Dampf steigt auf, dann leert sie es mit drei raschen Schlucken. »Musste kippen«, sagt sie, beugt sich vor und rutscht neben die Jalousie. »Kriegste Kraft.«

Ich nicke.

»Wirste auch noch lernen. Willste frühstücken?« Bevor ich antworten kann, zieht sie mich am Arm, bis ich aufrecht dasitze. Plötzlich stößt sie mein Kinn zurück, so dass mich Papst Johannes Paul II. erneut anzwinkert. »Er hat dich ja nich' mal gebissen!« Sie drückt mein Kinn sacht hinunter. »Na ja, das kommt noch.« Wieder grient sie. »Er wird dich nehmen – schneller als ein Furz im Wirbelwind.«

Ich weiß nicht, wie ich auf die halb bewusste säuerliche Freundlichkeit in ihren Augen reagieren soll, also würge ich bloß.

»Igitt!« Sie hüpft vom Bett. »Erst versauste Le Loups Auto, und nun willste mir das schon wieder antun? Und glaub bloß nich', dass er dich nich' dafür bezahlen lässt, Schätzchen!«

»Tut mir Leid«, sage ich und suche nach ihren Augen unter der Schwellung.

Sie schüttelt den Kopf, schnappt sich ihr Glas und leckt es aus.

»Ich soll dir 'n Frühstück besorgen. Komm schon.«

Ich ziehe mich vom Bett hoch und schiebe den Müllsack weg, der an meinen Beinen klebt.

»Ich muss mal ...«

»Die eine geht ins Nebenzimmer, die andere ins Scheißhaus. Find's selber raus.«

Ich kann meine Füße in dem tiefen Fell nicht sehen, als ich zu den beiden Türen hinübergehe. Ich öffne eine, und dahinter ist es stockfinster, und Grillen zirpen. Ich werfe diese Tür wieder zu und öffne die andere.

Es riecht wie nach Elefant, also wate ich durch das dickere Fell, bis ich neben einem gesprungenen hohen Spiegel einen hölzernen Abtritt entdecke.

Ich starre mich im Spiegel an. Meine Locken sind ein wenig durcheinander, aber das kommt davon, wenn man Sundaes Rat nicht befolgt und nicht genügend Haarspray nimmt. Doch Pooh hat Recht – ich hab mich nicht bekotzt. Und abgesehen davon, dass mein karierter Rock und meine Baumwollbluse ein wenig verknittert und meine Kniestrümpfe heruntergerollt sind, stelle ich zu meiner Enttäuschung fest, dass ich fast noch genauso aussehe wie gestern, als ich den Doves Diner verließ.

Pooh packt mich am Arm, als ich aus dem Bad komme. »Ich werd dir was zum Futtern besorgen, also mach schon.« Sie zerrt mich aus der umgebauten Scheune, schlägt die breiten hölzernen Scheunentore hinter uns zu und verschließt sie.

»Iih, kann mich nie an den Gestank von diesen Sumpflatrinenrosen gewöhnen!« Pooh hält sich die Nase zu und deutet auf die gelben Blüten der Stinkenden Zehrwurz, die den Sumpf wie Reihen von Hepatitisaugäpfeln säumen.

Wir gehen an Wohnwagen vorbei, die in gar nicht unangenehmen Malven- und Kupfertönen verrostet sind, und an vergammelten Wellblechhütten mit roten Samtvorhängen, bis wir zum Rastplatz gelangen. Neunachser stehen kippelig auf riesigen zerbrochenen und unzusammenhängenden Asphaltplatten, die wie Blütenblätter an einem Gänseblümchen einen baufälligen Truckstopdiner umgeben. An seinem First hängt ein magentafarbenes Neonschild mit drei Krücken, die wie die Degen der Musketiere gekreuzt sind.

»Drei Krücken«, sagt Pooh. »Gegründet von drei verdroschenen Truckstoplizards.« Unvermittelt drückt sie mir ihre Hand unter die Augen. »Du hast die Krückenstigmata noch nich' gekriegt?«

Ich wende das Gesicht ab, und dann erwischt es mich. Tränen schießen mir in die Augen.

Pooh lacht. »Na, also!«

Ich kauere mich auf den Boden und halte die Augen zu, die so intensiv brennen, dass ich nichts mehr sehen kann. »Ich kann nicht mehr sehen, Pooh!«

Pooh lacht.

»Meine Augen, Pooh, meine Augen!« Ich reibe sie heftig und versuche, das rasende Pochen darin zu vertreiben.

Wieder lacht sie, packt mich unter den Armen und zerrt mich hoch. »Komm schon, Shirley Temple. Ich hab keine Zeit zum Spielen. Ich soll dir was zum Futtern besorgen.«

»Ich kann nicht sehen!«, kreische ich, als ich stolpere. »Ich bin blind, Pooh, warte doch!«

»Willkommen bei den Three Crutches, Baby Doll! Nun komm schon.« Sie zerrt mich vorwärts.

Im Gehen klammere ich mich mit der linken Hand an Pooh, während ich mit der rechten über meine triefenden Augen wische.

»Auf, auf ...«, ruft Pooh, als meine Füße gegen eine Treppe stoßen und sie mich hochzieht, weil ich hingefallen bin.

Dann erwischt es mich noch härter. Ein abscheulich saurer Geruch umgibt uns. Alle möglichen Absonderungen beginnen mir aus der Nase zu laufen.

Aluminiumstufen hallen unter meinen Füßen. Ich taste nach einem Geländer, um mich festzuhalten, finde aber keins und umklammere Pooh schließlich mit beiden Armen. »Bitte, Pooh, hilf mir, ich bin blind!«, rufe ich schluchzend.

»Hör mit dem Gejammer auf. Du wolltest doch hierher kommen, oder? Du hast darum gebettelt!« Sie zerrt mich ein paar weitere Stufen hoch. »Das kleine Mädchen bei Le Loup spielen!«

Ich höre ein Gebimmel an einer Tür, und die Wärme aus dem Inneren schlägt mir in mein nasses Gesicht.

»Ich kann nicht sehen!«, schreie ich in panischer Angst und hoffe, jemand wird sich meiner erbarmen und einen Arzt holen und mich retten. »Ich kann nicht sehen! Und mein Gesicht zerläuft!«

»Pooh, du bist schlimmer als 'n Junge mit 'ner Schachtel Streichhölzer und 'ner streunenden Katze!«, ruft eine rauchige Frauenstimme. »Ich weiß doch, Le Loup würd's gar nich' gern hören, dass du sein junges Gemüse folterst, was?«

»Ich hab gar nichts gemacht, Stella!«, giftet Pooh.

»Gib sie her …«

Pooh übergibt mich den Armen der Frau. Augenblicklich werde ich auf ihren Schoß hochgerissen wie von einem Karussell, das einen unwiderstehlich hochhebt.

»Gib mir mal die Sprayflasche, Lymon!« Ihre Glieder sind so knochig und abstehend, und sie riecht so schlammig feucht, dass ich das Gefühl habe, in einem Nest aus Zweigen gewiegt zu werden. Verzweifelt reibe ich mir die Augen.

»Hi, Kleines. Ich bin Stella, und Pooh hat nur 'n bisschen mit dir gespielt. Die böse Pooh, die böse … Gleich wird's wieder …« Ein feiner, nach Jasmin duftender Nebel überzieht mein Gesicht. »Mach die Augen auf, mach sie auf …« Sie zieht mir die Lider hoch, und ich spüre, wie die winzigen Nebeltröpfchen meine Augen treffen und augenblicklich die Schmerzen lindern.

»Pooh hat dir doch nich' etwa 'nen Zitronenschnitz gegeben, oder?«, fragt Stella. »Ts, ts.«

Ich fange an zu zwinkern, meine Augen saugen den süßen Spray auf wie Grahamcracker die Milch.

»Pooh!«, schimpft sie wieder. »Hier …« Sie schiebt etwas so Saures unter meine Oberlippe, dass mein Mund erstarrt. Ich versuche es auszuspucken. »Na, na … behalt's drin … es is' 'n Stück Zitrone, und wenn du wieder sehen willst, behältste 's lieber drin.« Sie legt mir ihre erdig riechende Hand über den Mund.

»Und jetzt machste die Augen zu und lässt sie ausheilen.« Sie drückt mir die Lider zu und streicht mit den Händen über den Jasminnebel, der mein Gesicht überzieht wie eine dünne Schweißschicht. »Pooh hat bloß Angst, dass du süßer riechst als sie, aber niemand riecht süßer als Pooh, nich' wahr, Pooh?« Ich höre Gelächter um uns herum.

»Macht mich bloß nich' nass!«, kreischt Pooh. »Ihr langweilt euch doch bloß, weil ihr allein seid! Na, ich jedenfalls nich'! Ich hab zu tun!« Pooh stampft die Aluminiumstufen hinunter und verschwindet.

»Eingelegte Fotze würde eher passen«, ruft jemand.

»Ich tät mir ins Hemd machen, wenn ich Pooh wär«, sagt eine hohe Männerstimme. »Ich tät dich gern mal probieren ...« Ich spüre Finger in meinem Haar, an denen ein Hauch des beißenden Gestanks hängt, der mir erneut die Tränen in die Augen treibt.

»Lymon! Hau ab in die Küche. Sie hat noch nich' mal ihre Bissabzeichen, und du willst schon was von ihr abhaben?! Ich sollt's Le Loup sagen! Hau bloß ab!« Stella wedelt so heftig mit den Armen, um Lymon fortzuscheuchen, dass sie mich von ihrem Schoß fallen lässt. Ich schlage dumpf auf dem Boden auf, und der Zitronenschnitz schießt mir wie ein Geschoss aus dem Mund. Ich öffne die Augen und sehe durch einen Nebel, wie der Schnitz einem Raubvogel, der auf dem Fensterbrett sitzt, direkt ins Gesicht fliegt.

»Oh, verdammt ... hab mein Schoßkind fallen lassen ... peng.« Alles lacht, bis der verblüffte Raubvogel zu flattern und zu zetern beginnt wie eine Katze, auf die sich jemand gesetzt hat. Da eilen alle herbei, um ihn zu besänftigen, und machen Geräusche wie Bauernhoftiere, um den beleidigten Raubvogel an seine Lieblingsbeute zu erinnern und bei Laune zu halten.

Und auf einmal fange ich an zu weinen. Nicht wegen des brennenden Geruchs, bei dem ich mir am liebsten die Augäpfel aus dem Kopf reiben würde. Nicht weil ich mit einem Plumpser fallen gelassen wurde und ein ganzes Zimmer voller Leute lachen höre, die ich kaum sehen kann und die mich dann wegen eines Raubvogels ignorieren. Ich stoße ein unsägliches Klagegeheul aus, weil mir plötzlich Sarah fehlt, auch wenn sie oft vergisst, dass sie meine Mama ist.

»Oje, hoffentlich hab ich dir nix gebrochen. Le Loup tät mich glatt umbringen, wenn ich dir Grünzeug was gebrochen hätt! Hab ich dir was gebrochen?« Stellas knöcherne Finger heben und verdrehen meine Glieder, als wäre ich eine Flickenpuppe.

Ich möchte ihr sagen, dass ich mir nichts gebrochen habe, aber als ich den Mund öffne, kommt nichts weiter heraus als »Sarah, Sarah, Sarah«.

»Sarah, is' das dein Name? Das is' 'n hübscher Name. Vielleicht wird's dir wie Sarah in der Bibel ergehn, und der Herr wird dich bumsen, wenn deine Fotze schon so ledrig ist wie 'ne Schweinsledertasche.« Stella tätschelt mir den Kopf.

»Der Herr kann den Fluch des Lebens über das unglaublichste Wesen aussprechen«, sagt eine andere Frau.

»Darum hab ich mir doch nich' mal die Mühe gemacht, mir die Eierstöcke rausnehmen zu lassen! Schließlich weiß ich, dass Jesus an mir ein Exempel statuieren wird, so wie er's mit Sarah gemacht hat«, sagt Stella und tätschelt mir wieder den Kopf.

»Und warum sollte er mich auch schwängern? Ich verpasse keinen Gottesdienst, und meine Vagina ist so trocken wie ein Brunnen in der Sahara! Und der Herr weiß, dass ich nicht über ihn lachen würde, wenn ich entdecken würde, dass ich schwanger wäre wie unsere Freundin Sarah hier.« Die Frau beugt sich vor und tätschelt mir die Schulter.

»Ich bin noch nie schwanger gewesen«, sage ich schluchzend.

»Na ja, weißt du, du kriegst nur Schmalz, wenn du das Schwein kochst.«

»Ich hab meine Drillinge gekriegt, als ich fünf Gummis mit 'ner Schicht Alufolie zur Sicherheit dazwischen genommen hab …«, sagt eine Frau, die so dünn und weiß ist, dass sie wie eine Abendmahlsoblate aussieht. »Warum soll das also nicht auch Sarah hier passiert sein?« Sie tätschelt mir den Hals.

»Ich glaub nicht, dass ich jemals schwanger gewesen bin …« Ich wische mir übers Gesicht.

»Na, Mary Grace, hat der Herr dir gesagt, was er dir antun wird?«

»Habt ihr *Ihn* gehört?«, kreischt Lymon, als der Raubvogel über unseren Köpfen flattert und Sturzflüge macht.

»Ich hätte ein Baby haben können und es nicht mal gewusst.« Ich blinzle ein paar Tränen weg und presse die Hände gegen meine Eingeweide, die sich immer so hohl und unfruchtbar anfühlen.

»Nun, eines Nachts hab ich geglaubt, ich hätte Ihn gehört, als meine Babys noch in mir drin waren«, sagt Mary Grace. »Mein Bauch hat sich bewegt und gerührt, und Stimmen sind aus mir rausgekommen, aber wie sich herausgestellt hat, sind's bloß Winde gewesen.«

»Mary Grace, du hast halt ein sehr saures Ejakulat erwischt«, sagt eine andere Frau. »Ich hab schon von Truckersaft gehört, der so voller Tagebauschlacke sein soll, dass sie dir damit ein Kondom aus Holz durchbrennen können!«

»Das kann ganz schön aufregende Winde erzeugen«, pflichtet Lymon bei.

»Ich weiß, dass ich manchmal die Bewegungen in mir gespürt habe«, flüstere ich und erinnere mich daran, wie einige von Sarahs Freunden manchmal über mich herfielen, wenn sie noch spät bei der Arbeit war. Sie stolperten im Dunkeln über leere Flaschen, zogen meine Bettdecke weg, drangen in mich ein und nahmen mich mit stummen Stößen. Ich mochte diejenigen, die danach noch bei mir liegen blieben und mich ganz arg festhielten, diejenigen, die mich leicht hätten entzweibrechen können, es aber nicht taten. Sie streichelten meinen Bauch und flüsterten mir ins Ohr: »Mein süßes, kleines Baby, ich bin in dir, Baby.« Ich erinnere mich auch an das Blut danach, nachdem sie alles aus mir herausgeholt hatten. Ich hatte das Gefühl, als ob sie das süße Baby und alle meine Eingeweide herausgezogen hätten. Dann nahmen sie alles mit.

Mit geballter Faust dresche ich auf die Leere in mir ein.

»Warum haust du dich?«, sagt Mary Grace und schlägt meine Hände beiseite. »Mach das nicht. Hier, nimm einen Zitronenschnitz.« Mary Grace schiebt mir einen sauren Schnitz unter die Lippe.

Ich sauge an der Zitrone und lasse die Säure alles in meine Kehle hinunterschwemmen.

»Na, siehste.« Mary Grace tätschelt mir den Kopf. »Geht's deinen Augen jetzt besser?«

Ich nicke.

»Dann heben wir dich mal wieder auf.« Stella greift mir unter die Arme und hebt mich hoch. »Lass mal diesen Zitronenschnitz im Mund, bis du hier genug gegessen hast, damit du immun bist.«

Ich nicke wieder.

»Aber denk dran, ihn vor dem Oralsex rauszunehmen. Die

meisten Trucker polieren beim Fahren ihre Fahnenstange, mit jeder Hand an einem ihrer Knüppel – lenken tun sie mit den Knien –, und wenn sie dich dann rannehmen, ist sie fast zu einem Zahnstocher geschrumpft, ganz entzündet und voller Blasen. Als Pooh hier angefangen hat, da hat sie so viele Männer in ihren Zitronenmund genommen, dass das Krankenhaus voller Typen war, die sich 'ne Gehirnerschütterung geholt haben, als sie mit dem Kopf ans Dach vom Führerhaus geknallt sind.« Stella wiegt mich in ihren knochigen, zerschlagenen Armen.

»Wirst dich so schnell an den Geschmack gewöhnt haben, dass du bald keine Miene mehr verziehst«, sagt Mary Grace.

»Ich werd jetzt mal mit deiner Immunität anfangen. Lymon, bring uns doch 'n großen Teller gebratenes Leberhaschee mit Fuselsoße, 'ne dicke Scheibe Rückenspeck mit etwas Sorghumsirup und Maiskuchen zum Auftunken«, ruft Stella, während sie mich in den Speiseraum trägt. »Und natürlich 'ne ganze Ladung Bärlauchknollen!«

»Bärlauch...«, murmeln alle und kichern unterdrückt.

»Glaubst du wirklich, dass Le Loup sie mit Bärlauch will?«, mischt sich ein anderes Mädchen ein. »Vielleicht hat er ja vor, sie als Mädchen ohne Bärlauchblähungen anzupreisen. Als echten Knüller ...«

»Klar, Petunia, kann schon sein«, sagt Stella und quetscht sich mit mir in eine neonorangefarbene Nische mit zerschlissenen Polstern. »Aber wenn sie keinen Bärlauch isst, wird sie furzfrei am Schaltknüppel statt am Lümmel rumnuckeln, weil sie so blind ist! Ich weiß doch, dass unsre Jungs sich lieber ein' runterholen lassen als 'ne desodorierte Nutte haben wollen. Wenn das nich' die Wahrheit is', haste keine Ahnung vom Geschäft.«

Stella zieht eine Hand voll Servietten aus dem Spender und wischt mir die Tränenspuren vom Gesicht.

»Je mehr Bärlauch du isst, desto weniger stören sie dich«, sagt Stella, während sie mir die Nase putzt.

Ich nicke.

»Du hast noch nie Bärlauch gegessen?«, fragt Petunia ungläubig.

Ich schüttle den Kopf.

»Dann biste kein Mädchen aus West Virginia.« Stella lacht.

»Bärlauch ist wie Zwiebeln …«

»Bloß hundertmal stärker!«, sagt Petunia.

»Lymon pflückt sie wild, und dann kriegen wir Bärlauch nach guter alter Art zu futtern«, sagt Stella, kippt sich eine Ladung Salz in die Hände und wirft es sich über die Schulter.

»Aber wenn die Knollen geschnitten werden, bevor sie ins Speckfett kommen, dann kannste was erleben! Die brennen wie der Tripper, das heißt, wenn du den Tripper in die Augen kriegst, was schon mal vorkommen kann, wie ich gehört hab«, sagt Petunia.

»Drum musst du die Knollen essen, dann wird dich der Gestank von ihren rohen Dingern nicht stören. Dann bist du immun. Die arme Kleine hat noch nie Bärlauch gegessen …« Tsss, tsss, tsss, macht Stella.

»Ach«, sage ich. Ich würde ihnen so gern von Bolly im Doves Diner erzählen und von den feinen französischen Schalotten, die er in einer köstlichen reduzierten Hummer-Schokoladen-Sauce mit Safran sautiert, aber ich sage nichts.

»Wohl bekomm's …«, sagt Lymon und stellt drei dampfende Teller vor uns auf die Wachstuchtischdecke. Meine Augen beginnen wieder zu tränen. Bevor ich mit der Hand hochfahren kann, um sie zu reiben, besprüht Lymon mein Gesicht mit dem lindernden Nebel, während Stella die Zitrone unter meiner Lippe hervorzieht und mir eine Gabel

voll Bärlauch in den Mund schaufelt. Ich kaue die fettigen, scharfen Zwiebeln und blinzle durch den Spray.
»Ich werd dir 'ne eigne Sprayflasche besorgen. Wie schmecken dir diese Knollen?«, erkundigt sich Stella mit vollem Mund.
Ich nicke und muss an Bollys Minzepesto mit süßen Zwiebeln an hausgepökeltem Stör denken.
»Und zum Nachtisch kannst du Tomaten- und Bärlauchsorbet mit Mayonnaisecreme kriegen!«
»Ich hab sogar Papayakekse!«, flüstert Lymon mir ins Ohr, wobei er mir mit seiner Zunge in meine eustachische Röhre fährt. Rasch sprüht er mir Spray ins Gesicht, damit mir von seinem Bärlauchpesthauch nicht die Tränen kommen.
Stella fährt fort, sich und mich zu füttern. Ich kaue und schlucke, so schnell ich kann, aber sie erhöht das Tempo, bis ich schließlich den Mund nicht mehr aufmache und sie mir mit ihrer Gabel in die Lippen sticht.
»Mmmm!«, stöhne ich unter Tränen und presse die Lippen zusammen.
»Och, 'tschuldige, tut mir Leid ... Blutest du? Ach, nur ein bisschen, hier ...« Stella drückt mir Papierservietten auf den Mund.
»Le Loup wird sicher wissen wollen, warum bei seinem neuen Mädchen der Samen wie bei 'ner Gießkanne aus dem Mund sprüht, und ich werd ihm sagen, dass er sich bei Stella für die Extralöcher bedanken kann!«
»Petunia, du wirst gleich noch deine restlichen Zähne verlieren ... obwohl's ja für dich beim Blasen ein Segen wär.«
»Pff!«, macht Petunia.
»Hast du das Blut gestoppt, Sarah?« Stella nimmt mir den Serviettenknebel vom Mund. Ich nicke und fahre mir über

die Wunde. »Hab ich das richtig mitgekriegt, dass du ’n Baby gehabt hast?«

Ich räuspere mich und sage: »Ich hab Babys in mir gehabt, aber ich hab nicht geglaubt, dass das sein könnte. Genau wie bei Sarah in der Bibel. Meiner Mom ist anscheinend das Gleiche passiert.«

Sie wackeln mit den Köpfen.

»Die Bibel ist sehr praktisch und lehrt Liebe und Verständnis für die eigenen Leute«, sagt Stella und nickt Petunia zu.

»Ham sie dir dein Baby weggenommen, um seine Organe auszuschlachten?«, erkundigt sich Petunia, wobei sie ihre Zunge voller grauem Leberhaschee entblößt.

»Ich hab danach geblutet«, erzähle ich ihnen und öffne den Mund für einen Bissen »Maiskekse«, die Stellas Finger mir reichen.

»Wenn du geblutet hast, kannste sicher sein, dass es von einem Yankee war und dass sie es mit ihren klebrigen Scheißfingern geklaut haben. Die Innereien von deinem Baby sind schon lange verkauft, und die Leiche wurde ohne ein anständiges christliches Begräbnis in irgend’ne Müllverbrennungsanlage gesteckt!«, brüllt Petunia, so dass mir Speckbröckchen ins Gesicht fliegen.

»Aber *meine* Mutter hat nicht gewusst, dass sie mich hatte, und ich glaub nicht, dass mir die Yankees meine Innereien genommen haben. Das waren meist Trucker«, erkläre ich ihnen.

»Ich wette, das waren bloß Yankees, die so getan haben, als wär’n sie Trucker!«, sagt Petunia.

»Meine Mutter hat mich ausgepeitscht, wenn sie das Blut gesehen hat. Sie hat geschrien, ich hätte ihr all die süßen Babys geklaut«, sage ich und stelle mir bildlich vor, wie ich meine Unterwäsche mit den kleinen knallroten Gerinnseln liegen lasse, damit sie sie findet und ich diesen bedeutsamen Augenblick, wenn sie zum Riemen greift, auskosten kann.

»Ach, Petunia, das is' ja so traurig«, sagt Stella. »Was für 'n Hohn, dass deine Mama dir die Schuld gegeben hat, weil diese Yankeediebe ihre Enkelbabys und deine Innereien geklaut haben.«

»Ich hab gewusst, dass mir was von meinem Inneren fehlt«, sage ich. Ich erinnere mich daran, wie Sarah dagesessen und gejammert und dabei auf ihren Bauch geschlagen hatte, nachdem einige von den Truckern gegangen waren, und sie gingen immer.

»Da haben wir ja 'ne echt tragische Figur hier. Lasst uns Le Loup lieber davor warnen, dass Sarah hier jederzeit tot umfallen könnte und dass er sie darum schonen muss.«

»Nein, denn wenn wir Le Loup sagen, dass sie nicht gut beieinander ist, könnte er sie doppelt hart rannehmen, damit er was kriegt für sein Geld!«

»Vom wem hat er dich denn gekauft?«, erkundigt sich Stella, während sie mir eine volle Gabel Bärlauch in den Mund schaufelt.

»Er hat mich nicht gekauft. Ich hab ihn beim Jackalope kennen gelernt.«

»Also hat er dich geklaut!« Petunia ist verblüfft. »Na, kein Wunder, dass er eine schwarze Schlange mit dem Bauch nach oben auf den Mittelstreifen gelegt hat!«

»Wieso?«, will ich wissen und probiere einen Löffel voll überraschend leckerem Tomaten- und Bärlauchsorbet mit Mayonnaisecreme, das Lymon während unserer Unterhaltung stumm auf den Tisch gestellt hat.

»Eine schwarze Schlange mit dem Bauch nach oben auf einem Zaun oder einem Mittelstreifen bringt Regen, auch wenn der Himmel noch so blau ist! Das weiß doch jeder!« Genau in diesem Augenblick zuckt ein Blitz durchs Lokal, gefolgt von einem bedrohlichen Donnerschlag. »Und wenn es regnet, werden wir alle emsiger als 'n einarmiger Tapezierer!«

»Le Loup will so viel wie möglich aus dir rausholen, bevor dein Mann kommt, um dich zurückzuverlangen«, erklärt mir Petunia. »Kein Lude würde sich doch 'ne Lizard entgehen lassen, die so niedlich ist wie 'n Sack voll junger Hunde, wie du eine bist. – Ach so!«, ruft sie und presst sich die Hände an den Kopf, als hätte sie gerade einen Migräneanfall. »Du hast den Jackalope aufgesucht, weil du dich von deinem letzten tragischen Verlust erholen wolltest. Und da hast du den Jackalope angefleht, er möge deiner nachgeburtlichen Vagina die alte Elastizität wiedergeben!«

»Du könntst ja beim Sheriff als Hellseherin arbeiten, Petunia«, sagt Stella. »Du bist ja bei der Wahrheitsfindung viel besser als als Nutte!«

»Ich bin wegen dieser Bemerkung sehr gekränkt. Ich bin eine verdammt gute Lizard. Ich hab noch nicht mal den Jackalope aufsuchen müssen, im Gegensatz zu dir und deinen wöchentlichen Wallfahrten!«

»Ich hab den Jackalope noch nie aufgesucht!« Und dabei steht Stella auf und lässt mich von ihrem Schoß unter den Tisch rutschen, wo ich mit einem Plumpser auf dem Fußboden lande.

Während sie sich über den Tisch hinweg streiten, mit Essen um sich werfen und fluchen, hockt sich Mary Grace unter dem Tisch neben mich.

»Es tut mir Leid, dass du all diese schlimmen Dinge in letzter Zeit durchmachen musstest«, sagt sie und streckt ihre Hände nach mir aus. Wir ducken uns, um nicht von dem herumfliegenden Besteck getroffen zu werden, und verziehen uns in die Küche. Lymon steckt mir einen mit Rohrzucker überzogenen Zitronenschnitz unter die Lippe und lässt seinen Finger etwas zu lange in meinem Mund, so dass Mary Grace ihn herausreißt.

»Lymon!« Mary Grace gibt ihm einen Klaps auf die Hand.

»Ich hätt nich' gedacht, dass sie schon so alt is', dass sie blutet. Sie is' ja noch 'n Küken«, sagt Lymon.

»Ich hab noch nie die Regel gehabt«, sage ich.

Alle in der Küche sind sprachlos.

»Noch nie?« Mary Grace tätschelt mir die Hand. »Bist du sicher?«

Ich nicke. »Ich hab mal blutende Hämorriden gehabt, so dass ich eine Monatsbinde tragen musste ...«

»Das ist ein anderes Loch«, sagt Mary Grace ernst.

Alle nicken beifällig.

»Nun, du hast ja gehört, was mit Sarah in der Bibel passiert ist. Der Herr braucht kein Blut, um einer Frau ein Kind zu machen. Mein Gott!« Sie streichelt mein Gesicht. »Du bist nicht nur eine tragische Figur, sondern auch ein Wunder in unserer Mitte.« Sie bekreuzigt sich und küsst mir die Hand. Ich fühle mich von einer Wärme durchströmt, als würde ich mich übers Bett beugen und darauf warten, von Sarahs Riemen getröstet zu werden.

»Scheiße! Nun wird Le Loup wirklich mehr für 'ne Nummer mit dir verlangen«, stöhnt Lymon.

Der Tellerwäscher kniet sich vor mich hin und beginnt meine Sandaletten zu küssen und geistliche Lieder auf Cajun zu singen.

»Vielleicht bist du ja Sarah, Abrahams reinkarniertes Weib, und diesmal fängt der Herr früh bei dir an, so dass du nicht schon hundert bist, wenn dein Kind zehn ist«, sagt der Bärlauchschnippler.

Ich nicke feierlich und male mir aus, wie die echte Sarah wieder im Doves ist. Ich empfinde eine spürbar schmerzliche Freude und schäme mich zugleich, weil ich ihr ihren vermutlich rechtmäßigen Platz als Ikone streitig mache, da sie doch ihre Innereien wahrscheinlich tausende von Malen verloren und mich geboren hat, ohne es zu wissen.

»Le Loup wird gar nich' wissen, ob er dich ficken oder anbeten soll!«, sagt Lymon, und Mary Grace gibt ihm einen Klaps.

Stella und Petunia platzen durch die Küchenschwingtür herein.

»Sarah hier ist höchstwahrscheinlich die reinkarnierte Sarah aus der Bibel«, erzählt Mary Grace ihnen und bekreuzigt sich wieder.

Nachdem Mary Grace Stella und Petunia über meinen Status als Ikone und mutmaßliche Heilige aufgeklärt hat, nickt Stella, während Petunia augenblicklich auf den Knien an meine Füße heranrutscht wie an den Sockel einer Statue. »Ich bin sicher, dass die *World News* und der *Enquirer* jeden Augenblick hier sein werden! Die wissen doch immer, wann irgendwo auf der Welt was Übernatürliches passiert. Ich hab gehört, sie haben ein ganzes Team von Hellsehern, die nichts weiter tun, als sie über wundersame Entwicklungen auf dem Laufenden zu halten.«

Ein mächtiger Blitz fährt nieder, gefolgt von einem Donnerschlag, bei dem alle zusammenfahren.

»Normalerweise hätten wir nach so einem Schlag keinen Strom mehr!«, japst Lymon.

»Ich hab nich' das kleinste Flackern gesehen«, sagt der Bärlauchschnippler.

Alle stöhnen wie Mönche, die sich selbst gegeißelt haben, und fallen vor mir auf die Knie.

»Was 'n hier los?!«, ruft Pooh und schlägt die Fliegentür hinter sich zu.

Keiner sagt etwas. Ich spüre, wie Hände über meine Sandaletten und meine Kniestrümpfe gleiten, als wären es Diamanten.

»Hi, Pooh«, sage ich und schenke ihr ein großes, kühles Lächeln.

»Was, zum Teufel, macht ihr alle hier bloß?!« Pooh tritt näher.

»Wir müssen es Le Loup sagen! Wo ist er denn, Pooh?«, flüstert Mary Grace, ohne den Blick von mir abzuwenden.

»Was müssen wir ihm sagen?« Pooh tritt näher.

»Warum diese Sarah hier eine reinkarnierte biblische Gestalt ist!«, verkündet Stella.

»Oder vielleicht besessen«, sagt der Bärlauchschnippler, und alle werfen ihm böse Blicke zu. »Ich mein, auf so 'ne heiligenmäßige Art.«

»Was?!« Pooh starrt mich an, und ich blicke verlegen zu Boden. »Zuerst ist sie She-Ra, die Comicfigur, und nun 'ne gottverdammte Heilige?!« Pooh spuckt aus, alle erstarren, und dann legen mir drei verschiedene Leute ihre Hände über Augen, Ohren und Nase, um mich vor der Niedertracht zu schützen, die sich aus Pooh ergießt. Aber ihre Worte kann ich dennoch verstehen. »Ihr wollt wissen, wo Le Loup ist?! Er bearbeitet gerade die Sitze seines Trans Ams mit dem Dampfreiniger, um den tornadomäßigen Schwall Kotze wegzukriegen, den She-Ra, die Heilige da drüben, da drin hinterlassen hat, doch selber so sauber wie Hundeklöten da rausmarschiert ist.«

»Ohhh, ich spüre die Erscheinung!«, wimmert der Tellerwäscher und zieht seine Hände von meinen Augen weg. »Meine Hände sin' heißer als die Tiefen der Hölle!«

Alle nehmen ihre Hände von meinen Ohren und meiner Nase und blasen sie, als ob sie brennen würden.

»So, sie hat also wie 'n Tornado in Le Loups kleinen Trans Am gespuckt?«, sagt Stella langsam zu Pooh.

»Jawoll, genau das hat deine beschissne Heilige getan, nachdem sie meinen Stumphole-Whiskey gesüffelt hat, den ihr alle hier bestimmt auch gesüffelt habt, nehme ich an!«

»Und sie hat sich kein bisschen bekleckert?«, sagt Petunia mit bebender Stimme.

»Jawoll, wie 'n verzogenes Gör! Dafür hat sie mich ziemlich eingesaut!«

»Aber Pooh, warum hast du uns denn nichts von diesem Wunder erzählt?!«, japst Mary Grace.

»Halleluja! Halleluja! Halleluja!«, schreit jemand.

»Wovon, zum Teufel, redet ihr eigentlich alle?«, kreischt Pooh.

»Wir brauchen so was«, sagt Stella, während sie mir die Waden massiert. »Damit kommt Three Crutches auf die Landkarte!«

»Da kriegt dieser alte Jackalope was für sein Geld!«, flüstert Petunia und leckt gleich wieder meine Schuhe.

»Ihr da unten schaut ja alle so bescheuert aus wie 'n Haufen eingelegter Holzäpfel! Okay, der Scherz is' gelaufen! Ihr habt mich reingelegt, hahaha! Okay, dann werd ich mal She-Ra fertig machen, damit Le Loup sie taufen kann. Wenn ihr also alle mal freundlich Platz da machen könntet …«

»Stella, denk daran, Le Loup zu sagen, dass es keinen Grund gibt, sie zu taufen. Sie ist schon eine heilige Lizard«, sagt Mary Grace.

Pooh starrt mich wütend an. »Sie is' 'ne Nutte, okay, bloß 'ne Nutte, genau wie ihr alle. Da is' nix Heiliges an ihr, okay? Sie muss sich wegen 'n bisschen Kleingeld flachlegen, genau wie ihr alle, wenn's dunkel wird, also kriegt euch wieder ein, okay?!« Pooh greift nach mir.

»Ach, Sarah kann doch nicht so arbeiten wie du, Pooh«,

sagt Lymon und hält sie auf den Knien zurück. »Ihr fehlen doch ihre Innereien. Der Herr kann sie jeden Augenblick zu sich nehmen.«
Pooh sieht mich mit eng zusammengekniffenen Augen an. »Ich hab gleich gewusst, dass an dir was is', was mir nich' gefällt. Ich hab's in deinen Augen gesehen.« Sie weicht zur Tür zurück. »Sie sind zu hungrig. Ich glaube, du bist in Wirklichkeit 'ne schwarze Schlange und hast alle verhext. Aber mich nich'! Und du kannst Gift drauf nehmen, dass Le Loup nich' auf diesen beschissenen Zauber reinfallen wird!«
»Aber Pooh, wenn sie wirklich 'ne schwarze Schlange wär, wie wär sie dann an all den Eschen vorbeigekommen, die um diesen Diner herum stehen? Du weißt doch, dass Eschen vor schwarzen Schlangen schützen!«, sagt Stella.
»Vielleicht hat sie ja zuerst die Gestalt einer Klapperschlange angenommen und is´ dann durchgeschlüpft«, meint der Bärlauchschnippler.
Alle ignorieren ihn.
»Ich hab doch gleich gewusst, was hier läuft, und ihr seid alle bekloppt! Und du« – sie zeigt auf mich –, »du wirst noch dafür büßen. Das garantier ich.« Pooh macht kehrt und stampft hinaus.

»Stellt euch vor, ihr würdet Tomatenklöße balancieren, alle.« Stella dirigiert die Schar aus dem Three Crutches Diner, während sie mich sacht auf ihre weichen Fingerspitzen heben, um mich zurückzutragen, damit ich mich vor dem bevorstehenden Ansturm der Medien ein wenig ausruhen kann.
»Sie is' leichter als 'n Furz«, sagt der Bärlauchschnippler.
»Das wärst du auch, wenn du 'ne Heilige wärst, die keine Organe mehr hat«, zischt der Tellerwäscher.

Alle bedeuten ihnen zu schweigen und tragen mich nach draußen, die Aluminiumstufen hinunter, und beginnen ›Must Jesus Bear the Cross Alone‹ in A-Dur zu singen.

»Must Jesus bear the cross alone, And all the world go free«, singen sie.

Ich starre zu den grauen Wolken hinauf, die sich wie eine Zirkusnummer übereinander türmen.

»No, there's a cross for ev'ry one, And there's a cross for me …«

Ich habe das Gefühl, auf hunderten von Q-tip-Stäbchen zu schweben.

»The consecrated cross I'll bear, Till death shall set me free …«

Der süßliche Ozongeruch von Regen und der tiefe Himmel über mir erfüllen mich mit einer gütigen Zärtlichkeit.

»And then go home my crown to wear, For there's a crown for me.«

Ich lasse die Arme zur Seite fallen, liege ausgestreckt wie ein T da. Der Schar, die mich trägt, entgeht diese Symbolik nicht, und ein lautes, genüssliches Stöhnen entfährt ihr.

»O precious cross! O glorious crown! O resurrection day!«, singen sie lauter, und ich summe mit.

»Ye angels from the stars come down …« Jemand hört auf, meinen Arsch mit den Fingerspitzen zu halten, und umfasst ihn stattdessen mit den Händen und drückt ihn sacht.

»And bear my soul away …«

»Lymon!«, zischt jemand anderes vernehmlich, und ich spüre, wie die Hände mit einem Klaps von meinem Hintern weggeschlagen werden.

Ich schließe die Augen und schwebe einfach. Ich stelle mir vor, dass Sarah neben mir ist. Ich strecke die Hand nach ihr aus, und sie lässt mich ihre Hand halten.

»One did give his life up for an unworthy soul such as I …«, singen sie, und ich summe die Melodie von ›Nailed to the Cross‹ in F-Dur mit.

Ich lächle meine Mom an. Sie kann die romantischen Spirituals zwar nicht ausstehen, genießt aber im Allgemeinen die, in denen vom körperlichen Leid Jesu die Rede ist.

»Jesus ist genau wie 'n Trucker – er legt 'ne Nutte einfach aufs Kreuz«, wütete sie immer, wenn eine Lizard zu Jesus fand. »Redet ihr ein, er sei der beschissene Sohn Gottes, und verlässt sie dann doch wieder. Wie, zum Teufel, soll sie ihr Geld verdienen, wenn sie sich daran gewöhnt hat, mit keinem mehr zu schlafen?!«, fauchte sie. »Scheißchristus! Jawohl, mich wird er nie mehr erfüllen als Truckerdollars. Gebt mir den ersten beschissenen Nagel!«

»... All my sinning is purged. They are hammered to the cross, nailed to the crucifix ...«, singen alle.

»Du wirst dafür büßen«, sagt Sarah zu mir mit ihrem düsteren Lächeln, während ihre Augen wie blau glasierte Plättchen schimmern.

»Diesmal ist es anders«, flüstere ich.

»He bore so much willingly, the anguish, the loss, He suffered with glee ...«, singen sie.

Sie entzieht mir ihre Hand. »Du klaust mir immer noch, was mir gehört«, sagt sie, wobei sich ihr Mund sarkastisch nach unten verzieht. »So, wie du das immer machst, und immer, immer wirst du dafür büßen.« Sie zwinkert mir zu und deutet zum Himmel hoch.

»Jesus died on the cross. My sins He took with him there.«

Ich reiße die Augen auf und sehe einen Truthahngeier schwankend über uns kreisen, die zweifarbigen Schwingen zu einem wackligen V gespreizt. Ein dicker Regentropfen zerplatzt auf meiner Stirn.

»Aus dem wird gleich 'ne üble Wolke«, sagt Lymon und streichelt freundlich meinen Arsch.

»Es ist doch viel zu früh für Spirituals!« Le Loups tiefe, harzige Stimme erdröhnt über uns und unterbricht ›Beneath the crucifix of Jesus‹ in Des-Dur. »Und wieso tragt ihr mein neues Baby, als ob ihr ’ne Sonntagsschule beim Osterumzug wärt?«

Ich hebe den Kopf und sehe Le Loup im Eingang zu seiner Scheune stehen, während Pooh hinter ihm hervorlinst und lacht.

Stella stapft hinüber zu Le Loup und redet eindringlich auf ihn ein, wobei sie gelegentlich zu mir hindeutet. Pooh verdreht die Augen, lacht und spuckt aus. Le Loup mustert mich mit seinen zusammengekniffenen kleinen Augen. Ich versuche jungfräulich zu wirken, indem ich mit großen Augen zurückschaue.

Als Sarah hinter dem Mann einer anderen her war, hat sie ihr Haar zu Zöpfen geflochten und vor dem Spiegel geübt, mit großen Augen dreinzuschauen. »Nichts bringt einen Mann mehr dazu, dich haben zu wollen, als der Glaube, du wärst noch eine ungepoppte Jungfrau. Damit kriegst du das beste Jungfrauenblut«, sagte sie einmal und schob ein Plastiktütchen mit Ketchup von Burger King in ihren BH. »Da kommen sie sich vor, als würden sie wie Gott ficken.«

»Setzt unseren kleinen Engel schön ab!«, bedeutet Le Loup der Schar, als würde er einen Neunachser einweisen.

»Sie muss zu Bett gebracht werden!«, beharrt Petunia.

»Das müssen die meisten meiner Babys, Petunia.« Le Loup zwinkert ihr zu, und Petunia schüttelt den Kopf und lächelt selbstbewusst.

»Na, dann schafft die Heilige mal rein.« Er wedelt mit den Händen, und sie tragen mich hinein. Als wir an Le Loup vorbeikommen, lächelt er und mustert mich wie ein Tablett mit Canapés.

Pooh gluckst im Hintergrund, bis plötzlich ein lautes Klatschen und ein vernehmliches Luftholen ertönt. Ich schaue hinüber und sehe, wie Pooh sich vorbeugt, sich das Gesicht hält und Le Loup mit dem gleichen stummen Lächeln ansieht.

»Wie ich sehe, hast du schon deine Tauflaken aufgezogen«, sagt Stella und zeigt auf die schwarz-weiß gestreiften Satinlaken, auf die sie mich sacht legen. »Die braucht sie nicht …«

»Weiß ich doch«, sagt Le Loup mit einem etwas gezwungen wirkenden Lächeln.

Papst Johannes Paul II. auf dem 3-D-Poster an der Decke zwinkert mir ein wenig lasziv zu. Alle stehen um das Bett herum und starren mich an. Ich lächle und winke ihnen zu wie Pooh am Morgen.

Ein zweimaliges lautes Händeklatschen lässt alle zusammenfahren. »Okay, Mädels, danke, dass ihr sie rübergebracht habt.« Le Loup klatscht erneut in die Hände, und alle ziehen ab, während sie ›We Saw Thee Not‹ in F-Dur summen.

»So, du bist also 'ne Heilige«, sagt Le Loup mit gedämpfter Stimme, während er auf dem Bett sitzt und sich über mich beugt, mit vor Ungeduld funkelnden kleinen Augen.

Ich höre, wie Pooh die Luft durch die Zähne einzieht. Ich rühre mich nicht.

»Okay, Pooh, schätze, du bist heute Abend allein. Hoffentlich hat Jackalope dir gut getan.«

»Le Loup, du glaubst doch nicht, dass sie 'ne Heilige ist, oder?«, sagt Pooh, die sich außerhalb von Le Loups Reichweite bewegt.

Le Loup spielt mit meinen Locken wie eine Katze mit einem Mäuseschwanz. »Is' doch eigentlich egal, oder?« Er lächelt sie von der Seite an. »Nutte oder Heilige, spielt doch keine Rolle. Beide bringen Geld ein.« Er lacht.

Pooh sieht mich aus zusammengekniffenen Augen böse an. Ich schmiege meinen Kopf in Le Loups Hand.
Demonstrativ lächle ich Pooh an, genau wie Sarah es tut, wenn ein Mädchen auf sie losgeht, eine zerbrochene Bierflasche wie eine Fackel in der ausgestreckten Hand. Ich schlage die Arme um mich und sehe zu, wie Sarah sich tiefer in die Arme ihres Mannes kuschelt, während ein maskenhaftes entrücktes Grinsen über ihren karminroten Mund huscht. Ich beobachte die Szene aus der Ecke der Bar, verborgen hinter den vom Staub sichtbar gemachten Lichtstrahlen, während der Mann eine Bierdose nach der keifenden Frau wirft und sie anschreit, sie solle sich verziehen, und Sarah sich triumphierend die Lippen leckt.
»Hau ab, Pooh«, sagt Le Loup ruhig.
Pooh will etwas erwidern, aber Le Loup holt mit der Faust aus, daher läuft sie Türen knallend hinaus.
»Wir müssen unsere Wunder üben«, sagt er und zupft sanft an meinem Haar.

Der Regen kam nicht mehr in dieser Nacht. Der Himmel donnerte, blitzte und quetschte ein paar dicke Tropfen heraus, aber das war's auch schon. Für dieses Wunder war eindeutig eine Heilige zuständig, die über die Hexerei einer schwarzen Schlange triumphierte. Einige flüsterten etwas von den Eschen, die unter Blitzen aufloderten, das typische Zeichen einer nachgiebigen schwarzen Schlange. Aber Stella meinte, es gebe immer jede Menge ketzerischer, eifersüchtiger Leute, die hässliche Gerüchte verbreiteten.

Auch Pooh nahm in dieser Nacht kaum etwas ein. Alle Trucker kamen, um mich zu sehen, wie ich da auf den Satinlaken mit den Zebrastreifen lag. Sie flüsterten ihre Bittgebete für einen Kenworth's-Truck Limited Edition mit einem beheizten Wasserbett im Führerhaus und auf dass das seltsam brennende Gefühl in ihren Lenden von ihnen genommen werde. Le Loup zündete Kerzen an und schüttelte den Truckern ein wenig zu hart die Hände, bis sie einen großzügigeren Obulus auf den Kollekteteller legten.

Die Fernsehteams und die Reporter kreuzten zwar nicht auf, aber alle Lizards machten dennoch den Kosmetikkurs von Mary Kay mit und deckten sich mit kamerafreundlichen Erdtönen ein, damit sie gut vorbereitet wären.

Pooh erzählte allen, die ihr zuhörten, sie hätte nun die Fähigkeit zu wissen, was jeder Freier wolle, ohne dass er überhaupt ein oft erniedrigendes Wort darüber verlieren müsse. Sie wisse es einfach. Der Jackalope habe ihr das zweite Gesicht verliehen. Aber es hörten ihr nicht viele zu. Le Loup stopfte das Geld, das sie ihm aushändigte, in seine Stiefel und schob sie dann weg. Pooh schleppte ihre erstaunten Kunden vor Le Loup, damit sie ihm ihre außergewöhnlichen Fähigkeiten bezeugten, aber wenn ihre Freier den leuchtenden Heiligenschein über meinem Kopf sahen, verschlug es ihnen die Sprache. Die sorgfältig verborgenen Lampen, die Le Loup installiert hatte, erzeugten ein ziemliches Glühen, ähnlich dem, das vom natürlichen Glanz des Jackalope ausging. Le Loup erklärte, es sei notwendig, mein feines Leuchten für die Trucker zu betonen, deren Sehvermögen durch die langen nächtlichen Touren ruiniert sei. Poohs Kunden bekamen mit, wie die anderen Trucker die Wunder bestätigten, die ihre Besuche bei mir bewirkt hatten, und sie fielen auf die Knie. Die großen Trinkgelder, die sie Le Loup aus Dankbarkeit für Poohs neu entdeckte Talente hätten aushändigen sollen, wurden rasch auf den Kollekteteller mit zusätzlichen fünfzig Dollar oder so gelegt, und dann sprachen sie noch ein Gebet, auf dass auch sie den Segen empfingen, überladene Sattelschlepper durch Wiegestationen fahren zu können, ohne dass sich ein Inspektor die Augen rieb. Pooh stupste ihre Freier an und verpasste ihnen dann einen Klaps, damit sie wieder zu ihrer ursprünglichen Mission zurückkehrten. Aber sie ignorierten sie und richteten murmelnd ihre Lobpreisungen an mich, die neue Schutzheilige der Trucker. Pooh versuchte Le Loup zum Besten zu geben, was ihre Freier hätten sagen sollen, dann wollte sie nach ihrem Trinkgeld grabschen, als ihr Freier es auf den Kollekteteller legte. Ich wollte sie warnen, als ich sah, wie Le Loup die Faust hinter dem Rücken ballte. Sie wandte den Blick von dem Geld ab, um mich mit vor Zorn und Empörung lodernden Augen anzusehen. Die Faust erwischte sie, bevor ich ein Wort herausbrachte.

Le Loup hat mich nie getauft. Er hat mich nie bestiegen und mich wie ein wildes Tier in der Nacht genommen, wie mir all seine Lizards erzählten, während sie mir die Abdrücke seiner Klauen zeigten. Er hat mir nie seine Zähne in den Hals geschlagen, um mir sein Markenzeichen fürs Leben zu verpassen und seinen Speichel in mein Blut einfließen zu lassen, so dass das Bedürfnis, seinen Hunger zu stillen, auf ewig mit ständig zunehmendem Drang durch mein Herz gepumpt würde.
Le Loup tätschelt mir bloß den Kopf und zupft an meinen Söckchen. Genau wie Glad es getan hatte. Nicht mal die Trucker fummeln an mir rum. Wie bei einem Museumsstück darf keiner irgendeinen physischen Kontakt mit mir haben, außer in speziell vereinbarten Privatsitzungen für diejenigen, die einen üppigeren Beitrag zur Kollekte leisten wollen. Während der Kunde meine Hand an sein Herz

drückt, schließe ich unter der strahlenden Wärme der Spots die Augen. Manchmal drückt mir der Kunde die Hand so fest, das ich das Gefühl habe, sie bricht, aber ich beiße mir auf die Lippe und sage nichts, was Le Loup veranlassen könnte, den Kontakt abzubrechen.

Die Kleider, die Glad mich hatte tragen lassen, sehen wie Kartoffelsäcke neben den Rüschen- und Spitzenkleidchen aus, in die Le Loup mich steckt. Ich fühle mich wie ein auf dem Bett zur Schau gestelltes Spitzendeckchen.
Le Loup rührt mich nicht einmal an, um mir beim Anziehen zu helfen. Wenn ich ihm sage, ich könne den Reißverschluss auf meinem Rücken nicht erreichen, bleibt er offen.
»Er möchte dich nicht besudeln«, sagt Stella, während sie mich im Bett füttert, wie sie das bei allen Mahlzeiten tut. »Sobald er diese glatte, kindliche, heilige Haut von dir erblickt« – sie erschauert –, »nun, dann könnte er in Versuchung geraten, dich zu taufen und seine Seele in die ewige Verdammnis zu schicken.«
»Und seinen beschissenen Kollekteteller«, zischt Pooh.
»Was 'n das für 'n Hubbel unter deiner Bluse?«, will Le Loup eines Tages wissen, als ich ein ungewöhnlich enges Seidentop trage.
»Das is' 'n Kreuz, nich'? Das trägt sie immer«, erzählt Petunia ihm. »Das muss so 'n volkstümliches geschnitztes Kreuz sein, so niedlich ... Ich seh's immer durch ihre Kleider.«
Ich nicke und versuche den Umriss des Penisknochens mit meiner Hand zu verdecken.
»Es is' zu groß«, sagt Le Loup, während er Stapel von Geldscheinen zählt. »Ich werd dir so 'n richtig niedliches Kreuzchen aus'm Pay Mart kaufen.«
Widerstrebend nehme mich meinen Waschbärknochen ab

und werfe ihn aus dem Fenster, unter eines der riesigen leuchtend gelben Zehrwurzblätter.

Ich beneide Pooh darum, wie sie in ihren engen Lederminiröcken, paillettenbesetzten silberfarbenen Tops und kippelig hohen Absätzen Le Loup immer dickere Geldbündel aushändigt, die er ohne ein Wort des Dankes in seine Stiefel stopft.
»Hoffentlich geben deine Innereien noch lange nich' ihren Geist auf«, sagt Le Loup mit seinem schiefen Grinsen, nachdem er samtene Kordeln hatte anbringen müssen, damit sich meine ganzen Verehrer ordentlich anstellten und die Schlägereien und gelegentlichen Schüsse auf Vordrängler vermieden werden konnten.
»Selbst die verzweifelten Lizards in der Schlange vorm Jackalope brauchen keine gottverdammten Sperren, damit sie ordentlich anstehen«, sagt Stella lachend.
»Schätze, die Trucker sind wilder darauf, sich die Inspektoren vom Hals zu schaffen, als ihr Lizards euch für einen Trucker aufs Kreuz legt«, sagt Lymon, als er seinen ganzen Lohn dafür hergibt, dass er meine Füße streicheln darf.

Manchmal, wenn meine Hand auf dem Herzen von einem von Poohs Freiern ruht, spüre ich, wie sich mein zweites Gesicht einstellt. Es überkommt mich als vage Empfindung, wie wenn man versucht, sich an einen bestimmten Duft aus der Kindheit zu erinnern. Ich spüre, welche Position sie bevorzugen, ob sie verhauen und gescholten werden wollen, weil sie böse waren, oder welche gemeinen Wörter sie sich besonders gern ins Ohr stöhnen lassen.
Pooh hörte damit auf, ihre Freier als Fürsprecher zu Le Loup mitzubringen, nachdem ein bestimmter Trucker, den

sie aufgegabelt hatte und der einen Neunachser mit einer Ladung Kingsford-Holzkohlebriketts fuhr, mich schließlich hatte aufsuchen wollen. Als ich meine Handfläche auf seine mit Schweißperlen übersäte Stirn drückte, sah ich plötzlich in diesem Trucker Gelüste aufblitzen, die so finster und pervers waren, dass mich ein heftiges Beben durchfuhr. Alle erblickten in meinem Zittern ein Zeichen göttlicher Bestätigung, und Le Loup flüsterte mir später ins Ohr, das müsse ich öfter einbauen. Da ich bisher nichts weiter getan hatte als dazuliegen und gelegentlich einzuschlafen, löste mein Ausbruch eine tiefere Ergebenheit und Verehrung mir gegenüber aus. Aber Pooh wusste, was zu meinem Zittern geführt hatte. Sie sah, wie ich auf die dicken Fingerabdrücke an ihrem Hals und die bläuliche Blässe starrte, die ihr Gesicht noch immer aufwies. Pooh hatte vorausgesehen, was er ihr antun würde. Dank ihres zweiten Gesichts wusste sie jedoch auch, dass er die Lust verlieren und seinen Griff lockern würde, wenn sie keinerlei Überraschung zeigte und jegliche Gegenwehr unterließ. Sie war die Erste, die nicht mit dem Gesicht nach unten im Straßengraben landete. Der Trucker, außerstande, sie zu erwürgen, blieb als ein schluchzendes Häufchen Elend zurück, und Pooh konnte ihn davon überzeugen, sich Le Loup anzuvertrauen, ohne natürlich irgendwelche Leichen zu erwähnen. Sie war eine wahrhaft übersinnliche Truckstoplizard, und wenn jemand die Aufmerksamkeit der Medien verdiente, dann sie.

Pooh hatte geglaubt, der Kingsford-Trucker wäre zu finster, um sich von irgendeiner gottesfürchtigen Inbrunst beeindrucken zu lassen, das war mir klar. Aber der Trucker war aufgrund von Poohs mangelndem Entsetzen und seiner anschließenden Impotenz völlig durcheinander, und als sie sich Le Loup näherten und er hörte, wie andere

Trucker davon sprachen, sie würden alle die Schutzheilige der Trucker aufsuchen, da dachte er, nun ergäbe sich die Chance, darum zu beten, sein altes mörderisch schlaues Ich wieder zurückzubekommen.

Nachdem ich meine Hand vom Kopf des Truckers genommen hatte, starrten Pooh und ich einander nur stumm an. Irgendetwas ging zwischen uns vor, wie wenn man jemanden beim Masturbieren in der Toilette ertappt. Ich war Teil von etwas Intimem geworden. Mein Körper hatte die Angst erfahren, die sie in sich abgetötet hatte. Und umgekehrt spürte ich, dass sie nun etwas über mich wusste. Etwas Geheimes. Pooh nickte mir feierlich zu, als würde sie eine Niederlage einräumen, lächelte mich aber zugleich wissend an und zwinkerte mir zu, als wolle sie mir zu verstehen geben, dass sie das nächste Mal mich demütigen würde.

»Heute wirst du übers Wasser gehen«, ruft mir Le Loup ganz sachlich von der obersten Sprosse einer Leiter aus zu, während er die Birne an einem meiner Spots auswechselt, bevor wir für die Morgenandacht öffnen.

»Das hab ich noch nie gemacht«, sage ich.

»Ach, weißt du, Jesus haben beim ersten Mal bestimmt auch die Nerven geflattert.« Er lacht sein schroffes, humorloses Lachen und wirft eine ausgebrannte rote Birne neben mich.

»Ein Kontingent baptistischer Trucker aus dem Norden kommt heute runter, um dich zu sehen. Yankee-Baptisten!« Er spuckt neben die Birne. »Aber sie haben Kohle«, murmelt er, während er die Leiter herunterklettert, »und darum werden wir ihnen ein Wunder bieten …«

Gebannt starre ich auf seine übergroßen Hände, wie sie fest die Leiter anpacken, genauso wie ich ihn eines seiner

Mädchen an den Handgelenken packen sah, als er sie in ein anderes Zimmer zerrte.

»Los, zieh dich an. Das kleine rosa Ding, in dem ich dich gekriegt hab. Wir müssen eine Show abziehen.« Er klatscht in die Hände, und ich fahre zusammen. Ich habe dieses Klatschen schon gehört, gefolgt von den Schreien der Mädchen, die er in das andere Zimmer geschleift hat. Ich habe gehört, wie sie bettelten und sich entschuldigten und schworen, es würde nie wieder passieren.

»Na, los!« Er klatscht noch einmal in die Hände, und ich fahre wieder zusammen. Ich schiebe mich aus dem Bett und zur Garderobe hin, die er für mich gebaut hat.

Ich habe darauf gewartet, dass er Hand an mich legt. Ich habe meine Handgelenke hingehalten, damit er sie packt und mich in das andere Zimmer zerrt. Ich habe sogar absichtlich Cherry Cola auf meinem weißen Overall verschüttet. Ich wusste, dass er Pooh schlug, wenn sie in die Strümpfe, die er ihr gekauft hatte, zu schnell Laufmaschen machte. Ich saß auf der Bettkante und sah, wie sein Gesicht so dunkel wie die oberen Enden von Rüben anlief und wie seine Hände sich öffneten und schlossen wie gefangene Fische, die nach Luft schnappen. Ich saß einfach da und wartete. So wie ich es immer bei Sarah tat. Wenn sie heimkam, nachdem sie eine Woche oder länger weg gewesen war und einfach hereinschwebte und nichts zu mir sagte, dann ging ich an ihren Koffer und nahm etwas heraus, was ihr etwas bedeutete, und machte es kaputt. Legte es vor sie hin, damit sie sah, wie zerrissen es war und blutig von dem Ketchup aus einem ihrer Tütchen. Ich saß da und wartete darauf, dass sie Notiz davon nahm. Ich legte auch immer den Gürtel neben mich.

Le Loup brummte einfach und schnaufte wie ein Staubsauger, den irgendwas blockierte.

»Das hat 'ne Stange gekostet, was?«, sagte ich, wobei ich so sorglos wie möglich zu klingen versuchte und gar nicht daran dachte, mich zu entschuldigen.
»Hmmm!«, brummte er.
»Bist du sauer auf mich?«, fragte ich in übertrieben süßlichem Ton.
Le Loup wandte mir starr den Rücken zu. Er ballte die Fäuste, und ich hielt den Atem an, als er sich langsam auf den Hacken zu mir umdrehte.
»Sag Pooh, sie soll ihren Arsch zu mir bewegen, sobald sie hier aufkreuzt.« Er lächelte mich eisig an, und die Lachfalten um seinen Mund sahen wie tiefe, leere Canyons aus.
Später an jenem Tag hörte ich, wie er Pooh eine runterhaute, weil sie die Tür zu laut geschlossen hatte.
Danach habe ich ihn nie wieder absichtlich provoziert.

Die Sonne ist fast untergegangen, als Le Loup seine auf die Baptisten zugeschnittene Predigt beendet und ich aus meinem Versteck hinter einem Dickicht aus Hemlocktannen, Fichten und Myrtenbäumen auftauche. Le Loup hat seine hinter den Erlen-, Lorbeer- und Weidensträuchern verborgene Trickbeleuchtung eingeschaltet, so dass ein unheimlicher, rötlich beleuchteter Dunst das trübe Wasser vor mir verschleiert. Etwa zwanzig Yankee-Trucker stehen am gegenüberliegenden Ufer, umklammern mit einer Hand ihre Bibeln und mit der anderen ihre manipulierten Fahrtenbücher.
Stella und Petunia geben mir das Geleit. Sie bringen Yankee-Truckern und baptistischen Möchtegerns genauso viel Verachtung entgegen wie die ganze Three-Crutches-Belegschaft, und sie geben sich mit Wonne der lässlichen Sünde eines schäbigen Schwindels aus kommerziellem Interesse hin.

»Das ist doch nicht viel anders, als wenn ich einem Freier erzähle, er würde mich so irre kommen lassen, dass mir fast die Augen aus dem Kopf fallen!«, hatte Petunia erklärt. Und Le Loup fügte hinzu: »Übernatürliche Ereignisse finden nie oben im Norden statt, da Yanks in ihren Herzen, ihren Köpfen und auf ihrem Land keinen Raum dafür haben, die Saat eines Wunders des Herrn aufgehen zu lassen.«

Alle nickten zustimmend.

»Darum kommen sie alle scharenweise hierher, um an unseren göttlichen Kundgebungen teilzuhaben!«, krähte Lymon.

»Aber bitte, wir haben genug wunderbare Ereignisse hier, um sie mit anderen zu teilen, sogar mit Yanks«, sagte Le Loup und tätschelte seine Brieftasche.

Und als diese Yanks im Diner saßen, hat sie niemand darauf hingewiesen, dass in den neuen Speisekarten die dreifachen Preise ausgedruckt waren. Und niemand bot den Yanks mit ihren tränenverschleierten Blicken einen Zitronenschnitz oder einen gesegneten Spray mit Heilnebel für ihre brennenden Augen an, außer gegen einen kleinen Höflichkeitsobulus, der weder klein war noch besonders höflich verlangt wurde.

Als ich die Yankee-Trucker betrachte, die auf der anderen Seite des Sumpfs in einer Reihe stehen, sehe ich, dass alle wie wild an ihren Augen herumwischen. Aber ob das an der bewegenden, leidenschaftlichen Inbrunst von Le Loups Ansprache liegt oder an dem offenen Kartoffelsack voller frisch geschnittener Bärlauchzwiebeln, der versteckt im Wollgras hinter ihnen steht, ist reine Spekulation.

Ein Raunen geht durchs Publikum, als ich mich mehr ins Blickfeld bewege.

Le Loup hatte sich schließlich dazu durchgerungen, mich in ein bezauberndes kleines deutsches Dirndl mit dazu passenden roten Haarschleifchen aus Samt zu stecken. Mary Grace kümmerte sich um mein Make-up und benutzte dazu ihre neuen Mary-Kay-Produkte. Ich empfand den Stolz, den ein Trucker empfinden muss, wenn er eine Jungfrau nimmt, während ich zusah, wie Mary Graces' Finger ihre Abdrücke auf den makellos glatten Oberflächen der Puderdosen hinterließen, deren Plastikdeckel sie auf den Boden geworfen hatte.

Le Loup fordert die Trucker auf, an Angelschnüren befestigte schwere Steine ins Wasser zu werfen, zum Beweis dafür, dass sich unter der Wasseroberfläche keine versteckte Plattform befindet.

Die Steine versinken spritzend, als sie in verschiedene Wassertiefen geworfen werden. Stumm sehen wir alle zu, wie die Angelschnüre von den Rollen laufen, bis die Spindeln leer sind.

»Gentlemen, wie Sie sehen können ...«, verkündet Le Loup.

»Da is' keine Plattform drunter«, bestätigt eines der Nordlichter, und alle murmeln zustimmend.

»Vielleicht sollte dieses kleine Mädchen 'ne Schwimmweste tragen«, schlägt ein anderer vor.

»Dann würd's doch keinen Spaß mehr machen ...«, knurrt ihn jemand an.

Lymon drückt auf den Play-Knopf am Kassettenrekorder und lässt »Halleluja, lobet Jehova!« erschallen. Das ist mein Stichwort, die Arme hochzurecken und mich von Stella und Petunia in die Luft heben zu lassen.

Ich wackle mit meinen nackten Zehen und Füßen wie in frommer Raserei und demonstriere zugleich damit, dass keine Flossen oder andere Schwimmhilfen an meinen Füßen befestigt sind.

Die Musik wird leiser, und Le Loup beginnt mit der Bibellesung.

Ich werde gehen, sage ich mir, und meine Zehen in das trübe, kalte Wasser stecken.
»Was auch immer du tust – geh einfach weiter«, flüstern Petunia und Stella mir ins Ohr.
»Du musst einfach weitergehen«, hatte auch Le Loup mir geraten. »Wenn du versinkst, wird dir niemand folgen …«
Ich starre zu den Männern auf der anderen Seite des Sumpfes hinüber. Sie strecken die Arme nach mir aus, wie Väter, die ihr Baby ermutigen, die ersten Schritte in ihre Arme zu tun. Unfreiwillig durchzuckt es meinen Körper bei dieser sinnlichen Erinnerung, dass auch ich einst diese Schritte in jemandes Arme getan habe …
Ich lasse die Hände los, die mich halten, und tue einen großen Schritt weiter hinaus in das kühle, übel riechende Wasser, und langsam beginne ich zu versinken.
»Komm zu mir, komm zu mir«, hallt es durch die Lobpreisungen Jesu herüber.
Rasch tue ich einen weiteren wackligen Schritt, während das Wasser zu meinen Knöcheln hochsteigt. Ich hebe die Füße und schreite erneut … und ich vernehme das Raunen, als ich zu versinken beginne, und panische Angst überfällt mich.
»Geh weiter!«, höre ich jemanden hinter mir sagen.
Das Sirren der Moskitos an meinen Ohren und die Erregung in den Stimmen der Trucker schwellen an, als mir das Wasser bis zu den Knien reicht.
Einer der sechs, sieben Meter von mir entfernten Trucker geht in die Hocke und streckt mir seine Arme weiter entgegen.
Ich hebe meinen nackten rechten Fuß und tue einen weiteren Schritt.
Er nickt mir zu und lächelt warmherzig, als wolle er mir die schiere Entschlossenheit suggerieren, ihn zu erreichen.

Ich ziehe den linken Fuß nach, und zu meiner Überraschung trägt mich das Wasser. Ich spüre eine weiche Wolke unter mir. Ich tue einen weiteren Schritt und gehe. Ich gehe auf dem Wasser. Und ich gehe auf ihn zu, den Mann, der mir mit seinen Fingern winkt.
Die Musik plärrt lauter, während ich mich quer über die Wasseroberfläche bewege. Einige Trucker wedeln mit ihren Bibeln, andere mit ihren Fahrtenbüchern. Alle jubeln.
Seine Augen sind hellbraun wie die geschmeidige Rinde einer Ulme. Ich bin noch eineinhalb Meter von den einladenden Armen des hockenden Mannes entfernt, und erst Le Loups lautes Räuspern hält mich davon ab, mich über das restliche Stück Weg in die Arme des Mannes zu stürzen.
Ich schreite weiter, bewege mich stetig vorwärts, so anmutig, wie wir es zuvor mit Le Loup geübt hatten.
Noch zwei Schritte, und dann werde ich in seinen Armen sein, und nichts mehr wird zählen. Ich werde ihm seine lange Abwesenheit verzeihen, ich werde ihn nicht mal fragen, warum er weggegangen ist oder ob er jemals an mich gedacht oder mich genauso vermisst hat, wie ich ihn vermisste.
Der Jubel der Menge wird von meinem Herzen überlagert, das ihm in all seinen elektrischen Schwingungen entgegenstrebt. Ich tue noch einen Schritt auf trockenes Land, und da hockt er vor mir. Le Loup lässt ein lautes »Halleluja!« ertönen. Ich trete mit offenen Armen auf den Mann zu, als dieser plötzlich aufspringt und sich von mir abwendet, um einem der anderen Trucker auf die ausgestreckte Hand zu klatschen. »Diesmal hast du verloren, Kumpel!«, sagt er. »Jetzt krieg ich zweihundert Dollar von dir!« Er klatscht einige Hände ab und jubelt »Halleluja!« und »Spitze!«

Fahrtenbücher werden mir in die Hände gedrückt. »Ich bin 'ne ganze Woche ohne Pause durchgefahren. Bitte segne dieses gefälschte Fahrtenbuch!«, ersucht mich ein Trucker auf Knien.

»Mir auch!«, fleht ein anderer.

»Gentlemen!«, donnert Le Loup und bringt die Menge augenblicklich zum Schweigen. »Audienzen bei Sankt Sarah könnt ihr dahinten in der Kirche haben.« Die Kirche ist Le Loups Scheune, die jetzt von den Fellen und dem feuchten Tiergeruch befreit ist. Der Holzboden ist mit Sägemehl bestreut, und importierter Weihrauch brennt in Schalen auf kleinen Sperrholzsimsen. Die seidenen Zebralaken sind durch Bettzeug ersetzt, das besser zu einer Heiligen passt. Sogar das 3-D-Poster vom Papst ist entfernt worden, und Le Loup hatte sich murmelnd dafür entschuldigt. »Zu verwirrend für die verschiedenen Fraktionen, die Christus lieben«, erklärte er.

Lymon wickelt ein großes Handtuch um mich und zieht mich von der Menge weg. Über die Schulter halte ich nach dem Mann Ausschau und sehe, wie er aus der Hand eines anderen Mannes Geld nimmt.

»Du hast es gebracht, Schätzchen«, nuschelt mir Lymon ins Ohr und kniet sich hin, um mir zärtlich die Füße zu trocknen. Liebevoll gleiten seine Finger über meine Zehen, um die Bröckchen Sumpfmoos wegzupulen, die meinen Gang übers Wasser ermöglichten. Zum ersten Mal löst sein kräftiger Zwiebel-Knoblauch-Bärlauch-Geruch keinen Brechreiz bei mir aus.

Ich erwidere seine Berührung. Ich fahre mit den Fingern durch seinen harten, luffaschwammartigen Bürstenschnitt. Ein unterdrücktes Stöhnen entfährt ihm, er hält inne und drückt die Arme an meine Waden. Ich fahre mit den Fingern über seine Schultern und seine saitenartigen Sehnen, die zum Zerreißen gespannt scheinen, während er den Kopf auf meine Schenkel sinken lässt. Seine Hände zittern, und er äugt mit müden, ängstlichen, tränenerfüllten Augen zu mir hoch.

»Es ist so lange her ...«, flüstert er.

»Ich weiß. Und es tut mir Leid, dass ich dich verlassen habe«, sage ich und streichle ihm die Wange.

»Ihr zwei Turteltäubchen solltet euch lieber auf die Socken machen, bevor er was mitkriegt ...«, flüstert Pooh. Sie deutet auf Le Loup hinter ihr.

»Pooh. Ich hab gar nicht gewusst, dass du hier bist«, sage ich überrascht.

»So viel heiliges Feuer kriegen wir normalerweise erst beim Bärlauchfestival zu sehen.« Sie zwinkert mir zu, und Lymon huscht stumm davon. »Durft ich mir doch nich' entgehen lassen. Komm, ich bring dich.« Pooh legt den Arm um mich und führt mich über den Sumpfboden zu Le Loups Trans Am.

»Pooh, es tut mir wirklich Leid, dass das alles so ...« Plötzlich habe ich das starke Verlangen, nach ihrer Hand zu greifen, aber sie spielt mit irgendeiner Kette unter ihrem Hemd.

»Ach, da mach dir mal keine Gedanken«, sagt sie. »Alles löst sich irgendwie von selbst.« Sie lächelt, mit einem Anflug von verschlagener Animosität unter ihrem breiten Grienen, bilde ich mir ein. Pooh zieht die Hand aus ihrem Hemd und tätschelt mir die meine.

»Ach ja, das wollt ich dir zeigen ...« Sie greift in den Ausschnitt ihres Hemdes. »Ich hab da was, was du dir unbedingt anschauen solltest.« Langsam zieht sie an einem Lederriemchen. »Guck dir das an.«

Zuerst halte ich es für eine Kaninchenpfote ohne Fell. Dann sehe ich es mir genauer an und erkenne, dass es der Penisknochen eines Waschbären ist.

»Is' das nich' toll?!«, sagt Pooh und lässt ihn vor meinem Gesicht baumeln.

Mein erster Gedanke ist, dass auch sie sich einen verdient hat. Glad muss irgendwie von ihrem Ruhm gehört und sie belohnt haben. »Hast du auch einen gekriegt?«, frage ich sie.

»Wie?«, sagt sie und legt den Kopf schief.

»Äh, wo hast du denn das her?«, sage ich so sanft wie möglich.

»Ich hab's gefunden.« Ihr Lächeln wird breiter.

Unwillkürlich sucht meine Hand meinen Hals nach meinem Waschbär-Penisknochen ab, und dann sehe ich wieder vor mir, wie ich ihn aus dem Fenster werfe …

»Was für 'n komisches Ding aber auch.« Pooh lacht ein wenig zu laut.

Ich nicke und ringe mir ein falsches Lächeln ab, als ob ich wüsste, was daran so komisch ist.

»Le Loup lässt den Stinkkohl ums Haus den ganzen Winter über stehen, weil er auf natürliche Weise mehr Wärme abgibt als 'n Ziegenarsch in 'nem Pfefferfeld … Da schmilzt der Schnee so richtig, so dass ich nich' rausgehen und ihn wegschaufeln muss …«

Ich spüre, wie mir die Angst wie ein Sägeblatt das Rückgrat hochkriecht.

»Aber sobald's warm wird, lässt er ihn mich mit der Machete abhauen, bevor der Gestank schlimmer wird als auf 'ner Schweinefarm im August.«

Während Pooh weiterbrabbelt, nicke ich ständig mit dem Kopf wie eine aufgezogene Souvenirpuppe.

»Tja, und wie ich so vor mich hinhacke« – Pooh schneidet mit der Hand durch die Luft –, »finde ich doch diese Halskette in den Stinkebüschen. In denen, die unter dem hinteren Fenster sind, du weißt schon, neben deinem Bett.«

»Hast du's ihm gezeigt?«, frage ich möglichst nonchalant.

»Oh, deine Füße sind ja ganz blutig ...«, sagt sie und zeigt auf sie.

Ich sehe an mir hinunter und nicke. »Hab ich nicht gemerkt.«

»Das sind diese ganzen Kannenpflanzen, Sonnentau und Wasserschlauch. Die fressen Fleisch. So wird man hier in der Gegend 'ne Menge Leichen los.« Pooh zuckt die Schultern. »In diesen Sümpfen« – sie deutet zu der Stelle, an der ich gerade mein Wunder vollbracht habe – »schwimmst du auf dem Moos, so weich wie in 'ner Hängematte, während dich diese Pflanzen hübsch langsam annagen ...«

»Hast du's ihm gezeigt?«, wiederhole ich, während ich flach atme.

»Nein. Hätte ich? Was bedeutet das?« Pooh fixiert mich aus ihren ständig geschwollenen Augen.

Ich starre auf die kleinen blutigen Bisse an meinen Füßen.

»Das bedeutet bloß, dass ich einmal für jemand anderen gearbeitet habe.«

»Ich hab mich deswegen mal umgehört.«

»Und, was haste gehört?«

»Bloß ... Ach, nichts. Ich frag nich' jeden. Ich hab einfach keine Ahnung gehabt, wem das gehört haben könnte ...«

Pooh zwinkert mehrmals rasch hintereinander. »Für wen haste denn gearbeitet?«

»Für jemanden halt, für den ich jetzt nicht arbeite«, sage ich und sehe durch die Scheibe Le Loup aufs Auto zukommen.

»Haha ... Hör mal« – Pooh nimmt meine Hand –, »ich hass dich nich', okay? Ich will dich nich' reinreiten. Wir können zusammenarbeiten, 'kay?«

Ich betrachte sie und nicke, als Le Loup die Tür aufreißt.

»So 'ne irre Show!«, sagt er und schiebt sich auf den Fahrersitz, während Pooh unauffällig den Waschbär-Penis-

knochen unter ihr Hemd gleiten lässt. »Diese Yanks fahren Cash rüber, als hätten sie gerade das Jenseits zu Gesicht bekommen!« Er langt über Pooh hinweg und streichelt mir über den Kopf. Pooh hustet.
»Die Pflanzen haben versucht, sie aufzufressen«, sagt Pooh und deutet auf meine blutenden Füße.
»Aah, wir haben 'ne neue Stigmatisierte! Na, das wird ihnen erst die Zwiebeltränen aus den beschissenen Augen treiben, was!«, ruft Le Loup lachend, und wir fahren los.

Eines Tages will Pooh mit mir mit den Barbiepuppen spielen. Le Loup war auf seinen Rekrutiertrips unterwegs und sah sich nach neuen Lizards um, die er von ihren Truckstopdaddys weglocken konnte. Pooh kniet sich auf den Boden neben meinem Bett, wo ich mich ausruhe, nachdem ich den ganzen Vormittag Trucker gesegnet habe. Wortlos holt sie die Vinylschachteln mit den Puppen hervor. Sie hebt sie aufs Bett und setzt sich daneben.
»Verdammt, du hast all diese Puppen ja schneller gesammelt, als 'ne Katze ihre Scheiße auf'm Marmorfußboden zudeckt.« Pooh lacht.
Ich zucke mit den Schultern. »Sie sind okay.«
»Als ich klein war, wollt ich nur Barbies haben.« Pooh seufzt, und ihre Augen werden auf eine entrückte Weise weich, was bei ihr nur selten vorkommt. »Als Le Loup mich meinem Onkel abgekauft hat, hat er versprochen, mir so viele Barbies zu besorgen, dass ich keinen Platz mehr zum Furzen hätte«, sagt sie langsam, während sie die Puppen herausnimmt und zärtlich aufs Bett legt.
»Für wie viel hat er dich gekauft?«
»Weiß nich'. Wahrscheinlich für'n Kasten Bier. Ich wär umsonst mit ihm gegangen.« Sie sieht verwirrt drein, als sie eine der auffällig gekleideten Barbies untersucht.

»Wie hast du ihn kennen gelernt?« Ich nehme die Zahnarzt-Barbie heraus und schwenke sie behutsam herum, um Poohs Interesse zu erwecken.

Pooh rümpft die Nase, als sie die Puppe in ihrer Hand herumdreht. »Mein Onkel hat Le Loup seinen Maisschnaps verkauft, aber in Wirklichkeit war's bloß Sterno-Spiritus, den wir durch ganze Laibe *Wonder bread* geschüttet haben, um ihn 'n bisschen zu reinigen.« Pooh runzelt die Augenbrauen und schickt sich an, das Lycraröckchen der Barbiepuppe zu lüpfen.

»Und, ist Le Loup dahinter gekommen?« Rasch greife ich unters Bett nach dem Barbie-Mobil und rolle es zu Pooh hin, damit sie die Puppe hineinsetzen kann.

»Mein Onkel hätt das Chrom von 'nem Hängerhaken schlecken müssen, wenn er mich Le Loup nich' angeboten hätt.« Sie ignoriert das Auto und zieht der Puppe langsam die fuchsienfarbene Strumpfhose aus. »Aber, mein Gott, Le Loup war so lieb zu mir. Ich war sein Baby.« Sie seufzt, und einen Augenblick lang halten ihre Hände inne. »Aber schneller, als 'ne Feder in der Hölle versengt, hab ich ihn enttäuscht.« Sie schaut mich an, und ihr Blick wird finster, als ob ihr ein heimlicher Gedanke wieder einfiele. »So, wie er dich behandelt.« Sie sieht mich so direkt an, dass ich einfach den Blick senken muss.

»Da, schau dir die an. Die hat einen Bauchnabelring«, sage ich und will Pooh eine andere Barbie aus der Schachtel reichen.

Ohne mich aus den Augen zu lassen, zieht Pooh der Puppe die Strumpfhose mit einem entschlossenen Ruck herunter. Sie schnappt sich andere ähnlich gekleidete Puppen, hebt ihre Kleidchen hoch und zieht ihnen ebenfalls die Strumpfhosen herunter. Ein unheimliches Lächeln macht sich auf Poohs Gesicht breit. Ich blicke auf eine Reihe von

Ken-Puppen hinunter, die zwischen uns liegen. Ihre Röckchen oder Kleidchen sind ihnen über die Köpfe gestülpt, so dass ihre kleinen nackten Plastikpenisse oder ihre aufgemalten Unterhosen entblößt sind. Sie sehen aus wie eine Reihe ohnmächtiger exhibitionistischer Transvestiten.

»Ich fand das komisch«, sage ich und lächle sie vage an.

»Das ist es«, sagt sie und hat noch immer dieses beunruhigende Grienen in ihrem Gesicht.

»Ich weiß doch, dass du Le Loup mehr bedeutest, als ich es je könnte«, sage ich.

»Wovon redest du?« Sie schüttelt den Kopf und lächelt mich mit zusammengepressten Lippen an.

»Er – er rührt mich nie an, nie …«

»Was'n das?« Sie schaut mich wieder an und hält den Waschbär-Penisknochen von einer der Puppen hoch, den ich aus einem Q-Tip gemacht habe.

Ich stoße einen tiefen Seufzer aus. »Äh, das sind – bloß Halsketten.«

Poohs Mund verrutscht ein wenig und nimmt dann wieder seine normale Form an. Sie klatscht in die Hände, genau wie Le Loup, und ich lasse die Puppe, die ich halte, zwischen meine Beine fallen.

Wie eine Klaue greift ihre Hand nach der Puppe. Ich schnappe sie mir und halte sie vor mein Geschlecht. Behutsam beugt sie sich vor und hebt die Puppe von mir weg, und dann fährt sie mit den gespreizten Gummibeinen der Barbie blitzschnell unter meinen Rock und an den Baumwollschritt meines Höschens. »Huch … 'tschuldige …«

Pooh und ich spielen immer mit unseren Puppen, wenn Le Loup weg ist.

Eines Tages kreuzt Pooh mit einem zusammengefalteten Stück abgewetztem rotem Samt in der Hand auf.

»Ich hab da was Besonderes.« Mit einem Kopfnicken deutet sie zu den Puppen, die ich bereits für uns zurechtgelegt habe.

Erwartungsvoll hebe ich die Augenbrauen. Sie setzt sich aufs Bett neben mich und öffnet langsam das Samtquadrat, als wolle sie einen geschmuggelten Schatz enthüllen. Ich sehe Splitter von Hähnchenknochen, vermischt mit Goldfäden.

»Diese Q-Tips sehen doch gar nich' echt aus«, sagt sie und pult mit ihrem kleinen Finger eine ihrer Kreationen heraus. Auf dem Nagel ihres kleinen Fingers präsentiert sie eine Miniaturhalskette.

»Ich hab da realistischere Waschbär-Penisknochen gebastelt«, sagt sie und zwinkert mir zu. Zum ersten Mal höre ich, wie sie zugibt, genau zu wissen, was die Halsketten darstellen. »Lymon hat mir 'n paar ausgekochte Hähnchenknochen gegeben. Ich hab da Splitter abgehackt und von Stella etwas Goldfaden bekommen.« Sie greift nach der Puppe, die ich in der Hand halte, eine Ken-Puppe, die die graue Leinenuniform der Flugbegleiterin-Barbie anhat.

Pooh legt der Puppe die neue Halskette um und gibt sie mir zurück.

Ich grinse Pooh matt an. »Was haben sie gesagt?«

»Wer? Lymon und Stella? Die haben mich gar nich' gefragt, wofür das sein soll … Wieso?« Pooh lässt die winzigen Halskettchen baumeln.

Ich nicke und zucke mit den Schultern. »Ich dachte bloß, wir könnten das für uns behalten, weißt du.« Ich fange an, die alten Halskettchen aus Zahnseide und Q-Tips von den Puppen zu zupfen.

»Geht niemand was an«, sagt sie mit verhaltener Stimme, die wie ein Knurren klingt. »Jetzt muss ich deine Flugbe-

gleiterin da überfahren, weil sie einer andern den Rockstar-Ken ausgespannt hat«, sagt sie sachlich.
»Das war vor etwa einem Monat. Rockstar-Ken ist seitdem mit deiner Ballerina-Barbie zusammen«, protestiere ich.
»Das muss sie trotzdem büßen. Nur weil ich den richtigen Augenblick abgewartet hab, heißt das noch lange nich', dass sie damit durchkommt.« Pooh schnappt sich die Puppe aus meiner Hand, holt das Barbie-Auto, legt meine Puppe auf den Boden und fährt immer wieder über sie drüber, hin und her. »Mir meinen Mann auszuspannen, du alte Hurenfotze«, singt Pooh mit unterdrückter Stimme. Stumm sehe ich zu, wie sie meiner Puppe die Kleider herunterzerrt und ihr dann den Kopf und die Gliedmaßen ausreißt. »Trau dich bloß noch mal, Fotze«, jauchzt sie.
Gelassen wischt sich Pooh eine Locke aus dem Gesicht, reibt sich die Hände und lächelt erleichtert. »Also, was möchtest du heute spielen?«, fragt sie mit honigsüßer Stimme.

Seit diesem Vorfall spielen Pooh und ich nicht mehr so viel. Ich behaupte immer, mir ginge es nicht gut oder ich sei müde. Und schließlich bitte ich Le Loup, die Puppen in ihren Vinylschachteln wieder mitzunehmen, weil ich mitbekommen hätte, dass sich einige Trucker darüber wunderten, dass eine Abgesandte des Herrn mit Barbies spielt.
»Ich hab's doch gewusst!«, brüllt er, und zum ersten Mal wird er mir gegenüber laut.
Das Geschäft hat nachgelassen. Täglich lassen sich weniger Trucker blicken. Einige haben sogar ihren ganzen Mut zusammengenommen und ihr Geld von Le Loup zurückverlangt, weil die Autobahnpolizei sie angeblich immer häufiger auffordere, an die Seite zu fahren, ihre Fahrtenbücher peinlich genau inspiziere und Waagen habe, auf

denen ihre Ladung zu viel wiege, selbst wenn ihr Zug nur halb voll sei – und all das, seit sie mir einen Besuch abgestattet hätten. Nachdem ein paar Trucker mit Schuhabdrücken und großen Dellen im Hosenboden wieder abziehen mussten, will keiner mehr sein Geld zurück.
Le Loup installiert stärkere Scheinwerfer, aber das Publikum bleibt aus, als sich herumspricht, dass ein Besuch bei mir, der Schutzheiligen der Trucker, Unglück bringe.

Ich muss Pooh gar nicht sagen, dass Le Loup die Puppen mitgenommen hat. Plötzlich kommt sie einfach nicht mehr, um sich auf mein Bett fallen zu lassen und mich zum Spielen zu überreden. Anfangs bin ich erleichtert, aber schon bald vermisse ich ihre Gesellschaft.
Als die Geldbündel, die Pooh abliefert, immer dicker werden, kann Le Loup nicht mehr ignorieren, dass sie als Truckstoplizard mit ihrem gesegneten zweiten Gesicht immer berühmter wird. Die Trucker, die bisher immer darauf gewartet haben, mich zu sehen, stellen nun ihre Trucks in einer Reihe ab, die sich außerhalb des Truckstops ein schönes Stück an der Autobahn entlanghinzieht.
Zum ersten Mal gebe ich mir als Heilige so richtig Mühe. Ich verkörpere jedes rätselhafte Phänomen, das ich je beobachtet habe. Ich zittere am ganzen Leib und versuche damit die übernatürliche Art und Weise nachzuahmen, wie Mother Shapiros massiger Körper pulsierte, wenn sie lachte. Ich verdrehe die Augen, wie ich es bei den Truckern gesehen habe, wenn die geheimnisvollen Zuckungen des Höhepunkts sie überkamen, und ich kralle in die Luft, wie ich es bei Sarah erlebt habe, wenn sie ihre epilepsieartigen Wutanfälle hatte. Ich lege knienden Truckern sogar die Hand aufs Haupt und gebe murmelnd die Brocken von verballhornten Choctaw-Gesängen von mir, mit denen Glad

seine Lizards vor jeder Arbeitsnacht zu segnen pflegte. Obwohl mein neuer Eifer das Geschäft ein wenig ankurbelt, schaffe ich es doch nicht, die *World News* oder irgendwelche Kamerateams anzulocken. Und es dauert nicht lange, da wandern selbst meine standhaftesten Verehrer zu Pooh ab.

»Nach meinem zehnten Besuch bei Sankt Sarah sind mir fünfmal hintereinander die Reifen geplatzt, und mit meiner Frau kann ich immer noch nicht richtig schlafen!«, höre ich einen Trucker einem anderen erzählen. »Doch jetzt, wo ich Sankt Pooh gesehen hab, tja, da platzen meine Reifen auf einmal nich' mehr, und wenn ich meine Frau seh, krieg ich immer 'n Ständer wie in den Flitterwochen.«

»Das brauch ich auch. Ich werd zu Sankt Pooh gehen.« Ich höre sie weggehen.

»Sankt Pooh.« Ich schüttle den Kopf und kann mir ein kleines sarkastisches Lachen nicht verkneifen.

»Wenigstens braucht sie keine Trickbeleuchtung nich'«, knurrt Le Loup, der überraschend hinter mir aufgetaucht ist.

Er beugt sich über mich, streckt seine Hand aus, spreizt die Finger und schwingt seinen Arm über mir wie ein Pendel mit einer Axt am unteren Ende.

»Du fängst an, mich Geld zu kosten ...«

»Ich kann wie Pooh arbeiten«, flüstere ich zu ihm hoch und verfolge seine Hand, die meinen Bauch fast streift. »Ich hab den Jackalope doch auch gesehen. Ich kann auch mein zweites Gesicht kriegen.«

Ich sehe, wie seine Faust blitzartig auf mich zu zuckt. Mein Magen verkrampft sich, ich schließe die Augen und wappne mich für den Schlag.

Die Wand neben meinem Bett kracht. Als ich die Augen aufmache, sehe ich, wie Le Loup seine Hand aus dem zersplitterten Loch zieht, das er mit der Faust geschlagen hat. Er hält sich die Hand wie eine in einer scharfkantigen Falle verletzte Pfote und stolziert stumm hinaus.

Langsam stehe ich auf. Mein Körper schmerzt, als hätte ich gerade seinen Schlag abbekommen. Niemand wartet darauf, mir einen Besuch abzustatten, und auf dem Tisch vor mir steht ein Tablett mit Essen. Stella wiegt mich nicht mehr in ihren Armen, um mich wie ihr Schoßkind zu füttern, seit sie eingesehen hat, dass keine Kamerateams kommen werden und dass sie ihr Geld für all die Fummel und das Make-up in telegenen Farben zum Fenster rausgeschmissen hat. Wenn sie mit mir spricht, dann nur, um mir von all den Wundern zu erzählen, die Pooh vollbracht haben soll: an blinden Männern, die so hart kämen, dass ihre Netzhäute aufgingen; an Lahmen, deren Rückenmark so elektrisiert werde, dass sie Gymnastik treiben können – und erst das wahre Wunder, wie Pooh eine Harley durch Blasen starte, was vielleicht doch noch Kamerateams herbeilocken würde. Ich schaue mir das Essen an – ein Berg Bärlauch und gebratenes Leberhaschee.

»Wir könnten ihr genauso gut Bärlauch zu essen geben«, hatte Petunia Le Loup erklärt. »Würd sich doch sowieso niemand an ihren Winden stören.«

Ich gehe zum hinteren Fenster, durch das ich meinen Waschbär-Penisknochen hinausgeworfen hatte, und stoße es auf. Wegen der ungewohnten Helligkeit muss ich blinzeln. Damit ich eine heiligenmäßige Geisterblässe bekomme, hatte Le Loup mir verboten, mich vor Sonnenuntergang draußen blicken zu lassen, wobei ich selbst dann so gut wie nie hinausdurfte.

»Ich hab schon Trucker gesehen, die nur nachts fahren und vom Mondschein Verbrennungen dritten Grades haben«, hatte Le Loup mir erklärt. Aber sogar wenn der Mond nicht schien oder hinter dickem Nebel verborgen war, sollte ich drinnen bleiben. »'ne Menge Luden hätten nichts dagegen, mir meine Heilige zu klauen«, sagte er und verschloss die Tür hinter sich.

Ein süßlicher Hauch von Sumpfrosmarin, Moos und Nadelbäumen mit einem Schuss Diesel fächelt über mein Gesicht. Ich stelle mir vor, wie Glad die Arme ausstreckt, um mich zu empfangen, in seinen Händen einen etwas größeren Knochen als Belohnung für meine eindrucksvolle, wenn auch erfolglose Initiative. Ich stelle mir eine große Willkommensparty im Doves Diner vor, wie all meine alten Kunden weinen vor Freude, mir endlich ihre neue Unterwäsche in den mädchenhaften Pastellfarben von Lucky-Charms-Müsli zeigen zu können. Sogar Mother Shapiro würde zur Feier meiner Rückkehr einige der köstlichen Schätze aus ihrer Gefriertruhe auftauen. Aber erst der Gedanke an Sarahs Gesicht treibt mich plötzlich dazu, mich halb aus dem Fenster zu schieben. Die Vorstellung, dass ihre Augen vor lauter Tränen rot gerändert sind, weil sie mich so vermisst hat, hilft mir, mein rechtes Bein aus dem Fensterrahmen zu schwingen.

Ich sehe mir die abgehackte Stinkende Zehrwurz unter dem Fenster an und bin mir ziemlich sicher, dass sie meinen Fall aus zweieinhalb Metern Höhe abfangen wird. Ich muss Sarahs Tränen wegwischen und ihr versprechen, sie nie wieder zu verlassen.

Als ich mich abstoße und mein linkes Bein auf den Fenstersims heben will, bleibe ich an irgendetwas hängen. Ich zerre an meinem Fuß, aber er sitzt fest. Blitzschnell fahre ich mit dem Kopf herum, um zu sehen, woran ich hängen geblieben bin.

»Wo willst 'n hin«, sagt Le Loup, ohne zu fragen. Er hält meinen Fuß mit einer Hand fest.

»Ich … ich …« Meine Augen zwinkern, als ob auch sie stottern würden. »Ich wollte bloß etwas Luft schnappen«, bringe ich heraus.

»Leg dich auf dein Bett und bleib dort liegen. Du hast einen Kunden.«

Le Loup hebt den Arm und zeigt zu meinem Heiligenbett im nächsten Zimmer. Ich klettere wieder hinein und folge stumm seiner Anweisung.

Später an diesem Tag, als ich daliege und auf die dunklere, nicht verblasste Farbe starre, wo das Papstposter gehangen hat, höre ich Gehämmer und das Scheppern von Metall.

»Ich hab Gitter an allen Fenstern angebracht. Wenn du also mal frische Luft brauchst, kannst du's ja erst mal an der Tür probieren«, sagt Le Loup und knallt im Hinausgehen die Tür hinter sich zu. Ich sehe, wie sich im Schloss die Schlüssel drehen, mit denen er mich einsperrt.

Sobald ich seinen Wagen wegfahren höre, laufe ich zu den Fenstern. Sie sind alle mit dicken Stäben vergittert. Ich umklammere sie mit meinen Händen und schreie.

Ich schreie und schreie, bis sich Leute unter dem Fenster einfinden, um zu sehen, was zum Teufel da los ist. Ich schreie weiter, auch als sie wegrennen und Stella holen, die Zweitschlüssel hat. Ich schreie sogar weiter, als Stella von hinten an mich herantritt und mir ihre Hand auf den Mund presst. Ich beiße ihr in die Hand und trete mit den Füßen um mich, wobei ich die Zuschauer im Gesicht, im Unterleib und an den Schienbeinen erwische. Ich schreie und trete noch wilder um mich, als ich Petunia mit einer großen, dicken Spritze auf mich zukommen sehe, die sie normalerweise, so hatte ich gehört, sich selbst verpasst.

»Schnell, halt ihren Arm!«, weist Stella einen der Männer an, die versuchen, meine Gliedmaßen festzuhalten.

Ich verspüre einen scharfen Stich in der Schulter, und Wärme breitet sich durch meinen Arm aus.

»Ich hab's euch doch gesagt, dass sie in Wirklichkeit 'ne schwarze Schlange is'«, höre ich den Tellerwäscher zischen, während ich mich noch weiter zu wehren versuche.

»Ihr dürft nie die Kraft einer schwarzen Schlange unterschätzen, wenn sie zaubert und ihre Gestalt wechselt«, sagt Mary Grace, die hinter dem Tellerwäscher hervorlugt.

Das Zimmer beginnt sich zu drehen und zu verblassen. Meine Muskeln erschlaffen, und ich sinke in die Hände, die mich niederhalten. Bevor sich meine Augen schließen, sehe ich noch, wie Lymon mich anschaut, den Kopf zur Seite geneigt und die Augen voller mitfühlender Warmherzigkeit, wie ein Passant, der um ein überfahrenes Reh trauert, das an den Straßenrand geschafft wird.

»Wach auf, los, wach auf!«

Ich spüre, wie etwas an meiner Hüfte rüttelt, öffne die Augen und sehe, wie eine riesige, glänzende schwarze Schlange meinen ganzen Arm verschluckt. Schreiend bäume ich mich auf und schüttle die Schlange ab.

»Packt sie, packt sie, packt sie!«

Ich drehe mich um und sehe, wie Lymon nach mir greift und Pooh auf mich zeigt. Ich schaue meine Arme an und kann die Schlange nicht finden.

»Wo ist die Schlange?«, frage ich atemlos und lasse mich in Lymons Arme fallen.

»Tja, du bist doch die Schlange, hab ich gehört«, sagt Pooh, während ein kleines Lächeln um ihre Lippen spielt.

»I wo, sie is' keine Schlange, sie is' keine Heilige, sie is' bloß 'n kleines Mädchen, das etwas Liebe braucht, das is' alles«, sagt Lymon und drückt mit bebender Hand die meine.

»Na ja, sie glauben doch alle, dass du 'ne Schlange bist«, sagt Pooh nonchalant. »Außer Lymon hier – und mir natürlich«, fügt sie hinzu.

Ich starre zu Pooh hoch und bemerke zum ersten Mal, dass ihr Gesicht nicht geschwollen und ihr Haar nachgewachsen ist und keine kahlen Stellen mehr hat. »Du siehst toll aus, Pooh«, flüstere ich.

»Sie hat mit dem Trinken aufgehört«, sagt Lymon.

»Ich bin schon fast die berühmteste Lizard in ganz Nordamerika!«, sagt Pooh ärgerlich. »Das Trinken hat gar nichts damit zu tun. Aber klar doch, ich trink nich' mehr.« Triumphierend stemmt sie die Hände in die Hüften.

»Ich hab's gehört, Pooh. Herzlichen Glückwunsch.« Ich reiche ihr meine schlaffe Hand.

»Danke.« Pooh drückt meine Hand fest.

»Le Loup muss stolz auf dich sein«, sage ich.

Pooh wirft mir einen Blick zu, aber da ihr Gesicht teilweise abgewandt ist und ihre Lider halb zu sind, kann ich ihn nicht deuten.

»Du bist doch diejenige, die hier in seinem Haus lebt«, sagt sie langsam, als würde ich sie nicht verstehen.

»Ich glaube, er wird mich jeden Augenblick rauswerfen, Pooh.« Ich winde mich aus Lymons Armen. »Ich wünschte, er würde es tun, damit ich zu dir ziehen kann.« Ich versuche, sie anzulächeln. Seit Pooh aufgehört hat, mit mir zu spielen, habe ich mir in meinen Tagträumen oft vorgestellt, wie wir in unserem eigenen Wohnwagen leben, mit Puppen spielen und am Eingang ein rotes Neonschild haben, damit alle Leute wissen, wo die berühmtesten Lizards zu finden sind. »Ich kann's gar nicht abwarten, auch das zweite Gesicht zu kriegen.«

»Sag mal, wieso glaubst du eigentlich, dass du so gut sein kannst wie ich?«, sagt Pooh und beugt sich über mich. Ihrem Atem entströmt ein lieblicher Wiesenduft und nicht der übliche Geruch von Franzbranntwein.

»Ich hab doch auch den Jackalope gesehen«, sage ich.

»Was is' bloß mit dir los?« Pooh neigt sich zu mir. »Du willst mir wohl alles klauen, was mir gehört, was?!«

»Mädels«, sagt Lymon und zieht mich sanft auf seinen Schoß zurück. »Pooh is' doch zu mir gekommen, damit wir dich retten.«

Pooh streicht ihr neues, glänzend schwarzes Lederoutfit glatt und tupft damenhaft an ihrem Haar herum.

»Lymon ist der Einzige, der außer Stella Zweitschlüssel hat«, sagt Pooh.

»Kann Le Loup denn nicht jeden Augenblick auftauchen?«, frage ich.

»Nee.« Lymon wackelt auf seine Art mit dem Kopf wie ein trauriger Esel. »Wenn die Trucker hier bei Pooh gewesen sind, sind sie so geschockt von ihren wieder erwachten Leidenschaften, dass nur jede Menge Drinks sie wieder beruhigen können.«

Pooh nickt stolz.

»Und obwohl die Brennereien hier in der Gegend so viel billigen Whiskey wie möglich ausstoßen, hat Le Loup noch 'n paar Männer zusammentrommeln müssen, um Nachschub aufzutreiben.«

Mein Blick fällt auf ein vergittertes Fenster. »Warum lässt Le Loup mich nicht einfach anschaffen? Ich bring ihm doch hier kein Geld ein.«

»Nun, erstens« – Pooh macht eine Faust und spreizt einen Finger ab –, »wenn er dich anschaffen lässt, dann würd er ja zugeben, dass er gewusst hat, dass du keine Heilige bist. Niemand lässt heutzutage 'ne echte Heilige anschaffen.« Sie spreizt einen zweiten Finger ab. »Und zweitens glauben die Leute eigentlich, du bist bloß schwarze Magie.«

Lymon wackelt wieder mit dem Kopf. »Deine Wunder haben sich alle als Pleite rausgestellt, sagen sie. Ich versuch ihnen dauernd zu sagen, du bist bloß 'n kleines Mädchen, das Liebe braucht.«

»Kein Trucker wird seine Pisspumpe irgendwo in 'ne schwarze Schlange stecken!«, schnaubt Pooh. »Jedenfalls is' es schlecht für Le Loups Ansehen in der Ludengemeinde.«

»Und einige Leute sagen, er is' in dich verknallt«, sagt Lymon verschmitzt.

»Das bezweifle ich doch sehr, Lymon!«, schnappt Pooh.

Lymon schüttelt ernst den Kopf. »Hat er dich je geschlagen?« Er beugt sich vor, um mir ins Gesicht zu schauen, und sein Atem schlägt mir in pfefferminzkaschierter Bärlauchfrische entgegen.

Ich schüttle den Kopf.

»Hat er dich je angerührt?« Lymon wackelt wieder mit dem Kopf.

Ich schüttle erneut den Kopf.

»Hat er dir beim Anziehen zugeschaut?«

Wieder schüttle ich den Kopf.

»Aber er kauft dir lauter niedliche kleine Spitzensachen, nich'?« Lymon kichert in sich hinein.

»Das beweist doch gar nichts!«, windet sich Pooh.

»Er legt deine Kleider für dich zurecht?« Lymons Stimme wird atemlos und hoch. »Sogar deine süßen kleinen Höschen? Ich weiß, dass er sie uns nicht zum Waschen gibt wie seine übrige Wäsche ...«

Pooh lässt den Kopf ungläubig hin und her schwingen und lehnt sich auf den hohen Absätzen ihrer Pumps zurück. »Stopp, Lymon.« Ihre Stimme hört sich so splittrig und rau an wie ein noch nicht abgewetztes Stück Treibholz.

»Ich sag euch, er macht sich diese süßen kleinen Dinge

selbst, mit seiner eigenen Hand!« Lymon quiekt und schüttelt sich vor Freude bei diesem Gedanken.
»Halt's Maul, Lymon! Halt's Maul!« Pooh holt aus, um ihm ins Gesicht zu schlagen, aber Lymons entsetzte Miene lässt sie innehalten. »Halt's Maul«, wiederholt sie leise.
»Er hängt sie auf eine Wäscheleine hinter einer der verschlossenen Türen«, sage ich sanft zu Lymon und sehe Pooh dabei nicht in die Augen.
Wir sitzen ganz still da, nur die Grillen und die Sumpfmücken erfüllen mit ihrem Zirpen und Summen das dämmrige Licht, das durch die Fenstergitter dringt.
»Na schön, Lymon«, sagt Pooh schließlich mit einer etwas heiseren Stimme, »ab und zu findet sogar 'n blindes Schwein 'ne Eichel. Vielleicht hast du ja Recht, okay? Vielleicht liebt Le Loup sie wirklich, aber das wird nich' lang dauern. Ich weiß doch, wie's in ihm aussieht, besser als du, und ich weiß, er liebt Geld mehr als jedes hübsche kleine Mädchen!« Das letzte Wort spuckt sie mir entgegen.
»Das is' der Unterschied zwischen mir und ihm«, sagt Lymon und nickt.
»Also, She-Ra, Sarah oder wer immer du bist …« Pooh schließt die Augenlider, und dennoch kann ich sehen, wie ihre Augen dahinter wie Murmeln rollen. Sie reißt die Augen wieder auf, und ein warmherziges Lächeln huscht über ihr Gesicht. Sie greift nach meiner Hand und hält sie wie einen zierlichen kleinen Gecko, der davonhuschen könnte.
»Ich hab das Puppenspielen mit dir vermisst«, sagt sie, und ihre Stimme klingt plötzlich zärtlich.
Ich bin hungrig nach der Wärme in dieser Stimme. »Ich auch«, gestehe ich ihr und schaue weg.
»Ich glaube, du solltest heimgehen.« Aber die Süße in ihrer Stimme überdeckt etwas Bitteres, wie Zucker, der über Absinth gegeben wird.

»Das möchte ich«, sage ich. »Ich möchte nach Hause.«

Pooh nickt zustimmend, und das Bedrohliche in ihren Augen verflüchtigt sich ein wenig. »Lymon wird dir helfen. Er wird dich heimbringen.«

Lymon grinst und entblößt dabei den Verhau seiner tabakfleckigen Zähne. »Ich werd dich heimbringen.« Er tätschelt mir die Hand.

»Ich bring dir dein Essen«, verkündet Stella, während sie die Scheune betritt und den Teller auf den Tisch knallt. Sie hebt den Kopf, um nach mir auf meinem erhöhten Bett auf der anderen Seite des Zimmers Ausschau zu halten. »Lymon, Pooh, was, zum Teufel, macht ihr denn hier drin?«

»Wir kamen gerade vorbei und hörten ein Zischen hier drin, also haben wir nachgeschaut, ob sie schon ihre Gestalt gewechselt hat!«, sagt Lymon.

»Und, hat sie?«, fragt Stella mit aufgerissenen Augen und deutet auf die nackten Füße, die unter meinen Decken hervorlugen.

»Nein, sie hat noch immer ihre menschliche Gestalt.«

»Igitt!« Stella schüttelt sich. »Pooh, da steht schon 'n ganzes Dutzend Schlange nach dir. Vielleicht solltest du lieber wieder arbeiten, bevor ein Aufstand losbricht.«

»Wir wollten gerade gehen«, sagt Lymon und zieht den schwarzen Schal hoch, der Poohs Gesicht verhüllt.

»Is' sie schon wach?«, fragt Stella. »Vielleicht sollte ich mal nachsehen, ob sie okay is'. Le Loup könnt sie ja einfach an die Sumpfpflanzen verfüttern, aber er will wohl kaum, dass einer von uns ihm zuvorkommt!« Stella lacht.

»Ich hab sie mir schon vorgenommen. Sie is' völlig okay«, sagt Lymon und grinst.

»Da wett ich drauf, dass du sie dir vorgenommen hast, Lymon. Is' sie okay, Pooh?«

Pooh nickt.

»Ich hatte schon Angst, dass Petunia ihr ’ne zu hohe Dosis verpasst hat. Bin schon froh, dass ihr alle hier seid. Ich hatte Angst, sie wär wach und würd versuchen, mich zu verhexen, wie sie’s schon mal gemacht hat. Wenn wir sie doch bloß angebunden hätten, aber außer Le Loup darf sie ja keiner anfassen«, schnaubt Stella.

Pooh und Lymon nicken.

»Na, wir verziehen uns mal lieber.« Lymon hält Stella seinen Arm hin.

»Bis später, schwarze Schlange!«, ruft Stella über die Schulter und lässt sich von Lymon zur Tür geleiten. Sie schließt sie auf und lässt Lymon und Pooh hinaus.

Wenn Stella nicht so viel trinken würde, hätte sie vielleicht bemerkt, dass Pooh gut einen halben Kopf kleiner und zierlicher war als sonst. Und wenn Stella nicht selbst wesentlich dazu beitragen würde, dass der Zuckerwhiskey im Three Crutches so knapp ist, hätte sie vielleicht sogar den Schimmer von goldenen Ringellöckchen unter dem Schal mitbekommen, auf denen sich das Nachtlicht über der Scheunentür wie auf einer in die Luft geworfenen Münze widerspiegelte. Wenn der Gedanke, es könnte ihr an ihrem kostbaren Getränk mangeln, sie nicht dazu veranlasst hätte, so viel davon in ihren Schränken und in ihrer eigenen Person zu speichern, nun, dann hätte sie vielleicht die silbernen Zigeunerringe an den Zehen bemerkt, die unter der Decke hervorlugten. Aber Stella konnte nichts weiter als Schatten und Umrisse erkennen. Sie verließ sich auf ihr Gedächtnis, um zu wissen, wie sie sich bewegen und wo sie ihre Sachen hinstellen musste.

Während Stella ahnungslos Pooh in Le Loups Scheune einschließt, erzählt sie Lymon und mir, sie habe die Leute darüber reden hören, dass sie diese Schlange ausräuchern würden, wenn Le Loup dies nicht bald selbst tun würde.

»Bei zu vielen Truckern haben sie in letzter Zeit die Trucks inspiziert«, sagt sie. »Irgendwer muss dafür büßen. Und sie sind alle im Diner versammelt und brauchen nur noch die Fackeln anzuzünden!«

»Ach, ich glaub, diese Schlange wird von ganz allein nach Hause zurückkriechen«, erklärt Lymon ihr und tätschelt ihr behutsam den Rücken, um sie nicht aus ihrem labilen Gleichgewicht zu bringen.

Winkend verabschiedet er sich von Stella, dann legt er seinen zitternden Arm um mich, und wir gehen auf den nächtlichen Rastplatz zu.

»Werden sie Pooh verbrennen?«, frage ich Lymon, während er mich in seine baufällige Wellblechhütte führt.

»Sie ist gar nicht mehr da. Ich hab gesehen, wie sie mit meinen Schlüsseln herausgekommen ist, als wir noch nicht mal außer Sichtweite gewesen sind. Glaub mir, Pooh wäre die Letzte, die sich ein Geschäft entgehen ließe.« Er greift in der Luft herum, zieht an einer Kette, und eine flackernde Birne geht an.

»Das ist sowieso alles bloß Gerede. Niemand tät sich an etwas von Le Loup vergreifen.«

Ich nicke seufzend und sehe mich in dem kahlen kleinen Raum um. Ein schmales bezogenes Feldbett, eine große Spiegelscherbe auf einem Schiffskoffer und einige an die Wand geklebte Bilder aus Zeitschriften.

»Übrigens geht das Gerücht um, Le Loup sei früher selbst ein Wolf gewesen, der seine eigene schwarze Magie ausgeübt hätte.«

»Wirst du mich heute Nacht fahren?«, frage ich und erblicke mich in der Spiegelscherbe in den glänzenden schwarzen Ledersachen, die Pooh aus ihrem Rucksack gezogen und mir geliehen hat. Unwillkürlich streiche ich mit den Händen bewundernd über das schimmernde Leder.

»Mir gefällste besser in diesem rosa Kleid, das du da drunter an hast.«

»Mir nicht«, erwidere ich lachend. »Aber ich zieh mal lieber Poohs Sachen aus und lasse sie für sie hier. Ich will nicht, dass sie mir hinterherjagt.«

»Klar tät sie das … Du solltest dieses hässliche Ding sowieso ausziehen. Du bist doch viel zu lieb, um dich so verdorben und gefährlich anzuziehen.«

Ich ignoriere den hohen Ton in Lymons Stimme und beginne aus Poohs Kleidern zu schlüpfen.

»Komm, lass mich dir doch helfen.« Lymon reicht mir die Hand, damit ich aus dem Leder heraussteigen kann. Zögernd lege ich meine Hand in seine. »Und zieh bloß diese Pumps aus.« Er geht in die Hocke und streift mir, während ich einen Fuß nach dem anderen hebe, die Pumps ab. »Ich mag diese Sandaletten, die du trägst«, sagt er und holt sie aus dem Rucksack, den Pooh mir gegeben hat.

Ich betrachte über seinen Kopf hinweg die Bilder, die an die Wand geklebt sind. Es sind lauter aus Zeitschriften herausgerissene Reklameaufnahmen von kleinen Mädchen in Rüschenkleidern, kleinen Mädchen in Badeanzügen und kleinen Mädchen in Unterwäsche.

»Lymon …« Ich tätschle ihm den Kopf, und er lehnt sich an mich. »Wir sollten lieber fahren. Ich will heim.«

»Gleich, bitte.« Er schlingt die Arme um meine Beine. »Ich hab schon so lange kein hübsches kleines Mädchen mehr geliebt.« Er schluchzt und drückt sein Gesicht in mein Kleid.

»Lymon, sie werden rauskriegen, dass ich entkommen bin, und nach mir suchen.« Ich halte die Hände über seinem Kopf, mag ihn nicht mehr berühren.

»Stella wird erst morgen früh wieder dort reinschauen, um dir deine Eier zu bringen.« Er zieht am Saum meines Kleides wie ein kleines Kind, das seine Mami anbettelt zu bleiben. »Ich möcht bloß … es is' schon so lange her, so lange vorm Knast«, murmelt er in den Stoff.

»Wieso bist du im Knast gewesen, Lymon?«

Er bückt sich, um mir die Füße zu küssen. »Mein Gott, wie mir diese Kleinmädchenfüße fehlen.« Lymons Stimme nimmt wieder dieses hohe Girren an.

»Lymon.« Ich lege ihm die Hände auf den Kopf, aber er erbebt, und darum nehme ich sie schnell wieder weg, als ob ich einen heißen Herd angefasst hätte. »Lymon, sie reden davon, mich zu verbrennen. Ich will aber nicht verbrannt oder an die Pflanzen verfüttert oder sonst was werden – ich will jetzt nur nach Hause!« Ich greife nach meinen Sandaletten, um sie anzuziehen. Lymon packt meine Hand und lässt sich auf den Boden fallen, während er sie festhält.

»Bitte, bitte!«, stammelt er. »Ich liebe dich, seit ich dich zum ersten Mal gesehen hab. Ich hab allen gesagt, du bist keine Schlange nich'. Ich werd nich' zulassen, dass dir jemand wehtut, niemals!« Er schlägt mit der Stirn auf den Fußboden. »Ich werd nichts in dich nich' reintun, ich möcht dich bloß 'n bisschen halten, dich anschaun, das is' alles, das is' alles!« Lymon schlägt mit dem Kopf härter auf die Dielen.

»Lymon …«, flüstere ich flehend.

»Du weißt nich', wie das is'. Tut mir Leid, wenn ich dich anekle, ich kann nich' anders. Ich hab's im Gefängnis versucht, ich hab mit all ihren Ärzten geredet, und sie ham alles aus mir rausgeholt, Jahre um Jahre, hab ihnen alles erzählt.« Mit jedem Aufschlag hinterlässt seine Stirn inzwischen kleine Blutflecken auf dem Boden. »Sie ham mich rausgelassen, aber ich wusste, *sie waren nich' aus mir raus! Ich kann nich' anders! Ich liebe dich!*«

»Lymon, hör auf, dir den Kopf anzuschlagen. Lymon, du blutest ja.« Ich kauere mich hin und nehme seinen Kopf zwischen meine Hände.

»'tschuldige!« Er heult wieder und lässt seinen Kopf in meinen Händen ruhen. »Ich brauch einfach bloß 'n bisschen, dann bring ich dich gleich heim. Niemand wird's erfahren. Ich bring dich gleich heim, bloß zehn Minuten …«

»Lymon«, seufze ich verzweifelt.

»Fünf! Fünf Minuten, nich' mehr! Und ich geb dir« – er greift in seine Gesäßtasche – »hundert, nein, zweihundert Dollar!« Er wedelt mit einem Bündel Scheine vor meinen Augen herum. »Ich bin so einsam«, winselt er.

Ich schaue auf ihn hinunter, wie er zu mir hochsieht wie ein Hund, der darauf wartet, dass sein Herrchen ihn zu seinem nächsten Kunststück auffordert.

»Ich weiß, wie es ist, einsam zu sein, Lymon.« Ich sehe das Geld an und denke, wie gut es wäre, mit etwas heimzukommen, was ich Sarah geben könnte. Ich nehme ihm das Geld ab und stecke es in eine meiner leeren Sandaletten.

»Oh, du bist lieb, so lieb. Du bist 'ne Heilige, 'ne Erlöserin.«

»Ich hab's gehört.« Ich seufze wieder. »Fünf Minuten …«

»O ja!«, ruft er und springt auf. »O ja! Und nun setz dich hier 'n bisschen auf mein Bett.« Seine Stimme zittert und geht wieder in die Höhe. Ich setze mich auf sein Bett, und er kniet sich vor mich hin.

»Ich werd bloß diese süßen kleinen Knöpfe an deinem süßen kleinen rosa Kleid hier aufknöpfen …« Während seine Finger wie bei einem Trinker mit Entzugserscheinungen zittern, knöpft er langsam meine Knöpfe auf.

»Fünf Minuten, Lymon«, erinnere ich ihn.

»Ja, ich weiß, ich weiß. Ich möcht bloß mal sehen … oh, oh.« Er ringt nach Luft wie einer, der gerade bei einer Wette eine Million Dollar verloren hat.

»Was?«

»Ach, du liebes bisschen!«

»Was ist los?«

»Du hast eins von diesen süßen weißen Unterhemdchen, mit 'nem süßen babyblauen Saum oben dran!« Tränen laufen ihm übers Gesicht. »Ich bin so glücklich!« Er schaut zu mir auf, und die Falten in seinem Gesicht glätten sich, so dass er zehn Jahre jünger aussieht. »Ich könnt auf der Stelle sterben.«

»Ich freue mich, dass ich dich glücklich gemacht habe, Lymon.« Ich lächle ihn an.

»Bitte« – seine Stimme ist nur noch ein Kieksen –, »bitte ziehn wir dieses süße Unterhemdchen aus, bitte, bitte!«

»Klar, Lymon, ich zieh's für dich aus.« Ich schlüpfe mit den Armen aus dem Oberteil des Kleids und will mir das Unterhemd abstreifen, als er mich aufhält.

»Ach, Schätzchen, mach langsam, bitte. Ich hab davon schon zu lange geträumt, und darum soll es nicht zu schnell gehen. Ich will was haben, was meine fünf Minuten wert is'. Möchtest du dich hier hinlegen?«

Ich lege mich auf die dünne Matratze seines Feldbetts. Er beugt sich über mich. Ich ziehe mein Unterhemd herunter und hebe es langsam wieder hoch.

»Oh, is' das dein Bauchnabel?«, sagt er in einem Singsang wie zu einem Kleinkind. »Darf ich – darf ich ihn küssen?«

»Klar, nur zu, Lymon.«

Ein Quieken entfährt ihm. Langsam senkt er den Kopf, und sein heißer Atem auf meinem Bauch kitzelt mich, und ich ziehe mein Hemd über seinen Kopf.

»Ach, du kitzliges kleines Mädchen. Kitzelt's?«

»Nein«, ächze ich lachend, aber er drückt seinen Mund auf meinen Bauch und macht Furzgeräusche.

»Lymon! Lymon!« Ich ringe nach Luft. »Hör auf!« Ich lache

krampfhaft, während er wieder mit den Lippen auf meinen Bauch bläst. »Hör auf!« Ich greife nach seinem Kopf und stoße ihn weg.
Plötzlich zieht er den Kopf zurück. »Oh, tut mir Leid. Da hab ich mich doch hinreißen lassen. Darf ich weiter ziehen?«
Ich nicke, lege den Kopf wieder auf sein hartes, flaches Kissen und verschnaufe. Er schiebt mein Hemd bis zur Brust hoch.
»O Gott! O Gott! Is' es das, was ich glaube? O Gott!« Er fasst mit einer Hand nach seinem Herzen und hält mein Unterhemd mit der anderen.
»Bist du okay?« Ich hebe den Kopf.
»Ohh.« Ein langes Stöhnen entfährt ihm. »Ohh ... Du hast die schönsten« – seine Stimme bricht – »kleinen Babynippelchen!« Mit den Fingern zerrt er an seinen Wangen, als ob sein Gesicht eine Maske wäre, die er am liebsten abreißen würde. »So rosig und flach und winzig und vollkommen!«
Ich starre zu der rissigen holzverkleideten Decke hoch. Durch eine Spalte kann ich das Blechdach sehen.
»Darf ich – darf ich sie berühren?«, sagt er keuchend.
Ich nicke und konzentriere mich auf die Füße der Ungeziefer, die über die Bretterdecke huschen.
Seine Finger ziehen kleine Kreise um meine Nippel. Er beginnt sie mit schnellen kleinen Schnipsern zu zwicken, als nehme er Salzprisen.
Ich ignoriere die lästige Empfindung und seine irritierenden Kiekser und Schnaufer, während ich zusehe, wie sich Krallenfüßchen an ein Brett über unseren Köpfen klammern.
»Lymon, wir müssen gleich gehen«, sage ich zur Decke hinauf.
»Bloß noch eine Minute, gleich, gleich, gleich ...«

Andere kleine Schwänze sausen heraus und huschen zu dem größeren Schwanz hinüber. Ich lausche dem Quieken der Rattenbabys, während sie sich an ihre Mama schmiegen.

»Lymon …«

»Dreh dich für mich um, Süße, bitte, ja?«

Ich stöhne unwirsch auf und rolle mich auf den Bauch.

»Danke, danke, danke! Jetzt werd ich einfach bloß dein Kleid hier wegziehen …« Er greift unter mich und zerrt das Kleid über meine Hüften nach unten und von meinen Beinen weg. Dann beginnt er so heftig zu hyperventilieren, dass ich Angst habe, er würde auf mir ohnmächtig werden.

»Lymon, setz dich mal lieber hin und steck den Kopf zwischen die Knie«, sage ich über meine Schulter hinweg.

»Ich bin okay, bin okay … is' bloß schon so lange her …«

»Was ist mit Pooh? Wieso hast du nie was mit ihr gehabt?«

»Ach, sie könnt schon jung sein, aber sie is' kein reines kleines Mädchen. Ich mach mir nur was aus süßen kleinen Mädchen wie auf diesen Zeitungsreklamen. Okay, ich werd jetzt deine süßen kleinen weißen Strumpfhosen runterziehen, okay?« Er wartet meine Antwort nicht ab. Er wickelt einfach den elastischen Bund um seine Finger.

Ich lege den Kopf auf meine verschränkten Arme und starre auf das Bild eines Mädchens, das dicht vor mir an die Wand geklebt ist.

»Oh, okay, nun werd ich sie einfach über deine süßen, so süßen, zarten kleinen H-h-höschen, rosa H-h-höschen streifen. Hat Le Loup sie dir besorgt? Ich wette, sie sind von ihm, denn sie sind so schrecklich süß.«

Ich nicke mit dem Kopf auf meinen Armen und bemerke, dass die an die Wand gepinnten Mädchen in der Schritt- und Brustgegend so abgewetzt sind, dass man fast hindurchschauen kann.

Ich spüre, wie er meine Strumpfhosen mit einem kleinen Ruck abstreift.

»Nein, so was aber auch! Was hab ich da für 'ne hübsche kleine Prinzessin hier auf meinem Bett liegen, nur in ihren lieben kleinen rosa Höschen! Nein, so was!«

»Fünf Minuten müssen vorbei sein, Lymon«, sage ich zu dem Mädchen an der Wand.

»Lass mich bloß hier sitzen und dich 'n bisschen reiben. Ich möcht bloß diese hübsche weiße weiche Babyhaut berühren.«

Ich zucke mit den Schultern, und er setzt sich eifrig neben mich. »Du hast genauso 'ne Haut wie meine Stieftochter«, stöhnt er.

»Ich muss nach Hause, Lymon.«

»Gleich, gleich …« Seine Finger prallen von der Haut an meinem Rücken ab wie ein Flugzeug, das eine schlechte Landung hinlegt. Schließlich, nach weiterem Hyperventilieren, beginnt er sanft meinen Rücken, meine Arme und meine Beine zu berühren und zu streicheln.

»Das fühlt sich angenehm an, Lymon«, sage ich und reibe meine schweren Lider. »Ich glaub, ich hab noch was von dieser Droge in mir.«

»Ach was, entspann dich jetzt einfach.«

»Doch, das fühlt sich angenehm an. Mich hat schon lange niemand mehr berührt«, sage ich in meine Arme.

»Is' schon okay, du süße Kleine.« Er fährt mit der anderen Hand durch mein Haar, als ob er eine Pferdemähne striegle. »So wunderschöne goldene Locken, meine Süße, meine Süße«, singt er in seinem weibischen Tonfall. Ich lasse meine Augen ein wenig zufallen.

»Ich muss nach Hause«, murmle ich in die Matratze und schlafe fest ein.

»Was is' damit passiert?« Lymon schüttelt mich wach.

Ich öffne die Augen und wische den Sabber weg, der mir aus dem Mund läuft. »Hä?« Ich schaue mich verwirrt um und versuche mich zu orientieren. Es dauert eine Minute, bis mir einfällt, wo ich bin.

»Wo is' 'n dein Loch?« Lymons Stimme klingt ein wenig durcheinander.

»Zwischen meinen Backen natürlich«, sage ich und wische mir mit dem Rand seines Kopfkissens noch mehr Sabber vom Arm ab. Plötzlich entdecke ich, dass ich meine Höschen nicht anhabe. »He, du hast gesagt, du wirst nichts in mich reinstecken. Wie lange hab ich geschlafen?«

»Wo is' 'n dein anderes Loch?« Lymons Stimme hat nicht mehr dieses schrille, nervöse Timbre, und ich bin froh darüber.

»Hä? Ich muss gehen, Lymon.« Ich will mich aufrichten.

Lymon drückt mich wieder hinunter, was mich so überrascht, dass ich unten bleibe. Ich spüre, wie er mir mit den Händen die Beine spreizt. Seine Finger tasten zwischen meinen Beinen herum.

»Mein Gott«, sagt er und fasst mir fest zwischen die Beine.

Ein Schmerzensschrei entfährt mir.

»Lieber Gott!«, sagt er lauter. Er greift unter meinen Bauch und schwingt mich auf den Rücken.

Er sagt nichts. Er starrt mich nur an, sein Gesicht wirkt schockiert.

Langsam greife ich mit einer Hand nach unten, zwischen meine Beine, an meinen Penis.

»Was bist du?«, fragt Lymon, und ich sehe, wie etwas Finsteres langsam den Schock in seinem Gesicht verdrängt.

Ich weiß nicht, was ich sagen soll. Ich bin genauso überrascht wie er. Ich berühre ihn noch einmal. Er ist noch da, wo er immer ist.

»Was bist du?!«, brüllt er, und ich springe auf.

»Bitte bring mich einfach nach Hause«, flüstere ich.

»Was bist du?!«, schreit er. »Bist du der Teufel?! Bist du eine Schlange?! Was, zum Teufel, bist du?!«, schreit er, so laut er kann.

»Bitte, Lymon, ich will einfach bloß nach Hause!« Ich bewege mich zur Tür hin.

»Du bist kein kleines Mädchen!«, heult er und greift plötzlich nach mir. Ich springe beiseite, stolpere zur Tür, reiße die dünne Balsaholztür aus den Scharnieren und renne nackt aus Lymons Hütte.

Ich höre Lymon hinter mir rennen und kreischen, aber er verfolgt mich nicht. Ich merke, dass er in Richtung Diner läuft und um Hilfe schreit. Ich renne zu den Trucks hin, die in einer Reihe auf Pooh warten, aber dann überlege ich es mir anders. Ich drehe mich um die eigene Achse und denke in panischer Angst darüber nach, wohin ich laufen soll. Ich will zu Lymons Hütte zurücklaufen und mir meine Sachen schnappen, aber dann sehe ich, wie drüben aus dem Diner Leute strömen und offenbar brennende Fackeln schwenken.

Ich laufe auf das Sumpfwäldchen zu.

Ich höre, wie sie nach mir schreien, mich bei jedem Namen Satans nennen, den ich je gehört habe, und dann bei solchen, die ich noch nie gehört habe. Die Kannen-, Sonnentau- und Wasserschlauchpflanzen beißen an meinen Beinen und Knöcheln, und die Moskitos saugen an mir wie an einer Kirschbrause. Aber ich rühre mich nicht vom Fleck. Ich verstecke mich hinter ein paar großen, übel riechenden Blättern Stinkender Zehrwurz. Ich äuge hinaus und sehe den Mob mit den lodernden Fackeln. »O Gott«, schluchze ich unterdrückt. »O mein Gott.«

»She-Ra! She-Ra! Sarah! She-Ra!«

Ich erkenne Poohs Stimme, die nach mir ruft. Ich blinzle hinaus und kann sie am Rand des Wäldchens sehen, wie sie allein die Büsche mit einer Taschenlampe absucht. Ich stehe auf und lasse mich vom Strahl ihrer Lampe einfangen.

»Bist du das?«, fragt sie mit einem lauten Flüstern.

»Mach das Licht aus«, flüstere ich laut zurück.

Sie knipst die Lampe aus, und ich höre sie durchs Gebüsch stolpern. »Wo bist du?«

»Hier, hier …« Ich führe sie mit meiner Stimme. Ich sehe ihren Umriss vor mir und klopfe ihr auf die Schulter. Sie fährt zusammen.

»Verdammt!« Sie dreht sich zu mir um und wartet, bis sich ihre Augen an das Licht der Mondsichel gewöhnt haben. »Igitt, hier stinkt's!«

Ich verspüre den unwiderstehlichen Drang, mich in ihre Arme zu werfen. Ich schlage die Arme um mich und stehe einfach zitternd da.

»Du bist ja splitterfasernackt«, sagt Pooh.

Ich nicke nur. Sie schaut zu meinem Schritt hinunter, schüttelt den Kopf und beginnt zu lachen.

»Mein Gott!«, ruft sie kichernd. »'tschuldige.« Sie streckt die Hand aus und schlägt mir auf die Schulter. »Das Ding da sieht ja aus wie 'n gebratenes Dillgürkchen!« Pooh krümmt sich vor Lachen.

Aus irgendeinem Grund fange auch ich zu lachen an, doch rasch wird daraus ein Schluchzen, aber es klingt wie ein Lachen, so dass Pooh es nicht merkt.

»Uff«, macht Pooh und wischt sich über die Augen, »'tschuldige, aber es könnt auch 'ne zweite Nase sein. An dir sieht es so fehl am Platz aus.«

»Ich hab nie darum gebeten.«

»Tja, wenn diese Leute dich erwischen« – sie deutet über ihre Schulter zum Diner hinüber –, »dann könnten sie dir den Gefallen tun!« Sie gibt ein kleines Glucksen von sich.

»Kannst du mir helfen, Pooh?« Ich greife nach dem Ärmel ihrer Lederjacke.

»Was, zum Teufel, ist passiert?« Sie schlägt mich mit der flachen Hand seitlich am Kopf, als hätte ich etwas Wichtiges vergessen. Ich lasse ihren Arm los und weiche zurück. Für einen Augenblick scheint sie überrascht und gekränkt zu sein darüber, dass ich fürchte, sie könne mir wehtun.

»Du hättest mit Lymon nach Hause fahren sollen, nicht ihn ficken!«, sagt sie ein wenig gehässig.

»Ich weiß nicht, was passiert ist ...« Ich schaue zu meinen nackten Füßen hinunter, die langsam im schwammigen Moosboden verschwinden.

»Was passiert ist – du bist gierig geworden. Er hat allen erzählt, du hast von ihm verlangt, dir fünfhundert Dollar zu geben!«

»Fünf? Zwei, es waren zwei!«

»Scheißegal, wie viel es war! Herrgott! Du weißt doch, worauf er steht. Hast du vergessen, was du bist? Hast du vergessen, was du *wirklich* bist?« Sie schlägt mich auf den Arm.

»Du hast es gewusst«, flüstere ich.

Sie schlägt mich wieder auf den Arm. »Ich hab gewusst, dass ihr beide nich' in der Lage wärt, euch zu helfen! Seit ich dich kenne, hast du nie genug gekriegt.« Sie schlägt nach einem Käfer auf meiner Brust. »Ich hab gewusst, du würdest einfach nich' nein sagen können und Lymons Geld nehmen! Ich weiß, dass du dich überschätzt!«

Ich schaue zu, wie der platte Körper des Käfers seinen Saft auf mir verströmt.

»Es war nicht sein Geld.«

»Also war's sein gutes Aussehen?!«, höhnt sie.
»Es war nicht sein Geld.«
»Na, klar doch. Und natürlich hat Le Loup dich auch nur mit Barbies bezahlt. Wie viel haste denn bei Le Loup rausgeholt?«
Ich schüttle den Kopf.
»Wo hast du dein ganzes Geld versteckt? Wenn du's mir sagst, bring ich dich von hier weg.«
»Du hast gewusst, dass Lymon mich nicht nach Hause bringen würde«, sage ich und schließe die Augen.
»Klar, ich bin schuld, ich bin an allem schuld. Ich hab dich für Le Loup beim Jackalope 'ne Show abziehen lassen, für Le Loup, meine einzige wahre Liebe. Ich hab dich dazu gebracht, alle glauben zu lassen, dass du 'ne beschissne Heilige bist. Und ich muss so bescheuert gewesen sein, dich dazu zu überreden, deinen faulen Arsch den ganzen Tag nicht aus dem Bett zu heben, Wunder zu vollbringen, Truckerdollars abzuzocken und aus Le Loup einen Höschen waschenden pädophilen Freak wie Lymon zu machen! Ich weiß nicht, wer oder vielmehr was du eigentlich bist. Und wenn irgendwer einen an Zauberei glauben lässt, dann ganz bestimmt du, denn 'ne Schlange« – sie deutet zwischen meine Beine – »is' alles, was ich sehe oder je gesehen hab.«
Ich stöhne auf, als hätte sie mich in den Bauch geboxt.
»Also sag mir lieber, wo dein Geld ist. Denn sonst brülle ich los wie 'n Schwein, das unter 'nem Zaun hängen geblieben ist! Ich weiß doch, dass du nich' auch noch dein ganzes Geld zurücklassen würdest.«
»Ich weiß nicht, wie all das passiert ist«, sage ich leise. »Ich konnt's nicht verhindern. Es ist einfach passiert.«
»Ich weiß, dass du's versteckt hast. Ich hab überall bei Le Loup nachgeschaut. Wo ist das Geld?«

»Und es tut mir Leid. Alles tut mir Leid.«

»Das kannste dem heiligen Petrus erzählen. Verschwend meine Zeit nich'. Wo is' es?!«

Ich wische den toten Käfer ab. »Da sind zweihundert in meinem Schuh in Lymons Hütte.«

»Und das Geld, das dir Le Loup gegeben hat?«

Ich hole tief Luft. Ich schließe wieder die Augen und stelle mir Sarah vor. Ich reagiere, wie sie reagieren würde. »Pooh, wenn ich's dir sage, bringst du mich heim. Du setzt mich in einen Lastwagen, der zu mir nach Hause fährt, und wirst sehen, wie ich verschwinde. Ich komme an dieses Geld einfach nicht ran. Und es ist 'ne Menge Geld.«

»Erst hol ich mir das Geld, dann bring ich dich nach Hause.«

»Nein, Pooh. Ich weiß doch, wie du mit Puppen spielst. Du setzt mich jetzt in einen Truck. Dann sag ich dir, wo das Geld ist, und du kannst es dir holen, wenn ich auf dem Heimweg bin.«

»Wieso, zum Teufel, soll ich dir glauben, dass du mir erzählst, wo's versteckt is'.«

»Weil ich mit dem Geld nichts anfangen kann, Pooh. Wie gesagt, ich werd weg sein. Und weil ich mich bei dir dafür revanchieren möchte, dass du mir hilfst.«

Pooh zupft an einem Büschel ihrer Haare und reißt es gedankenverloren aus. Sie starrt mich aus ihren schwarz umrandeten Augen an. »Du kommst ohne meine Hilfe sowieso nich' weg hier.«

»Okay, dann werd ich eben verbrennen.« Ich starre sie ebenfalls an. »Und glaub mir, dann werd ich nicht in der Stimmung sein, dir zu sagen, wo das Geld versteckt ist.«

Pooh tritt einen Schritt zurück, als hätte ich sie soeben geschlagen.

»Und es ist gut versteckt.«

»Ich hab da einen Fahrer, der wartet auf dich.« Sie deutet zu einer Nebenstraße, die zur Autobahn führt. »Du versprichst mir, sobald du in seinem Führerhaus bist, sagst du mir, wo's versteckt is'.«

»Versprochen.«

»Aber du nennst es deine Barbies. Du sagst: Pooh, meine Barbies sind da und da – eben wo das Geld is'. Kapiert? Ich will nich', dass dieser Trucker jemandem funkt, wo geklaute Kohle zu finden is'.«

»Bist du sicher, dass er mich nach Hause bringen wird?«

»Er is' kein Lymon, und er is' keine Schwuchtel«, sagt sie sarkastisch. »Er liebt *mich.*« Pooh schwenkt ihren Arm und deutet mit großer Geste auf sich selbst. »Er macht, was ich sage.«

Ich nicke. »Okay.«

»Okay.« Sie nickt. »Hier.« Sie zieht ihre Jacke aus. »Deck das verdammte Ding zu, Herrgott noch mal.«

Wir verlassen das Gestrüpp und gehen am Rand des düsteren Wäldchens entlang. Ein schwarzer Peterbilt parkt ganz in der Nähe an einer aufgerissenen alten Teerstraße, die zur Autobahn führt.

»Ich wollt nich', dass sie dich verbrennen. Ich hab gewusst, dass ich dich in dem Wäldchen finden würd«, sagt Pooh und tätschelt mir den Rücken. »Immerhin hab ich deine Flucht ja geplant.« Sie deutet auf den Truck.

»Danke, Pooh«, sage ich und gebe mir Mühe, dass es nicht gleichgültig klingt.

Wir treten an die Beifahrertür heran. Pooh klopft in einem bestimmten Rhythmus an, und mein Herz rast in mir, während ich im Freien stehe und warte.

»Steig ein, Pooh«, ruft eine undefinierbare Stimme aus dem Innern.

»Frag ihn, ob er am Paymart anhält und mir ein paar Sachen besorgt. Ich werd's ihm zurückzahlen, wenn ich zu Hause bin.«

Sie nickt, klettert die Stufen zum Führerhaus hoch und zieht die Tür auf. Sie winkt mir, ihr zu folgen. Ich lehne mich vor, um einen Blick auf den Trucker zu erhaschen, der mich nach Hause bringen soll. Er beugt sich über eine riesige Straßenkarte und folgt den kleinen blauen und roten Adern mit dem Finger. Er schaut uns kurz an, dann starrt er wieder aus seinem verbrauchten ledrigen Truckergesicht auf seine Karte. Der Umstand, dass er eine Karte zu Rate zieht und meine Flucht plant, beruhigt mich.

»Ist die das, hinter der wir her sind?«, knurrt er.

Pooh dreht sich zu mir um und starrt mich mahnend an. »Wo sind die Puppen?«

Ich betrachte den Trucker. »Was hat er damit gemeint?«

Pooh gibt mir einen Klaps auf den Arm, und ich wende mich ihr wieder zu. »Willst du nun nach Hause fahren oder nicht?«, flüstert sie ärgerlich.

»Klar, das ist sie«, sagt eine andere Stimme.

Ich habe das Gefühl, als würde ich plötzlich in eiskaltes Wasser getaucht.

»Die Puppen«, sagt Pooh leise und mit unterdrückter Wut zu mir.

»Ich hab diese Puppen weggenommen, Pooh. Das weißte doch. Nich' das richtige Spielzeug für 'ne Heilige.«

Ich drehe mich langsam um und sehe die Stiefel aus Eidechsenhaut vor mir.

»Die sind das richtige Spielzeug für liebe kleine Mädchen.«

Le Loup streckt die Hand aus und löst beiläufig den Knoten auf meiner Hüfte, den ich mit den Ärmeln von Poohs Jacke gemacht habe.

»Hab dir ja gesagt, ich finde sie«, sagt Pooh eifrig.

Ich sehe zu, wie der Knoten aufgeht und Le Loup lässig die Jacke wegzieht, die mich bedeckt.

»Und das seid ihr beide nich' …«

»Ich weiß ganz bestimmt, dass sie in diesen Tälern hier 'n paar Brennereien verstecken.« Der Trucker klopft mit dem Finger auf die Karte.

»Wir fahren noch mal hin. Sobald ich mich um ein paar Probleme hier gekümmert hab«, sagt Le Loup.

»Soll ich mich wieder an die Arbeit machen, Le Loup?«, ruft Pooh hinter mir.

»Ich weiß doch, wie gern du arbeitest, Pooh. Es liegt mir fern, dich von deiner Berufung abzuhalten.«

»Bis später.« Ich höre, wie Pooh sich umdreht und den Türgriff herunterdrückt.

»Und, Pooh …«

»Was is'?«

»Ich hoff doch sehr, ich find nich' raus, dass du mit alldem was zu tun hast. Ich hoff doch sehr, ich find nich' raus, dass du Lymon auf die Idee gebracht oder ihm irgendwie geholfen hast …«

»Le Loup, ich kann doch nich' für das geradestehen, was Lymon oder sonst einer von diesen eifersüchtigen Säufern dir vielleicht erzählt.« Pooh schluckt vernehmlich. »Ich weiß bloß, Lymon hat um 'ne Nummer mit ihr« – sie räuspert sich –, »ihm«, korrigiert sie sich und hebt die Augenbrauen, »gebettelt, und ich schätze mal, er hat bloß zugreifen müssen. Wenn ich das gewusst hätte, dann hätt ich dir's doch gesagt.«

»Raus, Pooh.«

Ich höre, wie der Türgriff erneut gedrückt wird, und ohne mir etwas dabei zu denken, sage ich: »Ich hab nie irgendwelche *Puppen* versteckt, Pooh. Es gibt keine, hat nie welche gegeben.«

Ich höre, wie Pooh die Beifahrertür hinter sich zuknallt und die Stufen hinuntertappt.

»Werd später mit Pooh über dieses Türenknallen reden müssen«, sagt Le Loup knurrend.

Ich versuche die Augen zu heben, komme aber über den Rand seiner Stiefel nicht hinaus. Ich lasse einfach die Hände baumeln. Ich möchte mich bedecken, wage aber nicht, mich zu rühren.

Zum ersten Mal seit langer Zeit empfinde ich, wie ich da so stehe und darauf warte, dass der Zorn von Le Loup über mich kommt, die Sicherheit des Vertrauten, und das vermittelt mir ein Gefühl von entsetzlicher Gelassenheit.

»Kent, fahr rüber zu mir«, sagt Le Loup, ohne sich zu bewegen.

»Na, klar.« Ich höre, wie die Karte zusammengefaltet wird, und obwohl nun klar ist, dass er darin nicht den Weg zu mir nach Hause nachschauen wollte, empfinde ich ein unerträgliches Gefühl des Verlorenseins.

Der Truck fährt an und rollt langsam zu Le Loups Scheune. Ich spüre, wie sich sein Blick in mich bohrt. Mein Körper hüpft und wackelt mit dem Truck, und hin und wieder suche ich Halt, indem ich nach dem Beifahrersitz greife, aber meine Augen bleiben gesenkt.

Als der Truck anhält, sagt Le Loup das erste Wort, das direkt an mich gerichtet ist: »Raus.«

Ich drehe mich um, drücke die Tür auf und klettere hinunter.

Le Loup spricht ein paar Worte mit Kent, dann springt er hinter mir herunter. Wortlos geht er zum Scheunentor und öffnet es. Ich folge ihm in das muffige kühle Innere.

Die Muskeln seines Rückens scheinen sich etwas zu lockern, als er sein Haus betritt und wir beide allein sind.

Ich möchte etwas sagen. Etwas, das alles erklären, alles wieder in Ordnung bringen wird. Wäre ich Sarah, wüsste ich, was und wie ich es sagen müsste. Sie weiß immer, was man sagen muss.
Zum ersten Mal schaue ich ihm ins Gesicht. Es zuckt leicht, als meine Augen den seinen begegnen, als ob ihm plötzlich ein kalter Wind ins Gesicht gefahren wäre. Er öffnet den Mund, um etwas zu sagen, und macht ihn wieder zu.
Ich spüre eine Sehnsucht in seinem Blick, und ich möchte das Richtige sagen, um sie anzusprechen und festzuhalten.
Er wendet sich von mir ab und zieht einen hölzernen Hocker in die Mitte des Zimmers.
»Setz dich«, sagt er friedlich.
Ich bewege mich hinüber zu dem Hocker und klettere hinauf. Ich lasse die Hände in den Schoß fallen und bedecke mich. Sacht nimmt Le Loup meine Hände, hebt sie hoch und lässt sie zu meinen Seiten fallen.
Ich sehe zu, wie er hinunter in seinen Stiefel greift. Er holt etwas heraus und fummelt daran herum.
»Es muss auf diese Weise geschehen«, sagt er und öffnet ein langes Springmesser.
Und mit einer kalten trägen Bewusstheit wird mir klar, dass das, was ich fälschlicherweise für Sehnsucht hielt, in Wirklichkeit Trauer war.
Plötzlich kann ich nicht mehr atmen und beginne zu keuchen. Ich schüttle den Kopf. Und ich erkenne sein Gesicht. Ein Gesicht, wie er es nie für mich hatte, sondern für die Lizards, die er in sein Zimmer schleppte, um sie zu züchtigen. Und nun wird mir klar, dass sein Gesicht immer so etwas wie eine nachsichtige Zuneigung gezeigt hatte, wenn er sich mit mir befasste. Der geballte Ausdruck des Zorns in seinem Gesicht richtet sich nun ganz gegen mich, und ich habe das Ge-

fühl, in den Abgrund des Todes zu starren. Ich versuche, etwas zu sagen, irgendetwas, aber die Worte bleiben mir tief in der Kehle stecken. Er tritt näher, bis er zwischen meinen geteilten Beinen steht.
»Leb wohl, Sarah«, sagt er und hebt das Messer über mich. Ich sehe es wirbelnd vorbeiblitzen, verspüre einen scharfen Schnitt, gefolgt von dem vagen Bewusstsein, dass ein Teil von mir auf den Boden fällt.

Ich liege auf dem Fußboden. Nachmittagslicht trifft in langen, hellen Streifen auf mein Gesicht. Irgendwo empfinde ich einen Schmerz, einen wilden, stechenden Schmerz. Meine Hand fühlt sich feucht an. Ich hebe sie vor meine Augen und sehe Blut. Alles löst sich in Schwärze auf.

»Steh auf.« Ich verspüre einen spitzen Stoß in meiner Seite. »Wach auf.« Ich öffne die Augen und sehe Le Loup in einem Dunstschleier über mir stehen. Ich nehme Stimmen wahr, die von draußen kommen. Ich neige den Kopf und sehe das gedämpfte Abendlicht hereinströmen.
»Bin ich schon fast tot?«, flüstere ich.
»Steh auf!« Le Loups Fuß tritt härter in meine Seite.
Zu meinem Erstaunen bin ich in der Lage, mich auf meine Ellbogen hochzudrücken und mich nach weiteren Tritten von Le Loups Stiefel aufzusetzen. Ich vermeide es, nach unten zu schauen, zwischen meine Beine. Vage bemerke ich blutrote Streifen auf meinem Körper. Mein Kopf pocht und schmerzt wie von einer Million Papierschnitten.
Mir ist nicht nach Tränen zumute.
Der Gedanke geht mir durch den Kopf, seine Beine zu umklammern und zu betteln, um irgendetwas. Mich einfach festzuhalten und nicht loszulassen, ganz gleich, wie fest er zutritt.

»Steh auf!« Le Loup greift nach unten, packt mich am Arm und reißt mich hoch.
Ich bin noch mehr erstaunt, dass ich stehen, ja sogar gehen kann, als er mich halb zum Bad zerrt.
Er tritt die Tür auf und zieht mich mit hinein. Hier wird er mich erledigen. Wahrscheinlich blute ich zu stark, daher wäre die Badewanne besser geeignet für …
»Schau hin!«, sagt er.
Ich wende den Kopf von der Badewanne ab und sehe ihn an.
»Schau hin!« Er starrt geradeaus und stößt mich in die Seite, damit ich es ihm nachtue.
Ich verdrehe den Kopf, um ihn anzuschauen, wie er mich im Spiegel anschaut. Es ist ein großer Schminkspiegel, der von runden Glühbirnen in seinem Rahmen beleuchtet wird, ein Spiegel, wie man ihn in der Garderobe eines Stars findet. Ich habe viele Male vor diesem Spiegel gestanden und die unangestrengten fließenden Bewegungen probiert, mit denen Sarah mit einem Auge blinzeln, eine Kusshand werfen und ihr Haar zurückschieben konnte, und zwar gleichzeitig.
»Schau hin!« Le Loup stößt mich hart.
Ich verdrehe den Kopf und sehe im Spiegel jemanden neben Le Loup stehen. Jemanden, den ich nicht erkenne. Das Haar dieser Person ist abgeschnitten. Fleischwunden und blutige Striemen verunzieren das jungfräuliche Weiß der Kopfhaut. Ein einziges langes Goldlöckchen ist übrig geblieben, das vorn herabhängt wie das schlaffe Horn eines Einhorns. Le Loup starrt unverwandt in den Spiegel und greift danach. Er zieht es auseinander, als ob er eine Sprungfeder strecken würde. Sein Springmesser hebt sich in die Luft und fährt in einem raschen brutalen Sturzflug nach unten. Wie ein Vogel, der eine Wasseroberfläche

durchbohrt, um sich seine Beute zu schnappen, stürzt sich das Messer auf die Kopfhaut, um die verbliebene Haarquaste abzuschneiden. Le Loup hält die Locke in seiner Faust über seinem Kopf umklammert.
Ein Bluttröpfchen läuft über die nackte Kopfhaut, tröpfelt die Stirn herab, verteilt sich an den Augenbrauen, um sich schließlich wieder zu einem feinen rubinroten Tröpfchen zu vereinen. Ich sehe zu, wie das Tröpfchen, wie eine diamantförmige Träne, sich löst und mit einem winzigen Platschen in ein Auge fällt.
Mein Auge.
Ich zwinkere, und das Tröpfchen verteilt sich sickernd um meine Augenhöhle, wobei es das Weiß in ein wässriges Rosa verwandelt.
Ich vernehme ein Lachen, tief und kehlig zunächst. Dann geht mir auf, dass es ein Kriegsgeheul ist. Ich drehe mich um und sehe, wie Le Loup die Faust in die Luft über meinem Kopf stößt, den Mund zu einem Siegesschrei verzogen. Plötzlich packt er mich mit dem anderen Arm und zieht mich aus dem Bad. Die Stimmen draußen sind lauter geworden, schwellen zu einem unablässigen Grollen an.
Wir bewegen uns an dem Hocker vorbei, auf dem ich gesessen habe, und ich sehe um ihn herum verstreut, wie Lametta, das von einem Christbaum gefallen ist, mein restliches Haar.
Er zieht mich zum Scheunentor und schließt es auf. Bevor er es öffnet, tritt er hinter mich, zieht meine Arme nach hinten und bindet meine Handgelenke zusammen.
»Du bleibst hier«, sagt er und stellt mich an eine Wand neben der geschlossenen Tür. Dass er sich nicht einmal die Mühe macht, mich darauf hinzuweisen, ich solle ja nicht an eine Flucht denken, bewirkt, dass ich mich umso mehr verloren und fallen gelassen fühle.

Le Loup wirft das Scheunentor auf. Ich höre seine Stiefel auf der hölzernen Veranda klacken und dann innehalten. Die Stimmen einer offenbar bescheidenen Menge verstummen rasch.
Ich lehne mich an die Wand und lasse meinen Körper zu Boden sinken.
Draußen herrscht Stille. Schließlich höre ich durch das zum Teil geöffnete Tor, wie Le Loup ein Streichholz am hölzernen Verandageländer anzündet. Es ist so still, dass ich sogar vernehme, wie er den ersten Zug inhaliert und wieder ausstößt. Ich rieche hereinwehenden Rauch. Er stammt nicht von den warmen Tabakwölkchen einer Zigarette, sondern vom rußigen Holz und Petroleum brennender Fackeln. Ich male mir den Holzstapel aus, den sie um einen Pfahl errichtet haben. Wie Jeanne d'Arc werde ich in lodernden Flammen aufgehen. Ich stelle mir vor, wie Sarah erfährt, dass ich als Märtyrerin aller Truckstoplizards gestorben bin, und weiß, dass sie nicht bloß wahnsinnig unglücklich über meinen Verlust ist, sondern beeindruckt, wenn nicht gar mehr als ein bisschen eifersüchtig.
Nach vielleicht einem halben Dutzend langsam-genüsslicher Züge räuspert sich Le Loup.
»Ich möchte euch allen danken, dass ihr an so einem angenehmen Herbstabend herausgekommen seid.« Le Loups Stimme ist gelassen, hat aber eindeutig einen boshaften Unterton.
»Hat ja in letzter Zeit hier 'ne Menge Aufregung gegeben, wie ich gehört habe.« Zum ersten Mal, seit Le Loup erschienen ist, bricht die Menge mit einem gedämpften zustimmenden Gemurmel ihr Schweigen.
»Ich habe gehört, dass von schwarzer Magie die Rede gewesen ist.«
Wieder äußert sich die Versammlung beifällig.

»Anschuldigungen wegen Metamorphose, Vorwürfe wegen unlauterer Machenschaften und« – Le Loups Stiefel unterbrechen ihr Auf und Ab – »Verbrechen gegen die Natur.« Bevor die Menge reagieren kann, fährt Le Loup fort: »Ich weiß auch, als das Geld hereingeflossen ist, da hat es ein ganz schön wirres Gerede über Wunder, Heilige und eine Menge Aussagen über die Herrlichkeiten und Offenbarungen Jesu gegeben.« Seine Stimme wird so melodiös wie die eines Zeltshowpredigers beim liturgischen Wechselgesang, auch wenn niemand respondierend darin einstimmt.

»Mmmm, das Geld ist geflossen und geflossen, und ich glaube nicht, dass ich damals gehört habe, wie irgendjemand etwas über Feuer und seine mögliche Anwendung an *meinem* Haus oder *meinem* Besitz gesagt hat. Aber vielleicht irre ich mich ja.« Ich höre, wie die Versammelten unbehaglich von einem Bein aufs andere treten. »Ist jemand hier, der mich über die Vorzüge des Feuers und seine vielfältigen Anwendungen aufklären möchte?« Erneut vernehme ich ein nervöses Hin und Her. »Seid ihr euch da alle sicher? Denn ich möchte hier gern von eurer Weisheit und eurem Wissen profitieren!« Ich höre, wie er wieder auf und ab geht. »Nun, ich bin sehr besorgt wegen dieser schwarzen Schlange in unserer Mitte. Mich belastet die Sorge darüber, wie schwer ihr alle geschädigt worden seid von dieser schwarzen Schlange.« Ich höre, wie Le Loup einen der Verandastühle zu sich heranzieht. »Ich werde mich also einfach hier hinsetzen, und ich möchte, dass ihr ruhig hier heraufkommt und mir erzählt, wie ihr persönlich gelitten habt. Na, kommt schon, ihr alle! Ich weiß doch, dass ihr nicht schüchtern seid. Stella?« Ich höre, wie Stella mit ihrem trockenen Husten reagiert, als Le Loup sie anspricht. »Petunia? Nun, ich weiß doch, dass du all die Yanks und verschiedene andere, die eine Pilgerfahrt hierher unternommen haben, geschröpft hast. Wiegt doch all deine Ausgaben für diese tollen kleinen Make-up-Döschen und diese telegenen zusätzlichen Kostüme nicht auf. Ich muss zugeben, das hört sich für mich wirklich wie das offensichtliche Werk des Erzfeindes an.« Stellas Husten klingt eher wie eine flehende Bitte um Unsichtbarkeit denn wie ein echter Husten. »Also, kommt schon, Stella! Petunia! Nur zu! O nein, erzählt mir bloß nicht, dass ihr euch plötzlich mir gegenüber ziert. Und was ist mit dir, Mary Grace?« Le Loups Stuhl scharrt, als er ihn verrückt. »Nun, ich habe Gerüchte gehört, und ich gebe nie viel auf Gerüchte, dass ihr und die ganze Belegschaft im Diner in letzter Zeit an eine ziemlich große Anzahl unserer Besucher Krippenfiguren aus Kartoffeln verkauft habt. Nun, wie ich höre, habt ihr noch eine Reihe von Säcken übrig, die schneller Augen kriegen als ein Blinder in einem Striplokal. Tja, das ist ja ein toller finanzieller Hit für euch und zweifellos das Werk eines Monarchen der Hölle!« Ich höre, wie Mary Grace etwas flüstert. »Ihr wisst doch, ich kann euch nichts abschlagen!«, sagt Le Loup mit süffisanter Gastfreundschaft. »Na, los, kommt hoch! Ich sag euch allen, dass die schwarze Schlange jetzt hier drin ist!« Er stampft mit dem Fuß auf. »Nun werft schon eure Fackeln rein! Auf geht's! Hat keiner Lust von euch?« Mein Herz schlägt ein wenig schneller nach seiner Aufforderung, mich einzuäschern, und ich horche angestrengt, ob irgendwelche Bewegungen darauf hindeuten, dass sie seiner Aufforderung nachkommen. Le Loup steht auf. »Lymon!«, ruft er, als wäre Lymon ein verloren geglaubter Verwandter. »Lymon! Nimm eine von diesen Fackeln und brenn dieses böse Ding aus meinem Haus, ja?« Le Loup bewegt sich auf das Scheunentor zu. »Dieses kleine Mädchen …« Das letzte Wort spricht er mit triefendem Sarkasmus aus. »Sie hat dich ganz schön

erschreckt, was?« Le Loup schlägt gegen das Scheunentor. »Du hast ja nur versucht, ein liebes kleines Ding zu belästigen, während ihr Daddy weg war, und es hat bloß nicht so richtig funktioniert, hab ich gehört. Das ist ja schrecklich, einfach schrecklich, und mir tut das wirklich Leid.« Ich sehe, wie der Schatten von Le Loups Kopf hin und her wackelt. »Was meinst du, Lymon? Hmm?«
Lange herrscht absolute Stille.
»Sonst noch wer?« Nur die Grillen und ein in der Ferne heulender Wolf antworten.
»Na schön, ich muss euch was sagen.« Bevor ich mich versehe, platzt Le Loup durchs Tor herein und zieht mich hoch. Er schleppt mich zum Tor und auf die Veranda hinaus.
Ein kollektives Stöhnen geht durch die Menge. Ich starre auf meine bloßen Füße, die mir, wie sie sich da von dem gewöhnlichen Grau des Holzes abheben, wie irgendeine bizarre Erscheinung vorkommen.
»Ich möchte euch bekannt machen mit ...« Le Loup hält inne, dann drückt er mein Kinn hoch. »Sam.« Es ist so still, dass man das Knistern der Fackeln vernimmt. Ich blicke über die Köpfe und Flammen hinweg, um mich auf die umliegenden Berge zu konzentrieren.
»Nun, da ich annehme, dass keiner von euch vorhat, diese« – er zerrt an meinem Arm, und ich taumle einen Schritt vorwärts – »schwarze Schlange zu verbrennen ..., nehme ich an, dass wir alle uns nun wieder an unsere Arbeit machen können.« Im Licht der Mondsichel vermittelt das ziellose Säuseln des Windes den Eindruck, als tollten unsichtbare Lebewesen auf dem grasbewachsenen Plateau herum.
»Nun, wenn jemand von euch Sam hier besuchen möchte, er arbeitet drüben bei Staceys Truckstop. Ihr könnt euch einen Termin von Stacey oder mir geben lassen, wenn ihr

ihn für einige Zeit buchen wollt. Hast du kapiert, Lymon?«
Ein unterdrücktes Gelächter läuft durch die Menge und geht rasch in der schrecklichen Stille nächtlicher Sumpfgeräusche unter.
Aus dem Augenwinkel sehe ich, wie Le Loup die Gruppe mustert. »Na, gut … wünsch euch allen eine schöne Nacht.«
Damit dreht sich Le Loup um und geht mit mir hinein. Die Wärme im Inneren tut fast weh, während die Kälte nachlässt und das Entsetzen, das ich verspürt haben muss, denn es dauert ziemlich lange, bis ich zu zittern aufhöre.
»Zieh das an.« Le Loup deutet auf eine zusammengefaltete Jeans, ein Hemd und ein Paar abgetragene Turnschuhe.
»Poohs alte Sachen müssten dir passen«, sagt er und geht in die Küche, setzt sich mit einem verhaltenen Seufzer und schenkt sich einen Drink in eines von Poohs Marmeladengläsern ein.
Es ist schon lange her, dass ich Jeans getragen habe, und langsam schiebe ich meine Füße in die Hosenbeine, als ob darin eine verborgene Gefahr lauern könnte. Während ich die Jeans hochziehe, stelle ich überrascht fest, dass mein Mund durch irgendeine unsichtbare Kraft zu einem zitternden Halbmond nach unten gezogen wird. Als ich den Reißverschluss hochziehen will, bleibt er hängen, so heftig ich auch daran reiße. Und plötzlich bin ich außerstande, Luft zu holen. Es ist, als ob aller Sauerstoff aus dem Zimmer herausgesogen wäre und nur der in meiner Brust sitzende Schrei ihn freisetzen könnte.
»Zieh die Sachen an«, ruft Le Loup aus der Küche herüber.
Ein Luftzug weht ein kleines Staubbällchen auf mich zu.
Als es meinen Fuß überquert, merke ich, dass es ein Büschel meines geschorenen Goldhaars ist. Und plötzlich ist mir, als würde mir ein Gift injiziert. Die Haare bleiben an meinen Fingern hängen. Ich sehe zu, wie sie davonfliegen,

und erstarre. Dann verlieren meine Beine ihr Bindegewebe und die Fähigkeit, aufrecht stehen zu können. Ich sacke auf meine Knie zusammen. Als sie auf den Boden aufschlagen, ist es, als ob etwas gelockert würde, und mir entfährt ein langer, lauter Schluchzer.

»Was, zum Teufel, machst du da?«, schreit Le Loup und erhebt sich.

Ein weiterer Schluchzer peinigt meinen Körper, und ich kann mich unter seinem erdrückenden Gewicht nur vornüber beugen.

»Zieh diese verdammten Sachen an!« Le Loup stampft neben mir auf. »Los!«

Ich ringe nach Luft, bevor mich die nächste Welle trifft.

»Du Scheißkerl!«, brüllt Le Loup. Es gelingt mir, ihm den Kopf zuzuwenden, als er mit dem Arm, in dem er das Glas hält, ausholt. »Du Scheißkerl!«, schreit er und holt noch weiter aus, als ziele er mit einem Football auf meinen Kopf. Er heult auf, als er das Glas loslässt, das einen Bogen beschreibt, bevor es fünf Fuß von mir entfernt zerbricht. »Du Scheißkerl!«, jault er und stakst aus der Scheune, wobei er das Tor hinter sich zuknallt.

Ich arbeite hinter den alten Nebengebäuden auf einem Parkplatz, der von einem Gewirr von Lorbeerbüschen verdeckt wird und über eine staubige unbefestigte Straße zu erreichen ist. In aneinander gehängten verfallenen Wohnwagenanhängern, die nur darauf warten, dass ein richtiger Sturm ihnen den Rest gibt, lebe ich hier mit sechs anderen Lizards. Alle männlich. Stacey, ein glatzköpfiger, feister Typ mit übertrieben ausgezupften Augenbrauen, ist der Hausdaddy. Gerüchten zufolge war er einmal Truckerfahrer. Er sitzt den ganzen Tag und die halbe Nacht in einem La-Z-Boy-Ruhesessel, der die undefinierbare Farbe von schmut-

zigen Fingernägeln hat. Von dort aus bucht er über CB-Funk die Termine seiner Jungs und zieht sich per Satellitenfernsehen Seifenopern aus jedem Land der Welt rein, obwohl er nur Englisch spricht, aber durch Konditionierung einfach weiß, wann er lachen, weinen oder vor Aufregung Nägel kauen muss. In letzter Zeit ist er zum Fan einer portugiesischen Seifenopern-Schurkin geworden und hat sich einen Portugiesisch-Sprachkurs bestellt, damit er auch verbal mitbekommt, dass sie so ätzend und doch so geistesgegenwärtig ist, wie ihre Mimik suggeriert.
All seine Jungs schlafen hinten in Etagenbetten im Holzfällercampstil. Ich bin der Jüngste, aber keiner schikaniert mich oder nimmt mich unter seine Fittiche. Ich werde mit einer vage gutartigen Gleichgültigkeit toleriert.
Zwei Lizards sind hoffnungslose Zuckerwhiskeysäufer und arbeiten nur so viel, dass sie sich die immer teurer werdenden Flaschen leisten können, die Stacey ihnen verkauft. Zwei weitere sind untröstlich. Sie wurden von ihren ehemaligen Truckerliebhabern im Three Crutches zurückgelassen und leben nur noch dafür, ihren Kummer durch Schnüffeln an Klebstoff und jenem Lösungsmittelsortiment zu ersticken, das Stacey ihnen ebenfalls mit einem erheblichen Aufschlag verkauft. Staceys Preise sind so hoch, dass alle schließlich bei ihm Schulden machen und, noch bevor sie es mitbekommen, hoffnungslos bei ihm in der Kreide stehen. Selbst wenn irgendjemand mit dem Gedanken liebäugelt abzuhauen – bevor er nicht alles abbezahlt hat, kann er das vergessen.

Der Junge, der mir vom Alter her am nächsten ist, ist ein Dieb, der dabei erwischt wurde, wie er gerade mit der ganzen Kasse und drei Büchsen Leberhaschee durchs Fenster vom Three Crutches abhauen wollte. Wie die übrigen und ich muss er hier bleiben, bis er seine Schulden abbezahlt hat.

Wie die Feuerwehr sind wir unter 24/7 in Bereitschaft, obwohl nie viel los ist. Meist schlafen alle ihre Highs aus oder hocken auf roten Klappstühlen und sehen sich Staceys Soaps an.

Die Freier, die Staceys schwule Lizards aufsuchen, sind meist Trucker, die zu arm sind, um sich die teureren Stutenlizards am Haupttruckstop leisten zu können, und die zu geil oder zu betrunken sind, um sich etwas daraus zu machen.

Sie sind alles andere als gefühlvoll oder zärtlich, wenn sie einen vögeln. Bevor Stacey mich zu einem kleinen Schwuchteldate hinausschickt, kaufe ich einem der anderen ein paar Schlucke oder Züge ab, die ausreichen, damit ich es überstehe. Ich bezahle sie mit den Trinkgeldern, die ich Stacey nicht aushändige, was ich eigentlich sollte. Er hat mich ein paar Mal erwischt und mich übel verprügelt, aber nicht übel genug, um mich dazu zu bringen, bei diesen Dates ehrlich zu sein.

Die Freier reden nicht, sehen mich kaum an. Sie behandeln mich grob, wie ein Lenkrad, das sie in einer engen Kurve fest anpacken müssen. Sie geben mir die Schuld, wenn sie zu betrunken sind, und sie geben mir die Schuld, wenn sie nicht betrunken genug sind. Sie geben so gut wie nie ein Trinkgeld, und ich brauchte ein paar Wochen, um mir Glads alte Schule abzugewöhnen, höflich zu warten, bis sie mir welches geben. Es hat mich auch eine ganze Menge Veilchen und ein paar Ecken meiner Zähne gekostet. Schließlich kam ich dahinter, warum ich diese Lizards immer ohne Luden als Beschützer wie Kanonenkugeln aus den Führerhäusern herausschießen sah. Wenn diese Nummern vorbei sind, verzieht man sich am besten schnell, denn manche Trucker erinnern sich plötzlich daran, dass man bloß eine professionelle Muschi ist, und eine schwule noch dazu.

Sie müssen uns schon ziemlich heftig verprügeln, damit Stacey sich auch nur die Mühe macht, Le Loup davon zu erzählen. Stacey drückt einem bloß den Schlüssel zum Erste-Hilfe-Schränkchen in die Hand und hat nicht mal was dagegen, wenn man den neunzigprozentigen Alkohol leer trinkt, der da drin steht.

Die schwulen Fahrer schicken mich normalerweise wieder zurück und sagen mir, ich sei bloß 'ne halbe Portion, sie wollten einen richtigen Kerl haben. Die Freier, auf die ich mich freue, sind die Lavendel-Larrys, die Fahrer, die mit mir genauso reden wie Lymon, als er in mir ein Mädchen sah. Ihre Hände zittern genauso, sie berühren mich wirklich sanft und reden von Liebe. Sie sind die Einzigen, bei denen ich je eine Chance habe zu üben, um mein zweites Gesicht zu kriegen, aber da sie alle immer nur das eine wollen, gibt es nicht viel für mich zu üben.

Immer versprechen sie, auf der Rückfahrt wieder zu mir zu kommen. Sie becircen mich mit komplizierten Geschichten, wie sie mich retten und als ihren Sohn adoptieren würden. Nachdem ich hingebungsvoll nach zweien von ihnen Ausschau gehalten und den ganzen Winter lang eifrig den CB-Funk nach einem Zeichen oder Signal von ihnen abgehört habe, nur um den Schnee tauen zu sehen und noch immer zu warten, halte ich inzwischen jeden Larry davon ab, mir irgendwelche Versprechungen zu machen. Ich lasse mir von ihnen zum Abschied die Hand küssen, versichere ihnen, dass ich von ihnen wirklich nicht gerettet werden muss oder will, aber ich freue mich dann doch darauf, dass sie wiederkommen. Ich stopfe die eine Hälfte ihres Trinkgelds in meine Unterwäsche und die andere in meine Gesäßtasche, damit Stacey sie sich schnappen kann. Es ist uns nicht gestattet, zum Diner zu gehen, daher habe ich schon seit langem keinen von der Diner-Belegschaft mehr gesehen. Wir essen in der Mikrowelle aufgewärmte Büchsen Spaghetti und mit Paprika gefüllte Brötchen von Clarksburg. Ich hab nicht mal Le Loup gesehen seit dem Tag, als er mich hier gelassen hat. Dennoch halte ich Ausschau nach ihm. Ich beobachte die Straße von meinem heimlichen Ausguck oben auf den alten Nebengebäuden, wo ich freie Sicht auf die Autobahn habe. Hin und wieder sehe ich seinen lila Trans Am in unsere Richtung fahren, und ich bete darum, dass er diesmal auf die staubige unbefestigte Straße abbiegen wird. Er wird mir sagen, ich hätte meine Schuld abbezahlt und ich dürfe nun gehen. Selbstverständlich wird er mich selbst nach Hause fahren. Aber sein Auto rauscht immer vorbei, ohne auch nur eine Spur langsamer zu werden.

Einmal hat der Dieb zu fliehen versucht. Aber es führen nur zwei Wege von hier weg. Der eine geht durch die Sümpfe, aber noch niemand hat je davon gehört, dass auf der anderen Seite etwas anderes als Leichen herausgezogen wurden. Und dann gibt es noch die Autobahn. Doch der Wald aus undurchdringlichem Lorbeergestrüpp verläuft so dicht an den beiden Seiten der Fahrbahn, dass jeder Anhalter gezwungen ist, direkt auf dem schwarzen Asphalt zu gehen. Kaum zehn Minuten draußen, würde Stacey die Gespräche im CB über irgendeinen Touristen zu Fuß auf der Autobahn abhören und jemanden darum bitten, sich diesen Straßenvogel mal genauer anzuschauen. Normalerweise erkennt irgendjemand einen von Staceys Lizards wieder und sagt ihm Bescheid, dass da einer frei herumstreunt. Einen Freier überreden zu wollen, einen mitzunehmen, ist noch schlimmer. Egal, wie viele Kentu-

cky-Apfelkuchen Stacey konsumiert hat, egal wie starräugig und katatonisch er danach wie einer der Klebstoffschnüffler wirkt – er hat die übermenschliche Gabe, sich die Dates all seiner Jungs zu merken und zu wissen, wie lange sie schon weg sind. Er hat ein Gespür dafür, wann einer von den Seinen mit einem Truck abhauen will. Dieser Truck würde kaum bis zur Autobahn kommen, da würde auch schon die alte Luftschutzsirene auf dem Diner losheulen. In der Truckergemeinde wusste man: Die Lizards von Le Loup durften nicht ausgeliehen werden. Kein Trucker, der bei dem Versuch erwischt wurde, durfte anschließend wegen seiner gebrochenen Knochen und anderer diverser Verletzungen auf Mitgefühl hoffen. Der sei ja nicht ganz dicht und verdiene es nicht anders, sagten andere Trucker über die, die versuchten, sich mit einer Lizard davonzumachen. Die einzigen Lizards, die sich überhaupt trauen, das zu probieren, sind diejenigen, die völlig blank sind, die hoffen, sich ihren Klebstoff oder Alkohol selbst besorgen und Stacey übergehen zu können. Sie kommen nie sehr weit, und es ergeht ihnen gar nicht gut, wenn sie erst einmal geschnappt werden. Ich habe gehört, dass der geflohene Dieb eifrig in den lila Trans Am gesprungen sei, der angehalten habe, um ihn mitzunehmen. Ich habe gehört, er habe dem Fahrer gesagt, er solle Gas geben und er werde ihn gut bezahlen. Ich habe gehört, sie seien gut fünf Meilen gefahren, bevor der Dieb hinübersah und merkte, dass Le Loup selbst am Steuer saß und abwartete, wie lange es dauern würde, bis der Dieb es merkte.
Es vergingen zwei Monate, bevor irgendjemand ihn wieder sah. Und noch immer zuckt er beim Gehen mit den Hüften, und sein Gesicht erinnert wie ein ausgewaschener Blaubeerkuchenfleck noch immer an die Lektion, die ihm erteilt wurde.

Meine einzige Hoffnung ist der eine Lavendel-Larry, dem ich wirklich vertraut habe. Ich legte ihm den Finger auf die Lippen, bevor er schwören konnte, mich zu retten. Ich gab ihm einen Zettel mit dem Namen Glading Grateful ETC... vom Doves Diner. »Bitte ruf ihn an und sag ihm, ich käm hier nicht mehr weg«, sagte ich, als ich ihm das gefaltete Stück Papier in die Brusttasche steckte und es mit meiner Hand an sein Herz drückte.

Von meinem Ausguck aus halte ich Ausschau, in der Hoffnung, eines Tages Glad hereinrollen zu sehen. Ich bin ziemlich sicher, er würde mich zurückkaufen, wenn er wüsste, wo ich bin. Ich bin sogar ziemlich sicher, dass er für mich den Cheat überqueren würde. Es waren schon einige Monate vergangen, aber vielleicht wartete Glad, bis es taute.

Endlich, an einem Frühlingstag, als ich oben auf meinem Ausguck sitze, sehe ich, wie eine vertraute Gestalt durchs Gras auf mich zukommt. Ich kneife die Augen zusammen und versuche, sie zu erkennen. Es ist der Gang, ein wenig schlurfend, aber mit einer herausfordernden Arroganz. Ich springe hinunter und renne auf sie zu, nur um gleich darauf stehen zu bleiben, als ich sehe, dass es Pooh ist. Sie fuchtelt mit den Armen und lächelt, als ob wir erst gestern miteinander Tee getrunken hätten. Ich möchte mich umdrehen und ihr den Rücken zukehren, einfach weggehen, aber als ich sie sehe, bin ich aus irgendeinem Grund voller Hoffnung.

»Hey!«, flüstert Pooh mir laut zu. »Hab gehört, ich könnt dich hier finden.« Sie funkelt förmlich in ihrem roten Satinhosenanzug mit den kniehohen Stiefeln, das Haar wie bei einem Nashville-Countrystar frisiert.

»Mein Gott, Pooh! Du siehst ja wie ein Filmstar aus!«, sage ich, als sie nahe genug ist.

»Und du …« Sie tritt einen Schritt zurück. »Ich will dich ja nich' beleidigen, aber du siehst beschissen aus. Ich hätt gedacht, deine langen Locken wärn inzwischen wieder nachgewachsen!« Sie fährt mit der Hand über meinen Bürstenschnitt.

Ich zucke unter ihrer Berührung mit dem Kopf zur Seite, ohne mir etwas dabei zu denken. Überraschung und dann so etwas wie eine Mischung aus Ärger und Verletztheit huscht über ihr Gesicht, während ihre Hand in der Luft hängt.

Ich räuspere mich. »Ich darf mein Haar nicht wachsen lassen.« Ich betrachte ihre Stiefel – aus Eidechsenhaut wie die von Le Loup.

»Willste mich verarschen?!« Sie lässt die Hand sinken.

»Nein. Le Loup hat's angeordnet. Stacey selbst rasiert mich pünktlich alle zehn Tage.«

Pooh sieht mich an, schüttelt den Kopf, wendet ihn dann ab und spuckt aus. »Also das is' schon komisch, dass du sagst, ich seh wie 'n Filmstar aus, denn ich werd nach Hollywood gehn!«

Ich blinzle sie an. »Echt? Hollywood?« Sie nickt. »Und Le Loup lässt dich einfach so gehen?«

»Ein berühmter Hollywood-Agent hat von meinem Ruhm gehört, da drüben in Kalifornien, und er is' selbst hergekommen, und ob du's glaubst oder nicht – er is' sofort auf mich abgefahren!« Pooh klopft sich vor Lachen auf den Schenkel.

»Wie hast 'n das geschafft?«

»Mein zweites Gesicht hat mir gesagt, dass er nichts weiter wollte, als, in Windeln gewickelt, mit einer Flasche gestillt werden und 'n Bäuerchen machen wie 'n Kind auf'm Arm. Er hat nie einem Menschen auf dieser Welt davon erzählt, die arme gefolterte Seele, aber ich hab's gewusst!«

»Wahnsinn …« Ich schüttle, beeindruckt und neidisch zugleich, den Kopf.

»Er hat mich Le Loup abgekauft, und nun fahren wir weg, um meine Filmkarriere zu starten! Er sagt, jemand mit meiner Begabung hat kein Problem, all die weltberühmten Regisseure und diese Studiochefs von meinem inspirierenden und vorteilhaften Talent zu überzeugen.«

»Na, herzlichen Glückwunsch, Pooh. Ich wünsch dir alles Gute. Wenn du gekommen bist, um anzugeben, dann hoff ich, dass du dich jetzt besser fühlst. Du wirst dich noch besser fühlen, wenn ich dich frage, ob ich deinen alten Flachmann als Souvenir kriegen könnte.«

»Nein, eigentlich wollte ich …«

»Und ich werd dich noch glücklicher machen, wenn ich dich bitte, bettle, wenn du willst, ob du nicht eine Möglichkeit siehst, ihn mit dem Fusel zu füllen, den du Tag und Nacht gepichelt hast.«

Pooh fasst mich am Arm. »Sarah …«

Als ich höre, wie jemand anderes den Namen meiner Mutter laut ausspricht und mich sanft berührt, wirft mich das um. Ich greife nach Pooh und halte mich an ihr fest.

»Eigentlich bin ich hergekommen, um 'n paar Dinge in Ordnung zu bringen«, sagt sie weich.

Wir stehen still da und sehen zu, wie ein Wassermolch mit roten Tupfen über meine abgetragenen Turnschuhe tapst.

»Hier.« Sie lässt mich los und greift in den Blouson ihres Hosenanzugs. Langsam nestelt sie ein Lederriemchen von ihrem Hals. Vorsichtig streift sie es sich über den Kopf und achtet darauf, dass ihre Frisur nicht durcheinander gerät.

»Das gehört dir.« Sie hält mir meinen Waschbär-Penisknochen hin.

Ich starre ihn an, wie er da in Poohs Hand liegt, und er

sieht für mich aus wie das Artefakt einer untergegangenen Kultur. Ich beginne zu lachen.

»Was 'n los?«, sagt Pooh und lässt sich von meinem Lachen anstecken.

Ich lache aus vollem Hals, so dass ich nicht sprechen kann. Schließlich kriege ich wieder Luft. »Weißte, Pooh, du hast Recht gehabt, was mich betrifft.« Ich muss wieder lachen. »Ich bin gierig! Ich hab einen größeren Fickknochen gewollt, den größten Fickknochen, und ...« Ich nehme ihr die Halskette aus der Hand und halte sie hoch. »Das hat mich in die Scheißlage gebracht, in der ich heute bin!«

»Nun ...«, beginnt sie.

»Wenn du also glaubst, du würdest irgendwas in Ordnung bringen, wenn du mir meinen Knochen zurückgibst ...«

Ich stopfe ihn in die Tasche. »Um ehrlich zu sein – ein Glas Whiskeyfusel wäre viel nützlicher. Verdammt, ich würd sogar Sterno-Sprit nehmen, der durch *Wonder bread* geschüttet wurde!«

»Ich hab nichts mehr von dem Zeug«, sagt sie sanft.

»Alsdann.« Ich strecke die Hand aus, um ihre zu schütteln. Sie überlässt mir ihre schlaffe Hand, und ich schüttle sie fest für uns beide. »Na, dann amüsier dich mal schön drüben in Hollywood! Ich bin ein vielbeschäftigter Junge.« Das letzte Wort sage ich mit ätzender Gehässigkeit. »Muss Schwänze lutschen, dass sich die Sitze biegen!« Ich drehe mich um und ziehe los. »Du wirst also nichts dagegen haben, wenn ich mich entschuldige.«

»Sarah!«, ruft sie.

Ich balle die Fäuste und zwinge mich weiterzugehen.

»Sarah!«

Ich höre, wie sie hinter mir herläuft und renne los. Ich bewege mich durch die Lichtung, so schnell ich kann. Mit einem kurzen Blick über die Schulter sehe ich, dass Pooh mich immer noch verfolgt. Ich weiß nicht, warum ich renne. Ich weiß nur, dass ich rennen muss. Ich gelange an den Rand einer steilen Böschung. Ich sprinte hinunter, wobei ich über niedrige Cranberrysträucher, Johanniskrautbüsche und Binsen hüpfe.

»Sarah! Warte!«

Ich wende den Kopf wieder um und stolpere über einen Heidelbeerbusch. »Scheiße!« Ich stürze die Böschung hinunter und lande im moosbedeckten seichten Sumpf. »Scheiße!« Ich fuchtle wild herum und schlage nach den Cranberrysträuchern und dem Wollgras, in denen sich meine Gliedmaßen verfangen.

Pooh hastet die Böschung zu mir herunter. »Hier, gib mir deine Hand.« Keuchend steht sie über mir und reicht mir ihre Hand.

Ich ergreife sie und ziehe sie mit aller Kraft zu mir herunter.

Ich sehe zu, wie sie sich wie eine Bodenturnerin überschlägt, bis sie mit einem großen Platscher nicht weit von mir weg landet.

»Oh, Scheiße!« Sie rappelt sich auf und spuckt die grüne Wasserbrühe aus.

Ich nicke, als ich sehe, dass sie in Ordnung ist, und will mich aus dem Sumpf ziehen. Unvermittelt werde ich nach hinten gerissen, als sie mich am Bein packt und mich wieder hineinzerrt.

Dann rollen wir im Wasser herum, wobei wir nicht richtig miteinander kämpfen, sondern uns bloß voneinander zu befreien versuchen, um rauszukommen.

»Es is' doch nich' bloß meine Schuld, was mit dir passiert is'!«, keucht Pooh, während sie im Wasser herumplantscht. »Ich wär doch schon längst zu Hause, verdammt noch mal, wenn du mich nicht so beschissen und mich Le Loup ausgeliefert hättest!«, brülle ich und drücke mich von ihr weg.

»Ich weiß!«, schreit sie mir ins Ohr. »Darum hab ich ja Glad angerufen!«

Ich ringe weiter mit ihr, bis ich ihre Worte kapiert habe. »Was haste gesagt?«

Sie steht im Wasser auf und klopft sich das Moos ab. »Ich hab gesagt, ich hab Glad angerufen.«

»Du hast was gemacht?«, sage ich und habe noch immer das Gefühl, Worte zu hören, die zu süß sind, um wirklich ausgesprochen worden zu sein.

»Scheiße! Du hast mein neues Outfit echt ruiniert. Na gut, mein Mann is' wenigstens reich, also spielt's keine Rolle nich'.«

»Verarsch mich nicht, Pooh.« Ich stehe neben ihr auf und entdecke, dass ich in der Zeit, seit ich sie zum letzten Mal gesehen habe, größer als sie geworden bin.

»Ich hab Glad angerufen.« Plötzlich versinkt sie taumelnd im Wasser, und ich packe sie am Arm, weil ich glaube, sie sei ausgerutscht. »Danke«, sagt sie, und ich sehe, dass sie bloß nach etwas gegriffen hat, das auf dem moosigen Wasserbett schwamm. »Das hier …«, sagt Pooh und hebt die Waschbärknochenkette auf. »Es war nich' schwer herauszufinden, was das bedeutet … Ich hab's gewusst«, sagt sie und reicht mir die Halskette wieder. »Ich hab gewusst, was das wirklich bedeutet.«

»Du – du hast Glad angerufen?«

»Schau, ich hab versucht, meinen Agenten dazu zu bringen, dich loszukaufen, aber Le Loup wollt nich' verkaufen. Nich' mal für 'n Scheißbatzen Dollars. Für ihn hat das was mit Stolz zu tun. Mit Rache. Ich glaub, darum können Le Loup und ich nich' gut miteinander. Wir sind einfach zu stur und zu rachsüchtig!«

»Er wollt mich nicht verkaufen?«

»Nee. Und er bekam 'ne Menge geboten. Und ich weiß, Geld bedeutet für ihn mehr als Liebe, aber ich schätze, nich' mehr als Rache für sein gebrochenes Herz.«

»Scheiße! Was hat Glad gesagt?!« Ich packe sie am Arm.

»Er hat gesagt, er hätt nach dir gesucht, *Cherry Vanilla.*« Sie nennt mich mit einem Lachen bei meinem alten Doves-Namen. »Er hätt 'ne Menge irrer Gerüchte gehört, dich aber nie aufspüren können. Er sagte, die Wahrheit wär noch irrer als alle Gerüchte, die er gehört hätt.«

»Hat er irgendwas über Sarah gesagt?«

»Ich hab dir doch grad gesagt, was er über dich gesagt hat.«

»Nein, meine Mom. Sarah ist meine Mom.«

»Sarah is' der Name von deiner Mom? Na, ich tät bestimmt nich' den Namen von meiner Mom nehmen, wenn ich versuchen würd, 'ne Heilige zu sein!«, sagt sie und prustet vor Lachen.

»Ich hab's nicht gewollt. Es ist einfach passiert.« Ich schlage vor Verzweiflung meine Arme um mich. »Was hat er von ihr gesagt?«

Pooh schüttelt den Kopf. »Nix. Er hat nix von ihr gesagt. Aber er kennt Le Loup. Da hab ich doch schon mal was Gutes getan! Ich hab dir das Leben gerettet, weil ich Le Loup nich' gesagt hab, dass du von Glad bist, die zwei könn' sich nämlich nich' ausstehn!«

Ich nicke, begierig, mehr zu hören.

»Er weiß, es hat keinen Zweck, dich loskaufen zu wollen, also wird er 'n Truck schicken.«

»Er wird mich retten?!« Ich boxe Pooh vor Aufregung auf den Arm.

»Ich glaub nich', dass er's selbst macht. Er sagt, er tät nie den Cheat überqueren. Aber er schickt jemanden.«

»Wann? Was muss ich tun? Wonach soll ich suchen?« Ich packe sie mit beiden Armen.

»Hör mal.« Pooh greift nach mir. »Er sagt bloß, du sollst die Ohren steif halten. Einfach die Ohren steif halten, hat er gesagt. Das war's. Er hat nich' gesagt, wer, was, wann, wo oder auf welche beschissne Weise. Halt einfach die Ohren steif! Jetzt muss ich mich aber umziehen und hier verschwinden, denn ich tät's Le Loup zutrauen, dass er den Deal rückgängig macht!«

Pooh und ich klettern aus dem Sumpf und die Böschung hoch.

»Tut mir Leid wegen deiner Sachen, Pooh.« Ich versuche, etwas Moos von ihr abzuwischen.

»Kein Problem. Aber zieh du dich lieber mal um, damit Stacey dir nich' was mit der Rute gibt, weil er denkt, du hättst versucht wegzurennen.«

»Klar, schon gut.«

Pooh tritt einen Schritt zurück und sieht mich von oben bis unten an. »Also ehrlich, du bist keine Shirley Temple nich' mehr.«

Ich schaue sie genauso von oben bis unten an. »Und du bist bestimmt auch kein solches Miststück mehr.«

Eine Weile sagen wir nichts mehr, sehen einander bloß an.

»Ich komm dich mal bei Glad besuchen, wenn ich mich in Hollywood eingelebt hab.«

»Ich werd dich besuchen!«, sage ich mit gespielt drohendem Unterton. »Ich geh auch noch zum Film!« Ich lache.

Sie streckt ihre Hand aus, ich schüttle sie, und irgendwie endet das in einer Umarmung.

»Du wirst bezahlen müssen, wenn du mich begrapschen willst«, flüstert mir Pooh ins Ohr.

»Da gibt's doch nichts zu begrapschen«, flüstere ich zurück.

Wir halten einander eine Weile fest, hören nur auf die nicht miteinander harmonierenden Rhythmen unserer Atmungsorgane.

Langsam lösen wir unsere Umarmung.

»Ich hätt ja so gern Lymons Gesicht gesehen, das kann ich dir sagen!«, ruft sie lachend.

»Ich kann nicht behaupten, dass es sich gelohnt hätte, aber ein Anblick war das schon.«

»Na, jedenfalls musst du ihn irgendwie wahnsinnig scharf gemacht haben, denn er is' wieder im Knast.«

»Wieso?«

»Ach, er war so, äh, inspiriert. Er is' ins Städtchen gefahren und hat versucht, so 'n süßes kleines Ding aufzureißen – ausgerechnet die einzige Tochter vom Sheriff. Er war noch auf Bewährung, also wird er kein Tageslicht nich' sehn bis zum Jüngsten Gericht.«

Ich zucke mit den Schultern, und Pooh zuckt mit den Schultern.

»Also, vielen Dank, Pooh.«

Pooh nickt und schickt sich an wegzugehen. »Le Loup hat dich echt nur mit Barbies bezahlt?«, fragt sie, ohne sich umzudrehen.

»Gott ist mein Zeuge.«

»Der Mann is' doch glatter als Sperma auf Goldzähnen.« Sie geht weiter.

»Halt die Ohren steif«, sage ich.

»Klar.« Sie winkt und verschwindet im hohen Gras.

Ich passe wieder regelmäßig auf, höre den CB-Funk ab und sehe mir jeden neuen Truck, der hereinfährt, genau an. Ich beobachte sogar den Nachthimmel und studiere die Gewohnheiten der verschiedenen Säugetiere, Amphibien, Vögel und Reptilien in der Gegend, da ich weiß, dass Glad sich irgendeines Choctaw-Zaubers bedienen könnte, um mir ein Zeichen zu senden.

Ich gebe das Trinken und Schnüffeln auf, und danach geht's

mir eine Woche lang schlecht, aber ich komme darüber hinweg.

Ein Monat vergeht, und als es Sommer wird, fangen die wilden Azaleen, die Breitblättrigen Kalmien, die Wasserlilien und andere Blumen an, betörend schön zu blühen.

Ich nehme jede winzige Nuance der Erde und aller Wesen um mich herum wahr. Sogar meine Freier bemerken den Unterschied.

Ich liefere alle Trinkgelder ab, die mir nun sogar die betrunkenen Trucker geben.

»Also du hopst hier ja echt rum, als ob du Feuer unterm Hintern hättest«, bemerkt Stacey, als ich zwischen seinen Beinen sitze und er mir den Kopf rasiert.

Ich nicke und verkneife mir ein Lächeln.

Nach über einem Monat ohne irgendwelche Anzeichen auf Rettung schleicht sich allerdings ein heimtückischer Gedanke bei mir ein.

Vielleicht hatte Pooh Glad gar nicht angerufen.

Wieder hatte sie sich danach erkundigt, wie Le Loup mich bezahlt hätte. Vielleicht wollte sie einfach nur herausfinden, ob nicht doch irgendwo Geld versteckt wäre.

Oder vielleicht hatte Pooh tatsächlich angerufen, aber Glad erzählt, ich sei nicht mehr da.

Je mehr ich darüber nachdenke, je öfter ich alles, was sie gesagt hat, hin und her wende, desto mehr drängt sich mir nur eine Schlussfolgerung auf: Pooh hat sich das nur ausgedacht. Warum sollte Glad nicht sofort jemanden schicken? Die Ohren steif halten?! Was heißt das? Glad hätte Anweisungen gegeben, einen Plan, eine Strategie entwickelt. Warum hatte Glad nichts über Sarah gesagt? Er hätte sie zumindest erwähnt, Pooh erklärt, wie sehr sie sich Sorgen mache, irgendwas!

Scheiße, sie hatte sich das nur ausgedacht.

Vielleicht hassen Glad und Le Loup sich ja wirklich. Vielleicht hat sie Le Loup ja erzählt, ich hätte einmal Glad gehört. Mich umzubringen wäre auch nicht viel schlimmer!

Jeden Tag verhandle ich mit mir selbst, um mich an meine Hoffnung zu klammern. Ich mache Deals mit mir, zum Beispiel, wenn es heute kein Signal von Glad gibt, werde ich akzeptieren, dass Pooh es mit der Wahrheit nicht so genau genommen hat. Und jeden Tag entdecke ich meist mindestens fünf bis zwanzig verschiedene Anzeichen, die auf eine unmittelbar bevorstehende Rettung hindeuten.

Stacey musste seinen Fernseher, sein CB-Funkgerät und seinen Sessel nach draußen stellen, weil es drinnen so erstickend heiß geworden war, dass ihm der Schweiß in Strömen heruntergeflossen war – ein kleines Rinnsal war durch den rissigen Wohnwagenboden bis zum Fundament durchgesickert. Sein Schweiß bildet eine so berauschende Mischung aus Zucker, Schmalz und Mehl, dass er wie ein Rattenfänger alle Wühlmäuse, Spitzmäuse, Waschbären, Maulwürfe, Eichhörnchen, Springmäuse, Kaninchen und Wiesel anlockt, die unter dem Wohnwagen hausen. Eines Tages strömten sie, auf der Suche nach der lieblichen Duftquelle, alle darunter hervor. Auch eine einsame Fledermaus huschte herein, um sich den berauschten Nagern anzuschließen, und da sie drinnen nichts besonders Ansprechendes fand, hockte sie sich auf Staceys Sessel und schaute sich mit uns allen die verwickelten brasilianischen Soaps an. In dieser Fledermaus erblickte ich ein Zeichen von Glad, und so traf ich Vorbereitungen für meine Rettung.

Ich hörte, dass ein weißschwänziger Hirsch eine der Lizards am Haupttruckstop bestiegen und geschwängert hätte, während sie auf dem Weg zum Diner war. Es hieß,

durch ihren geschwollenen Bauch könne man deutlich kleine Rehhufe sehen. Ich behielt mein Wissen für mich, dass da ein Choctaw-Zauber am Werk war und dass das eindeutig ein Zeichen für mich war.
Einer der Schnüffler besaß plötzlich eine Zauberbüchse Schusterleim. Egal wie viel er ausgoss und einatmete – die Büchse blieb immer voll. Ich musste an mich halten, um ihm nicht zu sagen, dass er Glading Grateful ETC… für das Wunder zu danken hätte und nicht Allah, der seiner Meinung nach dahinter steckte, woraufhin er zum strenggläubigen Moslem wurde.
Aber trotz all dieser offensichtlichen Bestätigungen, dass meine Befreiung tagtäglich unmittelbar bevorstand, ließ sich weder Glad noch sonst jemand vom Doves in der näheren Umgebung vom Three Crutches blicken.

Nachdem ich fast zwei Monate lang tausende von Zeichen, Gesten und Hinweisen bemerkt zu haben glaubte, akzeptiere ich schließlich – während ich mich mit dem Achtzigprozentigen aus dem gestohlenen Flachmann eines Truckers voll laufen lasse –, dass Pooh tatsächlich gelogen hat.
Ich sitze auf meinem Ausguck und hebe den silbernen Flachmann zu einem Toast auf Pooh. »Auf das Enthaupten von Barbies!« Ich nehme einen großen Schluck und zwinge mich, ihn hinunterzuwürgen. Noch ein Toast: »Auf Sarah.« Ein paar weitere Schlucke, und dann lege ich mich aufs Ohr und bin gleich weg unter der schweren Decke der Nacht.

Ich schnüffle weiter giftige Substanzen und trinke illegal gebrannten Whiskey mit der Zähigkeit einer in die Enge getriebenen Ratte. Um meine immer ausschweifendere Gewohnheit zu finanzieren, schiebe ich so viele Nummern, wie ich kann, und klaue so viele Brieftaschen, wie ich mich

traue. Stacey toleriert meine Diebstähle mit nachsichtiger Strenge. Immer, wenn ein Trucker sich wütend darüber beschwert, dass ich seine Brieftasche gestohlen hätte, zieht Stacey eine Show ab, indem er irgendwelchen Unsinn auf Portugiesisch bellt und nach hinten stapft, um die gestohlene Brieftasche zu holen. Während er sie zurückgibt, entschuldigt er sich vielmals dafür, dass das ganze Geld weg ist, und erbietet sich immer, den Sheriff anzurufen. Und stets weisen die Trucker sein Anerbieten verständlicherweise zurück, nehmen ihre leeren Brieftaschen und ziehen beleidigt ab.
Stacey behält das Geld und gibt mir Substanzen, die mir fast den Atem rauben.

Wenn die sommerlichen Erntefuhren weniger werden und die Winterkohleladungen erst noch bevorstehen, lässt das Geschäft nach. Die Trucker machen Urlaub und lernen ihre Familien wieder kennen. Zuweilen gibt es Tage, an denen ich in keinen einzigen Sattelschlepper klettere. Ich habe genug Kredit bei Stacey, um mir wegen des Nachschubs keine Sorgen zu machen, aber ich vermisse meine Dates. Die anderen Jungs reden immer davon, dass sie erst high werden müssen, um sie zu schaffen und dann ihre Freier zu vergessen. Aber ich bin mir ihrer gefühlvoll bewusst, und nun werde ich high, um die Zeit zwischen zwei Freiern zu füllen. Denn ganz gleich, wie rau oder hart der Trucker ist – dieser Punkt der Lautlosigkeit, dieser Augenblick, bevor sie kommen, ist der angenehmste Kontakt überhaupt, den man mit jemandem haben kann. Ich halte diese Augenblicke fest – wenn die tabak- und schmierölfleckige Hand mir liebevoll die Kehle streichelt, wenn die Lippen sich in stummer Ekstase teilen und meine Stirn küssen wie bei einem Gutenachtkuss der Eltern –, ich lasse sie in Zeitlupe wieder ablaufen, als würden sie sich mit verlangsamten, kräftezehrenden Bewegungen unter Wasser abspielen.

Als der Herbst Einzug hält und kaum irgendwelche Truckerdates Zerstreuung bieten, wickle ich mich tief in einen narkotischen Kokon, bis ich kaum noch aus dem Bett komme, selbst wenn ich eine Nummer schieben soll.

Stacey entdeckt mich im Bett. »Ich hab Le Loup angerufen, der soll sich dich mal vornehmen«, sagt er und wischt sich mit seinem gelb verfärbten Unterhemd über sein rundes Gesicht, während er die Rute schwingt.

»Okay«, murmle ich und rühre mich nicht aus meinem oberen Stockbett, von wo aus ich den Deckenspinnen dabei zusehe, wie sie an ihren vielfarbigen Netzen wie an Harfen zupfen.

»Ich hol mir doch keine Blasen mehr, um dich zu verdreschen«, sagt Stacey angewidert. »Du bist so unnütz wie Hühnerkacke auf 'nem Pumpenschwengel.« Er zerbricht die dünne Birkenrute und schlurft wieder nach draußen zu seinem Sessel. »Soll Le Loup dich doch selbst erziehen.«

»Okay«, murmle ich und versinke in einem Tapetenkleisternebel.

»Er will dich, bloß dich!« Der Dieb rüttelt mich wach.

Ich halte die Augen geschlossen und unterdrücke einen großen sauren Rülpser. »Was?«, murmle ich.

»Er will dich.«

»Le Loup will mich?«, flüstere ich und versuche mich aufzurichten. Mühsam öffne ich die Augen. Der Gedanke, dass Le Loup mich will, wenn auch nur, um mir alle Knochen im Leib zu brechen, ist irgendwie sehr tröstlich.

»Du solltest da rausgehen …« Der Dieb reicht mir die Hand und zieht mich hoch.

Wacklig lasse ich mich vom Stockbett hinunter. Ich schraube meinen Flachmann auf und erinnere mich vage, dass er leer ist. »Dieb, leih mir 'n Schluck.« Ich spüre, wie sich der Brechreiz des Entzugs bemerkbar macht.

»Wenn ich was hätt, is' längst alles weg. Geh lieber da raus. Dein Typ wird gewünscht.«

»Wie schön, dass ich dich kennen gelernt hab«, sage ich ernsthaft. Ich habe mich mit einer gewissen Gleichgültigkeit damit abgefunden, dass Le Loup mich wahrscheinlich umbringen wird. Wenn ich Glück habe, bleibt es zumindest bei schwerer Körperverletzung.

»Prinzessin!«, sagt der Dieb geringschätzig.

»Das war ich mal«, erwidere ich und stütze mich mit einer Hand ab, als ich weggehe, fix und fertig von Staceys Dresche, zu viel Bettruhe und dem ständigen Genuss von Rauschmitteln.

Als ich zu Stacey hinausgehe, schaut er sogar von seinen Soaps auf. Die Rot- und Blautöne vom Bildschirm füllen die Pockennarben in seinem Gesicht und lassen sie wie überströmende Vulkane aussehen.

»Na, so was! Du hast also beschlossen, dein' kostbaren Arsch aus dem Bett zu heben? Wie, haste keine Lust mehr, dich in den Federn herumzupelzen?«

»Wo isser?« Ich schaue mich nach Le Loups Trans Am um.

»Da drüben«, sagt er und zeigt zu unserem Parkplatz, der hinter einem kleinen Gestrüpp aus windschiefen, verkümmerten Rotfichten und verkrüppelten Gelbbirken verborgen liegt.

»Stacey, kannste mir 'n paar Schluck pumpen?« Ich packe ihn an seinem fleischigen Arm, halte ihm meinen leeren Flachmann hin und versuche, meinen einmal so unwiderstehlichen, großäugigen jungfräulichen Blick aufzusetzen, aber nach der Art und Weise zu schließen, wie er mich anstarrt, weiß ich, dass ich ihn bloß mit vorquellenden Augen verzweifelt anglotze. »Lass mich ihm doch nicht leer gegenübertreten!«

Stacey schüttelt meine Hand von seinem Arm ab und schlägt mir den Flachmann aus der Hand. »Beweg deinen Arsch hier raus, bevor ich ihn dir noch mehr versohle!«

»Bitte!« Plötzlich merke ich, dass ich eine ganz alte vertraute Angst verspüre. »Ich kann nicht ohne was gehen! Bitte! Ich krieg das Kotzen!«

Stacey entfährt ein langer Seufzer, gefolgt von einem noch lauteren Wind. »Glaub ja nich', dass das nich' auch noch auf deine Rechnung bei Le Loup kommt!«, sagt er und nestelt an dem dicken Schlüsselring, den er immer bei sich hat. Er zieht ihn an seiner Kette heraus, schließt eine große Kiste neben seinem Sessel auf, wühlt darin herum und holt einen Tonkrug heraus. Er hebt meinen Flachmann auf. Ich lecke mir die Lippen, während ich zusehe, wie er ihn füllt. Eine intuitiv klare Erinnerung an Sarahs Gesicht, das einen ähnlichen Ausdruck aufwies, wenn ein Barkeeper ihr Glas füllte, platzt in mein Bewusstsein.

Er ist kaum mit dem Einfüllen fertig, als ich mir den Flachmann an die Lippen hebe.

»Dann kannste dich ja jetzt voll laufen lassen. Schieb dein' Arsch hier raus!« Stacey greift nach der zerbrochenen Rute und wirft sie nach mir.

»Danke, Stace. Ich zahl's dir im nächsten Leben zurück«, sage ich ernst.

»Du wirst's mir sehr viel früher zurückzahlen! Und nun hau ab!«

Ich begebe mich in das kümmerliche Dickicht, wobei ich alle zehn Schritte stehen bleiben muss, um mich auf die allgemeine Richtung zum Parkplatz zu konzentrieren. Als ich auf die Lichtung gelange, sehe ich den violett glänzenden Trans Am nicht, auf den ich gefasst war. Da steht nur ein Truck, ähnlich dem, zu dem Pooh mich geführt hatte, als sie mich Le Loup auslieferte.

Ich richte mein Gesicht direkt in die Atmosphäre, als ich meinem Schicksal entgegengehe. Es ist einer dieser unheimlich schwarzen Himmel mit weißen Wolkenstreifen, die wie Bissspuren aussehen.

Ich stolpere über ein aufgeworfenes Stück Fahrbahn und fliege nach meinem Empfinden gut zehn Minuten lang über den Schotter, schlittere auf Händen und Knien wie bei einem Homerun.

Ich liege einfach da. Ich überlege, ob ich nie wieder aufstehen soll. Nie mehr bewegen. Einfach mit dem Asphalt eins werden. Ich hebe den Kopf, um nach dem Truck zu schauen. Er steht einfach da wie ein Truck auf irgendeinem Parkplatz. Ich versuche, etwas an dem Truck zu entdecken, was mir einen Hinweis darauf geben könnte, was genau Le Loup mir antun wird. Der Truck hat eindeutig etwas Düsteres, etwa wie ein Leichenwagen, stelle ich fest.

Ich verdrehe den Kopf, um zu den Wäldern zu schauen, und überlege in irgendeinem schwachen Teil meines Gehirns, ob ich nicht hinüberlaufen soll. Die Vorstellung, rennen zu müssen, egal wie weit, löst einen Brechreiz aus, und ich kotze eine gehörige Portion von meinem Drink aus.

Ich rapple mich auf, wische mir über den Mund und blase auf meine brennenden Hände. Vage bin ich mir eines feuchten, scharfen Pulsierens in meinen Knien bewusst, aber ich muss mich nicht um die Verletzung kümmern. Ich stelle mir vor, wie Le Loup mich hinsitzen lässt, meine Schrammen mit Superoxid und Mercurochrom säubert und sich hinkauert, um meine wunden Knie zu bandagieren. So wie ein Insasse der Todeszelle nach einem Selbstmordversuch ins Leben zurückgeholt wird, auch wenn er am nächsten Tag hingerichtet wird.

Die Vorstellung, dass Le Loup mich berührt, mich in jeder Hinsicht berührt, treibt mich zum Truck.

»Faustküsse«, sage ich laut, zu meiner eigenen Überraschung. »Ich will Faustküsse«, wiederhole ich, schließe die Augen und klopfe im gleichen Rhythmus an die Trucktür wie Pooh zwei Jahre zuvor.

»Ist das Sam?«, ertönt eine tiefe, undefinierbare Truckerstimme. »Ich will bloß Sam.«

»Hier is' Sam.«

»Na, los, rein mit dir«, sagt der Trucker.

Ich klettere hinauf und ziehe die Tür auf. Das Gesicht des Fahrers ist von mir abgewandt, vertieft in eine Karte, genau wie beim letzten Mal. Doch es ist ein anderer, da bin ich mir ziemlich sicher. Auch der hier trägt eine Nylonbaseballkappe mit Luftlöchern, eine aufgebauschte schwarze Bomberjacke und einen stachligen Dreitagebart und Schnurrbart, aber er hat etwas entschieden Sensibles an sich, das ich mir nicht ganz erklären kann.

»Is' Le Loup da drin?« Ich zeige zu dem Vorhang, hinter dem sich die Schlafnische des Führerhauses verbirgt.

Der Fahrer wendet sich mir zu. Verwirrung huscht über sein Gesicht.

»Du bist Sam?«

Ich nicke und starre auf den Vorhang, hinter dem Le Loup jeden Augenblick hervorbrechen muss wie eine Stripperin aus einer Partytorte.

»Der, der eine Heilige war?«

Ich nicke wieder und beginne daran zu zweifeln, dass Le Loup da hinten ist. Vielleicht wird dieser Kerl mich zu ihm fahren, an einen anderen Ort, wo man Leichen leichter loswird.

»Sollen wir nicht loslegen? Es hinter uns bringen?« Ich starre auf die dicken Leinenarbeitshandschuhe an seinen Händen.

»Na, klar. Wir fahren gleich …« Er sieht mich kopfschüttelnd an. »Du hast keine sehr gute Erziehung. Du kannst nicht Sam sein.«

»Wovon redest du da? Ich hab ’ne Erziehung gehabt. Die beste!«

»Na ja, so, wie du mich angemacht hast, das war nicht im geringsten stimulierend. Ich meine, um deine Worte zu wiederholen: ›Sollen wir nicht loslegen?‹ – das ist ja kein sehr dienliches Vorspiel.«

»Ach so, ich muss dich erst ficken?«

»Ich glaube wirklich nicht, dass du Sam bist.« Er schüttelt den Kopf.

»Ich bin dieser beschissne Sam! Hör mal, mein High lässt nach, und ich möcht das vorher lieber hinter mich bringen! Können wir also nicht einfach weitermachen?«

»Gut«, sagt er und schlägt so gar nicht nach Truckerart ein Bein übers andere, »sobald ich sicher bin, dass ich den Richtigen habe. Du bist jetzt schon der vierte Junge, den sie mir geschickt haben, und jedes Mal hab ich nach Sam verlangt. Ich bin mir nicht sicher, dass ich endlich Sam habe.« Sein Kopf schwankt von einer Seite zur anderen, als wolle er mich aus verschiedenen Blickwinkeln betrachten. »Sie haben mir gesagt, Sam sei unpässlich.«

»Ich hab dir doch gesagt, ich bin Sam!«, brülle ich und verspüre das vage Bedürfnis zu weinen.

Der Fahrer nickt, verengt seine Augen zu schmaleren Schlitzen und reibt sich über sein stoppeliges Kinn. »Okay …«, sagt er, wie jemand, der ein abstraktes Gemälde anstarrt und es schließlich zu verstehen beginnt. »Sag mal, hat sich dein Haar irgendwie verändert?«

»Mein Haar?«, sage ich und berühre es geistesabwesend, was ich im Allgemeinen vermeide, da ich mich nie an den Schock gewöhnt habe, eine raue, stachlige Oberfläche statt flaumiger Weichheit zu spüren. Mir wird klar, dass dies ein Trucker sein muss, der einmal zu mir gekommen war, um sich von mir segnen zu lassen. Seither habe ich mit ziemlich vielen meiner ehemaligen Anhänger gevögelt, und keiner hat mich je erkannt. »Früher hab ich Locken gehabt, lange goldene Locken.« Ich seufze. »Tja, ich war das. Die heilige Sarah.«

»Die heilige Sarah?« Er fängt zu lachen an. »Die heilige Sarah?!«

»Bringst du mich nun zu Le Loup oder nicht?«

»Du möchtest, dass ich dich zu Le Loup bringe?«

»Es ist mir scheißegal, wohin du mich bringst«, sage ich und hocke mich auf den Metallboden des Führerhauses, da ich nicht mehr stehen kann.

»Wie wär's denn mit nach Hause?«, sagt eine andere Stimme. Ich schaue auf und erblicke Pie, vom Doves, die in ihrem kompletten japanischen Geishagewand den Vorhang zum Führerhaus aufhält.

Ich schüttle den Kopf und denke, verdammt, was hat Stacey mir da eingegossen!?

»Ich schätze, du bist sicher, Pie, wie?«, sagt der Trucker, dessen Stimme wie ein wilder Hüpfball in null Komma nichts von einer guttural tiefen in eine girrend hohe Lage springt.

»Ich bin sicher«, sagt die Pie-Erscheinung, »aber ich sehe, warum du verwirrt warst.«

»Also gut, dann nehm ich mal dieses Zeug ab«, sagt der Trucker mit weiblicher Entschiedenheit und beginnt die Stachelhaut von seinem Gesicht zu pellen.

»Mir wird schlecht«, sage ich und stecke den Kopf zwischen die Beine.

Als ich wieder aufschaue, sehe ich, wie der Trucker seine Kappe abnimmt und eine üppige honigblonde Haarmähne herabwallen lässt.

»O mein Gott«, murmle ich und unterdrücke einen Brechreiz, während ich zusehe, wie sich der Trucker in Sundae verwandelt.

»Ich weiß, ich muss furchtbar aussehen«, sagt das Sundae-Trugbild. »Aber nicht halb so schlimm wie du. Du siehst ja schlimmer aus als ein mit Stacheldraht zugenähter Bärenhintern.«

»Schätzchen, versuch doch bitte, nicht hier drin zu kotzen.« Das Pie-Gespenst bewegt sich. »Das ist ein geliehener Truck. Und ich weiß, er wird uns die nachhaltigen weiblichen Düfte verzeihen, aber keine Kotze.« Ich höre das Rascheln ihrer Robe, als sie sich nähert. »Du meine Güte! Ich kann's einfach nicht glauben, dass du's bist. Cherry?« Sie tätschelt mir die Schulter. »Cherry Vanilla?«

Ich hebe langsam den Kopf und schaue zu Pie hoch. »Das ist kein … ich halluziniere nicht?«

»Ach, Baby!« Pie hockt sich neben mich. »Ach, Baby! Was haben sie dir angetan? Was hat dieses Monster Le Loup gemacht?«

»Was, in Teufels Namen, hat er getan?!«, echot Sundae.

Ich sehe, wie sie die Arbeitshandschuhe abstreift und ihre zierlichen, perfekt manikürten Hände enthüllt.

Ich klammere mich an Pie wie ein Äffchen an seine Mama und vergrabe mein Gesicht in den kostbaren, nach Mandarinen duftenden Seidenfalten ihres Kimonos.

»Ich weiß, ich weiß«, sagt sie und fährt mir mit der Hand durchs Haar.

Seit Le Loup es abgeschnitten hat, habe ich niemandem mehr erlaubt, mein Haar zu berühren. Ich musste eine Mengel Prügel von Freiern und von Stacey einstecken, weil ich die Hände der Kunden weggeschlagen habe, die meinen Kopf berühren wollten, um ihn nach unten zu drücken.

»Sie können mich an meinen Ohren anfassen, als ob ich eine Suppentasse wäre, aber ich will nicht, dass sie mein Haar anfassen!«, musste ich Stacey nach jeder Beschwerde erklären. Schließlich lernte ich, ihre Hände anmutig wegzunehmen und geschickt zu meinem Nacken umzudirigieren.

Ich lasse mir von Pie übers Haar streicheln, lasse es zu, dass ihre sensiblen Finger die von Le Loups Springmesser herrührenden Wulstnarben auf meiner Kopfhaut ertasten und massieren.

Ich muss ziemlich lange geweint haben, denn als ich endlich mein Gesicht aus Pies Kimono hebe, weist er einen langen dunklen Fleck auf und klebt an ihren Schenkeln wie ein nasses Handtuch.

»Deine armen Hände«, sagt Pie und untersucht die rissige Haut meiner Handflächen. »Wir werden uns darum kümmern müssen, wenn wir erst unterwegs sind.«

»Klar, lasst uns lieber von hier verschwinden«, sagt Sundae. Sie hat die schweren Ben-Davis-Jeans, die Bomberjacke und die Stiefel ausgezogen und trägt nun ihr übliches Cheerleader-Outfit, wenn auch kein sehr bombastisches, sondern eine eher zweckmäßige Uniform, die sich für eine Flucht eignet.

»Natürlich, wir haben neunzig Minuten von diesem widerlichen kleinen Mann gekauft.« Pie schüttelt voller Abscheu den Kopf. »Und die Zeit dürfte ungefähr um sein.«

»Ich hab dir doch gesagt, wir hätten mehr Zeit kaufen sollen«, sagt Sundae und lässt sich wieder auf dem Fahrersitz nieder. »Schließlich ist er ja nicht gerade teuer! Nichts für ungut, Cherry-Schätzchen, aber sie verkaufen dich hier weit unter Marktwert.«

»Wie habt ihr herausgefunden, dass ich hier bin? Hat Pooh euch angerufen?«

»Ich glaube, das war der Name der Anruferin, den Glad genannt hat«, sagt Sundae und beugt sich erneut über die Karte, die sie dann mühelos wieder zu dem ursprünglichen kleinen Rechteck zusammenfaltet.

»Wieso habt ihr so lange gebraucht?«, sage ich und zwinkere mehrmals, um mich davon zu überzeugen, dass sie wirklich da sind.

»Glad wollte so lange warten, bis er herausgefunden hatte, wann Le Loup weg sein würde«, sagt Pie.

Sundae setzt ihre Kappe wieder auf, aber ihr Haar wallt in seiner ganzen Pracht darunter hervor. »Glad hat gemeint, wir könnten leicht mit einem Haufen inzestuöser Gebirgsdeppen fertig werden. Aber er würde niemanden schicken, um es mit Le Loup aufzunehmen.«

»Na, hoffentlich müssen wir es mit niemandem aufnehmen«, sagt Pie und bedeutet mir, mich zwischen ihnen auf den Boden zu legen. »Wir werden einfach hier rauskrabbeln wie ein Käfer auf einem Teeblatt.«

»Also ist Le Loup weg?«

»Jawoll!«, sagen beide wie aus einem Mund.

Sundae holt ein Paar hochhackige Pumps unter ihrem Sitz hervor und schlüpft hinein. »Genau die richtigen Schuhe zum Fahren«, sagt sie. »Okay, denn man los ...« Sundae knipst ein paar Schalter an. »Norm von der Garage hat uns dieses Baby geliehen und es so manipuliert, dass wir so leise hinauskreuzen können wie« – sie grinst Pie an – »wie ein Käfer auf einem Teeblatt.«

Pie nickt zustimmend.

Ich schaue durch die Windschutzscheibe und halte den Atem an, als wir direkt auf eine Baumgruppe zusteuern.

»Huch«, kichert Sundae und bringt den Truck wenige Zentimeter vor den Bäumen sacht zum Stehen. »Glad hat diese Gegend ausgekundschaftet. Er hat gewusst, dass wir die hier brauchen würden.« Sie nimmt aus dem Handschuhfach eine Brille mit einem ziegeldicken Aufsatz. »Glad hat sie sich von einem unserer DEA-Kunden geliehen.« Sie setzt sich die Brille auf. »'ne Nachtsichtbrille ...« Sie fummelt kurz daran herum. »Ah, jetzt kann ich alles sehen.« Sie lässt den Truck wieder an.

Ich klammere mich an den Sitz, als Sundae an den Bäumen und Dornbüschen vorbeisteuert. Ich halte den Atem an, während wir geräuschlos auf die kleine unbefestigte Straße einschwenken, die zur Autobahn führt. Ich drehe mich zum Seitenfenster um und kann Stacey immer noch dasitzen sehen, wie er seine theatralischen Soaps genießt.

»Oh, klasse! Es funktioniert!«

»Na, logisch. Glad hat alles geplant. Willst du was trinken?«, fragt Pie.

»Darauf kannste ein' lassen!« Ich taste meine Taschen nach meinem Flachmann ab und kann ihn nicht finden. Nur mein Waschbär-Penisknochen steckt in meiner Gesäßtasche. Ich werfe den Knochen auf den Boden und durchsuche meine Taschen weiter. In einem Anfall von panischer Angst geht mir auf, dass mir der Flachmann aus der Tasche gefallen sein muss, als ich hinfiel. Für den Bruchteil einer Sekunde will ich sie schon fast auffordern anzuhalten, damit ich ihn holen kann. »Oh, Scheiße!«

»Oje, du bist ja wirklich ganz schön vulgär geworden!« Pie seufzt und hebt eine silberne Thermosflasche hoch.

Erleichterung überkommt mich, als sie mir den kleinen silbernen Deckelbecher reicht.

»Aus dir wurde ja ein richtiger ...«

»Junge«, vollendet Sundae für sie. »Oh! Tut mir Leid. Ich wollte das nicht sagen. Ich möchte dich nicht beleidigen.«

Pie gießt etwas in den Becher, was wie ein schöner erwärmter brauner Bourbon aussieht.
»Ich weiß«, sage ich. »Aber ich werde nach Hause fahren, und alles wird wieder normal.«
»Aber sicher doch«, sagt Sundae übertrieben fröhlich. »Schau mal, da draußen …«
Ich schaue von meinem Drink auf und sehe nicht weit vor uns die Leuchtschriftschilder der Interstate-Autobahn schimmern.
»Mein Gott, ich will heim.« Ich nippe an dem Drink und verschlucke mich beinahe. »Was is' 'n das?«, sage ich und wische mir über den Mund.
»Pflaumentee. Hausgemacht«, sagt Pie und sieht mich verwirrt und dann verletzt an. »Ich habe ihn extra für dich gemacht. Pflaume ist gut für die Verdauung, und ich hab mir gedacht, dass du wahrscheinlich nicht sehr gut gegessen hast – schließlich ist das hier das Zentrum vom Bärlauch-County.«
»Ich hab Bollys Kochkunst schrecklich vermisst.«
»Es gab vor kurzem einen Artikel über ihn in der Zeitschrift *Gourmet.* Inzwischen muss man sich im Doves schon im Voraus einen Tisch reservieren lassen. Aber natürlich sind alle Leute von Glad jederzeit willkommen, und CB-Reservierungen haben Vorrang«, erklärt Pie.
»Du hast nich' was anderes zu trinken?«
»Was denn, etwa Whiskey? Den hab ich doch gleich an dir gerochen.«
»Ich hab ihn sogar schon gerochen, bevor er eingestiegen ist«, sagt Sundae lachend. »Nee, so was haben wir nicht. Nur Pflaumentee und belegte Brötchen!«
»Möchtest du ein Brötchen?« Pie greift nach einer Blechbüchse zu ihren Füßen.
Ich schüttle den Kopf. Ich sehne mich nach einem Drink.

Ich brauche einen Drink, um die Worte herauszubringen, die mir auf der Zunge liegen, seit mir klar geworden ist, dass dies alles gar keine Wahnvorstellung ist.

Ich räuspere mich. »Und wie geht's Sarah? Wie geht's meiner Mutter?«

»Phantastisch!« Sundae hüpft auf ihrem Sitz herum. »Wir haben's geschafft!« Die Lampen der Autobahn strahlen und blinken über uns wie ein lang gezogener Heiligenschein. Sundae hopst erneut auf ihrem Sitz herum, und dabei bricht der zwölf Zentimeter lange Absatz ihres an den Zehen offenen Slingpumps ab, ihr Fuß rutscht nach vorn, landet auf dem Gaspedal, und ihr Oberkörper wird auf die Hupe gedrückt.

Die röhrende Hupe war das Einzige an diesem Truck, das Norm von der Garage nicht zum Flüstern gebracht hatte. Der Truck vibriert unter dem nicht enden wollenden Bassposaunengeheul.

»Ich häng fest!«, schreit Sundae, um das Blöken der Hupe zu übertönen. »Ich krieg meinen Arm nicht mehr raus!«

Pie springt auf und zerrt an Sundaes Arm, der irgendwie mit dem Lenkrad verwoben ist, als wär's ein Stück Makramee. Beide stehen da und ziehen und zerren, bis sie rückwärts taumeln, als Sundaes Arm freikommt.

Als die Hupe verstummt, herrscht betäubende Stille.

»Verdammt, lass uns bloß hier wegkommen«, sagt Sundae.

Als ich in der Ferne die Luftschutzsirene höre, bin ich nicht überrascht. Mir wird klar, dass ich die ganze Zeit schon darauf gewartet habe. Es ärgert mich bloß, dass ich mich tatsächlich dazu hatte verleiten lassen zu glauben, ich könnte heimfahren.

Ich sehe, wie Pie und Sundae vor panischer Angst den Mund aufreißen, als uns das Sirenengeheul wie die Feuerwalze nach einer Grubenexplosion einholt. Ich sehe, wie ihr sonst so sacht ausgewogenes geschmeidiges Verhalten von ihnen abfällt und von unsicheren, hysterisch steifen Bewegungen abgelöst wird.

»Wir haben wenigstens einen guten Vorsprung vor ihnen!«, schreit Sundae, als ob die Hupe noch blöken würde.

Der Truck donnert um die bergigen Kurven herum, Felsbrocken spritzen wie Projektile hinter ihm weg, als die Hinterreifen über die Straße schlingern.

»Sie sind da!«, ruft Sundae, als ob eine Heimmannschaft gerade einen Touchdown erzielt hätte.

»Ich dachte, sie würden länger brauchen, um uns einzuholen«, sagt Pie und gewinnt nach einem Blick in den Seitenspiegel ihre Fassung zurück.

»Vielleicht solltest du einfach rechts ranfahren und mich rauslassen«, sage ich und kann mir dabei nichts anderes vorstellen, als dass ich zurückgehe und meinen Flachmann wiederfinde.

»Scheiß drauf!«, sagt Sundae mit einer tieferen, eher maskulinen Stimme. »Ich bin schon zu spät dran für so ein Date!«

»Her mit dem CB!«, sagt Pie ebenfalls in einem männlichen Tonfall, und greift mit einem energischen Selbstvertrauen, das ich ihr nie zugetraut hätte, nach dem CB-Funk-Mikro. Ich ahne, dass ihre spastischen Gefühlsaufwallungen, die ich gerade erlebt habe, eine umgekehrte Metamorphose darstellen – als ob zwei Schmetterlinge rückwärts in ihren Kokon zurückgesaugt würden, um sich als gelassene, unerschütterliche Raupen daraus herauszuwickeln. Ich beuge mich vor, um in den Rückspiegel zu schauen, und sehe in einem roten Pick-up hinter uns Stacey mit einer Schrotflinte sitzen, den mächtigen Schädel aus dem Fenster gelehnt und den Mund weit aufgerissen wie ein Hund, der in den Wind heult.

»Sie haben uns gleich«, sage ich und versuche, meine panische Angst zu unterdrücken.

Bei einem zweiten Blick in den Rückspiegel bemerke ich einen weiteren Pick-up direkt hinter dem ersten. Ich erinnere mich, wie Stacey uns warnend darauf hinwies, Le Loup würde jedem tausend Dollar zahlen, der flüchtende Lizards lebendig wieder einfinge. Und ich erinnere mich auch, wie Stacey damit angab, dass er einen Großteil seiner verschiedenen Fangprämien dafür verwendet hätte, seinen Pick-up zu tunen, um sich weitere Fänge zu sichern.

»Das schaffen wir nie!«, sage ich.

»Du bist doch kein kleiner Junge«, ermahnt Sundae mich und lässt den Truck um einen steilen Abhang herumschwenken, als wir zum Cheat Mountain hochfahren.

Pie sagt ins CB-Mikro: »Break eins-neun, break eins-neun.«

»Schieß los, Breaker«, ertönt eine körperlose Stimme aus dem CB-Lautsprecher.

»Hier Asia Cakes. Ninah Waya, hast du deine Lauscher an?«

»Verstanden. Wie is' deine Position?«, lässt sich eine andere Männerstimme knackend vernehmen.

»Ich komm gleich über den Pass, mit einem Pick-up-Konvoi an unsrer Hintertür.«

»Klar, roger.«

»O Scheiße!«, brülle ich, als Staceys Pick-up rechts neben uns fährt.

»Wir fahren wie die Gesengten, und der Zweiachser ist dabei, meine Türen abzufahren«, sagt Pie ins Mikro.

»Roger«, erwidert die körperlose Stimme erneut.

»Er hat 'ne Flinte«, rufe ich. Während er neben uns fährt, bemüht sich Stacey, mit seiner Schrotflinte auf uns zu zielen.

»Da spielt 'n Pick-up Entenjagd«, sagt Pie ins CB-Mikro.

»Keine Angst. Der traut sich doch nicht, auf der Interstate eine Schrotflinte zu benutzen«, sagt Sundae und zieht eng um eine Kurve, wobei ihre zarten Muskeln hervortreten.

»Ich hab meinen Flachmann verloren«, sage ich, so ruhig ich kann. »Vielleicht kann ich ja mit ihnen zurückfahren und meinen Flachmann holen, und ihr könnt mich später abholen.«

Die sonst so weichen Züge in Pies Gesicht verziehen sich zu einer angespannten ungläubigen Miene, als sie sich mir zuwendet, und erstarren dann zu einem festen Knoten aus Kummer, Sorge und einer so großen Enttäuschung, dass ich mich ganz und gar verloren und hoffnungslos fühle und nur noch würgen kann.

Wir hören ein lautes Krachen wie von einem M-80.

»Er schießt auf unsere Reifen«, sagt Sundae sachlich, »was ich für ein sehr unhöfliches, um nicht zu sagen unpassendes Verkehrsverhalten halte.«

Sie kurbelt am Lenker und lässt unseren Truck gegen Staceys Pick-up krachen.

»Äh, Ninah Waya, wir hatten hier einen kleinen Zwischenfall. Pick-up spielt Zielübung, auf unsere Skater, und hat das Zartgefühl vom Tag des Herrn zutiefst verletzt, und jetzt spielen wir Autoskooter und werden sie zerlegen.«

Ich sehe, wie Staceys Wagen ins Schleudern gerät. Der Geruch von verbranntem Gummi liegt in der Luft.

»Roger, Asia Cakes, du hast 'ne reelle Chance, dein Verkehrshindernis bis zum nächsten Halt bei Meile dreiundvierzig auf Abstand zu halten, und die Wiegestation ist ganz sauber, verstanden.«

»Klar, roger.«

Ein Schuss dröhnt in unserer Nähe, gefolgt von einem lauten Knall. Unser Truck gerät ins Schleudern und rutscht auf den gekiesten Seitenstreifen.

»Der Wadenbeißer hat uns einen Platten verpasst, und wir sind gerade übers Bankett geraten«, sagt Pie ins Mikrofon.

»Jo, roger, wie is' eure Position?«

»Wir überqueren gleich das Perlentor. Bis dann.«

»Gute Fahrt und viel Glück.«

Pie schaltet den CB-Funk aus und steht auf. Auf erstaunliche Weise hält sie in dem schaukelnden Führerhaus das Gleichgewicht. Anmutig lüpft sie ihren Kimono und entblößt ein schwarzes Seidenhöschen, das elegant mit Feuer speienden Drachen bestickt ist.

Ein weiterer Schuss ertönt.

»Dieser Mann ist so hässlich«, sagt Sundae und deutet durchs Fenster auf Stacey, »dass einem direkt schlecht wird.« Sie rammt erneut den Pick-up. »Pie, Schätzchen, ich weiß ja, dass ein wilder Mann aus dir das Beste rausholt, aber das ist nicht der richtige Zeitpunkt«, sagt Sundae lachend.

Pie lächelt gutmütig und greift weiter in ihr Höschen und kramt zwischen ihren Beinen herum. »Ich verstehe mich sehr gut darauf, meine Schätze festzuschnallen«, sagt Pie zu mir. »Und ich weiß auch genau, wann ich sie rausholen muss.« Sie zieht eine kleine, schlanke Pistole heraus, dann fummelt sie in ihrem Kimono herum und bringt ein Magazin zum Vorschein, das sie in die Pistole einlegt.

Pie hüllt sich wieder in ihren Kimono, lehnt sich aus dem Fenster, und bevor ich es so richtig mitbekommen habe, hat sie das ganze Magazin leer geschossen. Ich höre, wie Räder schlittern und quietschen.

Pie greift wieder in ihre Unterwäsche, holt ein neues Magazin hervor und feuert eine weitere Salve ab.

»Die beiden Pick-ups rollen jetzt auf ihren Radkappen«, erklärt Pie und winkt ihnen ein anmutiges Lebewohl zu.

Ich ziehe mich hoch und sehe, wie Staceys Fahrer versucht,

ihren Pick-up mit den platten Vorderreifen unter Kontrolle zu halten.

»Ich treff mich immer mit einem Samurai, der mit einer Minifünfundvierziger arbeitet. Er sagt, Schwerter sind out. Er hat die hier sogar mit einer Nachtsichtzielvorrichtung für mich ausgestattet«, sagt Pie über die Schulter. »Mein Gott, ich liebe es, diesen Mann schießen zu sehen«, seufzt sie und feuert noch ein paar Schüsse ab.

»Pie, da vorn ist es – das Perlentor. Jetzt geht's um alles oder nichts«, sagt Sundae, und ihre Stimme klingt ungewohnt gedämpft.

Pie drückt die Waffe an ihre Hüfte und wirkt zum ersten Mal besorgt. Ich ziehe mich hoch und sehe die Cheat-Brücke vor uns aufragen.

»Bereit?«, fragt Sunday vor der grauen Eisenkonstruktion und bremst den Truck ab wie ein Bulle, der kurz vor einer Attacke innehält. Pie und ich nicken, dann holen wir so viel Luft, wie wir können, und blasen die Backen auf wie Eichhörnchen beim Hamstern. Vorsichtig fahren wir auf die Brücke.

Wir alle kennen die Geschichten von den Fahrern, die es nie über den Cheat River geschafft haben.

Manche sagen, es sei der Geist all der Pioniere, die einst den ruhigen und trägen Cheat River mit ihren Planwagen durchqueren wollten, als er sich plötzlich eifersüchtig aufbäumte und ihre Zukunft unter seinen cholerischen Wellen begrub.

»Diese ertrunkenen Siedler werden nicht so ruhig daliegen und euch einfach auf die bequeme Weise rüberlassen«, pflegte Glad alle Lizards zu warnen, die einen Trip über die Cheat-Brücke vorhatten. »Und auch all die Indianer nich', die beim Bau dieser Brücke umgekommen sind.«

Wir alle haben die Geschichten über die Fahrzeuge gehört,

die ohne jeden erfindlichen Grund plötzlich einfach von der Brücke runterfuhren und in den Cheat stürzten. Egal, wie hoch sie die Schutzgeländer bauen, egal, wie griffig sie den Fahrbahnbelag machen, und egal, wie niedrig die vorgeschriebene Höchstgeschwindigkeit ist – nichts konnte die Toten des Cheat daran hindern, sich weitere Gesellschaft herunterzuholen.
Man kann nichts weiter tun, als beim Überqueren den Atem anhalten und hoffen, dass einen die Toten als einen der ihren passieren lassen. Wie ich gehört habe, sollen die Fahrer, die die Cheat-Brücke auf ihrer Tour regelmäßig überqueren müssen, ein so außergewöhnliches Lungenvolumen entwickelt haben, dass sie dem großen Houdini Konkurrenz machen könnten.

Ich schaue hinunter und sehe, wie der Cheat River unten über sich selbst stolpert und Gischtfäden in die Luft schickt wie kleine Quallententakel.
Der Truck rattert über die metallenen Noppen des Fahrbahnbelags und macht es mir noch schwerer, den Atem anzuhalten.
Ich schaue nach hinten und sehe, wie Staceys Pick-up am Anfang der Brücke stehen bleibt. Sein ganzes Gesicht bläht sich auf wie ein Dudelsack, als auch er tief Luft holt.
Ich klammere mich fest an die Rückenlehne und überlasse mich den Vibrationen der Brücke, die alle natürlichen Laute und Sinnesempfindungen meines Körpers überlagern.
Auch Pie und Sundae sind still. In ihren roten Gesichtern spiegelt sich ihre grimmige Entschlossenheit wider, die andere Seite ohne frischen Sauerstoff zu erreichen.
Ich verdrehe die Augen nach innen und kämpfe mich am Brummen unserer Räder auf der Brücke, am Tosen der

hungrigen Strudel unter uns und an den stöhnenden Stimmen aller Toten vorbei, die so überwältigend erbärmlich nach ihren verlorenen Mamas und Papas und Babys rufen, dass man vor Entsetzen versucht ist, nach Atem zu ringen. Ich sehe Sarahs Gesicht vor mir, wie ich es einst wiegte, als sie zu atmen aufgehört hatte, während die Nadel noch in ihrem Arm steckte und leckte wie ein roter Füller. Ich hielt den Atem an, als die Sanitäter sie bearbeiteten, bis sie sich mit einem plötzlichen Ruck aufsetzte wie ein Sämling in einer Zeitrafferaufnahme, dessen Köpfchen aus der Erde schießt. Sie sah mich an, mit Augen, die ganz wild waren von den Geheimnissen des Todes, und sagte: »Ich bin wegen dir zurückgekommen.«
Sie hat diese Worte nie wieder ausgesprochen, selbst wenn sie immer wieder wegen mir zurückkam und mich lässig wie einen an einer Garderobe vergessenen Schal bei den verschiedenen Kinderheimen oder Pflegestätten abholte, in den verschiedenen Staaten, in denen ich zurückgelassen wurde, wenn eine neue Ehe, die so vielversprechend erschienen war, sich als so unnütz erwies wie die Früchte des Giftsumachs. In meinem Kopf beruhige ich die Toten. Meine Entschlossenheit, bei meiner Mutter zu sein, gibt meiner Lunge all die Luft, die sie braucht.
Ich mache die Augen auf und sehe die elfenbeinfarbenen Blüten der Stolzen Lilie am Ende der Brücke winken wie eine Ansammlung weißer Mönchskapuzen, die sich wie Kapitulationsfahnen beugen.
»Warum kommst du immer wieder wegen mir zurück?«, hatte ich sie einmal gefragt, als sie in der flüchtigen Welt eines alkoholumnebelten Bewusstseins auf dem Bett lag.
Langsam rollte sie den Kopf zu mir herum, langte mit einem Arm um meinen Nacken und zog mich zu sich, als sammle sie gewonnene Pokerchips ein. »Man braucht

jemanden, der weiß, wer man ist«, sagte sie lachend und drückte meinen Kopf sanft herunter, bis er neben ihr lag.
Das Weiß der Lilien wird so intensiv wie der schmerzhafte Druck der Luft, die meiner Lunge entweichen will.
»Ich weiß, wer du bist«, sage ich, atme heftig aus und lasse mich von den einsamen Toten nach unten ziehen.

»Wir haben den Cheat überquert«, sagt Pie, die meinen Kopf auf ihrem Schoß hält.
Ich schüttle den Kopf und merke, dass wir noch immer im Truck sind, noch immer fahren.
»Bist du okay?«, erkundigt sie sich und wischt mir mit ihren glatten Fingerspitzen über die Stirn. »Du bist ohnmächtig geworden. Wir hätten dich nicht die Luft anhalten lassen sollen.«
»Ist Stacey in den Cheat gefallen?«, will ich wissen.
»Schön wär's!« Sundae lacht. »Er fährt noch immer irgendwo hinter uns auf seinen Achsen! Aber wir sind immerhin fast zu Hause. Schau!«, ruft Sundae und deutet hinaus.
Pie hilft mir hoch, aber statt des rosa Neonschilds vom Doves sehe ich gelbe Schilder, die eine Wiegestation ankündigen und alle Trucks zum Anhalten auffordern. Als wir auf die Waage fahren, informieren blinkende gelbe Lampen uns, dass die Station geschlossen ist.
»Geschlossen«, sage ich zu Sundae und ärgere mich, weil sie mir versprochen hat, mich nach Hause zu bringen.
Sundae bremst ab und lenkt den Truck in die Station.
»Sie werden uns dahinein folgen«, sage ich und zeige auf Staceys Pick-ups, die im Rückspiegel ganz klein zu sehen sind.
»Das hoffe ich doch«, sagt Sundae grinsend.

Langsam rollen wir über den leeren Parkplatz.

Ich höre, wie Stacey mit seiner Schrotflinte Warnschüsse abgibt, aber er ist noch zu weit weg, um uns zu treffen.

»Ist der aber gereizt!« Sundae lacht, steuert den Truck auf einen Abstellplatz unter einer schwachen Neonlampe und parkt.

»Das war schon irrer als ein Hund auf einem toten Frosch«, sagt Sundae und öffnet die Beifahrertür für Pie.

»Wollt ihr mich zurückgeben?«, frage ich mit einer vagen Hoffnung, denn ich kann mir einfach nicht vorstellen, die ganze Strecke bis zum Doves Diner nur mit Pflaumentee durchstehen zu müssen.

»Komm, steig mit mir aus.« Pie bedeutet mir, ihr die Hand zu geben. Ich strecke sie ihr entgegen und bin nicht überrascht, als ich sehe, wie sie leicht zittert.

»Ich glaube nicht, dass das von den Nerven kommt«, sagt Sundae, als sie meine Hand sieht.

Ich vernehme ein Scharren und Quietschen – das müssen Stacey und sein Tross sein, die auf den Felgen fahren. Ich folge Pie aus dem Truck und in das finstere Innere der geschlossenen Station. Ich sehe keine weiteren Fahrzeuge außer Staceys Pick-ups, die direkt auf uns zufahren. Völlig ungeschützt gehen wir ins Freie auf den verlassenen Parkplatz. Ich halte Pies Hand und spüre, wie das Zittern meinen ganzen Körper erfasst.

»Stacey wird uns wie Melonen auf einem Zaun abknallen«, flüstere ich Pie zu.

»Na, klar, Schätzchen, na, klar doch.«

Ich höre, wie Staceys Pick-up auf uns zufährt.

»'tschuldigen Sie, Ma'am«, brüllt Stacey aus seinem rollenden Wagen.

»Ja?« Pie dreht sich nach dem sich nähernden Pick-up um. Ich trete hinter sie, ein etwas hilfloser Versuch, mich zu verstecken. Staceys wieherndes Lachen hallt über den Parkplatz. Die Pick-ups halten neben uns.

Stacey und sein Begleiter, ein Tankwart vom Three Crutches, steigen aus ihrem Pick-up.

»Hi.« Ich winke Stacey vertraulich zu, aber er ignoriert mich.

Wie bei einem Hund, der das Knirschen eines Büchsenöffners hört und sich gierig die triefenden Lefzen leckt, bewirkt allein schon das Klirren von Staceys großem Schlüsselbund an seiner Hose, dass meine trockene Kehle schnalzt und meine Nase vor rauschhaftem Verlangen bebt.

Zweifelnde Begriffsstutzigkeit macht sich auf Staceys Gesicht breit. »Ma'am. Tut mir Leid, Sie zu stören«, sagt er mit kaum verhohlenem Sarkasmus, »aber ich glaube wirklich, Sie haben da etwas, was mir gehört.« Er deutet mit dem Kopf auf mich.

»Was, dieses kleine Strichbaby?«, sagt Pie und hält meine Hand hoch wie eine Mutter, der man gerade mitgeteilt hat, ihr Kind habe irgendetwas angestellt.

Der Tankwart hält die Flinte an seiner Seite, und ich bemerke, dass sein Finger fest um den Abzug liegt.

»Ist der Fahrer im Truck? Ich würd gern ein Wörtchen mit ihm reden«, sagt Stacey wie ein Schulrektor.

»Ach, ich schätze, er ist noch im Truck«, sagt Pie und deutet hinter sich.

Stacey sieht seinen Begleiter ungläubig an und gibt ein kaltes, hartes Lachen von sich. Pie stimmt ein, was Stacey verstummen lässt.

»Was soll das?«, will er wissen, und sein Gesicht erstarrt, bis auf seine Backen, die noch vor Lachen zucken. »Vielleicht können Sie mir helfen. Schauen Sie, jemand klaut einen meiner Jungs, ich muss mich mitten in der Nacht auf die Jagd machen, meine Reifen werden zerschossen, und nun steh ich hier und mach mit irgendner orientalischen Geisha Smalltalk, als ob wir alle grade zu einem Picknick unterwegs wären. *Voce e um maluco e tambem um sete um!*«, sagt Stacey und saugt an seinen Zähnen wie die Schurkin aus seiner portugiesischen Seifenoper. Ein unheimlicher Stolz durchzuckt mich, dass Stacey so etwas wie sarkastischen Humor aufbringen kann, und das ist normalerweise nicht seine Stärke. Endlich machen sich seine portugiesischen Sprachkassetten bezahlt.

»Das mit Ihren Reifen tut mir schrecklich Leid. Aber haben Sie nicht zuerst geschossen?«, fragt Pie, und fast erwarte ich, dass sie ihm mahnend auf die Finger klopft.

»Schätzchen, ich weiß nicht, wer du bist, aber jetzt bist du das Eigentum von Le Loup vom Three Crutches. Und ich schlage oder erschieße keine Weiber, aber Le Loup hat keine solchen Skrupel, also versuch dich vielleicht jetzt schon mal zu beherrschen.«

Pie nickt auf unterwürfige Geishaart.

»Los, jetzt schnappen wir uns den Fahrer.« Stacey nickt, und der Tankwart stupst uns mit der Flinte in Richtung Truck.

Schweigend gehen wir hinüber. Nur das Klacken der Männerstiefel und das weiche Tappen von Pies Geishaslippers untermalen die sanfte Brise, die den Abfall vor sich herweht, und das Trippeln und Huschen kleiner Säugetiere, die hinter dem Müll herjagen. Es ist zu bewölkt, um auch nur einen Stern auszumachen.

Ich möchte Pie mit irgendeiner Geste mein Bedauern signalisieren, bin aber von dem überwältigenden Gefühl benommen, dafür verantwortlich zu sein, dass nun auch sie und bald auch Sundae gefangen sind und höchstwahrscheinlich das gleiche unausweichliche Schicksal ertragen müssen wie ich.

Ich beschließe, meine aufkommende Übelkeit stoisch zu ertragen und Pie und Sundae zu schützen, wie ich nur kann. Ich drücke Pies Hand und will ihr damit ein Gefühl der Beruhigung vermitteln, aber sie glaubt wohl, meine Hand würde ihrem Griff entgleiten, und daher drückt sie mir ebenfalls rasch tröstend die Hand.

Wir gelangen zur Fahrertür des Trucks, und Stacey stellt sich neben uns. Der Tankwart hebt die Flinte. »Klopf an«, befiehlt Stacey Pie.

Pie macht eine kleine Verbeugung und klopft.

Keine Reaktion. Ich frage mich, ob Sundae geflohen ist. Stacey nickt Pie zu, noch einmal zu klopfen. Das tut sie, und noch immer kommt keine Antwort.

»Mach die Tür auf«, befiehlt Stacey Pie.

»Wie Sie wünschen, Sir«, sagt Pie und zieht die Tür auf.

Auf dem Fahrersitz hockt ein Trucker, das Gesicht von uns abgewandt. Erst denke ich, es ist Sundae, aber an der Art, wie die Bomberjacke um die Schultern spannt, merke ich, dass es jemand anderes ist.

»Heb die Hände hoch und lass deine Waffen fallen«, sagt Stacey, genauso, wie er es in all den Copthrillern gehört hat.

»Aber du weißt doch, dass ich das nicht tun könnte«, sagt eine vertraute Stimme. Mir zieht sich das Herz zusammen, weil ich glaube, das muss Le Loup sein, der uns einen Streich spielen will.

»Ich blas gleich 'n neues Fenster in dich rein, wenn du nicht tust, was ich dir sage«, poltert Stacey los.

»Tu, was du nicht lassen kannst«, sagt die Stimme.

»Ich mach keine Witze! Ich werd dich gleich rauspusten!«, kreischt Stacey.

»Stacey, ich geb dir 'n Schuss frei. Und danach bin ich dran.« Der Fahrer dreht sich um und erhebt sich. Benommen erkenne ich, dass Glad da steht. Sein großer Waschbär-Penisknochen baumelt ihm zwischen seinen beiden Lederbeuteln um den Hals.

»Glad?«, ruft Stacey. »Glad?« Er drückt dem Tankwart die Waffe nach unten.

»Das ist meine Angelegenheit, Stacey. Eigentlich wollte ich, dass das Ganze friedlich über die Bühne geht, aber du hast die Verfolgung aufgenommen, also musste ich einschreiten. Wie möchtest du das zu Ende bringen, Stacey?«

»Glad, ich will bloß …, ich will bloß einen von Le Loup zurückholen.« Als er Le Loups Name ausspricht, wird Stacey sichtlich mutig. »Ich muss ihn zurückbringen. Was geht dich das an?«

»Er ist einer von mir, Stacey. Nun, du weißt ja ’n bisschen Bescheid, was ich mit denen mache, die einem von mir Schwierigkeiten machen …«

»Er is’ deiner? Der is’ deiner?« Er deutet auf mich. »Du hast dir diese ganze Mühe gemacht, um den zurückzuholen?«

Glad nickt ernst, ohne mich anzusehen.

»Er gehört dir. Le Loup wird sich vielleicht nich’ sehr drüber freuen, aber wenn du sagst, er is’ deiner, dann …«

»Schön, dich wieder zu sehen, Stacey.«

»Ich freu mich auch«, sagt Stacey sachlich. »Okay, na gut.« Er winkt seinen Männern zu, die dastehen und verwirrt dreinschauen. »Wir müssen zurück. Hätt nich’ gedacht, dass du dich mit dem abgibst.« Er deutet wieder auf mich. »Der is’ so wertlos wie Titten an ’nem Eber.« Stacey dreht sich um und zieht mit seinen Männern ab.

Glad steht da, beobachtet ihren Rückzug und wendet sich mir erst zu, als Staceys Pick-ups auf der Interstate verschwinden. Er mustert mich von oben bis unten, immer wieder, und schüttelt schließlich bekümmert den Kopf.

»Ich wollte einen größeren Knochen«, sage ich mit unsicherer Stimme.

Er nickt.
»Sieht so aus, als ob du's geschafft hättest«, sagt er.
Ich schüttle den Kopf.
»Ich brauch unbedingt 'n Drink«, sage ich schwach.
Er nickt, sagt aber: »Das wirst du rauskotzen müssen.«
Ich nicke.
»Ich wollte eine echte Lizard sein, wie Sarah.«
»Sieht so aus, als ob du das geschafft hättest«, sagt er und beugt sich vor, um mich hochzuheben. Er zieht mich hoch, und ich lasse mich in seine Arme fallen.

Ich erinnere mich kaum an die Rückfahrt zum Doves. Ich weiß bloß noch, dass ich hin und wieder aus Pies Thermosflasche trinken wollte und jedes Mal einen Mund voll Pflaumentee hinausgeprustet habe.
Lebhaft erinnere ich mich an die Geschichten über Stacey. Ich habe sie eher gesehen als gehört. Glads Erzählung wurde zum anschaulichen Film in meinem halb halluzinatorischen Zustand.
Stacey hatte beim Doves gearbeitet. Er war eine von Glads Starlizards. Das war vor sieben Jahren gewesen, als Stacey noch schlank und rank wie ein Reh war. Es gelingt mir, mir Stacey mit Haaren vorzustellen, nur um mir später darüber klar zu werden, dass ich in Wirklichkeit einen Igel vor mir gesehen hatte.
»Stacey hat viele Herzen erobert, war ein süßes kleines Mädchen«, sagt Glad. »Eines Tages hatte ein junger Mann ein Date mit Stacey und verliebte sich. Er brannte mit Stacey durch, und sie heirateten.« Glad seufzt. »Nun, noch nicht mal einen Monat später kam Stacey zurück, voller blauer Flecken, weinte und sagte, ihr Mann habe sie zurückgeschickt. Wir hießen sie willkommen, und alles war wieder gut.« Glads Stimme hört sich auf einmal bedrückt an. »Bald

danach wurden meine Mädels krank. Kotzten pechschwarzes Zeug, verdrehten die Augen nach innen, bellten wie Hunde, sprachen mit fremder Stimme. Die Leute begannen darüber zu reden, Doves wäre verflucht. Meine Magie wär böse «, knurrt Glad.

»Schließlich ließ ich einen alten Choctaw-Medizinmann kommen. Er schaute sich die Mädels an, schaute sich ihren blauen Urin an und wusste Bescheid. Irgendwie hatte man ihnen Gift gegeben. Jemand hatte meinen Mädels gemahlene Waschbär-召Penisknochen gegeben.« Er schüttelt den Kopf.

»Ich brauchte nur fünf Minuten, um Stacey nachzuspionieren, die in ihrem Wohnwagen saß und den pulverisierten Schwanz in das flüssige Lipgloss streute, das alle Lizards ihr wegen seines magischen Glanzes abkauften. Ich brauchte weitere fünfzehn Minuten, um herauszufinden, dass ihr Mann, der sich einbildete, ein Lude zu sein, die Konkurrenz ausschalten wollte.« Glad knirscht mit den Zähnen. »Er kaufte alle überfahrenen, gejagten und in Tierhandlungen erhältlichen Waschbären von hier bis Louisiana auf. Ich sagte kein Wort, dass ich es herausgefunden hatte. Ich sorgte einfach stillschweigend dafür, dass meine Mädels aufhörten, Staceys Lipgloss zu benutzen. Ich schenkte Stacey eine Dose mit den unwiderstehlichsten Choctaw-Puffern, die sie auf einen Sitz mampfte.« Er klatscht in die Hände. »Nun, um es kurz zu machen – ich gab Stacey eine ziemliche Dosis, vermischt mit ein paar anderen Gaben von dem Medizinmann. Ließ ihre Eier explodieren, als wäre sie 'n Zuchtbulle.« Glad kichert. »Ich gab sie ihrem Mann zurück, weil ich wusste, der würde nicht einfach so tun können, als wären die Genitalien seiner Frau nicht mehr da, und genauso hat er das geregelt, wie ich gehört habe. Jetzt wisst ihr, woher ich Stacey kenne und wie ich mit Le Loup, ihrem Mann,

fertig geworden bin.« Glad reibt sich die Hände, als wolle er irgendwelchen Schmutz abstreifen. »Darum zieht Le Loup so 'ne große Show ab, um seine Männlichkeit bei all seinen weiblichen Lizards zu beweisen. Macht daraus 'n gottverdammtes heiliges Ritual. Tut mir Leid, dass du das erleben musstest«, sagt Glad zu mir.
Ich erzähle ihm nicht, dass ich es gar nicht erlebt habe. Ich sage eigentlich überhaupt nicht viel, außer dass ich um eine kleine Dose Schusterleim oder vielleicht um ein Fläschchen von irgendeinem Poliermittel bitte.

Ich liege einen Monat lang im Bett, um mich zu erholen. Ich halte mich in Glads Wohnwagen auf und esse Bollys speziell zubereitete medizinische Gourmetsuppen. Zum ersten Mal nach fast zwei Jahren wächst mein Haar, bis es meine Ohren streift.
Pie und Sundae kommen vorbei, um mir Bücher zu bringen und mich mit den neuesten komischen Geschichten über ihre letzten Freier zu unterhalten.
Doch immer, wenn ich mich nach Sarah erkundige, wird das Thema geschickt gewechselt.
Eines Nachts fühle ich mich endlich stark genug, schlüpfe aus dem Fenster und laufe zum alten Hurley-Motel hinüber. Ich stehe vor der Tür unseres Appartments und sehe mir die verschiedenen Schuhabdrücke darauf an, die alten und ein paar neue. Ich lausche an der Tür und bemühe mich zu hören, wie sie im Schlaf atmet. Jede Faser in meinem Körper sehnt sich nach ihr, um ihr zu sagen, dass ich wieder zu Hause bin. Ich habe das Gefühl, als wären wir zwei Magnete, die durch ein Blatt Papier getrennt sind. Schließlich klopfe ich an, und als keine Reaktion erfolgt, klingle ich.
Ich höre die Stimme eines Mannes, dann die einer Frau, leise und gedämpft. Ich klingle erneut, länger, trete gegen

die Tür, hämmere mit den Fäusten dagegen, bis die Tür endlich aufgeht. Ich drücke mich an dem Mann vorbei und stürme ins Zimmer. Unser Zimmer. Ich springe aufs Bett, wo sie unter der Decke liegt.
Ich höre ihn im Hintergrund herumbrüllen, aber ich ignoriere ihn und ziehe die Decke zurück, steige hinein und kuschle mich, so fest und so eng ich kann, an meine nackte Mutter.
Ich höre nicht die Schreie der Frau, bei der ich liege, bis mich der Mann wegreißt und an die Wand wirft. Während er mit seinen Fäusten auf mich eindrischt, schreie ich nach ihr: »Mama, Mama, Mama!«

Als ich erwache, liege ich auf einer dünnen Matratze in einer Gefängniszelle. Mein Körper fühlt sich wie ein Amalgam aus falsch zusammengesetzten Knochen an.
»Sie haben die Anzeige zurückgezogen, Glad. Du kannst ihn mitnehmen.«
Die Zellentür rollt beiseite, und da steht Glad und schaut mich mit einer Traurigkeit an, die in mir wie ein Fieber brennt.
»Sie ist weg«, sagt er schließlich.
»Ich weiß.« Ich starre an die Zellendecke, von der die Farbe abblättert.
»Sie ist vor gut zehn Monaten mit Mother Shapiro weggegangen. Seitdem hat man nie wieder etwas von ihnen gehört.«
Ich nicke.
»Soviel ich weiß, sind sie nach Kalifornien gegangen.«
»Sie hat immer gesagt, dass sie dorthin gehen würde.« Ich wende mich dem rechteckigen Fensterschlitz in der Mitte der Zellenwand zu, der mit breiten alten rostigen Eisenbändern und einer dicken Glasscheibe gesichert ist.

»Es wird nicht funktionieren« – er betrachtet seine Schuhe –, »dass du für mich arbeitest. Du bist jetzt 'ne andere Art von Lizard.«

Ich nicke. Es erstaunt mich, dass diese kleinen Lichtbalken sich irgendwie noch immer die Mühe machen, sich da durchzuquetschen.

»Du kannst trotzdem so lange bei mir bleiben, wie du willst.«

Ich nicke. Ich strecke die Hände zu dem Fenster aus.

»Da. Das hat Norm in seinem Truck gefunden. Es ist dein Knochen.« Er beugt sich vor und legt ihn mir in die erhobene Hand.

Ich nicke dankend.

»Es würde nicht funktionieren.«

»Ich weiß«, sage ich und recke meinen Arm hoch.

»Doch irgendwie scheinst du viel von ihr zu haben«, sagt er mit einem Lächeln, um mir ein Kompliment zu machen, wobei wir beide wissen, dass es keins ist.

»Ich fühl mich auch sehr wie sie«, sage ich. »Wirklich.« Ich hebe die Hand höher, halte den Knochen fest umklammert und sehe zu, wie das Licht über meine Fingerspitzen tanzt.

Danksagung

Herzlichst danke ich
Allison Anders, Astor, Bruce Benderson, Godfrey Cheshire, Dennis Cooper, Henry Dunow, Mary Gaitskill, Panagiotis Gianopoulos, Susan H. Hoffman und Hyper PR, Jawbox, Jawbreaker, Jessica Hopper, Bruce LeRoy, Mary Lee LeRoy, Lewis Nordan, Sharon Olds, Dr. Terrance Owens und seiner Familie, Meaghan Rady, Dr. Christine Rahimi, Karen Rinaldi, Rocco, Joel Rose, Ira Silverberg, Tim Sommer, Tom Spanbauer Speedie, Art Spiegelman, Jerry Stahl, Laurie Stone, John Strausbaugh, Lauren Stauber, Superdrag Catherine Texier, Thor, Peter Trachtenberg, Suzanne Vega, Joel Westendorf, Eric Wilinski, Tobias Wolff.

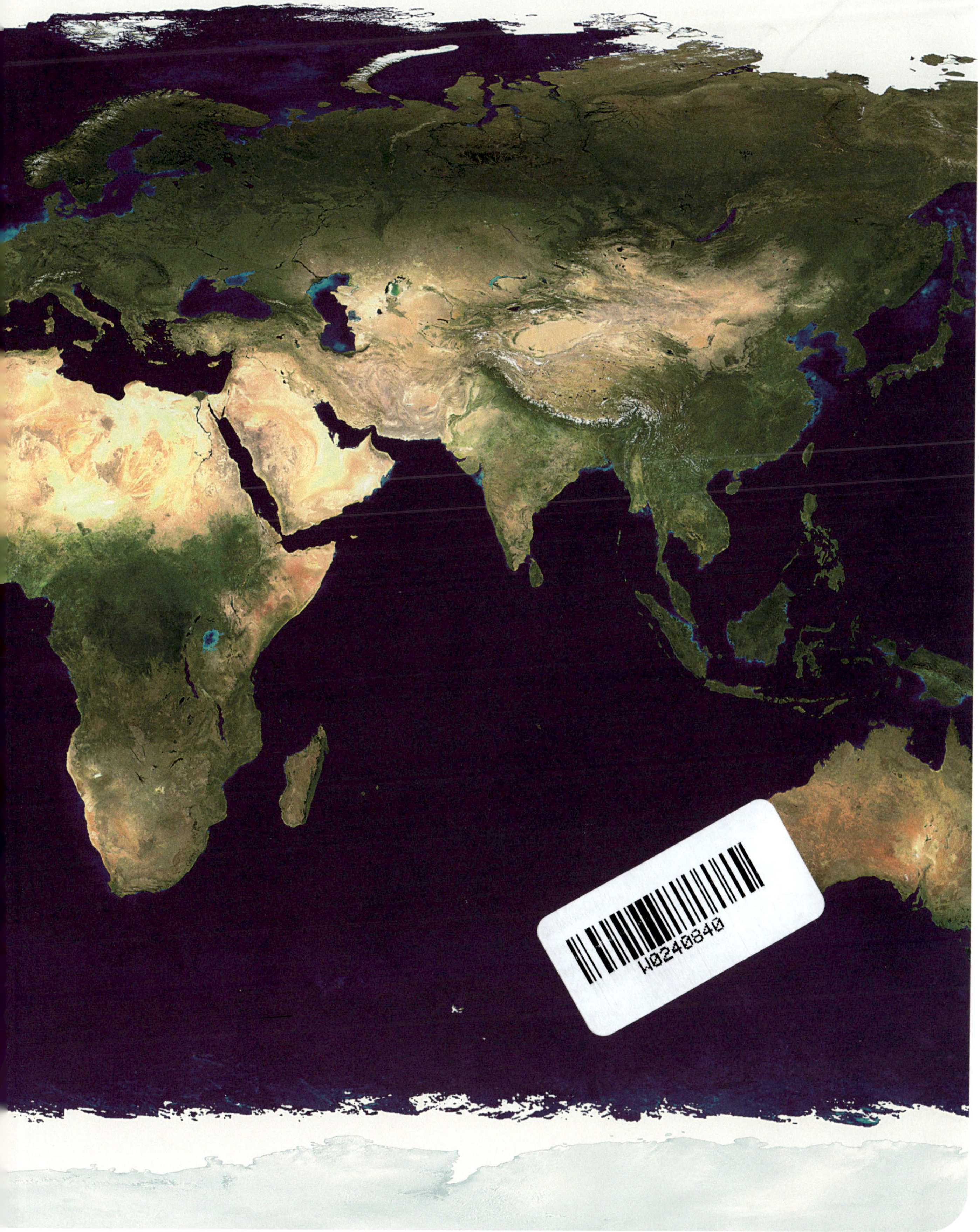

Autoren

Peter Amtsfeld
Wolfgang Englert
Albrecht Gehrke
Anja Hebel
Franz-Peter Mager
Marianne Schmidt
Irmgard Werb
Jürgen Wetzel

SEYDLITZ Geographie 3

Baden-Württemberg

GWG Fächerverbund Geographie · Wirtschaft Gemeinschaftskunde

Schroedel®

Tipps zur Arbeit mit diesem Buch

Kapitel

Alle Seiten eines **Kapitels** sind einheitlich gekennzeichnet.

IM

Fächerübergreifende Themen, so genannte integrative Module, stellen inhaltliche Zusammenhänge der Geographie, Wirtschaft und Gemeinschaftskunde dar.

W

Seiten, die sich mit **Wirtschaftsthemen** befassen, sind gesondert ausgewiesen.

GEO Praxis

GEO Projekt

Auf den Geo-Praxis- und Geo-Projekt-Seiten lernst du **Arbeitsmethoden** kennen, die dir das Sammeln, Ordnen und Auswerten von Informationen erleichtern sowie das Präsentieren deiner Arbeitsergebnisse ermöglichen. Dabei kannst du selbst aktiv werden.

GEO Wissen

Am Ende jedes Kapitels kannst du mithilfe der Geo-Wissen-Seiten dein **Wissen vertiefen** und **überprüfen**.

GEO Lexikon

Halbfett gedruckte Begriffe kannst du im **Geo-Lexikon** (S. 172–175) nachschlagen.

Druck A ³ / Jahr 2010
Alle Drucke der Serie A sind im Unterricht parallel verwendbar.

Titel: Janssen Kahlert Design & Kommunikation GmbH, Hannover
Redaktion: Jens Gläser

Satz: klr mediapartner Druck und Medien GmbH, Lengerich
Druck und Bindung: westermann druck GmbH, Braunschweig

ISBN 978-3-507-**52658**-7

Online-Werkservice

Ergänzungsmaterialien zu den Seydlitz-Schülerbänden finden Sie regelmäßig im Online-Werkservice von Schroedel @ktuell unter:
www.schroedel.de/schroedel-aktuell

Immerfeuchte Tropen

Wechselfeuchte Tropen

Trockenräume

Polarräume

Hochgebirge*

Klima global

Wirtschaftliches Handeln in Naturräumen

Raumbeispiele*

* geeignet für ein Schulcurriculum

Immerfeuchte Tropen

Wechselfeuchte Tropen

Trockenräume

Entscheidend für die Entstehung unterschiedlicher Naturräume ist das Klima. Im Kapitel „Klima global“ (S. 92–119) findest du das Klima-Basiswissen. Das in der Mitte stehende Klima-Logo zeigt dir Seiten im Buch, auf denen du weitere wichtige klimatische Grundlagen kennen lernst.

Polarräume

Tropischer Regenwald in Amazonien (Brasilien)

Immerfeuchte Tropen

10.1: Maria Sibylla Merian (1647–1717)

Die Eroberung der „grünen Hölle“

In einer Zeit, in der eine Frau ohne männliche Begleitung nicht einmal mit der Postkutsche in die nächste Stadt fahren durfte, reiste **Maria Sibylla Merian** im Jahre 1699 nach Suriname, um Tiere und Pflanzen im Regenwald zu erforschen. Unter der feuchten Gluthitze und den stechenden Moskitos im Regenwald erduldete sie größte Strapazen. Wie besessen wurden Pflanzen, Schmetterlinge, Raupen, Blüten und Knospen in den schönsten Tropenfarben gezeichnet, gesammelt, konserviert und verstaut. Von den Einheimischen erfragt Maria Sibylla den Namen jeder Pflanze und gewinnt so auch Einblick in das Leben, die Sitten und Bräuche der Indianer. Sie war die erste Naturwissenschaftlerin, die erkannte, dass Insekten Entwicklungsstufen durchlaufen, während viele ihrer Zeitgenossen noch glaubten, dass Mücken und Raupen aus Schlamm gezeugte „Teufelsbrut“ sei.

Genau hundert Jahre später, am 16. Juli 1799, begann **Alexander von Humboldt** eine Forschungsreise durch Südamerika. Während seiner fünfjährigen Expedition beobachtete und sammelte er alles. Er ließ keinen Zweig der Wissenschaft aus, auch wenn sein Hauptgebiet eigentlich die Geographie war. Unter unvorstellbaren Strapazen vermaß er fremde Küsten, befuhr unbekannte Flüsse und bestieg unerforschte Bergmassive. Seine wissenschaftliche Neugier veranlasste ihn, sich ständig neuen Gefahren auszusetzen: Er trank Curare, das Pfeilgift der Indianer, um zu beweisen, dass es nur dann tödlich ist, wenn es in die Blutbahn eindringt. Er ließ die Teilnehmer seiner Expedition die Milch des Kautschukbaumes trinken, bis einer seiner Gefährten begann, Gummikugeln zu speien. Er überredete seinen besten Freund, das eine Ende eines Zitteraales zu halten, während er das andere hielt, und so erlitten sie abwechselnd Stromstöße von bis zu 600 Volt. Er beobachtete das Verhalten von Urwaldtieren und beschrieb nahezu 3600 neue Pflanzenarten. Humboldt notierte alle seine Erlebnisse und Erkenntnisse, damit spätere Generationen von Wissenschaftlern auf ihnen aufbauen konnten. Sie waren so vielfältig, dass er über 30 Bücher schreiben musste, um alles festzuhalten.

10.2: Alexander von Humboldt (1769–1859)

„Welche Bäume! Kokosnussbäume mit fußgroßen herrlichen hellroten Blüten; Paradiesfeigen mit enormen Blättern und duftenden Blüten so groß wie eine Handfläche und eine Fülle von Bäumen, von denen wir überhaupt nichts wissen … Wir laufen herum wie die Irren; während der ersten drei Tage waren wir unfähig, irgendetwas einzuordnen; wir heben ein Ding auf, um es gleich wieder wegzuwerfen und ein anderes zu nehmen. Ich werde noch verrückt, wenn die Wunder nicht aufhören … Vier Monate schliefen wir in Wäldern, umge-

Am 15. November 1876 erreichten Stanley und seine Männer die Mauer des Kongo-Urwaldes. Eine lähmende Stille umfing sie. Es ging nur langsam vorwärts. Tau tropfte von den wirren Bündeln armdicker Schlingpflanzen und aus den unsichtbaren Kronen der Bäume herab. Jedes Blatt schien Tränen zu vergießen. Der Pfad wurde bald zu einem zähen, lehmigen Brei, in den man mitunter bis an die Knie einsank. Bald faulten ihnen die Schuhe von den Füßen. In der erstickenden Luft brach der Schweiß aus allen Poren. Dampf stieg aus der Erde. Wie eine graue Wolkenschicht schwebte er zwischen den Stämmen über den Köpfen der dahinschleichenden Karawane. Nachts erfüllten Halbaffen die öden Baumhallen mit ihrem Geschrei. Tagsüber sah man bis zu

ben von Krokodilen, Boas und Jaguaren, nichts genießend als Reis, Ameisen, Maniok, Bananen, Flusswasser und bisweilen Affen. Mitten im dichten Wald haben wir Mühe, uns Brennholz zu verschaffen, denn in diesen Äquatorialgegenden, wo es fortwährend regnet, strotzen die Äste der Bäume so von Saft, dass sie fast gar nicht brennen."
(aus dem Reisetagebuch von Alexander von Humboldt)

15 cm lange Tausendfüßler sowie Millionenheere von Ameisen und Käfern über die Pfade kriechen ... Stanley begann die Flussfahrt. Unerklärliche Krankheiten traten auf. Täglich wurden zwei bis drei Leichen den Fluten übergeben ... Die Wasserfälle mussten umgangen werden. Unablässig gegen angreifende Eingeborene kämpfend, ließ Stanley einen Pfad durch den Wald schlagen, um die Boote über Land zu transportieren. Endlich, am 9. August 1877, erreichten 115 ausgehungerte Menschen die Stadt Boma am Unterlauf des Kongo. 113 Männer waren bei der Expedition ums Leben gekommen.
(nach: Heinrich Schiffers, Wilder Erdteil Afrika)

Weltberühmt wurde der in England geborene Journalist **Henry Morton Stanley**. Ihm gelang es im Jahre 1871 den in Afrika tot geglaubten Arzt und Afrikaforscher **David Livingstone** wiederzufinden. Durch diesen Erfolg beflügelt, beschloss Stanley weitere Expeditionen auszurüsten, um das bis dahin völlig unbekannte Innere Afrikas zu erforschen. Besondere Verdienste erwarb er sich um die Erkundung der Regenwaldgebiete am Kongo. So machte sich Stanley am 17. November 1874 zusammen mit 224 afrikanischen und drei weißen Begleitern auf den Weg ins dunkle Afrika. Sie nahmen sich vor, als erste Menschen den ganzen Kontinent von Ost nach West zu durchqueren.

11.2: Henry Morton Stanley (1841–1904)

AUFGABEN

1. *Mit welchen Hindernissen und Schwierigkeiten mussten die ersten Eroberer kämpfen?*
2. *Was bewog Menschen immer wieder, trotz großer Gefahren in die „Grüne Hölle" vorzudringen?*
3. *Sammle Informationen zu den im Text erwähnten Forschern und Abenteurern: Maria Sibylla Merian, Alexander von Humboldt, Henry Morton Stanley und David Livingstone (Lexikon, Internet). Berichte über das Leben und die besonderen Leistungen dieser Personen. Zeige an einer Wandkarte die Reiserouten der „Urwaldforscher".*

11.1: Bewohner der „Grünen Hölle"

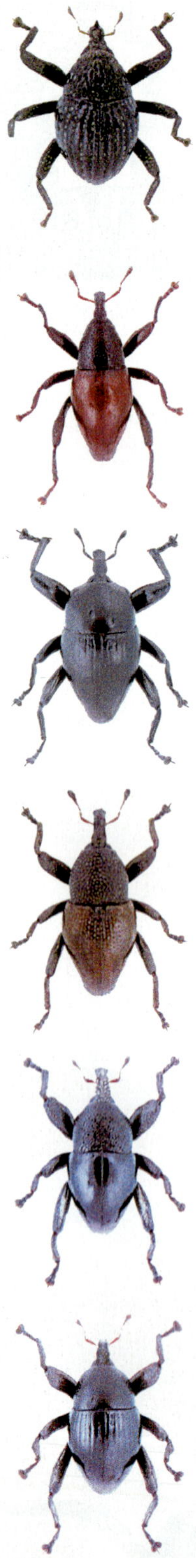

12.1: Sechs tropische Rüsselkäferarten (von weltweit ca. 60 000 Arten)

Kaum gefunden – schon gefährdet

„Ich dachte, ich seh' nicht richtig", erinnert sich Trevor Jones, ein Biologe, der im Udzungwa-Nationalpark in Tansania arbeitet. Der Affe, den er im Fernglas erblickte, hatte ein schwarzes Gesicht und einen Haarbüschel auf dem Kopf, der dem Irokesenschnitt eines Punks ähnelt. So ein Tier hatte er nie zuvor in Tansania gesehen. Diese mittelgroßen Affen leben in Gruppen von etwa 15 Tieren auf Bäumen im Regenwald. Von den „Hochland-Mangaben", wie die neu entdeckte Affenart genannt wurde, gebe es nur noch etwa 1000 Tiere, berichten die Forscher aus Afrika. Aufgrund ihrer geringen Zahl werden sie voraussichtlich bald zur gefährdeten Tierart erklärt.
(nach: Mittelbadische Presse vom 20. Mai 2005)

12.2: Zeitungsmeldung

Forscher im Wettlauf mit der Zeit

Als im 19. Jahrhundert Naturforscher wie Alexander von Humboldt die tropischen Regenwälder besuchten, staunten sie nicht schlecht über die ungeheure Artenvielfalt. Auch heute kommen die Tropenforscher aus dem Staunen nicht heraus. Nur langsam beginnen sie zu ermessen, welchen unerschöpflichen Reichtum der tropische Regenwald wirklich in sich birgt. Denn erst seit wenigen Jahrzehnten ist es den Wissenschaftlern möglich in den immergrünen Bereich in ca. 50 Metern Höhe vorzudringen. Für die Arbonauten, wie die Erforscher der Baumkronen auch genannt werden, ist die Erkundung des Kronenraums wie die Entdeckung eines neuen Kontinents.

Die moderne Forschung begann um 1980 mit dem Biologen Terry Erwin. Im tropischen Regenwald von Panama nebelte er gezielt die Kronen der Bäume von unten mit einem biologisch abbaubaren Betäubungsmittel ein. Käfer, Fliegen und Spinnen taumelten herunter auf Plastikplanen, die auf dem Boden ausgebreitet lagen. Das Ergebnis war überwältigend: Aus den Daten hat Erwin errechnet, dass etwa 160 Käferarten in den Kronen dieser einen Baumart leben. Von den Käfern ausgehend, schloss er auf 400 Insektenarten in den Wipfeln dieser Art. Und weil am Stamm auch Insekten leben, besiedeln nach Erwin 600 Insektenarten eine Baumart in den Tropen. Es gibt schätzungsweise 50 000 tropische Baumarten, von denen viele unbekannt sind. Multipliziert mit 600 ergibt das eine Zahl von 30 Millionen Insektenarten allein auf tropischen Bäumen. Rechnet man alle Tier- und Pflanzenarten mit ein, so erreicht die Hochrechnung der Artenfülle im tropischen Regenwald bis zu 50 Millionen. Doch leider muss man befürchten, dass die überwiegende Mehrzahl der Arten nicht mehr entdeckt werden kann, weil die Vernichtung der Regenwälder in einem atemberaubenden Tempo voranschreitet. Pro Minute werden über 20 ha Regenwald vernichtet, das entspricht der Fläche von 35 Fußballfeldern. Pro Jahr gehen über 100 000 km² Regenwald verloren – ein Gebiet dreimal so groß wie die Schweiz.

50 000 verschiedene Tierarten auf einem km²
2 000 Insektenarten in einer Baumkrone
700 Baumarten auf zehn Hektar
500 Ameisenarten auf einem km²
43 Ameisenarten auf einem Baum

12.3: Artenreichtum im Regenwald

AUFGABEN

1. *Selbst heute noch werden im Regenwald neue Affenarten entdeckt (Abb. 12.2). Wie ist das möglich?*
2. *Die moderne Regenwaldforschung interessiert sich vor allem für die Baumkronen. Nenne Gründe.*
3. *Die Fotos auf S. 13 zeigen Methoden der Regenwaldforschung. Beschreibe die Methoden und nenne jeweils ihre Vor- und Nachteile.*

	Deutschland	Ecuador
Größe (in km²)	357 000	256 000
Säugetiere	94	280
Vögel	305	1 447
Reptilien	12	345
Amphibien	19	350

12.4: Anzahl der Tierarten im Vergleich

Abenteuer Regenwaldforschung

Für die moderne Baumkronen-Forschung ist es wichtig, in unberührte Gebiete zu gelangen und dort so wenig Schaden wie möglich anzurichten.
Baumkletterer gelangen direkt über die Urwaldriesen ins Blätterdach. Dazu werden mit einer Armbrust Seile über die Äste der Bäume geschossen. Mit Gurten, Steigklemmen und Fußbügeln kann sich der Forscher an diesen Seilen auf- und abbewegen.
Seit 1990 kommen im Regenwald auch **Baukräne** zum Einsatz. Die Einzelteile werden mit dem Hubschrauber in ein Gebiet geflogen und vor Ort zusammengebaut. Mittels einer Gondel können sich die Forscher dann beliebig weit in das Urwalddach absenken lassen.
Eine weitere stationäre Zugangsmöglichkeit stellen **Türme** dar. Anders als Kräne stehen sie immer am selben Ort und sind vom Boden aus zugänglich.
Einen deutlich größeren Spielraum zur Beobachtung bieten **Laufstege**. Dabei handelt es sich um Stahlseil-Konstruktionen, die in Form von Hängebrücken mehrere Baumkronen miteinander verbinden.
Es besteht auch die Möglichkeit, per **Ballon** das Urwalddach zu erforschen. Diese Ballons sind kleiner als ein normaler Heißluftballon. Anstatt in einer Gondel zu sitzen, hängt der Forscher direkt unter dem Ballon.
Die modernste und spektakulärste Methode der Baumkronenforschung ist das **Wipfelfloß**. Es besteht aus mehreren aufblasbaren Schläuchen zwischen denen ein Netz gespannt ist. Das ungefähr 500 kg schwere Wipfelfloß hat die Größe eines Tennisplatzes. Es wird per Hubschrauber oder Zeppelin auf das Blätterdach des Waldes gelegt und ermöglicht den Forschern, mehrere Tage dort zu bleiben.

- vorbeugende Impfungen nicht vergessen
- Mückenschutz, Desinfektionsmittel, evtl. Schlangenserum mitnehmen
- unbedingt Taschenlampe und Batterien einpacken
- luftige, nicht eng anliegende Kleidung aus atmungsaktivem, Schweiß aufsaugendem Baumwollgewebe
- nur langärmelige Hemden tragen
- möglichst breitkrempige Kopfbedeckung aufsetzen
- hochgeschlossene, dicksohlige, nicht zu knapp sitzende Stiefel anziehen
- nicht in freien Gewässern baden

14.1: Urwald-Tipps

Ein Tag im tropischen Regenwald

Ein Forscher berichtet: „Am Morgen dampfen die Erde und das Pflanzendickicht unter den wärmenden Strahlen der Sonne. Die Luft ist so feucht, dass ich sie fast wie eine Flüssigkeit empfinde. Schon nach einer halben Stunde ist mein ganzer Körper schweißgebadet. Wind, der kühlen könnte, gelangt nicht ins Innere des Waldes. Die Luft steht. Gegen Mittag nimmt die Hitze rasch zu und es verstummen alle Vögel und Säugetiere. Schon in den Mittagsstunden zeigen sich weiße Wolkenballen am tiefblauen Himmel. Die Sonne verhüllt sich immer mehr, dann wird der ganze Himmel schwarz. Plötzlich sehe ich helle Blitze zucken, der Donner rollt, und ich höre, wie der Regen vierzig Meter über mir auf das Blätterdach prasselt. Eine ganze Zeit vergeht, bis das Wasser an den Stämmen herabläuft. Der modrige Boden wird zu knöcheltiefem Sumpf. Der Regen bringt keine Abkühlung. Im Gegenteil: Er transportiert die Hitze der tropischen Sonne vom Blätterdach ins Innere des Waldes, das wie eine Waschküche zu dampfen beginnt. Jetzt schreien und brüllen die Tiere wieder mit tausend Stimmen. Dieses Schauspiel wiederholt sich fast täglich, jahraus, jahrein."

Die durchschnittlichen Tagestemperaturen im tropischen Regenwald sind das ganze Jahr über fast gleich hoch. Das Wetter ändert sich zwar regelmäßig im Laufe eines Tages, aber Jahreszeiten, so wie wir sie kennen, gibt es dort nicht. Da die Temperaturunterschiede zwischen Tag und Nacht wesentlich höher sind als die Schwankungen der Jahrestemperatur, nennt man das Klima der inneren Tropen auch **Tageszeitenklima**.

Der Regenwald bietet fast alles, was für ein üppiges Pflanzenwachstum nötig ist: Kohlenstoffdioxid (aus der Luft), Wärme, Licht und Wasser. Nur rund ein Viertel des Niederschlags versickert im Boden des Regenwaldes und gelangt in die Flüsse, alles Übrige wird von den Wurzeln der Bäume aufgenommen, in den Stämmen nach oben transportiert und über die Spaltöffnungen in die Luft abgegeben. Über den Baumwipfeln kondensiert der hochsteigende Wasserdampf zu Wolken, die über ihnen auch wieder abregnen. Der Regenwald unterhält so seinen eigenen Wasserkreislauf.

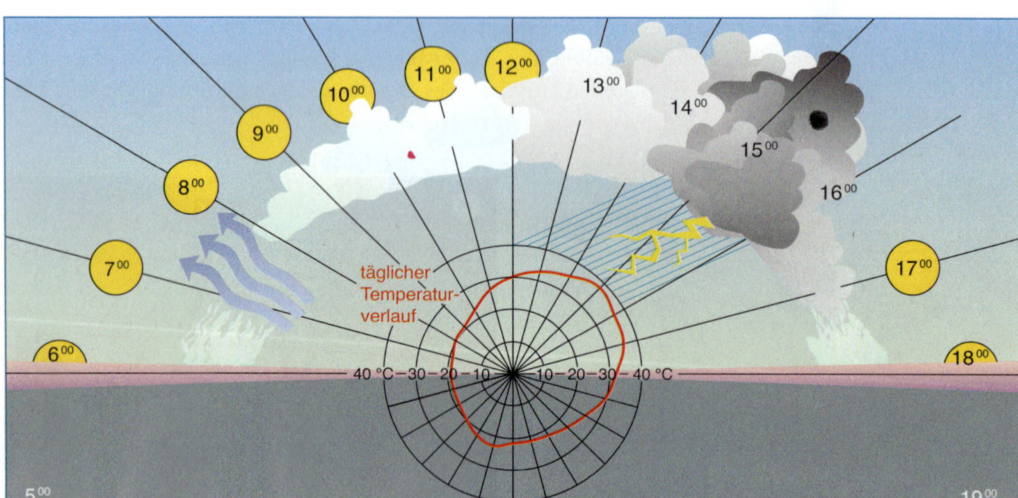

14.2: Ein Tropentag

AUFGABEN

1. *Vergleiche den Wetterablauf im tropischen Regenwald mit dem bei uns (Abb. 14.2).*
2. *Erkläre den Satz: „Der Regenwald macht sich sein eigenes Klima."*
3. *Bei uns spricht man von einem **„Jahreszeitenklima"**, in den immerfeuchten Tropen von einem „Tageszeitenklima". Erkläre (Abb. 15.3).*
4. *Begründe die Urwald-Tipps aus einem Reiseführer (Abb. 14.1).*

15.1: „Waschküche" tropischer Regenwald

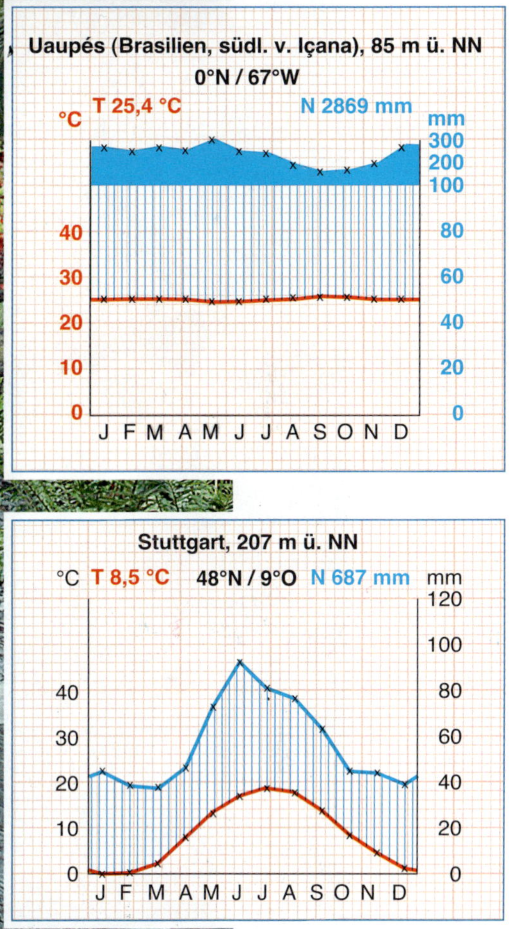

15.3: Klimadiagramme

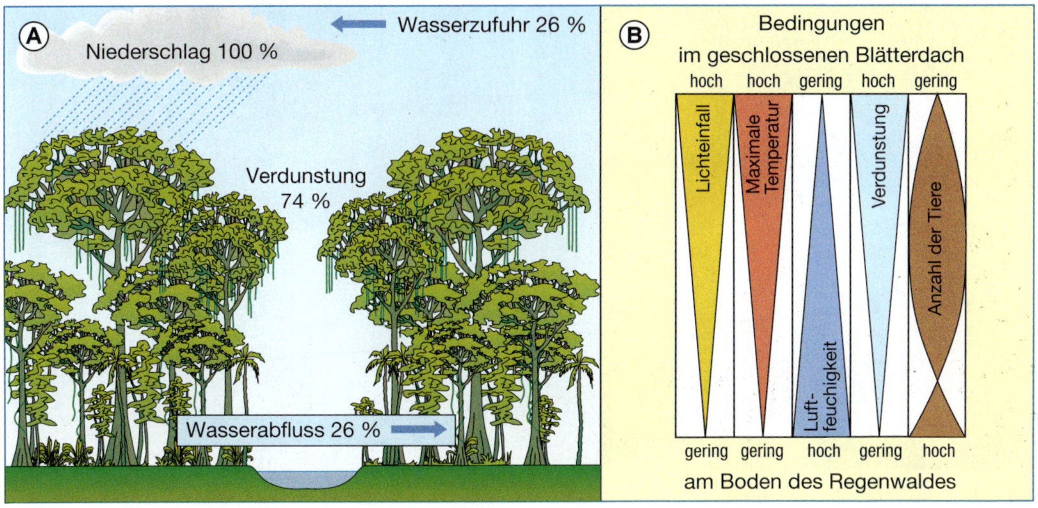

15.2:
A: Wasserkreislauf im tropischen Regenwald,
B: Veränderungen der klimatischen Bedingungen vom geschlossenen Blätterdach bis zum Boden des Regenwaldes

Urwaldriesen
(bis zu 70 m)

40 m

30 m

20 m

10 m

0 m

16.1: Im tropischen Regenwald

A

B

C

D

E

Leben in Etagen

Viele Wissenschaftler vergleichen den **tropischen Regenwald** mit einem Haus, in dem sich unterschiedliche Stockwerke befinden. In jedem dieser Stockwerke herrschen ganz bestimmte Bedingungen, je nach Licht, Feuchtigkeit und Temperatur. Auch die Pflanzen und Tiere unterscheiden sich von Etage zu Etage. In der Regel wechseln die Bewohner von einer Etage nicht in andere Stockwerke über. Im untersten Stockwerk, sozusagen im Erdgeschoss des Urwaldhauses, ist es ständig feucht, heiß und dämmrig. Am Boden, zwischen vermodernden Blättern und Ästen, wuchern Kriech- und Schattenpflanzen, Kräuter, Sträucher und unzählige Pilzarten (Strauch- und Krautschicht). Hier wachsen nur Pflanzen, die sich mit geringen Lichtmengen begnügen können. Das zweite Stockwerk ist eher ein Zwischenstockwerk. Es wird gebildet von Sträuchern, Farnen, hohen Büschen und kleinen Bäumen (Baum- und Strauchschicht). Diese warten nur auf eine Chance, zum Licht emporzuschießen, sobald eine Lücke im Blätterdach entsteht. In etwa 30 bis 40 Meter Höhe schließen sich die breiten Kronen der Bäume zum eigentlichen „Dach" des Waldes zusammen (Baumschicht). Es ist eine Welt voller Licht, in der bunte Blüten, Blätter und saftige Früchte gedeihen. Hier leben über zwei Drittel aller Tier- und Pflanzenarten der Erde. Das oberste, das vierte Stockwerk des Urwaldhauses wird von den herausragenden Baumriesen gebildet.

Ein Baum im Tropenwald

Tropenwälder sind wie Großstädte. Ein Tropenbaum ist ein gigantischer, gewachsener Wolkenkratzer. Auf allen Etagen ist er randvoll mit Wohnräumen, Wendeltreppen, Balkonen, Antennen, Speisekammern, Verstecken, Plätzen, Brücken, Tümpeln und Teichen.
Alle Bewohner sind aufeinander und auf den Baumturm angewiesen, um zu überleben. Sie wachen, schlafen, jagen und begatten einander, krabbeln, flattern, fressen, knabbern, tarnen sich, äugen, säugen und schwimmen in und auf dem Baum, in seinen Hohlräumen und wassergefüllten Blattkelchen. Die Einwohner der Baumstadt heißen in unserer Sprache Ameisen, Eidechsen, Heuschrecken, Grillen, Pilze, Moose, Farne, Orchideen, Vögel, Frösche, Kröten, Affen, Lianen, Schlangen – und sie haben noch Tausende anderer Namen in Hunderten von anderen Sprachen.
Keine anderen Wesen der Erde, weder Schildkröten noch Blauwale, erreichen je das Alter von Urwaldbäumen. Greise unter den heute lebenden Baumriesen waren zu Kolumbus' Zeiten lichtgrüne Schösslinge.
Ein Baum im Tropenwald ist ein Gedächtnis der Natur. Er ist ein Dschungel-Buch, eine Bibliothek, ein Archiv, ein Wunder.

F

G

H

I

AUFGABEN

1. *Nenne die typischen Merkmale des tropischen Regenwaldes. Worin unterscheidet er sich von unseren Wäldern?*
2. *Ordne die Pflanzen und Tiere (Abb. A–O) den Stockwerken des Regenwaldes zu. Begründe.*

O

N

M

L

K

Herzlich willkommen im Hotel Bromelia,

dem komfortablen Gästehaus im tropischen Regenwald. Die herrlichen Blüten bieten Nahrung für Kolibris, die wassergefüllten Blattkelche sind Brutplätze für Moskito-Larven und die großen Blätter bieten Unterschlupf für Frösche und Fledermäuse. Ganzjährig mildes Klima garantiert einen angenehmen Aufenthalt in einem der aufregendsten Hotels dieser Welt. Lassen Sie sich von den umfangreichen Angeboten überzeugen …

Solche Hotels gibt es wirklich – mitten im tropischen Regenwald Südamerikas. Dort wachsen eigenartige Pflanzen, die Bromelien. Die mit der Ananas verwandten Pflanzen setzen sich an Stämmen oder Astgabeln großer Bäume fest. Ihre Blätter sind sternförmig übereinander angeordnet und können Regentropfen wie ein Trichter einfangen. Nach einem starken Regen ist der Bromelienteich so angefüllt, dass die Pflanze längere Zeit davon zehren kann. Auch abgefallene Blätter, tote Insekten und allerlei Pflanzenreste sammeln sich in dem Teich. Sie liefern der Bromelie wichtige Nährstoffe. Für viele Tiere sind die Wasser-Pools im Bromelienkelch beliebte Trinkbrunnen. Ohne ihren Lebensbereich verlassen zu müssen, können Kolibris, Eidechsen, Opossums und Käfer hier ihren Durst stillen. Einige Pfeilgiftfrösche vertrauen dem kleinen Pool sogar ihre Eier und Kaulquappen an. Eine Baumfroschart ist so perfekt auf seine Pflanze eingestellt, dass er mit Kopf und Körper wie ein Stöpsel den Kelch verschließt, um ihn am Auslaufen zu hindern. Wissenschaftler haben herausgefunden, dass sich bis zu 300 Tierarten im „Hotel Bromelia" aufhalten.

18.1: „Hotel Bromelia"

Im Regenwald überleben nur Spezialisten

Im tropischen Regenwald haben die Pflanzen Wärme und Feuchtigkeit im Überfluss. Sie wachsen so üppig wie in einem Treibhaus. Betrachtet man allerdings eine kleine Fläche Regenwald etwas genauer, so stellt man fest, dass die **Artenvielfalt** zwar ungeheuer groß, die **Individuenzahl** einer Art dagegen äußerst gering ist. Denn im paradiesisch erscheinenden Regenwald herrscht ein unerbittlicher Kampf um Licht und Nährstoffe. Hier überleben nur Spezialisten, die besonders gut an ihren Lebensraum angepasst sind.

Ein auffälliges Merkmal vieler Urwaldbäume sind flügelartige Verbreiterungen des Stamms kurz über dem Erdboden. Diese **Brettwurzeln** stützen den Baum und verteilen sein Gewicht auf eine größere Fläche (Abb. 19.1). Denselben Zweck erfüllen **Stützwurzeln**, die vom Hauptstamm nach unten wachsen und sich im Boden verankern.

Häufig sind die **Epiphyten** oder Aufsitzerpflanzen. Sie sparen Energie, indem sie keinen eigenen Stamm aufbauen, sondern sich von anderen Pflanzen, meist Bäumen, tragen lassen. Dabei schaden sie ihrem Wirt nicht, da sie ihm keine Nährstoffe entziehen. Zu den Epiphyten gehören Farne, Moose, Orchideen, Bromelien und viele andere. Ihre zu einem „Spinnennetz" verflochtenen Wurzeln baumeln unterhalb der Wipfel in der Luft und fangen alle Pflanzen- und Tierreste auf, die aus dem Walddach niederfallen.

Die **Würgefeigen** (Abb. 19.2) beginnen ihr Leben ganz bescheiden als Epiphyten in einer Astgabel. Als dünne Schnüre senden sie ihre **Luftwurzeln** bodenwärts und wenn sie einmal Fuß gefasst haben, ist der Wirtsbaum verloren. Langsam bildet die Feige zuerst ein Gitter, das allmählich zu einer Art Röhre zusammenwächst, um seinen Stamm, der ihr als unentbehrliche Stütze diente. Jetzt macht sich der Würger stark. Er entwickelt eine gewaltige Krone und lässt den Wirtsbaum langsam an Lichtmangel eingehen.

Winden oder **Lianen** schlingen sich vom Urwaldboden aus ans Licht oder klettern mithilfe von Ranken. Große Lianen können ganze Wälder mit ihrem riesigen Netzwerk überziehen. Man hat beim Nachmessen ihrer schenkeldicken Stämme Längen von 300 bis 400 Metern, in einigen Fällen sogar von über einem Kilometer, gemessen.

Manche Bäume leben in enger Beziehung zu Ameisen. Diese säubern ihren Wirtsbaum von Epiphyten und stürzen sich auf alle Pflanzen fressenden Insekten oder Säugetiere. Dafür erhalten sie als „Gegenleistung" Unterkunft und süßen Nektar. Die Blüten sind meist farbenprächtig und befinden sich bei vielen Bäumen direkt am Stamm. Mit intensiven Gerüchen und Nektar locken sie ihre Bestäuber an: Bienen, Schmetterlinge, Vögel und Fledermäuse.

Flugechse (SO-Asien)

Für die Tiere des Regenwaldes ist der Tisch bei weitem nicht so reichlich gedeckt, wie es den Anschein haben mag. Pflanzen wissen sich durch Gift, Bitterstoffe oder Dornen

Schmuckbaumnatter (SO-Asien)

Dornschwanzhörnchen (Afrika)

wirkungsvoll gegen das Gefressenwerden zu wehren. Bäume mit essbaren Früchten stehen weit auseinander und tragen in unregelmäßigen Abständen. So kann selbst im üppigen Regenwald für manche Tierarten Nahrungsmangel herrschen. Doch haben sich die Tiere in jahrtausendelanger Entwicklung an diese Bedingungen angepasst. Die meisten Tierarten leben in nur einer „Etage" des Waldes und ernähren sich oftmals nur von einer ganz bestimmten Tier- oder Pflanzenart. Durch **Spezialisierung** vermeiden sie Konkurrenz. Doch diese Anpassung hat auch einen Haken: Verschwindet zum Beispiel eine Art von Käfern, so ist auch diejenige Tierart, die sich von ihr ernährt, zum Aussterben verurteilt.

Bei aller Vielfalt haben die Regenwaldtiere eines gemeinsam: Ihre Anpassung an das Ökosystem Regenwald ist nahezu vollkommen. Einige von ihnen besitzen kräftige und scharfe Krallen, andere Haftscheiben, Greifhände, Greiffüße oder einen Greifschwanz. Andere entwickelten sich zu Gleitern oder „Fallschirmspringern" wie der Flugfrosch oder das Flughörnchen. Wieder andere tarnen sich perfekt, indem sie, wie manche Insekten, die Form toter Blätter oder Zweige annehmen, während sich das Chamäleon durch Farbwechsel seiner Umgebung angleicht. Die Baumfrösche sehen niemals einen Tümpel; sie legen ihre Eier in Baumhöhlen oder in die Wassertanks der Epiphyten ab. Der Regenwald ist auch die Heimat des Goliathfrosches, des mit vierzig Zentimetern Körperlänge größten Frosches der Erde. Auch die Insektenwelt überrascht uns mit Riesenformen. Hier leben Schmetterlinge mit einer Flügelspannweite von über 30 cm, Schaben, die wie kleine Schildkröten aussehen, oder Riesenregenwürmer, so groß wie Schlangen. Am Boden des Regenwaldes schwärmen die Wanderameisen aus, die jedes Tier, über das sie herfallen, bis aufs Skelett abnagen. Umgestürzte Bäume werden von Termiten „verarbeitet". Ihnen fallen auch Eisenbahnschwellen, Holzbrücken, -schiffe und -häuser zum Opfer. Wolken von Fieber übertragenden Mücken hängen über den feuchten Niederungen; Zecken und Blutegel warten auf ihre Opfer. Dies ist die eigentliche Gefahr im Regenwald. Viele Menschen sterben an Tropenkrankheiten, doch nur wenige fallen wilden Tieren zum Opfer.

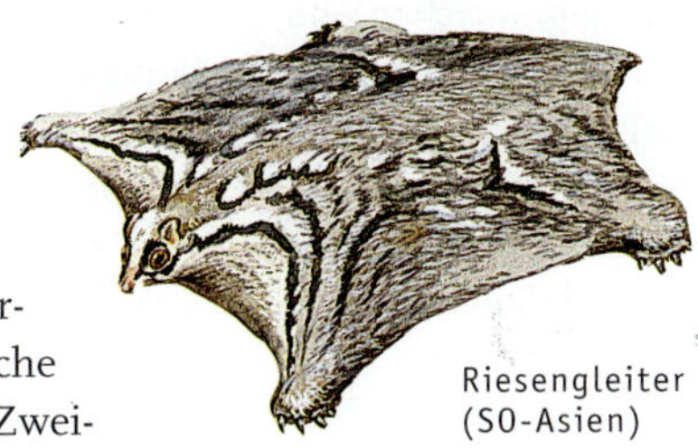

Riesengleiter (SO-Asien)

Flugfrosch (SO-Asien)

19.1: Baum mit Brettwurzeln

19.2: Die Würgefeigen

AUFGABE

Berichte über die Eigenarten der Tier- und Pflanzenwelt tropischer Regenwälder.

20.1 Materialliste:
- abschließbares Glasgefäß (Gurkenglas oder Einmachglas),
- Pflanzerde,
- Blähton (Hydrokultursubstrat) oder Tonscherben,
- etwas Holzkohle,
- Wasser

Pflanzen:
- Flinker Heinrich (Tradescantia),
- Schiefblatt (Begonia),
- Grünlilie (Clorophytum)

GEO Praxis – Wir machen Experimente zum Regenwald

Regenwald im Gurkenglas

Vielleicht warst du schon einmal in einem Tropenhaus, wie es sie in Zoos oder botanischen Gärten gibt. Dort versucht man ein Stück Regenwald nachzubilden und die Pflanzen unter tropischen Bedingungen wachsen zu lassen. Etwas Ähnliches kannst du selbst im Kleinen und stark vereinfacht nachbauen.
Besorge dir ein großes Glasgefäß mit verschließbarem Deckel. Es wird gründlich gewaschen und getrocknet. Der Boden des Gefäßes wird mit Blähton (Hydrokultursubstrat) etwa 3–4 cm hoch gefüllt, ersatzweise eignen sich auch klein gestoßene Scherben eines Blumentopfes. Dazu wird etwas Pflanzerde gegeben, sodass die Lücken zwischen den Blähtonkügelchen ausgefüllt sind. Als Antischimmelmittel haben sich kleine Stückchen Holzkohle bewährt, die auf die Erde gegeben werden.
In die Pflanzenerde setzt man kleine Pflanzen, die für den tropischen Flaschengarten bestens geeignet sind und in jedem Pflanzenmarkt erhältlich sind (Abb. 20.1). Mit einem Wasserzerstäuber besprüht man die Pflanzen gründlich; dann schraubt man den Deckel auf das Glas und stellt es an einen Fensterplatz. Der Mini-Regenwald darf nicht den ganzen Tag in der prallen Sonne stehen. Der Platz sollte aber hell sein (Halbschatten) und möglichst in den Vormittagsstunden (zur Schulzeit) so viel direkte Sonne empfangen, dass der Wasserkreislauf gut in Gang kommt.
Das Wasser zirkuliert im geschlossenen Glasbehälter, es verdunstet aus dem Boden und den Blättern, kondensiert und schlägt sich an den Glaswänden nieder und sickert zurück in den Boden. Wenn sich zu viel Feuchtigkeit niederschlägt, nimmst du für eine Weile den Deckel vom Glas und lässt überschüssige Flüssigkeit verdunsten. Sollten sich überhaupt keine Tröpfchen an den Wänden absetzen, muss ein bisschen nachgewässert werden. Wenn Verdunstung und Niederschlag schließlich im Gleichgewicht sind, kannst du das Glas sich selbst überlassen.
Betrachte deinen Regenwald täglich morgens, mittags und abends und führe Protokoll.

20.3: Regenwald im Gurkenglas

20.2: Materialliste:
- eine große Bromelie im Topf,
- Gießkanne mit lauwarmem Wasser,
- Plastikwanne,
- Messbecher oder Messzylinder

Bromelien als Wasserspeicher

Bromelien sind Bewohner des Regenwaldes (▷ S. 18). Ihre Blätter sind trichterförmig angeordnet. In diesem Blatttrichter fangen sie Regenwasser auf, das sie mit kleinen Saugschuppen aufnehmen.
Wie viel Wasser kann die mitgebrachte Bromelie aufnehmen? Schätze zusammen mit deinen Mitschülern und notiert eure Schätzungen auf Zetteln. Jetzt füllst ihr den Blattrichter randvoll mit lauwarmem Wasser. Zur Feststellung der tatsächlichen Wassermenge leerst du den Inhalt des Bromelientrichters in eine Plastikwanne. Von da gießt du das Wasser in einen Messbecher. Vergleicht das Ergebnis mit euren Schätzungen.

20.4: Bromelien als Wasserspeicher

Was kümmert uns der tropische Regenwald?

1 Wild wachsende tropische Heilkräuter liefern Medikamente gegen Zuckerkrankheit, Bluthochdruck, Malaria und vieles mehr. Tropische Organismen sind auch die Grundlage für überlebenswichtige Antibiotika. Über die Hälfte aller weltweit verschriebenen Medikamente enthalten pflanzliche Wirkstoffe, zumeist aus tropischen Arten. Aber nur ein Prozent der Regenwaldpflanzen sind bisher auf ihre medizinische Wirkung getestet worden.

2 Über 80 % aller weltweiten Nutzpflanzen sind tropischen Ursprungs, wie z. B. Banane oder Kakao. Die halbe Menschheit ernährt sich sogar von nur drei Pflanzen; neben Weizen von den tropischen Arten Reis und Mais. Kulturpflanzen neigen immer häufiger zu Krankheiten und Schädlingsbefall. Das kann zu Hungersnöten führen. Kreuzt man die Kulturpflanzen mit wild lebenden Arten aus dem Regenwald, werden diese gesünder und widerstandsfähiger.

3 Über 2000 Pflanzenarten besitzen dank ihrer Inhaltsstoffe so gute schädlingskontrollierende Eigenschaften, dass sie als Schädlingsbekämpfungsmittel eingesetzt werden können.

4 Regenwälder funktionieren wie Riesenschwämme, die Regenwasser aufsaugen und es über die Blätter wieder „ausschwitzen". Sie produzieren ihre eigenen Wolken und sorgen auch in weit entfernten Trockengebieten für lebensnotwendige Niederschläge. Wissenschaftler vermuten einen Zusammenhang zwischen der Vernichtung der Regenwälder und der Zunahme von Dürrekatastrophen.

5 Regenwälder entziehen der Luft Kohlenstoffdioxid und produzieren lebenswichtigen Sauerstoff. Wenn sich als Folge der Abholzung des Regenwaldes CO_2 in der Atmosphäre anreichert, führt dies zum so genannten Treibhauseffekt. Das bedeutet eine allmähliche Klimaerwärmung mit schwerwiegenden Folgen für das Wettergeschehen. Außerdem spielen die Regenwälder eine wichtige Rolle für den gesamten Wasserkreislauf der Erde. Wo der Regenwald verschwunden ist, wird es windiger und trockener.

6 Heute schätzt man die Urbevölkerung des Regenwaldes auf nur noch zwei Millionen Menschen in weltweit etwa 1000 Stämmen. Es sind Waldvölker wie die Pygmäen in Afrika, die Indianer Südamerikas (z. B. die Yanomami), die Volksstämme der Penan und Dayak auf Borneo und viele mehr. Alle Ureinwohner haben sich dem Leben im Wald perfekt angepasst. Der Regenwald liefert ihnen alles, was sie brauchen. Ohne ihn sind sie verloren.

7 Seit über 60 Mio. Jahren gibt es Regenwälder. Unzählige seltene Tier- und Pflanzenarten haben hier bis heute überlebt. Im tropischen Regenwald leben vermutlich 90 % aller Tier- und Pflanzenarten der Erde. Die meisten von ihnen sind noch nicht einmal entdeckt worden.

8 Neben den Edelhölzern bietet der Regenwald eine riesige Vielfalt an pflanzlichen Rohstoffen: Öle aus Palmenkernen oder Nüssen, Fasern für Kleidung, Milchsaft für Gummi (Kautschuk), Rattan (Kletterpalmen) für Möbel, Harze für Kerzen, Farben, Schminke und vieles mehr.

AUFGABEN

1. *Abb. 21.1 nennt acht Gründe für den Erhalt des tropischen Regenwaldes. Welcher Text (1 bis 8) passt zu welchem Stichwort?*
2. *Finde für jeden der acht Texte eine passende Überschrift.*

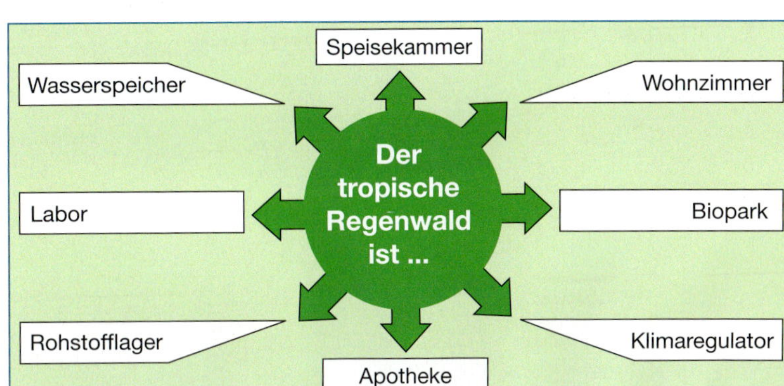

21.1: Funktionen des tropischen Regenwaldes

21.2: Die Zerstörung des tropischen Regenwaldes in Zahlen:
Pro Minute geht eine Fläche von 35 Fußballfeldern tropischen Regenwaldes unwiederbringlich verloren! (In der Zeit, in der wir das Wort „fünfunddreißig" aussprechen, ist es über die Hälfte eines Fußballfelds!)
Jährlich sterben im tropischen Regenwald ca. 300 Baumarten aus. Jede Baumart wird von 600 Insektenarten besiedelt, die nur hier leben können. Jedes Jahr sterben somit ca. 180 000 Insektenarten aus.

22.1: Pygmäen – Menschen des Waldes

22.2: Zwei junge Pygmäen

Überleben im tropischen Regenwald

Pygmäen – die Menschen des Waldes

Die Pygmäen gelten als die frühesten Einwohner Zentralafrikas. Schon seit Jahrtausenden leben sie in den Regenwäldern von Kamerun, Kongo und Gabun. Die von Natur kleinwüchsigen Menschen werden nur ca. 1,40 m groß. Die Pygmäen leben in Großfamilien. Mindestens drei Familien bilden eine Sippe. Als **Jäger und Sammler** durchstreifen sie in kleinen Gruppen den Wald. Die Männer erlegen kleinere Tiere mit vergifteten Pfeilen, größere werden in Fallgruben gefangen. Bleibt der Jagderfolg aus, so ernähren sie sich von allem, was an Früchten, Wurzeln, Samen, Insekten und Schnecken gesammelt werden kann. Die Pygmäen leben nicht in festen Dörfern. Für die Nacht werden von den Frauen aus Zweigen und Blättern Rundhütten errichtet. Bei den ackerbauenden Bantu wird erjagtes Wild gegen Bananen und Knollenfrüchte eingetauscht. Von den Bantu werden die Pygmäen allerdings sehr schlecht behandelt, oftmals sogar vertrieben, um neue Ackerflächen zu gewinnen.

Der Reporter Uwe George, der längere Zeit bei den afrikanischen Ureinwohnern gelebt hat, war sehr erstaunt, wie freundlich und intelligent die Angehörigen dieses Volkes waren. „Die Pygmäen haben mehr Kenntnisse über den Wald als alle Naturwissenschaftler zusammengenommen“, stellte er bewundernd fest. „Sie haben sie, weil sie Bestandteil des Waldes sind. Sie selbst sind Wald.“

Seit einigen Jahren allerdings wird der Lebensraum der Waldmenschen mehr und mehr eingeengt, so sehr, dass es um das Überleben dieses Volkes geht. Vielen ist seine Lebensform ein Dorn im Auge, den Missionaren etwa, aber auch den Verantwortlichen in den Regierungen. Vor allem aber sind es die Holzfäller, die versuchen, die Pygmäen zu vertreiben oder bis zur Hilflosigkeit zu „zivilisieren“.

22.3: Siedlungsgebiet der Pygmäen

22.4: Europäischer Helfer und Pygmäe

Wandern um zu überleben

Ackerbauern des tropischen Regenwaldes, wie z. B. die Bantu in Gabun, wohnen in kleinen Dörfern, die aus einzelnen Lehmhütten bestehen. Die Felder werden mit einfachen Hacken und Grabstöcken bearbeitet. Diese Form des Ackerbaus wird **Hackbau** genannt. Zunächst schlagen die Männer mit Buschmesser und Axt Sträucher und kleinere Bäume ab. Dann werden die größeren Bäume geringelt und so zum Absterben gebracht. Schließlich fällen sie möglichst viele Bäume. Nachdem das Holz dürr geworden ist, wird es zusammen mit dem geschlagenen Unterholz angezündet. Tagelang steht eine riesige Rauchsäule über dem Wald. Einige größere Bäume lassen die Bantu als Schattenspender für empfindliche Pflanzen stehen. Die bei der **Brandrodung** entstandene Asche wird gleichmäßig verteilt; sie düngt den Boden. Die Frauen bestellen die Felder. Den Boden lockern sie nur dort mit der Hacke, wo auch eine Pflanze eingesetzt wird.

23.1: Brandrodung

Die Bantu bevorzugen eine gemischte Anbauweise. Oft kombinieren sie Mais mit Knollenfrüchten (Maniok, Taro, Bataten) und Mehlbananen. Nach der Ernte werden Erdnüsse und Zwiebeln angepflanzt. Tomaten, Auberginen und Yams ergänzen den Speiseplan. Die Bantu bauen nur das an, was sie auch selbst verbrauchen; sie sind **Selbstversorger**.

Schon nach zwei Jahren werden die Ernteerträge spürbar geringer. Von den Rändern her wuchert der Regenwald in die gerodete Fläche hinein. Bald müssen die Bantu das Feld aufgeben. Es bleibt brach liegen. Allmählich wächst wieder Wald nach. Inzwischen haben die Männer eine neue Fläche gerodet. Im Laufe der Jahre ist die gesamte Fläche um das Dorf herum bebaut worden. Wenn sich ein weiterer Anbau nicht mehr lohnt, muss die Familie ihre Siedlung verlassen und an anderer Stelle ein Haus bauen. Diese Art des Feldbaus, die in allen Regenwaldgebieten zu finden ist, bezeichnet man als **Wanderfeldbau**.

23.2: Hackbau

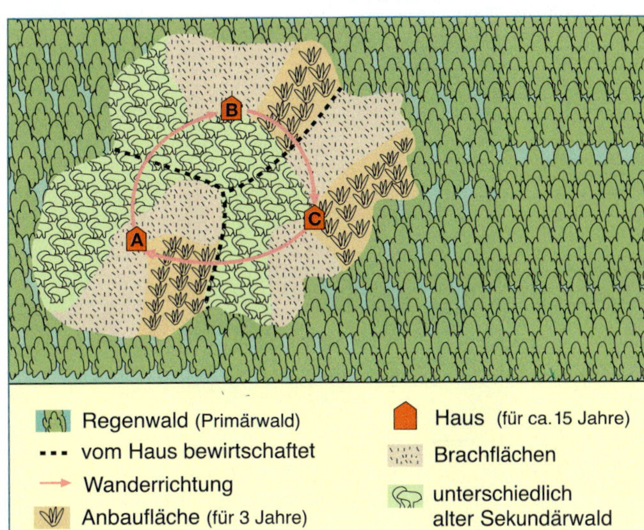

23.3: Wanderfeldbau

AUFGABEN

1. *Die Pygmäen sind in idealer Weise an das Leben im Regenwald angepasst. Begründe.*
2. *Die Bantu betreiben Wanderfeldbau mit Brandrodung. Beschreibe diese Wirtschaftsform. Warum sind die Bantu zum Wandern gezwungen?*
3. *Maniok, Taro und Bataten sind weit verbreitete Kulturpflanzen für die Selbstversorgung im Regenwald. Informiere dich über Aussehen, Anbau und Verarbeitung dieser Pflanzen (Lexikon, Internet) und berichte vor der Klasse.*

24.1: Mykorrhiza-Pilze (oberirdisch)

24.2: Erschöpfter Brandrodungsboden

Vielfalt trotz Mangel

Die Eingeborenen haben längst erkannt, dass der Ackerbau die Fruchtbarkeit des Bodens schnell verringert, während sie durch die natürliche Urwaldvegetation vergrößert wird. Deshalb überlassen sie ihre Anbauflächen nach wenigen Jahren der Nutzung wieder dem wilden Pflanzenwuchs. Die aufgegebenen Rodungsflächen werden vom Wald zurückerobert. Nach etwa 20 Jahren ist ein **Sekundärwald** entstanden. Er ist nicht so hoch, und die Zahl der Baumarten ist deutlich geringer als im ursprünglichen **Primärwald**. Es dauert über hundert Jahre bis sich dieser Wald in seiner gesamten Artenvielfalt erneuert hat.

Infolge der hohen Temperaturen und der ständigen Feuchtigkeit sind die Gesteine des Untergrundes bis in große Tiefen zersetzt. Die Verwitterungsschicht kann unter einem Regenwald über 20 m betragen. **Tonminerale**, die kleinsten Abbauprodukte der Gesteine, sind die wichtigsten Lieferanten von neuen Pflanzennährstoffen. Zudem besitzen sie die Fähigkeit, Nährstoffteilchen (Mineralsalze) an sich zu binden und diese im Boden festzuhalten, wo sie dann bei Bedarf von den Pflanzenwurzeln aufgenommen werden. In den immerfeuchten Tropen aber fehlen diese wertvollen Tonminerale weitgehend.

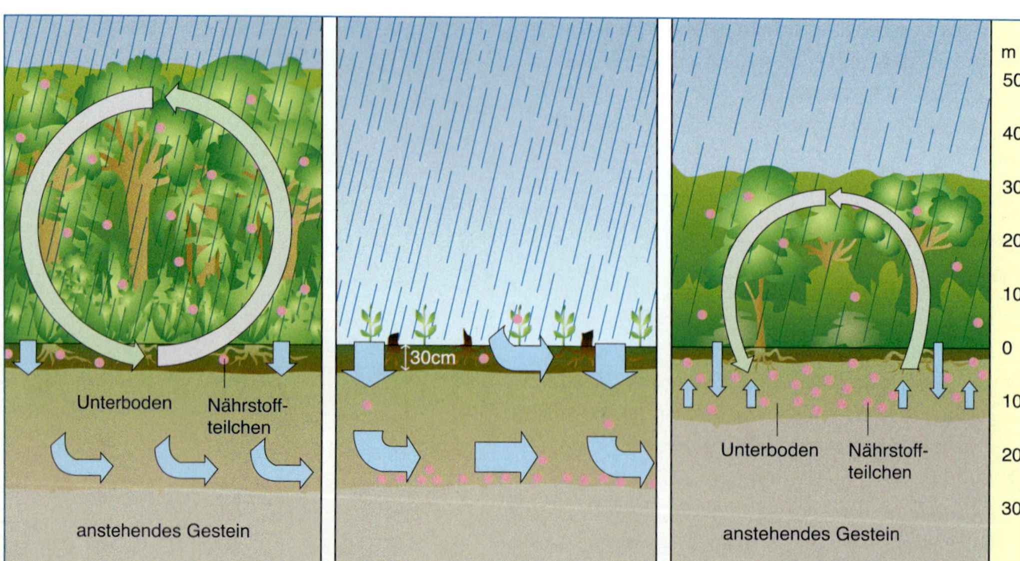

24.3: Nährstoffkreislauf in den immerfeuchten Tropen und in den gemäßigten Breiten

Bei der Vielzahl der Lebewesen müsste der Waldboden mit Rückständen verwesender Bäume oder mit Tierskeletten übersät sein. Doch der Boden ist wie leer gefegt, weil Termiten scharenweise über jeden gestürzten Baum herfallen und das Holz mit unglaublicher Schnelligkeit zersetzen. Der Reinigungsvorgang wird von den bodenbewohnenden **Mykorrhiza-Pilzen** vollendet, die mit den Pflanzenwurzeln in einer Art Lebensgemeinschaft leben. Die Pilzfäden umspinnen die Saugwürzelchen der Bäume und geben alle Nährstoffe, die sie den absterbenden Mitgliedern der Waldgemeinschaft entziehen, unmittelbar an die lebenden Pflanzen zurück. Die Wurzelpilze sind richtiggehende **Nährstoff-Fallen**. Die Nährstoffteilchen abgestorbener Pflanzen werden den lebenden Pflanzen somit rasch wieder zugeführt: Der **Nährstoffkreislauf** ist „kurzgeschlossen". Von den Bäumen erhalten die Mykorrhiza-Pilze als Gegenleistung einen zuckerhaltigen Saft. Aber das so kraftstrotzend aussehende System ist anfällig. Wird der Wald geschlagen oder abgebrannt, so wird der Kreislauf an der entscheidenden Stelle aufgerissen.

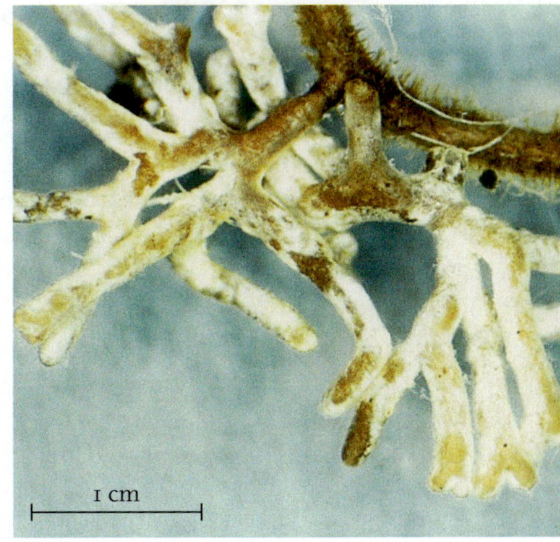

25.2: Mykorrhiza-Pilze (Pilzfäden)

AUFGABEN

1. *Der Nährstoffkreislauf im tropischen Regenwald ist „kurzgeschlossen". Erkläre.*
2. *Erläutere folgende Sätze:*
   a) Wird der Wald gerodet, so wird der Kreislauf an der entscheidenden Stelle aufgerissen.
   *b) Der tropische Regenwald wächst **auf**, aber nicht **aus** dem Boden.*
3. *Der Wanderfeldbau kann sowohl eine angepasste als auch eine zerstörerische Wirtschaftsform sein. Kläre diesen Widerspruch (Abb. 25.3).*
4. *Ordne folgende Begriffe den Buchstaben A oder B (Abb. 25.1) zu: Austrocknung – Biomasse – Bodenerosion – Stabilität des Ökosystems – Artenvielfalt – Feuergefahr – Nährstoffverluste.*

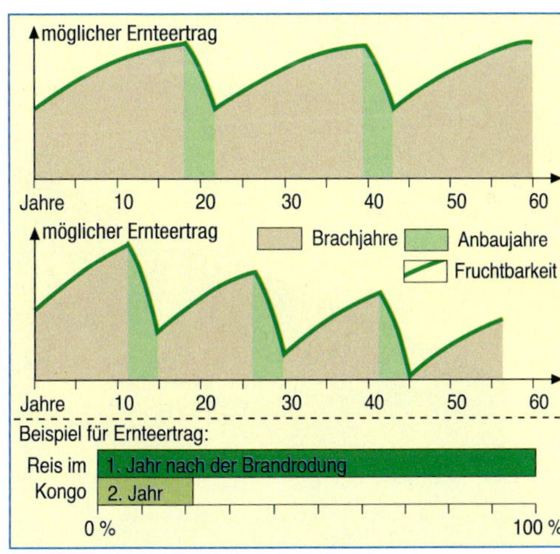

25.3: Brachedauer und Ernteerträge

Jahr	Bevölkerung in Mio.
1965	17,7
1975	23,9
1985	32,1
1995	44,4
2005	60,8

25.4: Bevölkerungsentwicklung in der Demokratischen Republik Kongo

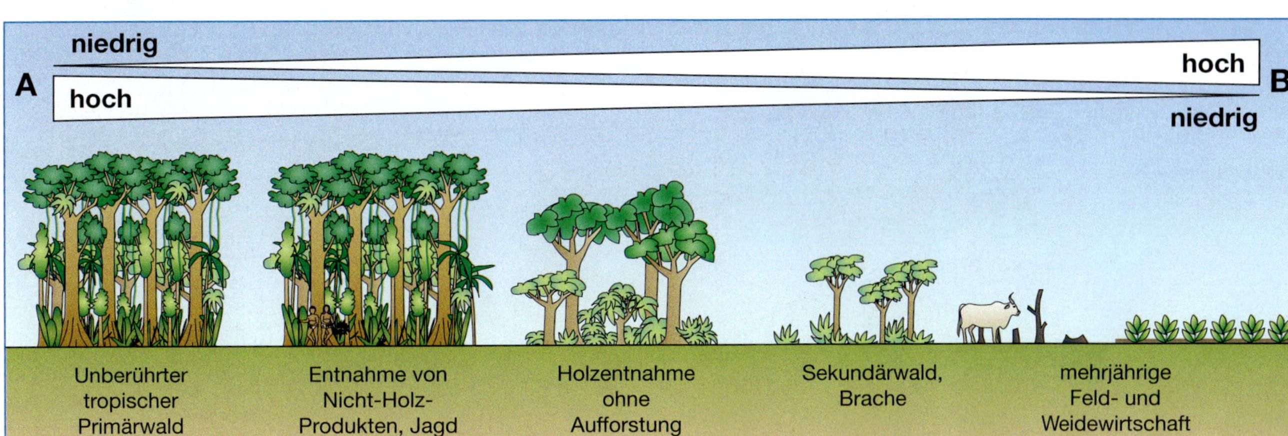

25.1: Veränderungen durch die Nutzung des tropischen Regenwaldes

GEO Wissen | Immerfeuchte Tropen

4. Vergleiche das Bild eines Graffiti-Künstlers (Abb. 26.1) mit dem wirklichen tropischen Regenwald. Welche Übereinstimmungen erkennst du, was entspringt der Fantasie des Künstlers?

1. Nenne alle Länder, die Anteil am tropischen Regenwald haben (Abb. 27.1, Atlas). Unterscheide nach Kontinenten.
2. Ordne die Bildausschnitte A–F in Abb. 27.2 bestimmten Themen des Kapitels zu. Begründe.
3. Im Internet gibt es zahlreiche spannende Seiten zum tropischen Regenwald, die dir bei der Beantwortung folgender Fragen helfen:
   a) Nenne die Merkmale des Regenwaldes.
   b) Berichte über spezielle Anpassungen von Pflanzen und Tieren des Regenwaldes.
   c) Welche Völker leben im Regenwald? Beschreibe ihre Lebensweise und Gefährdung.
   d) Nenne und begründe Möglichkeiten zum Schutz der Regenwälder.

Internet-Tipp

www.econautix.de/
Klicke im Menüpunkt „Basics" das Stichwort „Regenwald" an.

www.faszination-regenwald.de/
Eine Herausforderung: das Regenwaldquiz!

www.umweltkids.de/
Klicke im Menüpunkt „Schwerpunkte" das Stichwort „Regenwald" an.

www.abenteuer-regenwald.de/
Mit Vorschlägen, was du für den Erhalt des Regenwalds tun kannst.

www.regenwald-schutz.de/
Wenig Fotos, aber sehr viel Informationen.

26.1: Das „Regenwaldhaus" in Offenburg

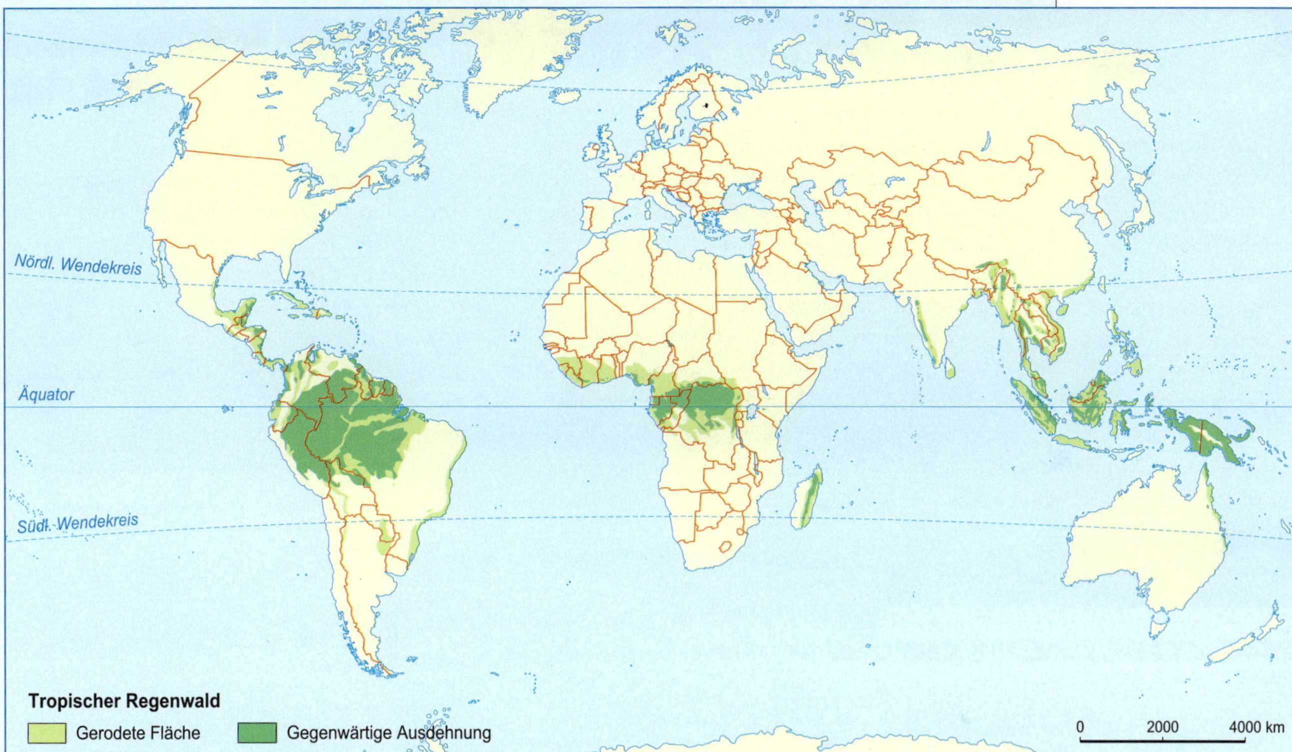

27.1: Die Verbreitung der Regenwälder auf der Erde

27.2: Bildausschnitte aus dem Kapitel „Immerfeuchte Tropen“

Trockensavanne während der Regenzeit

Trockensavanne während der Trockenzeit

Wechselfeuchte Tropen

Die große Wanderung

Die Erde erbebt unter dem Donner von Millionen Hufen. Wuchtig branden die zahllosen Körper vorwärts und wirbeln eine mächtige rote Staubwolke auf. Auf dürren Beinen galoppieren die Tiere an sanften Tälern und Hügeln vorbei, ziehen durch offenes Grasland und durchqueren Flüsse und Bäche. Die gewaltige Herde lässt eine breite Spur bis auf die Wurzeln niedergetrampelten Grases zurück. Diese riesige Herde brüllender, wild voranstürmender Kreaturen bietet eines der größten Naturschauspiele der Welt – die große Wanderung der Weißbartgnus.

Die Serengeti ist ein einzigartiges Ökosystem, zu dem man den Serengeti-Nationalpark, das Ngorongoro-Reservat, das Maasai-Mara-Tierreservat und vier weitere Schutzgebiete in Kenia zählt. Berühmt geworden ist die Serengeti, das die Massai „Siringitu" – die „endlose Ebene" nannten, durch die jahreszeitliche Wanderung der Gnuherden, die „Great Migration".
Weißbartgnus brauchen täglich Wasser und benötigen ausreichend Gras für ihre Ernährung. Solange sie Nahrung und Wasser vorfinden, bleiben sie an einem Ort. Doch je weiter die **Trockenzeit** fortschreitet, desto trockener wird das Gras auf den Ebenen, und die Quellen versiegen. Die Gnus können nicht abwarten, bis der Regen zu ihnen kommt. Sie müssen dem Regen folgen.
So machen sich vor Beginn der **Regenzeit** über eine Million Gnus und etwa 200 000 Zebras sowie Thompson-Gazellen von den Hügeln im Norden zu den Ebenen im Süden auf. Dort bringen die Weißbartgnus ihre Jungen zur Welt. Sie haben die einzigartige Fähigkeit, die Geburt der Kälber so abzustimmen, dass 90 Prozent der Jungen innerhalb von drei Wochen zur Welt kommen. Die Kälber können schon nach drei bis fünf Minuten stehen und laufen. Nach der großen Regenzeit beginnt die Wanderung nach Norden. Den riesigen Huftierherden folgen Raubtiere, die es auf alle langsamen, lahmen und kranken Tiere abgesehen haben. Auf ihrer Wanderung dringen die Gnus in die Reviere von Löwen ein, die schon auf der Lauer liegen. Leoparden, Geparde, Wildhunde und Hyänen „kümmern" sich um jedes Tier, das zurückbleibt oder sich von der Herde entfernt. Sobald die Beute geschlagen ist, tauchen Geier auf und streiten sich lautstark um die Reste.
Die Durchquerungen der Flüsse sind ein spektakuläres Schauspiel, bei dem sich die Tiere zu Tausenden von hohen Ufern in das Wasser hinabstürzen. Die meisten erreichen sicher das andere Ufer. Aber manche werden von der Strömung weggerissen oder von Krokodilen geschnappt, die dicht unter der Wasseroberfläche lauern. Diese gefährliche Wanderung, bei der die Tiere bis zu 3000 km zurücklegen, wiederholt sich Jahr für Jahr.

AUFGABEN

1. *Beschreibe die jahreszeitliche Wanderung der Gnus (Abb. 31.2).*
2. *Welche Gefahren bringt die Wanderung für die Gnus mit sich?*
3. *Warum unternehmen die Gnus dennoch jedes Jahr diese gefährliche Wanderung? Nimm die Abb. 31.2 und die Klimadaten (Abb. 31.4) zu Hilfe.*
4. *Informiere dich über die Serengeti im Internet. Unter www.serengeti.org erfährst du mehr über Landschaft und Natur des Nationalparks.*

31.1: Wanderung der Gnuherden

31.3: Lage der Serengeti in Ostafrika

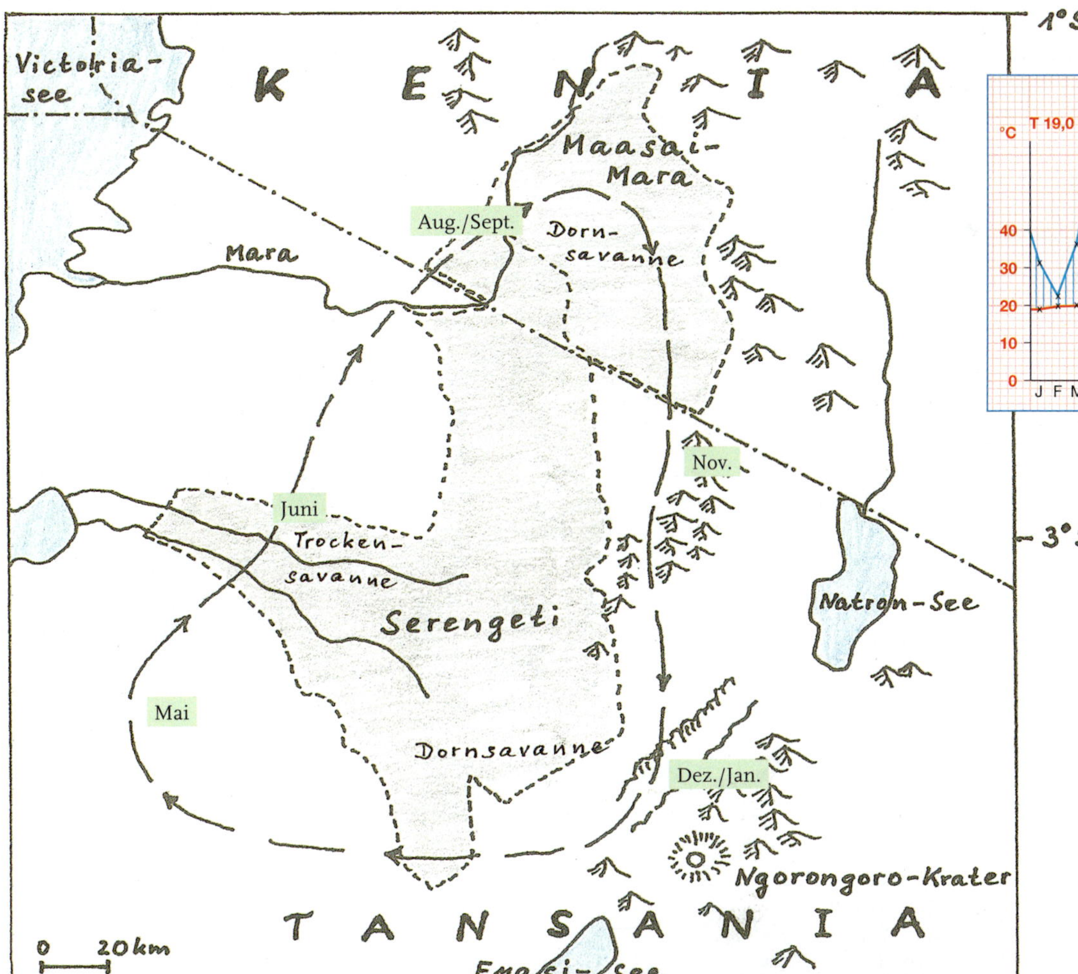

31.2: Jährliche Wanderroute der Gnus

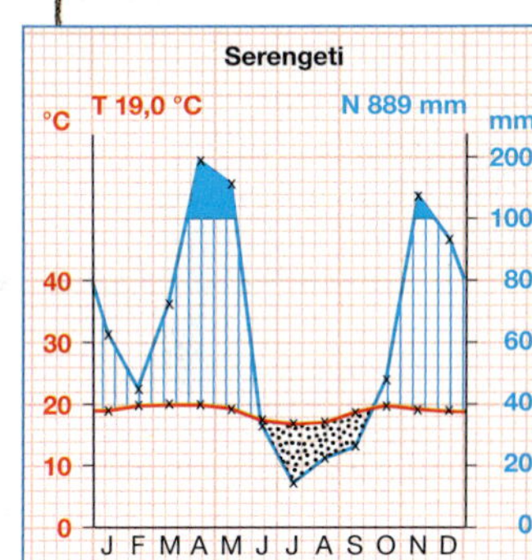

31.4: Klima der Serengeti

In der Serengeti herrscht das klassische Klima Ostafrikas: Regen- und Trockenzeit.
Die durchschnittlichen Tageshöchsttemperaturen sind während des ganzen Jahres relativ gleich und betragen etwa 27 bis 28 °C.

Auf der Jagd nach den „Großen Fünf“
1. Tag: Am Morgen fliegen Sie mit einem Twin Otter von unserem Privatflugfeld in die Maasai-Mara. Nach der Landung werden sie in das Mara Buffalo Camp gefahren, wo Sie Ihren gemütlichen Bungalow beziehen. In diesem ehemaligen Großwildjäger-Camp erleben Sie echte Buschatmosphäre. Jede Unterkunft hat eine eigene Warmwasserdusche und Toilette. Die Mahlzeiten werden als Barbecue serviert.
2. bis 6. Tag: Mit unseren komfortablen Geländewagen unternehmen Sie täglich ein bis zwei Foto-Pirschfahrten. Unsere Fahrer bringen Sie zu den „Großen Fünf“: Elefant, Nashorn, Löwe, Büffel und Leopard. Sie erhalten Lunchpakete oder nehmen an einem „Picknick nach Großwildjägerart“ teil.
7. Tag: Heute laden wir Sie zu einer Ballonsafari ein, der unbestrittene Höhepunkt ihrer Reise. Erleben Sie die Wanderung der Gnus, die zu Hunderttausenden die Savanne durchstreifen. Ein unvergessliches Naturerlebnis.
8. Tag: Nach einem interessanten Flug, vorbei am majestätischen Kilimandscharo, erreichen Sie am Nachmittag Nairobi.

32.1: Aus einem Reiseprospekt

Die Savannen – Mangel und Überfluss

Seit vielen Wochen ist kein Tropfen Regen gefallen. Unbarmherzig brennt die Sonne vom wolkenlosen Himmel. Das Thermometer zeigt Temperaturen von 35 bis 40 °C im Schatten. Der Boden ist heiß wie ein Backofen. Man ist geblendet, wenn man über das weite Land schaut. Die Luft flimmert über den Gräsern, die in der sengenden Glut verdorren. Die Bäume haben ihr Laub abgeworfen und sehen aus, als seien sie abgestorben. Immer heißer werden die Tage, immer mehr füllt sich die Luft mit Staub. Täglich ballen sich riesige Haufenwolken zusammen, zerstreuen sich aber wieder.
Fast schlagartig setzt ein gewaltiger Sturm ein und treibt Staub und Sand vor sich her. Bald prasselt der Regen, begleitet von lauten Donnerschlägen, mit solcher Gewalt hernieder, dass sich schon nach wenigen Minuten auf Wegen und Plätzen Wasserlachen bilden. Durch die eben noch trockenen Fluss- und Bachbetten wälzen sich schlammige Fluten. Die meisten Wege bestehen nur noch aus Morast, in den jeder Wagen einsinkt. Nun entladen sich fast jeden Nachmittag schwere Gewitter.
Schon nach wenigen Tagen sprießt das Gras; das Land überzieht sich mit frischem Grün. Auch die Bäume legen ein neues Blätterkleid an. Wie bei uns im Frühling blühen unzählige bunte Blumen, von Schmetterlingen und Käfern umschwirrt. Für die Bewohner der **Savannen** ist jetzt die Zeit gekommen, ihre Felder zu bestellen und Vorräte für die trockene Jahreszeit anzulegen.

32.2: Die „Großen Fünf“

Als **Savannen** bezeichnet man die offenen, meist sommergrünen Graslandschaften der wechselfeuchten Tropen. Sie sind von einzelnen Bäumen, Baumgruppen oder lichten Wäldern durchsetzt. Zu Beginn der Regenzeit entfaltet sich ein üppiges Pflanzenwachstum, doch während der Trockenzeit verlieren die Bäume ihr Laub und das Gras verdorrt. Man unterscheidet folgende Savannentypen:
In der **Feuchtsavanne** wachsen mehrere Meter hohe Gräser (Elefantengras bis 6 m hoch). Die Bäume stehen in kleinen Gruppen oder bilden einen hochwüchsigen, lichten Wald mit geringem Unterwuchs.
Die **Trockensavanne** ist geprägt durch weite Grasfluren und einzelne Bäume, die sich an die längere Trockenzeit angepasst haben: dornige Schirmakazien oder Wasser speichernde Affenbrotbäume.
In der **Dornsavanne** gibt es nur noch niedrige Büsche mit lederartigen oder zu Dornen umgebildeten Blättern. Gräser wachsen nur noch büschelweise, sodass der nackte Boden sichtbar wird.
In den afrikanischen Savannen leben über 40 Gras fressende Säugetierarten, von Kleinantilopen (ca. 4 kg) bis zu den Elefanten (ca. 4000 kg).

33.1: Aus einem Lexikon – Savannentypen

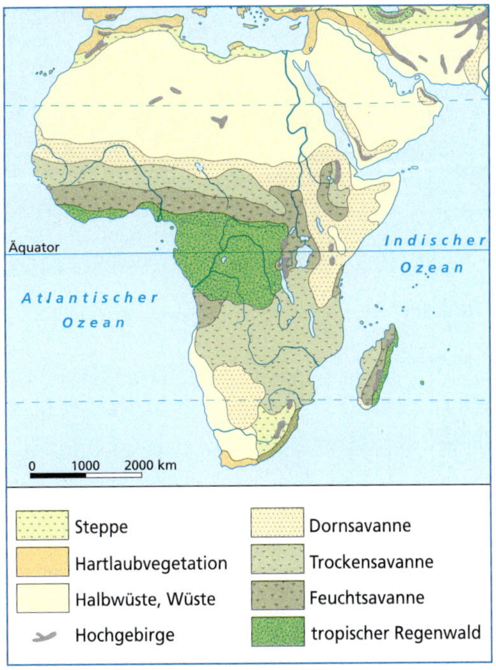

33.2: Vegetationszonen Afrikas

33.3: Savannen in Afrika

AUFGABEN

❶ *Eine Safari durch die Savannen Afrikas gehört zu den Wunsch-Urlaubszielen vieler Menschen. Was macht diese Reise so attraktiv aber auch so abenteuerlich? Sammle Informationen aus Reiseprospekten oder aus dem Internet.*

❷ *Neben den „Großen Fünf" („Big Five") gibt es auch noch die „Kleinen Fünf" („Little Five"). Welche Tiere sind gemeint? Die Antwort findest du unter der Webadresse www.serengeti.org.*

❸ *Wie unterscheidet sich das „Savannenklima" vom „Regenwaldklima"?*

❹ *Beschreibe die Fotos 33.3 A–C und ordne sie den verschiedenen Savannentypen zu. Begründe.*

Der Passatkreislauf - „die tropische Wettermaschine"

Auf einem Satellitenbild von Afrika (Abb. 34.2) kann man im Überblick besonders gut die Abfolge der Landschaftszonen erkennen: Die gelbbraunen Wüstengebiete heben sich deutlich von den hellgrünen Savannen und dunkelgrünen Regenwaldgebieten ab.
Der Unterschied zwischen üppigem Pflanzenwachstum und lebensfeindlicher Wüste hängt von der Verfügbarkeit von Wasser ab. In den Tropen werden weltweit die höchsten, an manchen Orten aber auch die niedrigsten Niederschlagsmengen gemessen.

Das tropische Klima wird von der Sonne gesteuert. In den äquatornahen Gebieten steht die Sonne das ganze Jahr über sehr hoch am Himmel, zweimal im Jahr sogar im Zenit, d.h. senkrecht. Dann ist die Erwärmung besonders hoch. Es wird ein Kreislauf in Gang gesetzt, der für das tropische Klima von entscheidender Bedeutung ist, der **Passatkreislauf** (Abb. 35.1).

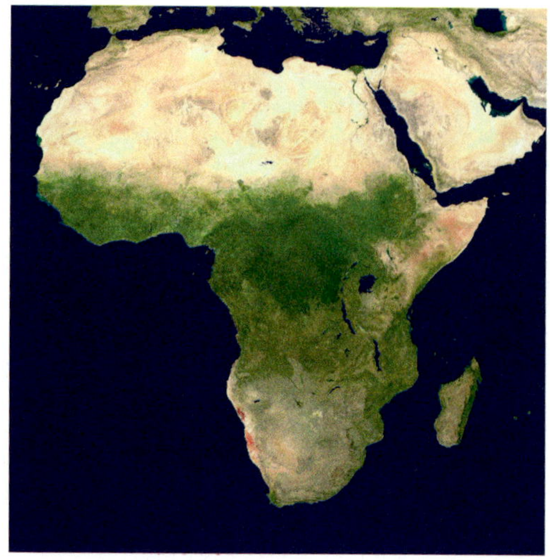

34.2: Afrika im Satellitenbild

AUFGABEN

1. *Beschreibe den Passatkreislauf (Abb. 35.1) mit eigenen Worten.*
2. *Warum ist der Niederschlag am Äquator höher als im subtropischen Hochdruckgürtel (Abb. 34.1)?*

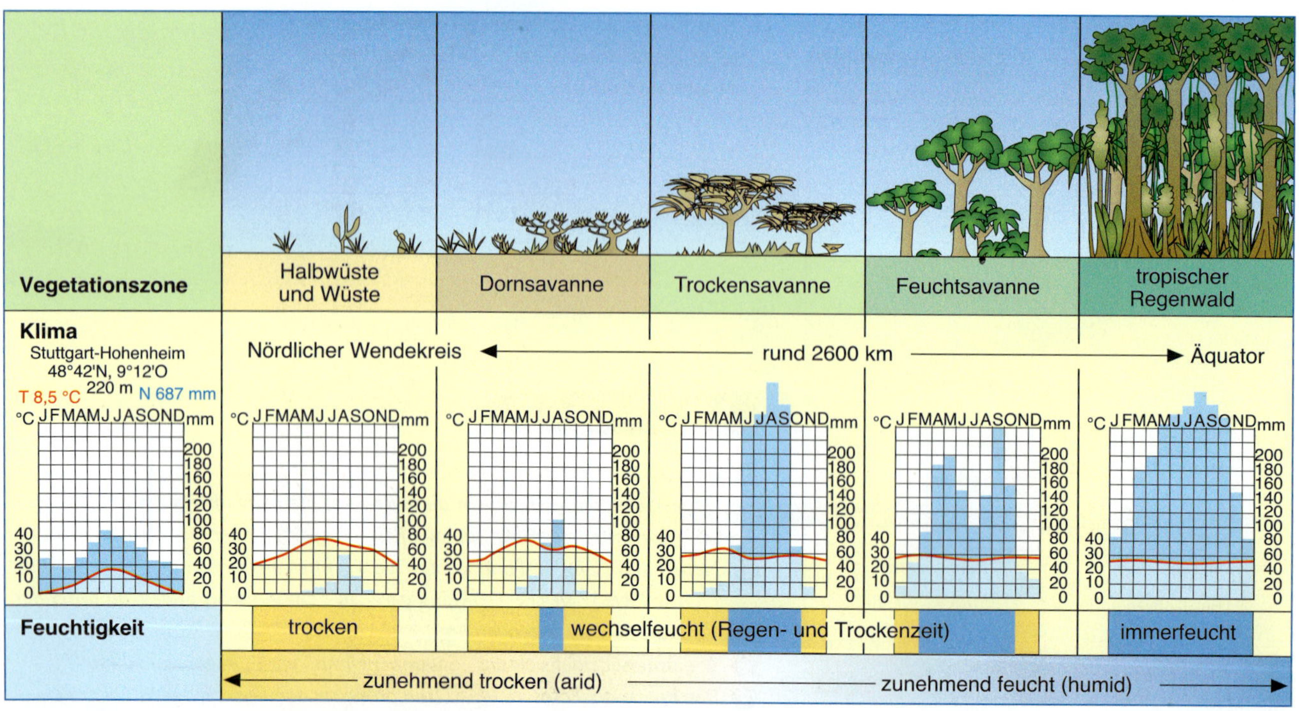

34.1: Schematische Darstellung der Vegetationszonen von der Wüste zum Regenwald

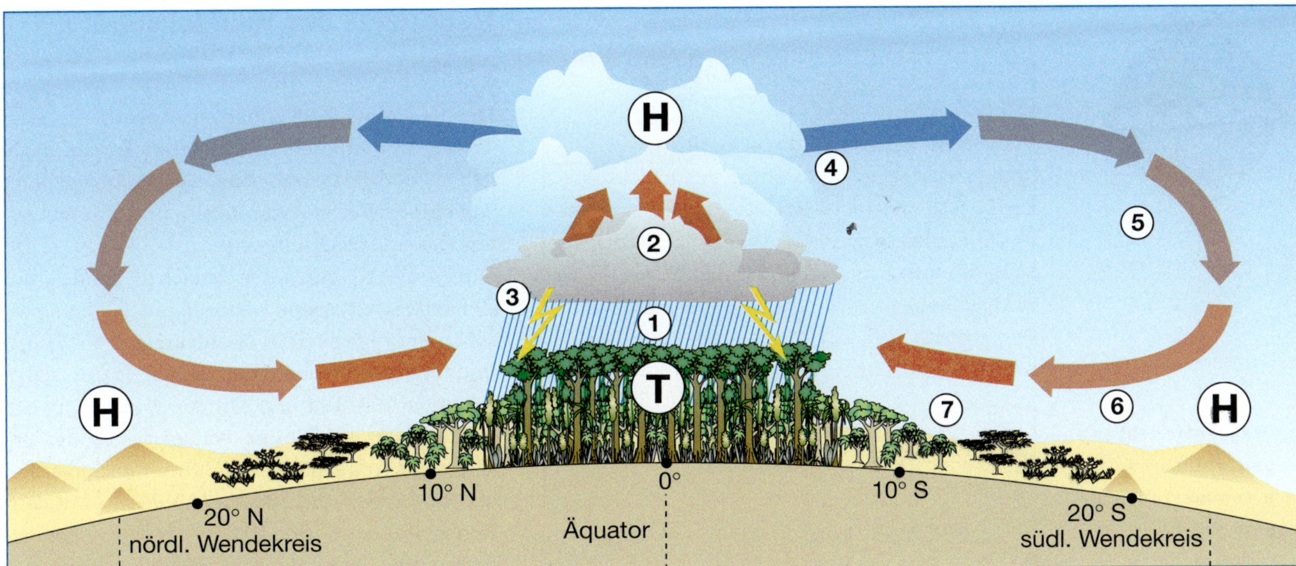

1. Die erwärmte Luft wird leichter, steigt auf und dehnt sich aus. Dadurch wird der Luftdruck am Boden geringer. Es entsteht ein Tiefdruckgebiet, in das aus den umliegenden Gebieten die Luft einströmt.
2. Beim Ausdehnen kühlt sich die Luft ab. Die tropischen Luftmassen enthalten viel Feuchtigkeit in Form von unsichtbarem Wasserdampf. Bei der Abkühlung kondensiert der Wasserdampf und bildet kleine Tröpfchen.
3. Hoch reichende Wolken quellen auf und es kommt zu heftigen Regenfällen, teilweise mit Gewittern.
4. Die aufsteigenden Luftmassen müssen der nachströmenden Luft Platz machen. In etwa 10–15 km Höhe fließen sie polwärts ab.
5. Nach etwa 2500 km sinken sie im Gebiet der Wendekreise wieder zu Boden. Dabei erwärmen sie sich und die Wolken lösen sich auf.
6. Am Boden entstehen Hochdruckgebiete, die den subtropischen Hochdruckgürtel bilden.
7. Am Boden strömen die Luftmassen aus dem subtropischen Hochdruckgürtel wieder zurück zum Äquator, weil dort die aufsteigende Luft eine Sogwirkung ausübt.

35.1: Der Passatkreislauf

35.2: Am Wendekreis

35.3: Am Äquator

Die **wechselfeuchten Tropen** werden häufig auch **sommerfeuchte Tropen** genannt. Diese Bezeichnung ist genauer, da die Regenzeiten jeweils im Sommer der entsprechenden Erdhalbkugel auftreten.

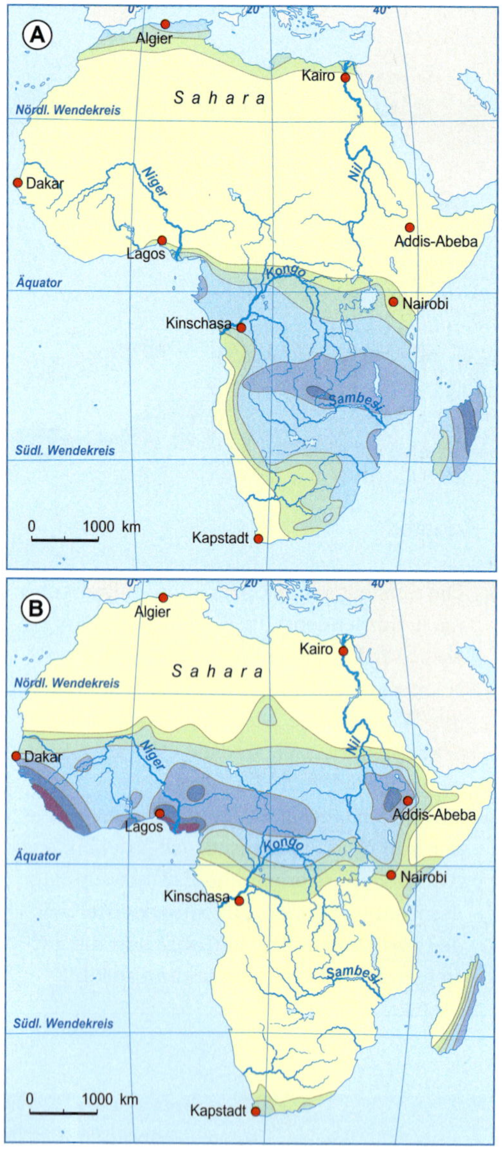

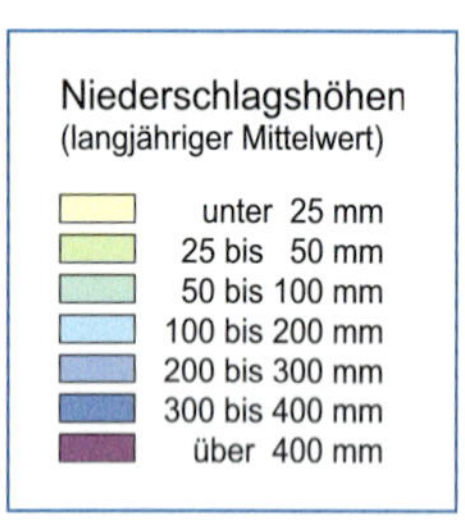

36.1: Niederschläge im Januar (A) und Juli (B) in Afrika

Regenzeit auf Wanderschaft

Der **Passatkreislauf** erklärt, warum die inneren Tropen immerfeucht, die äußeren Tropen dagegen niederschlagsarm sind. Diese sind geprägt von einem Wechsel von **Regen- und Trockenzeiten**: Sie sind wechselfeucht.

Durch die Neigung der Erdachse pendelt der Zenitstand der Sonne während eines Jahres zwischen dem nördlichen **Wendekreis** (23½° n. Br.) und dem südlichen Wendekreis (23½° s. Br.) scheinbar hin und her. Mit der Wanderung des Zenitstandes der Sonne verlagert sich der gesamte Passatkreislauf: im Sommer nach Norden und im Winter nach Süden (Abb. 37.1). Mit dem Zenitstand der Sonne wandert auch die **Zenitalregenzone**. Die ergiebigsten Niederschläge setzen jedoch nicht unmittelbar während des Zenitstandes, sondern etwa vier Wochen später ein. Am Äquator gibt es zwei große Regenzeiten. Zu den Wendekreisen hin rücken die beiden Regenzeiten zeitlich immer mehr zusammen. Bei 10° n. Br. bzw. s. Br. verschmelzen sie schließlich zu einer Regenzeit. Die Gebiete an den Wendekreisen ab ca. 19° n. Br. bzw. s. Br. erhalten keinen Zenitalregen mehr. Infolge der hohen Luftfeuchtigkeit gibt es in den inneren Tropen fast täglich Wärmegewitter. Diese Mittagsregen sind aber weniger ergiebig als die Zenitalregen.

AUFGABEN

1. *Man unterscheidet zwischen den immerfeuchten und den sommerfeuchten Tropen. Erkläre.*
2. *Ordne den Abb. A–C (Abb. 37.1) die Daten 21. 3., 21. 6. und 21. 12. zu (Abb. 36.2).*

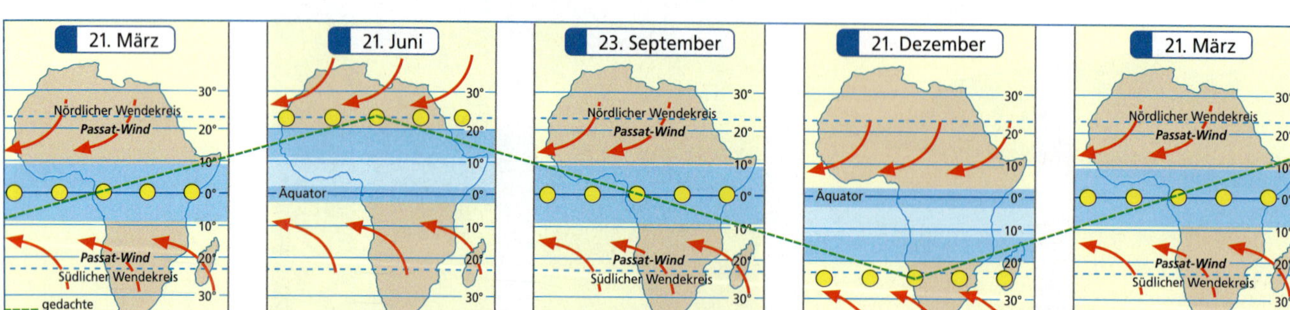

36.2: Verlagerung des Passatkreislaufs im Jahresverlauf

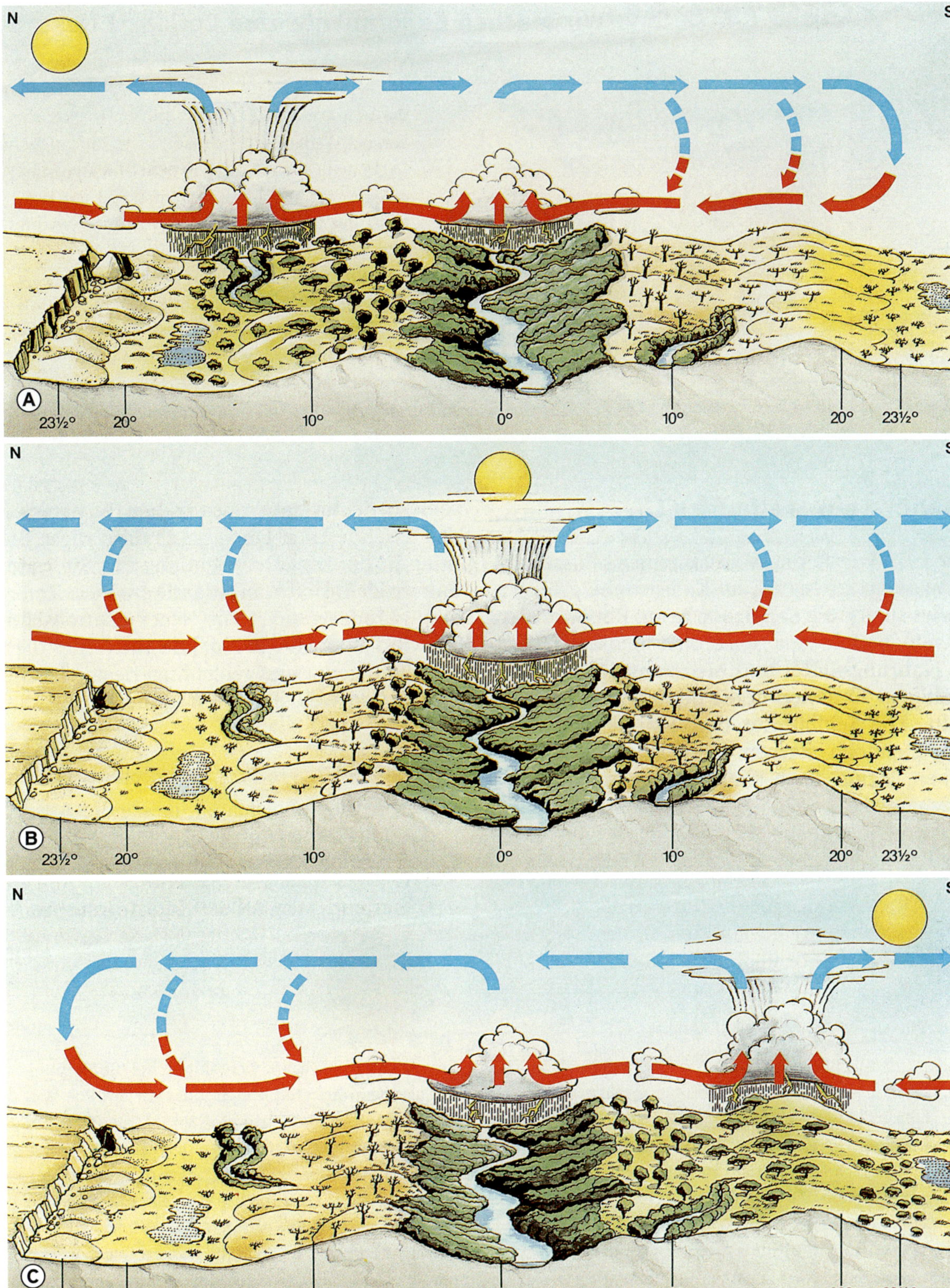

37.1: Jahreszeitliche Verlagerung des Passatkreislaufes in Afrika

GEO Praxis – Wir machen Experimente zum Coriolis-Effekt

38.1: Materialliste
Versuch A
- Globus,
- Kreide

38.4: Versuch A

Versuch A
Versuchsverlauf:
Dreht den Globus entgegen dem Uhrzeigersinn um die eigene Achse (dies entspricht der Drehung der Erde). Zieht einen Kreidestrich vom Nordpol direkt zum Äquator.
Aufgabenstellung:
1. Beschreibt eure Beobachtungen.
2. Welche Veränderungen stellt ihr fest, wenn ihr den Versuch vom Südpol aus durchführt?
3. Übertragt eure Beobachtungen auf die Winde von den Wendekreisen zum Äquator.

38.2: Materialliste
Versuch B
- zwei Bogen farbige Pappe (DIN A3),
- Schreiber,
- Schere,
- zwei Reißnägel,
- Schnur,
- Lineal

Versuch B
Versuchsvorbereitung und -verlauf:
1. Schneide von einer Pappe einen etwa 2 cm breiten Streifen ab.
2. Zeichne mithilfe einer Schnur und einem Reißnagel einen möglichst großen Kreis auf die Pappe und schneide ihn aus.
3. Lege den Kreis auf die andere Pappe. Befestige das eine Ende des Streifens mit der Reißzwecke in der Mitte, das andere außerhalb des ausgeschnittenen Kreises.
4. Zeichne mit einem Schreiber eine gerade Linie entlang des Streifens auf den Kreis.
5. Bitte einen Mitschüler, den Kreis langsam und gleichmäßig gegen den Uhrzeigersinn zu drehen. Zeichne dabei gleichzeitig eine Linie entlang des Streifens vom Rand zum Zentrum und umgekehrt.

38.5: Versuch B

Aufgabenstellung:
1. Beschreibt eure Beobachtung.
2. Übertragt eure Beobachtung auf die Erdkugel.
3. Was musst du machen, um die Situation auf der Südhalbkugel zu verdeutlichen?

Die Lufthülle der Erde macht die Erdrotation mit. Horizontale Luftbewegungen werden durch die Erdrotation abgelenkt, auf der Nordhalbkugel nach rechts (von der ursprünglichen Bewegungsrichtung), auf der Südhalbkugel nach links. Diese ablenkende Kraft wird nach ihrem Entdecker Corioliskraft genannt. Sie ist auch der Grund, warum die Passatwinde von den subtropischen Hochdruckgebieten nicht direkt zum Äquator strömen, sondern „schräg“ als Nordostpassat bzw. Südostpassat verlaufen.

38.3: Coriolis-Effekt

Orte am Äquator bewegen sich durch die Erddrehung schneller als die in höheren Breiten oder gar am Pol. Weil der Erdumfang am Äquator am größten ist, muss ein Ort am Äquator einen größeren Weg zurücklegen als in Polnähe. Luft, die aus höheren Breiten zum Äquator strömt, bleibt gegenüber der Erde zurück und wird somit scheinbar nach rechts abgelenkt. Bewegt sich ein Luftteilchen vom Äquator weg, so besitzt es noch die höhere Geschwindigkeit und „überholt“ scheinbar die darunter liegende Erde.

38.6: Übertragung der Experimente auf die Erde

GEO Wissen | Die wechselfeuchten Tropen

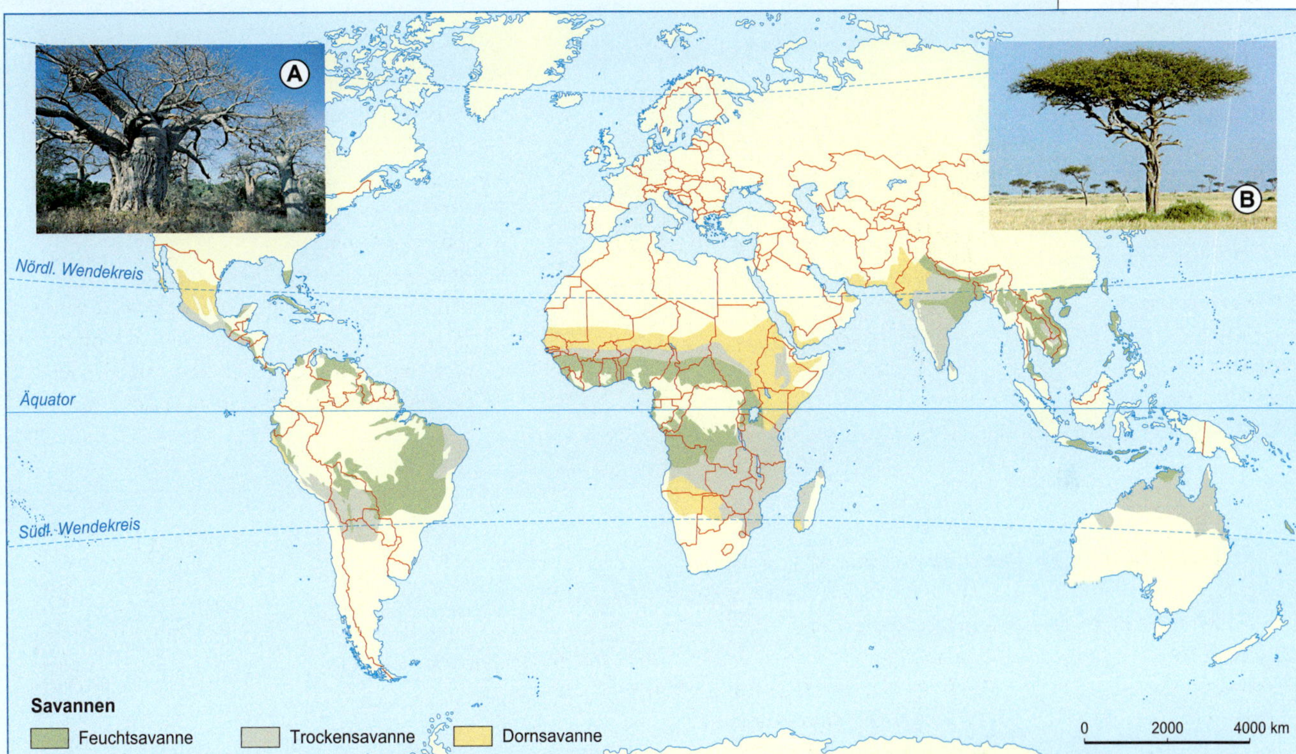

39.1: Die Verbreitung von Savannen auf der Erde

1. Beschreibe die Verbreitung der Savannen auf der Erde (Abb. 39.1).
2. Nenne die Länder Afrikas, die Anteil an allen drei Savannenformen haben (Atlas).
3. Eine Reisegesellschaft veranstaltet folgende Reisen nach Afrika:
   a) 20.–30. Juni Nubien (ca. 20° n. Br.)
   b) 15.–28. Juli Kongo-Becken (ca. 1° s. Br.)
   c) 10.–20. Dezember Malawi-See (ca. 14° s. Br.)
   Auf welche Wetterverhältnisse müssen sich die Reiseteilnehmer jeweils einstellen? Begründe.
4. Begründe, warum es am Äquator zwei, bei 10° n. Br. bzw. s. Br. eine und an den Wendekreisen keine Regenzeit gibt.
5. Informiere dich im Internet über die Schirmakazie und den Baobab (Abb. 39.1a und b), die Charakterbäume der afrikanischen Savanne. Erstelle jeweils einen kurzen Steckbrief.
6. Unter www.wetteronline.de/afrisat.htm findest du einen Satellitenfilm mit der Wolkenbildung über Afrika des letzten Tages. Erkläre die Wolkenentstehung und -verteilung.

Dornsavanne
Jahresmitteltemperatur um 25 °C, niedrigste Monatsmitteltemperatur über 18 °C; 2–$4\frac{1}{2}$ humide Monate; 200–400 mm Niederschlag; Landnutzung: Ackerbau mit künstlicher Bewässerung, nomadische Viehwirtschaft (Kamele, Ziegen, Schafe, Rinder)

Trockensavanne
Jahresmitteltemperatur um 25 °C, niedrigste Monatsmitteltemperatur über 18 °C, $4\frac{1}{2}$–7 humide Monate; 400–1000 mm Niederschlag; Landnutzung: Ackerbau in Form von Regenfeldbau mit an Trockenheit angepassten Pflanzen, eine Ernte im Jahr, hohes Ernterisiko, häufig Wanderfeldbau

Feuchtsavanne
Jahresmitteltemperatur um 25 °C, niedrigste Monatsmitteltemperatur über 18 °C, 7–10 humide Monate; 1000–1500 mm Niederschlag; Landnutzung: Ackerbau in Form von Regenfeldbau zur Selbstversorgung und marktorientierter Anbau, häufig Wanderfeldbau (1–2 Ernten im Jahr); Plantagenwirtschaft; Viehwirtschaft

39.2: Savannen im Überblick

Trockenräume

Aufziehender Sandsturm im Tschad

Ⓐ „Die Kälte weckt mich. An den Fenstern des Landrovers ist die Atemluft zu Eisblumen gefroren. Durch ein Loch, das ich mit den Fingernägeln in die Eisblumen kratze, blicke ich in eine düstere, endlose Ebene, bedeckt mit scharfkantigen schwarzen Gesteinstrümmern. Mit dem Anschwellen des Lichts kehrt auch der eisige Wind zurück. Er treibt Bänder einer weißen pulvrigen Substanz über die Ebene. Die Morgenwäsche kostet Überwindung, Eissplitter schneiden mir in die Haut.
(nach U. George, Geo 1980)

Ⓒ „Drei Tage bereits verbringen wir in dieser tobenden Hölle. Die Sonne ist vollkommen verhüllt, der Morgen hat Gelbsucht, die Gegenstände verlieren ihren Schatten. Man kann kaum atmen. Und fortwährend diese fürchterliche, höllische Hitze."
(verändert nach: Saint-Exupéry, aus: Wind, Sand und Sterne)

42.1: Tiere aus der Wüste

42.2: Zersprungener Felsblock

42.A–D
Der Schriftsteller Saint-Exupéry, der 1935 über der Sahara abstürzte, und der Wüstenforscher Uwe George (1980) berichten von rätselhaften Vorgängen und von ihren Erlebnissen in der Wüste.

Ⓑ „Es wird Abend und winterlich kühl. Ich raste am Fuß eines Berges, der in seinem schwarzroten Gestein tagsüber eine Menge Sonnenwärme gespeichert hat. Nun, in der Abendkühle, strahlt er sie wieder ab wie ein Steinofen. Von Süden her zieht eine dunkle Wolkenwand rasch herauf. Der Schauer kommt näher. Bald steht die Wolke über mir. Ich blicke nach oben und sehe den Regen in dünnen Schleiern herabfallen. Aber ich werde nicht nass! Ein Geisterregen! Doch plötzlich nässt ein kurzer Guss den Boden. Auch ich werde nass und dann blass vor Schrecken, als der Felsen neben mir mit einem lauten, peitschenden Knall in mehrere Teile zerspringt. Die Trümmer dampfen."
(nach U. George, Geo 1980)

Ⓓ „Wir brechen auf und gehen schnell, um die Kühle des jungen Tages auszunützen. Wir dürfen keine Zeit verlieren, wir dürfen nicht mehr schwitzen, denn selbst diese Kühle hat nur geringe Luftfeuchtigkeit. Der Wind mit seinen verlogenen Liebkosungen kommt aus der Wüste. Unser Blut verdunstet. Ich fühle keinen Hunger mehr. Für Nahrung hätte ich auch keinen Speichel mehr gehabt. Schlimmer noch sind die Folgen: Die harte Kehle, die Zunge aus Gips, das Rasseln im Schlund und dann der Husten. Das Leben verdunstet hier wie Dampf. Die Beduinen sind sich darüber einig, dass man 19 Stunden überleben kann. Von der 20. Stunde an sehen die Augen ein flammendes Leuchten, und das bedeutet das Ende."
(verändert nach Saint-Exupéry, aus: Wind, Sand und Sterne)

Bahr-bela-ma – das „Meer ohne Wasser"

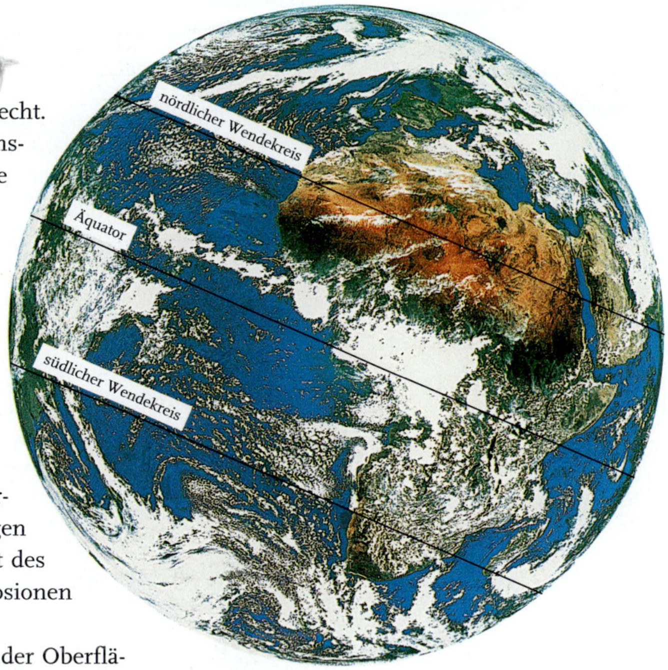

43.1: Die Sahara – 9 Mio. km² Wüste

Die Sahara ist eine Hitzewüste und sie trägt diesen Namen zu Recht. Mit 57,7 °C im Schatten wurde in der Libyschen Wüste die höchste Lufttemperatur der Erde gemessen. Doch im Tibesti-Gebirge sank die Temperatur auch schon auf –16 °C in der Nacht.
Der tägliche Wechsel zwischen „Backofen" und „Gefrierfach" kommt daher, dass die Luft in der Wüste außergewöhnlich trocken ist und eine schützende Wolkendecke fehlt. So kann die Sonne tagsüber ungehindert einstrahlen und die Bodenoberfläche auf über 70 °C erhitzen. Kein Problem, dann auf Steinen Eier zu braten. Nachts wird die gespeicherte Wärme wieder ungehindert abgestrahlt. Diese extremen Temperaturwechsel haben auch Auswirkungen auf das Gestein. Da seine Bestandteile sich bei der Erwärmung und Abkühlung unterschiedlich ausdehnen und zusammenziehen, gibt es Spannungen in der Gesteinshaut. Dadurch lockert sich der Zusammenhalt des Gesteins. Die Spannungen können sich in regelrechten Explosionen entladen.
Eine Folge der extremen Tageshitze ist die Fata-Morgana. An der Oberfläche erhitzter Luftschichten bricht sich das Sonnenlicht und spiegelt „ganze Städte", Oasen oder das Blau des Himmels als Seen und Flüsse wider. Die Araber nennen solche Trugbilder auch „Teufelswasser". Sie haben schon manchen unerfahrenen Wüstenreisenden in die Irre geleitet.
Neben enormen Temperatursprüngen und Hitze kann die Trockenheit dem Menschen gefährlich werden: Bei 50 °C nimmt er pro Stunde um etwa 1 kg ab, weil der Körper in dieser Zeit durch Verdunstung etwa einen Liter Wasser verliert. Quälender Durst stellt sich ein. Ein Wasserverlust von etwa fünf Litern kann den Tod bedeuten, da das Blut dickflüssig wird und nicht mehr zirkuliert.
In der Zentralsahara ist jeder dritte Tag ein Sturmtag. Neben den Sandstürmen machen vor allem die Staubstürme das Leben zur Hölle. Sie erreichen eine Höhe von bis zu 3000 m, sind einige Kilometer breit und können viele Tage andauern. Bis zu fünf Millionen Tonnen Staub schweben ständig in der Luft der Sahara. Zuweilen gelangt Saharastaub bis nach Europa.

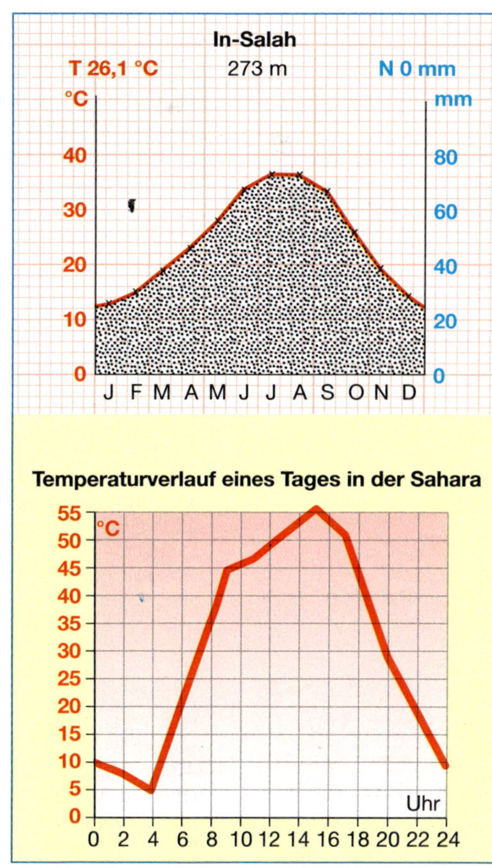

43.2: Trockenklima in In-Salah

AUFGABEN

1. *Die Sahara, ein „Wüstenkontinent"! Beschreibe ihre Lage im Gradnetz, berechne die größte West-Ost- und Nord-Süd-Ausdehnung. Vergleiche die Größe mit dir bekannten Ländern und Kontinenten.*
2. *Von welchen Erlebnissen und Vorgängen berichten die Wüstenreisenden auf S. 42? Wie erklärst du sie?*
3. *Die Sahara ist eine Hitzewüste. Belege dies anhand des Klimadiagramms (Abb. 43.2).*
4. *Ausrüstungstipps für Saharaexpeditionen: leichtes Baumwolltuch für das Gesicht, Wollsachen, guter Schlafsack, festes Schuhwerk, Kopfbedeckung, Lebensmittelvorräte (v. a. Salz, Tee, Wasser, Trockenfleisch, Konserven), Erste-Hilfe-Ausrüstung (v. a. Medikamente). Erkläre.*

44.1: Die klassische Sahara-Tour

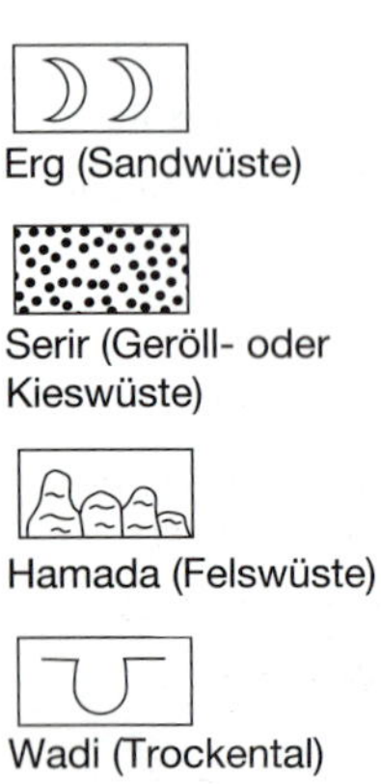

Legende

Ⓐ

Ghardaia – El Golea (El Meniaa, 715 km)
Hinter Ghardaia, eine echte Bilderbuchwüste: Sanddünen bis zum Horizont. Keine Abstecher wagen, da die Orientierung verloren geht und tückische Dünenkämme warten. Reifendruck anpassen, niedriger Gang. Gefahren lauern besonders nach „frisch gefallenem" Wüstensand, einer Autofalle ersten Ranges: lockerer mehlfeiner Treibsand, der *fesch-fesch*, in dem schon ein Tischtennisball durch sein Eigengewicht in Sekundenschnelle „ertrinkt".
El Meniaa: Ausleihmöglichkeit von Skiern für morgendliche Dünenfahrten: 300 m Abfahrt und starkes Gefälle garantiert.

Ⓑ

In-Salah – Tamanrasset (658 km)
Asphaltstrecke; häufig Baustellen, Notruftelefone zum Teil außer Betrieb; Fahrt durch die tolle *Arakschlucht*, mit bis zu 400 m hohen Steilwänden; danach Wellblechpiste, Arm- und Gelenkschmerzen garantiert.
Tamanrasset (50 000 Ew.): in 1395 m ü. NN gelegen, ein „Luftkurort" in der Sahara, Treffpunkt der „Saharahelden" zum Austausch über Allradantrieb, Pistenzustand, Werkstatttipps, Konvoipflicht, Grenzpostenöffnung; Werkstätten für Getriebe-, Rahmen- und Stoßdämpferschäden sowie Reifenpannen; Reisebüros und Fremdenführer (Tuareg) für Expeditionen ins Hochgebirge des Hoggarmassivs.

Ⓒ

El Golea – In-Salah (400 km)
Ab *El Golea*: Wegen möglicher Überfälle nur zwei Fahrten pro Woche unter militärischem Schutz. Aufstieg zum Plateau von Tademait, dem „Garten des Satans", wie die Einheimischen sagen, eine echte „Wüste in der Wüste": eintönige Ebene, kein Baum, kein Strauch, kein Wasser. Heute zwar durchgehend Asphaltpiste, zuweilen aber Slalomfahrt zwischen Schlaglöchern. Zunächst Fahrt durch grobe, kantige Geröll- und Steinfelder, später flotte Fahrt über eine endlose Kieselsteinebene. Gefährliche kurvenreiche Fahrt vom Steilabfall des Plateaus, z. T. Baustellen wegen neuer Trasse. Vor In-Salah häufig versandete Fahrbahn, dadurch weite Umwege möglich.
In-Salah (30 000 Ew.): mit 56 °C im Schatten heißeste und windigste Oase in der Sahara, Sandstürme an 55 Tagen.

Ⓓ

Hoggar-Expeditionen:
Eine vulkanische Trümmerlandschaft: Äußerst gefährliche und schwierige Routen, nur etwas für „Draufgänger": oft mühsames Fahren, Aufsitzen garantiert, Reifendruck anpassen, zum Teil nur Schritttempo möglich, steile Auf- und Abfahrten, nur für hochbeinige Fahrzeuge, Pisten in schlechtem Zustand, häufig versandet, grobkantige Gesteinsklötze, Geröllfelder, steilwandige, weichsandige Schluchten, vor allem nach plötzlichen Regengüssen.

44.2: Unterwegs in der Wüste

Eine „klassische" Wüstentour

Eine Fahrt durch die algerische Sahara zählt unter Wüstenkennern zu den spektakulärsten Wüstentouren. Von Algier bis nach Tamanrasset, im Herzen der Sahara, können auf einer relativ kurzen Entfernung die gesamte Vielfalt und Schönheit der Wüste, aber auch die Gefahren und Strapazen eines solchen Unternehmens am eigenen Leib „erfahren" werden. Viel Glück sowie Hals- und Achsbruch wünschen die Verfasser von Reisehandbüchern in ihren Routenbeschreibungen den Reisemutigen.

45.2: Rallye Dakar

AUFGABEN

1. *Verfolge die beschriebene Route auf einer geeigneten Atlasseite und ordne sie in die Gesamtstrecke (Algier-Tamanrasset) ein. Übertrage die Skizze (Abb. 44.1) mit Legende in dein Heft.*
2. *Arbeite mit den Texten 44.2 A–D, der Abb. 44.1 und der Legende. Löse folgende Aufgaben:*
   a) *Die Reise führt durch verschiedene Wüstenlandschaften. Welche Informationen liefert der Text dazu? Benenne die verschiedenen Wüstenarten und ergänze die Informationen in der Legende.*
   b) *Zeichne mithilfe der Legende und des Textes diese Informationen in deine Skizze hinein.*
3. *Weshalb wird die Fahrt durch die algerische Sahara als eine „klassische" Wüstentour bezeichnet?*
4. *Welche besonderen Anforderungen werden an den Touristen und den Wüstenjeep in der jeweiligen Landschaft gestellt (Abb. 44.2)? Ordne die Fotos (Abb. 44.2 I–III) entsprechend zu.*
5. *Beschreibe den wüstentauglichen Jeep (Abb. 45.1) und begründe seine Ausstattung.*
6. *Die Rallye „Dakar" gilt als die härteste Rallye der Welt. Informiere dich über den Verlauf und die Anforderungen für Menschen und Fahrzeuge unter: www.dakar.com.*

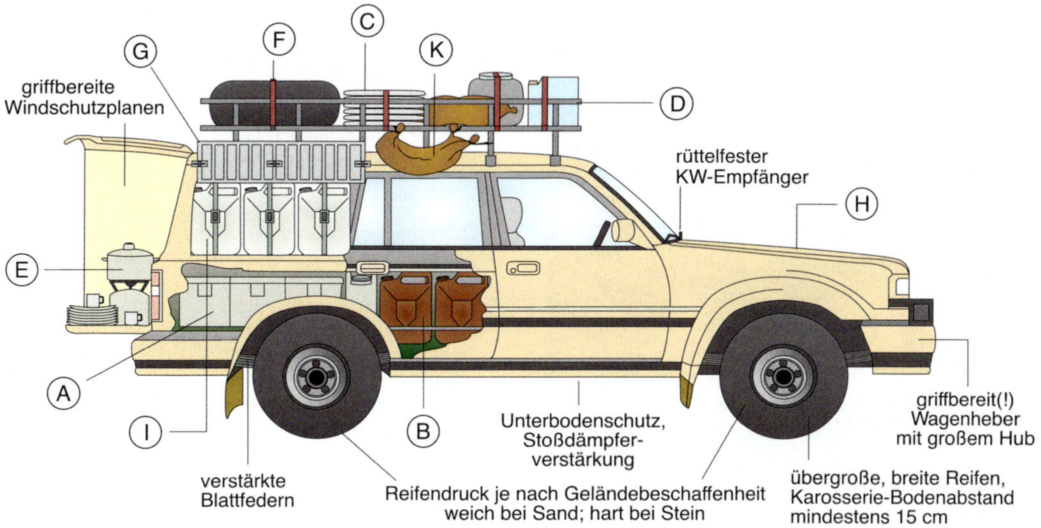

A Aluboxen
B Benzin-/Dieselkanister
C Campingmöbel
D Dachgepäckträger
E Küche
F Reserverad
G Sandbleche
H starker Motor mit Allradantrieb
I Wasserkanister
K Wassersack

45.1: Ein wüstentauglicher Jeep

46.1: Wasser in der Wüste

Gesetze der Wüstenbildung

Das Bild einer von sanften Rippeln und Dünen überzogenen Sandebene bestimmt bei vielen Menschen die Vorstellung von der Sahara. Dabei umfasst kaum ein anderer Naturraum so viele unterschiedliche Landschaften wie die Sahara.

Temperaturwechsel, Wasser und Wind sind die formenbildenden „Kräfte" in der Wüste.

In der Felswüste führen die starken täglichen Temperaturunterschiede zur Zertrümmerung des Gesteins. Ganz im Gegensatz zu den schroffen Stein- und Gebirgswüsten stehen die „wogenden" Dünenlandschaften. Bahr-bela-ma, „Meer ohne Wasser", nennen die Bewohner der Sahara diese Sandwüste. Und tatsächlich ähneln viele Sandwüsten mit ihren horizontweiten, von sanften Rippeln überzogenen Ebenen einer in leichter Brise gekräuselten Wasserfläche (Abb. 46.1).

Die Wüste ist das Reich der Winde. Sie wehen fast täglich und kommen konstant aus einer Richtung: Es sind die Passate. Die Sahara gehört daher zu den **Passatwüsten**, die man entlang der Wendekreise findet (▷ S. 34/35). Luftmassen strömen in großer Höhe vom Äquator her, sinken im Bereich der Wendekreise wieder ab, erwärmen sich dabei und trocknen aus. So entstehen die großen Hitzewüsten. In Bodennähe fließt eine Ausgleichströmung wieder äquatorwärts. Diese ständig wehenden Nordostpassate trans-

Die Ausbildung von Wellen ist die natürliche Anpassungsform, wenn zwei unterschiedlich dichte Medien – hier Sand und Luft – aneinander vorbei oder übereinander hinweg streichen. Doch wie kommen die Wogen, die riesigen Dünen und ihre vielfältigen Formen zustande? Der Wind hebt die leichten staubfeinen Partikel empor, die schweren Sandkörner dagegen lässt er den Boden entlang hüpfen oder kriechen. Irgendwann bleiben sie liegen, wo sich ein kleiner Widerstand auftut. Eine erste Sandrippel ist entstanden, an der sich nachrückende Sandkörner stauen. Diese prallen auf die Rippel und setzen wie Bockspringer über das Hindernis weg. Dort, wo sie landen – aufgrund ihrer Größe und ihres Gewichts alle in der selben Entfernung –, entsteht eine neue Rippel und wieder eine neue. Abhängig von Windstärke und transportierter Sandmenge können sie zu hohen Dünen wachsen. Aus dem anfänglichen Chaos ist Ordnung entstanden.

46.2: Die Wüste unter der Lupe

portieren Staub und Sand, die Endprodukte der Verwitterung. Sie besitzen eine starke Schmirgelkraft und wirken wie ein natürliches Sandstrahlgebläse. Je nach Gesteinsbeschaffenheit, ob widerstandsfähig oder leicht abtragbar, werden bizarre Formen geschaffen (Abb. 47.2).
Auch das Wasser ist eine bedeutende formenbildende Kraft in der Wüste. Die seltenen Regenfälle können sich in steilwandigen Abflussrinnen, den Wadis, sammeln. Sie sind Spuren einer feuchteren Zeit, als die Sahara noch eine savannenähnliche Landschaft war. Das Quellgebiet dieser einstigen Flüsse lag in den Gebirgen, doch sie mündeten niemals ins Meer. Sie transportierten ihre Fracht in die großen Beckenlandschaften, dorthin, wo heute der Wind den Wüstensand verfrachtet und umschichtet. Der Tschadsee (▷ S. 48/49) ist der Rest eines Binnenmeeres, das einst weite Teile der südlichen Sahara bedeckte.

AUFGABEN

1. *Erkläre die Entstehung der verschiedenen Wüstenarten und Wüstenformen. Welche Kräfte haben sie geformt?*
2. *Zeichne eine einfache Faustskizze der Sahara und trage darin die Verbreitung von Erg, Serir, Hamada und Wadi ein (Atlas).*
3. *Erkläre den Begriff „Passatwüste".*

47.2: Pilzfelsen

47.4: Wadi

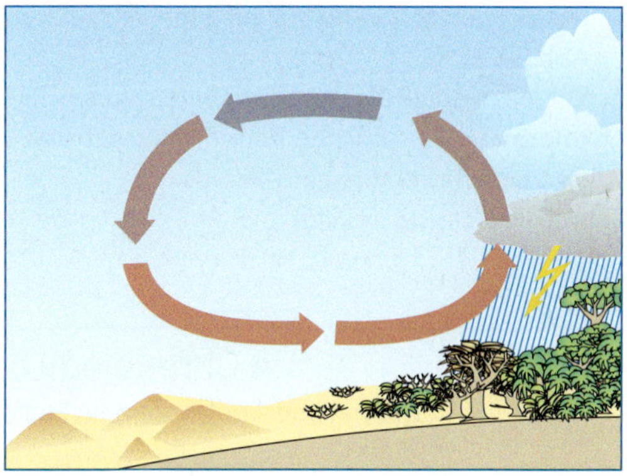
47.3: Passatwüste

Ein Tuaregführer aus dem Hoggargebirge: „Wahrscheinlich sind in der Wüste mehr Menschen ertrunken als verdurstet."

47.1: Gesetze der Wüstenbildung

GEO Praxis – Wir werten Satellitenbilder aus: Beispiel Tschadsee

Satelliten haben ganz verschiedene Aufgaben: Sie übertragen Telefongespräche, steuern Navigationssysteme von Autos, helfen bei der Wettervorhersage oder halten den Zustand der Erdoberfläche zum Aufnahmezeitpunkt fest.

Satelliten empfangen das von der Erde reflektierte Sonnenlicht sowie Strahlen, die wir mit unserem Auge nicht sehen können. Die Daten werden mithilfe von Computerprogrammen zu Bildern weiterverarbeitet. Die Farben der Satellitenbilder entsprechen häufig nicht der Wirklichkeit, man spricht dann von Falschfarbenbildern.

So wertest du ein Satellitenbild aus:

1. Bestimme mit dem Atlas das dargestellte Gebiet, die Nordrichtung und den Maßstab.
2. Suche Merkmale, die du auch auf der Karte finden kannst, z. B. Küstenlinien, Flüsse, Verkehrswege, Städte usw.
3. Lege ein Transparentpapier oder eine Folie auf das Satellitenbild und erstelle eine Skizze (vgl. Abb. 48.1).
4. Vervollständige die Skizze mithilfe zusätzlicher Informationen (Bücher, Karten, Internet usw.) und benenne erkennbare Details.

Führe die Schritte 1–4 für die Abb. 49.1 und 2 durch.

Informationen zum Tschadsee

Der abflusslose Tschadsee ist mit einer Wassertiefe von 5–8 m sehr flach. Geringe Änderungen im Wasserstand haben daher große Auswirkungen auf die Größe des Sees. Obwohl der Tschadsee mit 1,5 Mio. km^2 ein sehr großes Einzugsgebiet hat, erhält er 90 % seines Wassers vom Fluss Chari, dessen Wassermenge sich zwischen 1960 und heute etwa halbiert hat. Die Niederschlagsmenge beeinflusst direkt den Wasserstand des Sees und somit das Leben der Dorfbewohner, die vom Fischfang, von Viehzucht und dem Anbau von Reis, Mais, Zuckerrohr oder Hirse leben. Die Veränderungen werden mit der Erderwärmung, der Abholzung und der Nutzung von Flusswasser für die Bewässerung erklärt. Der See könnte ganz verschwinden. Anhand von Fossilienfunden hat man herausgefunden, dass er in den letzten 1000 Jahren bereits mehrfach ausgetrocknet ist. Für die Menschen am See wäre dies eine Katastrophe.

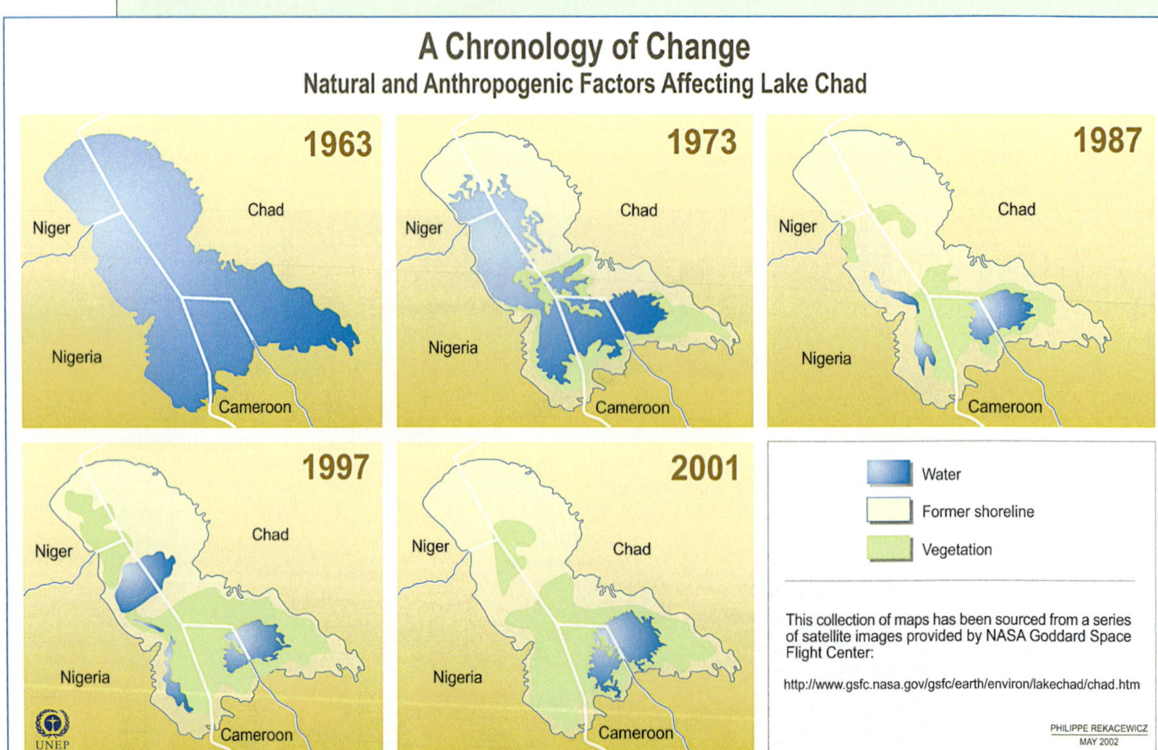

48.1: Zusätzliche Informationen aus dem Internet

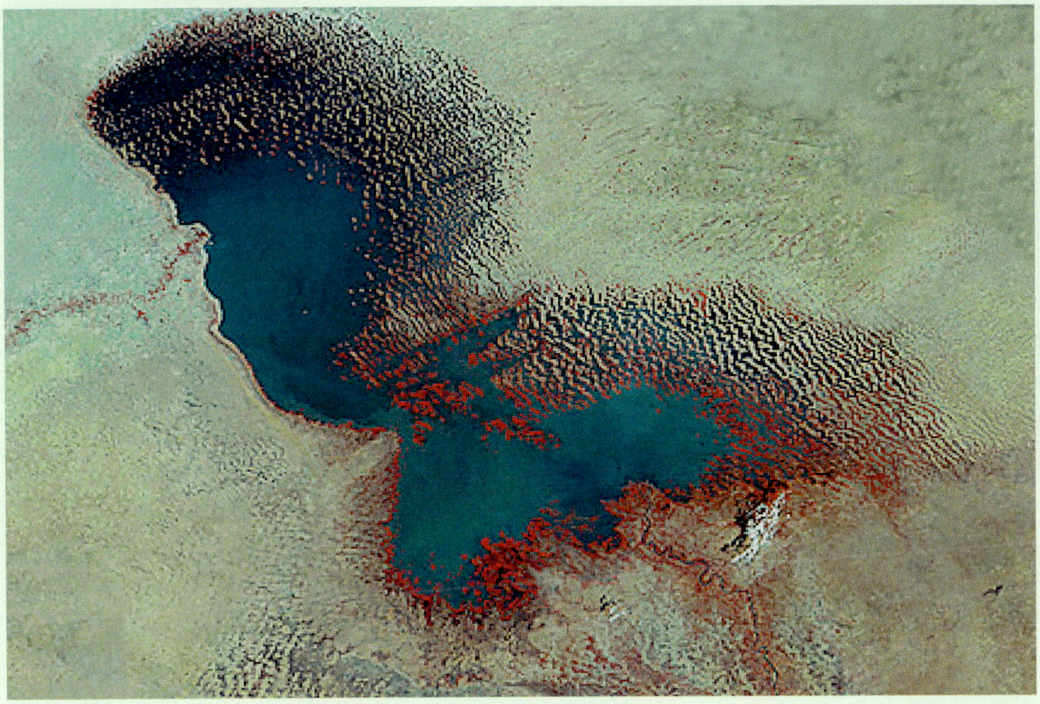

49.1: Satellitenbild vom Tschadsee 1973

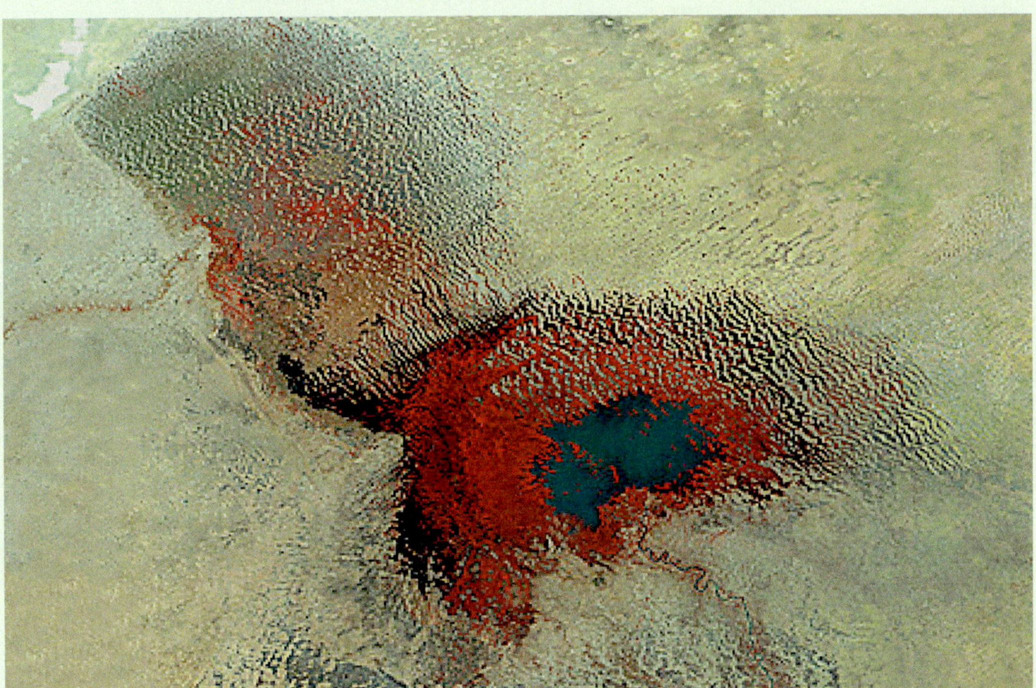

49.2: Satellitenbild vom Tschadsee 1987

50.1: Markt in Kaschgar

Entlang der Seidenstraße

Die Seidenstraße! Noch heute geht von diesem Wort ein große Faszination aus, auch wenn die alte Handelsstraße längst ihre Bedeutung verloren hat. Schon die Römer berichteten über Händler, die die begehrte Seide bis Europa transportierten. Auch Papier und sogar der Kompass gelangten auf diesem Wege nach Westen. Im 13. Jahrhundert zog der Venezianer Marco Polo über die Seidenstraße nach Asien und berichtete von sagenhaften Reichtümern.
Die Seidenstraße war in Wirklichkeit ein ganzes Geflecht von Karawanenpfaden. Bis zu vier Jahre soll eine Karawane unterwegs gewesen sein, bevor sie nach rund 15 000 km die chinesische Küste erreichte. Zu den natürlichen Schwierigkeiten und Gefahren, mit denen die Reisenden zu kämpfen hatten, kamen Überfälle der Reitervölker aus den Steppengebieten Asiens.
Die Oasenstadt Kaschgar ist vermutlich der aufregendste Ort an der Seidenstraße. Hier treffen sich die Nord- und die Südroute der Seidenstraße wieder. Gleich „hinter" der Stadt beginnt die Wüste Takla-Makan, was so viel heißt wie „Wüste ohne Wiederkehr". Sie ist eine der extremsten und tückischsten **Binnenwüsten** der Erde.

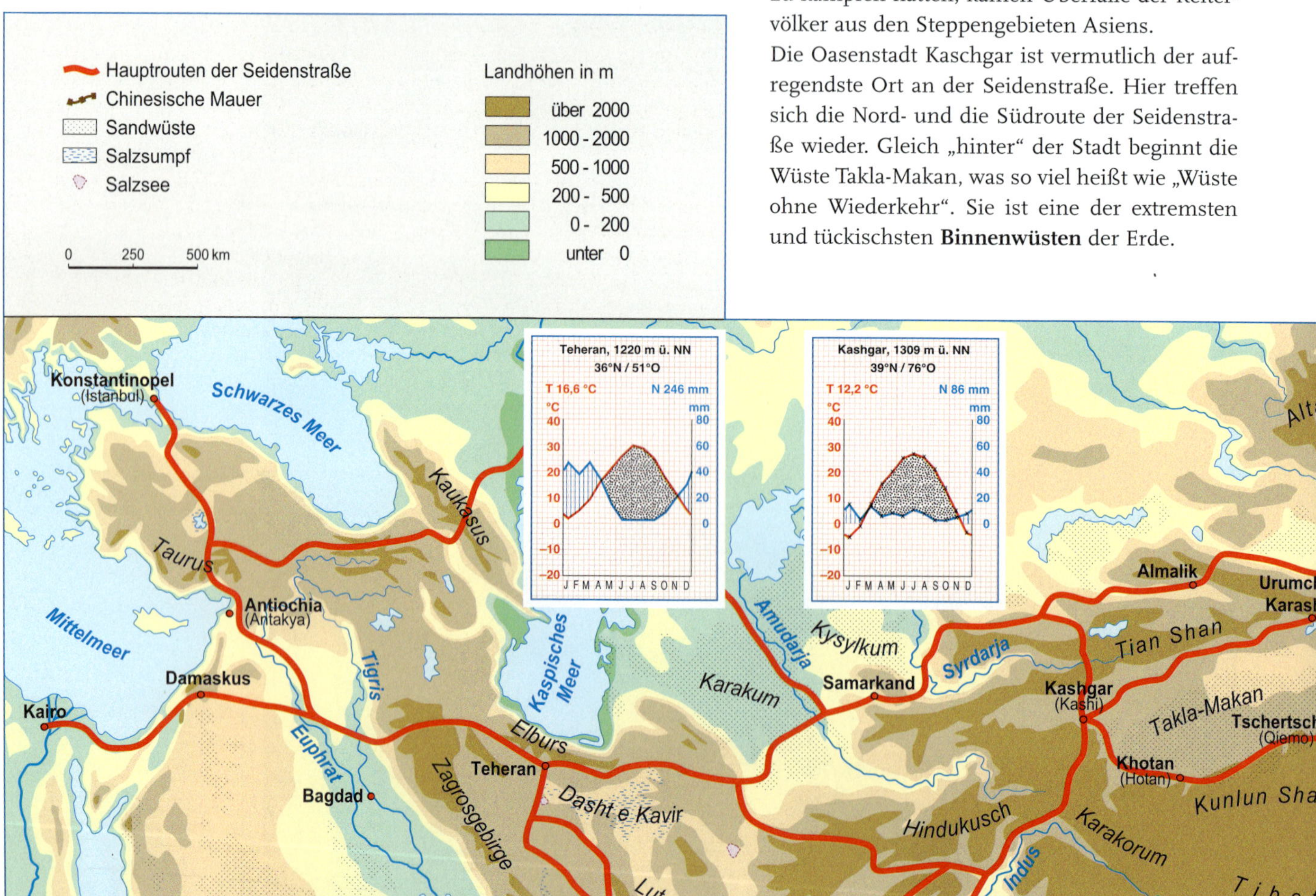

50.2: Entlang der Seidenstraße

AUFGABEN

1. *Arbeite mit der Karte 50.2 und dem Atlas:*
   a) *Durch welche heutigen Staaten und Städte führt die Seidenstraße?*
   b) *Was machte die Reise so beschwerlich? Nenne Gebirge, Wüsten und große Flüsse entlang der Route. Welche natürlichen Gefahren und Schwierigkeiten lauern?*
2. *Die Takla-Makan ist eine Binnenwüste (Abb. 51.1). Erläutere diese Bezeichnung. Was unterscheidet sie von der Sahara, was hat sie mit ihr gemeinsam?*
3. *Suche und charakterisiere die in den Texten A und B beschriebenen Wüsten (Atlas, Abb. 50.2).*

(A) Eine merkwürdige Landschaft breitet sich ringsum aus. Während auf der einen Seite in weitem Halbkreis eine Hügelkette verläuft, liegt auf der anderen Seite eine unendliche Ebene, die so aussieht, als ob sie ganz mit Eis bedeckt sei. Das, was sich hier wie ein gefrorener See ausdehnt, ist das furchtbare Herzstück der Wüste Lut: die schaurige, tote Dasht e Kavir. Jeder Perser schaudert bei dem Namen. Die schlimmsten Sandmeere, die wasserlosesten Steinwüsten wagt er zu durchqueren; Kavirwüsten aber meidet er, wo er kann, und muss er hindurch, so hält er sich ängstlich an die Pfade, die seit Jahrhunderten bekannt sind und als sicher gelten. Vom Pfad abzuweichen kann den Tod bedeuten, denn der Boden der Kavire trügt. Er scheint fest. Tatsächlich besteht er nur aus einer dünnen Kruste, unter der sich ein tödlicher, salziger Morast verbirgt. Wie auf einer dünnen Eisdecke fühlt sich der Reisende, in steter Furcht einzubrechen. Besonders tückisch sind sie nach kurzen Regenfällen. (nach: Folco Quilici: „Grausame Paradiese“, Esslingen, J. F. Schreiner Verlag 1969)

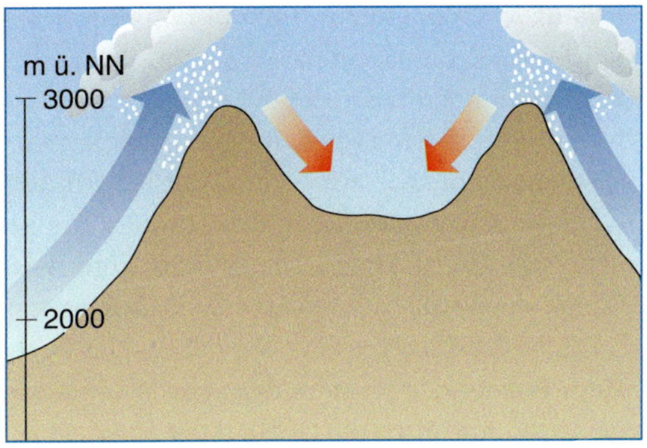

51.1: Binnenwüste

(B) Der Heilige Abend vergeht in schwerem Sturm, der auch am nächsten Tag mit ungebrochener Kraft weiter das Zelt umheult. Uns gegen den Sturm stemmend stapfen wir durch den Schnee. Acht ganze Kilometer werden geschafft. Dann versagen den Tieren die Kräfte. Sie legen sich einfach hin, ergeben den Tod erwartend. Endlich scheint das Wetter ein Einsehen zu haben, vom blauen Himmel strahlt die helle Wintersonne. Im Nordwesten tauchen gewaltige Bergketten auf, bedeckt von ewigem Schnee, hoch emporragend als mächtiger Gebirgszug, hinter dem sich das „Himmelsgebirge“, der Tian-Shan, emporreckt. Nach drei Stunden Marsch holen wir die vor uns ziehende Chinesenkarawane wieder ein. Aber auch diese mit allen Vorsichtsmaßregeln ausgerüstete Karawane ist nicht ohne Verlust, wie uns zwei erfrorene, zum Teil schon von Wölfen zerrissene Kamele zeigen. Nirgends Wasser. Mit Grauen denken wir, was aus uns geworden wäre, wenn uns in den Weihnachtstagen statt des Schneesturms ein Sandsturm mit gleicher Gewalt entgegengeblasen hätte. Seit zwei Tagen schon wandern wir ohne Wasser. Von −20 °C steigt das Thermometer auf −4 °C an. (nach: Berger-Lieberenz: Mit Sven Hedin durch Asiens Wüsten, 1932)

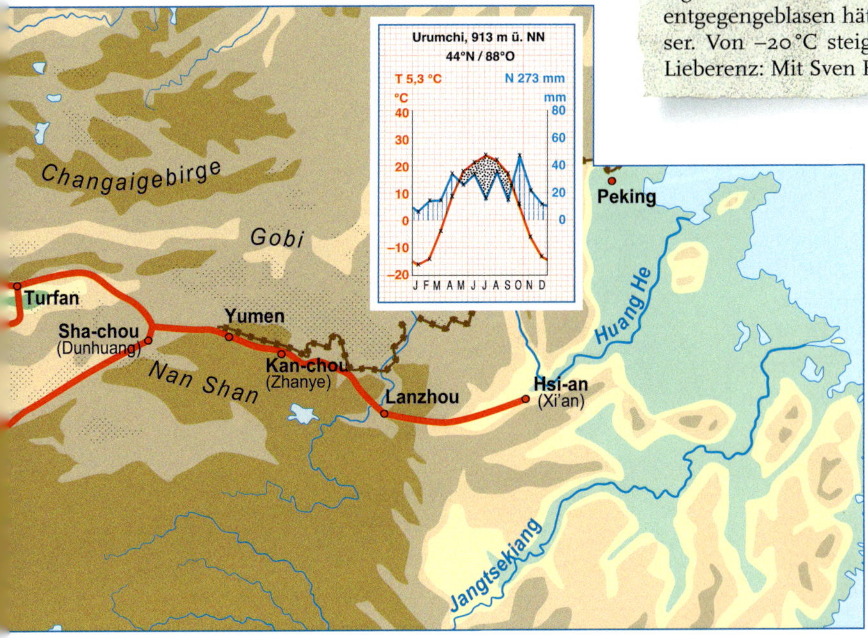

51.2: Ausläufer des Tian-Schan-Gebirges

52.1: Küstenwüste

52.2: Nebel zieht auf

Die Nebelfänger von Chungungo

Das chilenische Fischerdorf Chungungo hat 250 Einwohner und liegt 820 km nördlich von Santiago am südlichen Ende der Wüste Atacama. Diese Wüste gehört mit durchschnittlich 70 mm Niederschlag pro Jahr zu den trockensten Regionen der Erde. Die Sanddünen reichen bis unmittelbar an den Pazifik. Früher musste äußerst sparsam mit Wasser umgegangen werden. Mit Tanklastwagen wurde das Wasser nach Chungungo transportiert, damit die Bewohner ausreichend mit Wasser versorgt waren. Das Brauchwasser wurde aufgefangen und wiederverwendet, denn das aufwändig transportierte Trinkwasser musste teuer bezahlt werden. Angesichts der Tatsache, dass Chungungo direkt am Pazifik liegt, war die Wassersituation paradox (Abb. 52.1).
Heute ist das Problem der Wasserknappheit in Chungungo gelöst. Tanklastwagen braucht man hier nicht mehr. Auf einer Höhe von 800 m hat man oberhalb des Dorfes an den Hängen riesige Kunststoffnetze an Holzmasten aufgespannt. Von den 70 engmaschigen Netzen ist jedes 50 m^2 groß. Der Preis für Trinkwasser hat sich halbiert. Jedem Einwohner steht heute mehr Wasser zur Verfügung und auch die Qualität des Wassers ist besser geworden. Die riesigen Netze haben den Wassermangel beseitigt. Aber wie?

Die Wüste Atacama reicht bis an den Pazifik. Dieses Phänomen kommt durch das besondere Zusammenwirken von Winden und Meeresströmungen zustande: Das ganze Jahr liegt die Westküste Südamerikas unter dem Einfluss des Passats, der aus südöstlicher Richtung weht. Der von Südost nach Nordwest über das Meer streichende Passat schiebt auch die obersten Wasserschichten in Richtung Nordwest. Durch das Wegschieben der oberen Wasserschichten kann kaltes Wasser aus der Tiefe, der Humboldtstrom, an die Oberfläche steigen. Das kalte Wasser, das jetzt an der Meeresoberfläche ist, kühlt auch die darüber liegende Luft ab. Da kalte Luft weniger Wasserdampf enthalten kann als warme, kommt es zur Kondensation und somit zur Nebelbildung. Der Nebel zieht landeinwärts, wird jedoch von absteigenden Luftmassen daran gehindert, zu Regenwolken zu werden: Es bleibt ganzjährig trocken. Eine **Küstenwüste** entsteht.

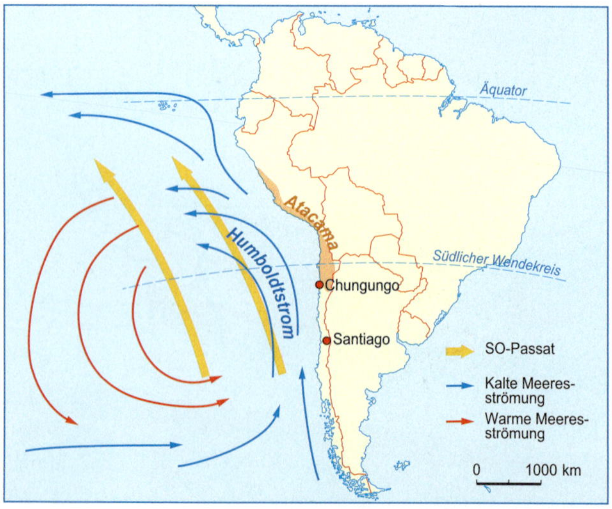

52.3: Wie entsteht eine Küstenwüste?

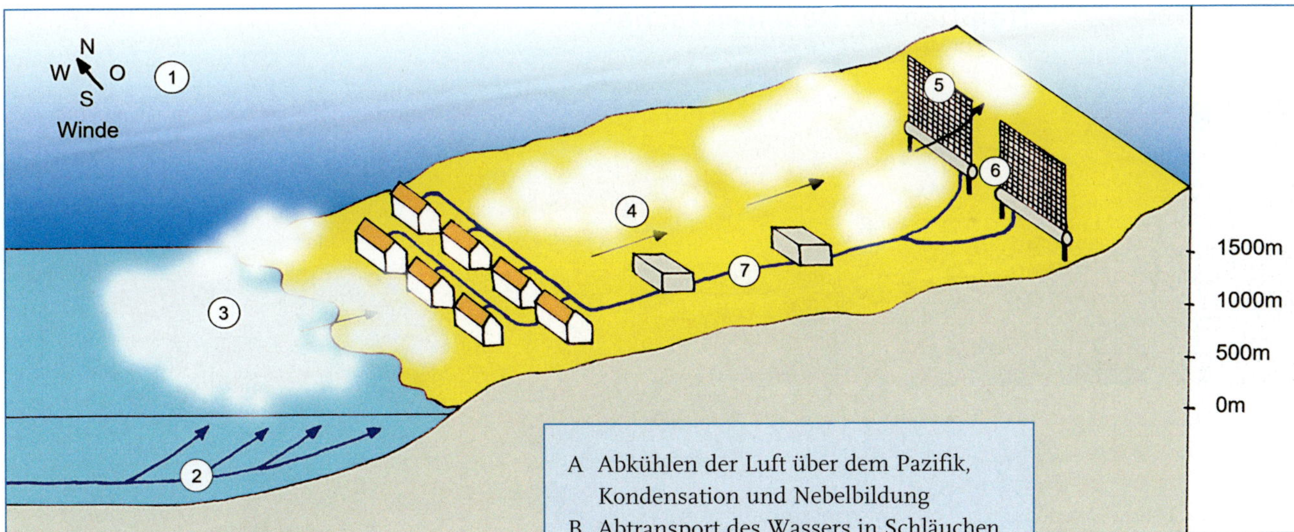

53.1: So wird der Nebel gefangen

A Abkühlen der Luft über dem Pazifik, Kondensation und Nebelbildung
B Abtransport des Wassers in Schläuchen
C Der Südost-Passat schiebt das Oberflächenwasser nach Nordwest
D Der Nebel zieht landeinwärts
E Weiteres Abkühlen der Luft und Kondensation an den Netzen
F Auffangen des Wassers in Plastikröhren
G Aus der Tiefe kann das kalte Wasser des Humboldtstroms aufsteigen

53.2: Kunststoffnetze

53.3: Dunkelkäfer

AUFGABEN

1. *Beschreibe das Foto in Abb. 52.1. Was ist ungewöhnlich?*
2. *Beschreibe das Foto in Abb. 52.2. Warum hat man diese Anlage gebaut?*
3. *Werte Abb. 52.3 aus. Beschreibe die Lage der Atacama sowie des Ortes Chungungo und mache Aussagen zu Windrichtung und Meeresströmungen. Welche Folgen ergeben sich daraus (siehe auch Text in Abb. 52.3)?*
4. *Ordne den Nummern 1–7 in Abb. 53.1 die mit A–G bezeichneten Textbausteine zu.*
5. *Erkläre mit eigenen Worten, wie die Netze von Chungungo ihren Zweck erfüllen.*
6. *Berechne, wie viel Liter Wasser pro Jahr von allen 70 Netzen gemeinsam aufgefangen werden, wenn pro Quadratmeter Netz an einem Nebeltag vier Liter Wasser anfallen. Ein Netz ist 50 m² groß und es gibt im Jahr 300 Nebeltage.*
7. *Erläutere, wie der Dunkelkäfer (Abb. 53.3) in der Wüste Namib überleben kann.*

zu Abb. 53.3:
Der Dunkelkäfer stellt sich auf eine Düne und hält den Rücken in den Wind. Sein besonders geformter Panzer fängt Nebel auf. Das gesammelte Wasser wird über Rillen im Panzer zum Mund geleitet.

Traditionelle Oasenwirtschaft

Als Oase bezeichnet man bewässertes Land in trockenen Gebieten. Wegen der ständigen Bewässerung bilden sie ganzjährig grüne Inseln. Im Vergleich zum umgebenden Trockenraum sind Oasen sehr klein und sie treten nur verstreut auf.

54.1: Oase

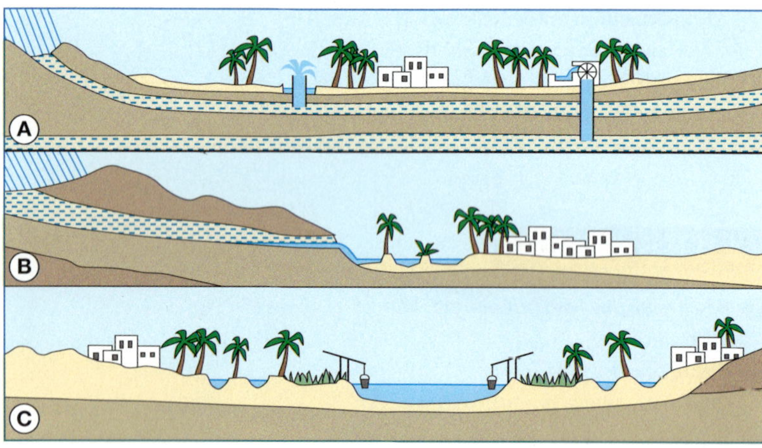

Es gibt mehrere Möglichkeiten: Bei der **Flussoase** wird das Wasser durch Flüsse herbeitransportiert, wie z. B. am Nil. Durch Niederschlagsbildung an einem Gebirge können sich **Quelloasen** bilden. Dabei wird das Wasser von einer wasserführenden Schicht transportiert, sodass es am Fuße des Gebirges austritt. Bei Grundwasseroasen wird das Wasser mit Hebevorrichtungen entnommen. Zu den **Grundwasseroasen** gehört auch der **artesische Brunnen**, zu dem du das in der Geo-Praxis dargestellte Experiment durchführen kannst.

54.2: Oasentypen – woher kommt das Wasser in einer Oase?

GEO Praxis – Wir führen ein „Wasserexperiment" durch

54.3: Materialliste
- 1,50 m durchsichtiger Plastikschlauch
- 1 Zahnstocher
- Wasser
- spitzes Messer

Versuchsaufbau

Bohre in die Mitte eines etwa 1,50 m langen durchsichtigen Plastikschlauchs ein kleines Loch. Verschließe das Loch mit einem Zahnstocher. Halte den Schlauch an beiden Enden fest. Jetzt wird so viel Wasser wie möglich in den Schlauch gefüllt. Was passiert, wenn der Zahnstocher herausgezogen wird?

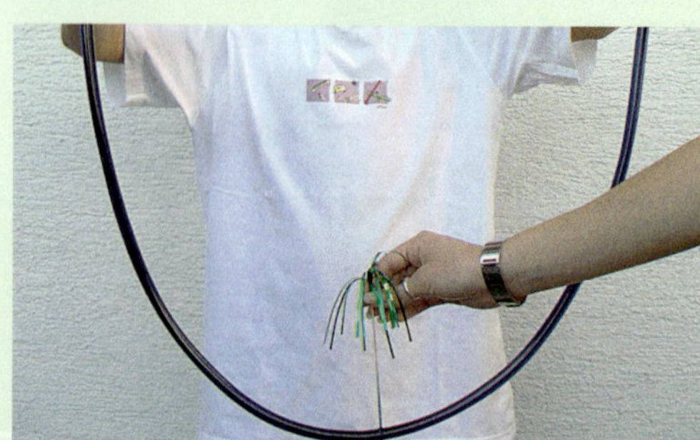

54.4: Versuchsdurchführung „Artesischer Brunnen"

Stockwerkanbau: Der Charakterbaum der Oasen ist die Dattelpalme, die das oberste und somit sonnigste Stockwerk bildet. Im mittleren Stockwerk wachsen Obstbäume und am Boden wird Gemüse angebaut. Der Anbau ist sehr arbeitsaufwändig, jedoch nicht so intensiv, wie man vermuten könnte. Denn das unterste Stockwerk erhält wenig Licht und der Boden ist z. T. sehr feucht. Allerdings ermöglicht erst die Dattelpalme, die Schatten und Windschutz bietet, den Anbau der anderen Kulturen.

Standortansprüche: Die Dattelpalme wächst am besten, wenn die durchschnittliche Tagestemperatur zwischen 25–30 °C beträgt. Frost verträgt sie kaum. Auch Niederschläge können ihr schaden, wenn sie im Sommer zum Pilzbefall der jungen Früchte führen oder im Herbst zum Platzen der erntereifen Früchte. Die Wasserversorgung erfolgt am günstigsten über das Grundwasser, das die bis zu 25 m tief reichenden Wurzeln anzapfen können, oder aber durch Bewässerung. Außerdem verträgt die Dattelpalme salzhaltiges Wasser.

Traditionelle Nutzung: Dattelpalmen wurden sehr vielfältig genutzt: Aus den alten abgestorbenen Palmwedeln werden Matten, Körbe und Zäune geflochten sowie Besen hergestellt. Sie dienen auch als Dachbedeckung. Eine Palme kann pro Jahr bis zu 150 kg Datteln produzieren, die frisch und in getrockneter Form ein wichtiges Nahrungsmittel sind. Die Datteln werden auch zu Dattelhonig, Sirup oder Schnaps weiterverarbeitet und aus dem Mehl werden Backwaren hergestellt. Selbst die Kerne werden genutzt, entweder geröstet als Dattelkaffee oder zerkleinert als Viehfutter. Die Knospen und Blüten sind als Gemüse genießbar und junge Palmblätter können als Salat gegessen werden. Das Holz der Palmen, die keine Früchte mehr tragen, wird als Brenn- und Baumaterial verwendet und aus den Fasern werden Säcke und Seile hergestellt.

Heutige Bedeutung: Die Bedeutung der Dattelpalme schwindet, da die verbesserte Verkehrsanbindung den Transport anderer Nahrungsmittel und Baumaterialien in die Oasen ermöglicht. Die Dattel ist kein Grundnahrungsmittel mehr. Auch Palmwein oder Dattelhonig werden kaum noch hergestellt. Manche Palmenhaine werden nicht mehr gepflegt und sterben ab, sodass der Sand vordringt.

55.1: Die Dattelpalme – Anbau, Standortansprüche und Nutzung

AUFGABEN

1. *Beschreibe das Foto einer Oase (Abb. 54.1).*
2. *Nenne mithilfe des Atlas je eine Oase in fünf verschiedenen Ländern Afrikas.*
3. *Ordne die Begriffe „Flussoase", „Quelloase" und „Grundwasseroase" den Zeichnungen A, B und C in Abbildung 54.2 zu.*
4. *Zeichne eine Skizze des Stockwerkbaus (Abb. 55.1). Zeichne die folgenden Kulturpflanzen in das richtige Stockwerk: Banane, Weizen, Granatapfel, Dattelpalme, Ölbaum, Mais, Aprikose, Pfirsich, Kohl, Hirse, Feige, Zwiebel.*
5. *Erkläre, inwiefern die Dattelpalme an ihren Lebensraum angepasst ist, und warum das folgende arabische Sprichwort die Dattelpalme sehr treffend beschreibt: „Ihre Wurzeln in den Fluten des Wassers, ihr Haupt im Feuer der Sonne."*
6. *Erstelle eine Tabelle, in der du in die linke Spalte die verschiedenen Teile der Dattelpalme einträgst und in die rechte Spalte ihre traditionellen Verwendungsmöglichkeiten.*
7. *Beschreibe die heutige Bedeutung der Dattelpalme.*

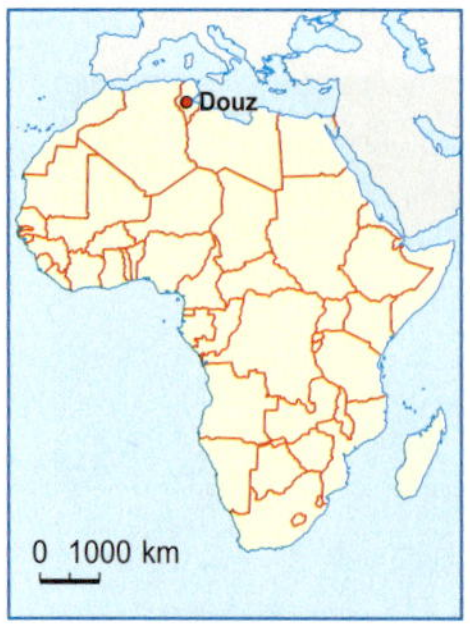

56.1: Lage der Oase Douz

56.4: Hotelpool

56.2: Hotelanlage in der Oase Douz

56.3: Dattelpalmen in Monokultur

Die tunesische Oase Douz heute

Nicht nur die Dattelpalme hat in den Oasen an Bedeutung verloren, sondern auch das Leben in den Oasen einschließlich der gesamten traditionellen Landwirtschaft hat sich stark verändert. Es gibt aber keine einheitliche Entwicklung: Einige Oasen verfallen, während andere fortbestehen können, da sie ihre Landwirtschaft an die heutigen Bedingungen angepasst haben oder sich neue Einkommensquellen im Tourismus oder in der Rohstoffgewinnung erschließen konnten. Früher war in Douz die Landwirtschaft die Lebensgrundlage. Die Menschen konnten sich selbst versorgen. Heute ist alles anders, da die Oasen als ehemalige Zentren des Saharahandels an Bedeutung verloren haben. Deshalb war für die Oasenbewohner der einzige Ausweg die Suche nach neuen Erwerbsmöglichkeiten in Städten oder im Ausland. Menschen wanderten ab und in der Landwirtschaft standen weniger Arbeitskräfte zur Verfügung. So wurden anstelle des arbeitsintensiven Stockwerkbaus nur noch die Dattelpalmen gepflegt und Viehzucht betrieben. Die Dattelproduktion wurde umgestellt: Die Datteln werden seither in **Monokulturen** für den Export angebaut. Da aber aufgrund der Erbteilung die Größe der Parzelle, die einer Familie gehört, immer kleiner wird, reicht das Einkommen aus der Landwirtschaft nicht mehr aus, um das Überleben einer Familie zu sichern.

Tourismus in der Oase Douz

Ende der 1980er Jahre nahm die Bevölkerungszahl in Douz wieder zu. Ein Grund für die Rückkehr der Menschen war die Entwicklung des Tourismus, der in Douz staatlich unterstützt wird. Hauptattraktion für Touristen sind der Markttag, das einmal im Jahr auf dem Festspielplatz stattfindende „Saharafestival“ und die große Sanddüne Ofra, um die ringförmig mehrere Luxushotels mit Klimaanlage und Schwimmbad gebaut wurden. So gab es im Jahr 1987 bereits über 1200 Arbeitsplätze im Tourismusgeschäft. Früher gab es eine Schutzzone um die Düne Ofra: Es war verboten mit Motorfahrzeugen zur oder auf die Düne zu fahren. Heute dagegen kommen ununterbrochen Touristenbusse sowie Jeeps und am Fuß der Düne warten die Kamelführer mit ihren Tieren auf zahlungskräftige Kunden. Täglich besteigen Dutzende von Touristen die Düne und zertrampeln sie dabei.

57.1: Ein weiteres Problem – Müllentsorgung

Wassermangel ist in der ganzen Oase ein Problem. Traditionell wurde in Douz das oberflächennahe Wasser sowie das artesische Grundwasser genutzt. Das artesische Wasser ist aber durch die intensive Nutzung praktisch versiegt. Um den Wasserbedarf in der Landwirtschaft und im Tourismus zu decken, wird mit Pumpen Wasser aus der Tiefe gefördert. Bei der untersten Wasserschicht handelt es sich dabei um Grundwasser, das vor Tausenden von Jahren unter feuchteren Klimabedingungen gebildet wurde. Das bedeutet, dass sich diese Wasserschicht nicht wieder auffüllen kann, sondern durch die Entnahme immer kleiner wird bis sie in einigen Jahrzehnten ganz aufgebraucht sein wird.

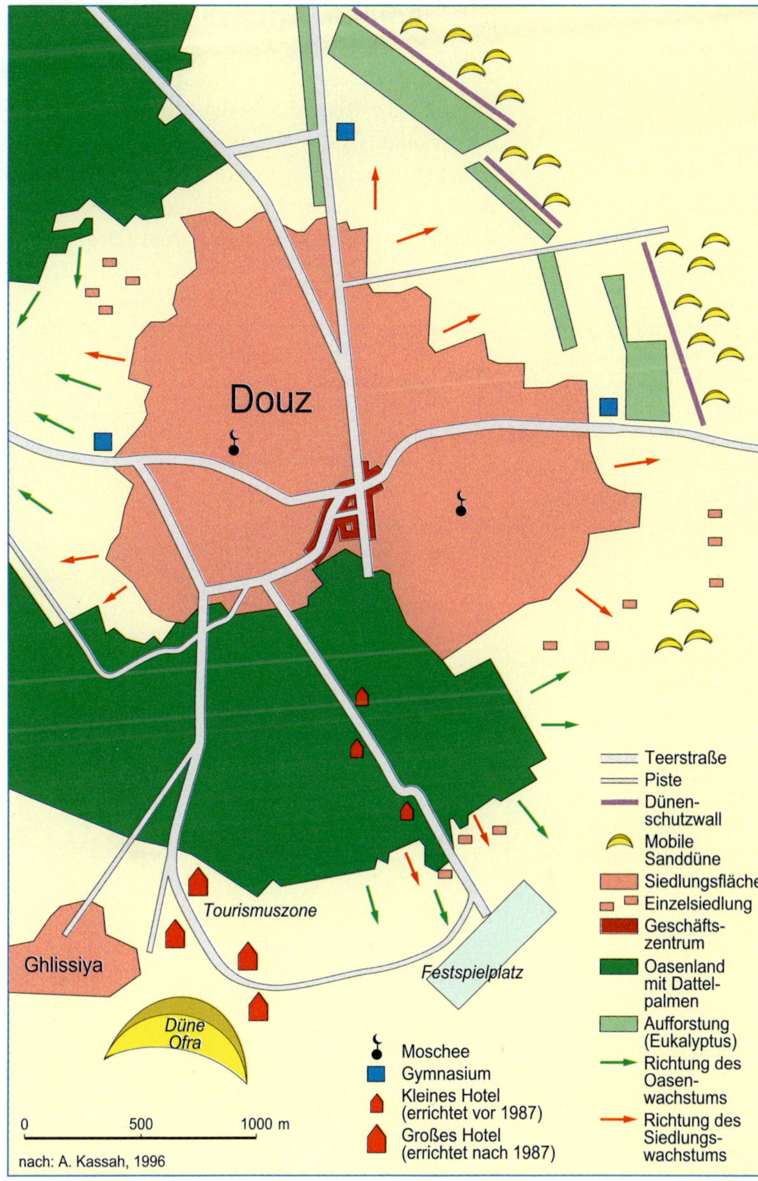

57.2: Die Oase Douz

AUFGABEN

1. *Wie unterscheidet sich die Landwirtschaft in Douz heute vom traditionellen Oasenanbau?*
2. *Werte die Karte von Douz (Abb. 57.2) aus.*
3. *Warum konnte sich Douz zu einem Tourismuszentrum in Südtunesien entwickeln?*
4. *Welche Veränderungen durch den Tourismus in Douz sind positiv, welche negativ?*
5. *Erkläre: Die Touristen zerstören genau das, was sie suchen.*

57.3: Wasserverbrauch pro Person in Douz:
Tourist:
670 l/Tag
Einheimischer:
120 l/Tag
(ohne Bewässerung)

Ein genialer Anpassungskünstler

Wegen der extremen Lebensbedingungen ist die Artenvielfalt in der Wüste gering. Nur wenige, sehr genügsame Säugetiere können es mit der Wüste aufnehmen. Ein richtiger Anpassungskünstler ist das einhöckrige Kamel (Dromedar), das längere Zeit ohne Wasseraufnahme auskommen kann. Es übersteht einen Verlust von 40 % seines Körperwassers ohne Schaden; beim Mensch führt schon ein zwölfprozentiger Wasserverlust zum Tod.

Ⓐ Da sie weich und breit sind, wird das Einsinken im Sand verhindert.

Ⓘ Kastaniengroße, trockene Ausscheidungen minimieren den Wasserverlust.

Ⓜ Es ist sehr dicht und schützt am Tag vor der Hitze, die es speichert. In der kalten Nacht gibt es die Wärme an den Körper ab.

Ⓔ Ein Dromedar kann bis zu 120 Liter auf einmal trinken, ohne dass die roten Körperchen in ihm platzen, die sich zum Wasserspeichern auf das bis zu Zweihundertfache vergrößern.

Ⓖ Er speichert bis zu 40 kg Fett, das bei Nahrungsknappheit in Energie und zum Teil auch in Wasser umgewandelt werden kann. Gleichzeitig isoliert Fett gegen Hitze und Kälte.

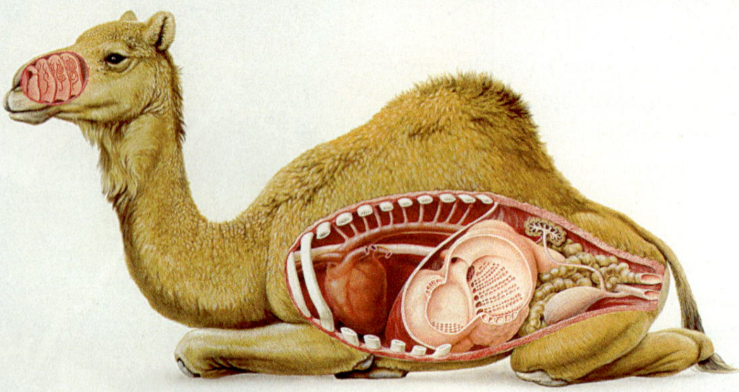

Ⓚ Durch ihre Länge ist der Körper weit vom heißen Wüstenboden entfernt.

Ⓣ Sie schwankt zwischen 34 °C in der Nacht und 41 °C in der Mittagshitze, wobei das Schwitzen erst ab 40 °C einsetzt.

Ⓔ Er ist sehr konzentriert, um den Wasserverlust beim Ausscheiden gering zu halten.

Ⓢ Ihre starke Behaarung verhindert, dass Sand eindringt.

Ⓤ̈ Sie sind schlitzförmig. Ein kräftiger Muskel schließt sie bei Sandstürmen.

Ⓖ Sie sind besonders lang zum Schutz der Augen vor Sand.

Ⓝ Weil sie gespalten ist, kann auch noch das letzte Blatt von einem dornigen Strauch gezupft werden.

1 Höcker
2 Blut
3 Oberlippe
4 Nasenlöcher
5 Wimpern
6 Ohren
7 Fußsohlen
8 Fell
9 Beine
10 Harn
11 Kot
12 Körpertemperatur

58.1: Anpassungen des Dromedars

In der holzarmen Wüste ist der Kameldung Brennstoff zum Kochen und Wärmequelle in den kalten Nächten. Das Fleisch von Dromedaren, die nicht älter sind als fünf Jahre, ist mit magerem Rindfleisch vergleichbar. Dromedare geben auch Milch, die zu Käse und Butter weiterverarbeitet wird. Ihr Vitamin-C-Gehalt macht die Milch besonders wertvoll. Auch die Wolle kann zu Filz und Teppichen weiterverarbeitet werden.
Dromedare werden als Zugtiere beim Wasserschöpfen aus Brunnen, als Lasttiere und als Reittiere eingesetzt. Sie sind wertvoll und damit Prestigeobjekte.

58.2: Das Dromedar als Rohstofflieferant

AUFGABEN

1. *Ordne den zwölf Körperteilen die passenden Textbausteine zu (Abb. 58.1), deren Buchstaben als Lösungswort eine Eigenschaft des Dromedars ergeben.*
2. *Erläutere, wie ein Dromedar Wasserverluste verhindert (Abb. 58.1).*
3. *Nicht alle Anpassungsmechanismen des Dromedars sind auf dieser Seite genannt. Finde weitere (Lexikon, Internet).*
4. *Das Dromedar ist ein vielseitiger Rohstofflieferant und erfüllt mehrere Funktionen. Erkläre (Abb. 58.2).*

Mit einer Karawane durch die Wüste – Extrembelastung für Mensch und Tier

Im Herbst führen die Kel Ewey Tuareg eine 450 km lange und 30 Tage dauernde Karawanenreise vom Aïr-Gebirge nach Bilma durch, die extreme Anforderungen stellt. Alles, was während dieser 30 Tage benötigt wird, muss mitgetragen werden, einschließlich Essen und Wasser für die Menschen sowie das Futter für die Kamele. Für die Kamele ist die Karawane auch durch die 100–125 kg schwere Last extrem beschwerlich. Der schwierigste Teil ist die Durchquerung der Sandwüste Ténéré. Sie dauert sechs bis sieben Tage, wobei die Karawane von 6–23 Uhr ohne Unterbrechung unterwegs ist. Gegessen und getrunken wird im Gehen. Sogar der Tee wird im Gehen zubereitet. Nachdem das Tagespensum geschafft ist, müssen die Kamele versorgt werden und es wird gekocht. Zum Schlafen bleiben nur vier bis fünf Stunden. Eine besondere Schwierigkeit ist die Orientierung im Sandmeer der Ténéré. Der allein vorausgehende Karawanenführer hat tagsüber nur seinen eigenen Schatten als Hilfe. Tagelang ist nichts anderes zu sehen als eine weite Sandfläche. Auf dem gesamten Weg gibt es nur einen Brunnen in Achegour, dazu kommen die Sandstürme, die bis 40 °C erreichende Hitze und das ermüdende Gehen im Sand. Warum nehmen die Kel Ewey Tuareg diese Plackerei auf sich?

In Bilma gibt es Salz, das sich durch Verdunstung an der Wasseroberfläche bildet. Die Tuareg kaufen dieses Salz und auch Datteln. Nach ihrer Rückkehr aus Bilma ruhen die Tuareg einige Wochen aus und ziehen dann nach Süden, wo sie Salz und Datteln verkaufen. Vom Erlös kaufen sie Kleidung, Sandalen, Tee, Zucker usw.

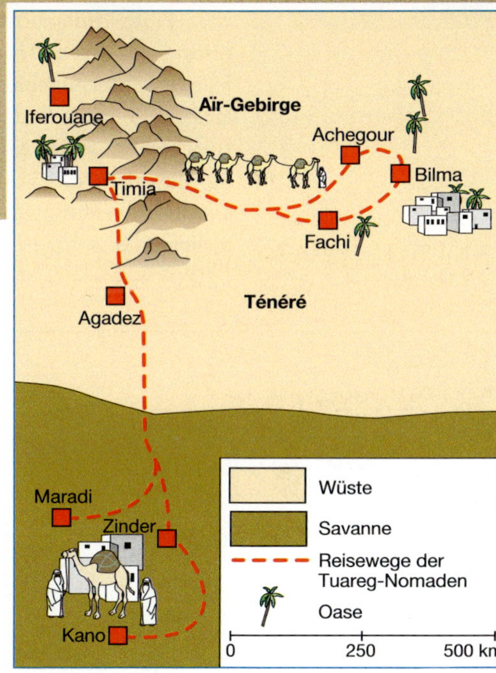

59.1 und 2: Karawane auf dem Weg nach Bilma

59.3: Salzkuchen und Salzkegel werden in Bilma angeboten.

AUFGABEN

1. *Verfolge die Reiseroute im Atlas und auf der Abb. 59.2.*
2. *Beschreibe, welche Schwierigkeiten eine Karawane bewältigen muss.*
3. *Was erschwert bzw. erleichtert die Orientierung in der Wüste?*

60.1: Traditionelle Verschleierung der Tuareg-Männer

Nomaden – früher …

Die Tuareg waren traditionell Nomaden. Sie hatten Kamele, Schafe sowie Ziegen und trieben Handel (▷ S. 59). **Nomadismus** bedeutet, dass eine gesamte Gruppe, z. B. eine Großfamilie, regelmäßig mit ihrem Vieh wandert, damit die Tiere auf den wechselnden Weiden genug Futter vorfinden. Die kargen Weiden, die nur für eine begrenzte Zeit Futter bieten, sind der Auslöser der Wanderungen, bei denen der gesamte Besitz einschließlich der tragbaren Behausung, wie z. B. Zelte, mitgenommen wird. Der Nomadismus ist die optimale Nutzungsform innerhalb der Trockengebiete, in denen im Jahresverlauf das Futter- und Wasserangebot wechselt. Gleichzeitig ist der Nomadismus auch nachhaltig, da durch die Verlagerung der Lagerplätze eine Überweidung vermieden wird und die natürlichen Ressourcen geschont werden.

… und heute

Der Nomadismus ist so gut wie verschwunden, da sich die Voraussetzungen geändert haben:

- Heute verlaufen durch die Sahara mehrere Staatsgrenzen, die von den Nomaden nicht mehr uneingeschränkt überschritten werden können. Das behindert das traditionelle Wandern sehr und kann zu Konflikten führen.
- In den letzten Jahrzehnten hat die Niederschlagsmenge in den Weidegebieten der Nomaden abgenommen, was zu einer Verschlechterung des Nahrungsangebotes für die Tiere führte.
- Der Warentransport per Lkw und Flugzeug hat stark zugenommen, was den traditionellen Tauschhandel erschwert oder zum Erliegen bringt.
- Die Regierungen wollen eine größere Kontrolle über die Nomaden gewinnen und fordern und fördern daher ihr Sesshaftwerden.

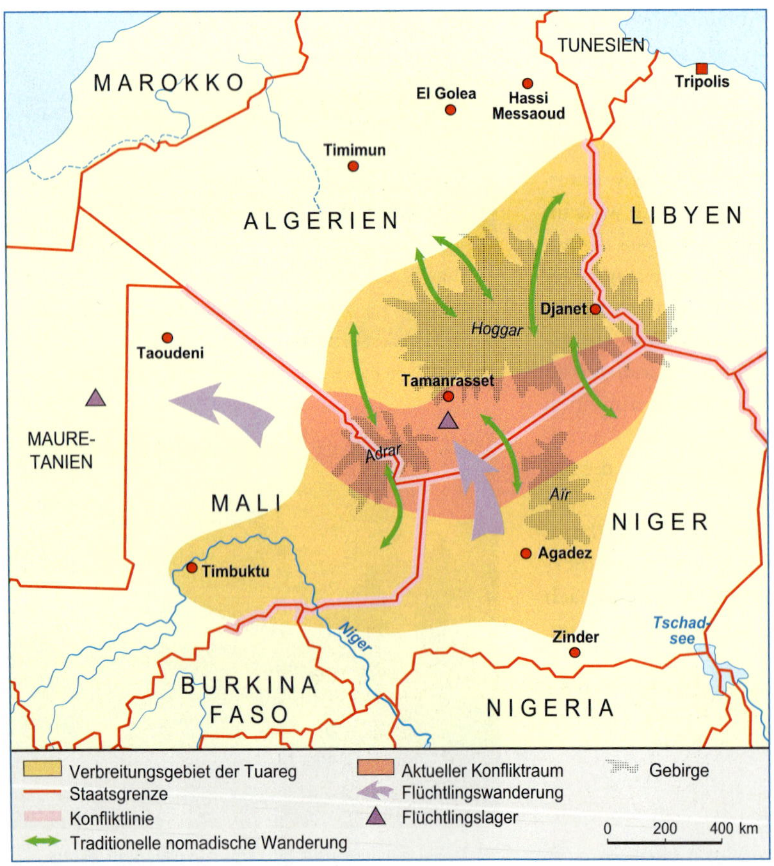

60.2: Traditioneller Lebensraum der Tuareg und seine heutige Zersplitterung

Lebenssituation der Tuareg heute

Alle diese Gründe haben dazu geführt, dass die Tuareg sesshaft geworden sind. Durch die Staatenbildung in den 1960er Jahren gehört der traditionelle Lebensraum der Tuareg heute mehreren Staaten an (Abb. 60.2). An den Grenzen kommt es immer wieder zu Konflikten, die in Aufständen der Tuareg und dem Einschreiten der Polizei oder des Militärs gipfeln, bei denen es Verletzte und Tote gibt. Viele Tuareg haben sich in Flüchtlingslager gerettet, wo sie jedoch verarmt leben. Andere haben ihre Heimat verlassen, um zum Beispiel in der libyschen Erdölindustrie Arbeit zu finden.

AUFGABEN

1. *Erläutere den Begriff Nomadismus.*
2. *Beschreibe, inwiefern die traditionelle Lebensweise der Tuareg an die Wüste angepasst und nachhaltig ist.*
3. *Warum sind die Nomaden sesshaft geworden? Erläutere.*
4. *Beschreibe die heutige Lebenssituation der Tuareg (siehe auch ▷ Abb. 62.2).*

Zukunftsfähige Lösungswege

Da der Nomadismus unter den veränderten Bedingungen als Lebens- und Wirtschaftsform nicht zukunftsfähig ist (▷ S. 60), müssen sich die Nomaden neue Einkommensquellen erschließen. Diese Notwendigkeit lässt sich zusammen mit der Wüstenfaszination der Europäer, in deren klischeehafter Vorstellung Wüste vor allem aus „Sand“, „Oasen mit Palmen“, „Sonnenauf- und -untergängen“ und „Nomaden“ besteht, in einer für beide Seiten interessanten Form zusammenbringen: dem Wüstentourismus.

AUFGABEN

1. *Welche neue Einkommensquelle können sich die Nomaden erschließen?*
2. *„Renard Bleu Touareg“ gilt als vorbildliche Reiseorganisation. Erkläre (Abb. 61.1–3).*
3. *Informiere dich über eine Wüstentour mit „Renard Bleu Touareg“ (Internet).*
4. *Wie versucht der deutsch-marokkanische Verein AZALAY die Situation der Nomaden zu verbessern? Informiere dich auch im Internet.*

www.azalay.de
www.renard-bleu-touareg.org

„Renard Bleu Touareg“ ist eine von Wüstennomaden gegründete Vereinigung, die verschiedene Reisearten, wie z. B. Trekkingtouren in die Sahara, anbietet. Die Nomaden, die die Reisegruppen führen, haben die Möglichkeit, ihren Lebensunterhalt mit einem Teil ihrer traditionellen Lebensweise zu verdienen. Für die Reisenden hat dies den Vorteil, dass sie direkten Kontakt zu authentischen Vertretern haben und deren Alltag kennen lernen.

61.1: Kultureller Austausch

Im März 2003 hat „Renard Bleu Touareg“ den „To Do Preis 2002“ für sozialverantwortlichen Tourismus des Studienkreises für Tourismus und Entwicklung e.V. erhalten. Gründe für die Preisverleihung waren die sichere Auszahlung der Löhne, die gerechte Behandlung der Mitglieder sowie der Kulturaustausch in gegenseitiger Würde.

61.2: Preisverleihung

Einen Teil des von „Renard Bleu Touareg“ erzielten Gewinns wird an den deutsch-marokkanischen Verein AZALAY abgegeben, der Hilfsprojekte zum Erhalt der nomadischen Kultur durchführt. AZALAY hat das Ziel, die von Dürre und politischen Unruhen bedrohten Nomaden zu unterstützen. Teilprojekte sind die Befestigung von Brunnen, der Bau von Schulen sowie die Verbesserung der ärztlichen Versorgung.

61.3: Hilfsprojekt

GEO Wissen | Trockenräume

62.1: Tuareg

Arbeite mit dem Text (Abb. 62.2) und löse folgende Aufgaben:

1. Kläre in eigenen Worten und mithilfe eines Lexikons folgende Begriffe: Tuareg, Nomaden, Clan, Sahelzone, Mobilität, postkolonial.
2. Gliedere den Text in Sinnabschnitte und wähle geeignete Überschriften.
3. Wie veränderte sich das Leben der Tuareg? Erkläre die Überschrift.
4. Nomaden und Oasenbewohner stehen in einer Beziehung zueinander. Welcher Art ist diese und wie hat sie sich verändert? Zeichne ein Wirkungsgefüge dieser Beziehung.
5. Informiere dich über das Leben der Tuareg: www.care.de/tuareg.html, www.gfbv.de/voelker/afrika/tuareg.html

62.2: Das moderne Leben der Tuareg

Blaue Reiter im Treibsand der Veränderung

Wadi, ein trockenes Flussbett. Seine Ränder sind von schwarzen Geröllfeldern gesäumt, einzelne Grasbüschel bedecken seinen Boden, nichts kann die Erde halten. Im Rückspiegel türmen sich Säulen aufgewirbelten Staubes.
„Schöne Gegend", ruft Ati ag Moussa, ein „Marlboro", wie sich die Zigarettenschmuggler nennen. Neben ihm steuert Liman ag Feltou, der Mann aus dem Süden der Sahara, den schaukelnden Pick-up durch das Reich der *Tuareg*. Der Wagen ist beladen mit 25 000 Schachteln amerikanischer Filterzigaretten. Die Ware kommt steuerfrei aus Cotonou, dem Hafen von Benin, gelangt versteckt auf dem Lastwagen bis an die Nordgrenze des Niger. Hier hat Ati die Ware gekauft, um sie nach Algerien zu schmuggeln. Dort kann er sie zum doppelten Einkaufspreis verkaufen. Nach Abzug seiner Unkosten inklusive Schmiergeldern bleibt ihm eine Gewinn von 3000 Euro, das Zehnfache eines durchschnittlichen Jahreseinkommens.
„Hier hat es vor Monaten geregnet." In seinen Augen, versteckt im schmalen Sehschlitz eines blauen Turbans, spiegelt sich ein Lächeln. „Schau nur diese Weiden, wir müssen meinen Clan von diesem herrlichen Gras berichten" – er meint Büschel, die wie Stachelinseln aus dem Staubmeer ragen. Kein Zweifel, wir sind in einem Land, für das sich nur *Nomaden* begeistern können. Menschen auf ständiger Jagd nach flüchtigen Weiden, die mal hier mal dort auftauchen, je nachdem, wo es im Juni, Juli oder August geregnet hat. Wenn das Wasser die im Boden schlafende Saat erweckt und das Gras sprießt, lässt sich hier ein Nomadenclan mit seinen Herden für zwei oder drei Wochen nieder, bis die Weiden erschöpft sind.
Liman und Ati gehören zu einem *Clan* der blauen Reiter, den Tuareg. Der Lebensraum der etwa 1,3 Mio. Tuareg erstreckt sich über ein riesiges Gebiet der zentralen Sahara und der südlich daran angrenzenden *Sahelzone*, verteilt über sechs Nationalstaaten. Nomaden wie die Tuareg zeichnen sich durch ganz einzigartige Anpassungsstrukturen aus. Ihre *Mobilität* ist die höchste Form der Anpassung an die herrschenden klimatischen Bedingungen und basiert auf Jahrhunderte langen Erfahrungen mit ihrem Lebensraum. Ihre Mobilität ist darauf ausgelegt, alle knappen Ressourcen wie Weiden und Wasser, die sich häufig in großen Distanzen zueinander befinden, zu nutzen. Seit dem Ende des 19. Jahrhunderts veränderte sich die nomadische Lebensweise der Tuareg tiefgreifend, als zwei Grundpfeiler ihrer Lebensbasis fortfielen. Sehr lange lebten die Tuareg von Raubüberfällen im Süden, wo sie Kamele sowie Kinder raubten, die sie versklavten. Zudem gab es den Wegzoll für die Transsaharakarawanen und die Einnahmen aus der „Leihgebühr" für Tausende von Kamelen als Transportmittel.
Mit der Ablösung der Karawanen durch moderne Verkehrsmittel gingen wichtige Einnahmequellen verloren. Der Sklavenhandel dauerte noch lange an, aber die Raubüberfälle wurden durch die Kolonialmächte unterbunden. Der von den Tuareg beherrschte Salzhandel ist heute bedeutungslos geworden. Die *postkolonialen* Staaten in der Sahara befeinden sich unter anderem auch wegen der Probleme, die sie jeweils mit den Nomaden hatten. Steuern bei ihnen einzutreiben war schwierig und man misstraute ihrer Freizügigkeit, versuchte den Schmuggel zu unterbinden, ihr Herumziehen zu behindern und sie sesshaft zu machen.

(nach: Michael Stührenberg/Pascal Maitre: „Im Reich der blauen Reiter", GEO 4/2002, S. 156–191)

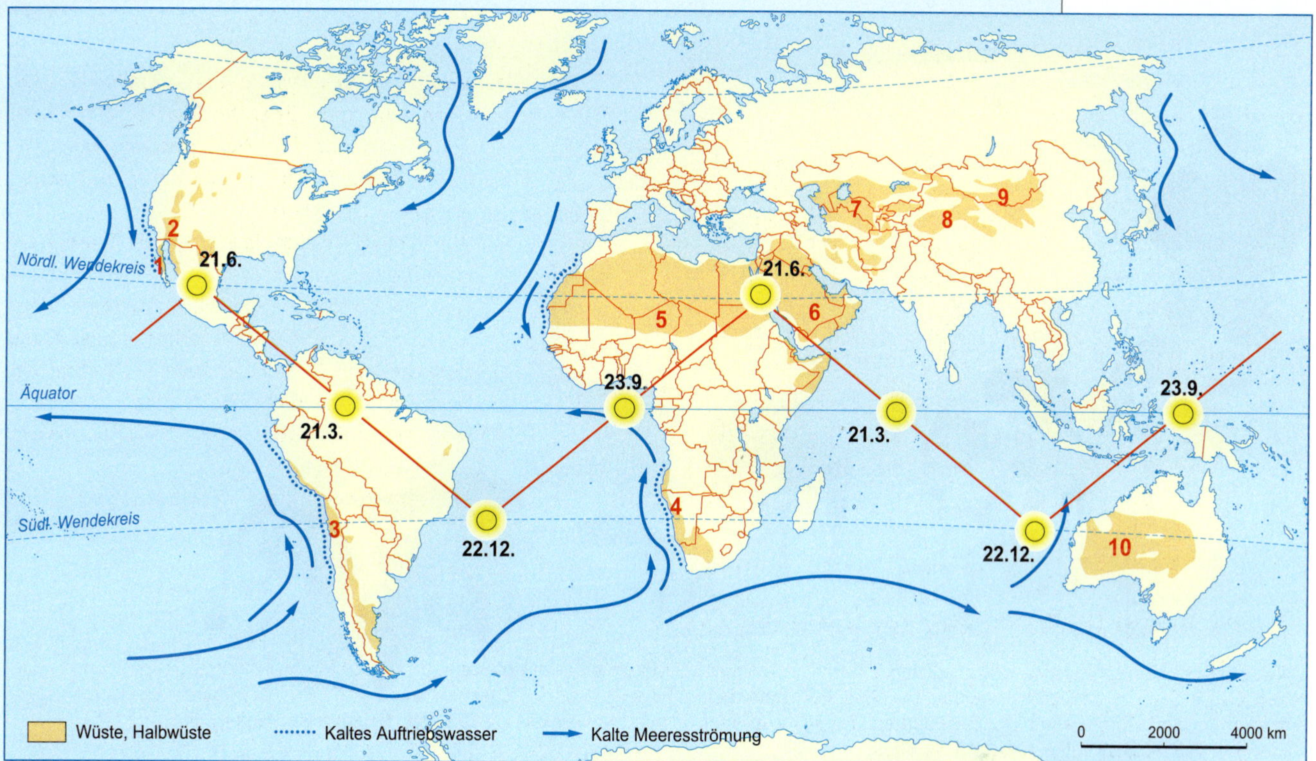

63.1: Die Wüsten der Erde

Die Trockengebiete der Erde nehmen etwa ein Drittel der Oberfläche des Festlandes ein. Der erste Blick auf die Weltkarte lässt zunächst kaum eine Regelhaftigkeit in der Wüstenverbreitung erkennen. Neben Wüsten fast kontinentalen Ausmaßes (mit großen Temperaturgegensätzen und sehr hoher Verdunstung) finden wir inselhaft ausgeprägte Wüstenzellen (mit großen jahreszeitlichen Temperaturschwankungen), dann wieder lang gestreckte Wüstenbänder an Küsten (mit ausgeglichenem Tages- und Jahresgang der Temperatur). Sind die Wüsten der Erde also zufällig verteilt?

Hauptfaktor der Wüstenentstehung ist der Feuchtigkeitsmangel. Er gibt uns den Schlüssel zum Verständnis einer regelhaften Verteilung der drei klimatisch bedingten Wüstentypen: die Passat- oder Wendekreiswüste, die Relief- oder Binnenwüste, die Küstenwüste.

1. Benenne auf der Karte (Abb. 63.1) die großen Wüstengebiete der Erde (Atlas). Zu welchen Wüstentypen gehören sie?
2. Ordne die drei Klimadiagramme (63.2 a–c) den Wüstentypen zu und begründe.

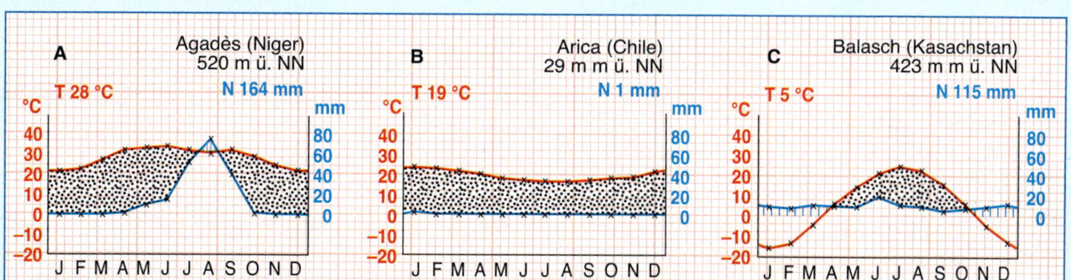

63.2: Klimadiagramme aus verschiedenen Wüsten

Polarräume

66.1: Fridtjof Nansen (1861–1930)

Wettlauf um die Pole der Erde

Gefangen im Eismeer

Der norwegische Polarforscher Fridtjof Nansen vermutete durch Studien über Eisströmungen, dass er mit einem geeigneten Schiff, huckepack auf dem driftenden Eis den Nordpol erreichen könne. Im Juli 1893 brach er schließlich mit dem Holzschiff „Fram", zwölf Männern Besatzung, Verpflegung für fünf Jahre und 14 Schlittenhunden auf. Er schrieb in sein Tagebuch:

18. September 1893: *„Fester und immer fester eingefroren! In der letzten Nacht –25 °C."*

9. Oktober 1893: *„Ein ohrenbetäubendes Getöse. Das ganze Schiff erzitterte wie bei einem Erdbeben. Die erste Eispressung! Meterdicke Eisschollen türmten sich auf und hoben dabei die ‚Fram' bis das Eis unter ihr zerbrach."*

Diese Pressungen wiederholten sich, doch das Holzschiff konnte immer wieder dem Eis standhalten. Die Spezialkonstruktion mit einem besonders dicken, stark versteiften, schrägen Rumpf leistete dem Eis, wie geplant, fast keinen Widerstand. Erst ein Jahr später, als Nansen erkannte, dass sein Schiff am Nordpol vorbeidriften würde, machte er sich mit einem Begleiter, den Schlittenhunden, drei Schlitten, Ski und zwei Kajaks zu Fuß auf den 660 km langen Weg zum Pol.

24. März 1895: *„Gestern hatten wir einen schweren Tag. Immer wieder mussten wir die schwer beladenen Schlitten über die Eisrücken heben."*

Am 8. April 1895 formulierte er die bittere Erkenntnis: *„Das Eis wird immer schlechter, trotz guter Tagesleistungen kommen wir nicht weiter. Die Strömung ist unser Gegner. 86° 14' Nord, 420 km vom Pol. Wir kehren um."*

Erst 14 Monate später trafen Nansen und sein Begleiter auf Kap Flora eine englische Expedition, die sie mit nach Norwegen zurücknahm. Auch die „Fram" kam im August 1896 endlich aus dem Eis frei und kehrte wohlbehalten nach Tromsø zurück. Nansen kehrte als Sieger heim, denn die „Fram" hatte sich bewährt und die Eisdrift war bewiesen.

(nach F. Nansen: In Nacht und Eis)

66.2: Verkehrsmittel für Expeditionen zum Nordpol

- 1878–1879: Segelschiff
- 1895: Ski und Kajak
- 1909:Hundeschlitten
- 1929: Luftschiff
- 1958: Atom-U-Boot
- 1977: Eisbrecher (Atom-Antrieb)
- 1991: deutsches Forschungsschiff
- 2004: Heißluftballon

66.3: Expeditionsroute der „Fram"

AUFGABEN

❶ *Bildet Gruppen und untersucht die waghalsigen Expeditionen im Wettlauf um die Pole. Beschreibt die natürlichen und technischen Schwierigkeiten während der Reisen und nennt Gründe, dafür sein Leben zu riskieren.*

❷ *Informiere dich über weitere Polarexpeditionen und präsentiere deine Ergebnisse.*

Kampf um den Südpol

Am 20. Oktober 1911 brach Roald Amundsen mit vier Begleitern, vier Schlitten und 52 Hunden zum Marsch in die erbarmungslose Eiswüste auf. Bis zum 82. Breitenkreis war die Route bereits bekannt und markiert. Erst nach 700 km zwang dichter Nebel am Fuß des Axel-Heiberg-Gletschers zu einer ersten längeren Ruhepause. Seit dem 3. November 1911 waren auch Scott und seine Mannschaft auf dem Weg zum Pol. Bereits in den ersten Tagen fielen beide Motorschlitten aus und auch die Ponys litten im Schneesturm unter der Kälte. Die Tagesleistung sank auf 18 Kilometer und zwang nach nur 250 km zur Pause.

Am 17. November stieg Amundsen über ein gefährliches Labyrinth von Spalten, Klüften und Wällen im Eis durchs Gebirge. Die tapferen Hunde kämpften zusammen mit den Männern um jeden Meter. Bedrückend war, dass immer wieder Hunde als Futter für die Artgenossen geschlachtet werden mussten.

Am 7. Dezember war der Pol in einer Entfernung von 200 km zum Greifen nahe. Unbehindert trieb Amundsen seine 18 Schlittenhunde über die endlos scheinenden Schneeflächen – die Augen dabei stets nach Süden gerichtet.

Scott musste seine Ponys töten, denn das Futter war verbraucht. Von da an mussten die Männer ihre Schlitten selbst ziehen. Scott notierte: *„Mich durchschaudert eine Hoffnungslosigkeit, gegen die ich kaum mehr ankämpfen kann ...“*

Am 15. Januar entdeckten sie schließlich Spuren und Scott schrieb: *„Das Furchtbare ist eingetreten – das Schlimmste, was uns widerfahren konnte: Am Pol steht das Zelt mit der norwegischen Flagge. Amundsen ist der Erste am Pol. All die Mühsal, all die Entbehrung, all die Qual – wofür? Für nichts als Träume – Träume über Tage, die jetzt zu Ende sind. Aber nichts tut mir dabei so weh wie der Anblick meiner treuen Gefährten! Zu spät, mir graut vor dem Rückweg!“*

Am 18. Januar 1912 standen auch Scott und seine vier Männer am Südpol, einen Leidensweg von 1500 km bei Temperaturen unter –40 °C und orkanartigen Stürmen vor ihnen.

67.1: Amundsen am Südpol

Amundsen und seine Mannschaft kehrten am 25. Januar 1912 wieder ins Basislager zurück. Scott dagegen trug am 29. März in sein Tagebuch ein: *„Wir können jetzt nicht mehr auf Besserung hoffen. Aber wir werden bis zum Ende ausharren, der Tod kann nicht mehr fern sein. Sorgt in Gottes Namen für unsere Hinterbliebenen!“*

Die Leichen und Tagebücher wurden am 12. November 1912 nur 18 km vor dem rettenden Lager gefunden.

(nach Kåre Holt: Wettlauf zum Pol, 1976)

67.3: Verkehrsmittel für Expeditionen zum Südpol

- 1912: Ski und Hundeschlitten
- 1958: Schneekatzen
- 1990: Ski und Gleitschirmsegel
- heute: Flugzeuge

67.2: Scott auf dem Weg zum Südpol

68.1: Am Südpol in 2835 m Höhe (auf ebenso mächtigem Eis)

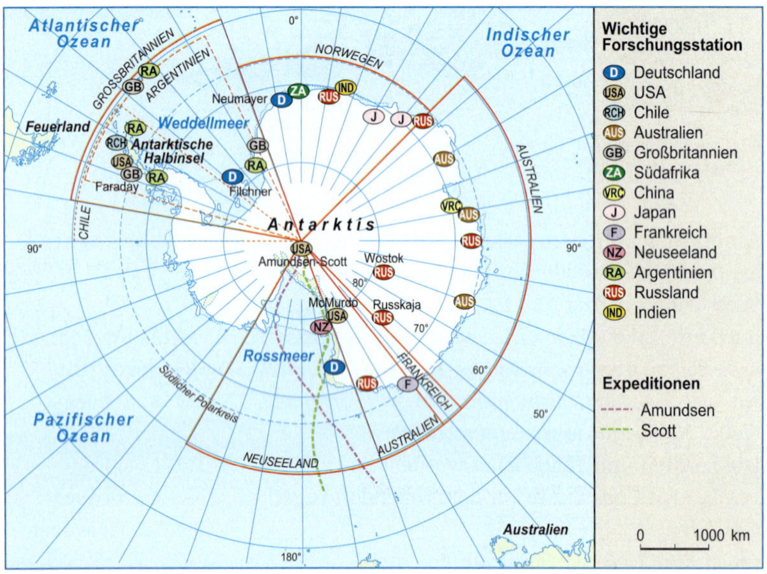

68.2: „Eistorte" Antarktis

I	*Die Antarktis soll nur für friedliche Zwecke genutzt werden.*
II	*Die Freiheit der wissenschaftlichen Forschung und Zusammenarbeit wird gewährleistet.*
III	*Informationen, Personal und Ergebnisse werden ausgetauscht.*
IV	*Alle Territorialansprüche werden vom Tag der Unterzeichnung an eingefroren.*
V	*Atomexplosionen und Lagerung von radioaktivem Abfall sind verboten.*
VI	*Der Vertrag gilt für das Gebiet südlich des 60. Breitengrades.*
VII/VIII	*Jede Vertragspartei kann Beobachter einsetzen.*
IX	*Vertragsstaaten treffen sich regelmäßig zum Informationsaustausch.*
X	*Die Vertragsstaaten verhindern alle Aktivitäten, die im Gegensatz zum Vertrag stehen.*
XI	*Streitigkeiten sollen friedlich zwischen den betroffenen Parteien beigelegt werden.*
XII	*Der Vertrag soll mindestens 30 Jahre gelten.*
XIII	*Der Vertrag bedarf der Unterzeichnung aller Mitgliedsstaaten und der Beitritt steht allen Staaten offen.*
XIV	*Die USA sind Verwahrer des Vertrages.*

68.3: Auszüge aus dem Antarktisvertrag

Der Wettstreit um die Pole heute

Der Entdeckungsgeschichte der **Polargebiete** folgte die Polarforschung. Zuerst waren die Suche nach Lebensraum und Naturschätzen die Anliegen der Forscher, heute stehen die wissenschaftlichen Interessen an erster Stelle. Nationale und internationale Abkommen und Verträge regeln dabei die Völkerrechte sowie die Forschungsprojekte.

Somit bekamen die Ureinwohner Grönlands und Kanadas endlich ihr Land zurück und die Antarktis wurde zum Gemeinschaftseigentum aller Nationen. Wegen ihrer globalen Bedeutung für den Energie- und Wasserhaushalt bilden die Klima-, Gletscher- und Meereserforschung den Schwerpunkt der modernen Polarforschung. Die Antarktis gilt als das größte Freiluftlabor der Erde. So liefern Eisbohrkerne wichtige Erkenntnisse über die Klimageschichte unseres Planeten.

68.4: Forschung in der Arktis

Komfort am Ende der Welt

Als Forscher in der Antarktis zu arbeiten, gehört heute bereits zum Alltag vieler Wissenschaftler. „Neben Funk und E-Mail sind wir über ein Satellitentelefon mit der Außenwelt verbunden. Doch ist jedem klar, dass man bei einem Tarif von 6–10 € pro Minute keine Dauergespräche führen kann", berichtet ein deutscher Meteorologe. „Gearbeitet wird nach Schichtplänen rund um die Uhr. Wie man bei Außenarbeiten der extremen Kälte und dem eisigen Wind trotzt, lernt man schnell – nie etwas mit bloßen Händen anfassen! Ungeschützte Haut verbrennt im kalten Polarwind sofort wie bei einem Sonnenbrand. Dank einer zweiten Haut aus High-Tech-Material ist das Leben im Eis heute relativ unproblematisch geworden. Unsere Anzüge sind durch aufblasbares Futter isoliert und durch Windstopper-Membranen verstärkt, die sich mit batteriegetriebenen Heizkissen über Solarzellen aufladen. Bei Temperaturen unter minus 20 Grad versagen allerdings auch atmungsaktive Klima-Membranen immer wieder, denn jeglicher Körperschweiß gefriert zwischen den Kleidungsschichten zu einer ‚Rüstung' aus Eis. Auch modernste Fasern können eben physikalische Gesetzmäßigkeiten nicht überlisten!
Auf den Exkursionen überprüfen wir stets unsere Route per **GPS (Global Positioning System)** und können uns so in der scheinbar unendlichen Eiswüste orientieren. Freizeit haben wir in den Sommermonaten selten – meist arbeitet oder schläft man. Doch während der Isolation des langen Winters sind die DVDs, Computerspiele und Trimmgeräte eine gute Therapie gegen den ‚Röhrenrappel'. Liebend gern würde dann jeder von uns diesen Ort verlassen, denn zu Hause wartet die Familie, die man doch sehr vermisst."

69.1: Die deutsche Georg-von-Neumayer-Station in der Antarktis

AUFGABEN

1. *„Reise" auf Internetexkursionen in die Polarregionen. Erstelle ein Plakat „Polarforschung aktuell" und präsentiere deine Ergebnisse.*
2. *Nenne die Naturschätze der Arktis und Antarktis (Atlas).*
3. *Erkläre, wie heutzutage technischer Fortschritt ein Leben in der Eiswüste erleichtert.*

Windgeschwindigkeit in km/h	Lufttemperaturen in °C (unter null)							
0	12	18	24	26	31	37	42	47
8	15	21	26	29	34	40	45	51
16	24	29	37	40	45	54	60	68
24	29	34	42	45	54	62	68	76
32	31	37	45	51	60	65	73	82
40	34	42	51	54	62	71	79	87
48	34	45	54	56	65	73	82	90
56	37	45	54	60	68	76	84	93
64	37	47	56	60	71	76	87	96

Gefährlicher Bereich, in dem innerhalb einer Minute bei ungeschützten Körperteilen mit Erfrierungen gerechnet werden muss.

Sehr gefährlicher Temperaturbereich, in dem Erfrierungen schon innerhalb einer halben Minute eintreten können.

Mit wachsender Windgeschwindigkeit empfindet der Mensch die Temperaturen viel niedriger als ein Thermometer anzeigt. So wirkt z. B. eine Temperatur von „nur" –26 °C bei einer Windgeschwindigkeit von auch „nur" 40 km/h auf den Menschen wie eine Temperatur von –54 °C. Also lebensgefährlich!

69.2: Windfrost-Effekt

www.antarktis.ch
Antarktis Online
www.antarktis-station.de
Deutsche Forschungsstationen
www.awi-bremerhaven.de
Alfred-Wegener-Institut für Polar- und Meeresforschung
www.wunderground.com
aktuelles Wetter

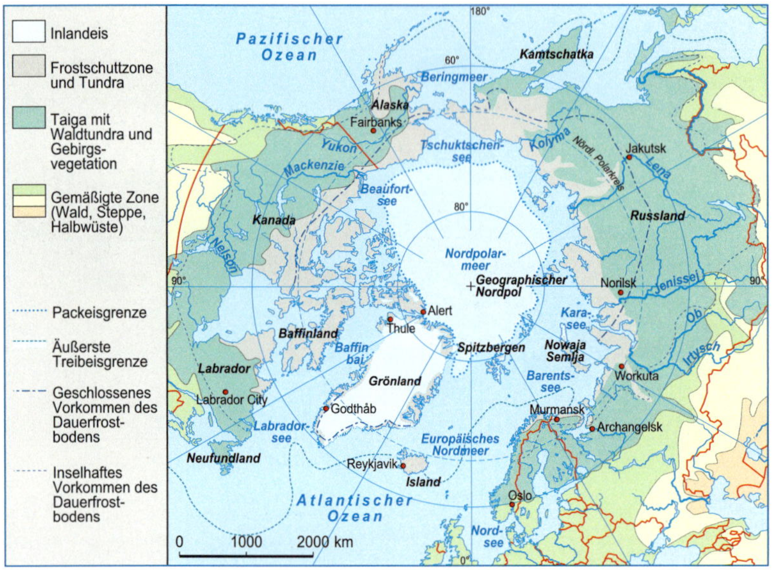

70.1: Arktis

Eisiges „Mittelmeer“ und gefrorener Kontinent

Die **Polarregionen** der Erde scheinen nur auf den ersten Blick miteinander verwandt zu sein. Jenseits der Polarkreise gelegen, gibt es aufgrund einer zu kurzen sommerlichen Vegetationsperiode in den eisfreien Regionen der **Arktis** und **Antarktis** keinerlei Baumwuchs. Ansonsten wirkt sich das **polare Klima** aufgrund der verschiedenartigen Ausprägung der Nord- und Südpolarregion sehr unterschiedlich aus. Während das polnahe Kerngebiet der Arktis eine jahreszeitlich

Inlandeis: bis zu mehrere Kilometer mächtiges Gletschereis, das durch Verdichtung von Schnee entsteht.
Pfannkucheneis: kreisförmige, 3 cm bis 3 m große Eistafeln mit wulstigen Rändern, die sich durch Gefrieren und Kollidieren der Eisplättchen im Meer bilden.
Packeis: Eisschollen, die durch Wind und Strömung aufgetürmt aneinander frieren.
Eisberge: von Gletschern an der Küste durch „Kalben“ abgebrochene Eismassen, die im Meer nur zu 1/8 aus dem Wasser ragen.
Schelfeis: mehrere hundert Meter mächtige Eisplatten, die mit dem landwärts gelegenen Teil auf dem Meeresboden (Schelf) liegen und seewärts im Wasser schwimmen.

70.2: Eis ist nicht gleich Eis

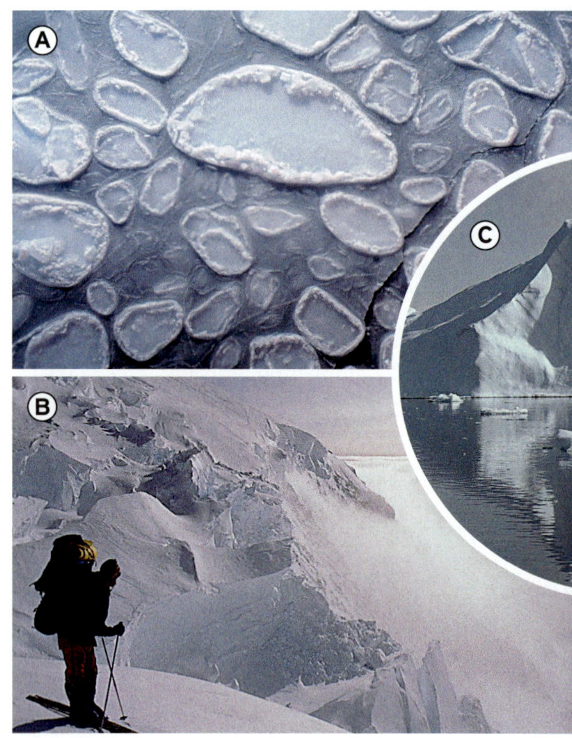

70.4: Erscheinungsformen des Eises

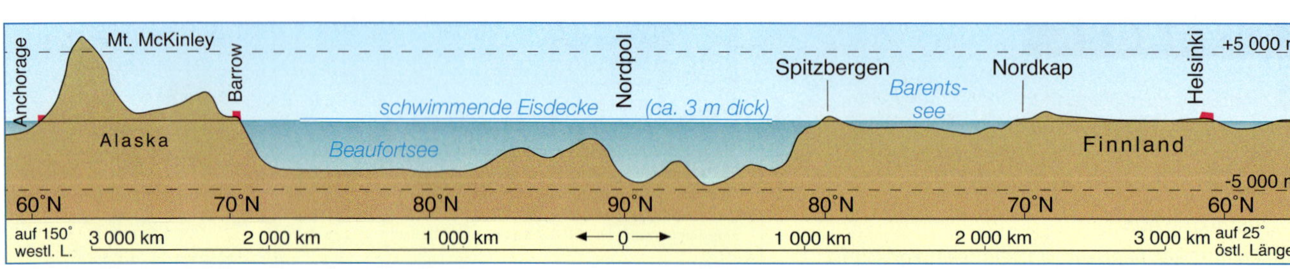

70.3: Profil durch die Arktis

unterschiedlich ausgedehnte Meereisdecke besitzt, ist die Antarktis ein eisbedeckter Kontinent. Nur 2 % dieser Eiswüste sind eisfreie Oasen, die jedoch weder Landsäugetieren noch Ureinwohnern einen Lebensraum bieten.

AUFGABEN

1. *Ordne die Erscheinungsformen des Eises (Abb. 70.2 und 70.4 A–E) den jeweiligen Polarregionen zu.*
2. *Stelle die Unterschiede von Arktis und Antarktis in einer Tabelle einander gegenüber.*

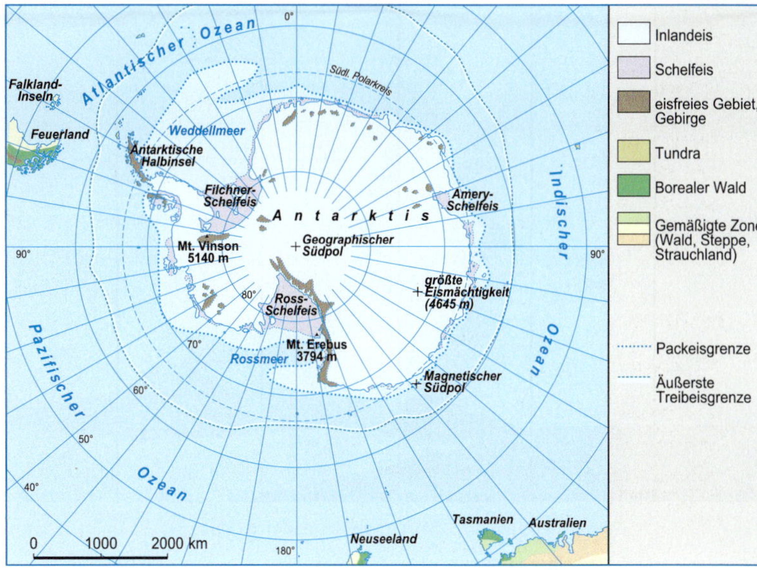

71.2: Antarktis

GEO Praxis

Wir machen „Eis-Experimente“

Klimaforscher behaupten, die Arktis sei in etwa 80 Jahren völlig eisfrei und auch die Antarktis schmelze im Rekordtempo. Welche Auswirkungen hat das auf den Meeresspiegel?

Experiment 1: Lege in ein Becherglas drei Eiswürfel und fülle mit Wasser bis auf 200 ml auf.

Experiment 2: Fülle in ein Becherglas 200 ml Wasser, halte ein schmales Brettchen (Lineal) schräg hinein und lasse darauf drei Eiswürfel ins Wasser gleiten.

Erläutere jeweils deine Beobachtungen und ordne die Versuche der jeweiligen Polarregion zu!

71.3: Materialliste:
2 Bechergläser
1 Lineal
6 Eiswürfel
(möglichst gefärbt)
Wasser

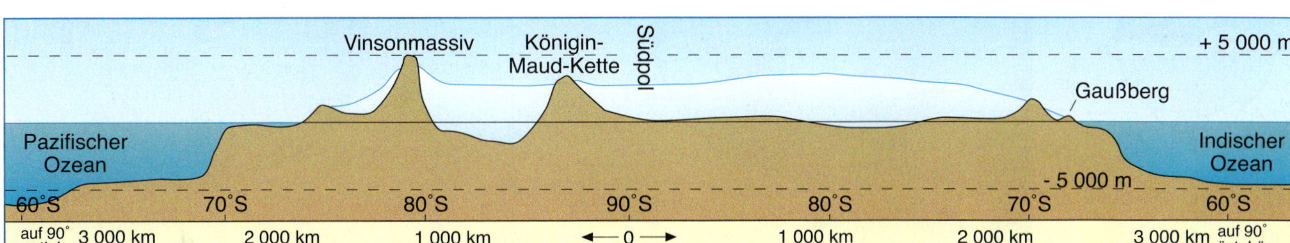

71.1: Profil durch die Antarktis

72.1: Sonnenbahn in der Arktis

72.2: Mittsommernachtsfest

Mitternachtssonne und Mittagsmond

Als Folge der Neigung der Erdachse um 23,5° und der jährlichen Bewegung der Erde um die Sonne verändert sich ständig der Einfallswinkel der Sonnenstrahlen. Somit werden verschiedene Zonen der Erdoberfläche unterschiedlich intensiv und unterschiedlich lang beleuchtet. In jeder Polarregion herrscht im Sommer **Polartag**, im Winter **Polarnacht**, d. h. entweder die Sonne sinkt am **Polarkreis** (66,5° nördliche bzw. südliche Breite) für 24 Stunden nicht unter den Horizont oder sie geht 24 Stunden lang nicht auf. An den Polen dauern diese Erscheinungen jeweils sogar ein halbes Jahr. Im Polarsommer treffen die Sonnenstrahlen nur im flachen Winkel auf die Erdoberfläche auf, ihre Energie wird größtenteils von der Atmosphäre „verschluckt".

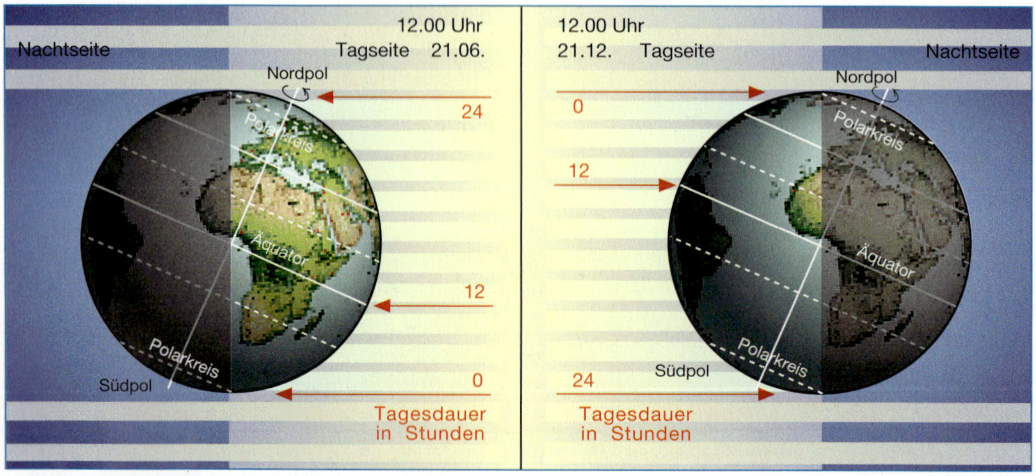

72.3: Polartag (links) und Polarnacht (rechts) am Nordpol

AUFGABEN

1. *Beschreibe die polaren Jahreszeiten und erkläre die Überschrift mithilfe von Abb. 72.3.*
2. *Benenne das in Abb. 72.1 fotografierte Phänomen und ordne den Bildern die entsprechenden Uhrzeiten zu.*
   Bestimme auch die Himmelsrichtungen, in die der Fotograf um 6, 12, 18 und 24 Uhr blickte.
3. *Vergleiche die Klimatabellen in Abb. 73.1 und formuliere die Unterschiede. Ordne die Stationen Arktis und Antarktis zu und begründe.*
4. *Im Gegensatz zum 12-stündigen Tropentag bringt der 24-stündige Polartag keine nennenswerte Erwärmung. Erkläre mithilfe der Beobachtungen bei Experiment 2 (Geo-Praxis).*
5. *Stelle die Auswirkungen von Polartag und Polarnacht auf Menschen, Tiere und Pflanzen in einem Schema dar.*

GEO *Praxis*

Wir beobachten die Strahlungsverhältnisse auf der Erde

Experiment 1: Befestigt an beiden Polarkreisen auf einem Globus je einen Klebepunkt. Bestrahlt den Globus von der Seite mit einem Overheadprojektor und achtet beim Drehen auf die Beleuchtung der Punkte.

Experiment 2: Mit einer starken Taschenlampe werden verschiedene geographische Breitenkreise eines Globus aus geringer Entfernung waagrecht angeleuchtet. Achtet auf die Größe der jeweils beschienenen Fläche.

Protokolliert eure Beobachtungen und wertet sie aus.

Monat	J	F	M	A	M	J	J	A	S	O	N	D	Jahr
Alert, 82° ?, 62° W, 63 m ü. NN													
Temperatur in °C	–32	–33	–33	–24	–11	0	4	1	–10	–20	–26	–30	–17,8
Niederschlag in mm	6	6	6	6	9	12	15	28	30	16	6	7	147
Wostok, 78° ?, 106° O, 3420 m ü. NN													
Temperatur in °C	–32	–44	–58	–65	–66	–66	–67	–69	–66	–57	–44	–32	–55,5
Niederschlag in mm	1	1	3	2	3	2	3	3	3	1	1	1	25

73.1: Klimatabellen von Alert und Wostok

73.2: Materialliste:
Globus
Klebepunkte
Overheadprojektor
Taschenlampe

- „High-Tech-Solar-Pelz" aus 7 cm langen, transparenten, hohlen Einzelhaaren, die das wärmende Sonnenlicht auf die dunkle, absorbierende Haut transportieren
- 10 cm dicke Unterhautfettschicht verhindert als Top-Isolierung den Verlust jeglicher Körperwärme
- Lauerjäger: fehlende Schweißdrüsen im weißen „Pelzmantel" führen bei Sprints zum Hitzestress
- wittert Nahrung (v.a. Robben) durch Geruchssinn
- Tatzen sind durch Fußsohlenbehaarung und Spannhäute zwischen den Zehen „Schneeschuhe" und „Paddel"
- bis 2,5 m lang, Schulterhöhe 1,6 m, aufrecht stehend bis 4 m, Weibchen bis 450 kg, Männchen ca. 700 kg
- Bärin bringt zwei Junge (Geburtsgewicht: je 800 g) in einer Schneehöhle zur Welt, säugt sie mit sahneartiger Milch (31 % Fett) und fastet dabei selbst acht Monate
- die jungen Bären bleiben ca. 2½ Jahre bei der Mutter

74.1: Steckbrief Eisbär

74.2: Was stimmt hier nicht?

Überlebenskünstler in Kälte und Eis

Wie die Pinguine oder die Eisbären trotzen viele Lebewesen der extremen Lebensfeindlichkeit der Polarregionen. Durch raffinierte Spezialkonstruktionen, wie „Frostschutzmittel" im Blut bei Fischen und „Thermokleidung" auf der Haut bei Landtieren, existieren sie nicht nur, sondern sie fühlen sich wohl. Doch die Spitzenanpassung hat ihren Preis – schon die geringste Störung des **biologischen Gleichgewichts** kann das Ende bedeuten.

- ein dachziegelartiger Deckfeder-„Pelz" und ein flaumiges Daunen-„Unterhemd" isolieren vor Kälte und halten den Körper auch bei der Unterwasserjagd trocken
- ein 3 cm dickes Unterhautfettpolster erspart zusätzlich „Heizkosten", ebenso die große Koloniebildung
- das Temperaturgefälle zur Körperoberfläche und den Füßen ermöglicht eine wärmende Schneehaube und verhindert das Anfrieren auf dem Eis
- die Nasenschleimhäute sind „Wärmetauscher"
- Flügel zu kräftigen „Paddeln" umgebildet
- Ausbrüten des Eies im Winter, auf den Füßen unter einer Bauchfalte wie unter einem Kaffeewärmer
- Jungenaufzucht in riesigen „Kinderkrippen" mit Fütterung nur alle drei Wochen, Familienangehörige erkennen sich an der Stimme, Flüggewerden der Jungen in der sommerlichen „Schlemmerzeit"

74.3: Steckbrief Pinguin

Seeleopard:
Etwa 3 m großer, 350 kg schwerer, schlanker, leopardenartig gezeichneter Seehund der Südpolarmeere, der sich vorwiegend von Tintenfischen und Pinguinen ernährt. Er geht nicht an Land, sondern ruht sich auf dem Packeis aus.

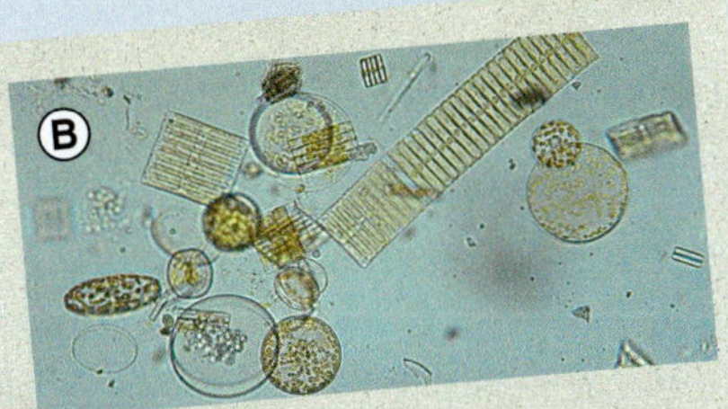

Phytoplankton:
Lebensgemeinschaft der im freien Wasser schwebenden pflanzlichen Organismen, die sich bei meist fehlendem Eigenantrieb von der Strömung treiben lassen (griech.: phyto = Pflanze, planktos = umherziehend). Sie betreiben Fotosynthese.

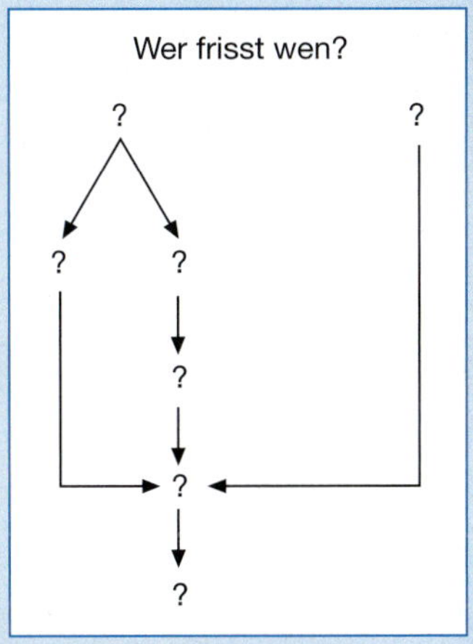

75.1: Nahrungsnetz

Krabbenfresserrobbe:
Die ca. 2,5 m lange, 220 kg schwere, graue Robbenart ist mit über 50 % aller Robben der weltweit häufigste Flossenfüßler. Täglich benötigt sie 15 kg Krill, den sie nachts wie Rahm von der Milch an der Meeresoberfläche abschöpft.

Pinguin:
Bis 120 cm großer, flugunfähiger Vogel, der an den Küsten der Antarktis und angrenzender Gebiete lebt und durch Schwimmen (bis zu 50 km/h) und Tauchen (bis 200 m Tiefe) seine Beute (kleine Fische, Krebse, Tintenfische) im Meer fängt.

Blauwal:
Mit 32 m Länge und bis zu 150 t Gewicht größtes Säugetier der Erde, das sich fast ausschließlich von Planktonkrebsen (Krill) ernährt. Davon fressen die Blauwale im Polarsommer 4000 kg pro Tag. Ein Jungtier misst 7–8 m und wiegt bei der Geburt 3 t.

Schwertwal:
Bis zu 6–9 m langer, 3–9 t schwerer Zahnwal mit hoher Rückenfinne (Schwert), jagt bevorzugt an den Küsten der Polarmeere. Die Beute wird mit der Schwanzflosse erschlagen. Robben (z. B. Seeleoparden) werden auch blitzschnell vom Land ins Wasser gezogen.

Krill:
Etwa 6 cm große, farblose Leuchtkrebse. Tags leben sie in großer Tiefe, nachts in Schwärmen nahe der Meeresoberfläche. Der Krill selbst ernährt sich von Plankton. Die Gesamtmasse des Krills ist größer als die aller ca. 7 Mrd. Menschen zusammen.

AUFGABEN

1. *Übertrage die Grafik in Abb. 75.1 in dein Heft und ordne die Lebewesen der Antarktis (A–G) in das* ***Nahrungsnetz*** *ein.*
2. *In der Arktis bilden Eisbär, Grönlandwal, Sattelrobbe, Ringelrobbe, Kabeljau, Hering, Zooplankton (tierisches Plankton) und Phytoplankton ein Nahrungsnetz. Informiere dich über die Räuber-Beute-Beziehungen und erstelle eine entsprechende Grafik „Wer frisst wen?“.*

76.1: Iglu bei Nacht

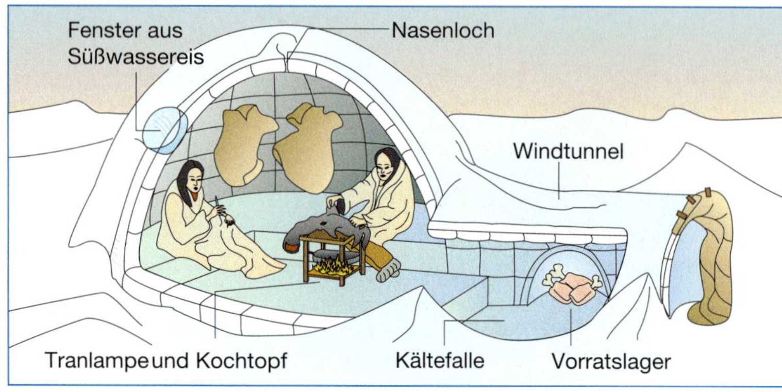

76.4: Iglu

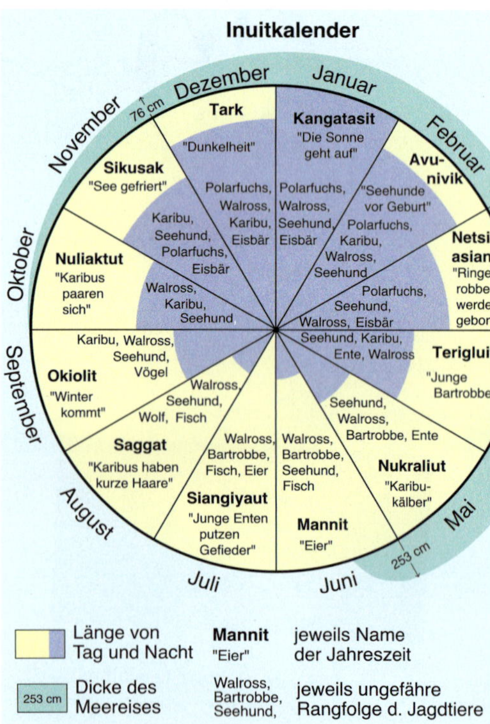

76.2: Inuitkalender

Inuit – zwischen Iglu und Internet

Trotz extremer Lebensbedingungen siedeln die **Inuit** seit Jahrtausenden in der Arktis. Der Eigenname dieser Ureinwohner bedeutet „Menschen“, die Bezeichnung „Eskimos“ wurde als Spottname von den indianischen Nachbarvölkern geprägt und bedeutet „Rohfleischesser“. Inuit-Großvater Loasie, der heute bei seinem Sohn in Tuktoyaktuk im Mackenzie-Delta lebt, erzählt: „Noch vor 50 Jahren waren wir **Selbstversorger**. Die Jagd nach Land- und Meerestieren war unsere Lebensgrundlage. Nach ihren jahreszeitlichen Wanderungen richteten wir unseren Wohnsitz. Dabei wohnten wir im Sommer in Zelten aus Fell, im Winter oft im Iglu. Sobald das Meereis trug, begann die Eislochjagd auf den Seehund. Stundenlang lauerten wir den Tieren am Atemloch auf. Wenn sie auftauchten, stachen wir blitzschnell zu. Bei unter –40 °C hätten wir das ohne unsere Fellkleidung niemals ausgehalten. Unser 5 kg schwerer Anorak mit einer doppelten Fellschicht diente uns dank des eingeschlossenen Luftpolsters beim Einbrechen ins Eis sogar als Schwimmweste.
Heute kaufen wir die wichtigsten Lebensmittel im Supermarkt, aber kein echter Inuit kann in seiner Freizeit auf das Jagdvergnügen verzichten. Die Harpune haben wir dabei zwar durch das Gewehr ersetzt und auch den Hundeschlitten gegen das Skidoo (Motorschlitten) ausgetauscht, doch das Jagdfieber ist geblieben.“

76.3: Auf Seehundjagd

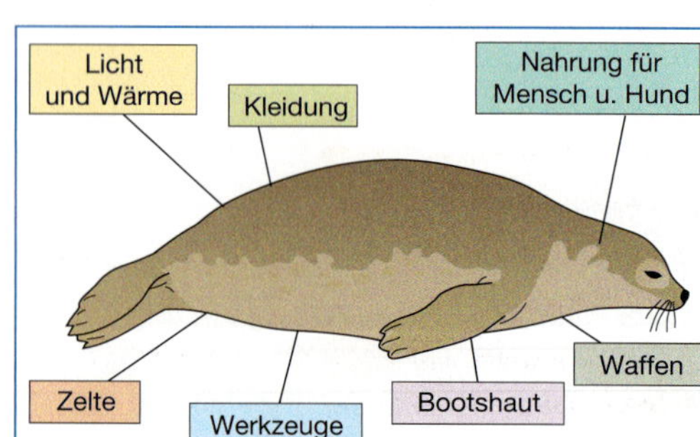

76.5: Der Seehund als Lebensgrundlage

77.1: Nyla

77.2: Moderne Inuitsiedlung

Tuktoyaktuk bedeutet „aussehen wie ein Karibu“ und ist heute eine Siedlung mit knapp 1000 Einwohnern. Nyla, eine 13-jährige Schülerin, schreibt ihrer Internetpartnerin in Deutschland: „Im Winter sind wir durch eine markierte Eispiste fast immer erreichbar, im Sommer dagegen nur per Flugzeug. Nur dann ist es möglich eine neue ‚matchbox‘ zu montieren. Diese Fertighäuser aus Holz oder Wellblech werden in unserer vom Frost versiegelten Welt auf den so genannten **Dauerfrostboden** aufgepfropft, sodass wir wie auf Stelzen wohnen. Zuhause sprechen wir Inuktitut, die Sprache unserer Vorfahren. In der Schule ist sie seit einigen Jahren Unterrichtsfach, denn seit 1999 ist Nunavut, ‚unser Land‘, als selbstständiges Territorium anerkannt. Ohne Englisch hätten wir am Rande des Eismeeres jedoch keine Chance, denn auf die Arbeit im Ölcamp und im Tourismus sind wir angewiesen. Wer keine Arbeit findet, lebt vom Lachsfang, der Sozialfürsorge oder wird kriminell. Oft genug sind unsere vier Gefängniszellen ‚ausgebucht‘. Viele sind davon überzeugt, dass das Ende des traditionellen Nomadenlebens den meisten Inuit eher geschadet als genutzt hat. Ich möchte später einmal studieren und Inuitlehrerin werden.“

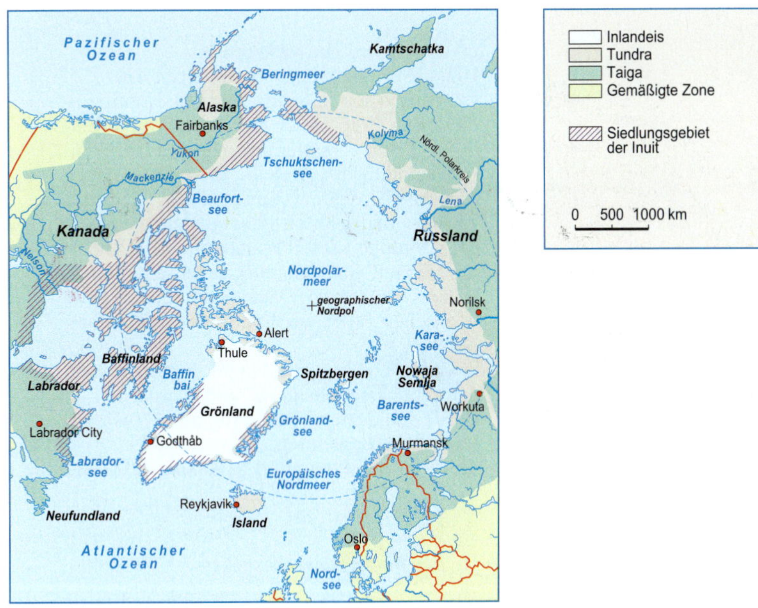

77.3: Lebensraum der Inuit

77.4: Müllkippe „Wildnis“

AUFGABEN

1. *Vergleiche die Lebensweise der Inuit früher und heute in einer Tabelle.*
2. *Begründe, weshalb der Seehund früher die wichtigste Lebensgrundlage der Inuit war.*
3. *Recherchiere selbst über Inuit im Internet und versuche E-Mail-Kontakte zu entwickeln.*

www.polarnet.ca/˜netsilik/-6k
Netsilik School in Taloyoak
www.tu-dresden.de/sulfig/daf/kanada.htm
deutsches Internetprojekt mit Inuitschülern

„All inclusive" im ewigen Eis – Urlaubserlebnisse der besonderen Art
Expeditionsreisen in die eisigen Naturparadiese der Erde bieten unvergessliche Erlebnisse unendlich harter und zugleich zerbrechlich anmutender Welten, die nur wenigen Menschen vergönnt sein werden: Endloses Packeis, majestätisch dahingleitende Eisberge, gewaltige Gletscher und eine faszinierende Tierwelt in einer eher lebensfeindlichen Wildnis – zudem überwältigendes Licht in einer feierlichen Stille am Ende oder am Anfang der Welt.
Leistungen: Flug zum Hafen, Schiffsreise in der gebuchten Kategorie, alle Mahlzeiten an Bord, Landgänge laut Programm, wissenschaftliche Begleitung.
Preis: je nach Programm 10000 bis 30000 €

78.1: Aus einem Reiseprospekt

Atom-Eisbrecher Yamal
Länge/Breite/Tiefgang: 150 m/30 m/11,8 m
Passagiere/Besatzung: 100/ca. 150
Tonnage: 23000 BRT
Geschwindigkeit: max. 20 Knoten
Leistung: 75000 PS, mit der Stahlpanzerhülle von 48 mm kann bis zu 5 m dickes Eis durchbrochen werden.
Ausstattung: 50 Außenkabinen bzw. Suiten, Bar, Restaurant, Bibliothek, Vortragsraum, Shop, Hospital, Indoorpool, Fitnessraum, Sauna, Hubschrauberparkplatz

78.3: Mit dem Atom-Eisbrecher Yamal am Nordpol

78.2: Sport im Eis

„Holiday on Ice" an den Enden der Erde

Polarreisen sind stürmisch, eiskalt und anstrengend. Billigziele sind es absolut nicht, doch weshalb locken die „weißen Flecken" auf dem Globus jährlich Tausende von Pauschalurlaubern an?

Der Entdeckerruhm ist längst an die Vergangenheit vergeben, aber die glitzernde Kulisse aus Eis weckt bei vielen die Sehnsucht nach Abenteuer in unberührter Natur.

Tierbeobachtungen, Hundeschlittentouren mit den Inuit oder Skitouren locken Aktivurlauber an. Manche Abenteurer oder Extremsportler suchen ihren Kick beispielsweise durch Survival-Training in der Eiswüste, durch Paragliding, Klettern an Eisbergen oder bei einem Marathon am Nordpol (Abb. 78.2).

Für alle Polarreisenden bedeutet dieser Urlaub eine Herausforderung und zugleich eine totale Entlastung vom alltäglichen Zivilisationsstress.

79.1: Auf Exkursion in Richtung Kontinent

Jahr	Zahl der Touristen
1980/81	900
1990/91	4850
1995/96	9367
2000/01	12248
2003/04	19772
2004/05	22926

79.4: Tourismusentwicklung in der Antarktis

Antarktis-Tourismus – eine Gefahr für das Eisparadies?

Seit 1966 finden zwischen November und März regelmäßig Expeditionsreisen in die Antarktis statt – und das Reiseziel wird immer beliebter. Aber lässt diese Entwicklung den weißen Kontinent auch in Zukunft „kalt"? Schon heute hat die Internationale Vereinigung der Antarktis-Tour-Anbieter (69 Mitglieder aus 14 Nationen) in Anlehnung an das seit 1998 geltende Umweltschutzgesetz einen Verhaltenskodex für Antarktistouristen erstellt. Dieser soll den hoch empfindlichen Lebewesen ihre leicht „zerbrechliche" Welt erhalten und die Unberührtheit des **Weltparks** nachhaltig sichern. So ist momentan der Landaufenthalt von jeweils nur 100 Touristen auf dem siebten Kontinent erlaubt. Nur die persönliche Rücksichtnahme jedes Einzelnen kann zum Schutz der Antarktis beitragen.

79.2: Pinguine stehen Spalier

1. Ruhe bewahren!
2. Distanz halten! (Mindestabstand von 5 m bei Pinguinen und Robben).
3. Nichts zertreten oder durch Befahren zerstören!
4. Keine Pflanzen und Tiere mitbringen!
5. Schutzgebiete respektieren!
6. Historische Stätten und Denkmäler erhalten!
7. Auf „Souvenirs" verzichten!
8. Wissenschaftliche Forschung nicht beeinträchtigen!
9. An die eigene Sicherheit denken!
10. Die Unberührtheit der Antarktis erhalten!

Außer Fotos und Erinnerungen nichts mitnehmen!

79.3: Zehn Regeln für einen Antarktisbesuch

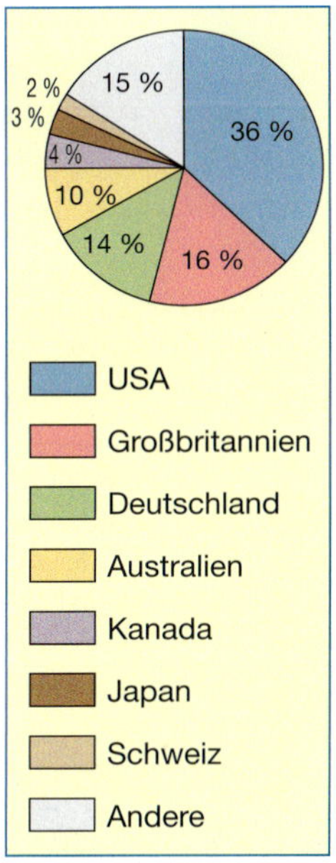

79.5: Herkunftsländer der Touristen (2004/2005)

AUFGABEN

1. *Erstelle ein Werbeposter für Polarreisen.*
2. *Interpretiere die Regeln für einen Antarktisbesuch (Abb. 79.3).*
3. *Plant eine fiktive Klassenreise an die Pole der Erde und präsentiert euer Ergebnis. Recherchiert dazu im Internet.*
4. *Beschreibe die Tourismusentwicklung in der Antarktis. Kann diese Entwicklung so weitergehen?*

GEO Wissen | Polarräume

N

Alle Pflanzen und Tiere in den Polarregionen sind wahre Überlebenskünstler. Durch „Spezialkonstruktionen“ ihres Körperbaus sind sie für ein Leben in Kälte und Eis wie geschaffen. Nenne einige Polarspezialisten.

T

In den Polarregionen zeigt sich das Eis in vielfältigen Formen. Überall schmilzt es jedoch heute im Rekordtempo. Zähle alle Erscheinungsformen des Eises auf.

V

Ursprünglich lebten die Menschen in der Arktis ganz im Einklang mit der Natur. Heute hat sich bei ihnen durch den Einfluss der Zivilisation vieles verändert. Wie heißen die Ureinwohner der Arktis mit Eigennamen?

U

Die Sonne geht nicht unter und beschreibt im Laufe von 24 Std. einen horizontal liegenden vollen Kreis. Diese Erscheinung dauert am Polarkreis einen Tag, am Pol ein halbes Jahr. Nenne das Naturphänomen.

U

Im größten Freiluftlabor der Erde arbeiten Biologen, Meteorologen und andere Wissenschaftler. Glaziologen gewinnen aus Eisbohrkernen wichtige Erkenntnisse über die Klimageschichte der Erde. Wie heißt das „Labor“?

N

Am 14. Dezember 1911 erreichte ein Norweger als erster Mensch den geographischen Südpol. Sein Rivale überlebte die Expedition nicht. Nenne die Namen der beiden Polarforscher.

A

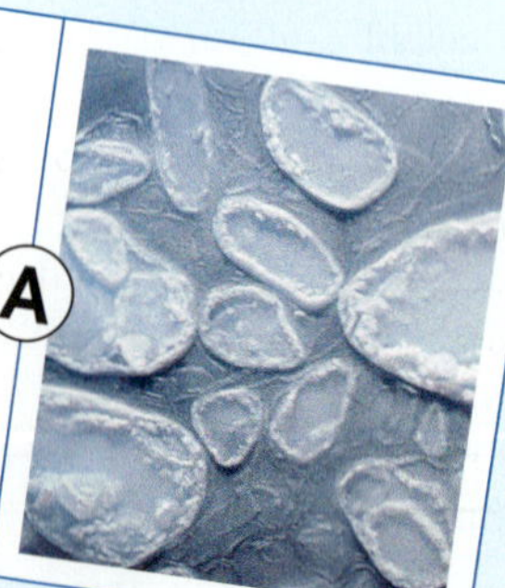

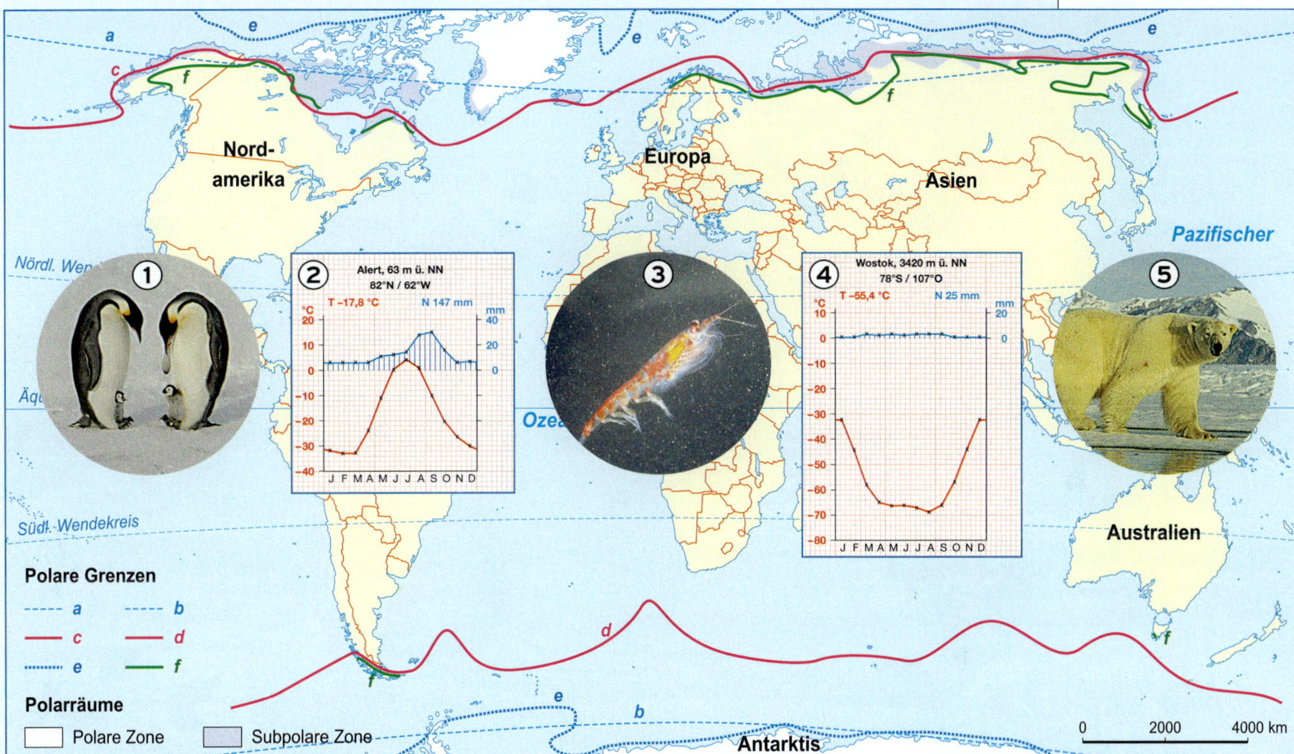

81.1: Die Polarräume der Erde

1. Bearbeite das Polar-Domino auf S. 80 in folgenden Schritten:
   a) Löse die Texträtsel der Spielkarten und notiere die Suchbegriffe.
   b) Lege die Bild-Text-Paare der Dominokarten so aneinander, dass sich als Lösungswort der Inuit-Name ihres selbstverwalteten Landes ergibt.
   c) Erstelle einen kreativen Text mit möglichst vielen Suchbegriffen aus 1.a).
2. Benenne die Legende in der Karte 81.1, ordne die Klimadiagramme und Tiere der entsprechenden Polarregion zu und begründe deine Entscheidungen.
3. Begründe die Reisetipps (Abb. 81.2) und spiele mit deinem Sitznachbarn: „Ich packe meinen Polarkoffer und nehme mit …“.
4. Plane selbst eine Polarreise und präsentiere deinen Routenvorschlag.

Reisezeit:
- nur in den jeweiligen Sommermonaten,
- der Polartag kann den persönlichen Biorhythmus erheblich stören, deshalb schwarze Folie zum nächtlichen Abdecken der Fenster mitnehmen.

Kompassorientierung:
- in Polnähe unmöglich; die Kompassnadel beginnt zu tanzen,
- Funkpeilgeräte verwenden (GPS) und Notsignale kennen.

Entfernungsmessungen:
wegen Einöde und klarer Luft überschreitet die tatsächliche Entfernung die Schätzung um das Drei- bis Vierfache.

Schutz vor wilden Tieren:
Lebensmittelvorräte weit weg vom Schlafplatz, Waffe.

Kälteschutz:
Polarkleidung, Gesichtsmaske, Polarguard-Schlafsack, Überlebensdecke, Isomatte.

Tundra:
Moskito-Kopfnetz und -Zelt

81.2: Polar-Reisetipps

Im Himalaja (Nepal)

Hochgebirge

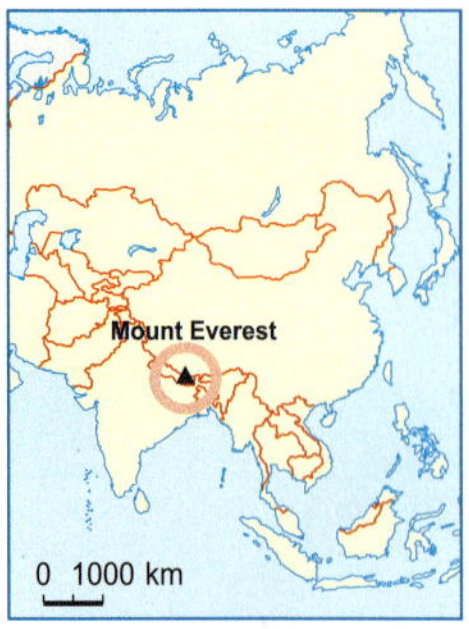

84.1: Lage des Mount Everest

84.3: Die Aufstiegsroute auf den Mount Everest von Süden

84.2: Daten zum höchsten Berg der Erde (Stand 2002):
Höhe: 8850 m ü. NN, nach neuesten Satellitenmessungen
Lage: Himalaja, Grenze zwischen Nepal und Tibet, 27° 9′ n.Br., 86° 9′ ö.L.
Anzahl der Besteigungen: 1659, davon 79 Frauen
Todesopfer: 175

Mount Everest – auf dem Dach der Welt

„Ich kletterte weiter, schlug die Stufen und überwand Felsblock um Felsblock und eine überhängende Schneewächte nach der anderen. Dabei hielt ich gespannt nach dem Gipfel Ausschau. Er war nicht zu sehen, und die Zeit wurde knapp. Schließlich arbeitete ich mich um die Rückseite eines sehr großen Felsblocks herum und kletterte dann, von Tensing am straffen Seil gehalten, auf einen sanft geneigten Schneegrat hinauf. Und plötzlich hatten wir unser Ziel erreicht. Es war 11.30 Uhr, und wir standen auf dem Gipfel des Mount Everest.“
(aus: Edmund Hillary: Wer wagt, gewinnt.)

Mit diesen knappen Worten beschreibt Edmund Hillary den Moment, als der höchste Gipfel der Welt 1953 zum ersten Mal bestiegen wurde.
Doch der Weg dorthin war lang. 30 Jahre hatten die besten Bergsteiger der Welt darum gekämpft, den „dritten Pol der Erde“ zu erreichen. Einige bezahlten ihren Versuch mit dem Leben. Die Ausrüstung der ersten Expeditionen lässt erahnen, welche Strapazen und Risiken die Männer auf sich nahmen: Jacke und Kniebundhose aus Wollstoff, ein Hut und ein langer Schal – so erreichte Edward Norton 1924 alleine und ohne Sauerstoffgerät eine Höhe von 8573 m ü. NN. Hillarys und Tenzings Expedition wurde dagegen mit militärisch anmutender Präzision vorbereitet. Die eingesetzten Sauerstoffgeräte wogen zwar knapp 11 kg, doch sie erleichterten die extremen Anstrengungen in der dünnen Höhenluft ganz entscheidend. 50 Tage lang wurden Routen auskundschaftet, Hochlager errichtet und Versorgungsdepots angelegt. 38 Träger unterstützten das Team bei den Vorarbeiten. Hillary betonte immer wieder, dass der Erfolg nur durch die enge Zusammenarbeit möglich war.

www.mt-everest-3d.com
www.everest.cc
www.br-online.de
www.geo.de

Die Tragödie im Mai 1996

Zehn Expeditionsteams versuchten gleichzeitig den Aufstieg zum Mt. Everest über die Südroute (Abb. 84.3). Die Kunden der kommerziellen Expeditionen waren teilweise unerfahren, daher kam es an schwierigen Stellen zu regelrechten Staus in der eisigen Kälte. Viele Bergsteiger erreichten den Gipfel zu spät und gerieten in einen Sturm. In einer Nacht starben acht Menschen, zwei davon unweit vom rettenden Lager 4. Der Amerikaner Beck Weathers wurde von Kameraden gefunden, aber für tot gehalten und zurückgelassen. Dennoch erreichte er das rettende Lager. Weathers überlebte die Katastrophe, doch aufgrund furchtbarer Erfrierungen verlor er beide Hände und seine Nase. Die Toten wurden nicht geborgen, da dies zu gefährlich wäre. Sie liegen am Aufstiegsweg und erinnern die Bergsteiger daran, dass sie für den Gipfel ihr Leben aufs Spiel setzen.

Massentourismus am Everest?

Zurzeit besteigen etwa 150 Menschen pro Jahr den höchsten Berg der Erde. Im Basislager stehen während der Saison über 250 Zelte. Der Traum, einmal auf dem Mt. Everest zu stehen, ist heute käuflich. Für ca. 60 000 € werden auch Unerfahrene über eine präparierte Route auf den Gipfel geführt. Zelte und Kleidung sind perfekt an die Extrembedingungen angepasst, moderne Sauerstoffgeräte „machen den Berg kleiner", Medikamente dämpfen die Höhenkrankheit. Zeit ist Geld, daher wird nicht immer die ideale Wetterlage abgewartet oder der Körper kann sich nicht ausreichend an die Höhe gewöhnen. Damit steigt das Risiko für Unfälle. Ein weiteres Problem ist der viele Müll, den die Expeditionen produzieren. Mittlerweile wird im Basislager streng darauf geachtet, dass alles wieder hinuntergetragen wird. Aber während des Aufstiegs sieht es oft anders aus. Auch der Bau eines Hotels mit Kläranlage im Basislager ist in der Diskussion. Ist das noch Bergsteigen? Viele Einheimische und Ausländer wehren sich gegen den Ausverkauf des Himalaja. Doch allein die Genehmigung für eine Everestbesteigung bringt der Regierung 10 000 US-$ – viel Geld, das in einem armen Land wie Nepal dringend benötigt wird.

85.1: Im Basislager

85.2: Die höchste Müllkippe der Welt

AUFGABEN

1. *Vergleiche die Gefahren, mit denen die Erstbesteiger zu kämpfen hatten, mit den Bedingungen, unter denen die Besteigung des Mount Everest heute möglich ist.*
2. *Nenne Vor- und Nachteile des „Massentourismus" am Mt. Everest. Was überwiegt?*
3. *Warum setzen so viele Menschen ihr Leben aufs Spiel, um auf dem höchsten Berg der Erde zu stehen?*

85.3: Material für die jährliche Präparierung des Khumbu-Gletschers:
ca. 2 km Fixseile,
200 Eisschrauben,
200 Firnanker,
100 Aluminiumleitern

85.4: Die Sucht, der Erste zu sein?
1953 Erstbesteigung
1975 erste Frau auf dem Gipfel
1978 erste Besteigung ohne künstlichen Sauerstoff
1980 erste Alleinbesteigung ohne künstlichen Sauerstoff
1988 erster Gleitschirmflug vom Gipfel
2000 erste Skiabfahrt
2001 erste Snowboardabfahrt
2001 erster blinder Besteiger
2003 ältester Besteiger (70 Jahre)
2003 schnellste Besteigung (elf Stunden)
2003 jüngster Besteiger (15 Jahre)
2003 die meisten Besteigungen einer Person (13)

85.5: Je höher, desto teurer die Internet-Cafés:
Kathmandu (1200 m ü. NN): 0,01 US-$ pro Minute
Namche Bazar (3446 m ü. NN): 0,50 US-$ pro Minute
Basislager (5200 m ü. NN): 1,00 US-$ pro Minute

86.1: Khamsum

„Ich heiße Khamsum und lebe in Pangboche. Das ist ein kleines Dorf im nepalesischen Himalaya. Ich gehöre zum Volk der Sherpa, das heißt auf tibetisch „Volk aus dem Osten“. Vor etwa 500 Jahren wanderten meine Vorfahren aus Tibet nach Nepal ein. Trotz der großen Höhe bauen wir Gerste, Weizen, Rüben, Mais, Kohl und Kartoffeln an. Außerdem halten wir Yaks und Schafe. Sie weiden im Sommer auf den Almweiden in höher gelegenen Tälern. Im Winter sind sie bei uns im Dorf.
Es macht mich stolz, dass uns so viele Reisende aus anderen Ländern besuchen.“

Steckbrief Yak

Größe:
- Wildyak bis 180 cm
- Hausyak 120–130 cm

Anpassung:
- langes zottiges Fell als Schutz gegen die Kälte
- große, weit abspreizbare Hufe zum Klettern

Nutzung:
- Last-, Reit- und Zugtier (trägt bis zu 150 kg)
- liefert Milch, Milchprodukte (Butter, Käse, Trockenkäse, Joghurt), Fleisch, Leder, Felle, Wolle sowie getrockneten Dung als Brennmaterial

86.2: Unser Dorf Pangboche mit dem roten Kloster

86.3: Mein Bruder Lobsang arbeitet als Träger

Leben im Hochgebirge

Leben im Himalaya

Die Landwirtschaft im Gebirge erfordert viel Arbeit, da an den steilen Hängen Terrassenfelder angelegt werden müssen. Durch die Kälte sind die Erträge aber nur gering. Die Sherpa besitzen daher auch andere Erwerbsquellen:
Früher trieben sie Handel. Reis, Papier, Felle und Zucker wurde aus Indien mit Yaks oder auf den Rücken der Träger nach Tibet gebracht und gegen Salz, Yak- und Schafwolle eingetauscht. Als die Chinesen 1959 Tibet besetzten, wurde die Grenze geschlossen und der Handel kam zum Erliegen. Der Tourismus im Himalaja kam daher zur richtigen Zeit. Die berühmten Berge und das Interesse für die tibetisch-buddhistische Kultur locken viele Expeditions- und Trekkingtouristen in die Heimat der Sherpa. Die meisten Häuser bieten einfache Gästezimmer und Verpflegung an. Einige Familien haben auch ein richtiges Gasthaus oder einen Laden und betreiben keine Landwirtschaft mehr. In Lukla gibt es einen Flugplatz, der die Touristen bequem in den Khumbu bringt. Die meisten Güter, z. B. Lebensmittel, Kleidung und Baumaterial, werden aber bis heute auf dem Rücken der Träger in die Dörfer gebracht. Straßen gibt es nicht. Viele Sherpa arbeiten als Träger, Führer oder Köche für Touristen- und Expeditionsgruppen. Durch ihre Zuverlässigkeit, Ausdauer und die Unempfindlichkeit gegenüber der Höhe sind sie die idealen Begleiter im Hochgebirge. Die Träger können Lasten bis zu 50 kg tragen! Problematisch ist aber, dass vor allem die Begleiter der Expeditionen lange von zu Hause fortbleiben. Es passiert auch immer wieder, dass Sherpa durch die Gefahren im Gebirge verunglücken.
Der Tourismus ist zur wichtigsten Einnahmequelle geworden und hat die Lebensbedingungen in vielen Dörfern verbessert. Seit 1996 kommen jedoch immer weniger Ausländer nach Nepal. Es herrscht Bürgerkrieg. Die Kampfhandlungen zwischen staatlichen Sicherheitskräften und Rebellen richten sich zwar nicht gegen Touristen, trotzdem ist das Reisen mit einem höheren Risiko verbunden. Auch Streiks im Bus- und Flugverkehr, sowie erpresste Weggebühren schrecken viele ab.

Leben in den Anden

Durch die starke Sonneneinstrahlung wachsen die Feldfrüchte in den Anden auch in Höhenlagen bis zu 4000 m ü. NN. Die Kartoffel gehört zu den Grundnahrungsmitteln. Schon die Vorfahren der Indios, die Inka, nutzten die Nachtfröste, um die Knollen haltbar zu machen. Durch abwechselndes Gefrieren, Wässern und Trocknen wird den Kartoffeln das Wasser entzogen. Sie schrumpfen dadurch zu „Chuño“, einer weißgrauen, sehr haltbaren Masse.
Die Indios sind vor allem Selbstversorger. Auf den Märkten werden überschüssige Erträge verkauft oder eingetauscht, z. B. gegen Bananen aus dem Tiefland, Tomaten oder Cocablätter. Coca ist ein Rauschmittel, das von vielen Indios gekaut wird und die Zähne schwarz färbt. Auch als Medizin und bei religiösen Riten wird es verwendet. Coca vertreibt Hunger, Durst und Müdigkeit und man wird unempfindlich gegen die dünne Höhenluft.
Vor allem die Arbeiter in den Zink- und Kupferbergwerken würden die harte Arbeit ohne Coca kaum ertragen. Die Arbeit ist sehr anstrengend und gefährlich, bietet aber ein Zusatzeinkommen. Mit dreißig Jahren sehen die „Mineros“ schon aus wie alte Männer und sterben früh.
Auch der Tourismus bietet den Indios ein Zusatzeinkommen. Die Märkte, auf denen die Frauen in ihren farbenfrohen, selbstgewebten Kleidern die Waren verkaufen, werden gerne von Reisenden besucht. Sie kaufen Kunsthandwerk, Teppiche oder die typischen buntgewebten Wolltücher. Besondere Attraktionen sind die alten Tempel- und Festungsruinen. Die Inkafestung Sacsayhuamán bei Cuzco und natürlich Machu Picchu, die geheimnisvolle Inkastadt über der Urubambaschlucht, sind weltberühmt und ziehen Scharen von Touristen an.

AUFGABE

Erstelle eine Tabelle zum Leben im Hochgebirge, in der du die Lebensweise der Sherpa und der Indios im Hochgebirge miteinander vergleichst. Verwende folgende Kriterien: Ackerbau, Nutztiere und ihre Verwendung, zusätzliche Erwerbsquellen früher und heute.

„Ich heiße Maria, bin eine Aymara-Indio und lebe in der Nähe von Cincero. Das ist ein Dorf im Hochland von Peru, dem Altiplano. Hier bauen wir Gerste, Mais, Bohnen und vor allem Kartoffeln an. Wir halten auch Lamas und Alpakas, aber nicht als Zugtiere. Deshalb graben wir unsere Felder mit der „Taclla“, einem Grabstock um, zerkleinern die Erdklumpen und harken die Felder mit einem Brett. Das alles macht viel Arbeit. Das meiste, was wir anbauen, verbrauchen wir selbst. In Cincero gibt es einen Markt, auf dem wir auch etwas verkaufen.“

87.3: Maria

87.1: Auf dem Altiplano

87.2: Der Markt von Cincero (4000 m ü. NN)

Steckbrief Lama

Größe:
- Lama 130 cm
- Wildform Guanako 120 cm

Anpassung:
- dichtes Fell als Schutz gegen die Kälte, rutschfeste Schwielensohle
- bewegliche Zehen zum Klettern

Nutzung:
- Lasttier (trägt bis zu 50 kg)
- liefert Wolle, Fleisch, Leder, Talg als Kerzenmaterial, getrockneten Dung als Brennmaterial

88.1: Die Lage des Kilimandscharo

Ewiger Schnee in den Tropen?

Schon im 19. Jahrhundert berichtete ein Reisender in Europa von einem schneebedeckten Gipfel im Herzen Afrikas. Niemand glaubte ihm, da es so nahe am Äquator doch keinen Schnee geben konnte. Der Kilimandscharo ist mit 5895 m ü. NN der höchste einzeln stehende Berg auf der Erde und liegt nur 330 km südlich des Äquators. Er besteht aus drei erloschenen Vulkanen, von denen der Kibo den Hauptgipfel bildet.

Die Klima- und damit auch die Vegetationszonen ändern sich vom Äquator zu den Polen. Vor allem durch abnehmende Temperaturen und steigende Niederschläge passiert das gleiche auch mit zunehmender Höhe. Wir erhalten quasi „vertikale Klimazonen“, die man **Höhenstufen** nennt. In 5000 m ü. NN liegt die Durchschnittstemperatur auch am Äquator nur bei etwa 0 °C. Auf diese Weise ist es möglich, dass man auch am Äquator ewigen Schnee und sogar Gletscher erblicken kann. Doch wie lange noch?

Die „Eiskappe“ des Kilimandscharo hat seit 1912 rund 80 % ihrer Größe verloren. Grund dafür ist die allgemeine Klimaerwärmung, sowie die Abholzung der Wälder an den Berghängen. Diese lässt die Luftfeuchtigkeit und damit auch die Niederschlagsmenge sinken. Klimaforscher haben berechnet, dass der Gipfel im Jahr 2020 eisfrei ist. Dann wird das beliebteste Postkartenmotiv Tansanias viel von seinem Reiz eingebüßt haben.

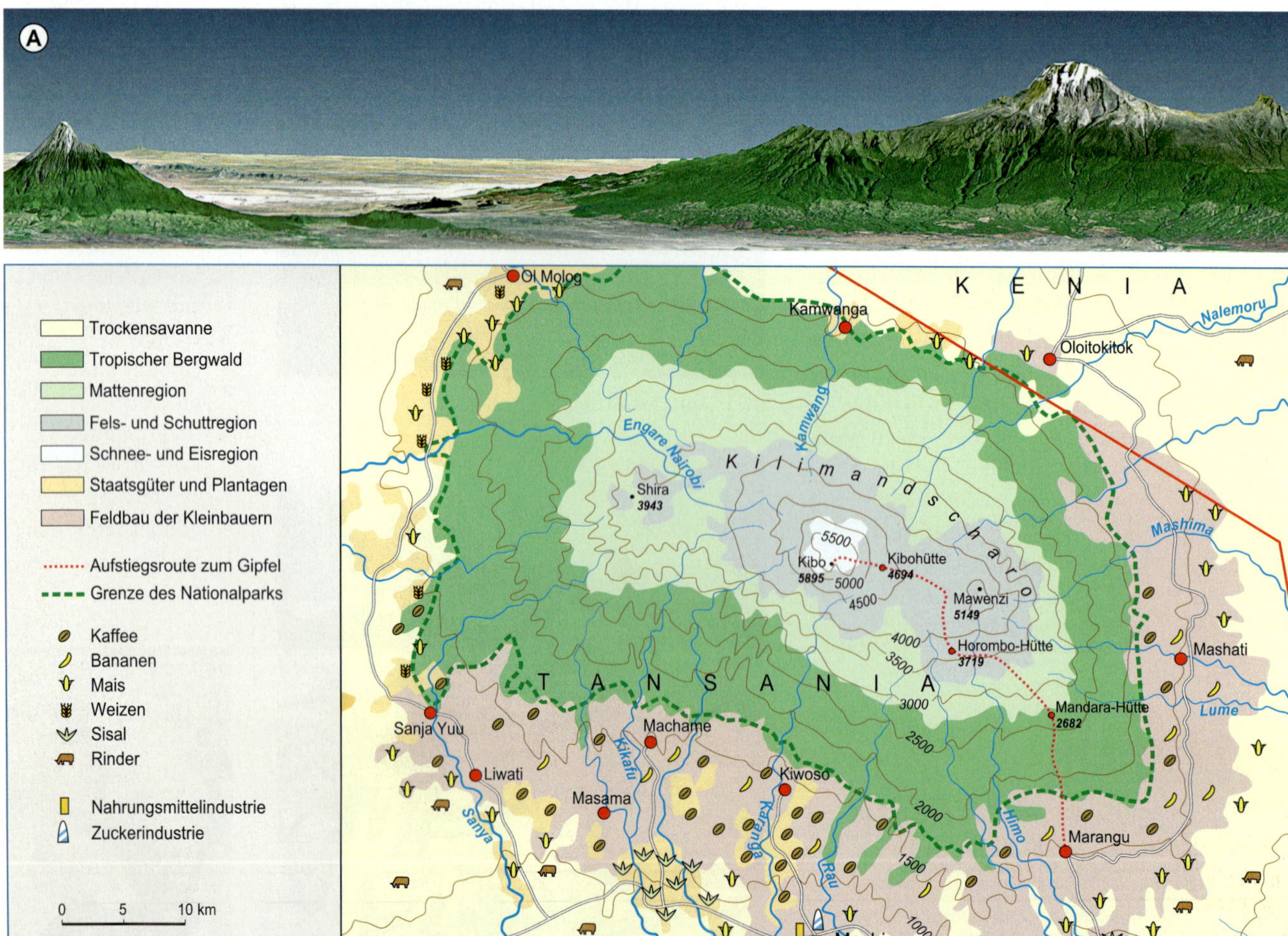

88.2: Aufstiegsroute und Landnutzung am Kilimandscharo; A: Kilimandscharo und Meru in einer Computergrafik

Auf dem höchsten Gipfel Afrikas

„Wir haben uns für die meist begangene Route auf den Kilimandscharo entschieden und brechen von Marangu auf. In etwa 1800 m ü. NN betreten wir einen Märchenwald: Baumriesen mit Moosbärten in Nebelschwaden. Das ständige leichte Nieseln aus den am Berg liegenden Wolken geht in heftigen Regen über. Wir schwitzen in der stickig-schwülen Treibhausluft und erreichen abends die Mandara-Hütte.
Am nächsten Tag wird der Wald langsam lichter, bis er schließlich von der Mattenregion abgelöst wird. Blauer Himmel und die ersten Blicke auf den schneebedeckten Kraterrand des Kibo! Hier wächst hohes Gras, durchsetzt von Farnen, Heidekraut und riesigen Lobelien. Wir müssen jetzt häufiger Pausen machen. Die dünne Luft macht das Atmen immer schwerer. Auf der Horombo-Hütte schlafen wir alle schlecht und leiden durch die Höhe unter Kopfschmerzen. Um den Körper an die Höhe zu gewöhnen, legen wir hier einen Ruhetag ein.
Am folgenden Morgen wandern wir weiter durch eine grandiose Landschaft. Die Vegetation wird immer spärlicher, bis wir schließlich die Felsregion erreichen. Die Pausen häufen sich. Ausgelaugt erreichen wir schließlich die Kibo-Hütte und verbringen eine kurze, fast schlaflose Nacht. Als wir nach Mitternacht zum Gipfel aufbrechen, ist es bitterkalt, ca. –15 °C. Jeder Schritt wird zur Qual. Zwei Deutsche aus meiner Gruppe sind so höhenkrank, dass sie umkehren müssen. Mir geht es glücklicherweise ganz gut. Um 6.20 Uhr belohnt uns ein herrlicher Sonnenaufgang. Wir erreichen den östlichen Kraterrand des Gillman's Point. Von dort aus sind es nur noch 215 Höhenmeter bis zum höchsten Punkt Afrikas, dem Uhuru Peak („Freiheitsspitze"). Die Luft enthält hier nur noch halb so viel Sauerstoff wie auf Meereshöhe. Ich bin völlig fertig, aber glücklich."

AUFGABEN

1. *Beschreibe die durchwanderten Höhenstufen der Vegetation am Kilimandscharo. Welchen Klimazonen vom Äquator zu den Polen entsprechen sie in etwa?*
2. *Schnee in der Nähe des Äquators? Erkläre, warum das möglich ist.*

In den gemäßigten Breiten gelten Bergregionen wie z. B. die Alpen als ungünstige Räume für eine landwirtschaftliche Nutzung. Nur in der Laubwaldstufe sind Ackerbau (v. a. Getreide, Kartoffeln) und Obstbau möglich. Der Ertrag geht mit den sinkenden Temperaturen in zunehmender Höhe stark zurück. Steile Hänge sind nicht mit Maschinen zu bewirtschaften, daher ist viel Handarbeit nötig. Die landwirtschaftlichen Betriebe haben sich daher auf die **Viehwirtschaft** spezialisiert. Durch die hohen Niederschläge in den Höhenlagen kann das Gras gut wachsen. Oberhalb der Baumgrenze befinden sich im Bereich der **Matten** natürliche Wiesen. Als Anpassung an die Jahreszeiten in den gemäßigten Breiten entwickelte sich die Alp- oder **Almwirtschaft**. In der ersten Sommerhälfte folgt das Vieh dem Wachstum des Grases in die Höhe, zuerst auf die Voralmen und dann auf die Hochalmen. Ab August geht es wieder abwärts, wobei das inzwischen nachgewachsene Gras abgeweidet wird. Rinder, Pferde, Schafe und Ziegen werden auf den Almen gehalten. Am häufigsten sind heute Almen mit Jungrindern, die noch keine Milch geben und sich selbst überlassen bleiben. Die ständige Bewegung im steilen Gelände und das gesunde Futter lässt besonders widerstandsfähige und kräftige Tiere heranwachsen. Die Milchwirtschaft konzentriert sich auf die Bauernhöfe im Tal oder niedrig gelegene Almen mit Straßenanschluss.

Landwirtschaft in 1400 m Höhe: A) Alpen, B) Kilimandscharo

Ganz anders sieht die Nutzung in den Hochlagen der Tropen aus, z. B. an den Hängen des Kilimandscharo. Die Bergregionen gelten hier als sehr günstige Räume für die Landwirtschaft. Es gibt keine Jahreszeiten, daher ist eine Verlagerung der Landwirtschaft in unterschiedliche Höhenstufen nicht nötig. Die Niederschläge sind in den sommerfeuchten Tropen entscheidend für einen erfolgreichen Anbau. Der Kilimandscharo erhebt sich wie eine grüne Insel aus der Trockensavanne. Durch die Höhe kommt es zum Aufstieg der Luftmassen, zur Wolkenbildung und zu reichlichen Niederschlägen. Bäche werden ganzjährig aus der vergletscherten Gipfelregion gespeist. In der Sprache der Chagga, des Volkes, das an den Hängen dieses Berges lebt, bedeutet Kilimandscharo „Berg des Quellwassers". Ein Bewässerungssystem ermöglicht die intensive Landwirtschaft in Baumgärten. Stockwerkartig werden Avocadobäume, Bananenstauden, Kaffeesträucher, Sisal, Weizen, Mais und Bohnen gepflanzt. Der fruchtbare Boden, der sich aus dem Vulkangestein bildet, wird so vor der Abspülung geschützt. Außerdem werden Terrassen angelegt. Durch die ganzjährig hohen Temperaturen in den Tropen liegen die Anbaugrenzen höher als in den gemäßigten Breiten. Bis in Höhenlagen von ca. 4000 m würde noch Gerste wachsen. Dies verhindern jedoch strenge Schutzbestimmungen des Nationalparks (▷ Abb. 88.2). Die Rodung des Bergwaldes ist verboten, weil sie das kleinräumige Klima verändert und quasi zum „Austrocknen" der Berghänge führt. Außerdem möchte man die einmalige Naturlandschaft am höchsten Berg Afrikas erhalten.

www.fherrgen.de/spiele/Alpen/hoehenstufen.htm
www.m-fokel.de/klima/gebirge.hml

Landwirtschaft in Bergregionen

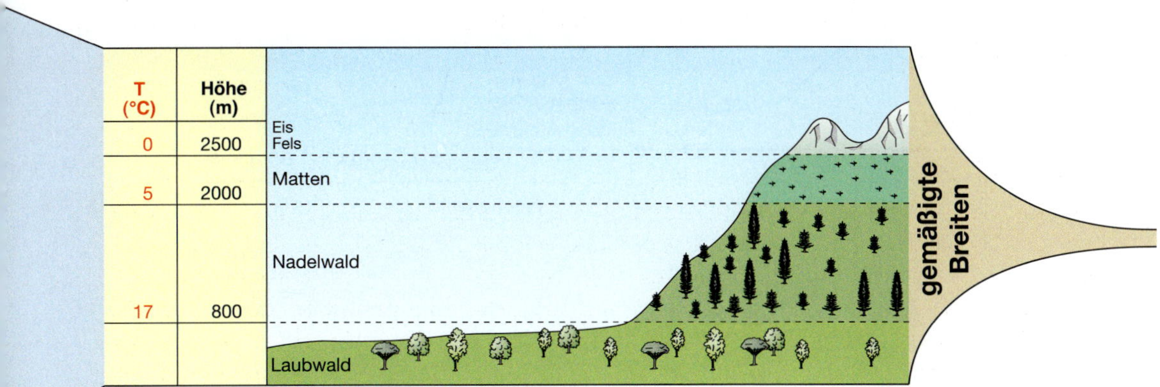

91.1: Höhenstufen der Vegetation in den Alpen

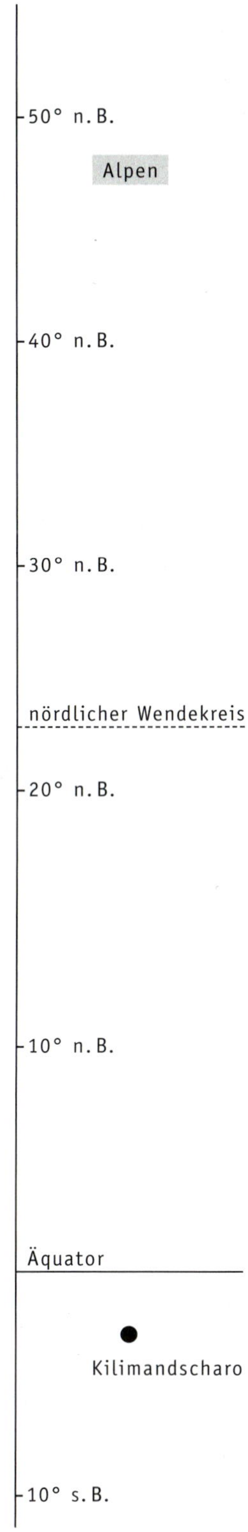

AUFGABEN

❶ *Die Höhenstufen der Vegetation in den Alpen und am Kilimandscharo lassen sich miteinander vergleichen. Erstelle dazu eine Tabelle (Abb. 91.3).*

❷ *Warum sind die Bergregionen in den gemäßigten Breiten Ungunsträume, in den Tropen dagegen Gunsträume?*

❸ *Vergleiche die Höhenstufen und Landnutzungsformen in den Alpen (Abb. 91.1) und am Kilimandscharo (Abb. 91.2) mit denen in den Anden (▷ S. 92).*

Merkmale	Alpen	Kilimandscharo
geogr. Breite		
Klimazone		
Höhenstufen/ Höhenangabe		
Durchschnittstemperatur in 2000 m Höhe		
Landwirtschaft		

91.3: Tabelle

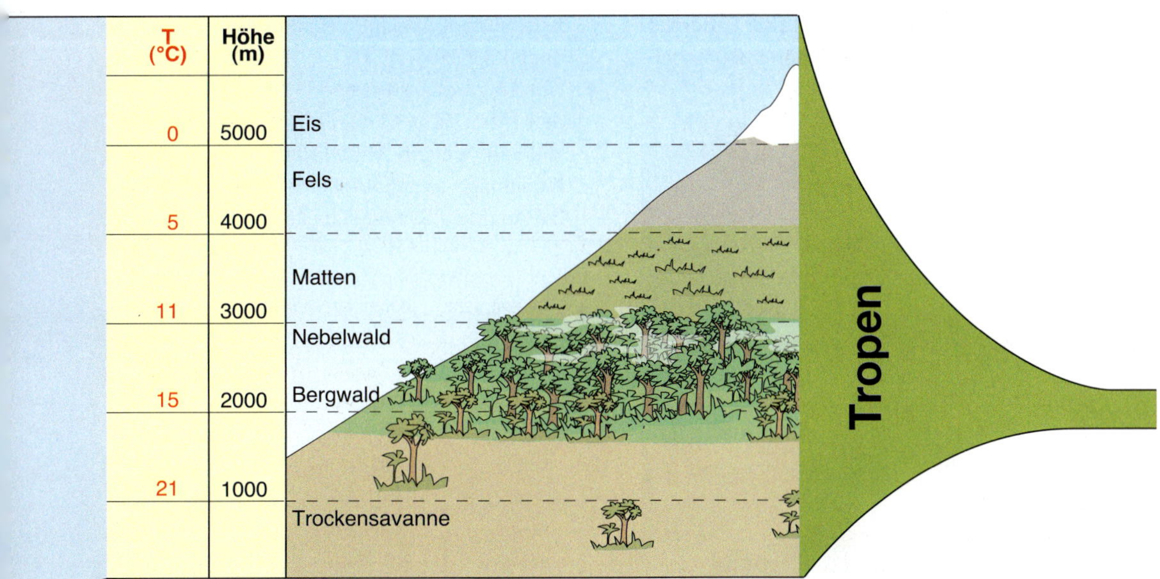

91.2: Höhenstufen der Vegetation am Kilimandscharo

GEO Praxis

Wir werten ein Kausalprofil aus

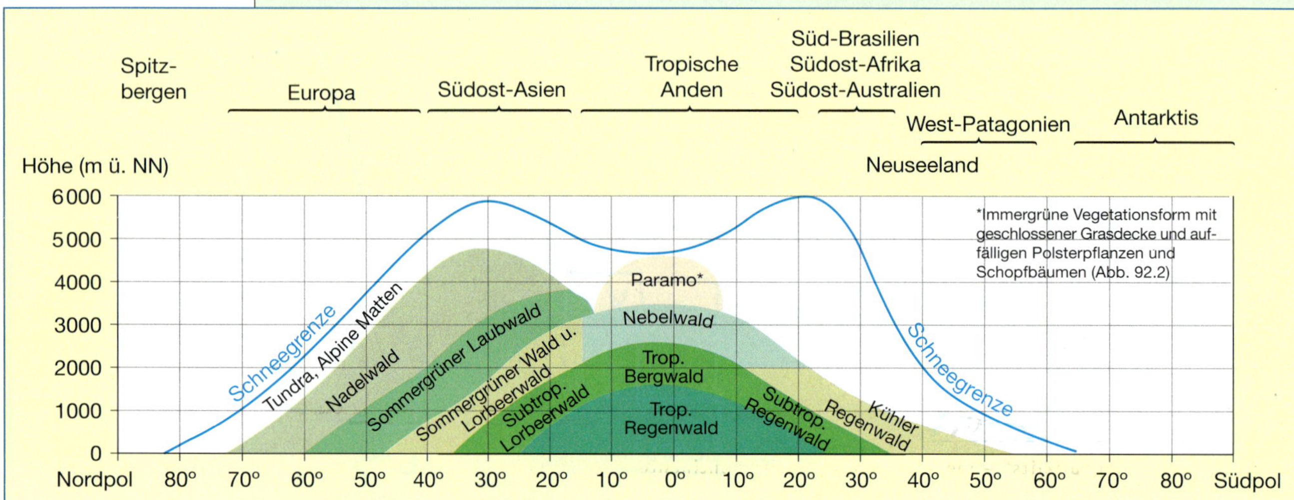

92.1: Der Verlauf der Höhenstufen von den Polen zum Äquator

Kausalprofil
Profil mit thematischen Informationen

92.2: Schopfbäume

Die Höhenstufen entsprechen in ihrer Abfolge dem Verlauf der Landschaftszonen vom Äquator zu den Polen. Je nachdem, in welcher Breitenkreislage sich ein Gebirge befindet, gibt es hier aber Unterschiede. Tropischen Regenwald wird man nur an Bergen in der Nähe des Äquators finden. In der Antarktis wächst auch auf Meereshöhe nichts mehr. Die Höhenstufen der Gebirge steigen folglich von den Polen zum Äquator hin an. Auf der Südhalbkugel sind die klimatischen Verhältnisse aufgrund fehlender großer Landmassen ozeanisch geprägt. Manche Höhenstufen fehlen hier ganz.

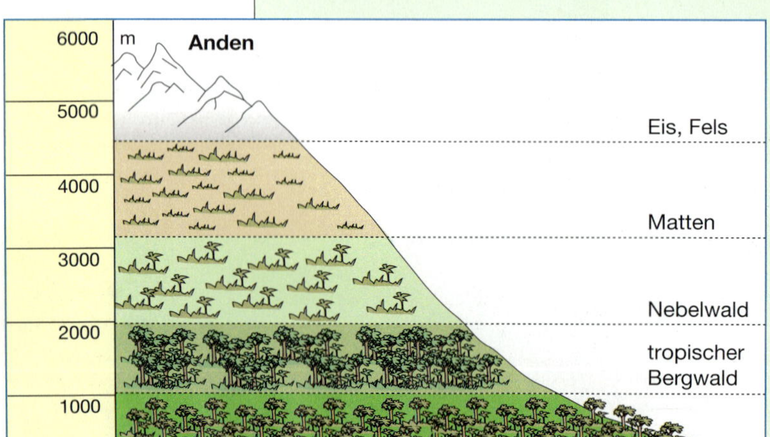

92.3: Höhenstufen der tropischen Anden

1. Beschreibe in Abb. 92.1 den Verlauf der Höhenstufen in den tropischen Anden (Äquator) im Vergleich zu den europäischen Alpen (45° N).
2. Wo (Breitenkreislage, Höhenlage) findet man tropischen Regenwald (Abb. 92.1)?
3. Warum gibt es borealen Nadelwald nur auf der Nordhalbkugel (Abb. 92.1)?
4. Erkläre den Verlauf der **Waldgrenze** und der **Schneegrenze** (Abb. 92.1).
5. Verfolge die 2000 m Höhenlinie vom Nordpol zum Südpol. Welche Vegetationszonen durchquerst du (Abb. 92.1)?
6. Übertrage das Kausalpofil der tropischen Anden (Abb. 92.3) in dein Heft. Zeichne mit Balken ein, welche Anbaufrüchte bis in welche Höhenlage angebaut werden. Verwende dazu die Angaben aus der Tabelle.

Anbaufrucht	Höhenlage in m ü. NN
Kakao	0– 900
Bananen	0–1900
Zuckerrohr	0–2000
Mais	0–3000
Kaffee	900–1900
Obst	1400–2600
Weizen	2100–3200
Gerste	2100–3800
Kartoffeln	2100–3700

GEO Wissen „Seven summits“ – die Gipfel der Kontinente

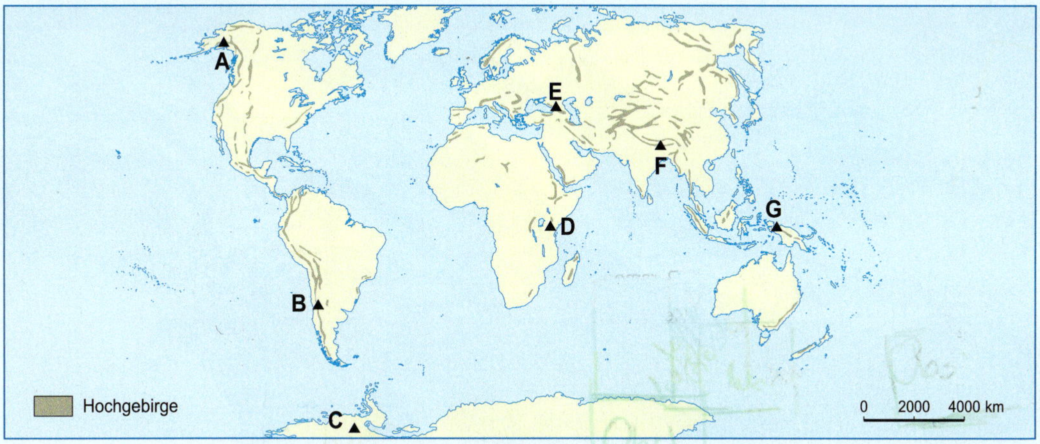

93.1: Lage der „Seven summits“ – die höchsten Gipfel der Kontinente

5140 m ü. NN
Dieser Gipfel wurde erst 1957 entdeckt. Er liegt extrem abgeschieden und bietet keinerlei Versorgungsmöglichkeiten, was seine Besteigung sehr langwierig und kostspielig macht. Nicht der Aufstieg selbst ist schwierig, sondern der Weg dorthin. Extrem niedrige Temperaturen und häufige Stürme machen diesen Berg sehr gefährlich.

8850 m ü. NN
Die Nepalesen nennen den höchsten Berg der Welt „Sagarmatha“ (Mutter des Himmels). Er wird als Sitz der Götter verehrt. Seit der Erstbesteigung 1953 hat ein regelrechter Bergsteiger-Tourismus eingesetzt. Etwa 1500 Menschen haben diesen Berg inzwischen bestiegen. Von allen sieben Gipfeln fordert dieser Berg die meisten Todesopfer.

5030 m ü. NN
Auf diesen Titel, der Höchste zu sein, gibt es noch einen weiteren Anwärter, den nur 2230 m ü. NN hohen Mt. Kosciusco auf dem Festland. Der gesuchte Berg befindet sich zwar auf einer Insel, gehört aber geologisch gesehen zu dem gesuchten Kontinent. Lange Zeit glaubte man den Berichten über einen schneebedeckten Berg mitten im tropischen Regenwald nicht. Heinrich Harrer stand als erster auf seinem Gipfel.

1. Finde die Namen der gesuchten Berge heraus (Atlas).
2. Ordne den auf der Weltkarte eingetragenen Punkten A–G die Namen der Berge zu.

6958 m ü. NN
Rund 3000 Bergsteiger versuchen jedes Jahr auf den Gipfel zu gelangen. Er gilt als nicht sehr schwierig zu besteigen, wird aber oft unterschätzt. Der berüchtigte „Viento blanco“, der weiße Sturm mit seinen extremen Windgeschwindigkeiten, erschwert den Aufstieg häufig.

5633 m ü. NN
Dieser Berg „streitet“ sich mit dem nur 4807 m hohen Montblanc um den Titel, der höchste Berg dieses Kontinents zu sein. Der erloschene Vulkan liegt im Kaukasus und gewann erst mit der Öffnung der Sowjetunion an Bedeutung für die Bergsteiger. Eine Seilbahn reicht bis auf 3700 m und macht den Aufstieg leicht.

5895 m ü. NN
Von allen „seven summits“ ist dieser schlafende Vulkan der am besten zugängliche und erfordert keine Kletterei. Die große Höhe und die Temperaturwechsel in der Nähe des Äquators sind jedoch sehr belastend für den Kreislauf. Jährlich besteigen rund 500 000 Besucher diesen Gipfel.

6194 m ü. NN
Schroff und abweisend überragt dieser Berg die arktische Tundra. Mit 6000 m Höhenunterschied zwischen Fuß und Gipfel weist er die größte Höhendifferenz aller Berge auf. Extrem niedrige Temperaturen und tagelange Stürme machen diesen Gipfel zu einer großen Herausforderung.

Klima global

Die Beleuchtungszonen der Erde

Grundlagen (▷ Abb. 96.1):

- Die Erde bewegt sich in einem Jahr um die Sonne (**Erdrevolution**).
- Dabei bleibt die Neigung der Erdachse, um die die Erde rotiert, mit $23^{1}/_{2}°$ stets gleich.
- Für jeden Ort auf der Erde ändern sich im Laufe eines Jahres die Einfallswinkel der Sonnenstrahlen und die verschiedenen Gebiete werden deshalb unterschiedlich beleuchtet.
- Dadurch ergibt sich auch eine unterschiedliche Erwärmung der einzelnen Gebiete.

Die Gebiete mit gleichen Beleuchtungsbedingungen verlaufen parallel (zonal) zu den Breitenkreisen, sie können deshalb als Beleuchtungsklimazonen bezeichnet werden. Weil die Erdachse um $23^{1}/_{2}°$ geneigt ist, kommt den Breitenkreisen $23^{1}/_{2}°$ n. Br. und $23^{1}/_{2}°$ s. Br. (nördlicher bzw. südlicher **Wendekreis**) sowie den Breitenkreisen $66^{1}/_{2}°$ n. Br. und $66^{1}/_{2}°$ s. Br. (nördlicher bzw. südlicher **Polarkreis**) besondere Bedeutung zu: Sie gliedern die Erde in die **Polargebiete**, die **Tropen** und die dazwischen liegenden **Mittelbreiten** (Abb. 97.1).

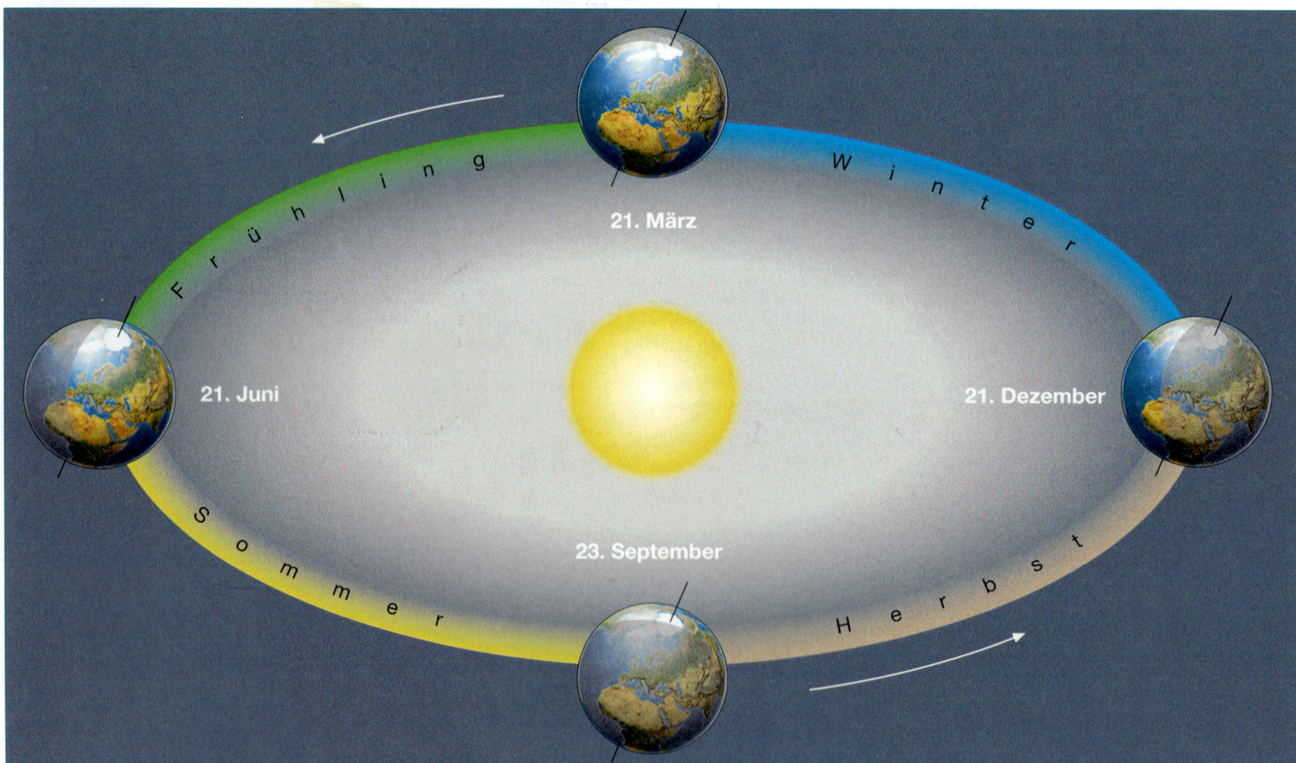

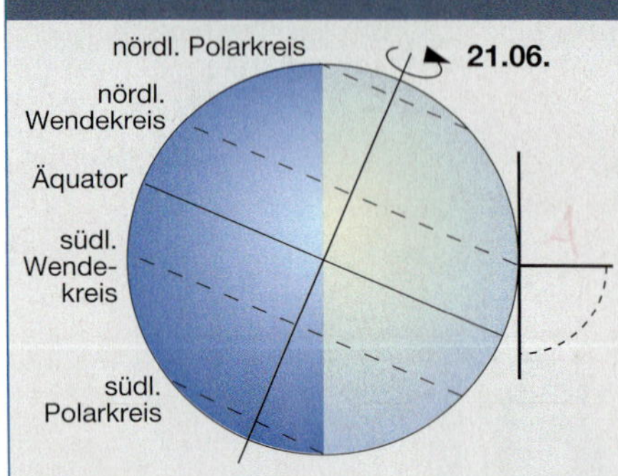

Am 21.06. steht die Sonne bei 23,5° nördlicher Breite im Zenit, das heißt die Sonnenstrahlen treffen dort mit einem Einfallswinkel von 90° auf.

Am 21.12. steht die Sonne bei 23,5° südlicher Breite im Zenit.

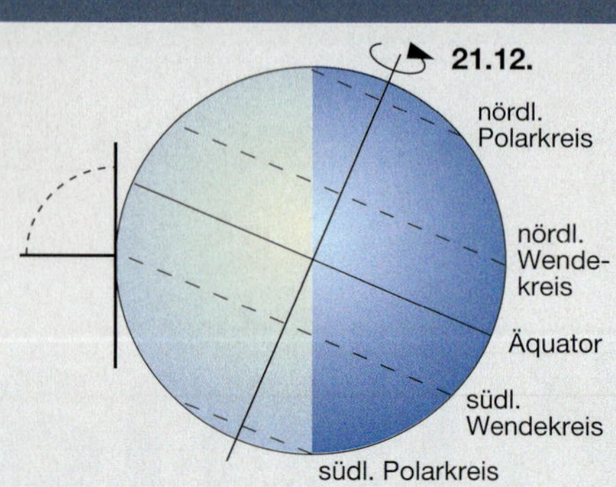

96.1: Jährlicher Umlauf der Erde um die Sonne (Erdrevolution) und Bestrahlung der Erde am 21. Juni und 21. Dezember

Polargebiete: Sie liegen nördlich bzw. südlich der jeweiligen Polarkreise und reichen bis zu den Polen. Die Sonne steht selbst im Sommer nicht sehr hoch über dem Horizont. Deshalb wird die Erdoberfläche auch nur wenig erwärmt. Zur Sommersonnenwende am 21. Juni geht die Sonne mindestens einmal nicht unter (Polartag) und zur Wintersonnenwende am 21. Dezember geht sie einmal nicht auf (Polarnacht). Mit Annäherung an die Pole verlängert sich die Dauer von Polartag und Polarnacht auf bis zu sechs Monate. Der Unterschied zwischen Sommer und Winter ist extrem.
Mittelbreiten: Sie erstrecken sich zwischen den Wendekreisen und den Polarkreisen. Auffallend sind die starken Schwankungen der Mittagssonnenhöhe und der Tages- und Nachtlängen während des Jahres. Dadurch werden die charakteristischen Jahreszeiten ausgebildet. Die Mittelbreiten werden bei 45° n. Br. und 45° s. Br. in die niederen Mittelbreiten (Subtropen) und die hohen Mittelbreiten unterteilt.
Tropen: Sie umfassen das Gebiet zwischen den Wendekreisen. Hier steht die Sonne immer hoch bis sehr hoch über dem Horizont, zweimal im Jahr senkrecht. Dadurch ist auch die Erwärmung sehr groß. Die Sonne geht sehr steil auf und wieder unter, deshalb ist die Dämmerung kurz. Die Tage sind das ganze Jahr über ungefähr gleich lang. Daher gibt es keine Jahreszeiten. Sinnvoll ist die Unterteilung der Tropen in die äquatornahen Bereiche (innere Tropen) bis etwa 10° n. Br. bzw. s. Br. und die äußeren Tropen.

97.1: Beleuchtungsklimazonen der Erde

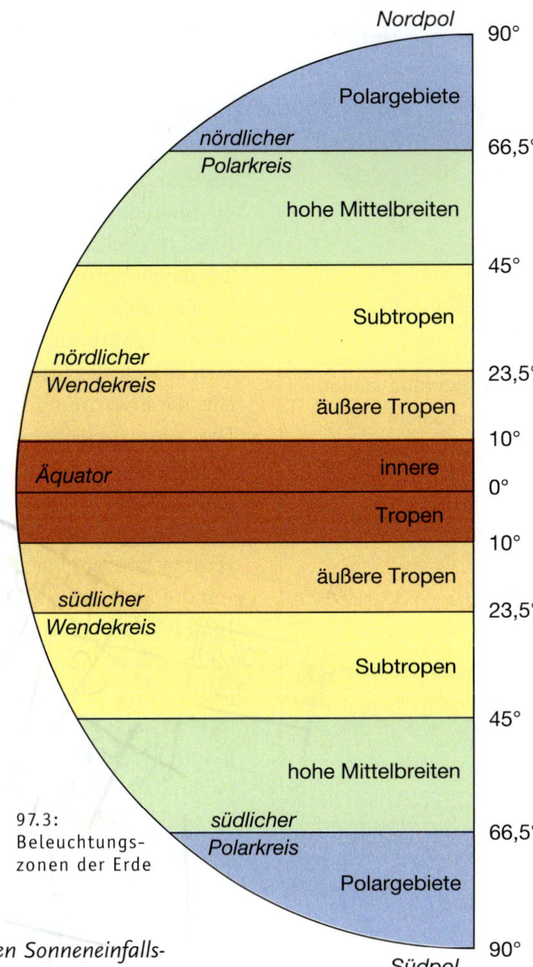

97.3: Beleuchtungszonen der Erde

AUFGABEN

1. *An welchen Tagen im Jahr bescheint die Sonne beide Erdhälften gleichmäßig (Abb. 96.1)?*
2. *An welchen Breitenkreisen steht die Sonne am 21. März, 21. Juni, 23. September und 21. Dezember senkrecht (Abb. 96.1, Abb. 97.2)?*
3. *Gib für den Äquator den Sonneneinfallswinkel und die Tageslänge am 21. März, 21. Juni, 23. September und 21. Dezember an (Abb. 97.2).*
4. *Warum werden Expeditionen in die Antarktis vorwiegend zwischen September und März unternommen?*

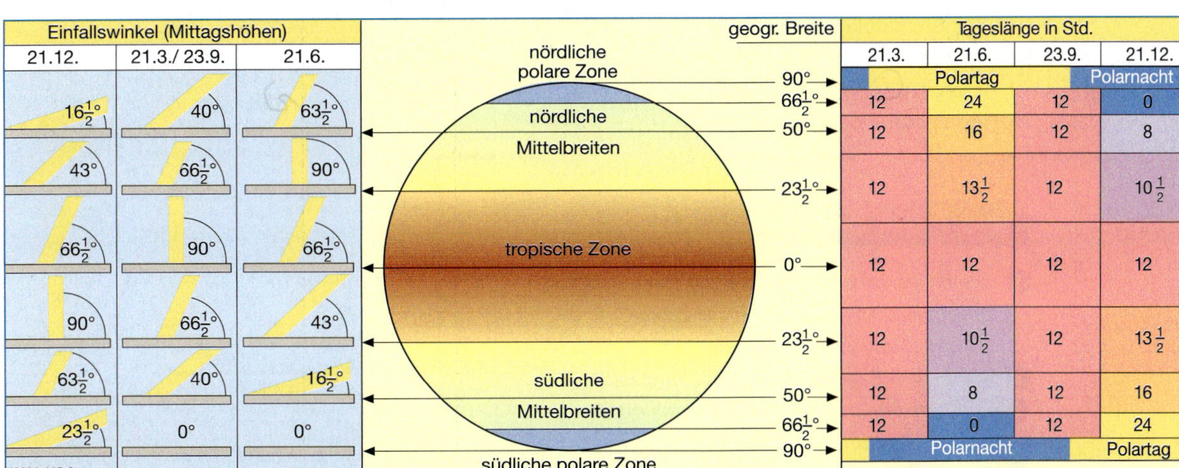

97.2: Temperaturzonen der Erde

Die Entstehung der Jahreszeiten

Durch die Bewegung der Erde um die Sonne, bei gleich bleibend schräger Erdachse, wird im Jahresverlauf einmal die Nordhalbkugel und einmal die Südhalbkugel mehr bestrahlt. So ändern sich für einen beliebigen Ort auf der Erde von Tag zu Tag die Einfallswinkel der Sonnenstrahlen. Je steiler die Strahlen auf die Erde treffen, um so größer ist die Erwärmung. Bei flachem Einfallswinkel verteilt sich die Strahlung auf eine größere Fläche, die Erwärmung wird dadurch geringer.

Die unterschiedlichen Temperaturverhältnisse während eines Jahres bezeichnen wir als Jahreszeiten. Weil die Veränderungen der Einfallswinkel der Sonne eine unterschiedliche Erwärmung verursachen, sprechen wir von **thermischen**, d. h. von der Temperatur geprägten **Jahreszeiten.**

In den Gebieten außerhalb der Tropen sind die thermischen Jahreszeiten besonders ausgeprägt (Abb. 98.1): Die Sommermonate sind deutlich wärmer als die Wintermonate. Im Klimadiagramm ist diese Jahrestemperaturschwankung gut an der Differenz zwischen der höchsten und der niedrigsten Monatsmitteltemperatur zu erkennen.

In den Tropen gibt es nur geringe Temperaturunterschiede zwischen den Monaten, die Jahrestemperaturschwankungen sind gering. In den inneren Tropen, bei ständig sehr hohem Sonnenstand und fast gleichen Tageslängen gibt es keine thermischen Jahreszeiten. In den äußeren Tropen wird der Jahresrhythmus durch den Wechsel von Regen- und Trockenzeiten bestimmt.

Auf der Südhalbkugel der Erde sind die Jahreszeiten „vertauscht“: Wenn es bei uns Sommer ist, herrscht dort Winter, Frühling bei uns bedeutet Herbst auf der Südhalbkugel.

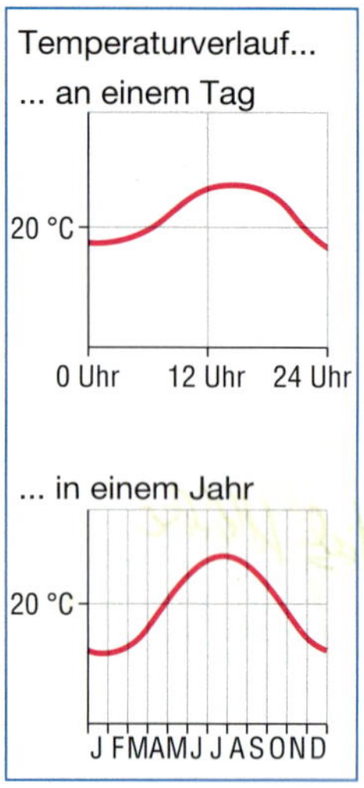

98.1: Jahreszeitenklima

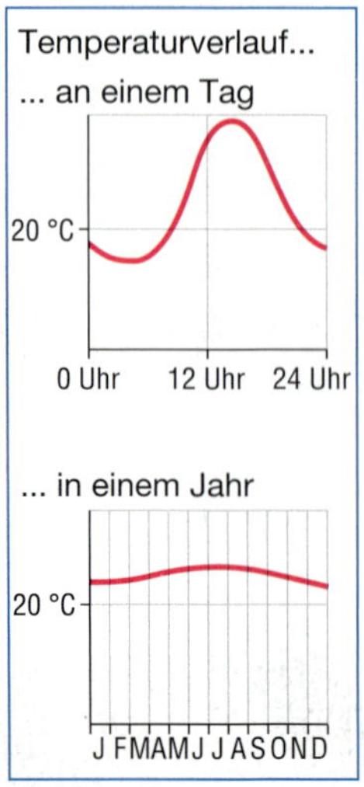

98.2: Tageszeitenklima

AUFGABEN

1. *Beschreibe anhand der Fotos auf S. 99 und der Angaben in Abb. 98.3 die Unterschiede zwischen unseren Jahreszeiten.*
2. *Erkläre den Begriff „thermische Jahreszeit“.*
3. *Erläutere die Ursache für die Entstehung von thermischen Jahreszeiten.*
4. *Stelle dir vor, die Erdachse stünde senkrecht. Welche Folgen hätte das?*

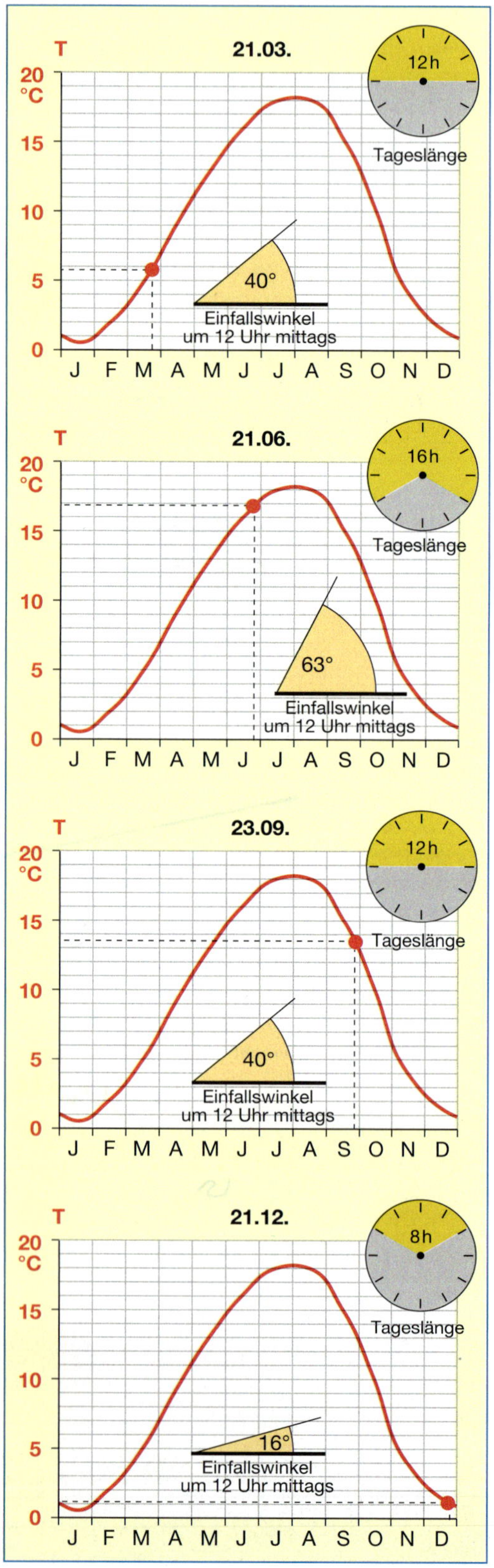

98.3: Jahreszeiten bei 50° n. Br.

99.1: Frühling – Sommer – Herbst – Winter

Fauchend schießt die Stichflamme in die prall aufgeblähte Nylonhülle. Die Bodenmannschaft kämpft mit den Halteseilen. Dann schließlich, nach dem Startkommando, schwebt der Heißluftballon lautlos in die Höhe, trägt mühelos das Gewicht der Gondel, der Ballonfahrer und der Ausrüstung. Schon bald ist der Ballon nur noch als bunter Tupfen am leicht bewölkten Horizont zu erkennen.

100.2: Start eines Heißluftballons

Warum weht der Wind?

Auch ohne Ballonhülle steigt die Luft auf, wenn sie erwärmt wird.

Die Luftteilchen der Atmosphäre haben ein Gewicht. In Meeresspiegelhöhe ist es am größten, da hier alle Luftteilchen – vom Erdboden bis zur Obergrenze der Atmosphäre – wirken. Mit zunehmender Höhe wird die Luftsäule kürzer, entsprechend geringer ist dort ihr Gewicht, d. h. der **Luftdruck** nimmt mit der Höhe ab. In Meereshöhe entspricht der Luftdruck dem Druck, den eine 1013 cm hohe Wassersäule auf die Unterlage ausübt. Dieser Wert wird als Normaldruck mit 1013 Hektopascal (hPa) angegeben.

Der tatsächliche Luftdruck ändert sich durch das Wetter ständig. Wird die Erdoberfläche an einer Stelle durch die Sonnenstrahlen erwärmt, so steigt die Luft auf und in der Höhe nimmt die Anzahl der Luftteilchen zu. Gegenüber der Umgebungsluft ist dadurch in gleicher Höhe der Luftdruck angestiegen: Es ist ein **Hochdruckgebiet (Hoch)** entstanden. Von diesem Hoch strömt jetzt die Luft nach außen ab, bis der Druckunterschied ausgeglichen ist. Dieser Vorgang ist vergleichbar mit der ausströmenden Luft aus einem Luftballon. Am Boden der Luftsäule sind jetzt (durch das Abströmen der Luft in der Höhe) weniger Luftteilchen vorhanden, die dementsprechend ein geringeres Gewicht ausüben. Es ist ein **Tiefdruckgebiet (Tief)** entstanden (Abb. 100.1C).

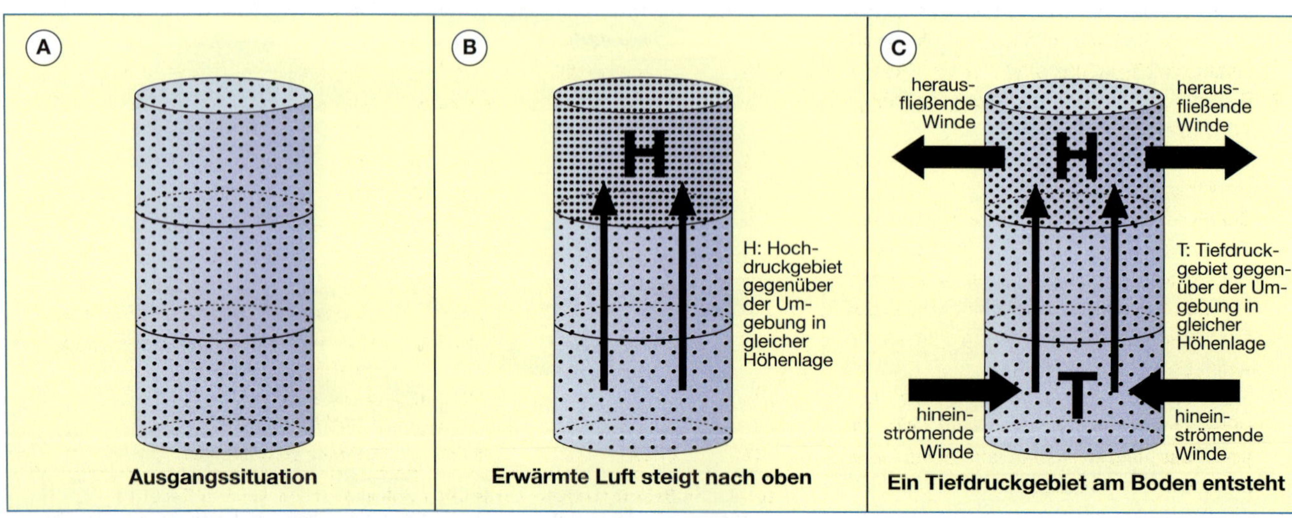

100.1: Luft wird erwärmt und steigt nach oben – was passiert?

Der umgekehrte Vorgang vollzieht sich bei der Abkühlung der Luft: Sie sinkt ab und strömt am Boden auseinander. Dadurch entsteht ein bodennahes Hoch (Abb. 101.2).
Die horizontale Ausgleichsströmung zwischen hohem und tiefem Druck wird als **Wind** bezeichnet. Je größer der horizontale Luftdruckunterschied ist, desto stärker weht der Wind.
Da auf der Erde ständig viele Flächen unterschiedlich bestrahlt und erwärmt werden, entstehen am Boden und in der Höhe ständig Druckunterschiede die durch den Wind ausgeglichen werden. Die Windstärke wird in Meter pro Sekunde (m/s) oder Kilometer pro Stunde (km/h) angegeben. Der Wind wird nach der Himmelsrichtung benannt, aus der er weht.

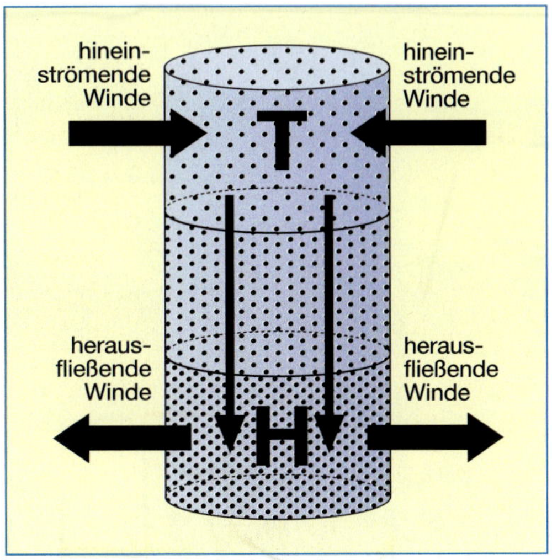

101.2: Entstehung eines Hochdruckgebietes am Boden

1. Die Luft übt durch ihr Gewicht einen Druck auf die Erdoberfläche aus.
2. Der Luftdruck wird mit dem Barometer in der Maßeinheit hPa (= Hektopascal) gemessen.
3. Durch die ungleiche Erwärmung der Erdoberfläche entstehen Luftdruckunterschiede, die als Hochdruckgebiete (Hoch) bzw. Tiefdruckgebiete (Tief) gekennzeichnet werden.
4. Orte mit gleichem Luftdruck werden auf Wetterkarten mit Linien **(Isobaren)** verbunden. Sie umschließen Hoch und Tiefdruckgebiete.
5. Liegen die Isobaren eng beieinander, sind die Druckunterschiede groß, bei großem Abstand sind sie gering.
6. Druckunterschiede bleiben nicht lange bestehen. Vom hohen Druck strömt Luft zum tiefen Druck. Das Tief wird „aufgefüllt". Diese Luftausgleichsströmung nennen wir Wind.
7. Die Luft ist fast immer in Bewegung, völlige Windstille ist selten.
8. Je größer die Druckunterschiede sind, um so stärker ist der Wind.
9. Der Wind weht nicht direkt vom Hoch zum Tief. Er wird durch die Erdrotation abgelenkt. Auf der Nordhalbkugel weht er nach rechts aus dem Hoch heraus und nach links in das Tief hinein. (Auf der Südhalbkugel ist die Ablenkungsrichtung umgekehrt.)
10. Wenn man sich so hinstellt, dass man den Wind im Rücken hat, dann liegt links vor einem das Tiefdruckgebiet und rechts hinter einem das Hochdruckgebiet.

101.1: Zehn Merksätze zu Luftdruck und Wind

AUFGABEN

❶ *Erkläre, warum der Luftdruck mit der Höhe abnimmt.*
❷ *Beschreibe, wie Wind entsteht.*
❸ *Erkläre, warum Heißluftballons hauptsächlich morgens oder abends starten (Abb. 100.2).*
❹ *Bestimmt mithilfe der Tabelle 101.3 die aktuelle Windgeschwindigkeit.*

Windstärke	Bezeichnung	km/h	Beispiele für die Auswirkungen des Windes im Binnenland
0	Windstille	< 1	Rauch steigt senkrecht auf
1	leiser Zug	1 – 5	Rauch treibt mit dem Wind
2	leichter Wind	6 – 12	Blätter bewegen sich
3	schwacher Wind	13 – 19	Wind bewegt dünne Zweige
4	mäßiger Wind	20 – 27	Wind bewegt dünnere Äste, hebt loses Papier
5	frischer Wind	28 – 37	kleine Laubbäume schwanken
6	starker Wind	38 – 48	Regenschirme sind schwer zu halten
7	steifer Wind	49 – 62	ganze Bäume bewegen sich
8	stürmischer Wind	63 – 73	das Gehen im Freien sehr erschwert
9	Sturm	74 – 87	Äste brechen von Bäumen, kleinere Schäden an Häusern (Dachziegel)
10	schwerer Sturm	88 – 102	Wind bricht Bäume, größere Schäden an Häusern
11	orkanartiger Sturm	103 – 117	Wind entwurzelt Bäume, verbreitet Sturmschäden
12	Orkan	ab 118	schwere Verwüstungen

101.3: Die **Beaufort-Skala** wurde 1806 vom englischen Admiral Beaufort erarbeitet. Mit ihrer Hilfe kann anhand der Auswirkungen die Windstärke geschätzt werden.

102.1: Wolken

Wie entstehen Wolken und Regen?

Der Wolkenhimmel ist mit einem mehrstöckigen Gebäude vergleichbar, das allerdings keine festen Wände hat. In den einzelnen Stockwerken sind unterschiedliche Wolkenfamilien zu Hause. Sie entstehen, leben eine gewisse Zeit und vergehen wieder. Zwischen den Etagen gibt es „Fahrstühle", in denen die Wolken auf- und abfahren. Die treibende Kraft ist die Sonnenstrahlung. Erwärmt sie den Boden, steigt die Luft auf. Dabei dehnt sie sich aus und kühlt ab. Abhängig von der Temperatur und dem Gehalt an Luftfeuchtigkeit kondensiert der Wasserdampf: Eine Wolke erscheint am Himmel. Je mehr Feuchte vorhanden ist, desto größer wird sie. Wolken, die bis in große Höhen reichen, enthalten viel Wasser. Die Sonne kann sie kaum durchdringen, deshalb sind sie dunkel. Ganz hohe Wolken bestehen aus Eiskristallen. Sie sind strahlend weiß.

Wir unterscheiden:

- Wolken, die durch den Aufstieg von erwärmter Luft (= Konvektion) entstehen, nennt man Cumulus- oder Haufenwolken. Sie haben eine deutlich umrissene Form, reichen mehr oder weniger weit in die Höhe und haben wolkenfreie Bereiche neben sich.
- Wolken, die an trüben Tagen ohne erkennbare Struktur den ganzen Himmel bedecken, nennt man Stratus- oder Schichtwolken. Sie bilden sich, wenn warme, leichte Luft langsam über eine am Boden liegende kalte, schwere Luftmasse aufgleitet.

Ein bewölkter Himmel bedeutet nicht automatisch Regenwetter. Aus den hohen Eiswolken fällt kein Niederschlag. Ebenso gering ist das Regenrisiko bei flachen, aufgelockerten Haufenwolken. In diesen sind die Tröpfchen zunächst noch so klein und leicht, dass sie in der Luft schweben. Erst wenn sie zu großen Regentropfen zusammengewachsen und schwer genug sind, können sie aus der Wolke ausfallen. Aus Wolken, die sich über mehrere Höhenstockwerke erstrecken, fällt ergiebiger Regen.
Häufig ziehen mehrere Wolkenfamilien über den Himmel. Das macht eine Unterscheidung recht schwierig. Um eine Ordnung in das Durcheinander zu bringen hat man sich international auf eine Einteilung geeinigt, die Wolken nach ihrem Aussehen und nach ihrer Höhe gliedert (Abb. 103.1).

AUFGABEN

1. *Benenne die Wolken A–D (Abb. 102.1) mithilfe der Abb. 103.1.*
2. *Erkläre mit eigenen Worten, wie Regen entsteht.*
3. *Warum sind Niederschläge in den Tropen oft stärker und ergiebiger als in den Außertropen (Abb. 103.3)?*

www.wolkenatlas.de
Im Karlsruher Wolkenatlas findest du über 1500 Wolkenfotos mit einer ausführlichen Beschreibung. Darüber hinaus gibt es Fotos von Blitzen, Regenbögen, Niederschlägen und sonstigen Wettererscheinungen.

Hohe Wolken
Cirren (Ci): Eiswolken mit feiner, faseriger Struktur, hell
Cirrocumulus (Cc): Gruppen kleiner heller Flocken (Schäfchenwolken)
Cirrostratus (Cs): feine, weiße Schleier
Mittelhohe Wolken („Alto-")
Altocumulus (Ac): Ballen und Walzen; große Schäfchenwolken; an Unterseiten Schatten
Altostratus (As): faserige, strukturlose, grau-bläuliche Wolkenschleier
Tiefe Wolken
Cumulus humilis (Cu hum): Schönwetterwolken; erreichen nur geringe Höhen
Stratocumulus (Sc): flache Bänke oder Schichten; einzelne Ballen, die z.T. ineinander übergehen
Wolken mit vertikalem Aufbau
Cumulus congestus (Cu cong): blumenkohlartige Quellungen; erreicht größere Höhen (mittleres Stockwerk); Schauer möglich
Cumulonimbus (Cb): sehr hoch reichende Quellwolken; Gewitterwolken; Schauer und Gewitter
Nimbostratus (Ns): hoch aufragende Schichtwolke (Regenwolke); graue, strukturlose Unterseite; lang anhaltende Niederschläge

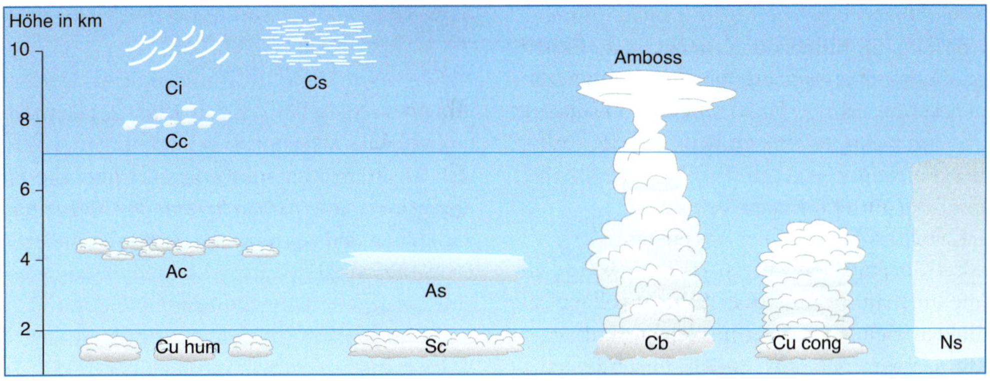

103.1: Aus einem Wolken-Lexikon

Wasser in der Luft
Die Lufthülle der Erde, die Atmosphäre, ist ein Gemisch aus verschiedenen Gasen, wie z.B. Stickstoff, Sauerstoff und Kohlenstoffdioxid. Auch das Wasser ist ein Bestandteil der Luft. Es kann gasförmig, als unsichtbarer Wasserdampf, flüssig, als Wassertröpfchen, oder in fester Form von Eiskristallen auftreten.
Der Wasserdampf in der Atmosphäre beschränkt sich auf eine Schicht, die in Polargebieten bis in etwa 8 km, in den Tropen bis in 16 km Höhe reicht. Die Luft kann mal mehr, mal weniger Wasserdampf enthalten, wir sagen dann, die Luft ist feucht oder trocken. Wie sich ein Schwamm voll Wasser saugt, bis es aus ihm wieder heraustropft, so kann auch die Luft so lange Wasserdampf aufnehmen, bis sie gesättigt ist. Dann verwandelt sich der Wasserdampf in kleinste Wassertröpfchen. Diesen Vorgang nennt man Kondensation. Die Temperatur, bei der das geschieht, ist der Taupunkt. Warme Luft kann mehr Wasserdampf enthalten als kalte (Abb. 103.3).

103.2: Aus einem Lexikon

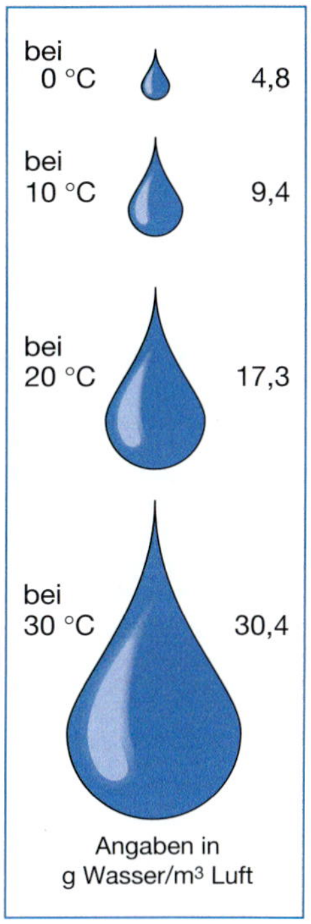

103.3: So viel Wasser kann Luft halten.

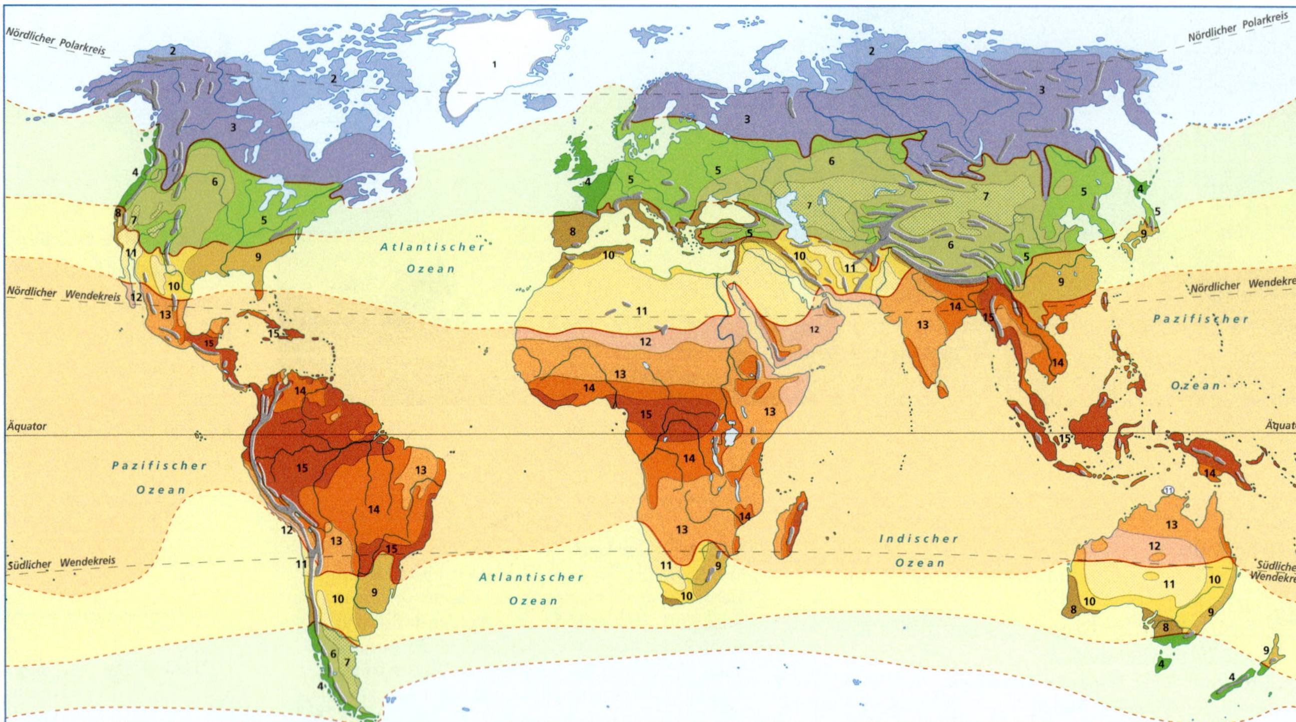

Kalte Zone
- 1 Eis
- 2 sehr kalte, lange Winter
- 3 kalte Winter

Gemäßigte Zone
- 4 milde Winter; kühle, feuchte Sommer (ozeanisches Klima)
- 5 kalte Winter; warme Sommer (kontinentales Klima)
- 6 kalte Winter; warme Sommer; geringe Niederschläge
- 7 kalte Winter; heiße Sommer; sehr geringe Niederschläge

Subtropische Zone
- 8 trockene Sommer, Winterregen
- 9 Niederschläge im Sommer
- 10 milde Winter, ganzjährig geringe Niederschläge
- 11 milde Winter, ganzjährig sehr geringe Niederschläge

Tropische Zone
- 12 ganzjährig sehr trocken
- 13 nur im Sommer Niederschläge
- 14 im Sommer feucht
- 15 ganzjährig hohe Niederschläge

Klimazonengrenze

Hochgebirge

0 1000 2000 km

104.1: Klimazonen der Erde

Klima - und Vegetationszonen der Erde

Auf der Erde verlaufen nur die Beleuchtungszonen genau parallel zu den Breitenkreisen als Gürtel um die Erde (▷ S. 96/97). Die unterschiedliche Erwärmung in diesen Zonen ist eine wesentliche Ursache dafür, dass das Klima auf der Erde sehr verschieden ist.

Die Karte der **Klimazonen** (Abb. 104.1) zeigt, dass diese in manchen Teilen der Erde ebenfalls annähernd parallel zu den Breitenkreisen verlaufen, in anderen Bereichen jedoch nicht. Für eine Gliederung in Klimazonen reicht eine Einteilung, die nur die Beleuchtungs- und Temperaturzonen berücksichtigt, also nicht aus. Besonders bei hohen Gebirgen und im Inneren der Kontinente weichen die Abgrenzungen der Klimazonen vom gürtelförmigen Verlauf ab.

Die Ursachen dafür sind:
- die Höhenlage,
- die Entfernung zum Meer,
- die Lage zu den Gebirgen,
- die vorherrschende Windrichtung,
- die Meeresströmungen (▷ S. 106/107).

Durch die Kombination vieler Gesetzmäßigkeiten ergeben sich die unterschiedlichen Klimazonen auf der Erde. Alle Gebiete einer Zone weisen ein ähnliches Klima auf. **Klimaelemente**, nach denen die Zonen charakterisiert werden, sind:
- Temperatur und Temperaturverlauf,
- Niederschlagsmenge,
- Niederschlagsverteilung,
- Verhältnis von Verdunstung und Niederschlag,
- Wechselwirkung von Klima und Pflanzenwelt.

Auf der Karte (Abb. 105.1) und auf dem Satellitenbild (▷ vordere Umschlaginnenseite) kann man einheitliche Vegetationsgebiete erkennen, die sich ungefähr breitenkreisparallel über die Erde erstrecken. Die Abhängigkeit der **Vegetationszonen** von den Klimazonen ist offensichtlich.

Damit Pflanzen wachsen können, benötigen sie eine bestimmte Umgebungstemperatur und ausreichend Wasser. In den Außertropen liegt die Wachstumszeit im Sommerhalbjahr, in den Tropen ist ganzjähriges Wachstum möglich. Die

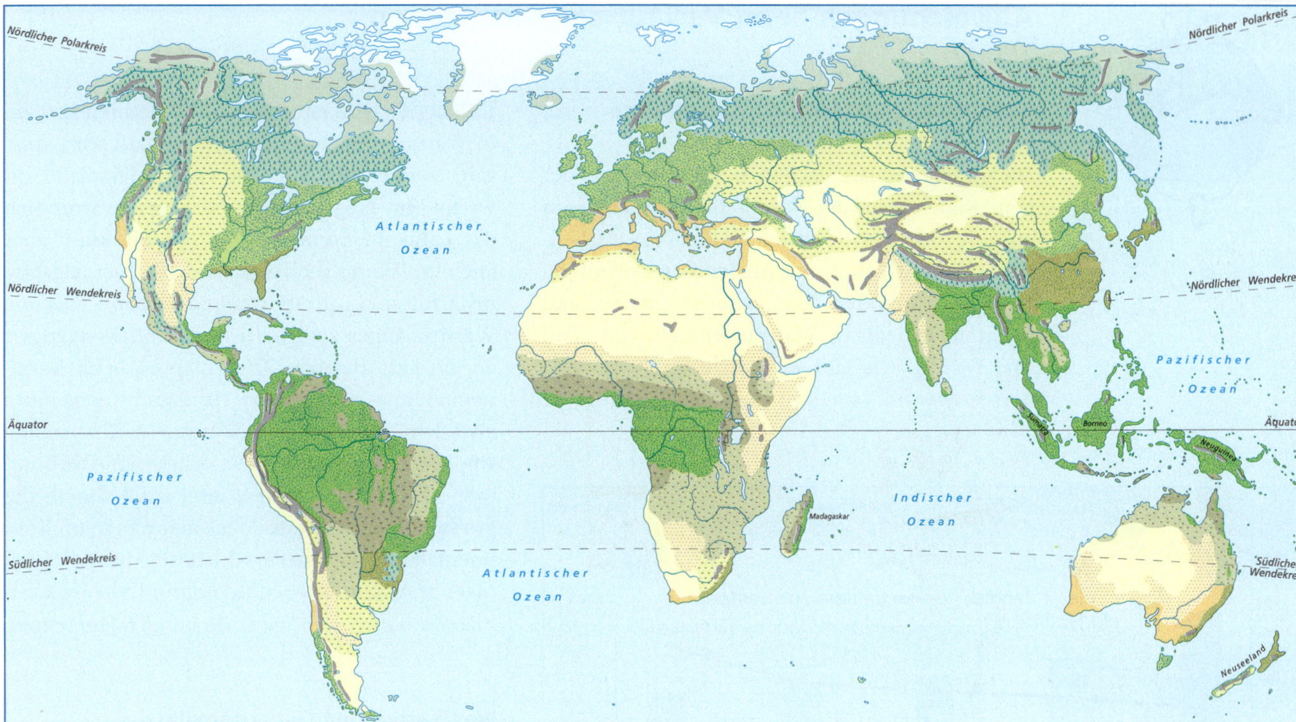

105.1: Vegetationszonen der Erde

Pflanzen haben einen unterschiedlichen Wärmebedarf:

- Moose und Flechten gibt es bereits, wenn an mehr als 55 Tagen eine Tagesmitteltemperatur über 0 °C herrscht.
- Nadelwald kann sich ausbreiten, wenn an mehr als 100 Tagen eine Tagesmitteltemperatur über 5 °C besteht.
- Laubwald kann wachsen, wenn eine Tagesmitteltemperatur von über 5 °C an mehr als 150 Tagen erreicht wird.
- Mediterrane Pflanzen sind oft frostempfindlich und gedeihen nur, wenn die Temperatur ganzjährig über 0 °C liegt.
- Tropische Pflanzen benötigen eine Monatsmitteltemperatur von über 18 °C.

Die Pflanzen können nur die Wassermenge nutzen, die sie über ihre Wurzeln aufnehmen können. Neben dem Niederschlag und der Verdunstung spielt deshalb auch die Bodenbeschaffenheit eine große Rolle. Weil die Pflanzen ständig Wasser benötigen, es aber nicht jeden Tag regnet, müssen sie ihren Bedarf aus dem im Boden gespeicherten Wasser decken. Für den Wasserhaushalt der Böden ist es von Bedeutung, ob der Regen als heftiger kurzer Starkregen oder als leichter Dauerregen fällt.

In allen Vegetationszonen haben die Menschen in den vergangenen Jahrhunderten die natürliche Umwelt mehr und mehr verändert, z. T. sogar völlig zerstört. So wurde z. B. durch die Landwirtschaft der größte Teil der Mischwaldzone in Ackerland umgewandelt, die tropischen Regenwälder und die borealen Nadelwälder werden durch Brandrodung und Raubbau immer stärker zerstört. Die großen Steppengebiete in Eurasien und Nordamerika werden mithilfe von künstlicher Bewässerung ackerbaulich genutzt und große Teile der Savannen Afrikas sind durch falsche Bewirtschaftung an die Wüste verloren gegangen.

AUFGABEN

1. *Nenne die Vegetationszonen der Nordhalbkugel, die sich spiegelbildlich vom Äquator zum Südpol wiederholen.*
2. *Begründe, warum die Landschaftszonen nicht immer parallel zu den Breitenkreisen verlaufen.*

Abweichungen beim Verlauf der Klimazonen

Ozeanisches und kontinentales Klima

Die großen Festlandflächen, besonders die in der gemäßigten Zone der Nordhalbkugel, haben ein ausgesprochenes Kontinentalklima, in Küstennähe und auf Inseln macht sich der ozeanische Einfluss bemerkbar. Die Ursachen dafür sind das unterschiedliche Wärmeverhalten von Land und Wasser. Die Luft wird nicht direkt von der Sonne erwärmt, sondern über den Umweg der Erdoberfläche. Dort werden die Sonnenstrahlen in Wärme umgewandelt und die Luft wird langsam von unten wie von einer Heizplatte erwärmt. Im Gegensatz zu Wasser erwärmt sich das Land im Sommer sehr schnell, kühlt aber auch im Winter sehr schnell ab. Wasser dagegen erwärmt sich nur sehr langsam, kann aber die Wärme länger speichern und zeitlich verzögert an die Luft abgeben. Die Folge ist beim Kontinentalklima ein großer Temperaturgegensatz zwischen Sommer und Winter. In Küstennähe sind die Temperaturen ausgeglichener. Die Sommer sind kühl und die Winter mild. Durch die große Entfernung vom Meer nehmen beim Kontinentalklima die Niederschläge ab, denn die vom Meer transportierten wasserdampfreichen Luftmassen haben sich teilweise bereits abgeregnet.

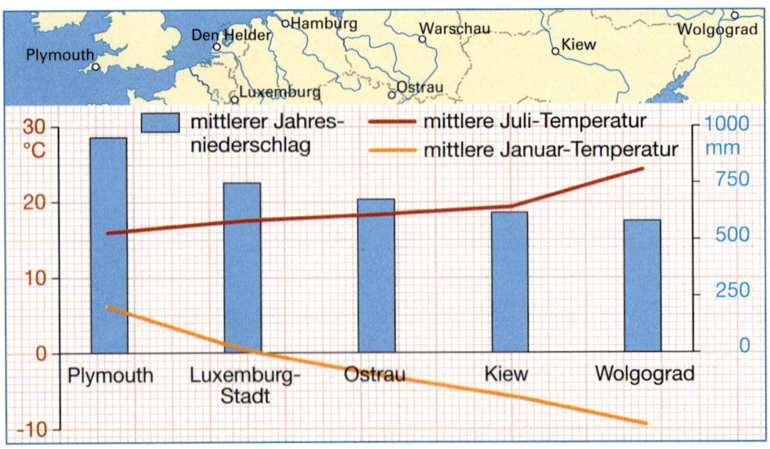

106.1: Klimaveränderungen von West nach Ost

Westseiten und Ostseitenklima sowie Meeresströmungen

In den Außertropen sind die Westseiten der Kontinente gegenüber den Ostseiten auf gleicher Breitenlage klimatisch begünstigt. An den Westseiten strömt milde subtropische Meeresluft aus Südwesten weit in den Norden. An den Ostsei-

www.
klimadiagramme.de
Unter der Rubrik „Klimakarten" kannst du dir für verschiedene Wetterelemente den Jahresverlauf oder die Jahresmittelmittelwerte anschauen.

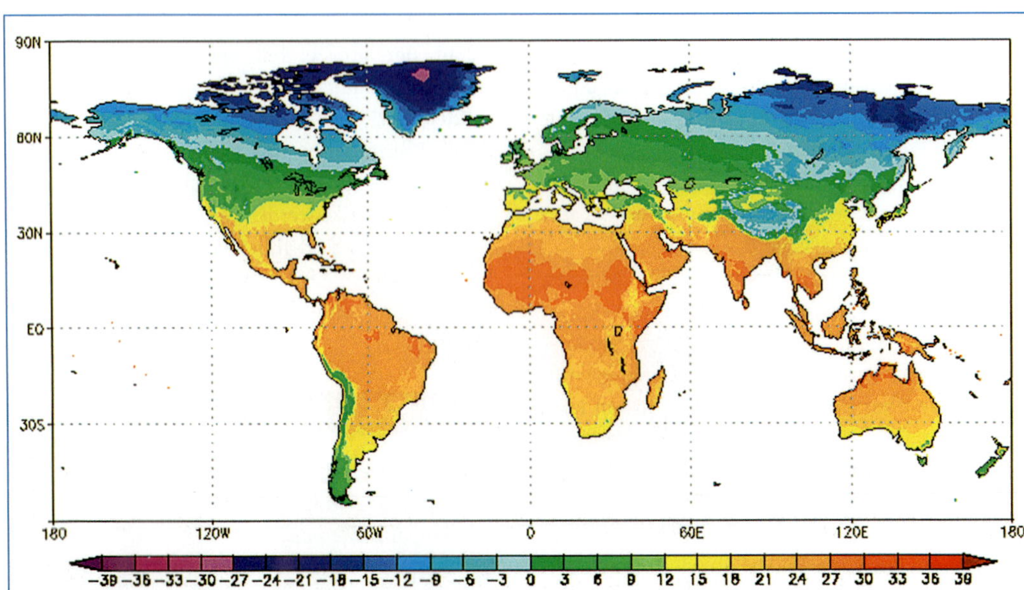

106.2: Mittlere Jahresdurchschnittstemperatur in °C (1961–1990)

ten dagegen strömt kalte Polarluft nach Süden. So sind die Küsten im Golf von Alaska und in Norwegen auch im Winter eisfrei. Vor Labrador oder der Halbinsel Kamtschatka treiben dagegen Eisberge. Die Windströmungen setzen zudem Meeresströmungen in Gang, die die Klimagunst bzw. die Klimabenachteiligung verstärken. So bringt der warme **Golfstrom** Warmwasser bis in die Barentssee. Der kalte Labradorstrom an der Ostküste Nordamerikas oder die kalte Oya-Schio-Strömung vor Japan kühlen die Luft ab. Kalte Meeresströmungen sind auch für die Entstehung von Küstenwüsten, wie z. B. der Atacama (▷ S. 52/53), verantwortlich.

Der Einfluss von Gebirgen

Bei einer Fahrt aus dem tropischen Tiefland in die Anden oder auf den Kilimandscharo verändern sich die Klimabedingungen wie auf einer Reise vom Äquator zu den Polen (▷ S. 88/89). Aber auch in diesen kalten Tropengebieten sind einige Klimaelemente „tropisch". So ist die Sonneneinstrahlung intensiv, weil die Sonne immer hoch am Himmel steht. Die Höhenlage verhindert jedoch eine nachhaltige Erwärmung der Luft. Es gibt keine thermischen Jahreszeiten, dafür sind die Temperaturunterschiede zwischen Tag und Nacht besonders groß. Nachtfröste sind in tropischen Hochgebirgen keine Seltenheit. Die Schneegrenze liegt ganzjährig knapp über 5000 m. Die Höhenlage verhindert ergiebige Niederschläge, da sich die Wolken bereits weiter unten abgeregnet haben.
Große, hohe Gebirgsketten, die quer zur vorherrschenden Luftströmung verlaufen, wandeln die Klimazonen ab. Wird die Luft an einem Gebirge zum Aufsteigen gezwungen, so kühlt sie sich mit zunehmender Höhe ab. Es bilden sich Wolken, aus denen Niederschläge fallen **(Steigungsregen)**. Die dem Wind zugewandte Seite (Luvseite) wird so ausreichend mit Niederschlag versorgt. Nachdem die Luft das Gebirge überströmt hat, besitzt sie kaum noch Feuchtigkeit. Auf der dem Wind abgewandten Seite (Leeseite) wird die Trockenheit noch dadurch verstärkt, dass sich die Luft beim Absinken erwärmt.

AUFGABEN

1. *Erkläre die Veränderungen von Niederschlag und Temperatur in Abb. 106.1.*
2. *Begründe die unterschiedlichen Klimawerte für Oslo und Ochotsk, die beide auf 59° n. Br. liegen.*
3. *Suche eine weitere Küstenwüste (Abb. 107.1) und begründe ihre Lage.*
4. *Nenne zwei Hochgebirge, die Einfluss auf das Klima in ihrer Umgebung haben.*

Oslo, 96 m ü. NN 60° N / 11° O	T (°C)	N (mm)
J	−4,7	49
F	−4,0	35
M	−0,5	26
A	4,8	44
M	10,7	44
J	14,7	71
J	17,3	84
A	15,9	96
S	11,3	83
O	5,9	76
N	1,1	69
D	−2,0	63
Jahr	5,9	740

107.2: Klimatabelle Oslo (Norwegen)

Ochotsk, 6 m ü. NN 59° N / 143° O	T (°C)	N (mm)
J	−24,5	11
F	−20,5	6
M	−14,2	14
A	−5,7	17
M	0,7	38
J	5,6	44
J	11,9	65
A	12,9	55
S	8,3	54
O	−2,2	39
N	−14,7	25
D	−21,2	10
Jahr	−5,3	378

107.3: Klimatabelle Ochotsk (Russland)

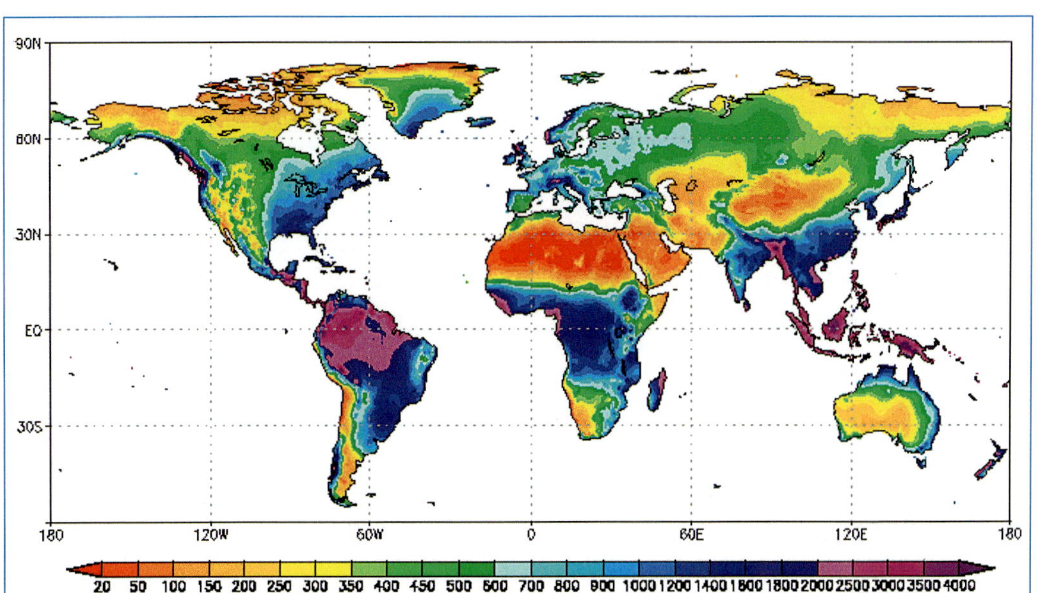

107.1: Mittlere Niederschlagssumme im Jahr (1961–1990)

108.1: Begriffe für die Auswertung eines Klimadiagramms:

Stufen der Monatsmitteltemperaturen:
über 30 °C: sehr heiß
25 bis 30 °C: heiß
20 bis 25 °C: sehr warm
15 bis 20 °C: warm
10 bis 15 °C: mäßig warm
5 bis 10 °C: mild
0 bis 5 °C: kühl
–5 bis 0 °C: mäßig kalt
–10 bis –5 °C: kalt
–15 bis –10 °C: sehr kalt
unter –15 °C: extrem kalt

Stufen der Jahresniederschläge:
< 200 mm: sehr gering
200 bis 400 mm: gering
400 bis 800 mm: mittel
800 bis 1500 mm: hoch
> 1500 mm: sehr hoch

www. klimadiagramme.de

Klima
Der durchschnittliche Verlauf des Wettergeschehens in einem Gebiet gemessen über einen Zeitraum von mindestens 30 Jahren.

GEO Praxis

Wir werten ein Klimadiagramm aus

In einem **Klimadiagramm** werden der durchschnittliche Temperaturverlauf und die durchschnittliche Niederschlagsmenge für jeden Monat in Form von Kurven festgehalten. Der durchschnittliche Klimaverlauf kann somit schnell erfasst und ausgewertet werden. Die Tagesschwankungen von Temperatur und Niederschlag sowie seltene Ereignisse wie Hitze-, Kälte-, Regen- oder Dürreperioden werden in den Klimadiagrammen allerdings nicht erfasst. Anhand eines Klimadiagramms lässt sich erkennen, ob die Wachstumsbedingungen aus klimatischer Sicht gut oder schlecht sind.

So werten wir ein Klimadiagramm aus:

- Lies zuerst den Namen und die Höhe der Station ab. Suche die Station im Atlas, nimm die Gradangaben zu Hilfe.
- Lies die Jahresmitteltemperatur ab. Ermittle den kältesten Monat (Temperaturminimum) und den wärmsten Monat (Temperaturmaximum).
- Berechne den Temperaturunterschied zwischen dem kältesten und dem wärmsten Monat. Diese Differenz bezeichnet man auch als Jahresschwankung oder Amplitude.
- Lies die Summe des Jahresniederschlags ab. Ermittle den Monat mit dem geringsten Niederschlag (Niederschlagsminimum) und den Monat mit dem höchsten Niederschlag (Niederschlagsmaximum). Zähle die ariden und die humiden Monate.
- Beschreibe den Jahresverlauf der Temperaturkurve und den Jahresverlauf der Niederschlagskurve. Verlaufen die Kurven eher gleichmäßig oder gibt es starke Schwankungen?
- Welche Auswirkungen hat das Klima an diesem Ort für die natürliche Vegetation?

1. Werte das Klimadiagramm von Niamey aus (Abb. 108.2).
2. Ordne die Station Niamey einer Klimazone und einer Vegetationszone zu.

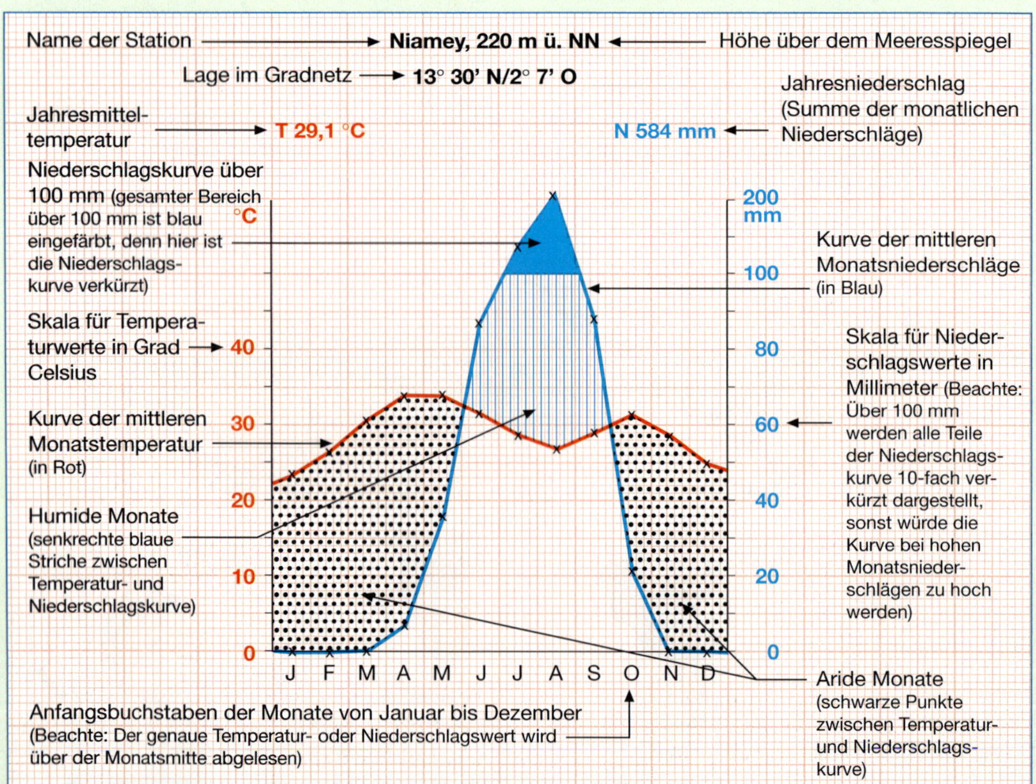

108.2: Welche Informationen enthält ein Klimadiagramm?

Spitzenleistungen aus der Welt-Wetterküche

Küchenchef Petrus empfiehlt heute unser 3-Sterne-Spitzenmenü aus besten regionalen Wetterzutaten!

① **Höchste je gemessene Temperatur der Welt:** 58 °C in Al Aziziyah (Libyen)

② **Tiefste je gemessene Temperatur der Welt:** –91,5 °C in Wostok (Antarktis)

③ **Höchste gemessene Temperatur der Meeresoberfläche:** 35,6 °C am Persischen Golf

④ **Regen-Weltrekord in einem Monat:** 9300 mm (1861), in zwölf Monaten 26461 mm (August 1860 bis Juli 1861) in Cherrapunji (Indien)

⑤ **Größter Unterschied zwischen höchster und tiefster je gemessener Temperatur:** 106,7 °C in Werchojansk (Russland)

⑥ **Längste jährliche Sonnenscheindauer:** 4300 Stunden in der libyschen Sahara

⑦ 242 Tage mit **Gewitter im Jahresdurchschnitt** in Kampala (Uganda)

⑧ 120 Tage **Nebel im Jahresdurchschnitt** in Grand Banks (Neufundland)

⑨ **Schneefallrekord in einer Saison:** 25,4 m (1955/56) an der Paradise Ranger Station, Washington (USA)

⑩ **Schwerstes Hagelkorn der Welt:** 1,9 kg in Kasachstan

⑪ **Höchste am Boden gemessene Windgeschwindigkeit:** 416 km/h am 12. April 1934, am Mt. Washington in New Hampshire (USA)

⑫ 14 **aufeinanderfolgende Jahre ohne Regen** in Iquique (Chile)

⑬ Durchschnittlich 325 Tage **Regen im Jahr** in Bahia Felix, Patagonien (Chile)

⑭ Weltrekord der **durchschnittlichen jährlichen Regenmenge**: 11684 mm am Mt. Waialeale, Hawaii (USA)

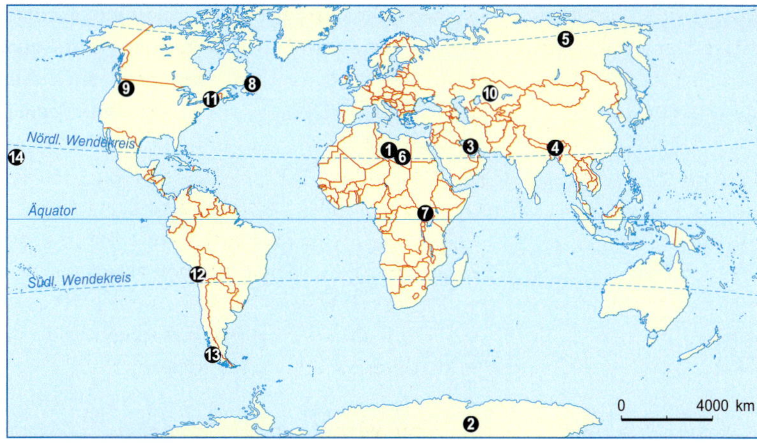

109.1: Lage der Rekorde

109.2: Iquique – fast immer trocken

109.3: Mt. Waialeale, Hawaii – fast immer Regen

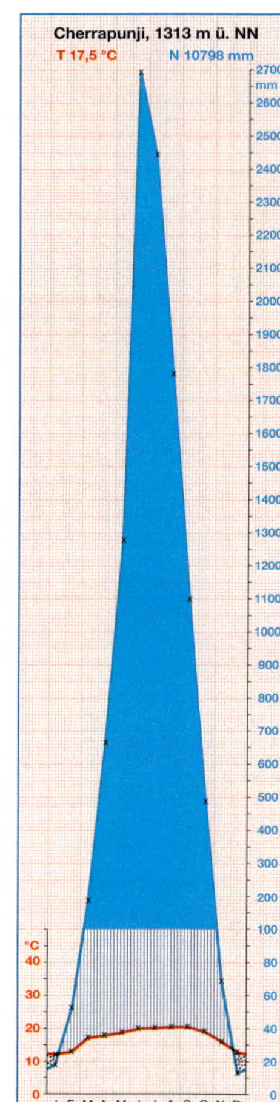

109.4: Klimadiagramm von Cherrapunji (Indien)

AUFGABE

Erläutere die unterschiedlichen Angaben zum Jahresniederschlag in Cherrapunji (Indien) bei den Klimarekorden ④ und in Abb. 109.4.
Suche weitere Klimarekorde im Internet, z. B. unter www.dwd.de.

Die Landschaftszonen der Erde

Das Bild einer Landschaft wird vor allem von ihrer Vegetation geprägt. Da die Klimate vom Äquator zu den Polen grundlegende Unterschiede aufweisen, zeigt auch die Naturlandschaft eine entsprechende Gliederung in den Vegetationszonen. Gebiete mit gleichen oder ähnlichen Pflanzen und an diesen Lebensraum angepassten Tieren werden zu **Landschaftszonen** zusammengefasst. Die Übergänge zwischen den einzelnen Zonen sind dabei fließend.

80°

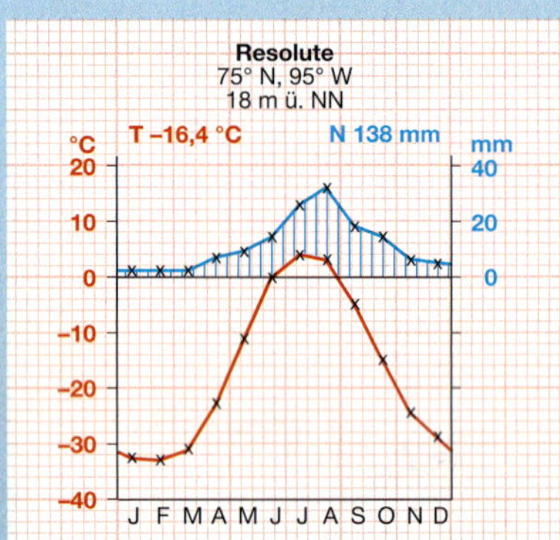

70°

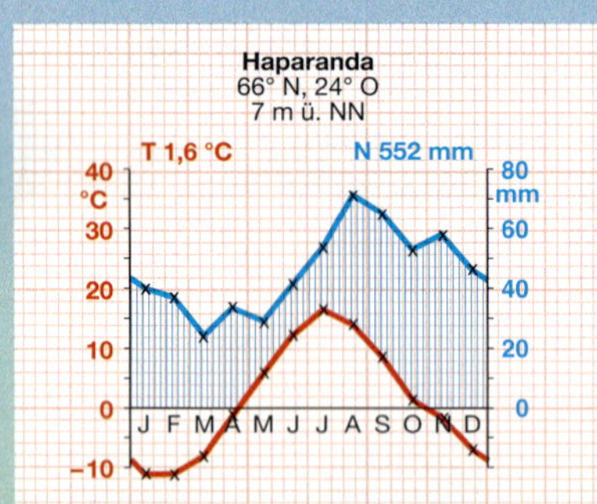

60°

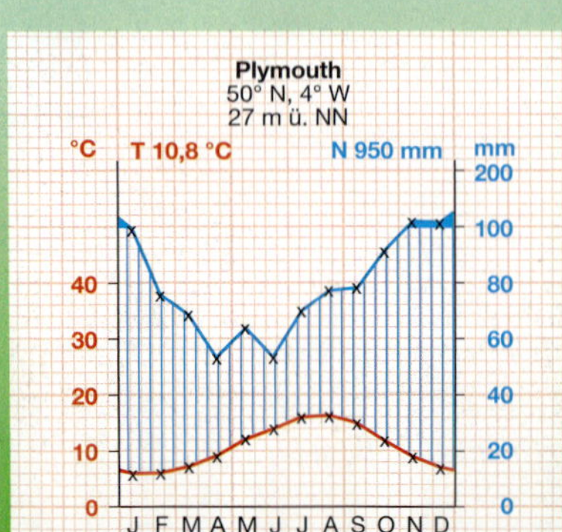

50°

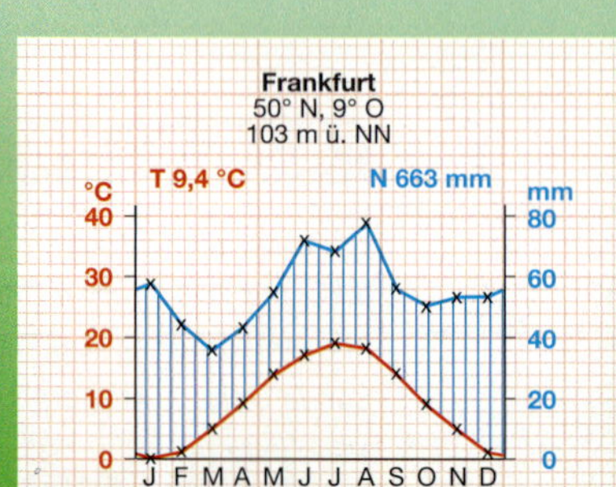

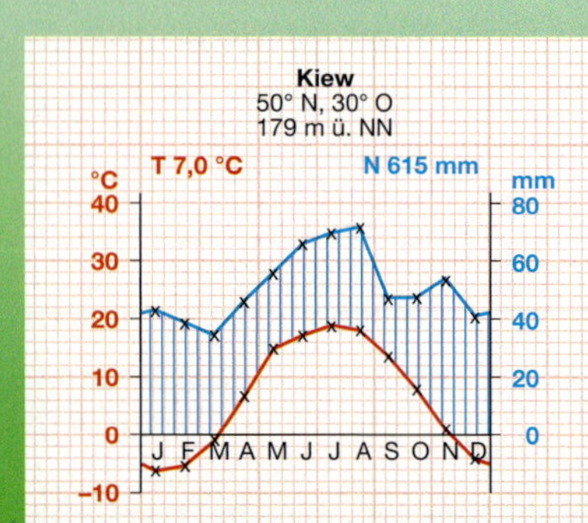

Die kalten Zonen in den Polargebieten reichen von den **polaren Eiswüsten** über die baumlose **Tundra** bis hin zum **nördlichen (borealen) Nadelwald**. Die Eis- und Schneemassen der polaren Eiswüste und der ständig gefrorene Boden lassen keinen Pflanzenwuchs zu. Weiter südlich in der Tundra überzieht eine Vegetation aus Flechten, Moosen, Zwergbirken und Weiden den im Sommer oberflächlich aufgetauten Boden. Die lichten Wälder des borealen Nadelwalds erstrecken sich quer über die Kontinente Amerika und Asien. Lärchen, Kiefern und Fichten sind die bestimmenden Baumarten, die riesige Flächen bedecken. Am südlichen Rand des Nadelwaldes ist im Vergleich zur Tundra vereinzelt Ackerbau möglich.
In der gemäßigten Zone der Mittelbreiten bedecken die **sommergrünen Laub- und Mischwälder** nur noch geringe Flächenanteile ihres ursprünglichen Verbreitungsgebiets. Der größte Teil ist vom Menschen in Kulturland umgewandelt worden. Nur wenige Laubbaumarten wie Eichen, Buchen, Linden und Ahorn beherrschen die Wälder. Im Inneren der Kontinente erstrecken sich die **Steppengebiete** der gemäßigten und subtropischen Zone. Es sind weite baum- und strauchlose Grasfluren. Die Steppengräser, Stauden und Kräuter, die im Frühjahr mit farbenfroher Blüte das Land überziehen, verdorren in der sommerlichen Trockenheit und lassen das Land graugelb erscheinen. Viele Steppengebiete dienen als Viehweide oder sind mithilfe künstlicher Bewässerung in die produktivsten Ackergebiete der Erde umgewandelt worden.

AUFGABE

Arbeitet zu zweit und legt die Seiten 110/111 und 112/113 eurer Bücher passend zusammen.

a) Beschreibt mithilfe der Materialien die einzelnen Landschaftszonen der Erde.

b) Legt eine Tabelle an, in der ihr die Merkmale der einzelnen Zonen eintragt. Unterscheidet zwischen Abgrenzung, Klima, Vegetation, Tieren und Nutzungsmöglichkeiten.

c) Erstellt ein Plakat zu den Landschaftszonen der Erde.

– 40°

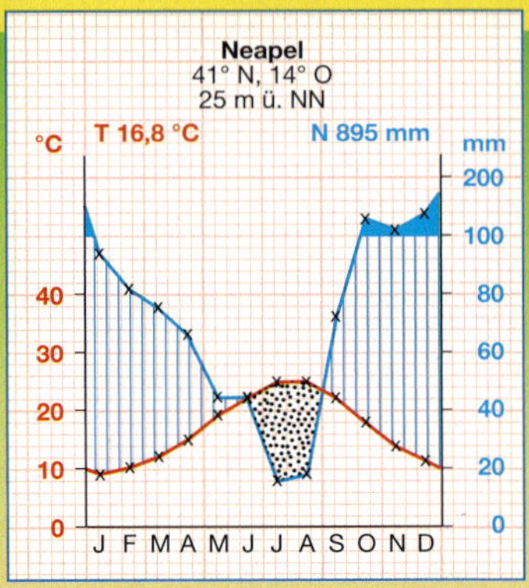

– 30°

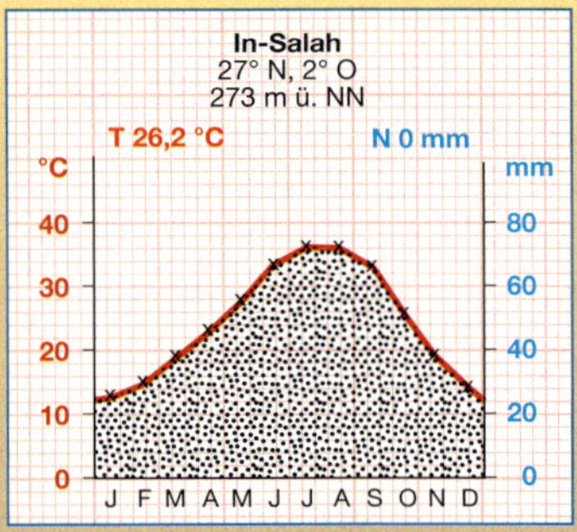

– 20°

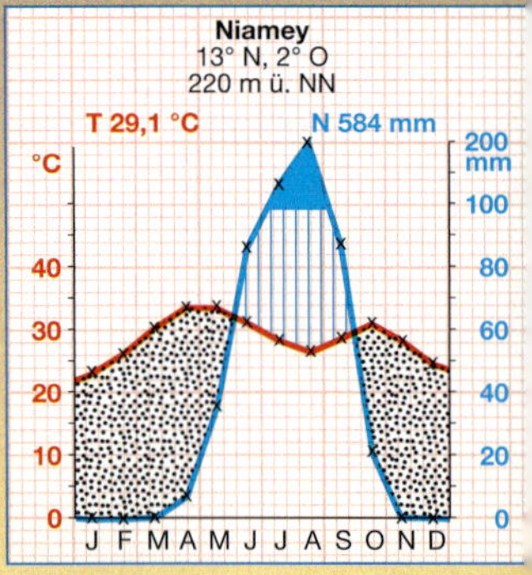

– 10°

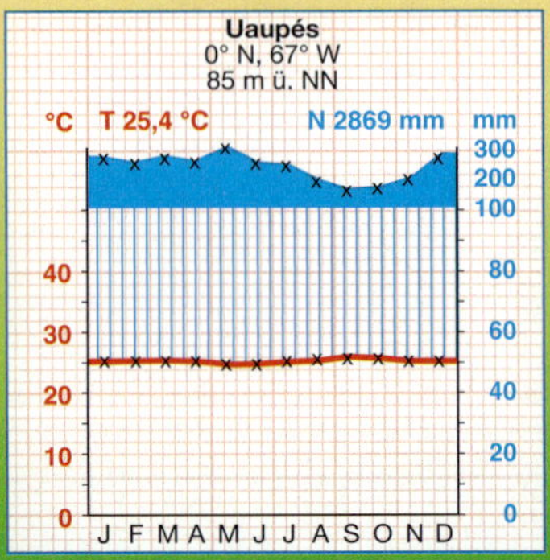

– Äquator

In den Subtropenregionen an den Westseiten der Kontinente findet man die **immergrünen Hartlaubwälder**. Die Vegetation der Winterregengebiete ist an die sommerliche Trockenheit angepasst. Bestimmende Bäume dieser Wälder sind Stein- und Korkeichen, Pinien, Zypressen und Lorbeer. Ihre Blätter sind klein, hart-ledrig, wachsüberzogen oder behaart. Im europäischen Mittelmeerraum, dem ehemals größten Hartlaubwaldgebiet, sind die Wälder seit der Antike zum großen Teil abgeholzt oder durch Waldbrände vernichtet worden. Ziegen und Schafe fressen das nachwachsende Grün der Sträucher immer wieder ab. So entstand häufig ein Dickicht von dornigen Sträuchern, die **Macchie**. Die Winterregengebiete sind durch die Bewässerung zu Gemüse- und Obstgärten geworden. Weizen, Oliven, Wein und Zitrusfrüchte dominieren beim Anbau.

Die **Halbwüsten und Wüsten** haben nur eine äußerst geringe bis gar keine Vegetation. In der Halbwüste wachsen weit verstreut Büschelgräser, Dornbüsche und Zwergsträucher. Auch in der Vollwüste können nach einem äußerst seltenen Regen Pflanzen, die in einer jahrelangen Trockenruhe überdauert haben, zum Leben erwachen.

Die **Savannen** sind Grasfluren in den sommerfeuchten Tropen. Nur vereinzelt gibt es Bäume. Die Einteilung in Dorn-, Trocken- und Feuchtsavanne ist vom Niederschlag abhängig.
In der **Dornsavanne** gedeihen lediglich niedrige Büsche mit zu Dornen umgebildeten Blättern. Die niedrigen Gräser wachsen nur büschelweise.
In der **Trockensavanne** wächst in der Regenzeit hohes Gras, vereinzelt findet man Laub werfende Bäume. Typisch sind die Schirmakazie und der Affenbrotbaum (Baobab). In diesem Raum ist Landwirtschaft möglich. Es werden Hirse, Gerste und Mais sowie Erdnüsse und Baumwolle angebaut.
Die **Feuchtsavanne** mit ihrem bis zu 6 m hohen Elefantengras und einem z. T. dichten Baumbestand ist ein wichtiger Lebens- und Wirtschaftsraum in den Tropen. Hohe Niederschläge ermöglichen zwei Ernten pro Jahr. Hirse, Mais, Maniok und Batate, Zuckerrohr, Bananen und Ananas sind die wichtigsten Anbauprodukte. Durch Abholzung der Baumbestände und Überweidung ist der Landschaftsgürtel der Savannen durch das Vordringen der Wüste (Desertifikation) stark gefährdet.

Der **tropische Regenwald** bildet noch immer das größte geschossene Waldgebiet der Erde. Nirgendwo sonst gibt es eine solche Artenvielfalt. Der Wald baut sich in Stockwerken auf. Das dichte Kronendach wird von über 60 m hohen Urwaldriesen überragt. Die Pflanzen dort sind auf tropische Temperaturen und hohe Niederschläge angewiesen. Der Regenwald wird zunehmend durch Wanderfeldbau, Plantagen und die Holzwirtschaft genutzt. Dabei ist dieser Lebensraum extrem gefährdet. Brandrodung und Abholzung haben bereits tausende von km^2 unwiederbringlich zerstört.

114.1: Was hat ein Feuerwehrfahrzeug mit GIS zu tun?

GEO Praxis – Wir arbeiten mit einem GIS -

Was ist GIS?

Die Abkürzung GIS steht für:
Geographisches
Informations-
System

Obwohl die drei Begriffe „Geographie“, „Information“ und „System“ keine Schwierigkeit darstellen, ist eine Erklärung von GIS notwendig.

114.3: Bestandteile eines GIS

Zusammen ergeben die in Abb. 114.3 dargestellten Bestandteile folgendermaßen das GIS: Die riesige Datenmenge kann nur mithilfe des Computers und geeigneter Softwareprogramme (Abb. 114.2) sinnvoll bewältigt werden. Die zu bearbeitenden Daten haben Raumbezug. Das bedeutet, dass die Daten nur im Zusammenhang mit dem dazugehörigen Ort sinnvoll sind, z. B. Klimadaten wie die Jahresdurchschnittstemperatur. Der Raumbezug macht das GIS „geographisch“. Der Benutzer muss den Umgang mit den Daten, der Software und der Hardware sicher beherrschen, um mithilfe des GIS Antworten auf die von ihm gestellten Fragen zu finden. Typische Arbeitsschritte bei der Arbeit mit GIS sind das Erfassen der Daten und ihre Verwaltung, die Datenanalyse und die Visualisierung der Ergebnisse. Unter Visualisierung versteht man das Darstellen der Ergebnisse auf dem Bildschirm oder als Ausdruck.

114.2: In der Arbeitswelt eingesetzte GIS-Programme:
ArcView
Idrisi
SmallWorld
Erdas Imagine
Sicad

GIS in der Praxis

In der Praxis ist GIS nahezu unbegrenzt einsetzbar. Die folgenden zufällig ausgewählten Praxisbeispiele zeigen die Vielfalt:

- Tourenvorschläge für Stadttouristen,
- die flächenspezifische Aussaat von Winterweizen,
- Trinkwasserschutz in der Landwirtschaft,
- Altlastenprogramme,
- die Erstellung von Lärmschutzkarten,
- die Ermittlung des optimalen Standortes für Windkraftanlagen,
- der Feuerwehreinsatz in Gebäuden usw.

Da es schwierig ist, sich vorzustellen, wie das GIS eingesetzt wird, soll dies bei der Feuerwehreinsatzplanung deutlich gemacht werden.
Die Berufsfeuerwehr nutzt Einsatzpläne für öffentliche Gebäude und Firmen, um im Notfall schnell helfen zu können. Diese Pläne enthalten Karten des Einsatzgebietes, Luftbilder der Gebäude, Pläne mit den Rettungswegen sowie Detailangaben über die Raumnutzung und die Wasserversorgung. Typische Fragen bei der Verwendung der Einsatzpläne sind:

- Welche Räume sind gefährdet?
- Welche Rettungswege gibt es?
- Wo muss die Löschwasserversorgung eingerichtet werden?

Ohne ein GIS liegt der Einsatzplan nur in Papierform vor. Im GIS sind Straßen-, Etagen-, Hydrantenpläne, Luftbilder, Rettungswege, beim Einsatz wichtige verkehrsberuhigte Straßen usw. in einer Datenbank gespeichert. Das GIS ermöglicht die schnelle Suche von Hydranten, die Darstellung des zu evakuierenden Gebiets, und beim „Mausklick“ auf ein Gebäude in der Karte lässt sich sofort Nutzung, Bauart, Geschosshöhe oder auch der Dachtyp abrufen. Auf diese Art macht GIS es möglich, dass schnell geholfen werden kann.
(Quelle: ArcView GIS, GIS-Arbeitsbuch, Liebig/Schaller [Hrsg.], Wichmann, S. 58–71)

Wir lernen die Grundprinzipien kennen

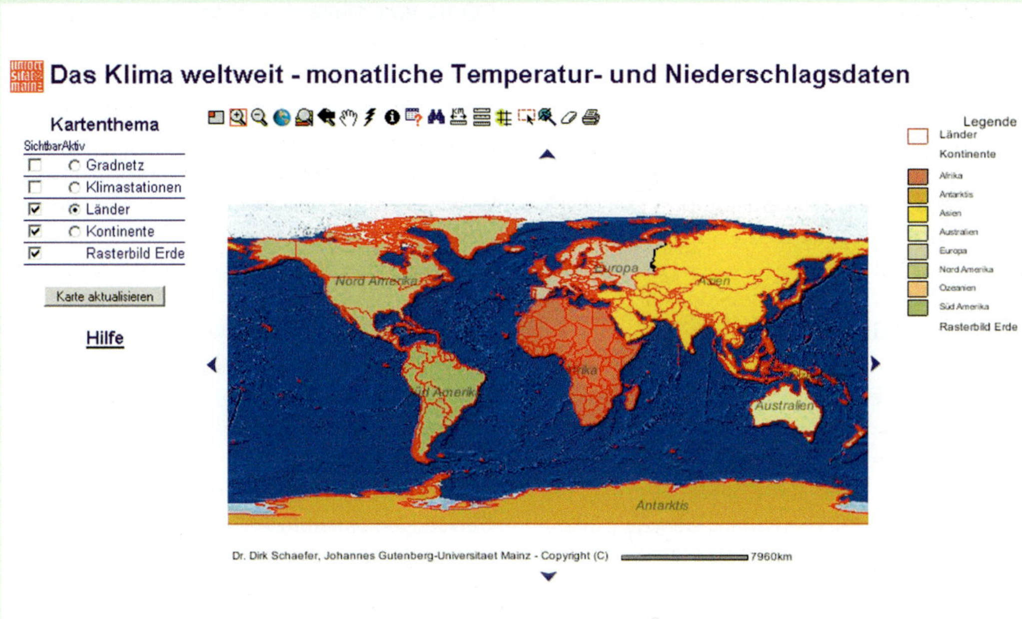

115.1: Sichtbar sind die Themen „Länder", „Kontinente" und „Rasterbild Erde". Aktiv ist das Thema „Länder".

Leicht zugänglich sind GIS-Programme im Internet. Anhand eines solchen WebGIS lassen sich der Aufbau und die Funktionsweise eines GIS sehr gut kennen lernen. Mache folgende Einführung am Computer mit.

Kartenthemen sichtbar machen

Ein GIS besteht aus mehreren Kartenthemen, die übereinander liegen. In unserem GIS gibt es die Themen „Gradnetz", „Klimastationen", „Länder", „Kontinente" und „Rasterbild Erde". Der Benutzer entscheidet, welche Themen sichtbar sind, indem er bei diesen Themen die Spalte „sichtbar" anklickt und die Karte per Mausklick aktualisieren lässt.

Aufgabe: Mache die Kartenthemen „Klimastationen", „Länder", „Kontinente" und „Rasterbild Erde" sichtbar und beschreibe die Verteilung der Klimastationen auf der Erde.

Kartenthemen aktiv machen

Ein Thema aktiv zu machen, bedeutet festzulegen, auf welches Thema sich die folgenden Eingaben beziehen.

Aufgabe: Mache die Themen „Länder" und „Kontinente" sichtbar und das Thema „Länder" aktiv (Abb. 115.1). Hole dir mit der Maus das Werkzeug „Identifizieren" und identifiziere per Mausklick auf der Karte die Länder „Kanada", „Ägypten" und „Brasilien". Du erhältst in diesem Beispiel mit „identifizieren" Informationen zu den Ländern, weil „Länder" das aktive Thema ist.

Übung: Wie hoch ist die Jahresdurchschnittstemperatur und der Gesamtniederschlag in Berlin-Dahlem?
Verwende die Werkzeuge „Rein-Zoomen" und „Raus-Zoomen".

Hinweis: Achte darauf, welche Themen sichtbar bzw. aktiv sind.

Unter www.webgis-schule.de (→ Themen, → Klima weltweit) findest du das GIS

weitere GIS-Angebote: http://diercke.webgis-server.de http://webgis.bildung-rp.de (→ Kartendienste)

Unter www.webgis-schule.de (→Themen, →Klima weltweit)

GEO Praxis — Wir arbeiten mit einem GIS -

Um die Jahresdurchschnittstemperatur und die Gesamtniederschläge von Berlin-Dahlem (▷ Übung S. 115) oder auch einer anderen Klimastation zu finden, geht man folgendermaßen vor:

Mache folgende Themen sichtbar: „Klimastationen", „Länder" und „Rasterbild Erde". Das aktive Thema ist „Klimastationen".

Suche durchführen

Rufe das Werkzeug „Suchen" auf, gib den Namen der Klimastation ein (z. B. Berlin-Dahlem) und starte die Suche. Das Suchergebnis erscheint als gelber Punkt auf der Karte (verwende ggf. die Zoom-Funktion). Klicke mit dem Werkzeug „Hot-Link" auf den gelben Punkt. Es erscheint das Klimadiagramm mit den gesuchten Angaben.

Suche von Klimastationen, die bestimmte Kriterien erfüllen

Mit einem GIS ist es auch möglich, Kriterien vorzugeben und zu überprüfen, welche Klimastationen diesen Kriterien entsprechen. Beispielsweise lassen sich alle Klimastationen herausfinden, deren Jahresniederschlag 0 mm beträgt. Hierfür verwendet man den „Abfragemanager":
Rufe den „Abfragemanager" auf und wähle als Variable „N Jahr" aus. Der logische Operator ist „=" und der Wert ist „0". Klicke auf „Abfrage bilden" und dann auf „Ausführen" (Abb. 116.1).
Als Ergebnis liefert das GIS eine Weltkarte, auf der die Klimastationen mit einem Jahresniederschlag von 0 mm als gelber Punkt erscheinen. Mit den Werkzeugen „Identifizieren" und „Hot-Link" sind weitere Informationen wie Name der Station, Höhenlage, Temperaturwerte usw. abrufbar.

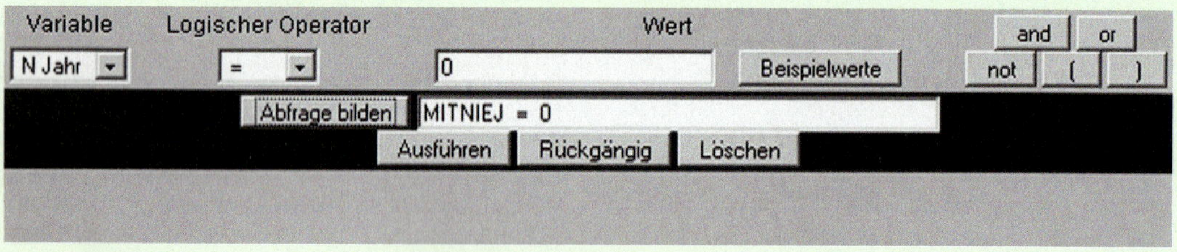

116.1: Abfragemanager

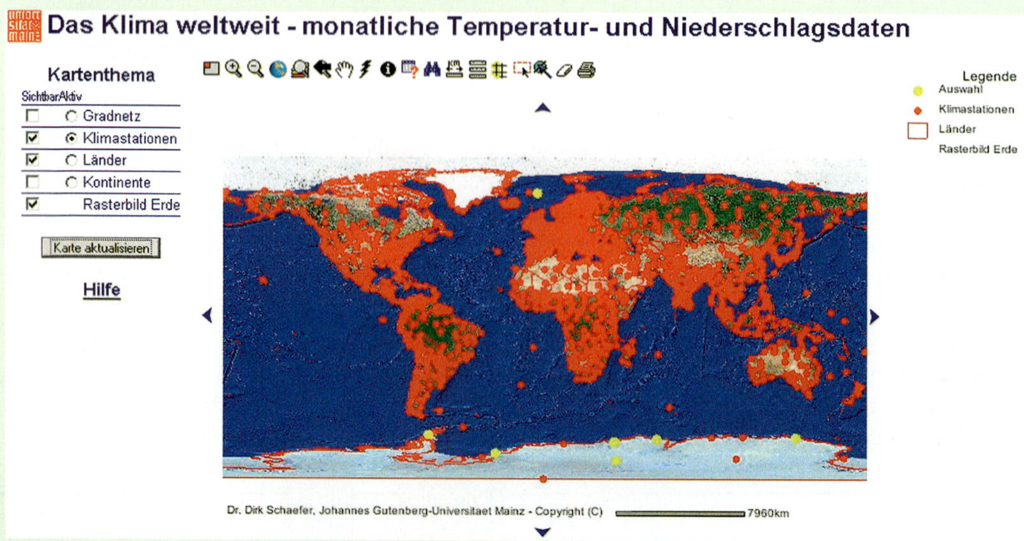

116.2: Klimastationen mit 0 mm Niederschlag: Erkläre das überraschende Ergebnis.

Wir untersuchen klimatische Zusammenhänge

Mit GIS ist es auch möglich, schwierigen Sachverhalten auf den Grund zu gehen. Finde mithilfe des GIS heraus, in welchen Breiten die Klimastationen liegen, die im Monat Juli eine Monatsdurchschnittstemperatur von ≥ 27 °C haben. Führe dieselbe Abfrage für die Monate Oktober, Januar und April durch. Abbildung 117.1 gibt Hinweise für die Durchführung. Erkläre den Zusammenhang zwischen den vier Ergebniskarten.

Das Klima weltweit - monatliche Temperatur- und Niederschlagsdaten

Kartenthema

Sichtbar Aktiv
- ☐ ○ Gradnetz
- ☑ ◉ Klimastationen
- ☑ ○ Länder
- ☐ ○ Kontinente
- ☑ Rasterbild Erde

Karte aktualisieren

Hilfe

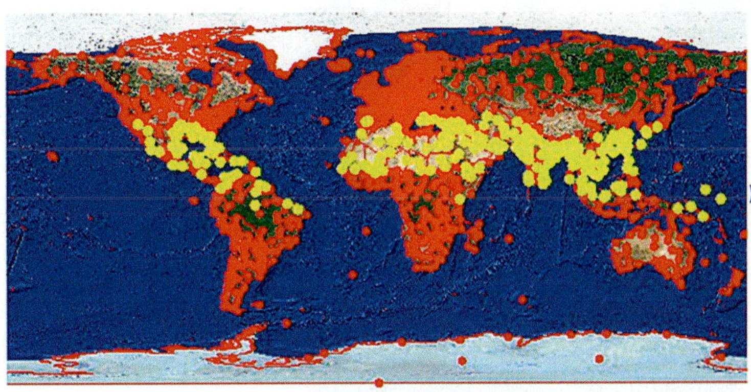

Dr. Dirk Schaefer, Johannes Gutenberg-Universitaet Mainz - Copyright (C) 7960km

Klimastationen

Rec	Station	Land	Breite	Länge	Höhe	T Jan	T Feb	T Mär	T Apr	T Mai	T Jun	T Jul
1	Córdoba	Spanien	37,85	-4,83	91	9	10,6	13,4	16,5	19,4	24,6	28,:

117.1: Klimastationen mit einer monatlichen Durchschnittstemperatur ≥ 27 °C im Monat August

1. In welchen Klimazonen liegen Stationen mit einem Jahresniederschlag von ≤ 50 mm bzw. von ≥ 3000 mm?
2. Finde die Stationen, deren Monatsdurchschnittstemperatur im Februar ≤ –15 °C ist.
3. Wo liegen Stationen, deren geringste Monatsdurchschnittstemperatur 25 °C beträgt? (Hinweis: Gib im Abfragemanager ein „Temperatur Februar ≥ 25", klicke dann im Abfragemanager auf „Abfrage bilden" und dann auf „and". Bilde anschließend die Abfrage „Temperatur im August ≥ 25", klicke jetzt auf „Abfrage bilden" und auf „Ausführen".)
4. Wo liegen Stationen, die im Jahr zwischen 500 mm und 1000 mm Niederschlag erhalten und gleichzeitig eine durchschnittliche Jahrestemperatur von ≥ 20 °C haben? (Tipp: Benutze „and" zweimal.)
5. Erstelle weitere Aufgaben für deine Mitschüler, die diese mit GIS lösen können.

GEO Wissen — Klima global

118.3

118.4

1. Die Klimadiagramme (Abb. 118.2 und 119.1) und die Stationsangaben (Abb. 118.1 und 5) sind durcheinander geraten. Versuche zunächst den Klimadiagrammen die richtigen Koordinaten (Abb. 118.5) zuzuordnen. Berücksichtige dabei alle Angaben. Vielleicht kennst du auch einige Städte (Abb. 118.1), das wird dir die Aufgabe erleichtern.
Welche Diagramme kannst du ohne Atlas zuordnen? Nutze diesen erst in einem zweiten Schritt. Begründe deine Entscheidungen und überprüfe dein Ergebnis.

1) 5° 15′ N T 27,0 °C	3° 56′ W N 2144 mm	7 m
2) 30° 8′ N T 21,7 °C	31° 34′ O N 24 mm	95 m
3) 0° 13′ S T 13,0 °C	78° 30′ W N 1250 mm	2818 m
4) 31° 57′ S T 18,1 °C	115° 51′ O N 889 mm	60 m
5) 71° 18′ N T –13,3 °C	156° 47′ W N 110 mm	7 m
6) 55° 45′ N T 4,4 °C	37° 34′ O N 575 mm	156 m
7) 13° 11′ N T 26,5 °C	30° 14′ O N 351 mm	585 m
8) 48° 27′ N T 11,8 °C	4° 25′ W N 1126 mm	45 m

118.5: Koordinaten der Stationen

118.1: Klimastationen
Abidjan
Barrow
Brest
El Obeid
Kairo
Moskau
Perth
Quito

Hinweis: Auf dieser Seite lernst du eine weit verbreitete Darstellungsform von Klimadiagrammen kennen, in der die monatlichen Niederschlagssummen nicht als Kurve, sondern in Form von Säulen dargestellt sind.

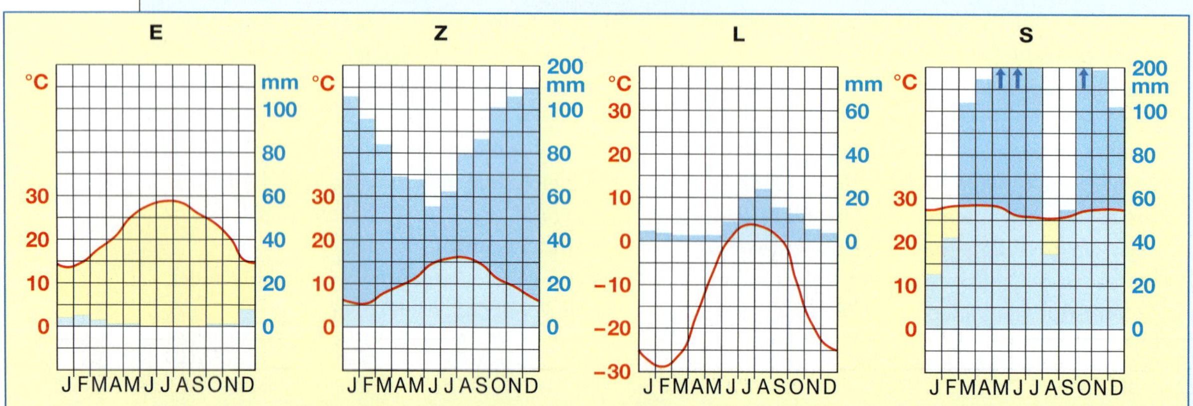

118.2: Klimadiagramme

2. Ordne nun die Klimastationen einer der folgenden Klimazonen zu. Zu jeder großen Klimazone passt mindestens ein Diagramm:
   - Kalte Zone mit einer Jahresmitteltemperatur um oder unter 0 °C (Gletscher und polares Meereis – Frostschuttzone – Tundra – borealer Nadelwald/Taiga)
   - Gemäßigte Zone mit einer Jahresmitteltemperatur um ca. 8 °C (ozeanisches bzw. kontinentales Klima, Steppe bzw. Wüste der gemäßigten Zone)
   - Subtropen mit einer Jahresmitteltemperatur um ca. 18 °C (winterfeuchtes mediterranes Klima mit mehr als fünf humiden Monaten – winterfeuchtes, subtropisches Steppenklima mit weniger als fünf humiden Monaten – subtropische Wüste, immerfeuchtes bzw. sommerfeuchtes Subtropenklima)
   - Tropen mit einer Jahresmitteltemperatur um ca. 25 °C (Tropischer Regenwald – Feuchtsavanne – Trockensavanne – Dornsavanne – tropische Wüste)
   - Höhenklima: Station über 500 m Meereshöhe – Jahresmitteltemperatur nimmt gegenüber dem Meeresspiegel um etwa 0,5 °C pro 100 m ab.
3. Die vier Fotos auf dieser Doppelseite zeigen Menschen, die in verschiedenen Klimazonen leben. Ordne die Fotos einer Klimazone und, wenn möglich, einem Klimadiagramm zu. Erläutere anhand der Diagramme die Auswirkungen des Klimas auf das tägliche Leben der Menschen. Finde eine passende Bildunterschrift.

119.2

119.3

Wenn du die Klimadiagramme den Koordinaten richtig zugeordnet hast, ergeben die Buchstaben der Diagramme in der Reihenfolge 1–8 ein Lösungswort.

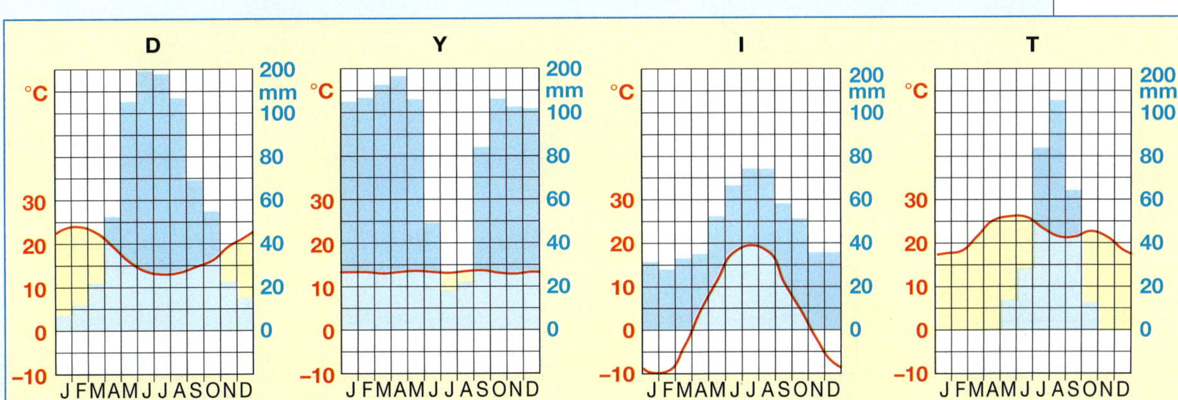

119.1: Klimadiagramme

Produkte des fairen Handels

Sägewerk in den Tropen

Wirtschaftliches Handeln

Erdölförderung in der Wüste

Fischfang im Nordatlantik

Tropische Früchte - das ganze Jahr über

122.1: Tropische Früchte (Auswahl)

Ananas
Avocado
Banane
Cherimoya
Curuba
Durian (Stinkfrucht)
Grapefruit
Guave
Karambole
Kiwi
Kokosnuss
Kumquat
Litschi
Mango
Maracuja
Pampelmuse
Papaya
Pitahaya
Rambutan

Die Tropen genießen – das kannst du auch bei uns, das ganze Jahr über und für wenig Geld. In jedem größeren Supermarkt findest du viele Produkte aus der Heimat der tropischen Regenwälder. Besonders zahlreich sind die Tropen im Obstregal vertreten. Noch Mitte des letzten Jahrhunderts glich es einer kleine Sensation, wenn im Lebensmittelgeschäft frische Bananen oder Ananas angeboten wurden. Heute können wir aus einer Palette von mehreren Dutzend tropischer Obstarten auswählen. In den tropischen Anbauländern wird meist auf riesigen Flächen **(Plantagen)** produziert, oft genug werden dafür große Stücke des Regenwaldes gerodet. Die Erntezeit mancher Früchte ist relativ kurz (z. B. Litschi, Avocado, Kiwi), doch werden diese Früchte in mehreren Regionen der Erde angebaut, wo sie zu unterschiedlicher Zeit ausreifen. So bleibt die Lieferung nach Deutschland das ganze Jahr über gesichert. Andere Pflanzen werden zeitlich gestaffelt angepflanzt (z. B. Banane), dadurch ist das ganze Jahr über eine Ernte möglich.
Manche Früchte sollten reif geerntet werden, damit sie ihren vollen Geschmack entfalten (z. B. Ananas), dann ist ein möglichst schneller Transport zum Verbraucher wichtig. Die „Fluganananas“ gilt daher als besonders schmackhaft, allerdings ist sie auch etwas teurer. Andere Früchte können unreif geerntet und dann mit dem Frachter transportiert werden; sie reifen während oder nach dem Transport (z. B. Banane, Karambole).

AUFGABEN

1. *Wie ist es möglich, dass tropische Früchte bei uns während des ganzen Jahres angeboten werden können?*
2. *Welche der abgebildeten Früchte (Abb. 123.1, 1–9) kennst du? Ordne die Texte (A–I) den abgebildeten Früchten zu.*
3. *Stelle fest, welche tropischen Früchte im Supermarkt angeboten werden. Notiere die Herkunftsländer.*
4. *Sammle Informationen zu einer tropischen Frucht deiner Wahl (Lexikon, Internet). Erstelle für diese Frucht einen Steckbrief nach nebenstehendem Muster (S. 123 unten).*

122.2: Tropische Früchte

A Diese Frucht galt bei den Indianern Süd- und Zentralamerikas als beliebtes Tauschobjekt. Dort pflegte man sie sowohl roh wie gekocht zu verspeisen oder daraus Alkohol zu brennen. Die süßsaure Frucht besteht aus einer fleischigen Blütenachse, die aus einer Blattrosette treibt.

B Diese Frucht ist je nach Sorte so groß wie eine Birne oder eine Grapefruit. Ihre Farbe kann grasgrün bis gelborange und leuchtend rot sein, das Fruchtfleisch ist gelb und saftig. Die Schale wird nicht mitgegessen. Im Inneren der Frucht befindet sich ein harter Kern, der herausgelöst werden muss.

C In China wird die Frucht aus Südostasien sehr verehrt. Sie gilt dort als Liebesfrucht. Die Farbe variiert von rot bis pink. Das Fruchtfleisch ist milchig weiß und fest. Es schmeckt süßlich und sehr saftig. Der Kern ist nicht genießbar.

D Der Ursprung dieser Frucht ist unbekannt, da die Pflanzen ihre Verbreitung häufig durch die Schwimmfähigkeit der Früchte fanden. Heute findet sich die Art entlang der Küsten der gesamten Tropen. Die Früchte sind botanisch gesehen keine Nüsse sondern Steinfrüchte wie die Pflaume.

E Je nach Geschmacksvorliebe ist diese Frucht in fast allen Reifezuständen essbar – von grüngelb mit säuerlicher Note bis hin zu dunkelgelb mit braunen Punkten und sehr süßem Fleisch. Man isst sie roh, gebraten, geschmort, gebacken und eingekocht. Nach Produktion, Import- und Exportwert ist sie die wichtigste Frucht weltweit.

F Die „chinesische Stachelbeere" kann 8 cm und größer werden. Ihre Schale ist grün- bis rostbraun und haarig, das Fruchtfleisch grün bzw. gelb und saftig. Je nach Reifegrad schmeckt es säuerlich bis süß und enthält sehr viel Vitamin C.

123.1: Tropische Früchte

G Die Früchte werden geerntet, bevor sie zu reif werden. Den Übergang erkennt man am Farbumschlag von grün auf gelb bis tiefgelb. Die Früchte lassen sich noch bis zu fünf Wochen bei ca. 10 °C lagern, wobei sie noch langsam weiterreifen. Beim Schneiden in Scheiben senkrecht zur Längsachse entstehen die dekorativen fünfzackigen Sterne.

H Diese Frucht sieht fast wie eine Birne mit dunkelgrüner Schale aus. Am besten schneidet man sie längs auf, trennt sie in zwei Hälften und löst den Kern heraus. Das Fruchtfleisch enthält viel Fett und schmeckt im reifen Zustand cremig und nussig. Es eignet sich sehr gut für Brotaufstriche.

I Die „Baummelone" stammt ursprünglich aus dem tropischen Amerika. Je nach Sorte ist sie unterschiedlich geformt und mit einer dünnen, ledrigen, gelbgrünlichen bis goldgelben Schale versehen. Das tiefgelbe, orange oder lachsrote Fruchtfleisch ist melonenartig süß und sehr saftig. Die Kerne im Inneren der Frucht werden nicht mitgegessen.

Kakao – Steckbrief einer tropischen Nutzpflanze

Herkunft: Die Heimat des Kakaobaumes ist das tropische Südamerika. Das Wort „Kakao" stammt von dem aztekischen Wort „Cacahuatl" (Kakaokern) ab. Die Azteken rösteten die Kakaobohnen, zermahlten sie, würzten das Pulver mit Vanille und Pfeffer und süßten es mit Honig. Das ergab mit heißem Wasser gemischt ein nahrhaftes Getränk.
Pflanze: Der Kakaobaum wird in Kultur 4–8 m hoch. Die besten Wachstumsbedingungen findet er bei gleichmäßiger Wärme um 25 °C sowie hoher Feuchtigkeit. Pralle Sonne verträgt er nicht. Blüten und Früchte sitzen direkt am Stamm. Die Kakaofrucht (botanisch: eine Beere) wiegt bis zu eineinhalb Kilo. Darin befinden sich 30 bis 80 weiße Samen, umgeben von weichem, weiß-rosa Fruchtfleisch.
Verarbeitung: Samen und Fruchtfleisch werden für fünf bis zehn Tage in Gruben oder Holzkisten gelagert. Dabei erhitzen sie sich durch die Wirkung von Bakterien und Hefen auf etwa 50 °C (Fermentation). Die weißen Bohnen färben sich jetzt „schokoladenbraun" und entwickeln das typische Kakaoaroma. Durch Auspressen der fermentierten und geschälten Kakaobohnen erhält man das Kakaofett (Kakaobutter). Der Rückstand ergibt das Kakaopulver, aus dem das Kakaogetränk zubereitet wird.
Anbau: Die Hauptanbaugebiete liegen heute im tropischen Westafrika. Nach Ländern nimmt bei der Kakaoernte die Elfenbeinküste mit Abstand den ersten Platz ein, gefolgt von Ghana und Indonesien.

Vom Kakao zur Schokolade

Danach wird die Rohschokolade erst grob und dann fein gewalzt. Durch die gekühlten Walzen entstehen Schokoladenflocken.

S

Die Brechmaschine trennt die Schalen von den Bohnen und zerkleinert diese zum so genannten Kernbruch.

N

Dann werden die Kakaobohnen getrocknet, gereinigt und in Säcke verpackt.

B

Anschließend werden Fruchtfleisch und Kakaobohnen mit Bananenblättern abgedeckt. In der feucht-warmen Umgebung gären die Kakaobohnen (Fermentation). Das typische Aroma und die braune Farbe entstehen.

EN

In der Schokoladenfabrik werden die Kakaobohnen in den kugelförmigen Röstmaschinen geröstet, damit sich das Aroma voll entfalten kann.

I

In den Conchen, das sind große Rührwerke, werden die Schokoladenflocken 12–24 Stunden gerührt, bis die Schokolade flüssig und cremig geworden ist.

T

In der Mischanlage wird die Kakaomasse mit Kakaobutter, Milchpulver und Zucker vermischt. Es entsteht Rohschokolade.

(UE)

Anschließend wird der Kernbruch gemahlen. Dabei wird das Fett der Kakaobohnen freigesetzt. Ein flüssiger brauner Brei entsteht.

(K)

Die Früchte werden aufgeschlagen und das Fruchtfleisch mit den Kakaobohnen entfernt.

(F)

Kakaobohnen sind die Samen der Kakaofrucht. Der Kakaobaum gedeiht nur in den immerfeuchten Tropen. Ihre volle Produktivität erreichen die Bäume erst mit etwa neun Jahren. Bei der Ernte werden reife Früchte in Handarbeit abgeschlagen.

(L)

Die Säcke werden auf Schiffe verladen und z. B. nach Europa oder Nordamerika verschifft.

(E)

Die flüssige Schokolade wird in Formen gegossen, gekühlt und dann verpackt.

(E)

(E)

AUFGABEN

1. *Sortiere die Dominokärtchen in der richtigen Reihenfolge. Die Lösungsbuchstaben ergeben den Namen des Landes, das weltweit mit ca. 1000 Mio. t am meisten Kakao produziert.*
2. *Zeichne ein Fließschema, in dem die Verarbeitung von der Kakaoernte bis zur fertigen Schokolade deutlich wird.*

126.1: Kakaobauer bei der Arbeit

Kakaohandel – Schokolade mit bitterem Beigeschmack

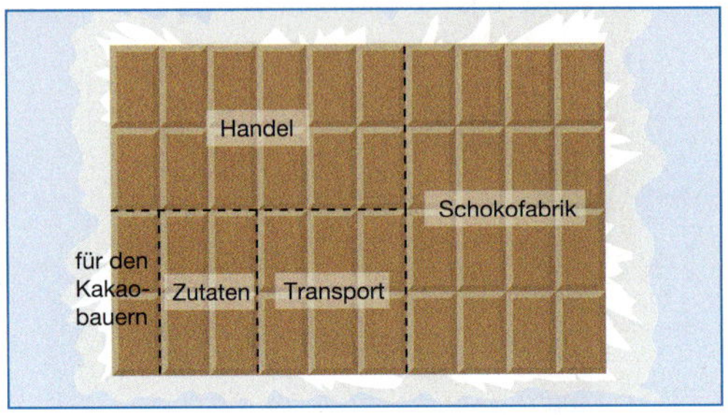

126.3: Wer verdient an einer Tafel Schokolade?

Cash crops
Agrarische Anbauprodukte, die für den Export bestimmt sind. Im Gegensatz dazu werden **food crops** für die Ernährung der einheimischen Bevölkerung angebaut.

www.theobroma-cacao.de
www.schoko-seite.de
www.transfair.org

Vom Preis einer Tafel Schokolade, die wir kaufen, bleibt nur ein sehr geringer Teil für die Kakaobauern übrig (Abb. 126.3). Deren Einnahmen decken kaum die Kosten, die der Anbau verursacht. Wenn man darüber nachdenkt, erhält der süße Genuss von Schokolade einen bitteren Beigeschmack. Wie kommt es zu so einer ungerechten Verteilung der Einnahmen?

Die meisten Kakaobauern haben noch nie Schokolade gegessen. Die Kakaobohnen als typisches Produkt der immerfeuchten Tropen werden fast ausschließlich in den Industrieländern verarbeitet und verbraucht. In den Erzeugerländern fehlt das Geld für die technischen Einrichtungen, um die Kakaobohnen weiterzuverarbeiten. Die Verarbeitungsländer schützen ihre Märkte zudem mit Handelsbeschränkungen und Zöllen vor der Einfuhr von verarbeiteten Produkten. So betragen die Zollgebühren in der EU rund 1,5% für Kakaobohnen, aber 9% für Kakaobutter und 12% für Kakaopulver.

Den Kakaobauern bleibt daher nichts anderes übrig, als die Kakaobohnen über Händler auf dem Weltmarkt zu verkaufen. Da sie meist Kleinbauern sind, die z. B. in Westafrika nur durchschnittlich fünf Hektar bestellen, sind die Erträge gering. Kakao ist ihr wichtigstes **cash crop** („Bargeldfrucht"). Die Händler verdienen daran, dass sie den Kakao zu einem möglichst geringen Preis einkaufen und dann mit Gewinn weiterverkaufen.

Problemtisch für die Kakaobauern ist auch, dass der Preis für Kakao sehr starken Schwankungen unterworfen ist (Abb. 126.4). Kakao wird an der **Warenbörse** (besonders in London und New York) gehandelt. Bei geringem **Angebot** und hoher **Nachfrage** steigen die Preise. Die Kakaobauern erhalten dann aber nicht mehr Geld für ihr Produkt. Der Grund dafür sind Lagerhallen der Kakaohändler, die bei geringen Erntemengen geleert werden. So verbleiben die Gewinne bei den Händlern. Nur fünf Unternehmen kontrollieren ca. 80% des Welthandels und können so die Preise steuern.

Den größten Profit machen aber die Schokoladenhersteller. Auch hier beherrschen nur sechs **multinationale Konzerne** 80% des Marktes: Hershey, Mars, Philip Morris (alle USA), Nestlé (Schweiz), Cadbury-Schweppes (Großbritannien) und Ferrero (Italien). Sie können durch den Einkauf großer Mengen besonders günstige Preise aushandeln. Auch dies geht letztendlich zu Lasten der Kleinbauern.

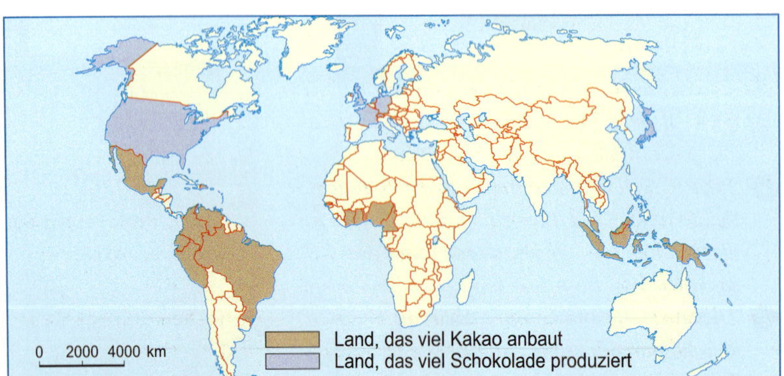

126.2: Erzeuger- und Verarbeitungsländer für Kakao bzw. Schokolade

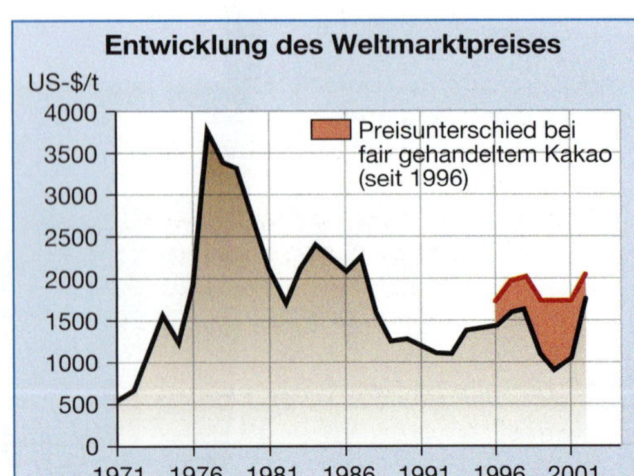

126.4: Weltmarktpreis und Fairtradepreis für Kakao

127.1: Kakaoprodukte aus fairem Handel

TRANSFAIR
FAIRTRADE

127.3: Das internationale Siegel für fairen Handel

Es geht auch anders - Fairer Handel

1996 wurden Kakaoprodukte aus fairem Handel eingeführt. Damit die Verbraucher diese Produkte erkennen, einigte man sich auf ein Siegel (Abb. 127.3). „TransFair" nennt sich eine dieser Siegelinitiativen, die nicht selbst mit Produkten handeln, sondern unabhängig vom Verkauf das Siegel vergeben und die Einhaltung der Kriterien für umwelt- und sozialverträglichen Anbau und Handel überprüfen (Abb. 127.2).

Soziale Mindeststandards:
- Abschaffung von Zwangsarbeit und ausbeuterischer Kinderarbeit
- Recht auf sichere und nicht gesundheitsgefährdende Arbeitsbedingungen
- gleiche Entlohnung für gleichwertige Arbeit
- keine Diskriminierung nach Geschlecht, Rasse, Religion und politischer Zugehörigkeit

Ökologische Mindeststandards:
- Integrierter Pflanzenbau
- Schutz von Ökosystemen mit hohem ökologischen Wert
- Auflagen zum Gewässer- und Bodenschutz
- Allmählicher Ersatz von Schädlingsbekämpfungsmitteln und Mineraldünger durch biologische Pflanzenschutz- und organische Düngemittel
- Durchführung ökologischer Fortbildungsprogramme

(Quelle: TransFair)

127.2: Mindeststandards für das TransFair-Siegel

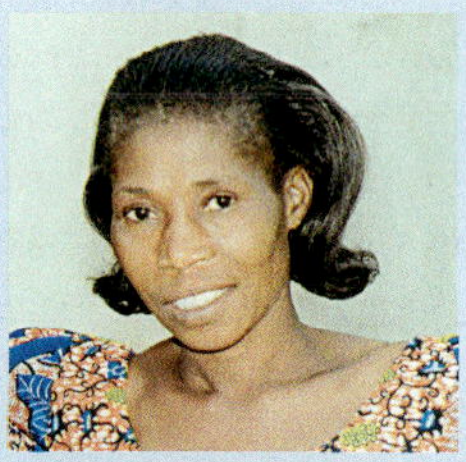

„Ich heiße Comfort Kumea und lebe in Ghana. Der Kakao, den wir an Händler verkaufen, ist unsere wichtigste Einnahmequelle. Früher bekamen wir so wenig Geld für unsere harte Arbeit, dass es kaum zum Leben reichte. Die Händler sind Verbrecher, von ihnen wurden wir oft ausgetrickst, z. B. durch Waagen mit falschen Gewichtsangaben. Selbst wenn wir das merkten, konnten wir nichts dagegen tun, weil wir unseren Kakao sonst überhaupt nicht verkaufen konnten. Jetzt bin ich Mitglied der Kuapa-Kokoo-Vereinigung, in der sich 35 000 Bauern zusammengeschlossen haben. Wir verkaufen unsere Kakaobohnen direkt an TransFair und bekommen dafür einen Mindestpreis von 1750 US-$/t, unabhängig vom Weltmarktpreis. Steigt der Weltmarktpreis darüber, so erhalten wir immer 150 US-$/t mehr (Abb. 126.4). Für Bio-Kakao wird zusätzlich ein Aufpreis von 200 US-$/t gezahlt. Jetzt werden wir nicht mehr ausgebeutet. Die Armut in unserem Dorf ist zurückgegangen. Ich finde, dass der faire Handel seinen Namen zu Recht trägt."

127.4: Eine Kakaobäuerin erzählt

AUFGABEN

1. *Beschreibe die Verteilung der Einnahmen beim Verkauf einer Tafel Schokolade und berechne die prozentualen Anteile (Abb. 126.3).*
2. *Erkläre, wie es zu den ungerechten Einnahmen im Kakaogeschäft kommt.*
3. *Beschreibe, was sich durch den fairen Handel geändert hat.*
4. *Diskutiert in einer Gruppe, ob ihr bereit wärt, den höheren Preis für fair gehandelte Schokolade (Abb. 127.5) zu bezahlen. Notiert die Argumente dafür und dagegen.*

127.5: Preisvergleich
Markenschokolade: 0,65 €
No-Name-Schokolade: 0,35 €
TransFair-Schokolade: 0,85 €

Die lange Reise der Banane

Die Lieblingsfrüchte der deutschen Konsumenten sind krumm und meist makellos gelb. Mit einem Verzehr von 14 Kilo Bananen pro Kopf und Jahr gehört Deutschland zur Weltspitze. Doch bevor wir eine Banane genießen können, mussten bereits viele Menschen hart arbeiten.
„Unser Arbeitstag beginnt schon um vier Uhr morgens", berichtet Pedro Castillo, der auf einer **Plantage** in Costa Rica arbeitet. „Meist schuften wir länger als zwölf Stunden. Für unsere Familien reicht der geringe Lohn kaum. Wer nicht durchhält, verliert seine Arbeit. Am schwersten ist das Ernten. So ein Bananenbüschel wiegt bis zu 60 kg. Ein Bananero schlägt das Büschel mit der Machete ab, der andere lässt es langsam auf seine gepolsterte Schulter rutschen und bringt es dann zur Seilbahn oder direkt zur Packstation. Weil die Bananen so empfindlich sind, müssen wir die Büschel an der Staude rechtzeitig gegen Staub, Schädlinge und Druck schützen. Deshalb überziehe ich täglich etwa 200 Büschel mit Plastiksäcken. Die Hüllen sind alle vorher mit Chemikalien behandelt worden, aber Schutzkleidung gibt man uns nicht. Viele von uns haben Hautkrankheiten und können deshalb nicht mehr arbeiten."

Bedenklich ist der sorglose Umgang mit Mensch und Natur. Regenwälder werden gerodet, um Flächen für die Plantagen zu gewinnen. Die **Monokulturen** sind für Schädlinge jedoch ein gefundenes Fressen. Zu deren Bekämpfung werden deshalb **Pestizide** von Kleinflugzeugen aus versprüht. Auf die Arbeiter wird dabei keine Rücksicht genommen. Auch der Dünger wird meistens so verteilt. Die Gewässer und Böden sind dadurch stark belastet.
Obstbananen werden grün geerntet, denn nur unreife Bananen sind transportfähig. Nach der Ernte muss alles sehr schnell gehen. Innerhalb von 36 Stunden müssen die empfindlichen Bananen verpackt und im nahen Hafen verladen sein. Die sorgfältigen „Reisevorbereitungen" beginnen in der Packstation. Von den Büscheln werden zunächst einzelne „Bananenhände" abgetrennt. Sie werden gewaschen, noch einmal in Gruppen von vier bis acht „Bananenfingern" geteilt und in große Einheitskartons verpackt. Aber nur gut gewachsene Bananen mit einer Mindestlänge von 18–20 cm erhalten

128.1: Hauptanbauländer von Bananen und weltweiter Bananenhandel

Die wirtschaftliche Macht liegt in den Händen der **multinationalen Fruchtkonzerne**. Sie beherrschen den **Weltmarkt**, kontrollieren Transport und Handel, teilweise auch den Anbau. Sie bestimmen die Preise und verdienen das große Geld. Sie schließen Lieferverträge mit den Plantagenbesitzern und Kleinbauern ab, die dann allein das Ernterisiko tragen und nur an die Vertragspartner verkaufen dürfen.

Internet-Tipp

www.banafair.de/start.htm
www.projekt-mahlzeit.de/aufgeschmeckt/

einen „Passierschein“ nach Europa. Das Füllgewicht der Kartons beträgt etwa 18 kg.
Die Kartons werden in riesige Kühlschiffe verladen, in deren Kühlräumen sie bei konstanten 13,2 °C im „Kühlschlaf“ gehalten werden. Der Bauch eines solchen Frachters fasst bis zu 300 000 Kartons. Zwölf Tage dauert die Seereise zum Zielhafen Hamburg. Um die Reifung weiterhin zu verzögern, darf die Kühlkette nicht unterbrochen werden. Im Hafen werden die Bananenkartons deshalb in Kühlwaggons der Bahn oder in Kühllastwagen verladen. Fahrtziel sind die verschiedenen Standorte der Bananenreifereien. In deren Reifekammern „erwachen“ die Bananen bei Temperaturen zwischen 15 und 18 °C aus ihrem „Kühlschlaf“. Nach vier bis acht Tagen erreichen die Bananen den gewünschten gelbgrünen Reifezustand und werden an den Lebensmitteleinzelhandel ausgeliefert.

129.1: Die Reise der Banane

AUFGABEN

1. *Beschreibe die „Weltreise“ der Banane vom Anbauland bis nach Deutschland.*
2. *Warum ist die Banane krumm? Korrigiere die gängige Scherzantwort: „Weil niemand in den Urwald zog und sie wieder gerade bog.“*
3. *Bananen kann man bei uns das ganze Jahr über kaufen. Begründe.*
4. *Der Weltbananenmarkt wird oft als „der unfaire Handel“ bezeichnet. Begründe.*
5. *Welche Risiken entstehen bei der Plantagenarbeit für Mensch und Umwelt?*
6. *Sammle Bananenaufkleber und Bananenkartonetiketts. Woher stammen die Bananen in unseren Supermärkten?*

Steckbrief der Banane
Verbreitung: weltweit über 400 Bananenarten, darunter Gemüse- oder Kochbananen (mit mehr als 80 % der Weltproduktion), Faser- oder Textilbananen, wichtigstes Weltmarktprodukt ist aber die große Obstbanane
Obstbanane: größte Staude der Welt: je nach Sorte 2–6 m hoch; nach Abfallen der Blütendeckblätter wachsen die winzigen Bananenfinger dem Licht entgegen und krümmen sich nach oben. Gewicht eines Bananenbüschels mit bis zu 200 Bananen etwa 40–60 kg; Reifezeit drei bis vier Monate
Geschichte: ursprüngliche Heimat Südostasien; von dort nach Afrika, im 16. Jh. nach Mittel- und Südamerika
Wachstumsbedingungen: ganzjähriges Wachstum, keine bestimmte Erntezeit; benötigt gleichmäßig hohe Temperaturen um 27 °C, monatliche Niederschläge von 160–180 mm, Schutz gegen Wind

130.1: Ein Urwaldriese wird gefällt

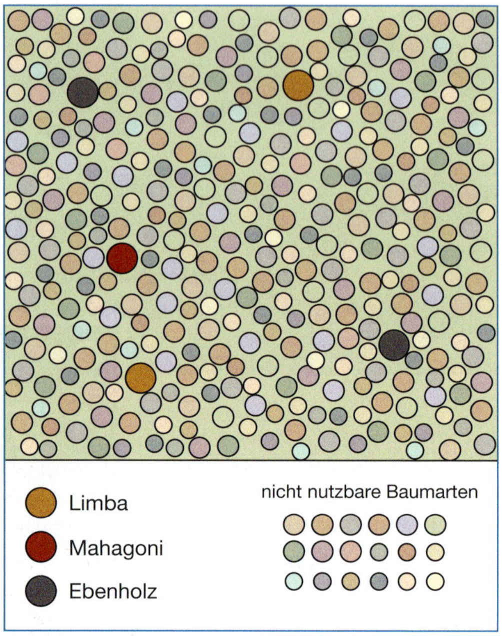

130.3: Baumarten im tropischen Regenwald

www.umwelt.org/robinwood/index.htm
Unter dem Stichwort „Tropenwald" findest du viele Informationen.
www.greenpeace.de/themen/waelder
Hier findest du umfangreiche Informationen zu den Wäldern der Erde. Nutze auch die Suche-Funktion.

Stiche ins Herz von Borneo

Die Kanthölzer sind vier Meter lang, 20 mal 30 Zentimeter stark und schimmern rötlich in der Abendsonne. Vor wenigen Tagen waren sie noch Tropenwaldbäume, Roter Meranti. Der Baum steht unter Schutz und darf nicht geschlagen werden. Jetzt liegen die Kanthölzer bergeweise rechts und links an einer Straße im Herzen Borneos. Ganze Wälder haben die Holzfäller flachgelegt.
Nachts kommen die Laster. Sie transportieren die Hölzer weiter an die Grenze zum malaysischen Teil Borneos. Dort wird das illegal geschlagene Holz über die Grenze geschafft. „Ein Stempel macht aus den illegal geschlagenen Bäumen legales Tropenholz aus Malaysia. Damit ist den in Malaysia agierenden ‚Holzbaronen' ein saftiger Profit sicher", sagt ein Umweltschützer. Geht der Holzeinschlag so weiter, könnten bis 2010 alle Tieflandregenwälder der Insel verschwunden sein.
Illegal geschlagenes Holz aus Indonesien gelangt laut Ziegler auch in deutsche Baumärkte. „Fast ein Drittel des Tropenholzes importiert Deutschland aus Indonesien, nach Brasilien ist das asiatische Land der zweitgrößte Lieferant. Deshalb spielt Deutschland eine wichtige Rolle bei der Eindämmung des illegalen Holzeinschlags."
Gekürzt nach: Rolf Obertreis, Badische Zeitung, 18. Juni 2005

130.2: Zeitungsartikel

Edelhölzer aus den Tropen

Schon seit Jahrhunderten sind tropische **Edelhölzer** auf dem Weltmarkt sehr gefragt. Besondere Eigenschaften wie intensive Farben, lebhafte Maserung, Astfreiheit der Stämme unterhalb der Krone, fehlende Jahresringe, Festigkeit oder Dauerhaftigkeit machen die Tropenhölzer in den Industrieländern so begehrt. Dort entstehen daraus Treppen, Türen, Fensterrahmen, Fußböden, Gartenmöbel, Möbelfurniere, Zaunpfähle, Särge, Frühstücksbrettchen, Besenstiele, Toilettensitze oder Einweg-Essstäbchen.
Die Holzgewinnung im tropischen Regenwald ist sehr viel aufwändiger als in unseren Wäldern. Die Haupteinschlagsgebiete liegen wegen des leichteren Transports zunächst an Flüssen. Doch schon bald müssen die Holzfäller weiter in den Urwald vordringen. Dazu werden mit schweren Maschinen breite Schneisen für Erschließung und Abtransport angelegt. Von den vielen hundert Baumarten sind nur wenige als wertvolle Edelhölzer nutzbar. Die Bäume müssen einen ausreichenden Stammdurchmesser haben. Pro Hektar werden deshalb oft nur ein bis drei Bäume geschlagen. Dieser so genannte **selektive Holzeinschlag** wird gern als umweltfreundliche

Nutzung bezeichnet. Doch der Fall eines einzigen Baumriesen löst eine Kettenreaktion aus: Rund 40 % der Nachbarbäume werden stark beschädigt oder mitgerissen. Weitere Baumbestände werden zerstört, wenn riesige Bulldozer die einzelnen Stämme aus den Wäldern holen, sodass insgesamt bis zu 75 % des umgebenden Waldes geschädigt werden können. Ein solches Vorgehen lässt dem Regenwald wenig Chancen. Das schützende Blätterdach ist aufgerissen und die Bäume wachsen nur langsam wieder nach. Der neue Wald ist artenärmer, der Lebensraum zahlreicher Pflanzen und Tiere ist zerstört.

Auf den Erschließungswegen der Holzfirmen dringen immer öfter Siedler in die zuvor unzugänglichen Gebiete vor. Sie roden den restlichen Wald, um Anbauflächen zu gewinnen. Nach wenigen Jahren ziehen sie weiter, weil der Boden ausgelaugt ist (▷ S. 24–25).

Besonders rücksichtslosen Raubbau betreiben asiatische Holzkonzerne. Viel Holz wird illegal geschlagen (Abb. 130.2). Da die asiatischen Regenwälder inzwischen stark ausgebeutet sind, die Holznachfrage aber in Ostasien wächst, drängen asiatische Konzerne jetzt verstärkt in die südamerikanischen und afrikanischen Wälder.

Die Abholzung in den tropischen Regenwäldern schafft dort nur wenige neue Arbeitsplätze, da die Stämme meist nicht in den Erzeugerländern, sondern in den Industrieländern weiterverarbeitet werden. Die großen Gewinner sind die internationalen Holzhandelsunternehmen.

AUFGABEN

1. *Auf welche natürlichen Gegebenheiten in den tropischen Regenwäldern sind die besonderen Eigenschaften der Edelhölzer zurückzuführen?*
2. *Die Holzgewinnung in tropischen Regenwäldern ist besonders aufwändig. Begründe.*
3. *Beschreibe die Auswirkungen des Holzeinschlags im tropischen Regenwald.*
4. *Werte die beiden Satellitenbilder aus (Abb. 131.1 a und b). Beschreibe die Veränderungen.*
5. *Werte den Zeitungsartikel aus (Abb. 130.2).*
6. *Welche Möglichkeiten haben wir, der Vernichtung der tropischen Regenwälder entgegenzuwirken? Umweltschützer informieren im Internet.*

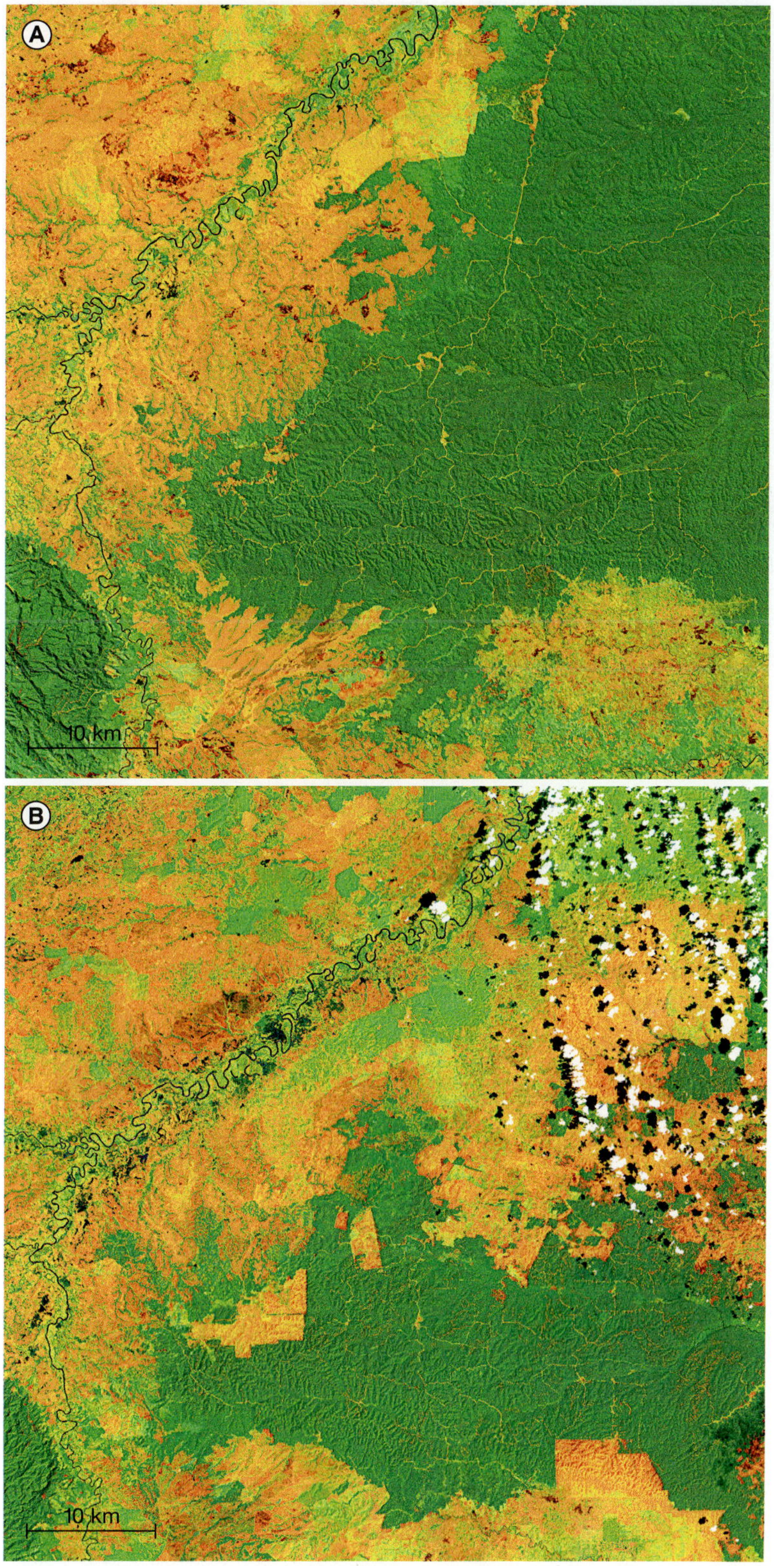

131.1: Satellitenbilder von der Insel Sumatra aus den Jahren 1992 (A) und 2001 (B)

GEO Praxis | Wir zeichnen Kreissektorendiagramme - die

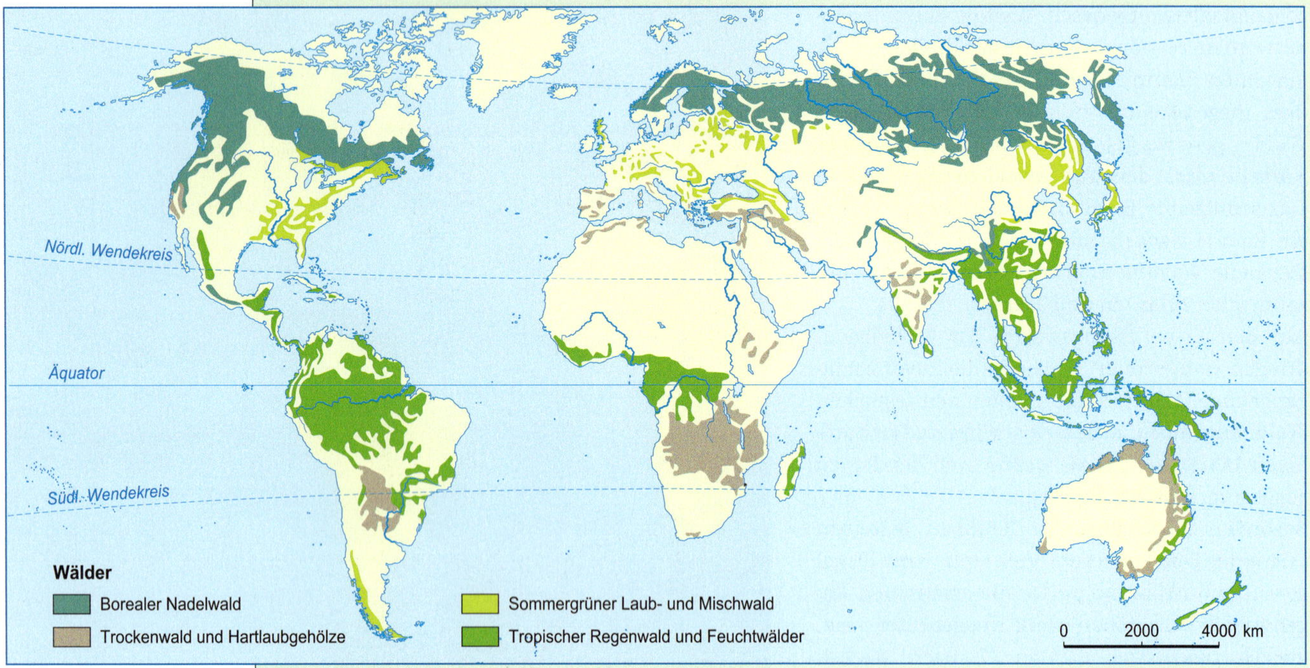

132.1: Die Wälder der Erde

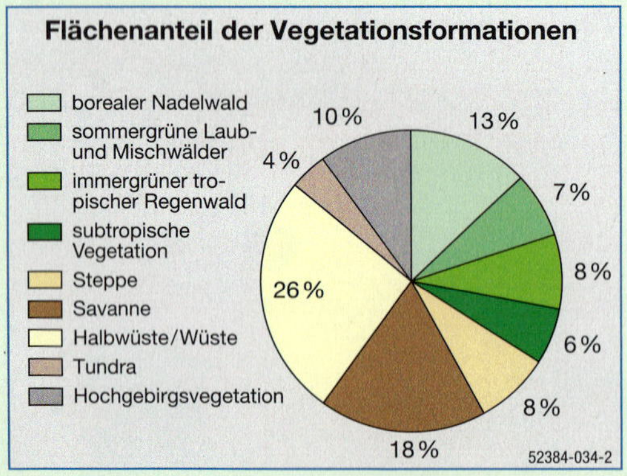

132.2: Vegetation der Erde

Region	Waldfläche 1990	Waldfläche 2005
Afrika	6994000	6354000
Asien	5745000	5716000
Europa (mit Russland)	9893000	10014000
Nord- u. Mittelamerika	7108000	7058000
Südamerika	8908000	8315000
Ozeanien	2125000	2063000
Welt	**40773000**	**39520000**

132.3: Waldflächenveränderungen nach Kontinenten (1990–2005), Angaben in km² (Quelle: FAO 2005)

Durch das schnelle Bevölkerungswachstum sind die Waldbestände auf der Erde ernsthaft bedroht, denn der Holzbedarf der Menschen steigt. Neben dem erhöhten Einschlag von Holz für die Bau-, Möbel- und Papierindustrie werden Waldflächen auch für andere Zwecke vernichtet. So müssen Wälder z. B. Bau- und Verkehrsflächen weichen. Durch unsachgemäße Waldwirtschaft und klimatische Veränderungen haben Waldbrände und Sturmschäden zugenommen.

Um 1960 machten die tropischen Regenwälder noch etwa die Hälfte der gesamten Waldfläche der Erde aus, heute nur noch ein Viertel, und ihre Vernichtung schreitet rapide fort. Alle zwei Sekunden wird heute weltweit eine Fläche von ca. 7200 m² Regenwald vernichtet, das entspricht etwa der Größe eines Fußballfeldes. Dabei ist der Einschlag und Export von begehrtem Tropenholz nur eine der Ursachen und macht insgesamt nur ca. 15 % der Verluste aus. In vielen Gebieten der Erde ist Holz das einzige Brenn- und Heizmaterial. Außerdem werden Wälder für Siedler, Plantagen oder Viehweiden gerodet. Weltweit sind die Waldbestände bedroht, es lassen sich aber regionale Unterschiede feststellen (Abb. 132.3).

Entwicklung der Wälder der Erde

Wir zeichnen ein Kreisdiagramm

Bestimmt hast du auch schon einmal ein Kreis- oder „Tortendiagramm" ausgewertet. Wie bei einer Torte stellen die Kreissektoren (Kreisausschnitte) die einzelnen, allerdings unterschiedlich großen, „Tortenstücke" dar. Du kannst die jeweiligen Anteile am Ganzen auf Anhieb gut erkennen. Die folgende Anleitung zeigt dir, wie du ein Kreisdiagramm erstellen kannst.

Zum Zeichnen benötigst du ein Blatt Millimeterpapier oder kariertes Papier, ein Lineal, einen Zirkel, ein Geodreieck, einen Bleistift und Farbstifte. Zeichne mit dem Zirkel zunächst einen Kreis mit genügend großem Radius (z. B. 6 cm) und markiere den Kreismittelpunkt mit einem Kreuz.
Die 360°-Einteilung des Kreises entsprechen der Gesamtmenge, also 100%. Dementsprechend sind 1% der Gesamtmenge 3,6°, 5% der Gesamtmenge 18° usw.
Die Größe der „Tortenstücke" erhältst du, indem du die Prozentanteile mit 3,6 multiplizierst. Um den Eintrag in die Skizze zu erleichtern wird auf ganze Zahlen gerundet. Wenn keine Prozentzahlen angegeben sind, musst du sie berechnen.
Zeichne vom Kreismittelpunkt zum oberen Kreisrand den ersten Radius ein. Lege das Geodreieck an Mittelpunkt und Radius an und trage den ersten Winkel ein. Beginne mit dem größten Wert und setze die Einträge im Uhrzeigersinn in absteigender Folge fort.
Wähle für jeden Kreissektor eine eigene Farbe und trage die Werte ein. Erläutere das Kreisdiagramm durch eine Legende und füge eine Überschrift hinzu.

Zeichne mit den Werten aus Abb. 133.3 ein Kreissektorendiagramm. Berechne zunächst die Prozentanteile der einzelnen Länder und danach die Winkelgrößen.

Zeichne ein Kreissektorendiagramm, das die Anteile der einzelnen Waldtypen (borealer Nadelwald, sommergrüner Laub- und Mischwald, immergrüner tropischer Regenwald und subtropische Hartlaubgehölze) am gesamten Waldbestand der Erde zeigt (Abb. 132.2).

Region	Waldfläche 2005 (in km^2)	Waldfläche 2005 in % der Weltwaldfläche	Grad im Kreisdiagramm
Afrika	6354000	16	58°
Asien	5716000	15	53°
Europa (mit Russland)	10014000	25	90°
Nord- und Mittelamerika	7058000	18	65°
Südamerika	8315000	21	76°
Ozeanien	2053000	5	18°
Welt	**39520000**	**100**	**360°**

133.1: Anteil der Kontinente an der weltweiten Waldfläche 2005

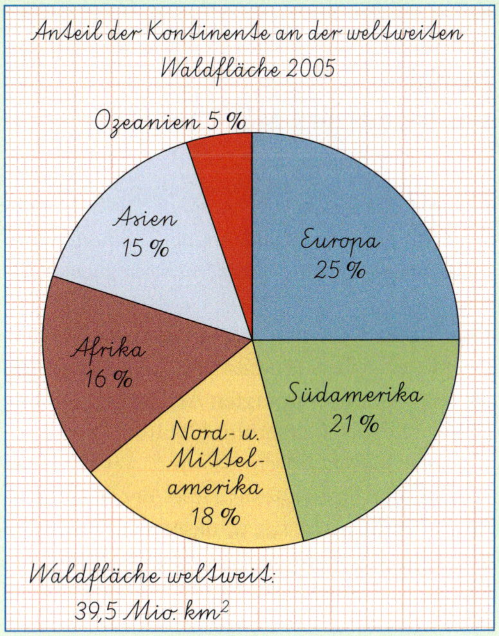

133.2: Kreissektorendiagramm

Land	vernichtete Waldfläche von 1990–2000 (in km^2)
Brasilien	230900
Indonesien	131200
Sudan	95900
Sambia	85100
Mexiko	63100
Dem. Rep. Kongo	53200
Myanmar	51700
sonstige	228000
weltweit	**939100**

133.3: Die größten Waldvernichter der Erde

134.1: Die Lage Dubais am Persischen Golf

134.3: Hotel Burj al Arab

Steckbrief Dubai:
Fläche: 4000 km²
Einwohner: 1 Mio.
(20 % Einheimische, 80 % Ausländer)

Internet-Tipp

www.dubai-city.de
www.theworld.ae
dubai-city.de
www.thepalm.ae
www.burj-al-arab.com

Dubai – ein modernes Märchenland

Abflug Frankfurt 8 Uhr, Ankunft Dubai 17 Uhr Ortszeit nach sechs Stunden Flug. Landung mitten in der Wüste – in einem modernen Märchenland.

Über 5 Mio. Touristen kamen 2004 nach Dubai, einem der sieben Emirate am Persischen Golf, die seit 1971 die Vereinigten Arabischen Emirate (VAE) bilden. Weltberühmt wurde Dubai vor wenigen Jahren durch das mit 321 m Höhe höchste und luxuriöseste Hotel der Welt, dem Burj al Arab (Abb. 134.3), dessen äußere Form dem Segel der traditionellen Handelsschiffe, den Dhaus, nachempfunden ist.

134.2: „The World“

Mit immer neuen Superlativen soll die Anziehungskraft des Emirats gestärkt und die Bedeutung als internationaler Handelsplatz ausgebaut werden. Dubai als Sprungbrett zur Erschließung neuer Märkte – Dubai Internet City (DIC) bietet dafür beste Voraussetzungen. Viele weltbekannte Firmen v. a. aus den Bereichen Informationstechnologie und Marketing haben bereits Niederlassungen in DIC mit insgesamt über 10 000 Beschäftigten. Das Emirat lockt Firmen mit Bedingungen, die sonst kaum zu finden sind, wie z. B. Zoll- und Steuerfreiheit, einer exzellenten Infrastruktur, niedrigen Energiepreisen, günstigen Preisen auch für das aufwändig aus dem Meerwasser gewonnene Trinkwasser sowie kostenloser medizinischer Versorgung und Schulbildung für alle hier Arbeitenden und ihre Familien.

Gigantische Bauvorhaben werden vorangetrieben: *Burj Dubai*, das mit 560 m Höhe das höchste Gebäude der Welt werden soll, *Dubailand* als riesiger Vergnügungspark mit Skihängen und einem Eishockeystadion und dem weltweit größten Shopping Center, *Palm I und II*, Luxusvillen und Hotels auf künstlichen Inseln, angelegt in Form einer Palme und schließlich *The World*, eine Nachbildung der Welt auf etwa 300 vor der Küste aufgeschütteten Inseln (Abb. 134.2).

Alle diese Projekte kosten Milliarden Euro – doch Geld spielt keine Rolle dank des Erdöls, des „schwarzen Goldes“, das 1966 vor der Küste Dubais entdeckt wurde. Da die Scheichs wissen, dass die Ölquellen insgesamt nur noch etwa 50 Jahre lang sprudeln werden, investieren sie die Ölmilliarden in das „neue Dubai“ und bauen es zu einem wichtigen Wirtschafts- und Touristenzentrum um.

Sie schaffen in der lebensfeindlichen Wüstenregion eine künstliche Welt mit einem künstlichen Klima durch Klimaanlagen, ohne die diese Entwicklung nicht möglich gewesen wäre. Sie wäre auch nicht zu verwirklichen ohne die vielen ausländischen Arbeitskräfte, die vorwiegend aus Süd- und Ostasien angeworben werden. Im Vergleich zu den Emiratis (den Einheimischen) genießen diese jedoch außer steuerfreiem Lohn/Gehalt kaum Rechte und können jederzeit wieder in ihre Heimatländer zurückgeschickt werden.

Wandel durch Öl

Aus europäischer Sicht lag die Region um den Arabisch-Persischen Golf jahrhundertelang in einem Dornröschenschlaf. Den landhungrigen europäischen Mächten bot dieser Wüstenraum keinerlei Anreize.
Noch vor wenigen Jahrzehnten zählten die Länder am Golf zu den ärmsten der Erde und die Zeit schien in diesem Teil der Welt stehen geblieben zu sein. Doch fast über Nacht änderte sich das Leben am Golf, als zunächst im Iran und später in allen Golfstaaten Erdöl unter dem Wüstensand oder unter dem Meeresboden vor der Küste gefunden wurde – die Märchenwelt aus Tausendundeiner Nacht wurde plötzlich Wirklichkeit.
Nirgendwo auf der Welt vollzog sich der Übergang vom Mittelalter in die Moderne so rasant wie in der Golfregion. Innerhalb von nur wenig mehr als einer Generation wurden Beduinenzelte durch moderne Prachtbauten, Kamele durch Straßenkreuzer, Karawanenstraßen durch Autobahnen ersetzt. Ein unglaublicher Reichtum trat an die Stelle der früheren Armut. Dieses „Wunder" ist allein auf Öl gebaut – und es ist ein teures Wunder. Allein die Trinkwassergewinnung aus Meerwasser verschlingt Unsummen in dieser wasserlosen Region – in Dubai wird dafür heute schon mehr Erdgas benötigt als das Emirat fördert.
Die Golfstaaten verfügen über etwa 55 % aller bekannten Ölreserven; die vielen Ölquellen verwandelten die Region in die „Tankstelle der Erde". Wie an einer Perlenschnur aufgereiht ragen die Bohrtürme überall entlang der Küste in den Himmel. Hinzu kommen die küstenfernen (= off shore) Lagerstätten. Von den etwa 1000 Mio. t Erdöl, die 2003 in den Golfstaaten gefördert wurden, wird nur ein kleinerer Teil in den Golfländern selbst in Raffinerien verarbeitet. Der größte Teil wird durch Pipelines gepumpt oder mit Tankschiffen, die über die Straße von Hormus in den Golf gelangen, in alle Welt transportiert.
Die ständig steigende Nachfrage nach Öl stärkt die Macht der Ölstaaten. Um aber einen möglichen Preisverfall durch eine ungezügelte Ölförderung zu vermeiden, schlossen sich 1960 einige Förderländer zur **OPEC** zusammen. Das Ziel dieser Organisation ist ein stabiler Ölmarkt. Zweimal im Jahr treffen sich Vertreter der Mitgliedsländer, um über die Fördermengen und den angestrebten Richtpreis für ein Barrel Öl (ca. 159 l) zu beraten.

Staat	Fläche (km^2)	Einwohner (Mio.)	Hauptstadt (Einwohner)
Bahrain	694	0,6	Manama (140000)
Katar	11000	0,6	Doha (240000)
Kuwait	17818	2,5	Kuwait-Stadt (193000)
Irak	438317	25,2	Bagdad (4,9 Mio.)
Iran	1640000	69,9	Teheran (6,7 Mio.)
Oman	212457	2,9	Maskat (0,5 Mio.)
Saudi-Arabien	2150000	24,2	Riad (2,1 Mio.)
Vereinigte Arabische Emirate	83600	3,0	Abu Dhabi (363000)
zum Vergleich: Deutschland	357022	82,5	Berlin (3,3 Mio.)

135.1: Die Golfstaaten in Zahlen

AUFGABEN

1. *Suche die OPEC-Staaten (Atlas) und trage sie in eine Weltkarte ein.*
2. *Zeichne anhand der Klimatabelle (Abb. 135.2) ein Klimadiagramm. Markiere im Diagramm zusätzlich die mittleren Tageshöchst- und -tiefstwerte mit einem „x".*
3. *Berechne für die Golfstaaten die Einwohnerdichte (E./km^2) sowie den Prozentsatz der Einwohner, die in der Hauptstadt leben (Abb. 135.1). Vergleiche die Werte mit Deutschland und begründe die Unterschiede.*
4. *Beschreibe, wie Dubai sich für die Zeit „nach dem Öl" rüstet. Nenne auch mögliche Probleme.*

OPEC = Organization of the Petroleum Exporting Countries

www.opec.org

Monat	Temperatur (Monatsmittel) in °C	Niederschlag in mm	mittlere Tageshöchstwerte in °C	mittlere Tagestiefstwerte in °C
Januar	18,7	11	24,0	13,7
Februar	19,3	36	24,6	14,5
März	22,3	22	27,9	17,0
April	26,1	8	32,4	20,1
Mai	29,9	1	36,8	23,5
Juni	32,2	0	38,8	26,1
Juli	34,4	0	40,6	28,9
August	34,4	0	40,4	29,3
September	32,1	0	38,7	26,3
Oktober	28,7	0	35,1	22,7
November	24,3	2	30,5	18,3
Dezember	20,6	14	26,2	15,4
Jahr	**26,9**	**94**	**33,0**	**21,3**

135.2: Klima von Dubai

136.1: Ras Tanura am Arabischen Golf (Saudi-Arabien) – größter Tankerterminal der Welt (pro Tag werden 13 Mio. t Öl verschifft)

Erdöl – Schmiermittel der Weltwirtschaft

Viele Lebens- und Wirtschaftsbereiche sind vom Erdöl abhängig. Seine Verfügbarkeit und sein Preis sind entscheidend für die wirtschaftliche Entwicklung. Auch wenn ständig neue Lagerstätten entdeckt werden oder bisher unwirtschaftliche Ölquellen aufgrund der hohen Preise ausgebeutet werden können, bleibt Erdöl ein endlicher Rohstoff.

Preiserhöhungen treffen vor allem die Länder mit hohem Ölverbrauch bzw. hohem Importanteil. Länder ohne eigene Öllagerstätten geraten außerdem in große Abhängigkeit von den Ölförderländern und stürzen in Wirtschaftskrisen, wenn „der Ölhahn abgedreht wird“ (Abb. 137.1). Rohstoffarme Industrieländer, wie z. B. Deutschland, suchten daher nach den Ölkrisen in den 1970er Jahren verstärkt nach Auswegen, um die Abhängigkeit vom Rohstoff Erdöl bzw. von einzelnen Lieferländern zu verringern (Abb. 137.3). Eine auch für die Umwelt positive Reaktion waren Energiesparmaßnahmen, wie z. B. der Bau von Fahrzeugmotoren mit geringerem Verbrauch oder die Isolierung von Häusern. Andere Länder wie China, die sich in einem rasanten Wirtschaftsaufschwung befinden, werden aber noch viele Jahre ihren Ölverbrauch steigern. Experten vermuten, dass der Weltenergieverbrauch bis zum Jahr 2020 um ca. 30 % zunehmen wird (Abb. 137.4). Ein Großteil davon wird auf die Entwicklungsländer entfallen, in denen die Verbesserung der Lebensbedingungen mit einem höheren Energieverbrauch verbunden sein wird.

Lebenssaft Erdöl

Erdöl ist das wichtigste Handelsgut der Welt und deckt 35 % des weltweiten Energiebedarfs. Seine Verwendung ist vielfältig: Es ist der Ausgangsstoff für zahlreiche Produkte (Kunststoffe, Farben, Arzneimittel, Asphalt, ...). Ohne Erdöl wären die Menschen auch weniger mobil. Aus ihm gewinnt man Kerosin für Flugzeuge, Benzin und Diesel für Autos und Dieselloks. Seinen dritten großen Anwendungsbereich findet das Erdöl als Heizstoff. Erdöl ist allerdings ein Rohstoff, der nicht nachwächst, nicht überall auf der Erde vorkommt und zudem nur in begrenzter Menge vorhanden ist.

136.2: „Lebenssaft“ Erdöl

136.3: Die Entwicklung des Ölpreises

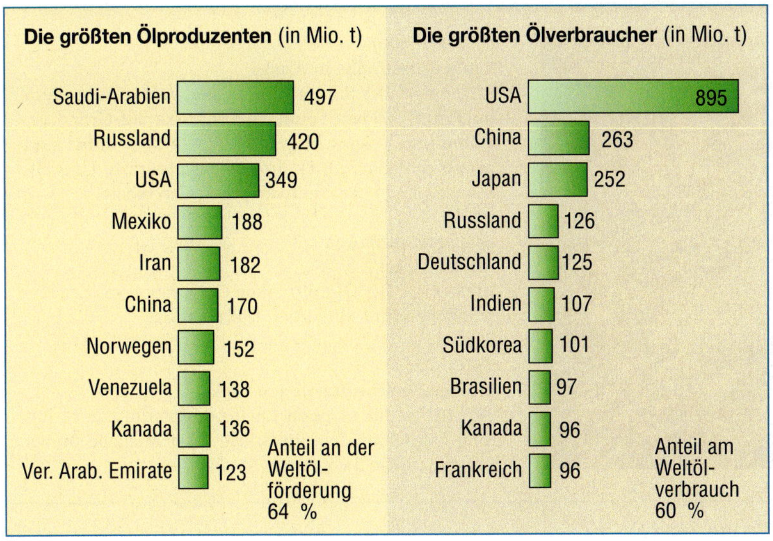

137.1: Die größten Ölproduzenten und -verbraucher weltweit

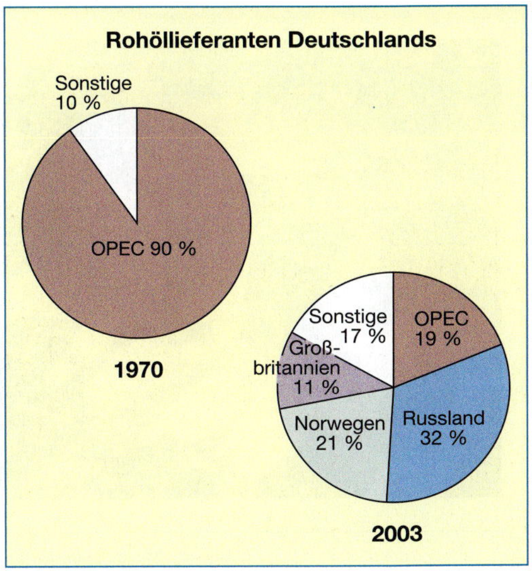

137.3: Rohöllieferanten Deutschlands

AUFGABEN

1. *Trage die jeweils zehn wichtigsten Förder- und Verbraucherländer in eine Weltkarte ein. Kennzeichne die beiden Ländergruppen mit unterschiedlichen Farben und schreibe die Rangfolge (Ziffer 1–10) in die Karte (Abb. 137.1, Atlas).*
2. *Erkläre die Ölpreisentwicklung (Abb. 136.3).*
3. *Beschreibe den Weg eines Öltankers von Dubai nach Rotterdam. Berechne die ungefähre Strecke, die der Tanker dabei zurücklegt (Atlas).*
4. *Beschreibe die Veränderung bei den Öllieferanten Deutschlands zwischen 1970 und 2003 (Abb. 137.3). Nenne Gründe für die Entwicklung.*

Erdöl entsteht aus kleinsten Meereslebewesen, dem **Plankton**. Ein Teil des abgestorbenen Planktons sinkt auf den Meeresboden und wird von Schwebstoffen überdeckt. Durch diese Deckschichten gerät das Plankton unter Luftabschluss und kann dadurch nicht verwesen. Es entsteht **Faulschlamm**. Bakterien, die ohne Sauerstoff leben können, wandeln diesen mit der Zeit zu **Bitumen** um. Werden die Deckschichten immer mächtiger, z. B. durch die Abtragung nahe gelegener Gebirge und den Transport des Verwitterungsmaterials in das Meeresbecken, erhöhen sich mit zunehmender Tiefe Druck und Temperatur und aus dem Bitumen entstehen **Erdöl** und **Erdgas**. Bei fortdauernder Hebung des Gebirges und gleichzeitigem Absinken des Meeresbeckens können sich auf diese Weise Deckschichten von Tausenden von Metern bilden.
Das Gestein, in dem sich das Erdöl bildet, nennt man **Muttergestein**. Es handelt sich dabei um wasserundurchlässige Gesteine, wie z. B. Ton. Durch den gewaltigen Druck der auflagernden Schichten werden Öl und Gas aus dem Muttergestein in poröse, wasserdurchlässige Gesteine, wie z. B. Sandstein oder Kalk, gepresst. In diesem **Speichergestein** verteilt sich das Öl wie Wasser in den Poren eines Schwammes.
Eine Erdöllagerstätte entsteht aber erst dann, wenn sich eine große Menge Öl und Gas in einer Erdölfalle ansammelt, wobei das Öl führende Speichergestein von undurchlässigen Schichten umschlossen wird.
Überall dort, wo man Lagerstätten vermutet, werden Probebohrungen niedergebracht. Dies ist sehr teuer und zeitaufwändig, da die Lagerstätten oft in großer Tiefe liegen. Wenn die Untersuchung der Bohrkerne Hinweise auf Erdöl ergibt, kann mit der Förderung begonnen werden. Bei entsprechendem Druck des Erdgases im Speichergestein steigt das Öl „von allein" an die Erdoberfläche. Reicht der Gasdruck nicht aus, wird das Öl aus der Lagerstätte gepumpt oder durch Einpressen von Wasser oder heißen Dampf aus dem Speichergestein herausgetrieben.

137.2: Aus einem Lexikon – Entstehung von Erdöllagerstätten

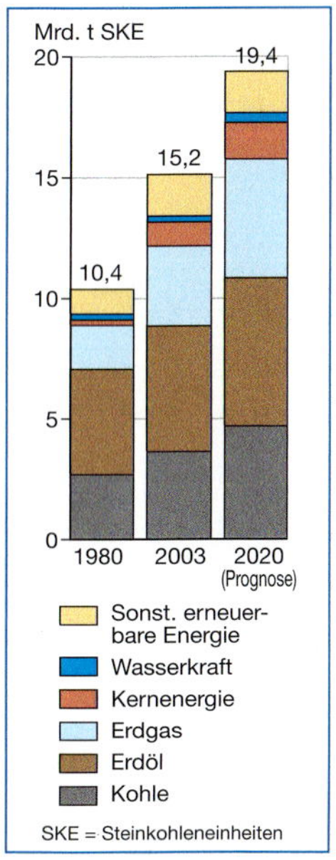

137.4: Weltenergieverbrauch

25. März 1989
Tankerkatastrophe in Alaska
Anchorage. Der Supertanker „Exxon Valdez“ ist gestern im Prince-William-Sound in Südalaska auf Grund gelaufen und leckgeschlagen. Millionen Liter Rohöl sind bereits ausgelaufen. Es droht die schlimmste Umweltkatastrophe in der amerikanischen Geschichte.

19. September 1994
Alaska Ölpest
Anchorage. Der Ölmulti Exxon Corporation soll den Geschädigten fünf Milliarden Dollar zahlen.

28. Januar 2000
Strenge Vorschriften in den USA
„Wir haben ein ausgezeichnetes Programm zur Verhütung von Ölunfällen entwickelt“, sagt Michelle Brown von der Umweltbehörde in Alaska.

138.1: Die Katastrophe der „Exxon Valdez“

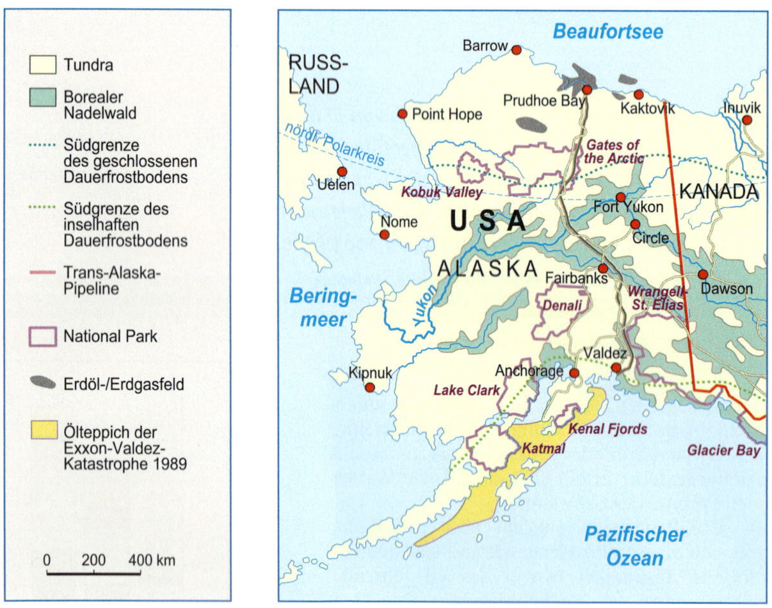

138.2: Öl aus Alaska

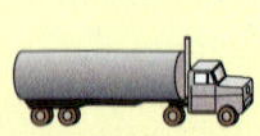
60 000 Tanklastwagen pro Tag auf einer 1200 km langen Straße mit 8 Fahrbahnen

63 Güterzüge mit je 100 Waggons, die pro Tag die Strecke zweimal befahren

235 Eisbrecher-Tanker mit einer Nutzlast von je 106 000 BRT pro Tag

138.3: Alternative Transportmodelle

Die Trans-Alaska-Pipeline – Öl um jeden Preis?

Noch heute muss Südalaska die Ölkatastrophe von 1989 teuer bezahlen. Tausenden Meeres- und Landorganismen hat es das Leben gekostet und die arktische Wildnis leidet noch immer an den Folgeschäden. Welchen Preis wird der Öldurst in Zukunft noch fordern?

Der Ölboom Alaskas begann, als 1968 über 80 °C heißes Erdöl als schwarze Fontäne aus einem 2500 m tiefen Bohrloch in der Eiswüste am Rande des Nordpolarmeeres schoss. Trotz härtester Arbeitsbedingungen, bei –60 °C in Dunkelheit im Winter und Stechmückenplagen im Sommer, kamen Tausende ins fast menschenleere Alaska, besessen vom Traum, schnell reich zu werden.

Bereits während der Planungsphase der Pipeline warnten amerikanische Umweltschützer vor einem Ölrausch in der Eiswüste. Sie befürchteten die endgültige Zerstörung des einzigartigen Naturraumes. Ihr anhaltender Protest und die Klagen der Ureinwohner bewirkten einen Baustopp und erst 1974 unter dem Druck der arabischen Ölpreispolitik gab es die Projektgenehmigung. Strikten Umweltschutzauflagen sowie den gerichtlich festgelegten Entschädigungen der Inuit und Indianer musste Folge geleistet werden.

Extreme Relief-, Boden- und Klimabedingungen erforderten eine spezielle Pipelinekonstruktion.

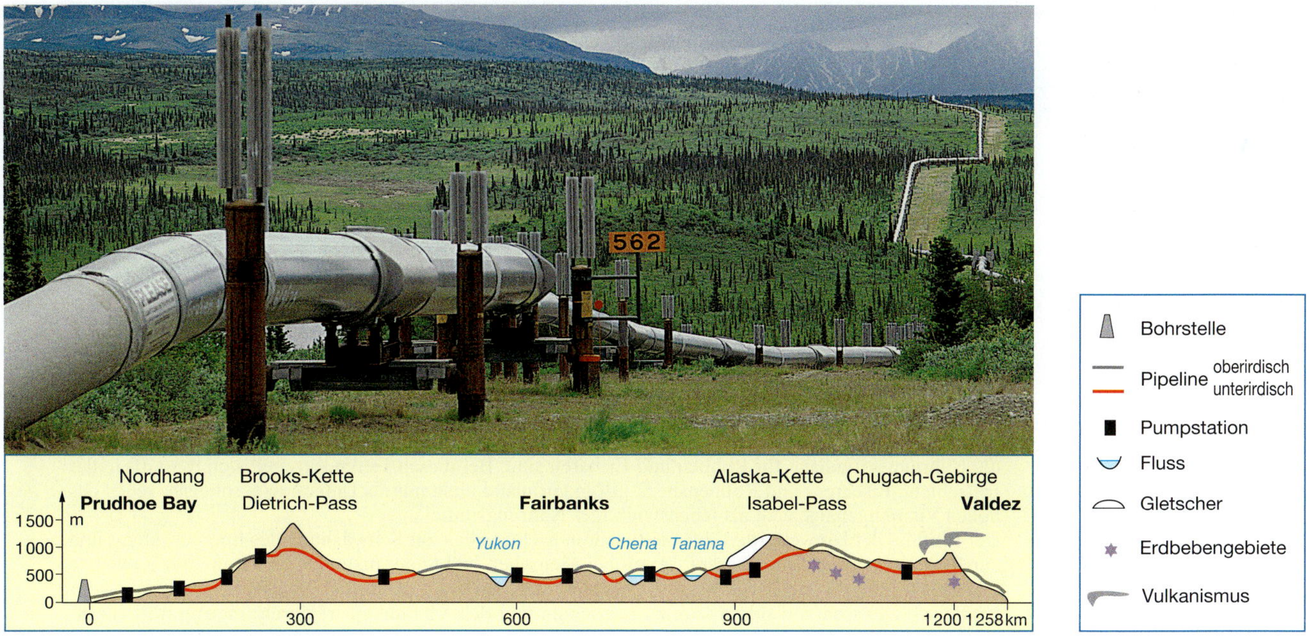

139.1: Die Trans-Alaska-Pipeline

Im anstehenden Gestein wurde sie unterirdisch verlegt. In der Region des Dauerfrostbodens war eine Konstruktion auf Stelzen notwendig, um ein Einsinken zu verhindern. Nur aus verkehrstechnischen Gründen musste hier die Pipeline an wenigen Stellen unterirdisch verlegt werden oder um den Wildwechsel der Karibus zu garantieren. In der Erdbebenzone zieht sich die „stählerne Boa" im Zickzackkurs dahin und kann somit bis zu 6 m horizontale und 1,5 m hohe vertikale Verschiebungen auffangen. Im ganzjährig eisfreien Hafen von Valdez sorgt der Ölterminal für einen Rohölumschlag rund um die Uhr.
Das Ölfieber steigt nun seit fast 30 Jahren, doch keiner kann abschätzen, wann es zum Kollaps kommen wird.

Länge:		1258 km
Durchmesser:		122 cm
Trassenbreite:		17 m
Verlauf	– unterirdisch normal:	654 km
	– unterirdisch gekühlt:	11 km
	– auf Stelzen:	611 km
Öltemperatur	– zu Pipelinebeginn:	82 °C
	– am Pipelineende:	30 °C
Transportdauer bei 11,2 km/h:		4½ Tage
Inbetriebnahme:		20. Juni 1977
Transportmenge pro Tag:		100 000 Barrel*

139.2: Trans-Alaska-Pipeline in Zahlen

*1 Barrel = 158,97 l Rohöl

AUFGABEN

1. *Das Projekt der Alaska-Pipeline war eine große Herausforderung für die Ingenieure und die Umweltschützer. Führt dazu eine Pro- und Kontra-Diskussion in Gruppen. Sammelt eure Argumente, tragt sie vor und fast eure Ergebnisse in einer Mind-map zusammen.*
2. *Pipelinelecks und Tankerunglücke wiederholen sich. Erstelle je ein Ablaufschema möglicher Folgen.*

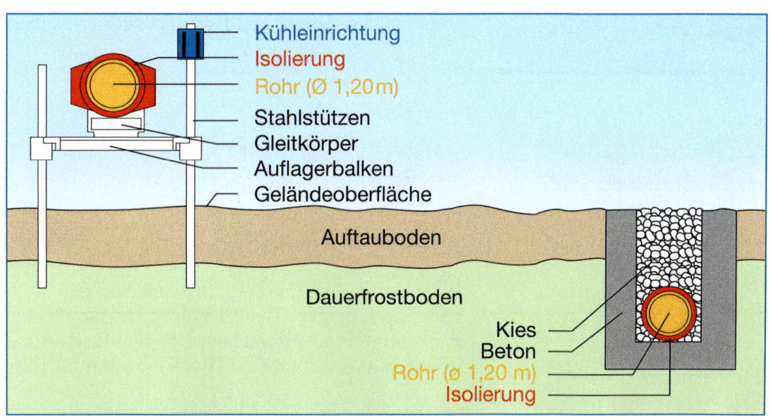

139.3: Pipelineverlegung im Dauerfrostboden

Freitag, 3. August 2001

Gefährlicher Eisbärspeck

Krebsgefahr bei Eskimos durch Umweltgifte in der Nahrung

KOPENHAGEN. Dass Eisbären gefährliche Tiere sind, wissen die grönländischen Jäger und Fänger seit Urzeiten. Doch jetzt zeigt sich, dass auch die toten Tiere noch eine Bedrohung darstellen: Die Bevölkerung in Ostgrönland hat in ihrem Blut die höchste Konzentration an Umweltgiften, die irgendwo auf der Welt gemessen wurde.

Die Experten sind davon überzeugt: Dies ist auf den Verzehr von Robben und Eisbären zurückzuführen. Bei Ostgrönlands Inuit machen Eisbären und Meeressäuger etwa ein Viertel der Speisekarte aus. Das Institut für arktische Umweltmedizin hat die 500 Einwohner der weit abseits jeglicher Industrie gelegenen Siedlung Ittorqqortoormiit untersucht. Bei jedem Zweiten wurden Giftwerte im Körper gemessen, die die Durchschnittswerte um das Zwanzig- bis Dreißigfache überschreiten.

Ursache dieser schleichenden Vergiftung sind die aus Russland und Westeuropa ins Meer geleiteten Schadstoffe, die von den Strömungen in die Arktis getragen werden. Hier bedrohen sie über die Nahrungskette die Menschen in einer von den Verschmutzungsquellen Tausende Kilometer entfernten Umwelt. Die Giftstoffe lagern sich in Algen und Plankton ab und werden von Fischen aufgenommen, die die Nahrungsgrundlage für Robben und Eisbären sind. Bei diesen Tieren sammelt sich das Gift in der Fettschicht. Eisbären- und Robbenspeck gilt in Grönland nicht nur als Delikatesse, sondern wegen des hohen Vitamingehalts auch als lebenswichtiges Nahrungsmittel.

Der Einfluss der Umweltgifte führt bei Eisbären nachweislich zur Schwächung des Immunsystems und zur Reduzierung der Fruchtbarkeit. Auch bei Menschen befürchtet man eine Erhöhung der Krebsrate und eine Häufung von Missbildungen. Forscher raten den Inuit, zukünftig nur das Eisbären- und Robbenfleisch zu essen, auf den Speck zu verzichten und den Vitaminbedarf durch importierte Lebensmittel zu decken. Lokale Ärzte warnen dagegen vor dem Verzicht der traditionellen Kost. Ihr Argument: Wenn die Grönländer Pasta und Konserven essen, sterben sie an Übergewicht, Diabetes und Herzinfarkt, noch ehe die Umweltgifte sie krank machen.

Donnerstag, 4. November 2004

Nordpoleis schmilzt im Rekordtempo

Neue Studie: Meeresspiegel steigt bis zum Jahrhundertende um rund einen Meter

BERLIN/OSLO (dpa). Das arktische Eis wird einem neuen Bericht zufolge deutlich schneller schmelzen als bislang erwartet. Schon zwischen 2060 und 2100 könnte der Nordpol im Sommer eisfrei sein. Hauptgrund sind die Treibhausgase. Insgesamt werde die Temperatur in der Arktis bis zum Jahrhundertende um vier bis sieben Grad steigen – das wäre zwei- bis dreimal so schnell wie auf dem restlichen Planeten und hätte drastische Folgen.

In den vergangenen 30 Jahren ist das arktische Eis bereits um zehn bis fünfzehn Prozent geschrumpft. Die weitere Meeresspiegelerhöhung würde Küstenstreifen überschwemmen, möglicherweise den Golfstrom unterbrechen und die Lebensräume für Eskimos und Eisbären bedrohen. Außerdem wird zum Problem, dass die Eisflächen keine Sonnenstrahlung mehr zurückreflektieren. Die Energie wird dann vom dunklen Wasser und Boden absorbiert, sodass die Erwärmung beschleunigt wird.

Freitag, 17. Dezember 2004

Nichts geht mehr

Ein 150 km langer Eisberg, der sich über den MCMurdo-Sund in der Antarktis erstreckt, bedroht Zehntausende Pinguine. Der Eiskoloss B-15A blockiert Luft- und Wasserströme, die normalerweise das Packeis im Sund aufbrechen. Der McMurdo-Sund ist einer der Hauptzugänge zu den Fischgründen in offenen Gewässern. Seine Blockade kann für flugunfähige Vögel den Tod bedeuten.

(alle Berichte gekürzt nach Badische Zeitung)

www.g-o.de
Mit der Schlagwortsuche kannst du zahlreiche Berichte zu bestimmten Themen, wie z. B. „Wale“, finden.

www.cetacea.de
Hier findest du alles über Wale, Delfine und Co.

141.1: Inuit beim Eislochfischen

141.2: Moderne Hochseefischerei

Polarmeere - Reserveräume?

Seit Jahrtausenden nutzen die Ureinwohner der Polarregionen die Meere als wichtige Nahrungsquellen. Dies hatte auf das biologische Gleichgewicht im natürlichen Nahrungsnetz so gut wie keinen Einfluss. Mit dem Zeitalter der Entdeckungsreisen begann jedoch die rücksichtslose Ausbeutung des zunächst unerschöpflich erscheinenden Reichtums der Polarmeere.

Für die Produktion von Pelzen, Tran und Elfenbein begann im 17. Jahrhundert die Jagd mit Harpunen auf Wale und Robben und „eine Blutspur“ zog sich bald von Insel zu Insel.

Seit dem Einsatz moderner Echolotortung, Schleppnetzfangtechnik und schwimmender Fabrikschiffe war das Schicksal vieler Polarmeerbewohner schnell besiegelt: Durch Überfischung wurden die Bestände in rasantem Tempo reduziert, insbesondere manche Robben- und Walarten nahezu ausgerottet. Unter dem Druck der Naturschützer wurden 1971 im Nordatlantik Fangbeschränkungen eingeführt. Durch internationale Abkommen wurden begehrte Robbenarten unter Naturschutz gestellt und seit 1986 der wirtschaftliche Walfang verboten. Dennoch wurden 2002 über 1300 Wale illegal gefangen und etwa 650 000 Wale, Delphine und Robben verenden jährlich als unbeabsichtigter Beifang in den Netzen der Fischereiflotten.

Die zunehmende **Umweltbelastung** macht auch vor den Polarmeeren keinen Halt und zwingt zu neuem Denken und Handeln.

AUFGABEN

1. *Beschreibe die Entwicklung der Nutzung der Polarmeere.*
2. *Werte die Zeitungstexte auf S. 140 aus. Erstelle dazu eine geeignete Mind-map unter dem Motto „Polarräume – aktuell“ und ergänze diese mit neuen Informationen aus einer Internetrecherche.*
3. *Beantworte die Überschrift.*

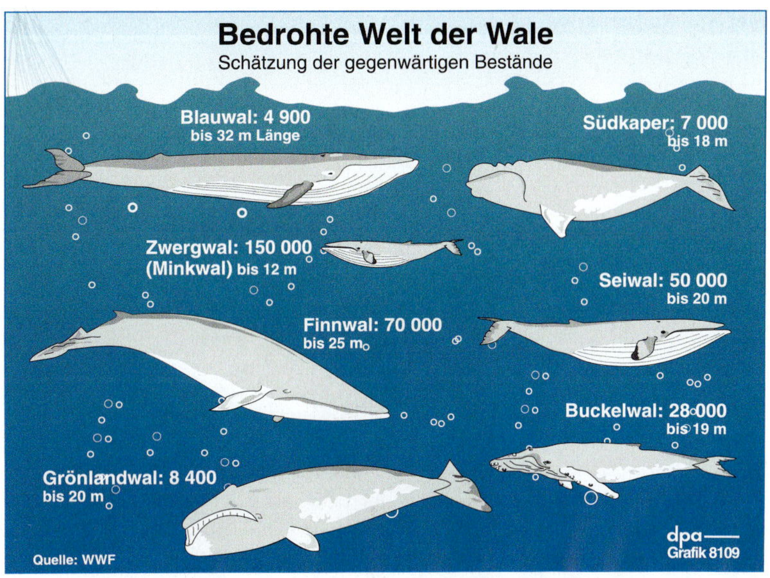

141.3: Walbestände weltweit (2003)

A: Ausbeutung
Fabrikschiff
Nahrungsquelle
Überfischung
Umweltgifte
Walfang

B: Cash crops
Fairer Handel
Kleinbauern
Mindeststandards
Preisschwankungen
Zölle

C: Abhängigkeit
Energieverbrauch
Lagerstätte
„Lebenssaft"
Preisentwicklung
„Schmiermittel"

D: 13,2 °C, 15–18 °C, 27 °C
-„hände", -„finger"
14 kg, 18 kg, 40–60 kg
Hautkrankheiten
Pestizide
Plantagen

E: 80 °C, –60 °C, 30 °C
Dauerfrostboden
„Exxon Valdez"
spezielle Konstruktion
Umweltkatastrophe
Ureinwohner

F: Borneo
Eigenschaften
illegaler Einschlag
Mahagoni
Schneisen
selektiver Einschlag

142.1: Begriffe zu den Fotos 142.2–7

GEO Wissen | Wirtschaftliches Handeln

142.2

142.3

142.4

142.5

142.6

142.7

1. Ordne den Fotos 142.2–7 die entsprechenden Begriffe A–F (Abb. 142.1) zu. Finde passende Bildunterschriften und schreibe mithilfe der Begriffe einen kurzen Sachtext zu einem Foto.
2. Die Abb. 143.1 zeigt den weltweiten Handel mit einem wichtigen Produkt.
   a) Finde heraus, auf welches Produkt sich die Karte bezieht.
   b) Erstelle eine Legende für die Karte.
   c) Beschreibe in wenigen Sätzen die Kernaussagen der Karte.
3. In den Tabellen in Abb. 143.2 findest du statistische Angaben zum weltweiten Kaffeehandel.
   a) Setze die statistischen Angaben zum Kaffeehandel grafisch um. Überlege dir, welche Inhalte du in welcher Form am sinnvollsten darstellst (vgl. mit Abb. in diesem Kapitel).
   b) Beschreibe in wenigen Sätzen den weltweiten Kaffeehandel.
   c) Erstelle einen Steckbrief zum Kaffee (Internet).
   d) Vergleiche den Kaffeehandel mit dem Handel von Kakao (▷ S. 126–127), Bananen (▷ S. 128–129) und Erdöl (▷ S. 136–137). Berücksichtige dabei die Erzeuger- und Verbraucherländer sowie den weltweiten Handel.

Die wichtigsten Kaffee-Exportländer 2004 (in 1000 Sack à 60 kg)		**Die wichtigsten Kaffee-Importländer 2004 (in 1000 Sack à 60 kg)**	
Brasilien	26400	USA	20200
Vietnam	14900	Deutschland	9500
Kolumbien	10200	Japan	7200
Indonesien	4400	Italien	5500
Guatemala	3300	Frankreich	5000
Uganda	2600	Spanien	2800
Elfenbeinküste	2600	Großbritannien	2400
Äthiopien	2500	Polen	2100
Costa Rica	1400	Niederlande	1700
El Salvador	1300	Belgien	1600
weltweit	**89300**	**weltweit**	**89300**

Preisentwicklung bei Kaffee	**Rohkaffee der Sorte Arabica (in US-Cents/Pfund ≙ 454 g)**	**Röstkaffee in Deutschland (in Euro/Pfund ≙ 500 g)**
1980	154	4,94
1985	146	5,46
1990	89	3,70
1995	151	4,08
2000	87	3,43
2004	80	2,91

143.2: Statistiken zum Kaffeehandel

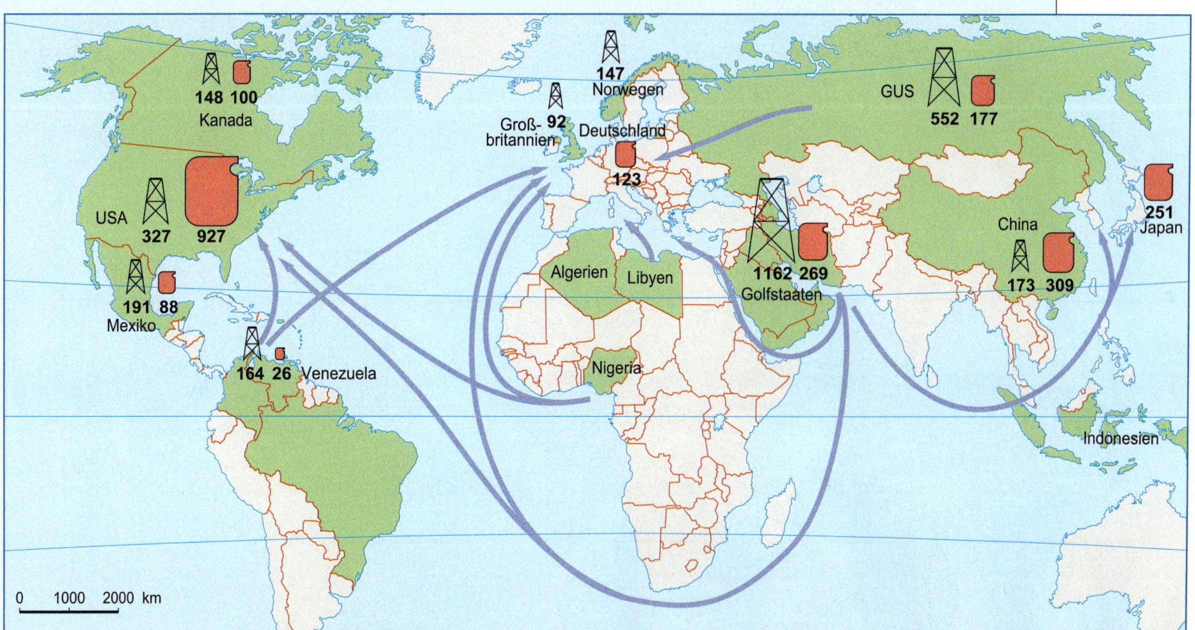

143.1: Ein wichtiges Produkt der Weltwirtschaft (2004)

Amazonien

Sahel

Nil

Kanada

Raumbeispiele

Raumbeispiele – Leben und Wirtschaften in unterschiedlichen Klimazonen

Bis heute sind das Klima und der Reichtum an Holz und Bodenschätzen die wichtigsten Voraussetzungen für das Leben und Wirtschaften in diesem Land. Bei der Nutzung der Ressourcen treten Konflikte auf, von denen die Urbevölkerung in besonderer Weise betroffen ist.

Seit Jahrtausenden bestimmt der Fluss das Schicksal der Menschen an seinen Ufern. Wasserbautechnische Eingriffe in das Flusssystem bescherten ungeahnte ökologische Probleme, die unter diesen wüstenhaften Bedingungen nur schwer lösbar sind.

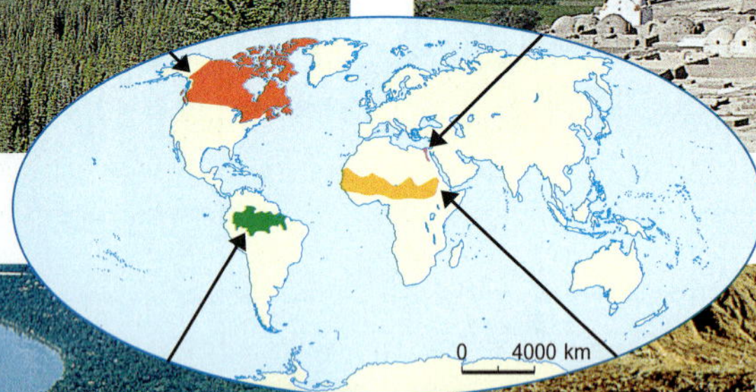

Die grüne Schatzkammer der Erde verdankt ihren Reichtum ihrer Lage inmitten eines gigantischen Flusssystems. Das Paradies naturwissenschaftlicher Forschung ist durch wirtschaftliche Erschließung ernsthaft bedroht. Neue Maßnahmen sollen es vor seinem Untergang retten.

Im Übergangsraum zwischen Savanne und Wüste zu leben, bedeutet Risiko. Ausgeprägte Trockenzeiten und unberechenbare, teilweise ausbleibende Regenzeiten erschweren das Überleben. Auch den Menschen fällt es schwer sich diesen Launen der Natur zu unterwerfen.

GEO Projekt – Arbeitsteilige Gruppenarbeit mit Präsentation

Ursprünglich lebte der Mensch im Einklang mit der Natur. Die Bevölkerungszunahme und wirtschaftliche Entwicklung zwangen im Laufe der Zeit zu immer intensiverer Landnutzung, was vielerorts Raubbau an der Natur bedeutete. Heute hat man meist die Tragweite menschlicher Eingriffe erkannt und bemüht sich zukunftsfähige Lösungen zu finden. In den vorliegenden Raumbeispielen werden folgende Aspekte aufgezeigt:

- Naturraum,
- Nutzung und
- Ansätze zu tragfähigen Handlungsperspektiven.

Zur Bearbeitung bietet sich eine arbeitsteilige Gruppenarbeit in vier Gruppen an. Die jeweiligen Expertenteams vertiefen und erweitern ihre thematischen Kenntnisse und methodischen Fähigkeiten und Fertigkeiten durch weitgehend selbstständiges Arbeiten.

Eure Ergebnisse solltet ihr in Form eines Kurzvortrages mithilfe selbstgewählter Medien präsentieren (▷ S. 147).

GEO Praxis — Wir bereiten einen Kurzvortrag vor und präsentieren

Wenn Ergebnisse einer selbstständigen Arbeit vor einer Gruppe berichtet werden sollen, ist es wichtig, die Inhalte klar und überzeugend darzustellen, um beim Publikum Interesse zu wecken.
Ein Vortrag ist immer etwas Persönliches; er erzeugt meist Lampenfieber und Spannung beim Vortragenden und stößt auf Interesse oder Ablehnung auf Seiten der Zuhörer. Der Erfolg hängt ganz wesentlich von einer sorgfältigen Planung ab.
Folgende Hinweise unterstützen euch bei der Vorbereitung und Durchführung eines wirkungsvollen Kurzvortrages:

1. Vorplanung

a) Hinterfragt euer Thema genau, um es einzugrenzen. Legt dazu Schwerpunkte fest und formuliert Fragestellungen. Berücksichtigt dabei die Vorkenntnisse eurer Zuhörer.
b) Entwickelt erste Ideen durch intensives Überlegen (Brainstorming) und sammelt Material. Recherchiert dazu im Schulbuch, in Sachbüchern, in Lexika oder im Internet.
c) Überprüft, ob das gefundene Material zu eurem Thema passt, wählt sinnvolle Inhalte aus und haltet Zwischenergebnisse schriftlich fest.
d) Stimmt die Materialmenge auf die vorgegebene Präsentationszeit ab.
e) Bedenkt die Voraussetzungen des Vortragsraumes (Medienausstattung, Licht, Sitzordnung).

2. Ausarbeitung

a) Strukturiert den „roten Faden" eures Vortrags. Gliedert dazu die Inhalte in einer sachlogisch sinnvollen Reihenfolge mit einer kurzen Einleitung, thematischen Schwerpunkten im Hauptteil sowie einer Zusammenfassung am Ende. Legt dabei Wert auf treffende Beispiele.
b) Legt zu jedem Gliederungspunkt eine kleine Karteikarte als Spickzettel an und notiert darauf wichtige Stichworte.
c) Bestimmt den passenden Medieneinsatz (Abb. 147.1), der die Inhalte eures Vortrags angemessen veranschaulicht und den ihr sicher beherrscht. Texte, Bilder und Grafiken sollten aussagekräftig, gut lesbar und von guter Qualität sein.
d) Haltet euren Vortrag nach Möglichkeit vor Freunden zur Probe.

3. Durchführung

a) Überprüft vor Beginn des Vortrags den technischen Zustand des Raumes.
b) Präsentiert euren Vortrag verständlich, d.h., sprecht vor allem frei, laut und deutlich. Formuliert kurze Sätze, denkt an Sprechpausen sowie an eine lebendig klingende Stimme. Durch passende Mimik und Gestik könnt ihr eure Aussagen wirkungsvoll unterstützen.
c) Stellt euch sachkundig dar, vermeidet jedoch Fach- oder Fremdwörter, die ihr nicht erklären könnt.
d) Zeigt euch durch persönliche Ansprache und Blickkontakt stets dem Publikum zugewandt.
e) Unterstreicht eure persönliche Ausstrahlung durch einen freundlichen Gesichtsausdruck, eine entspannte Körperhaltung sowie durch ein gepflegtes Äußeres.
f) Gebt am Ende Gelegenheit zu Verständnisfragen und zu einer differenzierten Rückmeldung (Feedback).

147.2: Was ist ein Kurzvortrag?

Ein Kurzvortrag ist ein mündlicher Vortrag zu einem inhaltlich eng umgrenzten Thema in einer zuvor festgelegten Zeit (max. 10 Minuten). Die Vermittlung von Sachverhalten erfolgt dabei in geplanter und zusammenhängender Weise durch Erläuterung und Veranschaulichung mittels Medien.

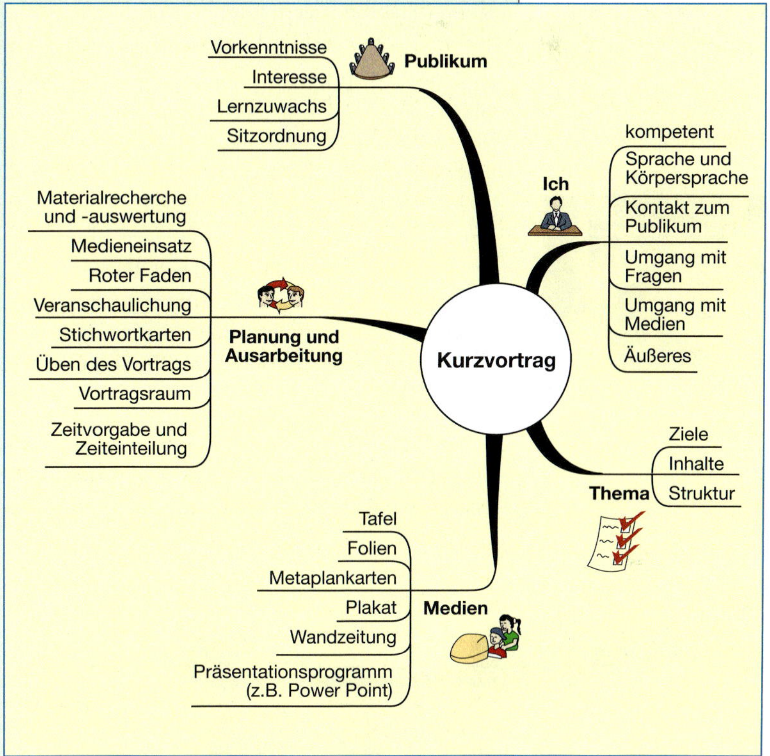

147.1: Der Kurzvortrag auf einen Blick

148.2: Amazonastiefland

Steckbrief Piranhas
Ca. 30 cm lange räuberische Fische in Süßgewässern des tropischen Südamerika mit messerscharfen Zähnen und gutem Witterungsvermögen; jagen vor allem Fische, aber auch verletzte größere Wirbeltiere; Opfer werden in wenigen Minuten bis auf das Skelett abgefressen; können auch Menschen gefährlich werden; von Indianern als Speisefisch geschätzt.

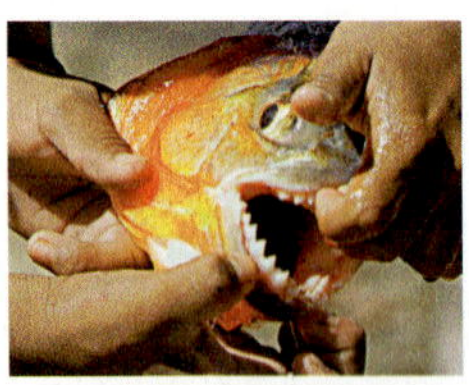

Amazonien – das größte tropische Regenwaldgebiet der Erde

Rekordzahlen kennzeichnen das größte tropische Tiefland mit dem gewaltigsten Flusssystem der Erde. Tropischer Regenwald bedeckt hier eine Fläche von über 6 Mio. km², das entspricht etwa 17-mal der Fläche Deutschlands.

Das Amazonastiefland ist sehr flach und liegt tiefer als 200 m. Daraus ergibt sich ein extrem geringes Gefälle von durchschnittlich nur 5 cm pro Kilometer (zum Vergleich: Der Rhein hat zwischen Basel und Mainz ein Gefälle von 50 cm pro km). Trotzdem hat der Amazonas aufgrund seiner gewaltigen Wassermassen eine deutliche Strömung. Die Nebenflüsse von Norden und Süden führen abwechselnd Hochwasser und werden durch die Schmelzwasser aus den Anden ergänzt. Dennoch gibt es im Verlauf des Jahres erhebliche Wasserstandsschwankungen, die z. B. bei Manaus bis zu 15 m, in Unteramazonien immerhin noch 5 bis 7 m betragen. Die Flussniederung ist ständig überschwemmt und der Wald hat meistens „nasse Füße“. Von April bis November liefern nämlich die nördlichen Nebenflüsse die größten Wassermengen, von Oktober bis Juni die südlichen. Man schätzt, dass insgesamt eine Fläche von 250 000 km² regelmäßig überschwemmt wird.

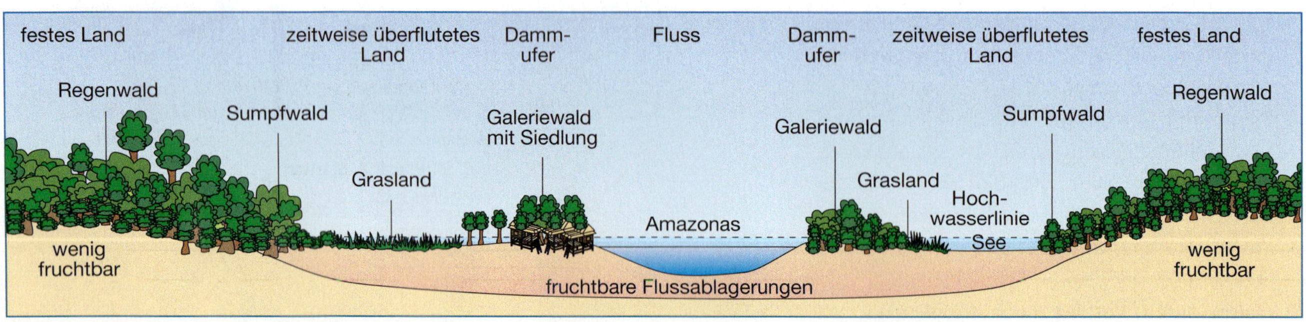

148.1: Profil durch das Amazonastiefland

Der Amazonas ist der gewaltigste Strom der Erde. Aus ihm stammt ein Fünftel des Süßwassers, das in die Weltmeere fließt. Seine Wasser- und Sedimentmenge ist so groß, dass er Salzgehalt und Farbe des Atlantiks noch bis in eine Entfernung von 300 km vor der Mündung verändert.
Aber trotz der gewaltigen Schwebstoffmengen, die auf eine Milliarde Tonnen pro Jahr geschätzt werden, wächst das Delta nicht weiter ins Meer hinaus. Gezeitenströmungen verhindern die Ablagerungen und arbeiten die **Ästuare** (Mündungstrichter) aus.
Noch 800 km stromaufwärts, bei Obidos (17 m ü. NN), spürt man die Gezeiten. Bei Neu- oder Vollmond bewegt sich eine Flutwelle vom Meer flussaufwärts. Einige Male im Jahr, zwischen Januar und April, wenn der Fluss am meisten Wasser führt, können dabei besonders hohe Wellen entstehen. Dann rollt eine „brüllende Wasserwand", die Pororoça, mit einer Geschwindigkeit von 65 km/h den Amazonas hoch. Die Wassermassen des Amazonas prallen draußen auf See gegen die landeinwärts rollende **Springflut**. Im Mündungstrichter eingeschnürt kann sich diese Flutwelle zu einer Wasserwand von bis zu fünf Metern Höhe verstärken. Ehrfürchtig nannten die Indianer den Fluss nach dieser Erscheinung „amaçunú", d.h. „Wasserdonnerlärm".

149.2: Pororoça

AUFGABEN

1. *Amazonien ist das größte Regenwaldgebiet der Erde. Belege die Aussage mithilfe von Karte und Text.*
2. *Der Amazonas ist ein Fluss der Superlative. Belege dies im Einzelnen. Werte dazu Karte, Steckbrief und Text aus.*
3. *Erkläre die großen Wassermassen und Wasserstandsschwankungen des Amazonas (▷ S. 36/37).*
4. *Die „Pororoça" ist eine Besonderheit. Erkläre. Informiere dich im Internet, warum sie bei den weltbesten Surfern als eine Herausforderung gilt.*

Amazonas – Steckbrief der Superlative

Länge: 6788 km mit Ucayali-Apurimac
Breite: 250 km an der Mündung; über 50 km im Deltabereich; 18 km bei Santarém; 5 km unterhalb von Manaus; 1,8 km bei Iquitos
Tiefe: im Mittellauf durchschnittlich 30–40 m, unterhalb von Manaus stellenweise über 100 m
Nebenflüsse: 1100 größere, davon 17 länger als der Rhein (1320 km); außerdem rund 100000 kleinere Nebenflüsse
Schiffbarkeit: 80000 km schiffbare Hauptflüsse; für 5000-t-Seeschiffe bis Manaus, für 3000-t-Seeschiffe sogar bis Iquitos (Peru) befahrbar

Vergleich mit anderen Strömen

	Länge in km	Einzugsgebiet 1000 km²	mittl. jährl. Abfluss m³/s
Amazonas	6788	7180	120000
Nil	6671	2870	1584
Yangtsekiang	6378	1970	35000
Brahmaputra	2900	935	20000
Rhein	1320	252	2200

149.1: Einzugsgebiet des Amazonas

„Operation Amazonien“

In den 1960er Jahren fasste die brasilianische Regierung den Plan, den „Wilden Westen“ des Landes zu erschließen und zu entwickeln. Das bis dahin kaum besiedelte Amazonien war wirtschaftlich interessant geworden.
Um die bekannten und vermuteten „Schätze“ des Raumes heben zu können, brauchte man Zufahrts- und Transportwege. Die „Transamazônica“, von der Regierung als Jahrhundertbauwerk gefeiert, sollte das Rückgrat eines neuen Straßennetzes werden.
Als Schwerpunkt der wirtschaftlichen Erschließung war zunächst die staatlich gelenkte **Agrarkolonisation** vorgesehen. „Menschen ohne Land aus dem Nordosten in ein Land ohne Menschen nach Amazonien verpflanzen,“ so lautete die Kurzformel der Planungsbehörden.
Entlang der Fernstraßen wurden breite Korridore für die Siedler reserviert. Jeder Neusiedler sollte kostenlos ein 100 ha großes Stück Wald erhalten. Die Hälfte davon durfte er roden, der Rest sollte als Waldreserve stehen bleiben.

Manuel Alvis hatte sich alles so schön vorgestellt: „Im Radio hatte ich damals gehört, dass die Regierung jedem, der ins Amazonasgebiet zieht, Land, Startkapital und ein monatliches Übergangsgeld bis zur ersten Ernte, ein Wohnhaus, Geräte und Saatgut zur Verfügung stellt. Alles rückzahlbar in zwanzig Jahren. Wir kommen aus dem Nordosten. Das Land dort war schlecht. Geregnet hat es selten. Ich habe alles verkauft und bin mit meiner Familie 2000 km auf einem Lkw nach Altamira gefahren. Das Roden war harte Arbeit. Die versprochenen Hilfen kamen nicht. Mais, Bohnen und Maniok gediehen zwar gut im ersten Jahr, doch wem sollten wir unsere Überschüsse verkaufen? Die folgenden Ernten fielen dann immer schlechter aus und ich musste wieder neue Flächen roden. Manche Nachbarn haben ihr Land wieder aufgegeben und sind weitergezogen. Aber aus allen Teilen des Landes strömten weiterhin Siedlerfamilien hierher. Manche rodeten ohne Genehmigung. Heute bin ich malariakrank, zwei meiner Kinder sind gestorben. Zurück können wir nun auch nicht mehr. Warum hat man uns hierher gelockt? Ohne fremde Hilfe können wir in dieser Hölle kaum überleben.“

AUFGABEN

1. *Nenne Gründe für den Bau der Transamazônica.*
2. *Viele sehen das Hauptziel der Agrarkolonisation als gescheitert an. Begründe im Einzelnen (vgl. auch S. 24/25).*
3. *Erläutere, was sich die brasilianische Regierung von der Erschließung Amazoniens versprach.*
4. *Nenne Industrien und Anlagen zur Energiegewinnung, die in der Nähe von Lagerstätten (Bodenschätzen) entstanden sind (▷ Abb. 152.2, Atlas).*

Steckbrief Transamazônica
Bauzeit: 1970–1974
Länge: ca. 5600 km von Recife bis zur peruanischen Grenze
Breite: eigentliche Straße 8,60 m, Rodungsgasse 60–70 m
Beschaffenheit: drainierte Lehmschotterpiste, nur Teilstücke (im Osten) asphaltiert
Lage: im hochwassergeschützten Bereich
Probleme: schnelles Zuwachsen der Schneisen; hohe Unterhaltungskosten (Wartung, Reparaturen), z. B. durch Erosionsschäden nach Starkregen

150.1: Waldzerstörung entlang der Transamazônica

150.2: Siedlerhütte

Holzeinschlag: Internationale Holzfirmen fällen die wertvollen Tropenbäume. Breite Transportschneisen zerstören den Regenwald (▷ S. 130/131).

Serra dos Carajás: Das Supereisenerzvorkommen in der Serra dos Carajás birgt ca. 18 Mrd. t Erz (Eisengehalt 66 %). Bagger schürfen im Tagebau. Ein Teil der Erze wird im nahen Marabá verhüttet. Von Carajás wird der größte Teil über eine 900 km lange Erzbahn zum Erzumschlaghafen bei Sao Luís transportiert. Jeder Erzzug kann 160 Waggons zur Küste bringen. Angetrieben werden sie mit billigem Strom aus Tucuruí. Brasilien ist führendes Eisenexportland der Welt.

Serra Pelada: Östlich von Carajás liegt Brasiliens größte Goldgrube. Hier haben zeitweise über 100 000 Garimpeiros (Goldsucher) im Dreck gewühlt und ein 100 m tiefes Loch von über 1 km Durchmesser gegraben. Noch immer schleppen Tausende von ihnen pro Mann täglich rund eine Tonne Abraum aus der Tiefe. Um Arbeitsplätze zu erhalten, werden keine großen Maschinen eingesetzt.

Staudamm von Tucuruí: Am Rio Tocantins wurde ein Wasserkraftwerk mit einer Leistung von 8000 Megawatt gebaut, das Strom für die Erzbahn und für die Aluminiumhütten in Belém und Sao Luís liefert. Außerdem werden die Städte Marabá, Belém und Sao Luís von hier mit Strom versorgt. Der Tucuruí-Stausee bedeckt 3000 km² ehemalige Regenwaldfläche.

Rinderfarmen: Angelockt durch staatliche Förderung begannen multinationale Konzerne am Anfang der 1970er Jahre Regenwald zu roden und als Weideland für riesige Rinderherden zu nutzen. Die Betriebsgrößen der Fazendas schwanken zwischen 10 000 und einigen 100 000 ha. Die Fazendas sind zwar verpflichtet, nicht mehr als die Hälfte des Besitzes zu roden, doch ist die Überwachung schwierig. Riesige Waldflächen werden zerstört.

Soja-Anbau: Die gerodeten Flächen werden von Großkonzernen zum Soja-Anbau genutzt. Brasilien ist so zum zweitgrößten Soja-Exporteur der Welt geworden (▷ Abb. 153.1).

151.1: Gefährdungen für den tropischen Regenwald

152.1: Yanomami auf der Jagd

Die Nutzung Amazoniens – Risiken und Chancen

Nach Angaben der brasilianischen Regierung ging der Bestand des Regenwaldes in der jüngsten Zeit um jährlich bis zu 25000 km² zurück. Man schätzt, dass 16 % des insgesamt 4 Mio. km² großen amazonischen Regenwaldes bereits zerstört sind. Der Landhunger aber ist enorm, die Gier nach Reichtümern ebenso. Siedler, Rinderfarmen, Holzindustrie, Bergbauunternehmen, Goldgräber und Diamantenwäscher; sie alle wetteifern um die Landnutzung und dringen auch in entlegene Winkel vor. Zur Zeit der Entdeckung lebten in ganz Brasilien vier bis sechs Millionen Indianer, heute sind es etwa 500000. Als die Front der wirtschaftlichen Erschließung durch die Weißen unaufhaltsam vorrückte, wurden viele Indianervölker vertrieben oder getötet. Stellvertretend für das Schicksal der Tieflandindianer kann hier die Geschichte der **Yanomami** im äußersten Norden Brasiliens erzählt werden, deren steinzeitliche Lebensweise sich in der Abgeschiedenheit nie geändert hat. Der Bau der Bundesstraße „Perimetral Norte“ (1973) durchschnitt ihr Territorium und veränderte das Leben der Yanomami nachhaltig. Als dort Gold gefunden wurde, fielen die Garimpeiros (Goldsucher) ein und begannen den Wald zu zerstören, indem sie breite Schneisen rodeten und tiefe Gruben anlegten. Sie durchwühlten den Schlamm der Urwaldflüsse und vergifteten das Quellwasser durch Quecksilber, das sie bei der Goldwäscherei verwendeten. Sie vertrieben das Wild und die Fische und wurden so allmählich zu den schlimmsten Feinden der Yanomami, indem sie deren Nahrungsgrundlage zerstörten. Als die Yanomami sich mit Pfeil und Bogen zu wehren begannen, wurden sie und ihre Dörfer bedroht. Die Garimpeiros begingen Massaker, vergewaltigten, töteten und brandschatzten. Der Kontakt mit den Weißen lieferte die Indianer Infektionskrankheiten wie Grippe oder Masern aus, gegen die sie keinerlei Abwehrkräfte hatten.

Die Indianer haben sich inzwischen Rechte erstritten. Indianerreservate wurden geschaffen, die aber praktisch noch ungesichert sind.

Nicht zuletzt wegen des großen Bevölkerungswachstums verfolgt die brasilianische Regierung weiter konsequent die Erschließung Amazoniens. Es wird auch über alternative Anbauformen für die Kleinbauern nachgedacht (Dauerkulturen, z. B. Kakao, Kaffee) und Wiederaufforstung gerodeter Flächen.

152.2: Die Erschließung Amazoniens – Nutzung und Gefährdung

Mord und Kahlschlag in Amazonien

Brasiliens Regierung hat die Entsendung von 2000 Soldaten in die Amazonas-Region angeordnet. Sie sollen die rapide Abholzung des Regenwaldes und die brutalen Morde wegen Landbesitzes im besonders stark betroffenen Bundesstaat Pará stoppen.
Bisherige Versprechen der Regierung, das Chaos zu beenden, blieben ohne Folgen. Meist illegal arbeitende Holzbetriebe verdrängen Kleinbauern mit gefälschten Grundbesitz-Urkunden und Waffengewalt von ihren Parzellen. Danach roden Holzfäller zunächst wertvolle Tropenhölzer. Wegen der rücksichtslosen Rodungsmethoden werden für einen gefällten Mahagonibaum z.B. 27 weitere Bäume zerstört. Das illegal geschlagene Holz wird mehrfach wiederverkauft, der Ursprung der Hölzer so verschleiert. Am Ende der Kette stehen oft Möbelfirmen in Europa oder den USA. Im ausgedünnten Regenwald beginnen dann kleinere Holzfirmen minderwertige Hölzer abzuschlagen. Als nächstes drängen Viehzüchter in die Gegend und beseitigen die restlichen Waldbestände durch Brandrodung. Wenige Jahre später ziehen dann große Agrarbetriebe nach, die Sojabohnen pflanzen.
Durch die bereits beschlossene Asphaltierung von Straßen quer durch die Region beschleunigt Brasiliens Regierung den Prozess noch: Etwa 50 Kilometer rechts und links der Dschungelstraßen dringen Landschieber und Großgrundbesitzer rasch in den Regenwald ein. Sie verkaufen das illegal gerodete Land oft an Soja-Konzerne, die Brasilien bereits zum zweitgrößten Sojaexporteur der Welt gemacht haben.
(nach: SZ, 18. Februar 2005, von Bernd Radowitz)

153.1: Zeitungsbericht

Bearbeitung der Kokosfasern

Geistesblitz im Regenwald

20 Familien lebten vor zehn Jahren in Praia Grande auf der Insel Marajó. Sie waren aus den Elendsquartieren der Großstädte geflüchtet, um hier ihr Glück zu suchen. Sie betrieben Wanderfeldbau. Sie fackelten ein Stück Wald ab und fällten die großen Bäume. Nach zwei bis vier Jahren mussten sie weiterziehen. Die kargen Böden waren ausgelaugt.
Heute leben 36 Familien in Praia Grande. Der Ort hat Strom und sauberes Trinkwasser. Sie bauen Kokosnüsse an. Bis zu 60 Nüsse trägt jeder ihrer Bäume heute, höchstens zwölf waren es vor zehn Jahren. In der eigenen kleinen Fabrik stellen die Dorfbewohner aus den Fasern der Nüsse Autokopfstützen her.
Die Geschichte dieses Erfolgs begann vor zehn Jahren mit dem Projekt Poema (Probreza e Meio Ambiente na Amazonia – Armut und Umwelt in Amazonien). Brasilianische Agrarwissenschaftler hatten den Kayapó-Indianern den Anbau in „Waldinseln“ abgeschaut und diese Anbauweise den Bauern in Praia Grande vermittelt. Die Kayapó lassen unter dem „Dach“ des Regenwalds Pflanzen wachsen, die der eigenen Ernährung dienen.
Was nun noch fehlte war eine Verkaufsgarantie für ihre Produkte. Der DaimlerChrysler-Konzern unterstützte das Projekt Poema mit insgesamt 1,3 Mio. $. Heute nimmt das Mercedeswerk in São Paulo 8000 Stück der mit Latex veredelten Stützen ab. DaimlerChrysler ist führend auf dem Gebiet der Naturfaserverwendung. 20 bis 30 Kilogramm stecken heute in jedem Mercedes. Drei Kokosnüsse werden zur Herstellung einer Kopfstütze benötigt, 14 für die Rückenlehne, zehn für das Sitzkissen.
(nach: Die Zeit 10/2002, 7. März 2002, von Michael Schwelien)

153.2: Das Poema-Projekt

Sammelstelle der Kokosnüsse

AUFGABEN

1. *Erstelle eine Übersicht über die Folgen der Erschließung des Amazonasgebietes.*
2. *Für die Yanomami wurde erst durch das Eindringen der Weißen der Urwald zur „Grünen Hölle“. Begründe.*
3. *Fasse die beiden Zeitungsartikel (Abb. 153.1 und 2) unter den Stichworten „Chancen“ und „Risiken“ der Nutzung Amazoniens zusammen.*
4. *Wodurch könnte das Ausmaß der Zerstörung des tropischen Regenwaldes verringert werden?*

154.1: Ausbreitung der Wüste im Sahel

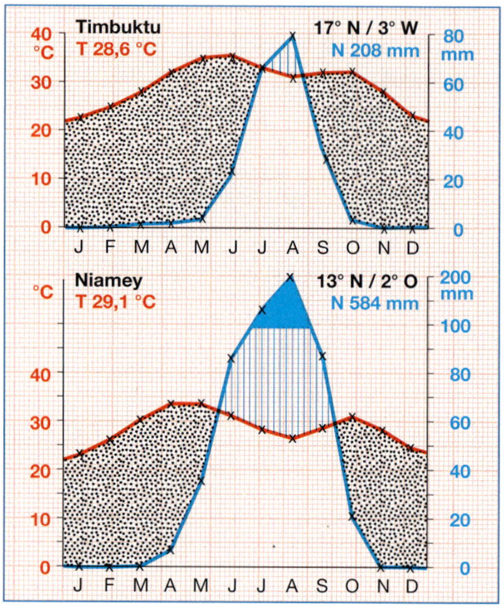

154.3: Klima im Sahel

Der Sahel - ein Risikoraum

Die Katastrophe hat einen Namen: Sahel, eine Zone am südlichen Rand der Sahara. Viele Hunderttausend Menschen sind dort in den letzten Jahrzehnten verhungert. 1973 berichteten Reporter zum ersten Mal von dem schrecklichen Elend. Inzwischen ist es still geworden um die Sahelzone. Doch das Sterben dort geht weiter. „Sahel“ ist ein arabisches Wort und bedeutet Ufer oder Küste. Für die Karawanen, die früher die Wüste durchquerten, mag die Vegetation der Savanne dasselbe bedeutet haben wie für den Seemann das rettende Ufer. Doch heute führt diese Bezeichnung in die Irre. Denn entlang des Südrandes der Sahara zieht sich vom Atlantik bis zum Roten Meer eine etwa 400 km breite Übergangszone, in der die Wüste immer stärker über ihr Ufer tritt, wo die Savanne zur Wüste wird.

Das Klima ist eine wesentliche Ursache für die andauernden Hungerkatastrophen und für die fortschreitende Wüstenbildung. Denn der Sahel ist von Natur aus ein sehr empfindlicher, risikobehafteter Raum (Abb. 155.1).

154.2: Lage und Ausdehnung der Sahelzone

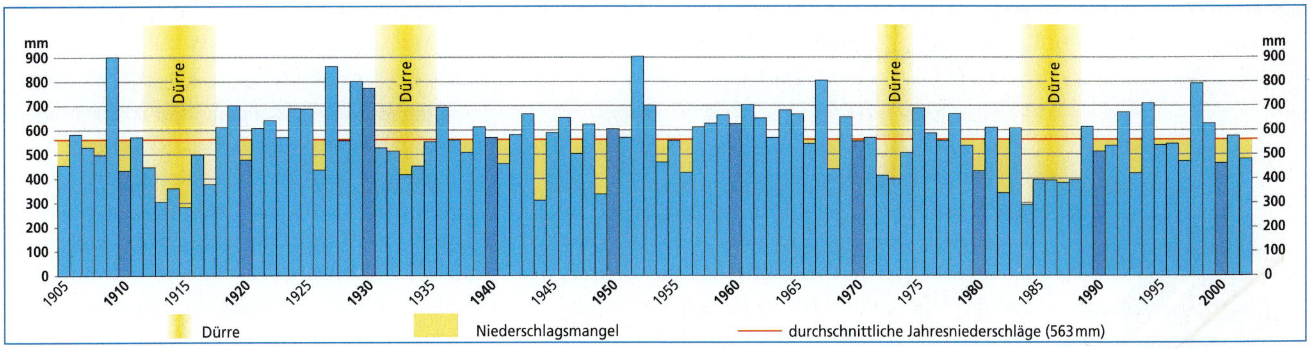

155.1: Jahresniederschläge im 20. Jahrhundert in Niamey (Niger)

Die Lebensbedingungen waren in der Sahelzone nie einfach, denn das Klima wird hier durch den jahreszeitlichen Wechsel von Feucht- und Trockenzeiten bestimmt (Abb. 154.3). Die nördliche Sahelgrenze wird durch die 100-mm-Jahresniederschlagsgrenze markiert, die Südgrenze durch Regenmengen von maximal 600 mm im Jahr. Häufig fallen die Niederschläge in der Regenzeit als sturzflutartige Regengüsse, die der Landwirtschaft verloren gehen, da die ausgetrockneten Böden das Wasser nicht aufnehmen können.

Ist der Sahel ein lebensfeindlicher Raum? Dem widerspricht, dass das Gebiet seit langem genutzt wird. Die Sahelbewohner hatten sich diesen natürlichen Bedingungen angepasst. Sie lebten als Nomaden im Norden, wo sie der Regenzeit folgten. Im feuchteren Süden siedelten sesshafte Hackbauern. Erst in den letzten Jahrzehnten haben sich große Veränderungen abgespielt, die das Wirtschaftsleben sowie die Lebensweise stark beeinflusst haben. Der ohnehin sensible Naturraum geriet in „Stress"; der Mensch trug wesentlich zur **Desertifikation**, zur Wüstenbildung, bei.

AUFGABEN

1. *Charakterisiere das Klima der Sahelzone anhand der Abb. 154.3. Weshalb bringt schon ein „normales" Jahr Probleme für Nomaden und Hackbauern?*
2. *Die Sahelzone ist ein klimatischer Risikoraum. Was sagt die Abb. 155.1 dazu aus?*
3. *Wie wirken sich die Naturfaktoren langjährige Austrocknung, ständiger Nordostwind und plötzliche Starkregen auf den Boden und die Vegetation aus? Zeichne ein einfaches Wirkungsgefüge zu diesen Zusammenhängen und erkläre den Begriff Desertifikation.*

155.2: In der Sahelzone

Die „programmierte“ Katastrophe

Ein Nomade aus dem Tschad:
„Ich besitze eine stattliche Viehherde – 20 Kamele, 30 Rinder, 30 Ziegen, 20 Schafe und 20 Esel. In den letzten Jahren hat es reichlich geregnet. So konnte ich meine Herde vergrößern. Gerne hätte ich noch mehr Kamele und Rinder; das verschafft mir Ansehen und Reichtum und größere Sicherheit während der Trockenzeit bei einer Dürreperiode.
Von Beruf bin ich Viehzüchter und Händler. Leider bekomme ich heute für meine Felle, Häute und Wolle nur noch halb so viel Hirse wie früher. Schon deswegen musste ich meine Herde vergrößern.
Wir leben hier in einer großen Sippe von 50 Familien mit fast 800 Stück Vieh. Tagsüber beaufsichtigen wir unsere Viehherden an den großen Brunnentrögen. In den letzten Jahren ist die Arbeit viel leichter geworden, denn die Regierung hat bis zu 100 m tiefe Brunnen mit Dieselpumpen bauen lassen. Sie liefern jetzt zu jeder gewünschten Zeit reichlich Wasser. So brauchen wir mit unseren Herden keine mühseligen langen Wanderungen mehr zu unternehmen und können in der Nähe der Brunnen bleiben. Trotzdem müssen wir in einigen Tagen weiter nach Süden, denn die Nahrung für die Tiere wird allmählich knapp. Bei aller Bequemlichkeit ist das Leben aber auch schwieriger geworden. Denn mit den Hirsebauern im Süden kommt es immer häufiger zu Auseinandersetzungen. Früher konnten wir das Vieh auf ihre abgeernteten Felder treiben. Heute lassen die Bauern kein Land mehr brachliegen. Im Gegenteil: Sie haben ihren Ackerbau noch weiter nach Norden ausgedehnt. Außerdem betreiben sie nun noch selber Viehzucht. Grund genug für Streit.“

Ein Bauer aus dem Senegal:
„Ich habe miterlebt, wie französische Kolonialherren uns zwangen, den Hirseanbau aufzugeben und reine Exportkulturen wie Baumwolle und Erdnüsse anzubauen. Das führte dazu, dass auf dem Höhepunkt der Dürre noch Erdnüsse ausgeführt wurden, als wir schon am Verhungern waren. Für unsere damalige Regierung bedeutete der Export willkommene Einnahmen. Mit einem Teil des Geldes wurde dann Getreide eingeführt. Doch die Verkaufspreise für diese importierten Nahrungsmittel waren für die meisten von uns unerschwinglich.“

Ein Regierungsbeamter aus Mali:
„Die Nomaden müssen endlich sesshaft gemacht werden: Sie bewegen sich ungebunden, sind bewaffnet, scheuen keinen Kleinkrieg um Weiden, kreuzen Grenzen nach Gutdünken, entziehen sich dem staatlichen Gesundheitsdienst, ebenso dem Schulbesuch. Auch zur Fleischversorgung der Städter tragen sie nichts bei. Dagegen entnehmen sie den Brunnen unkontrolliert das Wasser, vergrößern ständig ihre Herden. Und diese fressen dann das Land zur Wüste.“

Ein Entwicklungshelfer aus dem Sudan:
„Unsere Zivilisation ist ungewollt ein Komplize der Wüste, seit langem. Medizinische Fortschritte schufen den Bevölkerungsdruck. Der Traktor ermunterte zur Bearbeitung von ungeeigneten Böden in ungeeigneten Lagen. Die Tiermedizin ermöglichte große Herden. Der Brunnenbau wiegte die Hirten in falscher Sicherheit. Sie stockten ihre Bestände auf, sogar über die ökologisch, d. h. für die natürliche Tragfähigkeit des Bodens zulässige Zahl. Verwüstungsträchtig sind nicht nur die periodisch wiederkehrenden mageren Jahre, kritisch sind die fetten Jahre mit Niederschlägen über dem erwarteten Durchschnittswert. Dann schlagen Bauern und Hirten die Warnungen in den Wind. Die Bauern pflügen jenseits der erfahrungsmäßigen Anbaugrenze, die Hirten müssen mit überweideten Flächen vorlieb nehmen. So programmieren im Sahel die ‚fetten Jahre' bereits die Katastrophe!"

Ein Journalist aus Burkina Faso:
„Burkina Faso ist ein sehr armes Land. Morgens und abends, wenn es etwas kühler ist, ziehen Karawanen von Eselskarren am Straßenrand entlang. Sie bringen Feuerholz nach Wagadugu. Vor dreißig Jahren noch soll die Hügelkette im Norden von Burkina Faso von Wäldern bedeckt gewesen sein. Heute sind die Hänge kahl. Die Plünderung des Waldes, Buschfeuer zur Rodung neuer Felder und schließlich die Herden, die den kleinsten grünen Trieb abfressen, allen voran die Ziegen, haben sie nackt und braun werden lassen. Die Menschen hier haben auf Kosten ihrer Umwelt gelebt. Und jetzt gibt es nicht mehr genügend natürliche Ressourcen, um die wachsende Bevölkerung mit den überkommenen Anbaumethoden zu ernähren. Nur zu 80 % kann Burkina Faso seine Einwohner noch selbst ernähren, der Rest muss eingeführt werden."

AUFGABEN

1. *Lest die Texte A–E. Welche Veränderungen haben in der Sahelzone stattgefunden? Belege im Einzelnen. Welche Rolle spielt der Mensch?*
2. *Beschreibe die Entwicklung des Viehbestandes im Niger (Abb. 157.1).*
3. *Erkläre die Entwicklung des Viehbestandes im Niger (Abb. 157.1) mithilfe der Abb. 155.1.*
4. *Dürrekatastrophe im Sahel: Schicksal oder menschliches Verschulden. Nimm Stellung.*

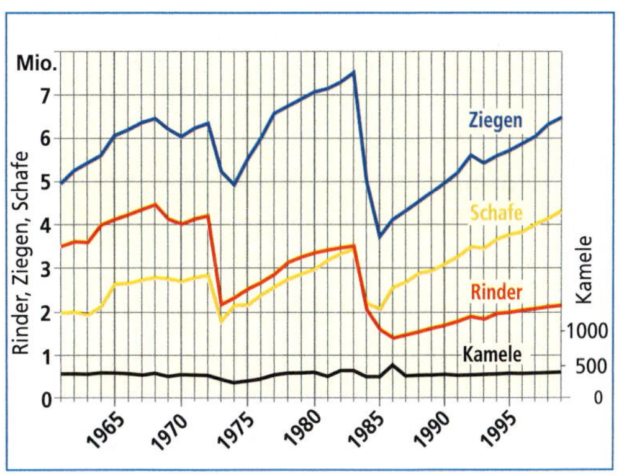

157.1: Viehbestand im Niger

157.2: Der Niger in Zahlen (Stand 2002):
Einwohner: 11,4 Mio.
Fläche: 127 Mio. ha
Erwerbstätigkeit: 88 % der Bevölkerung leben von der Landwirtschaft

Die „Zähne des Windes“

Wüstenheuschrecken (Schistocera gregaria) haben zwei „Gesichter“. Als Einzelgänger sind sie harmlose Grashüpfer. Eine innere „Wetterwarte“ signalisiert den Tieren, wenn es irgendwo geregnet hat. Dann strömen sie zu Tausenden zusammen und feiern „Massenhochzeit“. Ein Kleinschwarm ist entstanden. Nun ist alles anders an ihnen: Sie machen alles zur gleichen Zeit, sie paaren sich, sie legen zahllose Eier und marschieren fressend übers Land. Bei der Entwicklung zum flugfähigen Insekt streifen sie ihren zu eng gewordenen Panzer mehrmals ab. Nach der siebten und letzten Häutung werden sie flugfähig und starten mit den Winden, wobei sie Geschwindigkeiten von 16 km/h erreichen.

158.1: Wüstenheuschrecken

Im Senegal ist Ausnahmezustand. Für Fode Sarr, Direktor des Amtes für landwirtschaftliche Bodenplanung, ist das mit den Heuschrecken vor allem eine militärische Herausforderung. Und der Sieg ist eine Frage der Strategie. Also holt er einen Taschenrechner aus der Schublade, tippt die Fläche ein, auf die ihm der Gegner gestern Eier gelegt hat, dann die Anzahl der Tiere pro Quadratmeter. Heraus kommt eine Zahl, die er nicht aussprechen kann: 2250000000. Die Hälfte davon Weibchen, jedes von ihnen wird bis zu 80 Eier legen. Höchstens dreimal legt jedes Weibchen Eier. Fode sagt: „Deswegen sind sie so gefährlich, deswegen zerstören sie hier alles, weil sie sich in diesem Affentempo fortpflanzen, ein Millionenheer, das sich alle zwölf Wochen verzwanzigfacht.“ Dann lacht er (...) weil es so absurd ist. Gerade mal ein Flugzeug mit einem Motor aus dem Zweiten Weltkrieg haben sie jetzt im Land, mit dem sie den Feind bekämpfen können. „Die entscheidende Schlacht haben wir verloren“, sagt er. Jetzt sind sie überall und ihre Eier sind überall. Aber er hat nichts, keine Insektizide, kein Benzin, keine Fahrzeuge, keine Ausrüstung, nicht einmal genug Essen bekommen die Teams, die seit Wochen draußen sind und wenigstens versuchen, die Schwärme zu zählen.

Und dann ist da Mauretanien. Arm, groß, unüberschaubar. Mehr als 1,6 Millionen Hektar sind dort befallen, schätzt man. Aus Mauretanien trägt der Nordwind den Feind in den Senegal. Im August seien 205 Schwärme von dort gekommen, manche bis zu 15 km lang. Über Podor, ein kleines Nest an der Grenze zu Mauretanien, fliegen die meisten Schwärme ins Land (...)

Die Fahrt nach Podor ist eine Schlacht. Die ganze Straße ist voller Nachwuchs. Kilometerlang bewegt sich der Asphalt. Noch fliegen sie nicht, sondern drängen in großen Gruppen vorwärts. Schwarz sind die gerade geschlüpften Larven, grün die im zweiten Stadium, gefleckt die im dritten und vierten, gelb die im fünften. In der Luft die Elterngeneration, deren saftige Körper gegen die Windschutzscheibe knallen. (...) Und die Dörfer sind wie belagert. Ein fliegender Schwarm kommt, frisst und zieht am nächsten Morgen weiter, wenn ihn die Sonne aufgetankt hat. Der Wind treibt ihn wieder fort. Aber die Kinderbanden bleiben, stromern tage- und wochenlang an den Hütten der Bauern vorbei, rasen im Kreis um ihre Kochtöpfe und Betten, machen Strohhütten zu lebendigen Gebilden. Sie sind allgegenwärtig.

In den Weiten der Savanne trifft man auf Menschen vom Volk der Peulh. Viehhirten sind sie seit Generationen. Ihr Vieh, sagen sie, habe Durchfall, seit es Pflanzen voller Heuschrecken fressen muss. Dann bitten sie die Männer in ihren Jeeps um Säcke voller Gift. Es ist das einzige, was die Plage aufhält. Aber die Männer haben nichts. Weiter vorne am Fluss zünden die Bauern Feuer an, machen Lärm, graben Löcher, in die die Larven fallen sollen. Doch die Larven marschieren an den Löchern vorbei. „Sie fressen uns den Reis weg, während er wächst“, sagen die Bauern, dann beten sie, weil jetzt nur noch Gott helfen kann.

Die Aussichtslosigkeit bemisst sich in Quadratkilometern: Ein Schwarm hat 40–80 Millionen Tiere pro km^2. Und ein km^2 ist nur ein Teil des Ganzen. Aber jeder dieser Teile frisst pro Tag so viel wie zehn Elefanten oder 25 Kamele oder 2500 Menschen. Und was noch schlimmer ist, diesmal kamen die Heuschrecken schon am Anfang der Regenzeit, nicht wie bei der letzten großen Plage 1988 am Ende. Eine Ernte wird es dieses Jahr nicht mehr geben.

(gekürzt nach: Im Lärm der achten Plage, Süddeutsche Zeitung, 17. 9. 2004)

158.2: Zeitungsbericht

AUFGABE

Werte den Text aus: Erstelle eine Mind-map zum Problem, weshalb Heuschreckenschwärme für den Sahel eine zusätzliche Bedrohung darstellen.

Im Kampf gegen den Sand

Der steigende Verbrauch an Holz im Sahel ist eine der Hauptursachen der Wüstenbildung. Viele Menschen sind mit dem Sammeln von Brennholz für den Eigenbedarf oder für den Verkauf beschäftigt. Mit jedem Kamel, Esel oder Lastwagen, die heute zu den Holzmärkten in die Sahelstädte kommen, rückt die Wüste ein Stückchen weiter vor. Experten haben die Nutzung von Sonnenenergie, z. B. beim Kochen, vorgeschlagen (Abb. 159.2). Doch das funktioniert nur sehr bedingt, denn der Tagesrhythmus der Einheimischen ist durch die Tageshitze so bestimmt, dass sie ihre Mahlzeiten abends zu sich nehmen. Zudem ist ein flächendeckender Einsatz heute noch zu teuer.
Wie kann wirkungsvoll, d. h. nachhaltig, geholfen werden? Langfristig können im Sahel nur Maßnahmen „greifen“, wenn sie den regionalen Verhältnissen angepasst sind und von den Betroffenen auch angenommen werden.

159.1: Mind-map: Ursachen der Wüstenbildung

159.2: Solarkocher – ein Beispiel für eine wirkungsvolle Maßnahme?

159.3: Problem – Erosion

159.4: Maßnahme – ?

159.5: Ergebnis – ?

AUFGABEN

1. *Beschreibe das Beispiel für eine wirkungsvolle Maßnahme (Abb. 159.3–5). Erläutere das Problem, die durchgeführte Maßnahme und das Ergebnis.*
2. *Die Abb. 159.1 zeigt dir vom Menschen gemachte Ursachen der Wüstenbildung. Überlege dir für die einzelnen Ursachen sinnvolle Gegenmaßnahmen.*
3. *Welche der in Abb. 159.1 genannten Ursachen sind nach deiner Meinung besonders schwerwiegend. Begründe.*
4. *Erstelle aus der Mind-map (Abb. 159.1) ein einfaches Ursache-Wirkungs-Schema.*

160.1: Verlauf des Nils

160.3: Leben am Nil heute

Der Nil - Lebensspender Ägyptens

Muhammed, ein Fellache, einer der „das Land bearbeitet“, steht vor seiner Hütte und macht, was Generationen vor ihm auch schon getan haben. Er kocht das ägyptische Nationalgericht – Ful. Er füllt Saubohnen in ein dickbauchiges Gefäß und gart die Bohnen in einem Erdloch. Muhammed wohnt im Dorf Elefantine bei Assuan. Wie seit Jahrtausenden sind fast alle Häuser aus Ziegeln gebaut, die aus dem Schlamm gebrannt werden, den der Nil anschwemmt. In den ungepflasterten Gassen sitzen schwarz gekleidete Frauen. Die Männer tragen das wallende hitzeschützende Gewand der Galabeia, genau so, wie die Fellachen vor 2500 Jahren.

Kaum ein Fleckchen Erde gibt es im schmalen Streifen zwischen Fluss und Dorf, der nicht für die Landwirtschaft oder den Obstbau genutzt wäre. Kanäle, vom Nil gespeist, sorgen das ganze Jahr über für die Bewässerung. Ein Landschaftsbild am Nil, das bis nah vor Kairo über 1000 km gleich aussieht, ein Alltag, wie vor Jahrtausenden. Seit pharaonischer Zeit bestimmen der Nil und seine Wasserführung den Ablauf des bäuerlichen Jahres. Blieb das kostbare Wasser und der fruchtbare Schlamm aus, herrschten Hunger und Not. Die Bibel sagt es so: Auf die „fetten Jahre“ folgten die „mageren Jahre“. Hofbeamte der Pharaonen überwachten nach der jährlichen Nilflut (Nilschwelle) die Neuvermessung der Felder, die Aussaat des Getreides und die Aufteilung der Ernten. Mathematik und Schrift waren Voraussetzung für die Buchführung. In Ägypten entstand so die erste Hochkultur der Erde. Herodot, ein griechischer Historiker, nannte Ägypten bereits im 5. Jh. v. Chr. ein „Geschenk des Nils“. Trifft das heute auch noch zu?

160.2: Flussoase Nil

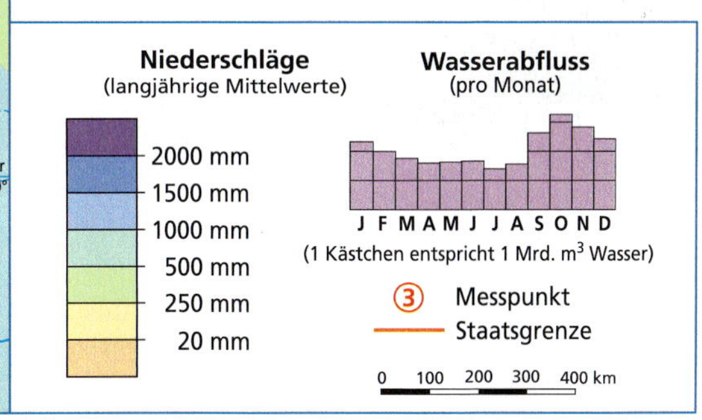

161.1: Der Nil – ein **Fremdlingsfluss**

161.2: Nillandschaft am Mittellauf heute

AUFGABEN

❶ *Arbeite mit der Abb. 161.1 und dem Atlas:*
a) Woher kommt das Wasser des Nils?
b) Beschreibe das jährliche Abflussverhalten des Nils und seiner Quellflüsse.
c) Erkläre die Begriffe „Fremdlingsfluss" und „Nilschwelle".

❷ *Welche Bedeutung hatte die Nilschwelle für das alte Ägypten?*

❸ *Ägypten wird als „Land ohne Land" bezeichnet. Berechne die Bevölkerungsdichte Ägyptens bezogen auf die Staatsfläche und bezogen auf die landwirtschaftliche Nutzfläche für die Jahre 1960 und 2005. Beschreibe die Veränderungen. Welche Probleme ergeben sich daraus für die Bevölkerung und für die Landwirtschaft?*

161.3
Ägypten in Zahlen:
Fläche: 1 Mio. km²
landwirtschaftliche Nutzfläche:
25000 km² (1960)
35000 km² (2005)
Entwicklung der Einwohnerzahl:
1960: 28 Mio.
1970: 35 Mio.
1980: 44 Mio.
1990: 54 Mio.
2000: 66 Mio.
2005: 70 Mio.

Der Assuan-Staudamm: Pro und Contra

Wie kann eine rasch wachsende Bevölkerung auf einem begrenzten Oasenland ausreichend versorgt und wirtschaftlich weiterentwickelt werden? Das war die Überlebensfrage Ägyptens ab Mitte des 20. Jahrhunderts. Der große Staudamm von Assuan sollte die Antwort geben. Was versprachen sich die Ägypter vom Staudamm, was hat er gebracht?

162.1: Lage des Staudamms Sadd-el-Ali

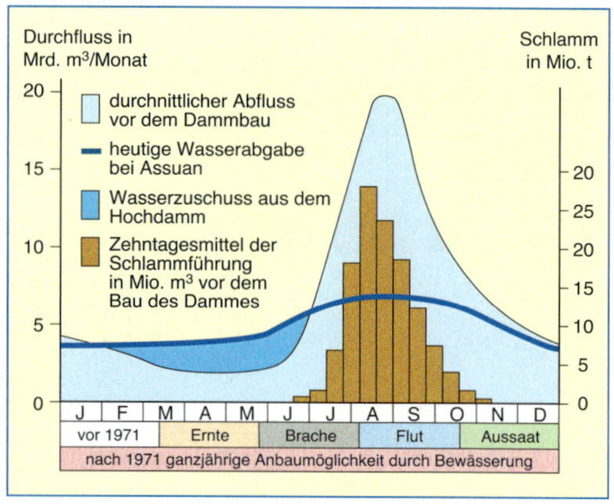

162.4: Abflussrhythmus des Nils vor und nach 1971

162.3: Kreuzfahrtschiff auf dem Nil

162.2: Staudamm Sadd-el-Ali

Steckbrief: Hochdamm Sadd-el-Ali
Kosten: ca. 2,2 Mrd. EUR
Staudammlänge: 3,6 km
Staudammhöhe: 111 m
Stauseelänge: ca. 600 km
Stauseefläche: ca. 5000 km²
(z. Vergl. Bodensee: 520 km²)

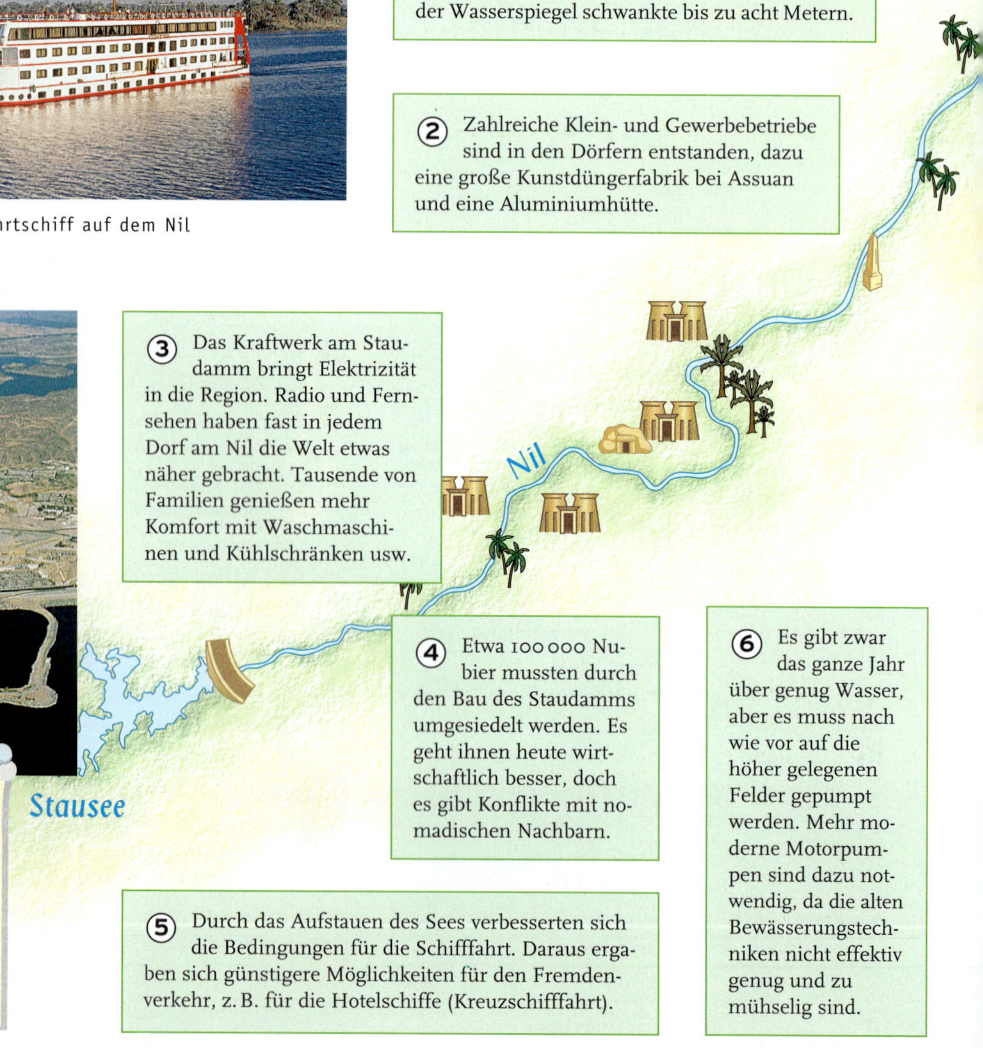

① Viel wertvolles Ackerland geht heute noch durch Versalzung der Felder verloren. Früher spülte die Nilflut die Salze ins Meer, denn der Wasserspiegel schwankte bis zu acht Metern.

② Zahlreiche Klein- und Gewerbebetriebe sind in den Dörfern entstanden, dazu eine große Kunstdüngerfabrik bei Assuan und eine Aluminiumhütte.

③ Das Kraftwerk am Staudamm bringt Elektrizität in die Region. Radio und Fernsehen haben fast in jedem Dorf am Nil die Welt etwas näher gebracht. Tausende von Familien genießen mehr Komfort mit Waschmaschinen und Kühlschränken usw.

④ Etwa 100 000 Nubier mussten durch den Bau des Staudamms umgesiedelt werden. Es geht ihnen heute wirtschaftlich besser, doch es gibt Konflikte mit nomadischen Nachbarn.

⑤ Durch das Aufstauen des Sees verbesserten sich die Bedingungen für die Schifffahrt. Daraus ergaben sich günstigere Möglichkeiten für den Fremdenverkehr, z. B. für die Hotelschiffe (Kreuzschifffahrt).

⑥ Es gibt zwar das ganze Jahr über genug Wasser, aber es muss nach wie vor auf die höher gelegenen Felder gepumpt werden. Mehr moderne Motorpumpen sind dazu notwendig, da die alten Bewässerungstechniken nicht effektiv genug und zu mühselig sind.

163.1: Düngender Fellache

⑩ Da der Schlamm ausbleibt, wird die Fließgeschwindigkeit des Nils erhöht und dadurch werden die Ufer unterspült. Das Delta wächst ebenfalls nicht mehr und so kann salziges Meerwasser eindringen. Die Küstenfischer hatten vorübergehend geringere Erträge, da die Planktonbildung wegen der fehlenden Nährstoffe ausblieb und die Fische keine Nahrung fanden. Aber seit 1980 steigen die Fänge wieder, da sich das Ökosystem allmählich anpasst.

⑧ Seit der Stausee große Mengen des Nilschlamms zurückhält, hat die Regierung viele Ziegeleien geschlossen, da der kostbare Rohstoff knapp geworden ist. Arbeitsplätze sind verloren gegangen. Zudem fehlt der fruchtbare Schlamm jetzt auch auf den flussnahen Feldern.

⑦ Der Damm ermöglicht die Regulierung der Wasserführung, schützt vor Hochwassergefahren, vor allem sichert er die Dauerbewässerung. Dadurch sind zwei bis drei Ernten pro Jahr möglich. Außerdem konnten durch Bewässerung weitere Ackerflächen dazu gewonnen werden.

⑨ In den Bewässerungskanälen steht ständig brackiges Wasser. Darin gedeiht eine Wurmart, die beim Menschen die Krankheit Bilharziose verursacht. Eine schmerzhafte Darm- und Blasenkrankheit, von der vor allem die Menschen in Unterägypten betroffen sind. Doch die Medizin zeigt inzwischen deutliche Erfolge bei der Bekämpfung.

AUFGABEN

❶ *Beurteile, ob es sich bei den Auswirkungen (1–10) um positive oder negative Folgen handelt. Stelle sie in einer Tabelle gegenüber.*

❷ *Nicht alle Vor- und Nachteile sind gleichwertig. Welche sind deiner Meinung nach besonders wichtig für das Leben der Ägypter und für die wirtschaftliche Entwicklung des Landes? Nimm eine Gewichtung vor.*

❸ *Welche in den Texten genannten Auswirkungen sind eine direkte Folge des Staudammbaus, welche sind indirekte Folgen? Ein Beispiel: Die Zunahme der Bilharziose ist nicht eine direkte Folge des Staudammbaus, sondern eine Folge der Kanalbewässerung.*

❹ *Das Großprojekt Assuan-Staudamm ist ein Musterbeispiel für komplexe Ursache-Wirkungs-Zusammenhänge. Versuche zu den folgenden Stichworten ein einfaches Fließschema zu entwickeln: ganzjährige Wasserführung, elektrische Energie, fehlender Nilschlamm. Bedenke dabei, dass eine Ursache sowohl positive wie negative Auswirkungen haben kann.*

❺ *Wie stünde Ägypten heute da, wenn man den Staudamm nicht gebaut hätte?*

Hat sich der Assuanstaudamm gelohnt?

1. Um ein vorurteilsfreie Bewertung vornehmen zu können, müssen zunächst die Sachargumente einander gegenübergestellt und auf den „Wahrheitsgehalt" hin überprüft werden. Die ist aber nicht immer einfach. Manche Fakten sind umstritten und nicht immer eindeutig zu beurteilen.
2. Ein gegenseitiges Aufrechnen positiver und negativer Aspekte ist nicht korrekt, da diese unterschiedlich schwer wiegen. Es muss also eine Gewichtung der Argumente vorgenommen werden. Zudem fehlen häufig die notwendigen Hintergrundinformationen.
3. Eine abschließende Bewertung kann auch nur eine abwägende Beurteilung sein.

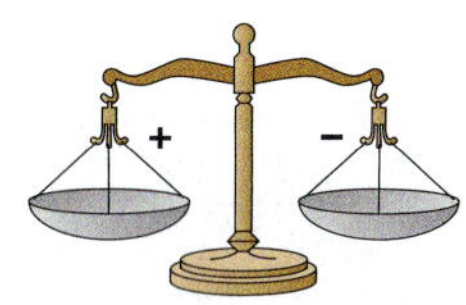

Die Nil-Oase im Satellitenbild

164.1: Satellitenbild der Niloase

AUFGABEN

1. *Vergleiche das Satellitenbild mit einer Karte im Atlas. Welche Einzelheiten der Karte findest du im Satellitenbild?*
2. *Erkläre, welche Bedeutung die einzelnen Farben im Satellitenbild haben.*
3. *Ordne die Fotos (164.A–E) den Ziffern (1–5) in Abb. 164.1 zu und begründe im Einzelnen.*

Lösungsansätze für ein ägyptisches Hauptproblem

Seit dem Bau des Assuanstaudamm verfügt Ägypten über ein ganzjähriges Wasserangebot. Das reichlich vorhandene Wasser verleitet die Fellachen dazu, ihre Felder regelrecht im Wasser zu ertränken. Dabei löst das Wasser Mineralsalze im Boden. Je mehr Wasser dem Boden zugeführt wird, desto mehr Salze werden im Untergrund gelöst. Durch die hohen Lufttemperaturen steigt das Wasser in haarfeinen Röhrchen an die Oberfläche des Bodens. Es verdunstet dort und lässt eine Salzkruste zurück. Auf diesem versalzten Boden können keine Pflanzen mehr wachsen. Die ehemals fruchtbaren Felder werden unbrauchbar.

165.1: Das Problem

Abhilfe kann nur ein System bringen, das die Funktion der früheren Nilschwelle erfüllt: Der Boden muss „gewaschen“ werden. Wie das System funktioniert, zeigt Abb. 165.2.

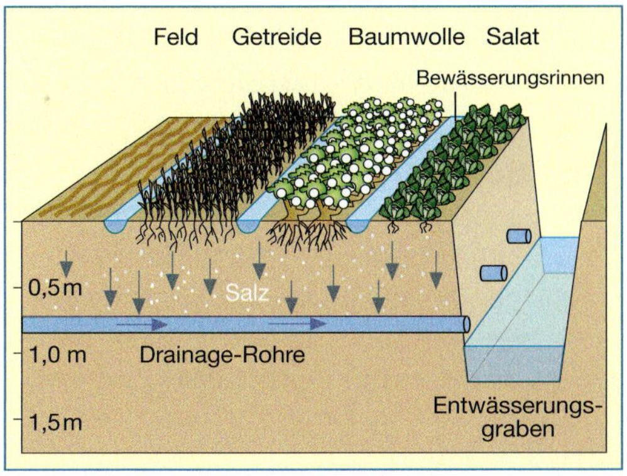

165.2: Die Lösung

GEO *Praxis*

Wir führen „Boden-Experimente“ durch

Experiment 1: Halte ein aufgerolltes Küchenpapier in eine Schüssel mit einer farbigen Flüssigkeit. Was kannst du beobachten?

Experiment 2: Verteile zunächst einige Teelöffel Salz gleichmäßig auf den Grund einer Glasschale. Fülle anschließend ca. 5 cm Erde über das Salz und drücke diese an. Nun musst du den Boden so gründlich gießen, dass sich das Salz auflöst. Stelle den Behälter mit der nassen Erde in die pralle Sonne oder auf einen Heizkörper. Innerhalb von ca. 24 Stunden breitet sich an der Oberfläche ein weißer Niederschlag aus. Was ist passiert? Feuchte einen Finger an, streiche über die Ausblühungen und mache eine „Geschmacksprobe“.

Experiment 3: Gieße nun wieder reichlich Wasser über die Erde, sodass sich die weißen Ausblühungen auflösen. Entferne vorsichtig das überschüssige Wasser, indem du es ausgießt. Wiederhole diesen Vorgang einige Male. Trockne die Erde erneut. Was kannst du feststellen?

165.3: Experiment 3

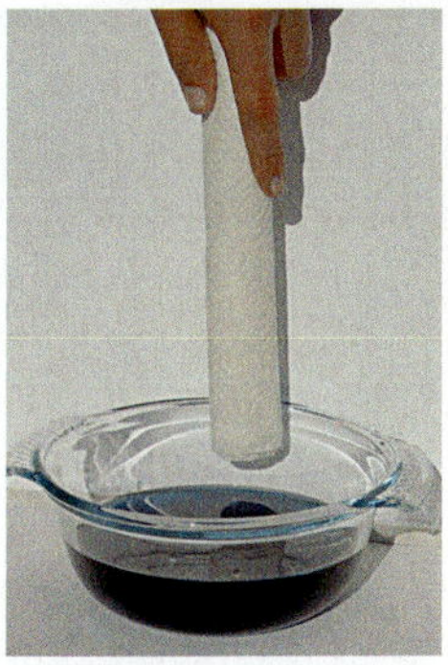

165.4: Experiment 1

165.5: Materialliste

Experiment 1:
flache Schale
farbige Flüssigkeit
(z. B. Limonade)
Küchenpapier

Experiment 2 und 3:
Glasschale
Salz
Teelöffel
Erde
Gießkanne
Wasser
Heizkörper
(Wärmequelle)

166.1: Landschaft in Kanada

Provinz (Hauptstadt)	Fläche in km^2	Einwohner (2002)
Newfoundland (St. John's)	405 720	512 930
Prince Edward Island (Charlottetown)	5 660	135 294
Nova Scotia (Halifax)	55 490	908 007
New Brunswick (Fredericton)	73 440	729 498
Quebec (Quebec)	1 540 680	7 237 479
Ontario (Toronto)	1 068 580	11 410 046
Manitoba (Winnipeg)	649 250	1 119 583
Saskatchewan (Regina)	652 330	978 933
Alberta (Edmonton)	661 190	2 974 807
British Columbia (Victoria)	947 800	3 907 738
Territorium (Hauptstadt)		
Yukon Territory (Whitehorse)	483 450	28 674
Northwest Territories (Yellowknife)	1 305 218	37 360
Nunavut Territory (Iqaluit)	2 121 102	26 745

166.2: Provinzen und Territorien Kanadas in Zahlen

Kanada – Land des „hohen" Nordens

Durch die Lage Kanadas im Gradnetz ist das Klima der bestimmende Faktor für das Leben. Die große Landmasse führt zu einem kontinentalen Klima, bei dem die Nord-Süd-Ausrichtung der Kordillere, die vorherrschenden Westwinde blockiert. Die kalte Hudson Bay wird auch als „America's icebox" bezeichnet (Abb. 167.1).

AUFGABEN

1. *Beschreibe das Foto in Abb. 166.1.*
2. *Vergleiche mithilfe des Atlas die Lage Kanadas mit der Europas.*
3. *Beschreibe Abb. 167.1, benenne Besonderheiten und erkläre sie.*
4. *Ordne die vier Klima-Steckbriefe (Abb. 166.3) den Klimadiagrammen (Abb. 167.3) und den in der Karte gekennzeichneten Klimastationen I bis IV zu (Abb. 167.1).*
5. *Berechne die Einwohnerdichte der kanadischen Provinzen (Abb. 166.2). Erkläre die Bevölkerungsverteilung.*

(A) Polare Zone
Aufgrund der Lage sind die Winter neun Monate lang und es ist extrem kalt.

(B) Pazifische Küstenregion
Die Westwinde bringen sehr viel Feuchtigkeit vom Pazifik mit. Der ozeanische Einfluss sorgt für milde, ausgeglichene Temperaturen.

(C) Prärien
Im Jahresverlauf beträgt die Temperaturamplitude bis zu 40 °C, da im Winter arktische Luft aus dem Norden und im Sommer warme Luftmassen aus dem Süden ungehindert eindringen. Der Niederschlag fällt v. a. im Sommer. Häufig sind die kurzen Regenfälle mit Gewittern verbunden.

(D) Atlantische Region
Nur an den Küsten ist das kontinentale Klima gemildert. Jedoch ziehen mit dem kalten Labrador-Strom Eisberge bis vor die Küste von Neufundland. Ganzjährig fallen hohe Niederschläge mit einem Minimum im Sommer.

166.3: Steckbriefe zum Klima

167.1: Klimazonen in Kanada

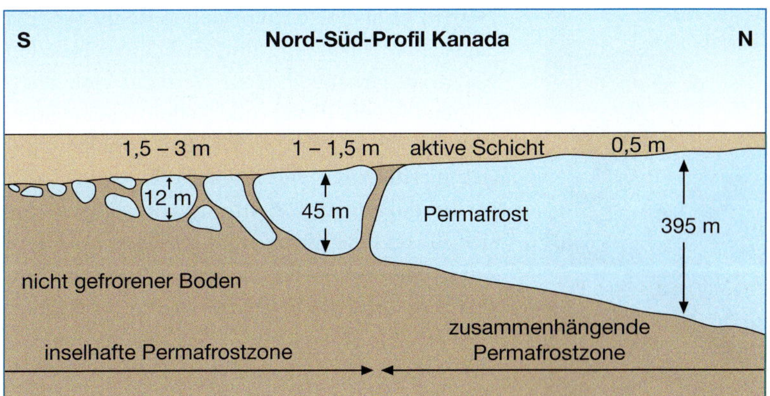

Permafrost ist die ständige Bodengefrornis. Fast die Hälfte Kanadas ist von Permafrost bedeckt. Der zusammenhängende Permafrost taut während des kurzen Sommers nur an der Oberfläche auf. Er erreicht im Norden Kanadas Tiefen von mehreren hundert Metern. Beim sich südlich anschließenden inselhaften Permafrost treten gefrorene und nicht gefrorene Bodenareale nebeneinander auf. Zum Nachteil wird der Permafrost bei der Errichtung von Gebäuden, Straßen oder Pipelines, da Wärmequellen den Permafrost oberflächlich auftauen und zur Instabilität führen. Eine Lösung des Problems ist, Häuser und Pipelines „auf Stelzen" zu bauen. Die Luftschicht zwischen Permafrost und Gebäude bzw. Pipeline sorgt dann für die notwendige Isolierung.

167.2: Permafrost

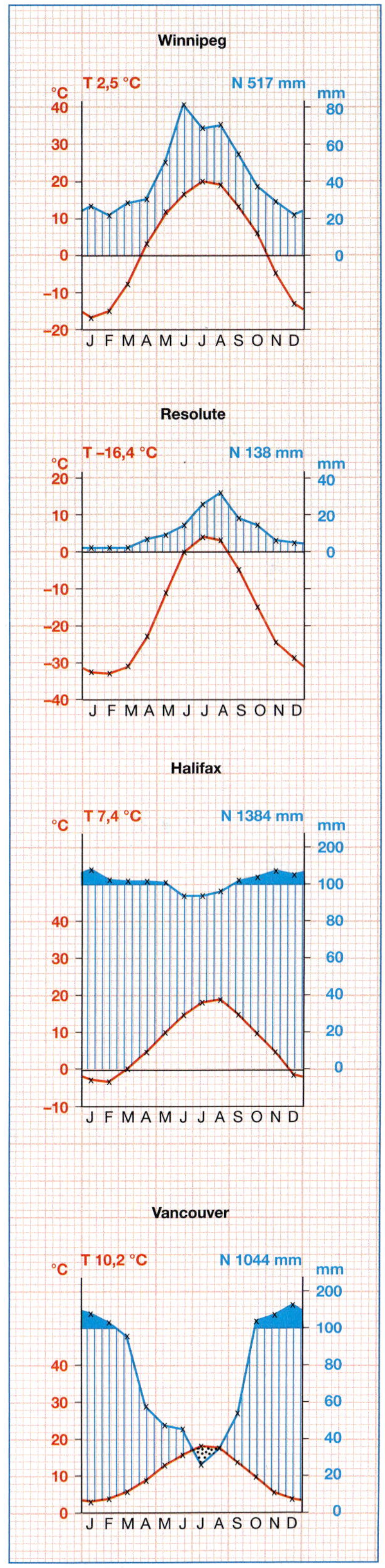

167.3: Klimadiagramme

168.1: Bodenschätze in Kanada

168.2: Zellulose- und Papierfabrik in Kanada

- 41 % der Landesfläche sind von Wald bedeckt
- ca. zwei Drittel der Pflanzen- und Tierarten lebt in Wäldern
- 44,6 Mrd. kan$ Exportvolumen bei forstwirtschaftlichen Produkten (entspricht ca. 11 % des gesamten Exports)
- 361 000 Menschen sind in der Holz- und Forstwirtschaft beschäftigt

168.3: Zahlen zur Holzwirtschaft in Kanada

Kanadas natürlicher Reichtum

Kanada ist reich an Ressourcen. In der frühen Entwicklung spielten Fisch von der Atlantikküste und Felle eine Rolle. Der Pelzhandel wurde in der ersten Hälfte des 19. Jahrhunderts von der Holzwirtschaft abgelöst. Auf fast der Hälfte der Landesfläche wachsen Wälder. Neben den genannten Produkten verfügt Kanada über einen nahezu unermesslichen Reichtum an etwa 60 verschiedenen Bodenschätzen. Die natürlichen Ressourcen haben das Land reicht gemacht. Denn neben der eigenen Versorgung wird durch den Export ein hoher Erlös erzielt.

Holzwirtschaft zwischen Profit und Umweltschutz

Weltweit gesehen, machen Kanadas Wälder einen Anteil von beinahe 10 % aus. Somit ist es nicht verwunderlich, dass Holz für die wirtschaftliche Entwicklung des Landes immer wichtig war. Es spielte während der Besiedlung als Bau- und Heizmaterial eine entscheidende Rolle. Seitdem hat sich seine Nutzung aufgrund der veränderten Nachfrage gewandelt. Heute wird das Holz überwiegend für die Papier- und Zelluloseherstellung verwendet. Die drei wichtigsten Voraussetzungen hierfür sind: viel Wald, genügend Wasser für Produktion und Transport, und Flüsse, die sich für die Energieerzeugung eignen. Aus dem Zusammentreffen dieser drei Bedingungen ergeben sich die Standorte der Papier- und Zellulosefabriken (Abb. 168.2). Die Bedeutung der Holzwirtschaft lässt sich am Export ablesen: Weltweit gesehen ist Kanada der größte Exporteur bei einem Anteil von 20 % am Welthandel. Da die Holzvorräte als unerschöpflich galten, wurde dem Schutz der Wälder wenig Aufmerksamkeit geschenkt. Bereits in den 1980er Jahren gab es Kritik. Kahlschlag sowie die Zerstörung der letzten zusammenhängenden Regenwaldgebiete in den gemäßigten Breiten wurden scharf angegriffen. In Abnehmerländern gab es Protestaktionen gegen kanadische Holzprodukte sowie Boykottaufrufe. Ziel war, den Wald zu schützen und auf seine wichtigen Funktionen z. B. als Lebensraum für Tiere und Erholungsraum für den Menschen aufmerksam zu machen.

Die weltweiten Proteste und Boykotte haben dem Image und somit dem Absatz kanadischer Holzprodukte geschadet. Somit wurde ein Umdenken bei den Provinzregierungen bewirkt, die als Besitzer von mehr als 90 % der Wälder großen Einfluss auf die Holzwirtschaft haben.
Ein gutes Beispiel hierfür ist die Provinz British Columbia. Umweltschützer bemühten sich insbesondere um den Erhalt des Clayoquot Sound, wo die ursprüngliche Vegetation besonders beeindruckend ist (Abb. 169.2 und 3). Die vielfältigen Aktionen der Umweltschützer sorgten für großes Aufsehen und damit für internationale Presseberichte. Der Name „Clayoquot Sound" wurde weltweit bekannt.
British Columbia hat mittlerweile ein Bündel von Maßnahmen ergriffen, um die Forstwirtschaft nachhaltig zu gestalten, indem sie den Erhalt und die Regeneration der Wälder berücksichtigt: Ein Drittel des Clayoquot Sound wurde zum Naturschutzgebiet erklärt und für weitere Teile ist der Holzeinschlag nur begrenzt zulässig. Zusätzlich wiesen im Jahr 2000 die Vereinten Nationen das Gebiet als Biosphären-Reservat aus. Generell hat British Columbia die Größe von Kahlschlägen auf 40 ha begrenzt. Abgeholzte Flächen müssen nach einem bestimmten Zeitplan wieder aufgeforstet werden, wobei keine Monokulturen entstehen dürfen. Es wurde auch ein Zertifikat eingeführt, mit dem Firmen ihren Kunden gegenüber belegen können, dass sie nachhaltig wirtschaften. Umweltgruppen wurden bei der Planung des Einschlags ein Mitspracherecht eingeräumt. Um sicherzustellen, dass die beschlossenen Maßnahmen auch in die Praxis umgesetzt werden, gibt es Kontrollen und im Falle von Verstößen hohe Strafen.

169.1: Kahlschlagflächen in British Columbia

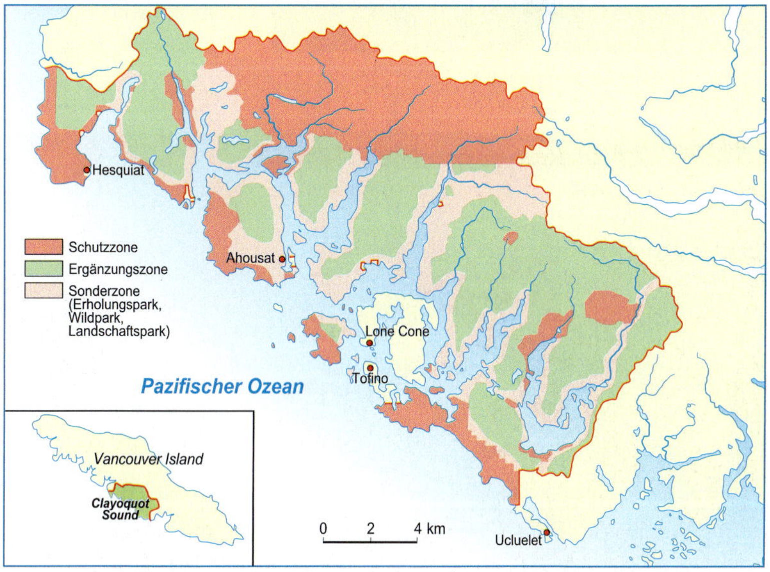

169.2: Schutzgebiete im Clayoquot Sound

169.3: Urwälder am Clayoquot Sound

AUFGABEN

1. *Beschreibe die Lage der Bodenschätze in Kanada (Abb. 168.1).*
2. *Zeichne eine Faustskizze von Kanada, in die du die Verbreitung des Waldes (Laub- bzw. Nadelwald) einzeichnest.*
3. *Stelle die Bedeutung der Holz verarbeitenden Industrie für Kanada dar (Abb. 168.3).*
4. *Erkläre den Begriff „nachhaltige Forstwirtschaft", nenne die ergriffenen Maßnahmen und diskutiere deren Wirksamkeit.*

170.1: Indianer in Festtracht

Wem gehört das Land? - Ureinwohner im modernen Kanada

Die Zahl der Urbevölkerung Kanadas vor der Ankunft der Europäer wird auf etwa 1 000 000 geschätzt. Die Konfrontation mit den Europäern führte zu Seuchen, Hunger und Kriegen, sodass ihre Zahl am Ende des 19. Jahrhunderts auf weniger als 150 000 zurückging. Heute gibt es etwa 800 000 Ureinwohner, von denen ca. 68 % Indianer sind, 26 % Métis (indianische und europäische Vorfahren) und 5 % Inuit.
Die Inuit leben im polaren und subpolaren Norden während die Métis vor allem in den Prärieprovinzen angesiedelt sind. Diesen beiden Bevölkerungsgruppen blieb das Schicksal der Indianer erspart, die zum Leben in mehr als 2200 Reservaten gezwungen wurden. Viele Reservate sind schlecht erreichbar und nur wenige verfügen über Bodenschätze oder sind für den Tourismus attraktiv.

Die Einweisung der Indianer in Reservate führt bis in die Gegenwart zu Konflikten, in deren Mittelpunkt die Frage steht, ob die ursprünglich ansässigen Indianer oder die Nachkommen der Einwanderer das Land besitzen. Derzeit gibt es sehr viele Gerichtsverfahren, die versuchen eine Antwort auf diese Frage zu finden.
Ein weiterer Konflikt entsteht durch den Abbau von Rohstoffen und die Gewinnung von Energie aus Wasserkraft im dünn besiedelten Norden Kanadas. Dort muss die ansässige Urbevölkerung mit den Umweltproblemen leben, während die Verarbeitung, der Verkauf der Rohstoffe bzw. die Nutzung der Energie im Süden des Landes erfolgen, wo auch die Gewinne verbleiben. Der Konflikt spitzt sich zu, da die Urbevölkerung für Jagd und Fischfang zur Selbstversorgung einen intakten Lebensraum braucht.

170.2: Reservat in Quebec – Versuch, Teile des traditionellen Lebens zu bewahren

	Indianer in Kanada	übrige Kanadier
Lebenserwartung (2005) Frauen Männer	 76,3 Jahre 71,1 Jahre	 82,4 Jahre 77,1 Jahre
Kindersterblichkeit* (2000) *tote Säuglinge/1000 Geburten	6,4	5,5
Arbeitslosigkeit (2004)	52 % (Provinz Nunavut)	7,2 %
Anteil eines Jahrgangs mit Universitätsabschluss (2001)	23 %	38 %

170.3: Die soziale Stellung der Indianer im Vergleich

AUFGABEN

1. *Beschreibe die soziale Stellung der Indianer im Vergleich zur restlichen Gesellschaft (Abb. 170.3).*
2. *Erläutere, warum es bei der Rohstoff- und Stromgewinnung im Norden Kanadas zu Problemen kommen kann.*
3. *Beschreibe das Abkommen über die Nutzung beim James-Bay-Projekt (Abb. 171.1). Inwiefern handelt es sich bei diesem Abkommen um einen Kompromiss?*

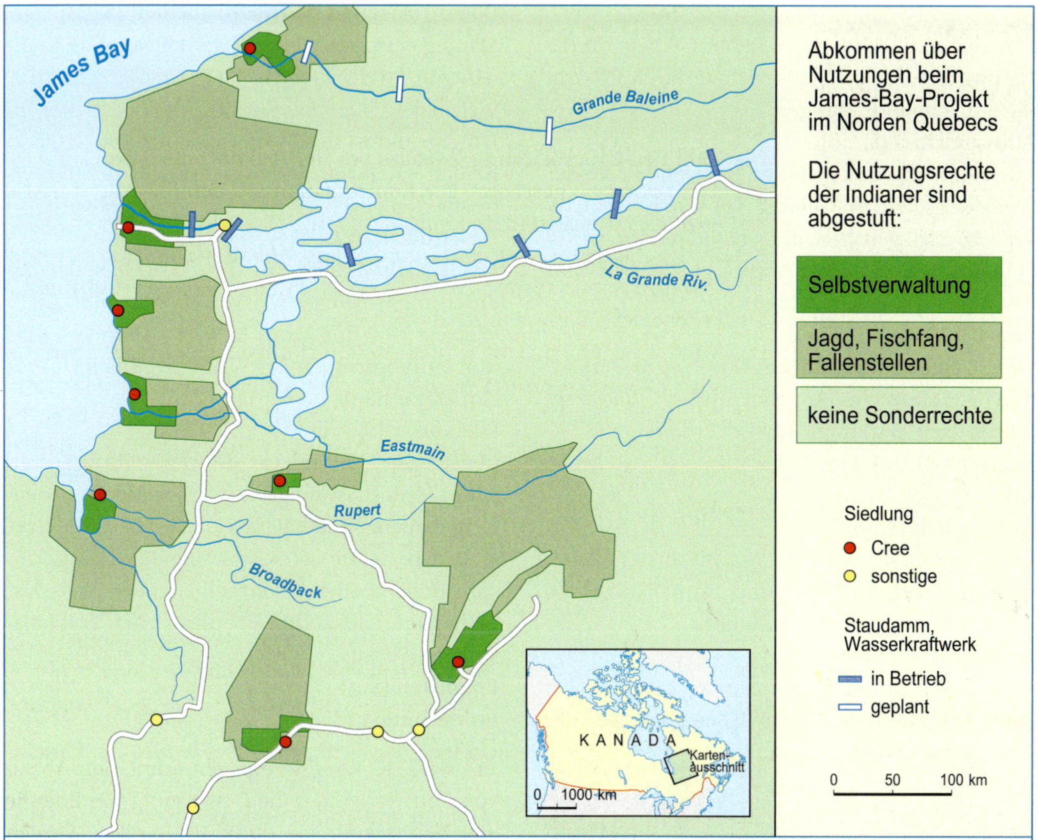

Ziel des James-Bay-Projekts im Norden Quebecs ist die Energiegewinnung aus Wasserkraft als Voraussetzung für eine wettbewerbsfähige Wirtschaft. Hierfür werden Stauseen und eine Reihe von Kraftwerken entlang der in die James Bay mündenden Flüsse gebaut. Das Megaprojekt hat Einfluss auf die Tier- und Pflanzenwelt und beim Absterben der Biomasse in den Stauseen kommt es zur Anreicherung von Methylquecksilber, das in die Nahrungskette gelangen kann. Das Gebiet wird von ca. 10 000 Indianern bewohnt, mit denen vertragliche Regelungen geschlossen wurden.

171.1: Das James-Bay-Projekt

Die Gründung von „Nunavut" – zu deutsch „unser Land" – ist ein Höhepunkt im Prozess der Aussöhnung zwischen den Kulturen. Im Territorium Nunavut (vgl. Abb. 166.2), das etwa sechsmal so groß wie Deutschland ist, leben etwa 25 000 Menschen, von denen 85 % Inuit sind. Nach intensiven Verhandlungen wurde Nunavut im Jahr 1999 den Inuit offiziell zur weitgehenden Selbstverwaltung übergeben. Die Inuit sind Eigentümer von 350 000 km² Land und haben am Gesamtgebiet Jagd- und Fischereirechte. Mit einem Betrag von 1,1 Mrd. $ wurden weitergehende Landforderungen der Inuit abgegolten.

171.2: Nunavut

GEO Lexikon

Agrarkolonisation (S. 150)
Erschließung bisher ungenutzter Gebiete für die Landwirtschaft, meistens in Verbindung mit Siedlungsneugründungen.
Almwirtschaft (S. 90)
Auch Alpwirtschaft genannt. Spezielle Form der Weidewirtschaft im Gebirge. Im Winter wird das Vieh im Stall gehalten, der sich beim Hof im Tal befindet. Den Sommer verbringt das Vieh auf den höher gelegenen Almen.
Angebot (S. 126)
Menge eines Gutes, das am Markt zum Verkauf oder Tausch steht. Angebot und → *Nachfrage* führen zum Marktpreis für ein Produkt.
Antarktis (S. 70)
Arktis (S. 70)
Artenvielfalt (S. 18)
Gibt Auskunft über die Anzahl verschiedener biologischer Arten (Flora und Fauna) innerhalb eines festgelegten Lebensraumes.
artesischer Brunnen (S. 54)
Natürlicher Brunnen zumeist in Tallagen, bei dem Grundwasser durch Überdruck an der Oberfläche austreten kann.
Ästuar (Trichtermündung) (S. 149)
Unter Einfluss der Gezeiten trichterförmig erweiterte Flussmündung (z. B. Elbe, Weser, Themse)
Beaufort-Skala (S.101)
Binnenwüsten (S. 50)
Wüste im Inneren der Kontinente.
biologisches Gleichgewicht (S. 74)
Ein quasinatürliches Abhängigkeitsverhältnis zwischen den Räuber-Beute-Beziehungen, das ohne Störeinflüsse ein relativ stabiles System bildet.
borealer Nadelwald (S. 111)
Nur auf der Nordhalbkugel auftretender Landschaftstyp mit ausgedehnten Nadelwäldern aus Tannen, Lärchen, Kiefern und Fichten. In Russland als Taiga bezeichnet.
Brandrodung (S. 23)
Rodung durch Fällen der Bäume mit anschließender Verbrennung der Stämme und der Restvegetation.
Brettwurzeln (S. 18)
cash crop (S. 126)
Coriolis-Effekt (S. 38)
Durch den Coriolis-Effekt werden auf der sich drehenden Erde Luftmassen aus ihrer ursprünglichen Bewegungsrichtung abgelenkt und zwar auf der Nordhalbkugel nach rechts, auf der Südhalbkugel nach links.
Dauerfrostboden (Permafrostboden) (S. 77)
Ständig gefrorener Boden, der teilweise im Sommer nur an der Oberfläche geringfügig auftaut. Wegen der stauenden Wirkung des Bodeneises im Untergrund ist die Auftauschicht stark vernässt. In den → *Tundrengebieten* erreicht der Dauerfrostboden eine Tiefe von bis zu 300 Metern.
Desertifikation (S. 155)
Landschaftswandel in Trockengebieten, der durch menschliches Wirken (falsche oder übertriebene Nutzung eines Raumes) ausgelöst wird und ein Vordringen der Wüste begünstigt.
Dornsavanne (S. 33, S. 113)
Edelhölzer (S. 130)
Meist tropische Hölzer, die wegen ihrer besonderen Eigenschaften große wirtschaftliche Bedeutung haben. Qualitätsmerkmale dieser Hölzer sind z. B. Härte, gleichmäßige Maserung, ansprechende Farbe, Polierfähigkeit. Beispiele sind Mahagoni, Palisander, Ebenholz oder Teakholz.
Eisberg (S. 70)
Epiphyten (S. 18)
Erdrevolution (S. 96)
Umlauf der Erde um die Sonne. Ein Umlauf dauert rund ein Jahr (365 Tage, 5 Stunden, 48 Minuten und 46 Sekunden).
Erg (S. 47)
Sandwüste mit Dünen. Die Dünen können Höhen von 300 m erreichen.
Feuchtsavanne (S. 33, S. 113)
Flussoase (S. 54)
Eine Oase, die durch einen Fluss bewässert wird.
Fremdlingsfluss (S. 161)
Fluss in Trockengebieten, der in einem niederschlagsreichem Quellgebiet entspringt.
GIS (S. 114)
Abkürzung für Geographische Informationssysteme
Golfstrom (S. 107)
Warme Meeresströmung im Atlantik. Durch den Transport warmen Wassers aus dem Golf von Mexiko sorgt er für eine Erwärmung großer Teile West- und Nordeuropas.
GPS (S. 69)
Das **G**lobal **P**ositioning **S**ystem ist ein satellitengestütztes Navigationssystem. Es ermöglicht mithilfe von anzupeilenden Satelliten eine genaue Positionsbestimmung an jedem Ort der Welt.
Grundwasseroase (S. 54)
Oasen, die ihr Wasser mithilfe von Hebevorrichtungen aus dem Grundwasser entnehmen.

Hackbau (S. 23)
Halbwüste (S. 113)
Hamada (S. 47)
Gebirgs-, Fels- oder Steinwüste.
Hartlaubvegetation (S. 113)
Hochdruckgebiet (Hoch) (S. 100)
Höhenstufen (S. 88)
Durch bestimmte Klimaverhältnisse und die damit zusammenhängende Pflanzendecke und Wirtschaftsweise geprägte Höhenlagen im Gebirge. Ausschlaggebend für die Bildung von Höhenstufen ist die Abnahme der Temperatur um durchschnittlich 0,6 °C je 100 m sowie die Veränderung der Niederschlagsmenge in der Höhe.
Individuenzahl (S. 18)
Anzahl der Lebewesen (Flora und Fauna) einer Art in einem festgelegten Lebensraum.
Inlandeis (S. 70)
Inuit (S. 76)
Isobaren (S. 101)
Linie, welche Orte mit gleichem → Luftdruck miteinander verbindet.
Isotherme (S. 70)
Linie, welche Orte mit gleicher Lufttemperatur miteinander verbindet.
Jäger und Sammler (S. 22)
Jahreszeiten (S. 98)
Als Jahreszeiten bezeichnet man den charakteristischen Wechsel der → *Klimaelemente* und der Vegetation im Verlauf eines Jahres. Sie entstehen durch den Umlauf der Erde um die Sonne bei gleich bleibend schräg stehender Erdachse.
Jahreszeitenklima (S. 15, S. 98)
Klima, für dessen Ausprägung jahreszeitliche Schwankungen der → *Klimaelemente* von höherer Bedeutung sind als die tägliche Veränderungen.
Klimaelemente (S. 104)
Klimazonen (S. 104)
Die in der Regel in etwa breitenkreisparallel angeordneten Zonen auf der Erde mit typischen allgemeinen Klimavoraussetzungen. Die Klimazonen sind durch die unterschiedlichen Einstrahlungsverhältnisse bedingt. Eine strenge zonale Anordnung (Nord-Süd) wird durch die Verteilung der Ozeane und Kontinente sowie der Hochgebirge überprägt.
Kondensation (S. 52)
Übergang des Wasserdampfes von gasförmig zu flüssig. Es bilden sich Wolken oder Nebel in der Atmosphäre.
kontinentales Klima (S. 106)
Küstenwüste (S. 52)
Schmaler, extrem niederschlagsarmer Küstenstreifen an den Westküsten der Kontinente mit kaltem Auftriebswasser, z. B. Atacama, Namib. Die Abkühlung der Luft über dem kalten Auftriebswasser führt zu häufiger Nebelbildung.
Landschaftszone (S. 110)
Gebiete mit gleichen oder ähnlichen Pflanzen und an diesen Lebensraum angepassten Tieren.
Lianen (S. 18)
Luftdruck (S. 100)
Als Luftdruck bezeichnet man das Gewicht, das eine Luftsäule vom Erdborden bis zur Obergrenze der Atmosphäre auf eine bestimmte Fläche ausübt. Der Luftdruck nimmt mit der Höhe ab. Er wird mit dem Barometer in der Einheit Hektopascal (hPa) gemessen. Der „Normaldruck" beträgt im Meeresniveau durchschnittlich 1013 hPa.
Luftwurzeln (S. 18)
Macchie (S. 113)
Nach Übernutzung durch Abholzung und Beweidung im Mittelmeerraum entstandene Vegetationsform mit überwiegend Gebüschvegetation.
Matten (S. 90)
Natürliche Wiesen in den Alpen oberhalb der → *Waldgrenze.*
Mittelbreiten (S. 96, S. 97)
Monokultur (S. 56, S. 128)
In der Land- und Forstwirtschaft Anbau nur einer Nutzpflanzenart auf überwiegend großen Flächen. Monokulturen führen leicht zur Bodenerschöpfung und sind schädlingsanfällig. Sie sind z. B. typisch für die tropische Plantagenwirtschaft.
multinationale Konzerne (S. 126, S. 129)
(„Multis", „Global Players") In mehreren Staaten und oft weltweit operierende und auch produzierende Großunternehmen (Konzerne), wie z. B. die „Bananenmultis" in Mittelamerika. Trotz ihres Beitrags zur Ausweitung des Welthandels umstritten wegen der wirtschaftlichen Machtkonzentration mit möglicher politischer Einflussnahme, Wettbewerbsverzerrung.
Muttergestein (S. 137)
Mykorrhiza-Pilze (S. 25)
Im → *tropischen Regenwald* weit verbreitete Pilze, die mit ihrem Geflecht die Saugwürzelchen von mehrjährigen Pflanzen umspinnen. Sie versorgen diese mit aufgefangenen Nährstoffen und bekommen dafür im Austausch Kohlenhydrate. Pflanze und Pilz sind voneinander abhängig; stirbt ein Teil, überlebt auch der andere nicht.

Nachfrage (S. 126)
Menge eines Gutes, für das am Markt Bedarf besteht. → *Angebot* und Nachfrage führen zum Marktpreis für ein Produkt.
Nährstofffalle (S. 25)
Nährstoffkreislauf (S. 25)
Nahrungsnetz (S. 75)
System verzweigter Nahrungsketten, wobei die Organismen je nach Energiegehalt eine bestimmte Position einnehmen.
Nomadismus (S. 60)
Eine gesamte Gruppe, z. B. eine Großfamilie, wandert regelmäßig mit ihrem Vieh, damit die Tiere auf den wechselnden Weiden genug Futter vorfinden. Die kargen Weiden, die nur begrenzt Futter liefern, sind der Auslöser der Wanderungen, bei denen der gesamte Besitz mitgenommen wird. Der Nomadismus ist die optimale Nutzungsform innerhalb der Trockengebiete, in denen im Jahresverlauf das Futter- und Wasserangebot wechselt.
Oase (S. 54, S. 56)
Bewässertes Land in trockenen Gebieten. Wegen der ständigen Bewässerung bilden Oasen ganzjährig grüne Inseln im umgebenden Trockenraum.
OPEC (S. 135)
Organisation of the **P**etroleum **E**xporting **C**ountries (Organisation Erdöl exportierender Länder). Ihre Mitgliedstaaten verfügen etwa über drei Viertel der weltweiten Erdölreserven.
ozeanisches Klima (S. 106)
Packeis (S. 70)
Passatkreislauf (S. 34, S. 36)
Passate sind bodennahe Nordost- und Südostwinde, die auf beiden Erdhalbkugeln vorkommen. Sie wehen beständig zwischen den subtropischen → *Hochdruckgebieten* und der Tiefdruckrinne am Äquator. Sie bilden einen geschlossenen Kreislauf und verlagern sich mit den Jahreszeiten. Dadurch entstehen in den → *Tropen* Regen- und Trockenzeiten.
Passatwüste (S. 46)
Permafrostboden (S. 167)
→ *Dauerfrostboden*
Pestizide (S. 128)
Chemische Mittel zur Schädlingsbekämpfung. Man unterscheidet zwischen Herbiziden zur Unkrautbekämpfung, Insektiziden gegen Insekten und Fungiziden zur Bekämpfung von Schadpilzen.
Pfannkucheneis (S. 70)
Plantage (S. 122, S. 128)
Vor allem in den → *Tropen* und Subtropen vorkommende, landwirtschaftliche Großbetriebsform, die meist auf ein Produkt (→ *Monokultur*) spezialisiert ist. Typische Produkte sind Kaffee, Kakao, Kautschuk und Obst.
polares Klima (S. 70)
Eis- und Schneeklima der → *Polarzonen* (jenseits der Polarkreise), aufgrund des Einstrahlungsdefizits.
Polarkreis (S. 72, S. 96)
Die Breitenkreise auf $66\frac{1}{2}°$ Nord und Süd, an denen die Sonne zur Wintersonnenwende (21. Dezember) um Mittag den Horizont gerade berührt und zur Sommersonnenwende (21. Juni) um Mitternacht gerade noch sichtbar ist. Die Polarkreise sind die Grenzen zwischen den → *Polargebieten* von den → *Mittelbreiten.*
Polarnacht (S. 72)
Die Zeit, in der in den → *Polargebieten* die Sonne für mehr als 24 Stunden nicht über den Horizont geht. Diese Erscheinung liegt an der Neigung der Erdachse und dauert von einem Tag (→ *Polarkreise*) bis zu einem halben Jahr (Pole).
Polarregionen/-gebiete (S. 70, S. 96, S. 111)
Gebiete zwischen → *Polarkreisen* und Polen.
Polartag (S. 72)
Die Zeit, in der in den → *Polargebieten* die Sonne für mehr als 24 Stunden nicht unter den Horizont geht. Siehe auch → *Polarnacht.*
Primärwald (S. 24)
Naturwald, der noch keine oder nur geringen Veränderungen durch den Menschen erfahren hat.
Quelloase (S. 54)
In einem Gebirge vorkommende Niederschläge speisen die Quellen dieses Oasentyps. Das Niederschlagswasser gelangt dabei über wasserleitende Gesteinsschichten zu den am Fuß des Gebirges liegenden Oasen und kann dort genutzt werden.
Regenzeit (S. 30, 36)
Savanne (S. 32, S. 113)
Hauptvegetationstyp der → *wechselfeuchten Tropen.* Unterschieden werden folgende Typen: → *Feucht-,* → *Dorn-* und → *Trockensavanne*
Schelfeis (S. 70)
Schneegrenze (S. 92)
Die Höhengrenze zwischen dem ganzjährig schneebedeckten und dem im Sommer schneefrei werdenden Gebiet.

N o r d p o
Kanadisches Becken
Beaufortsee
Ellesmere-I.
Grönland
Victoria-Insel
Baffin-bai
Baffinland
Euro-päisches Nordmeer
Jan Mayen
3700
Nördl. Polarkreis
Alaska
Yukon
Mt. McKinley 6194
6050
Großer Bärensee
Großer Sklavensee
Hudson-bai
Island
Färöer
Alaska-golf
Aleutengraben
Reykjanesrücken
Rockallschwelle
Labrador
Labrador-becken
Britische Inseln
Nord-see
Winnipegsee
NORDAMERIKA
Rocky Mountains
Oberer See
Huronsee
Sankt-Lorenz-Strom
Neufundland
Michigan-see
Great Plains
Appalachen
Neufundland-becken
Westeuropäisches Becken
Mt. Whitney 4418
Mt. Elbert 4399
-86
-74
4807 Montblanc
Iberische H.-I.
Iberisches Becken
Azoren
Mississippi
Nord-pazifisches Becken
6741
Nordamerikanisches Becken
Bermuda-In.
Madeira
Atlas
Guadaloupe
Hochland v. Mexiko
Golf von Mexiko
ATLANTISCHER
Sargassosee
Kanarische Inseln
4165
Hawaii-In.
Hawaii-Rücken
Hawaii 4214
Nördl. Wendekreis
Bahama-Inseln
6995
Kanaren-becken
6501
3003
Kuba
Westindien
9219
Puerto-Rico Graben
Revilla-Gigedo-In.
Haiti
Mittelatlantischer Rücken
5700
Karibisches Meer
Kapverdische In.
PAZIFISCHER
Mexikograben
6662
Guayanabecken
7292
Kapverdisches Becken
Niger
Zentral-pazifisches Becken
Clipperton-I.
5775
Llanos
Albatross-plateau
Galápagos-schwelle
Bergland v. Guayana
3100
St. Paul
7758
Guinea-becken
Äquator
Galápagos-In.
6310 Chimborazo
Amazonas
Selvas
Fernando de Noronha
SÜDAMERIKA
Anden
Ascension
Brasilia-nisches Becken
Marquesas-In.
Perugraben
Brasilianisches Bergland
Angola-becken
St. Helena
6550 Illampu
Tuamotu-In.
Ostpazifischer Rücken
Trinidade
Tahiti
Gesell-schafts-Inseln
Cook-In.
Perubecken
Nazcaschw.
Atacamagraben
Gran Chaco
Südatlantischer Rücken
Tubai-In.
Südl. Wendekreis
OZEAN
Tubuaischwelle
Pitcairn
Sala y Gómez
Oster-I.
San Félix
8066
Paraná
Rio-Grande-Schwelle
Rapa
Aconcagua 6958
Tristan da Cunha
Walfischrücken
Juan-Fernández-In.
Chile-becken
Pampa
Kap-becken
Gough-I.
Chileschwelle
Argentinisches Becken
Südpazifisches Becken
4058
6212
Falkland-In.
Südgeorgien
Feuerland
Südantillen-meer
Süd-sandwich-In.
Südsandwich-graben 8428
Bouvet
Kap Hoorn
Ost-pazifisches Südpolarbecken
Südpaz. Rücken
Südorkney-In.
Atlantisch-Indi
Graham-land
Südl. Polarkreis
Bellingshausen-see
Weddell-meer
Königi
Ellsworthland
3950
4180
5140 Mt. Vinson
Berkner-I.
Marie-Byrd-Land
Edith-Ronne-Land
A N T A
3960
150° 120° 90° 60° 30° 0°
60° 30° 30° 60°
Landhöhen
über 3000 m
2000 - 3000 m
1000 - 2000 m
500 - 1000 m
200 - 500 m
0 - 200 m
unter 0 m
Inlandeis
Fluss
5895 Höhe in Meter

Karten- und Grafikenverzeichnis

Computerkartographie, Computergrafik Heidolph, Kottgeisering: 14.2, 15.2, 15.3, 21.1, 23.3, 24.3, 25.1, 25.3, 27.2B, 27.2C, 31.4, 34.1, 35.1, 43.2, 45.1, 47.1, 47.3, 50.2 a–c, 51.1, 54.2, 55.1 unten, 59.2, 63.2, 69.1 unten, 70.3, 71.1, 72.3, 75.1, 76.2, 76.4, 76.5, 79.5, 81.1-2, 81.1-4, 91.1, 91.2, 92.1, 92.3, 96.1, 97.2, 97.3, 98.1–3, 100.2, 101.2, 103.1, 103.3, 106.1, 107.2, 107.3, 108.2, 109.4, 110/111, 112/113, 114.3, 118.4, 119.1, 126.3, 126.4, 130.3, 132.2, 133.2, 136.2, 136.3, 137.1–3, 138.3, 139.1 unten, 139.3, 147.1, 148.1, 154.3, 159.1, 162.4, 162/163, 165.2, 167.2, 167.3; dpa Deutsche Presse-Agentur, Hamburg: 141.3; Göller, Augsburg: 22.3; FRD Freier Redaktions-Dienst GmbH, Berlin: 27.1, 31.2, 31.3, 36.1, 39.1, 44.1, 50.2, 52.3, 56.1, 57.2, 60.2, 63.1, 66.3, 68.2, 70.1, 71.2, 77.3, 81.1, 84.1, 88.1, 88.2 unten, 93.1, 109.1, 126.2, 128.1, 132.1, 134.1, 138.2, 143.1, 146. Mitte, 149.1, 152.2, 154.2, 160.1, 162.1, 167.1, 168.1, 169.2, 171.1, 171.2; Hebel, Freiburg: 6/7, 53.1, 124/125 (zwölf Zeichnungen); Maass; H., Ratingen: 58.1; Mager, Gengenbach: 123 oben; www.klimadiagramme.de: 106.2, 107.1

Bildquellenverzeichnis

action press, Hamburg: 138.1 (Photographers International), 141.2; Alfred-Wegener-Institut, Bremerhaven: 68.4, 75.A (Tiens), 75.B, 75.E, 75.F, 75.G, 81.1-1, 81.1-3; Amtsfeld, Umkirch: 55.1 oben; Archiv Preußischer Kulturbesitz, Berlin: 67.1, 80.N r. u.; Arnold, M., CH-Seegrund: 52.2; Azalay e.V., München: 61.1, 61.2, 61.3 (Gneiting); Baldenhofer, K., Lexikon der Fernerkundung, www.fe-Lexikon.info: 88.2 oben; Bildagentur Huber, Garmisch-Partenkirchen: 162.3 (Zoom); Bilderberg, Hamburg: 121.1 (Burkard), 136.1 (Burkard), 109.2 (Ginter); Broony, Castrop-Rauxel: 79.2; Bundesministerium für wirtschaftliche Zusammenarbeit und Entwicklung, Bonn: 23.1; Bütow, H. Waren (Müritz): 72.2; Carstens, Tübingen: 6.Kreis oben, 118.2, 152.1; Corbis, Düsseldorf: 6.1 (Arthus-Bertrand), 8/9 (Arthus-Bertrand), 14.1 (zefa/Lemmens), 22.1 (Perrin), 50.1 (Keren Su), 82/83 (Prange), 84.4 (Hulton-Deutsch Col.), 87.3 (Arnold), 145.2 (Lamont), 148 links (REUTERS/Newton), 149.2 (Moraes), 169.1 (Gehmann), 169.3 (Braasch); Das Fotoarchiv, Essen: 6.2 (Kroenke), 6.3 (Siebicke), 28/29 oben (Kroenke), 28/29 unten (Siebicke), 70.4b (Morrow), 119.3, 156.A, 170.2 (Riedmiller); Deutsche Forschungsanstalt für Luft- und Raumfahrt, Oberpfaffenhofen: 43.1; Deutsches Rotes Kreuz, Berlin: 22.4; Digital Stock, Solana Beach: 74.3, 80.U; dpa, Frankfurt: 151.1C; Dubai-Tourismus, Frankfurt/Main: 134.2; Eckert, Kirschzarten: 89.A, 89.C; EG Solar, Altötting: 159.2; Eiblmaier, Braunschweig: 124/125; Fiedler, Güglingen: 19.1, 23.2; Focus, Hamburg: 85.2 (Wagner), 151.1D; Forum Umwelt & Entwicklung, Desertifikation AG, Bonn: 156.C; Fremdenverkehrsamt Tunesien, Frankfurt/Main: 56.2; Gehrke, Mahlberg: 38.5, 99.1 (vier Fotos), 100.2, 102.1A, 102.1C, 102.1D; George, U., Hamburg: 42.2; Gerster, CH-Zumikon: 154.1; Godpold, Göttingen: 25.2; Göttler, Freiburg: 44.2-I, 44.2-II, 46.1; Grabowski, Münster: 142.6; Greenpeace Umweltschutzverlag GmbH, Hannover: 142.4; Greenpeace, Hamburg: 22.2 (Kaiser), 27.2E (Kaiser), 121.2, 144.1 (Cesar); Gruschke, Freiburg: 51.2; Härle, Wangen: 33.3A, 164.E; Hebel, Freiburg: 86.1, 86.2, 86.3; Herzig, Wiesenburg: 42.1 oben, 42.1 unten, 47.1B, 47.1C, 86 u.l.; IFA Bilderteam, Taufkirchen: 74.1, 81.1–5; Junge, Hannover: 54.1, 112.7, 119.2; Keystone, Hamburg: 66.1; Klohn, Vechta: 165.1; Knecht, Freiburg: 35.2, 112.6, 164.C; Kohnen, Bremerhaven: 69.1 oben, 80.U links; Krings, Freiburg: 159.4, 159.5; Kuhli, Oerlinghausen: 111.2; laif, Köln: 7.2: (Arcticphoto), 7.Kreis unten (Arcticphoto), 64/65 (Arcticphoto), 76.1 (Arcticphoto), 77.1 (Arcticphoto), 78.1 (Arcticphoto), 79.1 (Arcticphoto), 120.2 (Huber), 129.1A (Hauser), 144.2 (Guenay Ulutuncok), 153.1A (Linke); Landesmedienzentrum Rheinland-Pfalz, Koblenz: 90.B; Lotos-Film (G. Thiem), Kaufbeuren: 161.2; Mager, Gengenbach: 10.1, 10.2, 10.Mitte, 10/11, 11.1, 11.2, 12.1 (sechs Fotos), 13.B–I, 15.1, 17.A–O, 19.2, 20.3, 20.4, 24.1, 26.1, 27.2A, 27.2F, 30.A–E, 32.2A–E, 32.2, 33.3C, 39.1A, 39.1B, 112.8, 122.2; Mauritius, Mittenwald: 60.1 (age fotostock), 68.1, 85.1 (Pinn), 118.3, 129.1B, 142.2, 146 o.l. (World Pictures), 146 u.l., 148.2, 150.1, 150.2, 151.1A, 151.1B, 151.1F (Torino), 156 u.l., 166.1 (World Pictures), 168.2 (age fotostock), 170.1 (Hayes); Meier, Dresden: 87.4; Milimo, B., Baldham: 6.Kreis unten, 157.E; Müller, K. U., Berlin: 35.3; NASA – Goddard Space Flight Center Scientific Visualization Studio: 49.1, 49.2; NASA, USA-Houston: Vorsatz, 34.2, 94/95, 131.1 (zwei Fotos), 164.1; National Oceanic & Atmospheric Administration (NOAA), USA-Washington: 70.4a, 70.4d, 70.4e, 75.C, 75.D, 80.A; Okapia, Frankfurt/Main: Cover, 89.D (Moog); Picture press, Hamburg: 162.2 (Ihrt); picture-alliance/akg-images, Frankfurt/Main: 66.Mitte; picture-alliance/dpa, Frankfurt/Main: 78.2 (epa Mike King); Pinkall, Brake: 134.3; Popp, H., Gesees: 56.3; Raach, Merzhausen: 70.4c, 76.3, 77.2, 77.4, 80.V, 111.1, 141.1; Rathgeb, G., Markgröningen: 153.1B; Reinhardt, Pinneberg: 129.1C; Rieke, Hannover: 18.1, 52.1, 57.1, 102.1B, 112.5; Salomon, Wien: 126.1; Schlingmann GmbH, Dissen: 114.1; Schmidt, Teningen: 54.4, 73.2, 74.2, 90.A, 165.3, 165.4; Schmidtke, Melsdorf: 24.2, 123 u. l., 128.1, 156.B, 163.1, 164.A; Schmitt-Koytek, München: 38.4; Scholz, U., Gießen: 89.B, 92.2; Schorn, Würselen: 7.Kreis oben, 62.1; Schulhess, CH-Forch/Zürich: 72.1, 80.N links, 80.N r. o., 80.T; Siemens AG, Erlangen: 151.1E; Spittler, G., Bayreuth: 59.1, 59.3; Steinberger, K., Lochham: 158.1; Stutz, Kamen: 111.4; Süddeutscher Verlag Bilderdienst, München: 67.2 (Scherl); Taubert, Springe: 164.D; Thiem, Mühlberg: 157.D; TransFair, Köln: 120.1, 127.1, 127.3, 127.4, 142.3; TUI AG, Hannover: 56.4; Vahldiek, Böhme: 159.3; Waldeck, Dannenberg: 112.9; Washington Post, USA-Washington: 7.1 (Jahi Chikwendiu), 40/41 (Jahi Chikwendiu); Wasserstiftung, Ebenhausen: 53.2; Wetzel, Freiburg: 47.2, 47.4, 87.1, 87.2, 145.1, 146 o.r., 146 u.r., 155.2, 160.2, 160.3, 164.B; Wilczek, München (Noe von Atzingen): 130.1; Wildlife, Hamburg: 53.3 (HPH); Wollert, K., Markt Schwaben: 31.1; Wostok, Berlin: 111.3

Sekundärwald (S. 24)
Wald, der nach Rodung des → *Primärwaldes* nachwächst. Er ist artenärmer, kleinwüchsiger und enthält auf absehbare Zeit keine Edelhölzer (z. B. Mahagoni, Teakholz, Ebenholz).
Selbstversorger (S. 76)
Eine Wirtschaftsweise, deren Ziel die Eigenversorgung ist, d.h. es wird fast alles, was zum Leben benötigt wird, selbst erzeugt.
selektiver Holzeinschlag (S. 130)
Im Gegensatz zum Kahlschlag (totale Abholzung eines Waldgebietes) Fällen von ausgewählten („reifen") Bäumen bzw. gewünschten Holzarten im Mischwald mit ungleichaltrigen Bäumen. Diese Nutzung des Regenwaldes gerät zunehmend in die Kritik, da der Wald viel stärker geschädigt wird als bisher angenommen.
Serir (S. 47)
Geröll- oder Kieswüste
sommerfeuchte Tropen (S. 36)
sommergrüner Laub- und Mischwald (S. 111)
Speichergestein (S. 137)
Spezialisierung (S. 19)
Springflut (S. 149)
Im Gezeitenrhythmus erhöhter Hochwasserstand bei Flut, wenn die Anziehungskräfte von Mond und Sonne bei Vollmond oder Neumond in derselben Richtung wirken.
Steigungsregen (S. 107)
Steppengebiete (S. 111)
Stockwerkanbau (S. 55)
Stützwurzeln (S. 18)
Tageszeitenklima (S. 14, S. 98)
Klima, für dessen Ausprägung tägliche Schwankungen der → *Klimaelemente* von höherer Bedeutung sind als die jahreszeitlichen Veränderungen.
thermische Jahreszeiten (S. 98)
Tiefdruckgebiet (Tief) (S. 100)
Tonminerale (S. 24)
Für den Nährstoffhaushalt von Böden und Pflanzen wichtige Minerale.
Trockensavanne (S. 33, S. 113)
Trockenzeit (S. 30, S. 36)
Tropen (S. 96)
tropischer Regenwald (S. 16, S. 113)
Tundra (S. 111)
Baumfreie bis baumarme Vegetation der Subpolarregionen mit Moosen, Flechten, Grasfluren und Zwergsträuchern.
Umweltbelastungen (S. 141)
Vom Menschen verursachte Belastungen für die Natur, die zu vorübergehenden oder bleibenden Umweltschäden führen können.
Vegetationszonen (S. 104)
Viehwirtschaft (S. 90)
Haltung, Nutzung und Züchtung von Vieh, z. B. von Rindern, Pferden, Schweinen, Geflügel etc. Viehwirtschaft kann in Form von Weidewirtschaft oder durch Stallhaltung praktiziert werden.
Wadi (S. 47)
Trockental in Wüsten oder Halbwüsten
Waldgrenze (S. 92)
Der Übergang von der geschlossenen Waldbedeckung zur Strauchzone in den Hochgebirgen und zur Tundra in den Polargebieten. Aufgrund des Wärmemangels können dort nur noch vereinzelt Bäume wachsen.
Wanderfeldbau (S. 23, S. 153)
Form der landwirtschaftlichen Nutzung (besonders im → *tropischen Regenwald* verbreitet), bei der die Anbauflächen nach wenigen Jahren aufgrund schnell abnehmender Ernteerträge aufgegeben werden.
Warenbörse (S. 126)
Organisierter Markt für bestimmte Waren. An der Warenbörse setzen Makler Preise fest. Durch → *Angebot* und → *Nachfrage* kommt es so zu einem Handel.
wechselfeuchte Tropen (S. 36)
Weltmarkt (S. 129)
Die Gesamtheit der Märkte, an denen internationale Handelsgüter ausgetauscht werden. Hier treffen → *Angebot* und → *Nachfrage* aller Länder zusammen.
Weltpark (S. 79)
Wendekreis (S. 96)
Bei $23\frac{1}{2}°$ nördlicher und südlicher Breite gelegene Breitenkreise, an denen die Sonne einmal im Jahr (21. Juni am nördlichen W., 21. Dezember am südlichen W.) senkrecht steht. Die Wendekreise sind die Grenzen zwischen den → *Tropen* und den → *Mittelbreiten.*
Wind (S. 101)
Luftströmung, die einen Ausgleich zwischen hohem und tiefem Druck herstellt. Je größer die Druckunterschiede sind, umso stärker weht der Wind.
Wolken (S. 102)
Yanomami (S. 152)
Zenitalregen(-zone) (S. 36)